LES VIVANTS ET LES MORTS

Paru dans Le Livre de Poche :

COMMENT CALMER M. BRACKE

RUE DES RIGOLES

GÉRARD MORDILLAT

Les Vivants et les Morts

ROMAN

CALMANN-LÉVY

© Calmann-Lévy, 2004.

ISBN : 978-2-253-11447-5 - 1re publication - LGF

« La colère que tu blâmes est à moi… »

SOPHOCLE, *Œdipe Roi.*

I
Rudi

C'est à l'Est.

À Raussel, une petite ville avec une grosse industrie, une seule, Plastikos. La Kos, comme on dit ici.

Lui, c'est Rudi. Il n'a pas trente ans. Ils viennent le chercher au milieu de la nuit. Trois de la maintenance : Luc Corbeau, Totor Porquet et Hachemi, qui crie dans la rue :

— Merde, Rudi, magne-toi, il vase !

Quatre jours que ça dure. De la flotte, de la flotte, de la flotte comme si le ciel avait décidé de vidanger d'un coup toutes ses cuves sur ce coin du territoire. La Doucile déborde. Elle inonde tout, le bas Raussel, la campagne alentour, les champs de betteraves, les pâturages, les serres des maraîchers, surtout l'usine où ils fabriquent de la fibre synthétique, la tissent, la conditionnent en films de cent mètres de long.

— Rudi, c'est pas vrai, ça ! Qu'est-ce que tu branles ?
— J'arrive !

Rudi sort enfin, faisant le beau. Le vieux Lelzelter, chez qui il loue une chambre, lui a prêté des bottes cuissardes, un parka de l'armée de terre et une casquette de grosse laine doublée d'une toile imperméable.

— Lorquin nous attend, dit Totor Porquet.

— Qu'est-ce qu'il veut qu'on foute ? Il y a de l'eau partout.

– Il veut qu'on démonte avant qu'on soit baisés !

– Démonter les machines ?

– Discute pas, on fonce.

Ils descendent à la Kos, la tête rentrée dans les épaules, les mains enfouies au fond de leurs poches, rageant contre la pluie et le vent qui ne faiblissent pas. Lorquin, c'est leur chef d'équipe. Une force de la nature avec toujours le mot pour rire. Toujours l'œil qui frise. Pour les filles c'est Blek le Roc. Il y en a plus d'une qui ne dirait pas non s'il leur proposait de faire un petit tour dans les réserves. Mais c'est pas le genre. Ça fait bientôt trente-trois ans que Lorquin est marié et sa Solange sait qu'il n'a jamais donné un coup de canif dans le contrat. Pourtant les occasions n'ont pas manqué.

Les caniveaux roulent comme des ruisseaux de montagne, l'eau ruisselle au milieu des rues et, dès qu'ils ont dépassé la place de la mairie, ils en ont jusqu'aux chevilles.

– Putain, je croyais pas que ça montait jusqu'à là, se lamente Hachemi, qui n'a que des demi-bottes aux pieds.

Le hall du cinéma Kursaal est transformé en pataugeoire. Les pompiers sont en train de mettre une pompe en action pour empêcher que la salle soit submergée.

– Vous allez où ? demande le sergent qui commande la manœuvre.

– À la Kos ! répond Luc Corbeau, sans se ralentir.

– Vous ne pourrez jamais y arriver. Il y a déjà plus d'un mètre de flotte là-bas !

– Vous inquiétez pas, on sait nager !

Raussel baigne dans le noir. L'électricité a sauté. Partout ils peuvent voir, aux étages des maisons, les flammes tremblantes de bougies allumées en secours ou les lueurs blafardes des petites lampes de camping. Heureusement que Totor Porquet a pris une grosse torche avec lui.

— Comme ouvreuse, pardon, on peut trouver mieux, le charrie Luc Corbeau.

— Attends, t'as pas encore vu le film !

— Je connais l'histoire : c'est vingt mille lieues sous les mers !

Ils parlent fort, excités, anxieux, des soldats qui montent au front, chantant comme des gosses : « Bonbons, caramels, Esquimaux, chocolat ! » Luc Corbeau a de grandes oreilles. On s'en moque à l'occasion. Lui aussi s'en moque et se console en se vantant d'avoir tout de l'éléphant :

— Vous voyez ce que je veux dire ou il faut que je vous fasse un dessin ?

— Faudrait mieux juger sur pièces !

— Sors le périscope ! C'est de saison…

— Ferme les yeux et ouvre la bouche, tu vas voir !

Chacun y va de sa blague.

Il n'y a que Rudi qui se taise, comme si tout cela était une affaire entre la nuit et lui, et personne d'autre. Il trace, surveillant instinctivement à droite, à gauche. C'est un étranger ici. Ses parents sont morts quand il avait deux ans, un accident de la route. Il a été bringuebalé de famille d'accueil en famille d'accueil, de fugue en fugue. Sa chance a été d'atterrir chez les Löwenviller, placé à douze ans chez ce couple de vieux Juifs qui avait une sorte de home d'enfants dans la région. Maurice et maman Sarah ont su s'y prendre avec lui, l'écouter, l'éduquer, civiliser l'enfant sauvage qu'il était devenu. Rudi était leur dernier pensionnaire. Peut-être est-ce à cause de cela qu'ils l'ont aimé plus que les autres ?

Après lui, ils ont pris une retraite bien méritée. Ils sont dans le Sud maintenant, sur la côte. Mais il ne se passe pas un mois sans qu'ils envoient une lettre, une carte postale, un colis avec des fruits confits et des livres. Sarah a donné à Rudi le goût de la lecture et c'est Maurice qui l'a fait entrer à la Kos, où le directeur d'alors était un camarade de la Résistance. Rudi les aime comme s'ils étaient ses vrais parents. D'ailleurs les Löwenviller ont fini par l'adopter officiellement, par lui donner leur nom.

Rudi, c'est Rudi Löwenviller pour l'état civil.

Les mains dans son parka, le col relevé, il va droit devant sans se soucier de l'eau qui clapote sous ses pas. On dirait qu'il veut manger la nuit, l'avaler. Qu'il aspire le noir par la bouche et le recrache par tous les pores de sa peau, par le nez, par les yeux mouillés de pluie malgré la visière de sa casquette.

Quand ils atteignent la rue Aimé-Verraeghe-(ancien maire), leur progression devient vraiment difficile, ils ont de l'eau au-dessus des genoux. Plus question de rester les mains dans les poches. Ils doivent maintenir leur équilibre avec les bras s'ils veulent avancer vite. Les gouttières dégorgent à pleins seaux. Les défenses de fortune dressées pour protéger les rez-de-chaussée sont rompues depuis longtemps. Ici ou là, il y a bien encore une famille qui tente d'empiler les meubles les uns sur les autres pour les épargner, mais en vain. Tous les magasins sont noyés, la boulangerie Meyer, la mercerie de Mme Souied, la maison de la presse, l'agence immobilière.

– C'est pas des bottes qu'il nous faudrait, jure Luc Corbeau, c'est des palmes !

– Il est où Lorquin ? s'inquiète Hachemi.

– Il doit déjà y être, répond Totor Porquet. Quand il m'a appelé, il partait.

– Tout le monde est prévenu ?

– Je ne sais pas. En tout cas, toutes les équipes de maintenance…

L'usine tourne sept jours sur sept, vingt-quatre heures sur vingt-quatre, en brigades qui, depuis la loi sur les trente-cinq heures, travaillent par tranches de six heures.

À la maintenance, des 3×8, on est passé au 4×6…

Hachemi maudit la flotte qui vient d'envahir ses bottes.

Totor Porquet n'est pas mieux loti. Rudi, c'est limite. Il n'y a que Luc Corbeau avec sa salopette de pêcheur à la mouche qui est à peu près sûr de rester le cul au sec.

Ils aperçoivent de la lumière à *L'Espérance*, le café-hôtel en face de la Kos.

— On va lui filer un coup de main ? demande Rudi, levant haut les genoux à chaque pas.

— Pas le temps ! lance Totor Porquet. Faut rejoindre Lorquin, on verra après ce qu'on peut faire.

Ils imaginent Raymonde, la patronne, avec une lampe-tempête, bataillant ferme pour sauver son matériel ; pour la cave, ils sont sûrs que c'est foutu.

L'eau gagne encore.

— C'est la grande marée ! rigole Luc Corbeau. Demain, pour aller aux coques, ce sera au poil !

Le faisceau de la lampe torche de Totor Porquet balaye la grille d'entrée de la Kos et, comme un signal, un autre faisceau lumineux se dirige vers eux.

Lorquin les attend devant l'entrée de l'atelier n° 1. Bello (quinze ans de Marine), le gros Willer et le petit Jackie Saïd, qui joue au centre de l'équipe de foot locale, sont avec lui.

— OK, dit Lorquin, constatant qu'ils sont tous là, c'est pas gagné. Il y a déjà de l'eau partout et ça continue de grimper.

Toutes les équipes de maintenance sont à leurs postes :

— Armand est au 2 avec ses gars, Périer au 3 et Lapion au 4.

— Et la direction ? demande Luc Corbeau.

— Devine, dit Totor Porquet, qui s'empresse de donner lui-même la réponse. Bien au chaud, les doigts de pied en éventail et les miches dans les draps.

— Laissez tomber, dit Lorquin. On n'a pas besoin d'eux.

Rudi s'impatiente :

– Par quoi on commence ?

Lorquin se tourne vers l'atelier :

– On se met par deux, chaque groupe sur une bécane et on démonte tout ce qui est électrique avant que ça passe sous la flotte.

– Les postes de commande ?

– Oui, les postes de commande en premier. Pour la mécanique, on ne peut rien, faudra attendre la décrue.

– La quoi ? demande Hachemi.

– Que l'eau se barre, dit Luc Corbeau, si tu comprends le français.

– Je t'emmerde ! Je suis aussi français que toi.

Luc Corbeau le pousse en avant :

– Alors, tais-toi et nage si t'es français !

– Lâche-moi, bouffon !

Lorquin leur ordonne de la boucler :

– Vous croyez que c'est le moment de vous balancer des conneries ?

La pluie tombe, fine, drue, inexorable.

Ils traversent la cour de la Kos où des palettes d'expédition flottent à la dérive avec des bidons vides de produits chimiques. Plus rien ne retient la Doucile, plus rien ne la canalise. Ils doivent maintenant lutter contre le froid qui les envahit. Personne n'a envie de parler. Seul le bruit de l'eau brassée par leurs pas trouble la nuit.

Dans l'atelier livré à l'obscurité, les machines sont des îles. Il y a quelque chose de préhistorique dans ces monstres muets sur le dos desquels les hommes s'affairent, chacun s'éclairant comme il peut d'un feu minuscule. Lorquin est avec Rudi, Totor Porquet avec Luc Corbeau, Hachemi avec le petit Jackie Saïd. Bello doit se débrouiller avec le gros Willer, mais ça ne le gêne pas :

– C'est pas ma première voie d'eau ! proclame-t-il.

Et, sans que personne lui demande rien, il enchaîne sur

ses souvenirs dans la Royale, les classes, les exercices et le jour où sur l'escorteur d'escadre…

Dans la nuit fantomatique, peuplée d'ombres, hantée par cette voix qui ne se tait pas, l'équipe de Lorquin travaille. Ils savent que la Kos bat de l'aile. Cette eau qui tombe du ciel, c'est de l'eau bénite pour les patrons. L'occasion ou jamais de mettre la clef sous le paillasson et de toucher les assurances. Qui pourrait accuser la nature de procéder à un licenciement massif au profit des actionnaires ?

— Tu crois qu'ils oseraient ? demande Rudi, appliqué à démonter un contacteur.

— Et comment ! répond Lorquin.

— Arrête, on est plus de trois cents à bosser ici. Ils ne peuvent pas se débarrasser de nous comme ça !

— Tu parles ! Aucun problème : catastrophe naturelle, on tire la chasse, on évacue tout ce qui traîne, on monte une cellule de soutien psychologique et par ici la sortie !

— Je crois que tu pousses.

— Écoute-moi bien : quand la flotte sera partie, si on n'est pas foutus de remettre les machines en marche en moins de temps qu'il faut pour le dire, on est bons pour finir à la casse comme des vieilles carcasses rouillées et pleines de vase.

Rudi finit par être convaincu :

— T'as raison, admet-il, t'as sûrement raison…

Il soupire :

— Faudrait qu'il s'arrête de pleuvoir.

Lorquin se coince une vis entre les lèvres pour ne pas la perdre :

— T'inquiète, ça va s'arrêter. Ça va bien finir par s'arrêter. Ça s'arrête toujours.

Il met la vis dans un petit sachet qu'il fourre dans sa poche.

— Mais pour nous ce ne sera pas la fin, ce sera le commencement. Tu piges ?

Rudi réclame la clef de huit. Lorquin lui passe l'outil, tout à son idée :

— Quand la flotte se sera barrée, faudra qu'on s'occupe de nettoyer, de tout sécher, de tout graisser, de tout relancer.

— Qui ça « on », la maintenance ?

— Non, tout le monde. Faudra que tout le monde s'y colle.

— S'ils viennent, faut pas rêver. Si tu crois que les commerciaux…

Lorquin le coupe :

— Même les commerciaux, faudra qu'ils viennent. Ils n'auront pas le choix…

Le gros Willer donne l'alerte :

— Eh les gars, ça monte encore !

L'eau gagne. Les trois rangs du bas des bobineuses sont engloutis. Il y en a maintenant plus d'un mètre cinquante dans l'atelier. Lorquin fouille l'obscurité avec sa Maglight :

— Vous en êtes où ?

— On a fini ! crie le petit Jackie Saïd, comme s'il venait de marquer un but.

— Nous aussi ! dit Totor Porquet.

Luc Corbeau ne perd pas de temps. Il descend de la bécane et se laisse glisser dans l'eau, protégé par sa salopette imperméable :

— Vas-y, passe.

— Arrête, ça pèse une tonne !

— Discute pas, passe !

Totor fait prudemment glisser les commandes électriques jusqu'à l'épaule de Luc Corbeau :

— T'es sûr ?

— Lâche tout.

Luc Corbeau fléchit légèrement les genoux quand il

reçoit la charge mais il se redresse et prend vaillamment la direction de l'escalier métallique qui mène à la galerie :

– Putain, je ne sais pas où je marche ! Faut que quelqu'un m'éclaire ou je vais me planter !

Rudi prend la Maglight de Lorquin :

– Vas-y, c'est bon !

Luc Corbeau progresse à pas prudents, se balançant à droite, à gauche dans un étrange ballet saisi au ralenti. Hachemi, à son tour, descend dans l'eau.

– T'es louf ! Qu'est-ce que tu fous ? s'exclame le petit Jackie Saïd. C'est pas une piscine !

– Trempé pour trempé, passe-moi le truc et éclaire-moi !

Jackie Saïd obéit. À son tour, Hachemi entame la marche lente vers l'escalier :

– Magne-toi la rondelle ! crie-t-il à Luc Corbeau, j'arrive, j'vais te doubler !

– Parle à mon cul, ma tête est malade !

– Rigole, j'vais te mettre la honte !

Bello réclame de l'aide :

– Faut que quelqu'un vienne nous donner un coup de main, il y a un collier qu'est coincé ! Faut qu'on soit trois !

Lorquin demande à Rudi de le faire :

– Je m'occupe du reste, vas-y.

Galerie

Une heure plus tard, toute l'équipe est réunie sur la galerie qui surplombe l'atelier, les commandes électriques sont à l'abri dans le poste de surveillance.

– Si l'eau monte jusque-là, on est mal, dit Luc Corbeau.

Totor Porquet le reprend :

– Si l'eau monte jusque-là, c'est plus une inondation, c'est le Déluge !

– C'est ce que je dis : faudrait peut-être commencer à construire l'Arche…

– Tu ne sais pas nager ?

– J'aime pas la flotte.

Hachemi revient du poste de surveillance avec une poubelle métallique :

– Faut qu'on fasse du feu ou on va tous choper la crève.

– Du feu avec quoi, gros malin ?

– Il y a une tonne de papier là-bas et deux chaises en bois.

Lorquin ordonne au gros Willer d'aller les chercher :

– À la guerre comme à la guerre !

Rudi rigole :

– J'imagine la tête de Rouvard quand il va s'apercevoir qu'on a fait du petit bois avec son mobilier !

Les deux chaises sont vite désossées et jetées dans la poubelle avec un stock de tracts de la CFDT pour les enflammer. Ça prend bien et tous se regroupent autour du brasero, tremblants, transis mais trop fiers pour le montrer, ou même pour l'admettre. Ils tendent leurs mains au-dessus des flammes, silencieux, observant le visage des uns, des autres, les ombres qui dansent autour d'eux, le feu qui rit comme une petite fille.

La passerelle s'effondre d'un coup, sans crier gare. Pas de craquements avant-coureurs, pas de grincements préalables, de briques qui s'effritent : une rupture nette, soudaine, imparable. Le petit Jackie Saïd, Bello, Totor Porquet, le gros Willer se retrouvent six mètres plus bas dans un grand éclaboussement de flotte. Luc Corbeau, Hachemi, Lorquin et Rudi restent pendus aux ferrailles de la rambarde.

– Ça va ? crie Lorquin.

Bello répond le premier :

— Putain de merde on ne voit plus rien !

Les lampes torches, la poubelle enflammée, tout est noyé : ils sont dans le noir. Le petit Jackie Saïd a bu la tasse :

— Saloperie de merde ! jure-t-il en crachant un jus ignoble.

— Lâchez tout ! dit Totor Porquet, ça va nous tomber sur la gueule.

Et, s'ébrouant comme un chien, il ordonne aux deux autres :

— Faut se tirer de là, droit devant ! Où est Willer ?

Il appelle :

— Willer, t'es là ?

Bello tend la main au petit Jackie Saïd et l'entraîne avec lui, Totor Porquet les suit, répétant pour ceux d'en haut :

— Laissez-vous tomber, il y a de la flotte, ça ne craint rien. Faut se tirer, bordel de merde !

Totor Porquet fait un bond en arrière. Il vient de heurter le corps de Willer, inanimé, à la dérive :

— Willer est sonné !

Lorquin, suspendu par les bras, garde son calme :

— Pas de panique, dit-il. Sortez Willer de là, on descend !

Luc Corbeau est juste en dessous de lui, une jambe coincée dans la rambarde, cramponné des deux mains :

— Chacun son tour, un par un. À toi, vas-y. Après Hachemi, moi et Rudi en dernier.

Luc Corbeau ne bronche pas.

— Alors, merde, qu'est-ce que t'attends ?

— J'peux pas.

— T'es blessé ?

— J'peux pas, faites pas chier, allez-y, j'irai après !

— Qu'est-ce tu nous fais là, s'emporte Hachemi. Saute, merde.

– Ta gueule, j'y vais pas.

– T'as le vertige ?

– Ouais, t'es content ? J'ai le vertige. Fais pas chier, saute, t'occupe pas de moi !

Hachemi, au risque de tout faire céder, se balance d'un bras et s'accroche aux ferrailles où se tient Luc Corbeau :

– On saute ensemble, viens !

– Saute ou je te fais sauter ! menace Lorquin.

Hachemi l'empoigne par le col et le tire en arrière :

– Allez, go !

– Merde, vous me faites tous chier !

– Lâche !

– Non !

– T'as pas de couilles ou quoi ?

– Allez, lâche !

Luc Corbeau s'agrippe à Hachemi et lâche en même temps que lui. Lorquin les entend toucher dans l'eau, compte jusqu'à dix et y va à son tour, suivi de près par Rudi.

Bello gueule :

– Arrivez, Willer respire plus !

– Vous êtes où ?

– Droit devant, à midi !

Lorquin, Rudi, Hachemi et Luc Corbeau qui n'en peut plus de jurer «saloperie de bordel de merde de nom de Dieu !» se hâtent vers la voix qui les guide dans le noir.

– Par là ! Venez vers moi !

Deux secondes plus tard, ils étaient morts. Le dernier morceau de la passerelle qui tenait encore cède et tombe derrière eux, soulevant une énorme gerbe d'eau qui les douche.

Dehors

Ils sortent de l'atelier sous une pluie battante. Bello et Totor Porquet tirent le gros Willer qui n'a pas repris connaissance. Lorquin se porte à leur hauteur :

— Là-bas, dit-il en désignant la masse sombre des bâtiments administratifs, on va le mettre au sec et appeler les pompiers ! Merde, il doit bien rester un téléphone qui marche !

— Il respire plus, s'affole Bello. Je vous dis qu'il respire plus.

Rudi, Hachemi et Luc Corbeau s'approchent pour aider à brancarder le blessé :

— La vache, il pèse son poids !

Les hommes traversent la nuit liquide. Ils se hâtent dans l'obscurité, dégoulinants, serrés les uns contre les autres, horde aveugle, conduite par son seul instinct.

Administration

D'un coup d'épaule, Lorquin force la porte d'entrée de l'administration. Il fait encore plus sombre à l'intérieur qu'à l'extérieur. Bello et Totor Porquet devinent l'escalier juste devant eux :

— On y est ! Magnez-vous.

Tous s'y mettent pour hisser le gros Willer à l'étage, dans le bureau de la comptabilité. Ils le déposent sur la moquette tandis qu'à tâtons Lorquin cherche un téléphone sur le premier bureau qu'il trouve :

— Merde ! Merde ! C'est coupé ! Ça ne marche pas ! dit-il en fracassant le combiné.

Bello fait mettre le gros Willer à plat ventre, la tête appuyée sur son bras replié et montant à califourchon lui compresse les poumons pour lui faire cracher de l'eau :

— Allez, gros, crache. Faut que tu craches !

— Respire, nom de Dieu ! l'encourage Luc Corbeau.

— Vas-y ! dit Hachemi.

— Il va crever ? demande le petit Jackie Saïd, sans que personne ne lui réponde.

Rudi attrape Lorquin par le bras :

— Je vais chercher les pompiers, dit-il. Ça ne sert à rien que je reste là.

— T'y arriveras jamais ! On voit que dalle.

— J'ai des yeux de chat, ricane Rudi.

Et, sans attendre, il repart les mains en avant vers l'escalier.

Tourbillon

Rudi n'a besoin de rien pour s'éclairer. Il connaît Raussel comme sa poche. Sorti des locaux administratifs, il sait qu'il doit aller droit devant pour trouver le grand portail de la Kos. Ne pas dévier, c'est son seul souci. Garder le cap dans l'eau mouvante. Là, il pourra longer le mur sur la droite, jusqu'à l'angle avec la rue Aimé-Verraeghe- (ancien maire) et remonter vers le Kursaal où ils ont vu les secours mettre une pompe en action.

Rudi s'élance.

Ses yeux s'accoutument vite à l'obscurité. La surface de l'eau garde la mémoire des éclairs qui ont déchiré la nuit. Ce n'est pas un mur aveugle qui se dresse devant lui. Il y a une phosphorescence. Mille éclats de lumière piqués dans les gouttes de pluie qui le transpercent. Rudi avance au centre d'une cathédrale d'ombres dont les arches et la flèche sont hors de sa vue. À ce moment, il ne pense pas au gros Willer. C'est pour lui-même qu'il affronte le courant sournois à l'œuvre sous ses pieds, la nuit angoissante. Par défi. Par orgueil. Pour se sentir vivant dans chaque mouvement de son corps. Rudi n'a pas d'autres biens que ses bras, ses jambes, sa tête. Pas de propriété hors du territoire étroit de sa peau. Souvent il songe : je suis un requin, si je m'arrête, je meurs. Sa vie est une course, un combat. Même quand il lit, c'est avec la rage d'un boxeur qui monte sur le ring.

Rudi croit entendre des voix, des cris, des appels, mais c'est la Doucile qui lui joue des tours. Un monstre sans os, sans chair, dont les muscles et les nerfs ne se laissent pas saisir ; ni voir, ni atteindre. Elle se rue aux portes des ateliers, brise les fenêtres d'une simple poussée. Les stocks sont submergés, les installations ravagées. La nuit clame sa colère et l'eau arme son bras de sa force négligente. Sinistre connivence. Rudi va droit, repoussant les formes chimériques que le noir invente pour l'égarer. Ici c'est un ours qui se dresse devant lui, là une grande main aux doigts squelettiques, ailleurs les mâchoires d'un étau qui s'ouvrent et se ferment. Rudi se souvient du conseil de Maurice, son père adoptif : quoi qu'il arrive, faire marcher sa tête. Et Rudi la fait marcher, visant par la pensée l'entrée de l'usine sans se détourner un instant du but qu'il s'est fixé.

L'eau s'impatiente.

Cet homme qui lui résiste l'irrite, la provoque. Pourquoi ne se laisse-t-il pas prendre comme les bidons, les palettes, les battants, les montants, les croisées que le courant charrie dans son flot ? Pourquoi lutter quand il n'y a aucune chance de vaincre ?

Les vêtements de Rudi sont trempés. Il a perdu sa casquette imperméable et ses bottes sont pleines d'eau. Il ne sent plus ses pieds ni son sexe, contracté et rétréci comme celui d'un nouveau-né. Il claque des dents. Son menton tremble. Pourtant, ni le froid qui le glace ni l'humidité qui l'envahit ne le ralentissent. Coudes au corps, poings serrés, Rudi accompagne chaque mètre qu'il gagne d'un cri de victoire. S'il ne craignait de raviver l'orage, il chanterait à pleine voix pour fendre la nuit. Il hurlerait pour que son cri réponde au grondement sinistre de la rivière qui enfle, au crépitement lourd de l'eau qui tombe, au vent, aux ténèbres.

Les égouts débordent.

Ils exhalent une puanteur qui l'étourdit. Mais Rudi ne se laisse pas désorienter. Il ne commet pas l'erreur de s'arrêter pour mesurer le chemin à parcourir jusqu'à la sortie, pour vérifier qu'il est toujours dans la bonne direction. Il va cap aux grilles, étouffant ses doutes et ses craintes dans l'effort. Nuit sans faille, pluie drue, Rudi est un projectile dont rien ne freine la course.

Il a soif.

Rudi offre son visage à la pluie pour boire, bouche ouverte, sans cesser de progresser. Pour réclamer au ciel un air plus frais, plus respirable. Il est en sueur, brûlant sous ses habits bons à tordre. Il bout de fièvre mais il ne s'en rend pas compte. Soudain une masse blanchâtre vient heurter sa hanche gauche. Rudi la repousse par réflexe avec l'horrible sensation de toucher la chevelure d'un noyé.

C'est un mouton crevé.

Rudi s'écarte vivement. Il lève les genoux, bat des bras pour échapper à ce contact, mais le cadavre revient, tournoyant sur lui-même. À nouveau, Rudi s'éloigne avec une grimace de répulsion. Et à nouveau, la bête prend le large avant de revenir, irrésistiblement attirée par celui qui la chasse.

Rudi jure :

– Fous le camp, saloperie de merde !

Cette fois-ci, il s'y prend à deux mains. Malgré la nausée qui le guette, retenant sa respiration, il saisit la carcasse gonflée d'eau et, d'une puissante poussée, l'accompagne dans le sens du courant avant de l'abandonner d'un grand « han ! » d'écœurement et de colère.

Au même instant, le sol se soulève avec une sorte de convulsion, de spasme et s'effondre sous les pieds de Rudi. Un vaste tourbillon l'aspire, un maelström enragé.

Rudi est emporté.

Passé un moment de stupeur – une seconde, deux au plus –, il tente de se dégager d'une brasse, d'un battement de crawl, mais son parka et ses bottes l'empêchent de nager librement. Il surnage, barbotant comme un chien. Tout s'accélère. Le tourbillon s'empare de lui et le lance dans son cercle où tourne déjà le mouton mort. Rudi se débat mais c'est trop tard.

Le duel entre la Doucile et lui est engagé.

Il ne peut plus s'y dérober, lever les mains en signe de reddition, se désister, fuir au risque de la honte. La rivière rabat son orgueil, l'éprouve, punit sa chair indocile de grands coups plats. Comme s'il pressentait que tout cela devait arriver, dix fois Maurice lui a expliqué ce que son propre père lui avait expliqué dix fois aussi : si l'eau te prend, surtout ne pas lutter contre elle. Elle est trop forte, trop agile, trop rusée. Il faut se laisser porter, se laisser couler dans l'entonnoir et là, au fond, à l'endroit où sa puissance se concentre, se propulser sur le côté comme on défonce une porte d'un coup d'épaule.

Rudi n'a pas le temps de se remémorer les consignes de son père adoptif. Il arrache son parka dont le poids le gueuse. Il s'en libère d'un sursaut. Son corps travaille pour lui, comme si chacun de ses muscles avait désormais son autonomie.

L'eau l'engloutit.

Nuit liquide, affreux manège, Rudi craint de s'évanouir. Sa tête résonne des coups portés par un ouvrier méticuleux qui cherche à lui briser le crâne, sa poitrine est prête à éclater. Le cadavre de la bête et son corps se rejoignent, se collent l'un à l'autre, s'accouplent. L'animal le plus inoffensif, l'image même de la paix, de la douceur, de l'innocence, conduit Rudi vers la noyade, l'oubli, la pourriture, la corruption. Combien cela dure-t-il ? Une éternité ; en réalité, quelques secondes…

Rudi vibre de tout son être, son cœur bat, mais son cerveau s'apaise à mesure qu'il glisse dans l'abîme. Il retrouve sa lucidité. Il n'a plus peur. Il veut garder les yeux ouverts pour ne pas risquer de se laisser séduire d'un rêve, pour ne pas laisser la mort le coucher dans le limon. Il n'est pas prêt à écrire sa lettre d'adieu. Pas comme ça. Pas sans avoir usé ses forces jusqu'à la dernière.

Rudi touche la roche, le bitume éventré. Il sait qu'il lui reste peu de temps. Il s'accroupit dans le siphon naturel et, plein d'une ardente énergie, se jette sur sa gauche, traversant l'eau qui toupille comme s'il brisait un miroir. Par chance, il perd une botte. Sans doute cela le sauve. Il remonte rapidement à la surface, tête renversée, haletant dans la nuit où tout valse. Rudi reprend son souffle et, sans hésiter, plonge à nouveau pour ôter son autre botte.

Rudi déchausse et se dresse hors de l'eau. Ses bras, ses jambes se mettent en mouvement. Nager ! Nager le plus vite possible, le plus loin possible pour échapper à la bouche gloutonne du fleuve.

La bataille reprend.

Le courant rattrape Rudi avant qu'il ait pu se mettre hors de portée. Il l'attire à lui, l'emprisonne et le livre à nouveau au tourbillon qui réclame son dû. Rudi laisse échapper une longue plainte tenue sur une seule note. Il coule, saisi par un lasso dont le nœud se resserre pour l'étrangler. Il coule dans un vertige, une obscurité mortelle. La Doucile, sûre de sa victoire, entonne le chant des profondeurs. Un chœur aux accents graves qui bourdonnent à ses oreilles. Mais quand, pour la deuxième fois, Rudi atteint l'œil du tourbillon, il se rebelle.

Plus vif que le poisson qui s'arrache à l'hameçon, il gicle hors du tube. Rudi s'enfonce dans un sang noir, une encre qui s'épaissit à chaque brasse. Il nage au fond pour ne pas donner prise aux remous tentaculaires. Rudi compte pour s'encourager : une, deux, trois, quatre, cinq brasses… Cinq autres encore. Encore cinq de plus et, seulement à l'extrême limite de son souffle, il remonte à la surface. C'est un râle sauvage qui le sort de l'eau, un rugissement.

Aussitôt, résistant au courant qui le tire en arrière, Rudi part en crawl. Le silence effrayé de la nuit retentit du battement puissant de ses pieds, de ses bras qui tournent sans relâche. Ses mains claquent sur l'eau comme pour la punir d'avoir crié victoire trop tôt.

Il s'esquive.

Il se sauve.

Il s'illumine de son courage.

Rudi n'est pas tiré d'affaire pour autant. Il a perdu tout repère. Il ne sait plus où il est, dans quelle direction il va, où trouver refuge pour reconstituer ses forces.

La pluie n'a pas cessé.

Rudi nage dans un tunnel sans espoir du jour. Il n'arrive pas à percer le rideau de mille gouttes qui l'aveugle. Il espère une lueur, un reflet, n'importe quoi pour aimanter sa boussole interne. Avec la pluie qui s'est remise à tomber, il n'y voit plus à deux mètres. Où est le porche ? L'atelier de mécanique ? Les bâtiments administratifs où les autres entourent le gros Willer ?

Rudi sonde le fond, espérant toucher un point où il aurait pied. Mais en vain. L'eau est trop haute. Trois, peut-être quatre mètres au-dessus de son niveau habituel. *La Voix*, le journal local, pourra titrer à la une : « Crue historique de la Doucile ! »

La fatigue se fait sentir.

Rudi enrage. Il n'a pas échappé au tourbillon pour être vaincu par l'eau bonasse et molle qui le cerne. Il se bat,

mais ses bras s'engourdissent vite, ses articulations se
grippent; il peine à maintenir sa tête hors de l'eau. Le
froid tenaille Rudi aux jambes, le pince aux cuisses, lui
mord la nuque, le ventre. Si au moins il pouvait s'accrocher à une palette qui dérive, un bidon... Une douleur
apparaît au niveau du diaphragme. C'est un poing qui se
ferme en lui, broie ses poumons, son cœur, son foie. Rudi
gémit. Il boit la tasse, recrache, retrouve un peu de nerf
pour se laver la bouche.

– Non! Non! crie-t-il, sans autre confident que lui-
même.

Il n'en peut plus.

Chaque geste est une torture.

L'eau s'infiltre dans son nez, ses oreilles, ses yeux.
Ses genoux et ses coudes sont écrasés dans des brode-
quins de glace, ses muscles écartelés, saignés à blanc. Il
tourne lentement sur lui-même pour se mettre sur le dos,
faire la planche. L'idée de la mort ne lui est pas étrangère. Au contraire. Souvent il s'est imaginé une fin. Une
fin qu'il choisirait plutôt que laisser au temps l'initiative.

Il soupire comme s'il dictait au ciel:

– Choisir sa mort...

Quelque part Rudi a lu que, passés les instants douloureux où la vie lutte encore comme l'enfant qui résiste
au sommeil, la noyade est un endormissement. Il a hâte
maintenant. Il voudrait que son corps se charge de plomb
et que la chute soit immédiate.

Rudi rend les armes.

C'est fini.

Il rêve qu'il revient au ventre maternel, au bain amnio-
tique où rien ne compte, rien ne pèse. Tout est douceur,
chaleur, silence. L'eau l'emporte, le recouvre d'un drap
précieux, dépose sur sa bouche un dernier baiser. Ses
muscles se relâchent, il se détend, sa tête flotte, tendrement bercée par mille mains liquides. Les yeux clos, il se
replie sur une comptine de son enfance:

Le Palais-Royal est un beau château
Où toutes les filles sont à marier...

Palais... beauté... château... filles... mariage. Il va rejoindre ses parents, ceux dont il n'a aucun souvenir, aucune photo, rien – ce rien où ils l'attendent.

Rudi éprouve l'étrange sensation de s'élever dans l'air. De flotter au-dessus des ateliers de la Kos, des maisons de Raussel, de la montagne comme une île au centre d'un océan.

C'est une lente agonie quand, soudain, sa main cogne une barre métallique.

La grille !

Rudi réagit comme si le diable en personne venait de lui planter une fourche au creux des reins. D'un bond il s'amarre aux barreaux qui, depuis toujours, protègent l'entrée de la Kos, les pieds posés sur le muret invisible sous le flot.

Rudi est à moitié nu, grelottant, stupéfait, incapable de maîtriser le feu qui court sur son visage. Il rit, il pleure, son nez coule, il bave, l'urine file entre ses jambes, le reste aussi, mais il est vivant.

Vivant !

La Doucile monte encore.

Rudi a de l'eau jusqu'à la poitrine. Il s'en fout. Elle n'aura pas le dernier mot. Il en est sûr désormais. Elle a failli l'avoir une fois, elle ne l'aura pas une deuxième. Avec prudence, il lâche une main et saisit un barreau, un mètre plus loin ; puis il lâche l'autre et fait un pas de côté. Rudi progresse en crabe sans penser au-delà du prochain barreau qu'il doit atteindre. Une main, une autre, un pas... Il recommence : une main, une autre, encore un pas. Encore une main, encore un pas, encore, encore, encore...

Il lui faut un quart d'heure pour parcourir le chemin

jusqu'à l'angle de la grille, perpendiculaire avec la rue Aimé-Verraeghe-(ancien maire). Le temps ne compte plus. Il n'est qu'à ce qu'il fait, fixé sur chacune de ses prises, chacun de ses mouvements, exactement comme s'il travaillait à l'atelier sur une pièce difficile. Arrivé au poteau d'angle, Rudi fait une pause. Même s'il ne distingue que des masses ténébreuses et mouvantes, Rudi sait que la rue qui conduit à la mairie est devant lui.

Il hésite.

Doit-il attendre des secours ou plonger à nouveau pour aller en chercher ? Le peut-il ? A-t-il encore assez d'énergie pour affronter le courant ?

Rudi ferme les yeux, conscient de ce qu'un tel geste a d'absurde dans la nuit noire. Tant pis. C'est en lui-même qu'il veut regarder, pas dans les ténèbres du dehors. La première image qui lui vient à l'esprit est celle d'un couteau posé sur une table. Une lame tranchante fixée sur un manche en os. Même s'il demeure hors de sa vue, Rudi devine qu'un adversaire le guette de l'autre côté de la table. Il est là, c'est un jeu sans revanche et sans belle. Un jeu unique, définitif. Il n'y a pas de signal, pas d'arbitre. Il faut être le plus rapide, le plus déterminé. Le premier des deux qui saisira le couteau tuera l'autre, c'est tout.

Le bras de Rudi se détend en même temps que celui de son adversaire d'ombre. Rudi est le plus prompt. À l'instant où sa main empoigne le manche d'os, il rouvre les yeux : il y a une lumière qui maraude…

— Ici ! Par ici ! À moi !

L'appel de Rudi résonne dans tout Raussel. Renonçant à toute prudence, il se jette à l'eau, remontant vers ce phare qui l'éblouit comme un soleil.

Rudi, enveloppé dans une couverture de survie, refuse d'être transporté à l'hôpital.

— Il y a un blessé à la Kos ! Foncez ! dit-il, à peine hissé sur le Zodiac des pompiers.

– Vous êtes en hypothermie, vous ne pouvez pas rester comme ça !

– Foncez, merde !

Lorsqu'ils arrivent, c'est trop tard. Bello n'a rien pu faire, le gros Willer est mort.

Rudi tourne de l'œil.

Lorquin le rattrape de justesse et, le portant comme un bébé, va l'allonger sur un bureau :

– Faut le réchauffer, vite !

Un des deux pompiers a une flasque de gnôle. Lorquin la lui prend des mains et, déchirant ce qui reste des vêtements de Rudi, l'arrose copieusement.

À la lueur d'une lampe sur batterie, l'équipe de secours, appelée en renfort, découvre les hommes de la maintenance frictionnant l'un des leurs étendu nu sur une table, tandis qu'à leurs pieds gît un gros cadavre sous un suaire doré.

Dallas

Quarante-huit heures plus tard, l'eau se retire de la Kos. Fier de sa science, Hachemi explique à qui veut l'entendre :

– C'est la décrue. Vous savez ce que c'est, la décrue ?

L'enterrement de Willer sonne la mobilisation générale. À peine sorti du cimetière, Lorquin prévient son équipe :

– S'il faut y passer une semaine, on y passera une semaine, s'il faut y passer un mois, on y passera un mois, mais je vous préviens, pas question de retourner à la maison tant que les bécanes ne tournent pas comme elles tournaient avant. On va le faire pour nous, pour sauver notre boulot. On va le faire pour Raussel, parce que

Raussel sans la Kos, c'est une ville morte. Et on va le faire pour Willer, pour qu'il ne soit pas mort pour rien.

Le message passe en ville : tout le monde doit s'y mettre.

La tâche est énorme : il faut démonter toutes les machines, sécher les pièces une par une, les graisser, nettoyer les ateliers envahis par la vase et les détritus, purger la plomberie, recâbler les circuits électriques et remonter le tout dans les plus brefs délais. Plus question de compter les jours ni les nuits. Les femmes sont les premières à venir prêter main-forte à Lorquin et à la poignée de gars décidés qui s'y sont mis aussitôt. Elles se chargent de faire fonctionner une cantine vingt-quatre heures sur vingt-quatre, et du lessivage des sols et des murs. Heureusement, très vite, les employés, les cadres, même les commerciaux, viennent en renfort, comme Lorquin l'avait prévu. Format, le DRH, dirige en personne la remise en état du rez-de-chaussée de l'administration. Mieux que ça, par solidarité, chaque famille de Raussel délègue quelqu'un à la Kos. Tous les bras sont les bienvenus : les jeunes, les moins jeunes, les retraités, les élèves du lycée technique, ceux de l'institution Sainte-Geneviève, les profs, les pions, les enfants trop heureux d'être considérés comme des grands. Dallas débarque avec son petit frère Franck et son père, le vieux Henri, qui, il n'y a pas si longtemps que ça, travaillait encore là.

Depuis deux mois Dallas et Rudi se fréquentent.

Ils se sont connus au *Cardinal*, le grand café-brasserie où Dallas fait des extra le week-end en attendant de trouver un emploi fixe. Un seul regard leur a suffi pour comprendre qu'ils étaient faits l'un pour l'autre.

Rudi lui adresse un signe de la main :

— Viens par ici !

Dallas ne demande que ça :

— J'arrive !

Ils échangent un baiser furtif :

– Qu'est-ce que tu veux que je fasse ?

– Tout ce qui est là, tu le passes au Karcher. Tu y arriveras ?

– Qu'est-ce que tu crois ?

– Je crois que je t'aime, chuchote Rudi.

– Moi aussi je t'aime, répond Dallas.

Dallas… bien malin qui pourrait dire pourquoi tout le monde l'appelle comme ça. Même elle a oublié son nom de baptême. Elle vient de fêter ses dix-huit ans. C'est une drôle de fille. Genre fausse maigre, comme on dit, avec des formes sous ses allures de garçon manqué. Elle a une belle voix, un peu rauque, un peu voilée. C'est connu en ville : Dallas chante bien. En tout cas, mieux que toutes les blondasses qui gagnent des mille et des cents en s'époumonant dans un micro ou qui tortillent du cul à la télé. À l'école, c'est toujours elle qui héritait du solo à la fête annuelle, et le dimanche, le curé insistait pour qu'elle se mette au premier rang de la chorale. Certains venaient à la messe uniquement pour l'entendre. Enfin, c'est ce qu'ils disaient. Deux années de suite Dallas a gagné la « Sirène d'or », un concours de chant sur une plage de la côte atlantique où ils allaient faire trempette avec ses frères et ses parents.

– On en a pour longtemps ? demande Dallas, s'essuyant le front du dos de la main.

– Moi, je vais y passer la nuit, répond Rudi sans lever le nez.

– Tu ne dors pas ?

– Si, je fais une pause d'une heure ou deux.

– Où ça ?

– Je me suis aménagé un petit coin derrière les stocks du finissage.

– C'est vraiment petit ?

– Pourquoi ?

Dallas fait ses yeux de biche :

– Je suis fatiguée. J'ai besoin de m'allonger. Je me demandais si on ne pourrait pas y faire la pause à deux ?

Trois semaines après l'inondation, la production redémarre.

La veille de la remise en route, le préfet vient faire un beau discours devant l'usine avec le maire, tout le conseil municipal, les notables, le curé et une poignée de journalistes locaux :

– La Kos redémarre ! Elle redémarre grâce à vous. Grâce à votre courage, votre ténacité. J'y vois un exemple à citer à la nation tout entière et une garantie pour l'avenir ! Quel défi ne pourraient relever ceux qui ont surmonté l'épreuve de l'eau ?

Marseillaise.

Bouquet de fleurs.

Buvette.

Merguez frites et quelques tours de danse plus tard, c'est reparti !

Il n'y a que l'odeur de vase qu'ils n'ont pas réussi à chasser. Lorquin en rigole, gonflant ses poumons :

– Ça sent la merde ! Mais si ça sent la merde, ça sent la vie ! N'oubliez jamais ça : Adam a été tiré de la glaise, c'est-à-dire de la merde. Donc, si ça sent la merde, ça veut dire qu'on est vivants !

La clepsydre

Deux ans ont passé.

Rudi et Dallas sont mariés. Ils ont un fils, Kevin, tout mignon et tout rose. Un bébé joli, un gros pépère potelé et doux comme un baiser. Ils habitent un pavillon neuf avec jardin, à dix minutes de la Kos où ils travaillent maintenant tous les deux. Rudi, toujours à la maintenance, Dallas sur une bécane, au finissage. Dans la cuisine de leur pavillon, il y a une photo encadrée au-dessus du frigo, on voit Dallas enceinte dans une grande robe blanche piquée de roses minuscules. Elle pose sur le ponton au bord d'un lac noir, derrière elle le soleil se couche sur de grands sapins. Elle a l'air heureuse. Ses yeux pétillent. On imagine le photographe et toute la noce qui l'encourage tandis qu'elle se donne en spectacle, fait des mines, envoie des baisers. Ce n'était pas la première de la région à se marier avec le gros ventre et ce ne sera pas la dernière.

Avant de devenir propriétaires, Rudi et Dallas logeaient chez les parents de Dallas, dans une chambre aménagée au-dessus du garage ; mais avec l'arrivée du petit, ce n'était plus possible. La mère de Dallas l'accaparait. C'était son toto, son mimi, son chouchou, sa petite crotte, son cœur. Dallas se disputait tout le temps avec elle :

— C'est pas ton fils, c'est le mien !

— Eh bien, si c'est ton fils, pourquoi tu ne t'en occupes pas plus souvent ?

— Je travaille !

— Qu'est-ce que tu crois que je fais ?

— Tu restes à la maison, c'est pas pareil.

— Tu trouves que je n'ai pas assez travaillé dans ma vie ? J'ai élevé cinq enfants !

— Merde ! Tu ne vas pas recommencer ?

— Je recommencerai tant que tu n'auras pas compris ! Et ne me parle pas comme ça !

— Compris quoi ?

— Que la vie, ce n'est pas ce que tu crois.

Belote, rebelote et dix de der. Pas un jour sans sérénade. Alors Rudi s'est décidé :

— Ça suffit comme ça, j'en ai marre. On va se démerder autrement…

Quand l'empire de Smertz, du vieil Élisée de Smertz, avait été démantelé, la Kos s'était retrouvée dans le giron du groupe Paul Devies qui avait tout raflé par adjudication judiciaire sous contrôle de l'État. Puis, après qu'ils eurent frôlé la catastrophe avec la crue de la Doucile qui avait failli noyer l'usine, Paul Devies avait revendu la Kos à un industriel allemand de Francfort, Hoffmann, à la tête d'un petit holding – la SH – avec des garanties solides et un réseau industriel dans plusieurs pays d'Europe, l'Espagne, la Grèce…

Hoffmann s'était engagé à embaucher et à relancer l'activité pour au moins cinq ans. La mairie, le département, la région avaient joué le jeu et la Kos avait redémarré comme neuve, appuyée sur ses investisseurs privés et sur l'argent public. À la lisière de la forêt, un nouveau programme de lotissement avait vu le jour, Les Clepsydres. La municipalité accordait des aides et la banque avançait le principal des fonds.

Rudi avait demandé à son beau-père :

– Qu'est-ce que t'en penses ?

– C'est jouable, avait répondu le vieux Henri.

En vérité, Rudi n'avait pas le choix. C'était acheter ou aller vivre dans les blocs. Un groupe d'une dizaine de HLM un peu excentrées. Réservées aux plus démunis, aux déracinés, à la racaille, selon les bourgeois de Raussel. À la caillera comme on disait dans les blocs, retournant l'injure pour s'en faire une bannière. Dallas jurait qu'elle préférerait camper sous la tente que de vivre là-bas. Elle les connaissait bien, les lascars des blocs. Elle était allée à l'école avec eux :

– Pour eux, les filles, c'est toutes des putes ! Même leurs sœurs.

– T'exagères ! disait Rudi. Ils rigolent…

– Qu'ils te coincent à dix dans une cave, tu verras s'ils rigolent…

– T'es pas sortie avec Selim un moment ?
– Justement.
Pas moyen de discuter.

Le père de Dallas et Rudi étaient tombés d'accord :
mieux valait faire construire ; d'autant plus que Henri en
avait sa claque lui aussi des disputes entre sa femme et sa
fille à propos de Kevin. Il avait déjà connu ça avec ses
trois aînés, qui vivaient loin maintenant. Quand Dallas
serait partie, il ne resterait plus que Franck à la maison, le
petit dernier avec qui la vie n'était pas du papier de soie.
Henri rêvait de pêche au coup, de mots fléchés, d'apéros
dans le jardin. Il voulait profiter de sa retraite sans avoir
à s'interposer dans des bagarres de chats énervés.
Alors Rudi et Dallas ont fait construire.
Ils n'étaient pas les seuls dans ce cas. D'autres jeunes
couples s'étaient décidés en même temps qu'eux. Le lotissement ne proposait rien d'exceptionnel, du standard, du
fonctionnel mais du costaud avec à la clef quinze ans de
remboursement pour tout le monde.
Il y a dix maisons neuves là où ils habitent, toutes semblables, toutes occupées par des ouvriers de la Kos et
leurs femmes, ouvrières elles aussi. Et, bien sûr, l'installation des uns et des autres a correspondu à plusieurs
naissances…
Le maire et le curé pouvaient pavoiser.

Rudi et Dallas se serrent la ceinture depuis qu'ils ont
le pavillon à payer. Pas de voiture, pas d'extra. S'ils vont
au cinéma deux fois par an, c'est le bout du monde. Au
théâtre, jamais. Ailleurs non plus. Ils ne se plaignent pas.
Ils se sentent bien où ils sont. Dès qu'il fait beau, que le
soleil s'abîme entre les arbres, ils oublient ce qu'ils
doivent sortir de leurs poches tous les mois. Parce que,
pour meubler, ils ont dû emprunter en plus. Dallas refusait de faire le tour de la famille pour récupérer tout un

bric-à-brac de tables, de chaises, de buffets et de fauteuils. Elle voulait du neuf. Quelque chose qui soit à elle, rien qu'à elle. Même si ce n'était pas grand-chose…

— De toute façon, disait-elle, qu'on claque le fric comme ça ou autrement, on finit toujours par le claquer…

Alors Rudi s'est mis à faire autant d'heures sup que possible, à passer ses congés à travailler au noir, sur des chantiers. Mais, même en tirant sur la corde au maximum, ils n'avaient pu acquérir que l'indispensable pour s'installer : dans le salon, un canapé, la télé et une petite table à roulettes offerte par le vendeur, dans leur chambre, à l'étage, rien d'autre qu'un lit, une armoire à glace et une commode en stratifié. Il n'y avait que la cuisine qui soit entièrement équipée. Et la chambre de Kevin, pour laquelle ils n'avaient pas regardé à la dépense.

Mis à part le garage et les combles, il y avait encore deux chambres totalement vides. Une en bas, une en haut. Ils avaient vu grand. Dallas ne voulait pas qu'un enfant. Elle avait les hanches larges. Elle en voulait deux ou trois autres :

— Avant que je sois trop vieille !
— T'as le temps.
— Ça vient vite.
— Tu sais ce que c'est qu'une clepsydre ?

Dimanche

Pour une fois, Dallas porte une petite robe à fleurs, assez moche, mais qui donne un air de printemps au plus gris des dimanches d'hiver. Comme ils ne sont pas allés déjeuner chez ses beaux-parents, Rudi n'a pas eu à sortir le costume. C'est une corvée, pour lui, de s'habiller.

Souvent il dit en plaisantant :

– Je pourrais être chinois : un seul habit, le même que tout le monde, toute la vie, ça ne me dérangerait pas…

Rudi et Dallas se sont offert un déjeuner en tête-à-tête avec du poulet rôti, des patates et, pour dessert, deux tartelettes aux framboises achetées sur le marché.

Rudi rejoint Dallas dans la cuisine après avoir couché le petit :

– Je vais faire du café, dit-il.

– Il dort ?

– Comme un ange !

– Tu l'as changé ?

– Qu'est-ce que tu crois ?

En janvier, Kevin aura un an.

– Un an ! Tu te rends compte ? dit Rudi.

Il ouvre la porte du placard pour attraper deux tasses. Il ouvre sans voir Dallas à côté de lui :

– Un an !

La porte heurte le front de Dallas avec un bruit mat.

– Aïe ! T'es dingue, merde !

– Ah, excuse, je ne t'avais pas vue…

– Tu m'as fait mal !

– Frotte, ça va passer.

– Tu ne peux pas faire attention ?

– Je t'ai dit : pardon, excuse, je ne t'avais pas vue.

– C'est ça : je suis invisible !

Rudi s'énerve :

– Eh ! Oh ! Oublie-moi…

– Tu ne me vois jamais !

– Mets de l'eau à chauffer et ne me fais pas chier. Je t'ai dit que je m'excusais.

– C'est trop facile de t'excuser : tu me fais mal et tu t'excuses. Mais j'en ai rien à foutre de tes excuses. Tu ferais mieux de faire attention !

– Lâche-moi, tu veux.

– Si ça se trouve, j'ai un traumatisme…

Rudi ne peut s'empêcher de placer la blague favorite de Lorquin, son chef d'équipe :

— Vaut mieux être traumatisé que pas assez !

— T'es con ! Je saigne…

Le coin de la porte lui a fait une petite coupure au-dessus de l'arcade. Dallas saigne. Rien de bien méchant, mais tout de même.

— Fais voir…

Dallas l'écarte d'un revers de la main :

— Touche pas ! Tu me fais mal.

Rudi sort des glaçons en forme de cœur du congélo. Puis il attrape un torchon propre pour en faire une bourse et les fourre à l'intérieur :

— Assieds-toi, dit-il en tirant un tabouret.

Mais Dallas ne veut pas s'asseoir. Elle a envie de pleurer :

— T'aurais pu me crever un œil avec tes conneries ! Tu te rends compte que t'aurais pu me crever un œil ?

Finalement elle s'assoit sur le tabouret.

— Tiens-le, dit-il en posant le torchon plein de glaçons sur le front de Dallas.

— C'est froid.

— Tu veux que j'aille te chercher de l'aspirine ?

— Non !

— Avec les glaçons et l'aspirine, t'auras pas mal à la tête…

— Quand on a reçu un coup, faut jamais prendre de l'aspirine. Sinon, ça fait tellement circuler le sang que le cerveau peut exploser

— Qu'est-ce que c'est que ces conneries ?

— Je l'ai vu à la télé.

— C'est bien ce que je dis : des conneries.

— Tu te crois plus malin que les docteurs ?

— Montre…

Dallas soulève le torchon.

– C'est sûr que t'es fêlée, mais ça ne date pas d'aujourd'hui… Viens te passer un peu d'eau. C'est rien…

Rudi rigolard ouvre le robinet et, tenant Dallas par le bras, la guide jusqu'à l'évier.

– Je vais avoir une bosse.

– Mais non. Je t'ai mis de la glace…

– Qu'est-ce que je vais faire si j'ai une bosse ?

– Je te collerai un joli petit pansement. Il y en a là-haut…

Dallas baisse les yeux comme une enfant prise en faute :

– Si demain j'ai une bosse…

– Arrête. T'auras pas de bosse !

– Je peux pas aller travailler avec une bosse !

– Ah oui, pourquoi ?

Rudi passe de l'eau sur le visage de Dallas. Elle dit très bas :

– Tu sais bien…

– Non, je ne sais pas.

– Les filles vont se foutre de moi…

Rudi comprend :

– T'as peur qu'elles disent que je te cogne ?

Dallas hausse les épaules. Elle ne veut pas répondre. Elle se sent mal. Son ventre gargouille, sa tête la lance.

Rudi ricane :

– Eh bien, si tu penses qu'elles peuvent penser ça de moi, tu mériterais vraiment que je te cogne…

– J'ai rien dit !

Rudi lui fait signe de laisser tomber :

– T'auras rien…

– T'es sûr ?

– Attends, je vérifie…

Rudi l'examine. Et, soudain, d'une voix alarmée :

– Ah merde !

– Qu'est-ce qu'il y a ?

– T'es coupée jusqu'à là ! plaisante-t-il, glissant un

doigt le long de la colonne vertébrale de Dallas jusqu'entre ses fesses.

Elle le repousse, fait volte-face :

– J'ai pas envie. J'ai mal à la tête, je saigne encore.

– T'as tes règles ?

– Que t'es con !

Dallas écarte Rudi :

– J'ai pas mes règles, j'ai pas envie, tu peux comprendre ça ? Si tu crois que ça m'excite de prendre une porte dans la tête ! Tu me fais chier, j'en ai marre ! Tu fais attention à rien ! T'en as rien à foutre de moi sinon quand t'as envie !

Dallas sort de la cuisine. Rudi soupire en remplissant la cafetière :

– Si on peut plus rien te dire…

Il pense à Mickie, la femme d'Armand, un contremaître. Tout le contraire de Dallas : calme, réfléchie, ne prononçant jamais un mot plus haut que l'autre, patiente. Mickie tient bénévolement la permanence à la bibliothèque municipale. Rudi aime lire. Chaque semaine il vient emprunter un ou deux livres. C'est là qu'ils se sont connus avec Mickie. À la Kos ils ne se voient jamais. Mickie travaille dans les bureaux, comme facturière. Ça fait un an que ça dure entre eux. Rudi ne veut pas quitter Dallas et le petit, Mickie ne veut pas quitter son mari. N'empêche qu'entre Rudi et Mickie, c'est du sérieux…

Rudi met du café à chauffer. Il appelle :

– Dallas ?

Et, portant la voix :

– Dallas ?

Mais elle fait la sourde oreille.

– Ah, merde, tu ne vas pas me faire la gueule pour un petit bobo de rien du tout. C'est dimanche…

Rudi cherche Dallas dans le salon mais elle n'y est pas. Ni dans le jardin. D'ailleurs, qu'est-ce qu'elle foutrait dans le jardin ? Manger de l'herbe ? Il monte à l'étage et la trouve assise sur les toilettes, la culotte aux chevilles, porte ouverte :

– Qu'est-ce que tu fous ?

– Ça ne se voit pas ?

Et, comme Rudi ne semble pas comprendre.

– Tu me fais chier. Alors je chie !

– Tu ne peux pas fermer la porte ? T'as plus cinq ans !

– Si ça te dérange, la maison est grande...

Rudi fonce droit sur elle. Il l'attrape par les cheveux et sans lui laisser le temps de rien la force à sortir, les pieds entravés, criant, pleurant :

– Lâche-moi, tu me fais mal ! Lâche-moi !

Rudi la tire cul à l'air jusqu'à la chambre, la coince sous son bras, la plie sur ses genoux et la frappe à grands coups :

– Je vais t'apprendre à être propre, moi ! Si tes parents t'ont pas appris, je vais t'apprendre moi !

– Salaud ! Salaud ! Aïe ! Ouille ! Maman !

Rudi la relâche soudain. Dallas roule sur la moquette et fait volte-face, le cul en feu. Elle rampe sur le dos, se dégageant du linge qui l'entrave. Elle n'a pas de larmes, qu'un souffle rauque, le cœur qui bat à s'arracher de sa poitrine. Rudi est debout devant elle, les yeux brûlants, mâchoires serrées, menaçant.

Ça lui vient d'un coup :

– Baise-moi, dit-elle.

C'est un jour froid et gris. Les familles s'enferment sur leurs secrets. Seuls les jeunes errent en bande d'un café à l'autre, du parking du Champion à l'entrée du Kursaal où *Le Guerrier de l'enfer* est à l'affiche. La campagne est sans un cri, prise dans la seule morsure du temps.

Même les nuages sont immobiles.

Rudi et Dallas, nus l'un contre l'autre, se réchauffent sous les draps. Pour une fois, Kevin dort bien, un gros dodo. Certains jours Dallas se demande à quoi il rêve, à qui ? Qu'est-ce que peut bien penser un bébé ? Qu'est-ce qu'il sait de ce qui se passe entre ses parents ? Il doit bien entendre quand ils se disputent ou quand ils font l'amour. Qu'est-ce que ça lui fait ? Dallas voudrait savoir. Savoir pourquoi on ne se souvient de rien de cette vie-là quand on est adulte…

— J'en ai marre qu'on s'engueule tout le temps…, dit-elle à Rudi.

Et, reniflant :

— Moins on se voit, plus on s'engueule…

— Faut tenir.

— Tenir quoi ?

— Tenir jusqu'à la fin du prêt…

Dallas soupire, elle regrette :

— Des fois je me dis qu'on aurait pu rester chez mes parents et se payer du bon temps plutôt que de payer des traites…

Elle se tourne vers Rudi. Elle aime ses yeux, si clairs, si brillants, qui masquent si bien un secret qu'elle seule connaît :

— Tu crois qu'ils vont te faire passer à la maîtrise ?

— J'en sais rien. Mais une fois ou deux Rouvard est venu m'en parler…

— Celui qui a des lunettes ?

— Rouvard, le grand un peu chauve du contrôle fabrication. Il est venu me demander comment j'allais, toi, le petit… Si j'avais pas envie d'autre chose et patati et patata…

Dallas croise les bras sur sa poitrine :

— Ce serait bien que tu passes dans la maîtrise. Tu le mérites.

— C'est pas encore fait.

— Si Rouvard est venu te parler, c'est qu'on en parle au-dessus…

— Oui, peut-être…

Et, caressant le front de Dallas, au-dessus du pansement :

– Je t'aime, mon petit chat, dit Rudi.

– Moi aussi, je t'aime…

Rudi l'embrasse, la peau de Dallas c'est du satin, tout doux, tout tendre. Personne n'a la peau aussi transparente que sa femme, aussi blanche.

– Je n'ai pas fait exprès. Je ne voulais pas te faire mal…

– Je sais.

– Ça va ?

– La tête, oui, ça va…

Et, avec un petit rire :

– Mais j'ai mal aux fesses !

– Tu l'as bien cherché…

Dallas l'approuve, un pli railleur au coin des lèvres.

– Oui, je l'ai bien cherché, dit-elle, roulant sur les draps.

Elle se redresse, se montre :

– J'ai des marques ?

Rudi se penche et l'examine en l'embrassant :

– À part un petit trou, je ne vois rien…

Ils rient.

À nouveau ils font l'amour dans le gris intense qui les cerne.

Franck

Un dimanche sur trois, Rudi est d'astreinte jusqu'à minuit. Surveillance des machines. Dallas ne s'est pas rhabillée quand il est parti à la Kos. Elle s'est occupée de Kevin et elle s'est remise au lit, toute nue avec son bébé, tout nu lui aussi, sentant le lait et l'eau de Cologne. Elle aime le presser contre ses seins, le caresser, lui faire la causette :

– Hein, mon cœur t'es content d'être avec maman ? Elle est belle maman ? Tu l'aimes ? Oh oui tu l'aimes ! Tu l'aimes très fort ! Maman t'aime aussi très fort !

Dallas souffle sur les cheveux de Kevin. Elle joue à la poupée, le met debout, couché, lui mord les fesses, lui secoue le petit ver de terre, le bécote sous toutes les coutures, suçote ses doigts de pied un à un, ses «petites perles». Elle l'embrasse, le lèche comme une chatte ses petits :

– Je t'aime, mon bébé, je t'aime…

Elle le mangerait tellement elle l'aime, tout rond, tout chaud, rien qu'à elle, rien que pour elle. Dallas cherche sa propre odeur dans les plis du bébé. L'odeur secrète de son ventre. L'odeur secrète de la vie d'avant, du temps où il était encore en elle.

Pour rire elle le coince entre ses jambes :

– Ça te chatouille ? Tu sais, t'es sorti de là mon bébé ? C'est chez toi, c'est ta maison. Si tu veux rentrer, toc toc, tu frappes…

Le carillon de la porte d'entrée la fait sursauter :

– Qui c'est ? crie-t-elle, affolée.

Elle enfile à la hâte un vieux tee-shirt qui lui sert de chemise de nuit et descend ouvrir, le cœur battant, craignant le pire comme chaque fois qu'on sonne chez elle sans la prévenir :

– J'arrive !

C'est bête, mais elle ne peut pas s'empêcher d'avoir peur des visites. Surtout le soir. Comme si ce ne pouvait être qu'une catastrophe : une blessure, une mort…

– Ah, c'est toi !

C'est Franck, son petit frère :

– Salut !

Dallas l'embrasse et, rassurée, lui colle Kevin dans les bras :

— Qu'est-ce qu'on dit à tonton ?

Kevin se met à brailler. Dallas le reprend. Franck entre et referme la porte derrière lui :

— Je pensais vous voir à midi…

— Pas tous les dimanches !

— Maman se languit du petit.

— Je sais : elle a appelé…

Franck se tourne vers le canapé du salon. La télé est éteinte, il n'y a personne d'autre qu'eux dans la pièce :

— Rudi n'est pas là ?

— Il est d'astreinte…

— Ah merde ! J'avais oublié.

— Tu veux boire quelque chose ?

— Merci, non. J'ai pas soif…

Ils vont s'asseoir. Un tissu bigarré protège le canapé. Pas vraiment du meilleur goût, un entremêlement d'ancres de marine et de lampes-tempête sur fond de filet de pêche. Un cadeau des parents.

— T'étais déjà couchée ?

— Non, pourquoi ?

Franck grimace :

— Tu pourrais pas te mettre quelque chose sur le cul ?

— Si t'es venu pour me faire chier, j'ai pas besoin de te dire où est la porte…

— Tu fais ce que tu veux, dit Franck. Je m'en fous. N'empêche que tu pourrais faire un peu gaffe.

— Gaffe à quoi ?

— Imagine que ce soit quelqu'un d'autre que moi qu'ait sonné…

— Et alors ?

Franck ricane :

— Alors, il aurait vu la lune en plein jour…

Dallas rougit. Elle tire sur son tee-shirt :

— Le petit m'a pissé dessus, ment-elle, j'étais en train

de me changer. J'ai mis le premier truc qui me tombait sous la main…

— T'excuse pas. Je t'ai dit : j'en ai rien à foutre.

Dallas se lève :

— Si tu veux boire quelque chose, tu te sers. Je remonte mettre sa couche à Kevin avant qu'il ait encore une fuite.

— T'es gentille mais je ne vais pas rester. Je voulais voir Rudi…

Franck se gratte la tête. Il suit sa sœur :

— Tu connais Gisèle, la fille de Format, le DRH ?

— Oui.

— Je sors avec elle…

Dallas sourit :

— Elle est bonne ?

— Déconne pas.

Dallas attrape Franck par la taille et laisse sa tête aller contre son épaule :

— C'est bien, mon frère, continue comme ça et tu passeras vite d'apprenti à contremaître…

Ils rient.

Franck soupire :

— C'est quand même con que Rudi soit pas là…

— Tu voulais quoi ? Qu'il te dise comment s'y prendre ? Si c'est ça, je peux te montrer.

— Attends, c'est sérieux.

Franck grogne :

— Je crois que je vais quand même boire une bière.

Et, marchant jusqu'à la cuisine, il raconte à sa sœur :

— Gisèle m'a dit qu'ils étaient à table à midi quand son père a été appelé par le grand manitou, en Allemagne. Il paraît qu'il était tout pâle quand il a raccroché. Il a juste dit « merde ! merde ! merde ! » et il est parti à la Kos sans même manger son dessert…

Vestiaire

L'odeur de vase n'a jamais quitté les murs de la Kos depuis l'inondation.

Lorquin est déjà là quand Rudi arrive. Il ferme son vestiaire, le seul dont les portes ne soient pas tapissées de filles s'exhibant, fesses et cuisses écartées :

– Tiens, voilà le plus beau !

– Salut, les hommes ! dit Rudi.

Malgré les blagues rituelles, l'ambiance est plutôt morose, les visages gris, fermés.

– Faites pas la gueule, dit Lorquin. Considérez que c'est une chance de bosser le dimanche soir…

– T'en as de bonnes ! dit Totor Porquet. Tu crois pas qu'on serait mieux à la maison ?

– Eh oui, j'en ai de bonnes ! répond Lorquin. Qu'est-ce que tu fous le dimanche soir chez toi ? Tu regardes la télé ou tu t'engueules avec ta bonne femme. C'est pas vrai ?

Totor Porquet balbutie :

– Ben…

Tout le monde se marre.

Lorquin a tapé en plein dans le mille, le dimanche soir, c'est le soir de tous les dangers. Toute la famille à la maison toute la journée, un mauvais film à la télé, des raviolis en boîte pour dîner et c'est l'explosion à la première étincelle. Autant travailler. Surtout qu'ils sont en demi-brigade : neuf heures-minuit et après, au pieu !

– Là, tu rentres, maman dort, tu te frottes contre elle et quand elle ouvre un œil tu mets le Jésus dans la crèche sans qu'elle ait le temps de comprendre ce qui lui arrive !

Lorquin appelle ça : faire le Prince charmant. Même Totor Porquet doit convenir que pour un dimanche ce n'est pas ce qui peut arriver de pire…

L'équipe de Lorquin au grand complet sort des vestiaires, chaussures de sécurité, gants, casques et tout le toutim. Les Douze Salopards comme ils s'appellent, même s'ils ne sont que huit. Ils traversent la cour pour rejoindre les ateliers disposés en batterie à droite des bureaux. Il bruine, avec un petit vent froid qui les fait se hâter.

Personne ne parle.

Il y a de la lumière au deuxième étage de l'administration, l'étage des chefs :

— T'as vu ? dit Rudi.

— Ouais…, répond Lorquin.

Et, faisant la moue :

— Ce doit être les femmes de ménage…

Rudi reconnaît la voiture de Format, le DRH, garée sur le parking.

— Si c'est lui qui fait le ménage, on est mal barrés, glisse-t-il.

Lorquin ne fait pas semblant d'être étonné :

— Tiens, qu'est-ce qu'il fout là ?

— On monte lui demander ?

— Laisse tomber, dit Lorquin. Il doit avoir un truc à finir ou quelque chose à préparer pour demain.

— Conscience professionnelle ?

— Oui, conscience professionnelle…

— À d'autres !

— T'as tort. Format, c'est un bosseur. Une vraie mule. S'il est là un dimanche, il y a toutes les chances qu'il soit là pour le boulot. S'il s'est engueulé avec sa bonne femme, comme c'est pas le genre à aller au bistrot, il a préféré s'avancer ou finir quelque chose.

— Tu devrais écrire des romans !

Lorquin ignore l'ironie de Rudi.

— On va déjà voir ce qui nous attend, dit-il, et, si ça roule, il sera encore temps de monter aux nouvelles. D'ac ?

– Ouais, grommelle Rudi en poussant la porte de l'atelier n° 3 où les machines tournent dans un bruit assourdissant, avec cette odeur de graisse et d'ozone qui vous saisit.

Lorquin met son casque antibruit, Rudi l'imite. Armand, le mari de Mickie, vient au-devant d'eux en s'essuyant les mains dans un grand chiffon.

Il crie :

– Faudrait que vous vous occupiez de la bécane de Sylvie. Je crois que c'est la bobineuse qui part en zig zig !

– T'es de nuit ?

– Non, j'ai terminé, je rentre, mais je voulais vous prévenir !

– On s'en occupe, dit Lorquin.

Et, d'un signe de tête, il désigne Rudi.

Atelier n° 3

Blouse blanche, lunettes cerclées de noir, Rouvard, le grand du contrôle qualité, discute avec Anthony, un jeune plutôt beau gosse mais pas bégueule.

– À chaque fois qu'on met en marche, il y a la...

Rudi les interrompt :

– Sylvie est partie ?

– Ce n'était pas la peine qu'elle reste, dit Anthony. Elle m'a montré ce qui merdait...

Rudi serre la main de Rouvard qui, machinalement, regarde sa montre :

– Vous avez vu Format ?

– Non, pourquoi ?

– Pour rien...

Anthony entraîne Rudi à l'autre bout de la machine :

– Regarde, c'est là que ça coince.

Rudi s'accroupit et examine la pièce attentivement :

— T'as le temps d'aller en griller une ! Faut que je démonte !

Rouvard s'approche :

— Vous êtes obligé de stopper ?

— Vous voulez que j'y laisse une main ?

— Dites pas de conneries ! Mais merde, c'est la soirée !

— Qu'est-ce qu'il y a ?

— C'est la troisième bécane qui tombe en rideau !

— Qu'est-ce que vous voulez, dit Rudi, on retape, on rafistole, on bricole, mais elles ont fait leur temps…

Rouvard soupire :

— Je sais, je sais. Mais dès que je parle d'investir dans du neuf, là-haut on m'envoie aux pelotes !

— Alors qu'ils ne viennent pas se plaindre si on y arrive pas !

— Ça pour se plaindre, ils y arrivent toujours !

Rouvard laisse Rudi et s'en va en jurant :

— Putain de merde !

Il ne sait plus comment faire. Ça craque de partout, ça lâche, ça se déglingue et la production va à la dérive. Il a beau faire des notes, transmettre des avertissements, tirer toutes les sonnettes d'alarme, rien ne bouge à la direction. Ni Bauër, ni Gasnier, tous aux abonnés absents. Quoi qu'il fasse, quoi qu'il dise, il obtient toujours la même réponse : pas de trésorerie. Il faut d'abord redresser la boîte pour investir. Avant, c'est impossible. D'ailleurs, les banques ne suivraient pas. Vous comprenez, les Allemands bla-bla-bla bla-bla-bla… Mais comment redresser la boîte si les machines s'arrêtent un jour sur deux ?

Rouvard aimerait bien qu'on lui explique.

La Kos

Une heure plus tard, Rudi quitte l'atelier n° 3 pour revenir au local sécurité remplir sa fiche d'intervention. Il rencontre Format sur le parking :

— Tiens, monsieur Format…

— Bonsoir…

— Vous travaillez le dimanche maintenant ?

— Des papiers à remplir.

Et, levant les yeux au ciel :

— La paperasserie nous fera crever un de ces jours ! Son portable sonne :

— Excusez-moi…

Rudi l'entend dire :

— Oui, j'arrive… J'arrive : j'ai fini. Vous m'attendez ? Très bien, j'arrive.

Format raccroche et s'installe au volant de sa voiture :

— Vous êtes d'astreinte ? demande-t-il à Rudi.

— Jusqu'à minuit…

— Eh bien, bon courage !

Il démarre sans que Rudi ait eu le temps de lui poser la moindre question.

Rudi reste planté là, muet, dans le vent et la bruine qui n'ont pas cessé. Il regarde la voiture de Format quitter la Kos, les deux lucioles des feux arrière qui s'évanouissent dans la nuit. Quelque chose lui a échappé. Son instinct lui dit qu'il aurait dû voir quelque chose, entendre un mot, un détail. Lorquin le surprend en train de parler tout seul :

— Qu'est-ce que tu marmonnes ?

— Hein ?

— Format ? Tu lui as parlé ?

— J'ai pas réussi. On l'a appelé sur le portable. J'ai entendu qu'on l'attendait. Et avant que j'aie eu le temps de dire ouf il était parti…

Rudi passe sa main dans ses cheveux :

– J'ai comme l'impression qu'il n'avait pas tellement envie de s'attarder…

– Peut-être que maman lui avait soufflé dans les bronches ?

Puis, l'œil allumé :

– Tu connais la blague du type qui rentre chez lui et trouve sa femme assise cul nu sur le radiateur ?

– Non.

Lorquin rit d'avance :

– Le type lui demande : « Ben, qu'est-ce que tu fous là ? » Elle répond : « J'ai mis le casse-croûte à chauffer »…

Lorquin s'esclaffe :

– À la voir on ne dirait pas, mais je suis sûr que la mère Format, faut pas lui en promettre !

– Arrête tes conneries, dit Rudi.

– Qu'est-ce que tu crois ? Même les cadres jouent au Prince charmant ! Surtout le dimanche soir.

Ça les met en joie d'imaginer Format en position de tir, disant à sa femme les pattes en l'air :

– Madame, nous allons faire un chrétien !

Les Format ont cinq enfants.

Nuit

À minuit tapant l'équipe de Lorquin quitte la Kos, relayée par celle de Périer qui prend son service. Tout le monde est pressé de rentrer à la maison, sale temps, sale nuit. Lorquin propose à Rudi de le déposer :

– J'ai la voiture de Solange…

Rudi refuse :

– J'aime autant rentrer à pied.

Il salue son chef d'un petit signe du doigt :
— J'ai besoin de réfléchir…
Lorquin lui lance :
— Réfléchis pas trop quand même !

Maison

Dallas et Kevin dorment depuis longtemps quand Rudi
rentre chez lui. Dallas lui a laissé un mot :

> *Franck est passé. il veut te voir. Le biberon de*
> *Kevin est dans le stérilisateur. Maman t'attend*
> *demain matin. N'oublie pas de prendre les petits*
> *pots et les changes.*

C'est signé d'un D en forme de cœur…
Rudi monte se coucher après avoir laissé ses chaussures au bas de l'escalier. C'est un expert pour grimper à
l'étage sans faire craquer les marches, pour ouvrir la
porte de la chambre sans le moindre bruit.
Dallas dort une fesse à l'air, une main entre les cuisses,
le pouce dans la bouche, son petit secret, un reste d'enfance. Il s'attendrit, remonte le drap et la couverture. Il
pense : Dallas crâne, elle râle, elle se bagarre, mais au
fond elle rêve d'être bercée, cajolée, nichée au creux de
bras qui la protègent des brutalités du monde.
C'est dur pour elle.
Elle se lève tous les jours à quatre heures pour prendre
son service de cinq à treize heures. L'après-midi elle fait
le ménage chez le Dr Kops et s'occupe de ses gosses,
Ludovic et Clara, jusqu'à ce qu'ils soient en pyjama, bai-
gnés, nourris, prêts à aller se coucher. Elle ne récupère
jamais Kevin chez sa mère avant sept heures, sept heures

et demie, le temps de le faire manger, de le changer, de jouer un peu avec lui et de faire ce qu'il y a à faire à la maison, elle n'est jamais au lit avant onze heures. Et souvent, le samedi, elle fait encore le service en extra au *Richelieu* quand ils ont une noce, un banquet, ou une soirée dansante…

Dallas n'a que le dimanche pour elle.

Pour eux…

Rudi enlève son pull, son pantalon, mais il n'a pas sommeil. Cette histoire lui prend la tête. Inutile qu'il se couche. Il n'arrivera pas à dormir. Lorquin peut lui raconter ce qu'il veut, il y a anguille sous roche. Format à l'usine un dimanche soir, ce n'est pas normal. Il regrette de ne pas l'avoir coincé contre sa voiture. De ne pas l'avoir cuisiné. Qu'est-ce qu'il fichait là ? Qu'est-ce que c'était ces « papiers à remplir », cette « paperasserie qui nous fera tous crever » ? Il est à deux doigts d'aller le sortir du lit pour qu'il s'explique une fois pour toutes. Il hésite, finalement y renonce :

— Il sera toujours temps demain, dit-il, sans être convaincu.

Dallas soupire, se retourne comme si elle l'avait entendu dans son sommeil, mais Rudi n'a pas le cœur à jouer au Prince charmant.

Il redescend au salon en slip et maillot de corps. Au passage il prend une canette de bière dans le frigo et va s'asseoir sur le canapé sans allumer la télé. Il décapsule sa canette et trinque dans le vide, guettant son reflet sur l'écran mort, une tête de fou. Il se sent las, tendu, plein d'une inexplicable impatience. Son cœur bat, son estomac se noue. Rudi avale une gorgée de bière et passe ses doigts dans ses cheveux comme s'il pouvait, d'un geste, remettre ses idées en place, désigner ce qui le menace, l'attaquer avant qu'il soit trop tard. Son regard accroche soudain le tableau pendu au-dessus de la cheminée. Une drôle de toile peinte par le grand-père de Dallas. On voit un homme et un enfant qui ont l'air de sortir d'un bois en se tenant par la main. C'est bien peint. Très joli même. Le problème c'est que personne n'est d'accord sur ce que ça représente. Est-ce que c'est un garçon ou une fille qui donne la main à l'homme ? Est-ce que les personnages sortent du bois ou est-ce qu'ils y entrent ? Est-ce qu'ils vont de l'obscurité des arbres vers le soleil des prés ou le contraire ? Certains jours, Rudi pense qu'ils s'enfoncent dans le noir, d'autres qu'ils s'éblouissent de lumière.

Ce soir, ils plongent dans un gouffre.

Matin

Rudi entend le réveil sonner.

Dallas l'arrête et se lève aussitôt. Parfois Rudi se lève en même temps qu'elle pour lui faire son café, mais là il n'a pas le courage. Trop peu de sommeil. Trop de pourquoi ? et de si... qui tournent dans sa tête, qui luttent férocement et plantent leurs crocs dans ses rêves. Rudi ouvre les yeux : nuit noire. Dallas s'enferme dans la salle de bains, sans claquer la porte pour ne pas réveiller Kevin. Rudi n'a pas besoin de la voir, il sait tout ce qu'elle fait. Elle aime prendre son temps pour se préparer. Elle se douche, se lave les cheveux, se met de la crème sur les mains, sur le visage, se maquille avec soin. Dallas part toujours à la Kos tirée à quatre épingles, laissant derrière elle l'odeur légère du jasmin dont elle se parfume...

Vestiaire

Les filles de la Kos ont obtenu d'avoir un vestiaire séparé de celui des hommes et des toilettes qui leur sont réservées. Dallas et sa copine Varda s'embrassent en arrivant. Varda remarque le pansement sur l'arcade de Dallas :

— Qu'est-ce que c'est que ça ?

— Je me suis pris une porte de placard…

— Bagarre ?

— Accident…

Varda soupire :

— Aussi, ça m'étonnait…

Elle montre la peau rougie de son menton :

— Et moi, t'as vu ce qu'il m'a fait ?

— Il n'était pas rasé ?

— Si, mais je ne te dis pas le cirque…

Sparadrap, rougeurs, blessures d'amour, Varda enfile sa blouse :

— T'es sortie samedi ?

— J'étais au *Richelieu*. Pignard mariait sa fille. T'étais pas invitée ?

— Non, tu sais, elle et moi… T'as fini tard ?

— Je suis rentrée à deux heures.

Varda grimace :

— J'espère que ça valait le coup.

— De toute façon, j'ai pas le choix…

C'est tout ce qu'elles se diront. À l'atelier, pas question de parler. Trop de bruit et la bécane à surveiller. Dallas n'avait jamais imaginé qu'elle se retrouverait un jour à l'usine comme avant elle sa mère, son père et maintenant son petit frère.

Les trois grands s'en sont sortis.

Pas elle.

Parcours classique : échec scolaire, une année à ne rien foutre, Rudi qui lui fait les yeux doux et, comme disent les vieux Juifs, elle se retrouve avec quatre oreilles. Encore une chance qu'après l'inondation elle ait pu se faire embaucher à la Kos avec sa bonne mine pour seule référence…

Maison

Les pleurs de Kevin réveillent Rudi un peu avant huit heures : il a faim. Rudi adore s'occuper du petit. Ça lui plaît, ça l'amuse. Il s'entend bien avec son fils. Entre hommes, ça va toujours plus vite qu'avec Dallas pour lui mettre une couche propre, le faire manger, l'habiller. Kevin se laisse faire comme s'il comprenait que son père n'en fait pas un plat qu'il ait ci ou ça sur le dos. Pas comme sa mère, toujours à hésiter, à lui enlever un pull pour lui en mettre un autre. À se demander si ce pantalon va bien ou si le rouge ne serait pas mieux, s'il lui faut des bottines ou les baskets de bébé offertes par Franck. Kevin n'apprécie pas d'être manipulé comme une poupée. Il se défend, se débat, gigote tant qu'il peut, devient tout rouge, crie à faire fendre les murs.

Avec Rudi, ça n'arrive jamais :

– Hein, fiston, on se comprend tous les deux ?

Son père lui donne son biberon, l'habille et hop ! en route, direction la maison des grands-parents où il est attendu comme un roi.

Il y a de la brume ce matin, un temps de chien. Rudi peut à peine voir l'eau en remontant sur les berges de la Doucile jusqu'à chez ses beaux-parents. Neuf heures sonnent au clocher de l'église. La cour de l'école est déserte, les écoliers sont déjà tous rentrés en classe. Rudi presse le pas. Le petit est bien au chaud dans sa poussette. Les changes, les petits pots…

Rudi n'a rien oublié.

Ce n'est pas son genre d'oublier…

Ding dong !

À peine Rudi a-t-il franchi la porte que sa belle-mère lui prend le petit des bras :

— Bonjour mon gros Toto !

Rudi lui tend le sac avec tout le bazar…

— Bonjour, Denise, dit-il comme un reproche.

— Pose ça là…

Rudi ne discute pas. Il laisse sa belle-mère s'occuper de Kevin. Il pourrait lui parler en chinois, elle ne l'entendrait pas. Elle crie en tournant la tête : « Il y a du café dans la cuisine ! » et disparaît hors de sa vue.

Franck, en caleçon, descend de sa chambre en se frottant les yeux, en se grattant la tête, bâillant.

— Paraît que tu voulais me voir…

— Dallas t'a pas dit ?

— Non…

— J'te jure ! Merde, je lui avais pourtant demandé de te prévenir !

— Qu'est-ce qu'il y a ?

Franck fait signe à Rudi de l'accompagner jusqu'à la cuisine

— La fille de Format, Gisèle, m'a raconté que son père avait été appelé hier et qu'il s'était tiré aussitôt en jurant comme un charretier, ce qui n'est pas du tout son genre… Ça venait d'Allemagne.

Rudi se tait.

— Qu'est-ce que t'en penses ? dit Franck, versant du café brûlant dans deux verres en Pyrex.

Rudi lâche :

— Je le savais.

– Tu savais quoi ?

– Je l'ai vu hier soir…

– Format ?

– Oui. Dans la cour, à la Kos…

– Alors ?

– Rien. J'ai voulu lui parler mais il a filé comme un pet sur une toile cirée…

Rudi hoche la tête, il mériterait des baffes :

– Je suis vraiment le roi des cons.

Format

La réunion est prévue à dix heures, à Bruxelles, dans une suite du *Sheraton* où ils sont sûrs de ne croiser personne. Format est parti tôt pour prendre au passage Gasnier, le directeur de la Kos, Bauër le directeur financier, et Behren son adjoint qui, par ailleurs, siège au conseil municipal de Raussel. Pour l'occasion, Hoffmann, le grand patron lui-même, sera présent. C'est un luthérien de soixante ans, pur et dur, portant le poids de l'Holocauste comme un fardeau personnel. Son discours a le mérite d'être sans ambiguïté :

– J'avais un oncle, un vieux pasteur, qui disait toujours : « Je veux bien encore faire un effort mais il va falloir que tout le monde le fasse avec moi. "Qui ne prend pas sa croix n'est pas digne de moi", Évangile selon saint Luc, chapitre XIV… »

Il se penche vers le dossier ouvert devant lui :

– Les chiffres parlent d'eux-mêmes : nous allons dans le mur. J'ai demandé à M. Gasnier de me faire des propositions. Nous devons restructurer d'urgence…

Et, se tournant vers Gasnier :

– Monsieur Gasnier, c'est à vous…

– Si vous permettez, président, M. Format, notre DRH, va vous présenter le plan que je lui ai demandé de finaliser…

– Va pour M. Format !

Format s'éclaircit la voix :

– La situation de la Kos étant ce qu'elle est et l'environnement social étant ce qu'il est, j'ai cherché un principe qui nous permette d'effectuer cette opération avec le moins de dégâts collatéraux possible. En clair : nous ne sommes pas prêts à supporter plus de huit jours de grève. Car, ne nous y trompons pas : si nous annonçons un plan social, nous aurons une grève. Surtout si ça tombe juste avant Noël…

– Pas de conditionnel entre nous, monsieur Format, nous parlons vrai : restructurer veut dire plan social. Nous n'y couperons pas ! La décision est prise par les chiffres eux-mêmes, nous ne sommes là que pour la mettre en musique.

Format reprend son souffle :

– Très bien, très bien…

Il relit ses notes un instant :

– En accord avec M. Gasnier et M. Bauër, ma proposition est la suivante : agir sur les extrêmes, c'est-à-dire nous séparer des éléments les plus âgés et des plus jeunes. Des plus âgés, car nous obtiendrons de l'inspection du travail des mises à la retraite anticipée – ce qui évite les licenciements secs – et des plus jeunes pour qui nous aurons de faibles indemnités de départ à régler. J'ajouterai que les plus jeunes peuvent espérer se recaser ailleurs, ce qui ne serait pas le cas si nous devions toucher la tranche d'âge intermédiaire, les trente-cinq-quarante-cinq en gros…

– Cela nous amène à combien déjà ? demande Gasnier, feignant de l'avoir oublié.

Format se tourne vers Hoffmann :

– Dix-sept départs à la retraite, quarante-deux licenciements…

, – Ça fait cinquante-neuf ?

– Oui…

– Ce n'est pas correct, monsieur Gasnier, dit Hoffmann, je vous ai demandé minimum cent départs. Il me faut ça si je veux présenter des comptes en ordre à l'assemblée générale en avril.

– Excusez-moi, dit Format, mais au-delà de ce que je viens de dire, nous entrons dans la « zone rouge » où tout peut exploser…

Gasnier cherche à reprendre la parole :

– Reportez-vous à mon mémo, dit-il, il y a une très grande solidarité dans le personnel depuis l'inondation. Tout le monde est très mobilisé. En ville aussi, le maire…

Hoffmann réfléchit :

– Oui, je sais, je sais…

Il consulte du regard Volker, son directeur des opérations :

– N'oubliez pas Luc : si vous ne voulez pas porter la croix avec moi, il vaut mieux que je dépose le bilan…

Ses adjoints l'approuvent.

– *Ja*, il vaut mieux déposer le bilan…

Volker ajoute que tous les papiers sont prêts à être expédiés au tribunal pour régler ça.

– Attendez, dit Format, ce n'est pas purement mathématique…

Hoffmann baisse ses lunettes :

– Si ce n'est pas mathématique, qu'est-ce que c'est ? Les chiffres ne mentent jamais. Ils disent vrai…

– « Qu'est-ce que la vérité ? », saint Jean, chapitre XVIII, réplique Format.

Hoffmann applaudit :

– Un point pour vous, monsieur Format ! Très bien envoyé. Allez, je vous écoute.

Format explique :

– Il faut tenir compte des chiffres, mais il faut aussi tenir compte des hommes. Je suggère d'agir en deux temps. Un : nous annonçons cent licenciements comme vous le souhaitez et, après deux-trois jours de grève, une semaine au plus, nous négocions à cinquante-neuf, le chiffre que je viens de vous donner. Deux : en contrepartie nous demandons un effort collectif…

– Qu'est-ce que vous appelez «un effort collectif»?

– Un renoncement général au treizième mois pour garantir la survie de l'entreprise. Que tout le monde «porte la croix» si vous préférez…

Gasnier modère la proposition :

– À condition que les syndicats marchent…

Format est formel :

– Ils marcheront.

Et, baissant la tête :

– Ils n'auront pas le choix.

Format a failli dire «nous n'avons pas le choix», mais il a ravalé sa phrase à temps.

Volker semble sceptique :

– Où est l'intérêt? demande-t-il. Tout cela n'est qu'une perte de temps. C'est… comment dites-vous en français? «Reculer pour mieux sauter»…

Format répond sèchement :

– Financièrement : dix-sept préretraites et quarante-deux départs plus le renoncement au treizième mois est d'un rendement supérieur de 1,8 % à cent licenciements, n'est-ce pas monsieur Bauër?

Bauër confirme d'un signe de tête.

Format poursuit :

– Ce qui, non seulement, vous permet de répondre aux demandes de vos actionnaires, mais, en plus, nous laisse un petit couloir de manœuvre…

Hoffmann part d'un grand rire :

– Gasnier a raison : vous êtes fort, monsieur Format, très fort ! Ah ah, oui vraiment très fort !

Suite

La réunion est terminée. Tous se lèvent et se dirigent vers une porte à battants que deux employés de l'hôtel ouvrent devant eux :

— J'ai demandé qu'on nous serve une collation dans la salle à manger.

Hoffmann prend Format par le bras :

— Monsieur Format, voulez-vous bien m'accorder une faveur...

— Je vous en prie.

— Appelez-moi Sam. Je m'appelle Samuel mais tous mes amis m'appellent Sam. Je serais très honoré de vous compter parmi eux.

Format rougit :

— C'est moi qui suis très honoré...

Et, déglutissant :

— ... Sam.

Hoffmann semble lire dans les pensées de Format, qui découvre la table somptueusement dressée, les quatre serveurs qui les attendent, le sommelier...

— Je suis d'accord avec vous, monsieur Format, tout cela coûte une fortune et, d'une certaine manière, c'est indécent.

Il articule :

— In-dé-cent. C'est le mot, n'est-ce pas ?

— Certainement, murmure Format.

Hoffmann a un geste de découragement :

— Mais nous n'y pouvons rien, ni vous ni moi... Les affaires internationales ont des règles non écrites plus terribles que les Tables de la Loi. Pourquoi sommes-nous ici ? Pour négocier avec les Américains. Eh bien, vous pouvez me croire, si nous ne les recevons pas comme nous les recevons ici, si nous ne montrons pas nos muscles – c'est-à-dire notre argent –, ils n'accepteront même pas de franchir le seuil de cette suite. Les Américains ne connaissent que deux choses : l'argent et la force. Je dis ça sans animosité, j'adore les Américains. Ma mère est américaine...

– Ah..., dit Format, surnageant dans cet océan de confidences.

– Vous voyez, monsieur Format...

– Vous pouvez m'appeler Robert, si je dois vous appeler Sam...

Hoffmann lui donne une claque amicale dans le dos :

– OK, Robert ! Vous me plaisez. J'aime les Français. J'aime la France. J'ai une maison à Saint-Rémy, un mas du XVIIIᵉ que j'ai entièrement restauré.

Hoffmann s'assoit et tous l'imitent :

– Vous connaissez la Provence ?

– J'y suis passé...

– Le soir qui tombe sur les Alpilles, c'est indescriptible...

– Je n'en doute pas.

– Il faudra que vous veniez un jour, vous verrez mes cyprès, mes oliviers. J'ai aussi une femme française, je vous la présenterai...

Hoffmann sort son portefeuille :

– Je vous montre sa photo.

Format découvre une jeune femme blonde en mini maillot de bain devant une pièce d'eau d'un bleu très pur.

– Vous la trouvez comment ?

– Charmante.

– Je ne vous parle pas de Jennifer ! dit Hoffmann, je vous parle de la piscine !

Format se force à rire :

– En Provence, je la trouve : indispensable...

– Très bien répondu, Robert ! Très bien répondu...

Le déjeuner

Le sommelier fait goûter une Tâche, du domaine de la Romanée-Conti, à Hoffmann qui s'extasie :

— Une pure merveille ! Une splendeur ! Inimaginable…

Il lui fait signe de servir :

— Ne me dites rien, monsieur Volker, je sais que c'est une folie ! Et vous non plus, monsieur Bauër, d'ailleurs je ne crois pas que j'aie entendu le son de votre voix une seule fois aujourd'hui !

Bauër sourit :

— Mon fils m'a raconté une histoire très amusante, dit-il, mais peut-être la connaissez-vous ?

Tous se taisent.

Bauër se sent obligé de continuer :

— C'est l'histoire d'un enfant qui ne parle pas pendant les treize premières années de sa vie – tout le monde le croit muet – et, un soir, sa mère sert la soupe et l'enfant dit : « La soupe est froide. » Évidemment, c'est la révolution dans la famille. Certains crient même au miracle. Quand le calme revient, la mère de famille dit à son fils : « Mais puisque tu parles, pourquoi n'as-tu rien dit jusqu'ici ? » Et le fils répond : « Jusqu'ici, tout était parfait. » Voilà, président, pourquoi vous n'avez pas entendu ma voix : je n'avais rien à dire, tout était parfait…

Il y a des rires polis.

— Je la connaissais ! dit Hoffmann, mais c'est un plaisir de vous entendre la raconter. Vous avez des dons pour la comédie ! Juste une chose : puisque vous parlez, est-ce que je dois en conclure que tout n'est plus parfait ?

Bauër se redresse sur sa chaise :

— Nous allons boire un grand vin et manger des mets délicats, mais je ne voudrais pas que nous perdions de vue que des décisions douloureuses nous attendent.

– Cette pensée vous honore, dit Hoffmann. Et je vois que M. Format partage vos sentiments…

Puis, levant un doigt :

– Mais je vais vous dire quelque chose : il y a en nous, quelle que soit notre confession, un vieux fond païen. Quelque chose qui vient du profond de l'homme, le sens du sacrifice. En mangeant ce que nous allons manger, en buvant ce que nous allons boire, nous allons sacrifier. Le ciel m'est témoin que l'on ne peut sacrifier que les choses les plus précieuses, sinon cela n'a aucun sens, aucune portée…

Il ajoute :

– J'espère ne choquer personne en disant cela.

Et, brusquement :

– N'est-ce pas, Volker, qu'il faut sacrifier ?

Parking

Hoffmann insiste pour raccompagner Gasnier, Behren, Bauër et Format jusqu'à leur voiture :

– Encore une chose, monsieur Format…

Il se reprend :

– Robert, excusez-moi…

Hoffmann pose la main sur l'épaule du DRH :

– *Blitzkrieg*, vous savez ce que ça veut dire ?

– Oui, j'ai fait un peu d'allemand…

– Alors agissez à l'allemande, vite et fort ! Je veux que tout soit bouclé avant Noël. Une guerre éclair…

– Avant Noël ? répète Format, effaré.

– Avant Noël, sinon…

Hoffmann, d'un geste, ferme une porte imaginaire.

– Mais c'est impossible ! proteste Format. Il y a des procédures à respecter, des délais…

Hoffmann lui fait signe de se taire :

— Comme dit votre Jean-Paul Sartre, en France, il n'y a que les putains qui soient « respectueuses », pas les procédures ! Je compte sur vous, monsieur Format, pour me secouer tout ça. Je suis sûr que nous nous comprenons...

Format, bouche bée, ne trouve rien à répliquer. Hoffmann s'éloigne, serrant un poing vainqueur :

— Avant Noël !

Lorquin

Lorquin, en survêtement se moque bien de novembre, de ses arbres squelettiques et noirs, du vent qui vient du nord, des tombes où le givre s'accroche aux pierres. Il scie, il coupe, il arrache les restes du rosier centenaire qui grimpait sur la façade de chez lui et qui est mort de sa belle mort, épuisé d'avoir donné tant et tant de roses. Lorquin s'est décidé d'un coup à tout nettoyer, à tout débiter en petit bois pour l'hiver. Il se voit allumer le feu. Un feu de roses blanches dont l'odeur embaumera jusqu'au ciel...

— Décroche ! crie-t-il à Solange quand le téléphone sonne. Je suis occupé !

Solange, entortillée dans une serviette de bain, les cheveux mouillés sous une autre, passe la tête par la fenêtre du salon :

— C'est Rudi !

— Qu'est-ce qu'il veut ?

Solange demande à Rudi :

— Qu'est-ce que tu veux ? Il travaille dans le jardin...

— C'est urgent.

Solange crie à son mari :

— Il dit que c'est urgent !

Lorquin pose sa scie et soupire :

— Ah merde !

Et portant la voix :

— J'arrive !

En trois pas il est à la fenêtre du salon. Lorquin l'enjambe pour rentrer plus vite :

— Hmmm ! Ça sent la chair fraîche !

— Si tel est votre bon plaisir, monseigneur..., dit Solange, écartant sa serviette pour se montrer telle que Dieu l'a faite. Je suis en RTT.

Lorquin rit de bon cœur :

— Tu vas voir si je t'attrape !

Il prend le combiné d'un geste théâtral :

— Allô !

Rudi va droit au but :

— Écoute : il y a un coup de Trafalgar qui se prépare. Mon petit beau-frère sort avec la fille Format.

— La grande ?

— Non, Gisèle...

— Ah... il s'emmerde pas, c'est la mieux. Il lui a caché le ballon sous le maillot ?

— Quoi ?

— Franck : qu'est-ce qu'il a fait ?

— Mais il a rien fait !

— Tu vas pas être tonton ?

— Qu'est-ce que tu racontes ?

— Tu me parles du coup de Trafalgar ! s'esclaffe Lorquin. Quand tu tires ce genre de coup on sait comment ça finit...

— Tu crois que je t'appelle pour entendre des conneries ?

Lorquin est refroidi :

— Qu'est-ce que t'as ? T'as mal dormi ? Tu sais j'en ai rien à foutre des filles Format, de la petite comme de la grande...

— Je te parle de la fille Format parce que, hier midi,

son père a été appelé par les Allemands et qu'il a foncé à l'usine sans même attendre le dessert. Tu vois, j'avais raison, ce n'est pas parce qu'il s'emmerdait chez lui ou qu'il voulait s'avancer qu'il était là...

– T'es sûr ?

– Franck est pas du genre à raconter des craques...

Lorquin réalise soudain :

– Ah putain, j'aime pas ça !

Il réfléchit un instant en silence et se décide :

– Je vais joindre les gars au syndicat pour voir ce qu'ils savent et je te rappelle. Tu seras chez toi ?

– Il vaut mieux que ce soit moi qui te rappelle...

Avant de raccrocher, Lorquin suggère à Rudi de passer à la Kos, dans les bureaux.

– Qu'est-ce que tu veux que j'aille foutre là-bas ? répond Rudi qui n'a pas envie de croiser Mickie à son travail.

– Rappelle-toi ce que dit toujours Bello...

– Tu vas encore me sortir une vanne ?

– Non, je suis sérieux. Il dit : « Parole de matelot, mieux vaut connaître un second maître dans les bureaux qu'un amiral à l'amirauté. » Et, d'après lui, c'est une des choses les plus intelligentes qu'il ait entendue de sa vie...

Varda

Les ouvrières ont le droit à une pause de dix minutes toutes les trois heures. Dallas et Varda s'enferment dans la même cabine pour faire pipi, parler tranquilles et en griller une sans que personne ne les dérange. Elles sont comme sœurs depuis la maternelle. Varda était témoin de Dallas à son mariage et Dallas au sien. Varda est aussi la marraine de Kevin.

– Oh la la, j'ai mal partout, dit Varda en s'asseyant sur le siège. Je ne sais pas ce qu'il avait mais il ne m'a pas lâchée. J'ai été forcée de lui dire : arrête, je suis morte ! Déjà que je ne peux plus m'asseoir, si tu continues je ne pourrai plus marcher !

– C'est ça, plains-toi !

– Je ne me plains pas, mais quand la séance est permanente, je dis que trop c'est trop, c'est tout...

Et, gémissant :

– Regarde je suis encore tout irritée...

– Ça te brûle ?

– Un peu.

– Tu sais ce que tu fais. Tu passes à la pharmacie prendre de la tisane à la queue de cerise. Tu fais bouillir, tu laisses bien refroidir et tu te trempes le cul dedans, ça calme.

– Tu fais ça, toi ?

– Non, mais il paraît que ça marche...

Varda pouffe de rire :

– T'imagines la tête de Serge s'il me voit me tremper le cul dans une bassine ?

Varda s'essuie avec précaution et se tortille pour remonter sa culotte :

– Et Rudi, il tenait la forme ?

– Tu sais, j'avais que mon dimanche.

– Justement : c'est le jour du Seigneur !

Varda laisse la place à Dallas :

– Moi, je suis une bonne chrétienne, dit-elle. Je ne suis pas comme toi. Tous les dimanches, je vais à la messe....

– C'est ça, oui...

– Je te jure ! Hier, j'ai même communié à genoux. Demande à Serge, si tu ne me crois pas. J'ai pris l'hostie et je suis passée à confesse, dit Varda.

« Confesse », le mot les fait exploser de rire comme deux gamines.

Dallas redevient sérieuse la première :

– Tu prends toujours la pilule ?

Varda allume une cigarette :

– Non, je me suis fait mettre un stérilet. La pilule, je l'oubliais un jour sur deux. T'en veux une ?

– Non merci. Moi j'ai tout arrêté. Ou ça me faisait grossir ou ça me faisait saigner…

– Rudi râle pas de faire l'acrobate ?

– Non.

– Il met des capotes ?

– Je lui ai rien dit.

– Tu déconnes ?

– Non, j'te jure.

– Merde, Kevin n'a qu'un an !

– Et alors ?

– T'en veux un autre tout de suite ?

Dallas hésite avant de répondre :

– J'en veux pas, mais si ça devait arriver j'irais pas le mettre à l'Assistance…

Varda prend le visage de Dallas dans ses mains :

– Les yeux dans les yeux, dis-moi : je dois commencer à tricoter des petits chaussons ?

Dallas secoue la tête :

– Non, je ne suis pas enceinte…

Elle s'esclaffe :

– Ou alors depuis hier !

Bureau

Évidemment, la première personne que Rudi rencontre en poussant la porte des bureaux, c'est Mickie. Tailleur gris, chemisier crème, un rang de perles autour du cou, élégante jusqu'au bout des ongles.

Ils se serrent la main plus longuement que nécessaire :

— Bonjour, Mickie.

— Bonjour, Rudi. Qu'est-ce que tu fais là ? dit-elle, sentant le rouge lui monter aux joues.

Rudi adresse un petit salut à Nathalie, la jeune collègue de Mickie :

— Je viens voir Format…

— T'as rendez-vous ?

Mickie le dévisage. Rudi est gêné. Il ne se sent pas à sa place

— Non, dit-il tout bas.

— Va voir Carole. Je ne sais pas s'il est là.

— C'est où déjà, le secrétariat ?

— Au fond, à gauche.

Mickie regarde Rudi s'éloigner d'un pas déterminé avec une légèreté juvénile qu'elle ne peut s'empêcher de comparer avec le pas pesant de son mari. Armand est un homme qui marche comme s'il devait s'arracher mètre après mètre à la terre dont il est issu. C'est ce qu'on appelle un type solide. Ce genre de solidité qui, selon Mickie, finit par peser comme le boulet du bagnard ou la pierre qui entraîne le suicidé au fond de l'eau…

Secrétariat

Toute en fleurs, toute en dentelles, toute en bagues et colliers dorés, Carole Beudé est une grosse fille un peu excentrique que ses amis surnomment «Beauty». Rudi frappe et entre aussitôt qu'il a frappé :

— Bonjour, Carole, je peux voir M. Format ?

— Il t'attend ?

— Non, mais c'est urgent…

Rudi la surprend en train de s'essuyer les yeux :

— Qu'est-ce qu'il y a ? Tu pleures ?

– C'est rien, dit-elle, c'est de la conjonctivite.

Carole fait disparaître son mouchoir dans la manche de son gilet :

– T'es pas de nuit ? demande-t-elle à Rudi.

– Si, justement, faudrait que je le voie maintenant…

D'un mouvement de menton il désigne la porte du bureau « Ressources humaines » :

– J'entre ?

– Il n'est pas là. Il est à l'extérieur, dit Carole.

– Où ça ?

Carole sursaute :

– Ça ne te regarde pas !

– Il livre en ville ?

Carole soupire et lève les yeux au ciel :

– C'est Lorquin qui t'apprend ces conneries ?

Rudi se penche vers elle :

– Il revient quand ?

– Je ne sais pas.

– Tu fais pas son secrétariat ?

– Si. Mais je ne sais pas à quelle heure il revient. Si tu veux le voir, téléphone pour prendre rendez-vous, dit Carole d'un ton vainement autoritaire.

Rudi hoche la tête :

– OK, je téléphonerai. Mais en attendant, tu peux lui demander quelque chose de ma part ?

– Si c'est une blague, oublie.

– Demande-lui ce qu'il fichait hier soir, ici, jusqu'à onze heures ?

– Pourquoi je lui demanderai ça ?

– Pour me faire plaisir…

Carole hausse les épaules :

– Tu crois que j'ai que ça à faire ?

Elle s'énerve sur un papier qui traîne devant elle. Le dossier lui échappe des mains :

– Ah, flûte !

Rudi le ramasse, le pose sur le bureau et prend la direction de la porte :

— Je peux compter sur toi ?

— Je verrai.

— C'est tout vu !

— Qu'est-ce qu'est tout vu ?

— J'ai ma réponse…

— Je ne t'ai rien dit ! proteste Carole.

Rudi lui adresse son plus beau sourire :

— Tes yeux parlent pour toi, « Beauty »…

— Je t'interdis de m'appeler comme ça ici !

Rudi revient vers elle :

— Carole, je sais qu'il se passe un truc avec Format et la direction. Un truc qui te fait pleurer et te coupe le sifflet. Alors OK, tu ne m'as rien dit officiellement, mais officieusement tu vas me le dire…

Carole se tortille sur son siège. Elle a chaud, elle a froid. Son soutien-gorge la serre trop, ça l'oppresse. Elle cligne des yeux, chuchote :

— Je ne peux pas. Je n'ai pas le droit.

— Laisse-moi t'aider.

— N'insiste pas, j'ai du travail. Laisse-moi…

— Carole…

— Non.

— Il est où, Format ?

Elle dit très vite :

— En Belgique.

— Avec les Boches ?

— Oui, murmure-t-elle en se mordillant les lèvres.

— Et c'est ça qui te fait pleurer ?

Carole ne répond pas, son menton tremble. Rudi insiste, œil de velours, bouche charmeuse :

— Restructuration ou fermeture ?

Carole pleure :

— Restructuration…

Atelier

Serge, le mari de Varda, vient embrasser Dallas.

– Dis donc, tu t'es rasé avec une biscotte ce matin, dit-elle.

– J'ai pas entendu le réveil. J'ai failli être en retard…

Serge est au contrôle qualité, dans l'équipe de Rouvard. Il hausse la voix :

– Ça va, ta bécane ?

– Pas de problèmes. Pourquoi ?

– Rouvard n'est pas à prendre avec des pincettes : rien que hier soir il paraît qu'il a fallu en stopper cinq !

Dallas sourit :

– Au moins, Rudi risque pas de manquer de boulot !

– C'est sa semaine de nuit ?

– Tu veux dire que c'est ma semaine d'enfer.

– T'auras qu'à passer à la maison…

Dallas grimace :

– C'est ça, pour que tu me fasses des misères comme à ma copine…

– Qu'est-ce que j'ai encore fait ?

– Fais pas l'innocent !

– Je te jure, je ne sais pas.

– T'as vu comme elle marche ?

Serge ne comprend pas. Dallas écarte les jambes et fait quelques pas en se dandinant :

– On dirait qu'elle a fait l'exode à cheval sur un tonneau !

Ils rient.

– Vous savez que vous êtes de drôles de numéros toutes les deux !

– Ah oui ?

– Oui, dit Serge. Je ne sais pas ce que vous vous

racontez. Mais même à mon meilleur ami, j'oserai jamais raconter le centième de ce que vous vous dites.

— Et encore, tu sais pas tout !

— C'est bien ce qui me fait peur !

Ils rient à nouveau.

Parents

Dallas n'a pas le temps de s'attarder à bavarder avec les filles au changement d'équipe. Dès qu'elle sort des vestiaires elle file chez ses parents pour déjeuner avant d'aller travailler chez le Dr Kops.

Quand elle arrive le petit est couché :

— Déjà ?

— Je l'ai emmené faire les courses, dit la mère de Dallas, le pauvre bébé, il n'en pouvait plus. Tu sais ce qu'il adore ?

— Non…

— Le Champion ! Toutes ces lumières, toutes ces couleurs, tu le verrais regarder partout…

Dallas n'aime mieux pas savoir ce que sa mère fait avec Kevin. Ça la blesse, ça l'attriste qu'elle ne puisse pas le faire elle-même. C'est comme un reproche permanent, une accusation.

— Y a quoi à midi ?

— Du hachis…

Dallas embrasse son père et s'assoit à côté de lui dans la cuisine :

— Franck mange pas là ?

— Non, dit Henri, il est parti je ne sais où…

Dallas sourit.

— Pourquoi tu souris ?

— Pour rien.

– Tu sais où il est ?

Dallas pense à la fille Format mais ne dit rien :

– Comment veux-tu que je le sache ?

Denise sort le hachis du four et pose le plat entre Dallas et son père :

– Servez-vous, j'arrive.

– Où tu vas ?

– Je veux juste voir si Kevin dort comme il faut…

– Laisse, j'y vais, dit Dallas, en se levant d'un bond.

Henri intervient avant que la dispute éclate :

– Asseyez-vous, merde. Qu'est-ce que vous voulez faire ? S'il dormait pas, vous l'entendriez crier.

– Je ne l'ai pas vu depuis hier soir, plaide Dallas.

Sa mère ajoute :

– Et s'il s'est découvert ?

– On mange, gronde Henri, après vous aurez le temps d'aller lui faire autant de guili que vous voudrez.

– Moi, je travaille cet après-midi, proteste Dallas.

– À cet âge, dit Denise, ils ont vite fait de prendre le mal…

– Asseyez-vous !

Finalement Dallas et sa mère se rassoient :

– Ça allait aujourd'hui ? demande Henri, qui aime bien avoir les dernières nouvelles de la Kos.

– Serge, le mari de Varda, m'a dit que hier soir les machines tombaient en panne les unes après les autres, Rouvard savait plus où donner de la tête. Mais ce matin ça allait…

– Et Varda, qu'est-ce qu'elle raconte ?

– Tu sais, on n'a pas tellement le temps de discuter. Elle était crevée…

– Elle bossait dimanche ?

– Non, mais elle a fait de l'exercice.

– Varda fait du sport ?

– De l'escalade…, répond Dallas, au bord du fou rire.

– De l'escalade ? s'étonne Henri.

Il pense que le mariage change les filles. Varda fait de l'escalade ! Elle qui n'a jamais voulu intégrer ni l'équipe de hand ni celle de basket, pas même courir le challenge du nombre où il suffit d'être là pour que l'équipe marque des points…

— Elle a raison, conclut-il, c'est bien l'escalade. C'est un sport complet. Puis ça ne peut pas lui faire de mal de perdre un peu de poids…

Denise insiste pour qu'ils finissent le plat :

— Vous allez pas me laisser ça…

— J'ai plus faim, dit Dallas, pressée d'aller voir Kevin.

— Prenez de la salade, ça fait passer.

Dallas et son père se partagent ce qui reste.

Denise se lève :

— J'ai fait de la compote. Vous en voulez ?

— Avec un biscuit et du café, dit Henri, en posant sa main sur la main de sa fille.

Henri est fier de Dallas. Il trouve sa fille belle, courageuse, pas chichiteuse pour deux ronds. Il s'entend mieux avec elle qu'avec ses fils. Il suffit d'un regard pour qu'ils se comprennent, d'un geste, d'un sourire. Avec ses garçons il se sent toujours en porte-à-faux, avec Dallas jamais. Sa joie c'est la sienne, sa tristesse aussi. Il dit souvent :

— Ma fille m'épate.

Quand Rudi arrive, Dallas et sa mère rangent la vaisselle, Henri s'offre une dernière tasse de café où il trempe un biscuit sec.

— Tu viens manger ? demande Dallas, étonnée de voir débarquer son mari.

— Non, dit Rudi.

— Tu veux un café ? Il en reste une goutte…

— Non merci, ça va.

— Tu ne veux pas que je te le réchauffe ?

Rudi s'assoit à côté de Henri :

– La Kos restructure, dit-il très vite sans oser regarder qui que ce soit.

Dallas blêmit :

– Quoi ?

– Il y a un plan de restructuration…

Dallas s'essuie les mains dans un torchon :

– C'est un bruit qui court ou c'est vrai ? demande-t-elle d'une voix altérée.

– C'est vrai, dit Rudi. Lorquin est en train de se renseigner, Franck aussi et moi je suis passé voir Format, mais il n'était pas là.

– Qui t'as vu ?

– Personne… Si, Carole, sa secrétaire. Elle pleurait. Elle a bien essayé de mentir mais elle a fini par me le dire : les Allemands veulent un plan social ou ils ferment la boîte.

– Il va y avoir des licenciements ? demande la mère de Dallas. Henri s'emporte contre sa femme :

– T'as pas encore compris ce que ça veut dire « plan social » ? Ça veut dire le contraire de ce qu'on croit ! Ça veut dire qu'on fout tout le monde à la porte en leur passant la main dans le dos, style « ne vous inquiétez pas, ça ira mieux demain ».

Son poing s'abat sur la table :

– Bande de salauds !

– Chut ! Crie pas, tu vas réveiller le petit ! dit Denise.

Dallas s'assoit, les jambes coupées :

– Ils veulent en virer combien ?

– J'en sais rien, dit Rudi. Carole n'a pas voulu me le dire. Mais tu peux être sûre qu'hier soir, quand j'ai croisé Format à la Kos, il avait la liste avec les noms dans sa mallette…

– Qu'est-ce qu'on va devenir ?

– On va se battre.

– Mais s'ils nous virent tous ?

– On ne va pas se laisser faire.

Dallas est au bord des larmes. Du dos de la main, Rudi lui caresse la joue :

— T'inquiète, mon chat, on n'est pas encore dehors.

— Avec tout ce qu'on a à payer…

— T'inquiète pas, je te dis.

Rudi se lève.

— Où tu vas ?

— Je vais rejoindre Lorquin et les autres. Faut que tout le monde soit sur le pont.

Et, forçant sa détermination :

— C'est comme pour l'inondation.

Bande d'arrêt d'urgence

Warning.

La voiture est arrêtée sur la bande d'arrêt d'urgence. Format, penché en avant, vomit dans le fossé. Behren s'approche :

— Ça va ?

— Oui, dit Format en s'essuyant la bouche avec un Kleenex, merci, ça va aller…

Ils reviennent vers la voiture :

— Ça vous arrive souvent ?

— Non, jamais. Il doit y avoir quelque chose que je n'ai pas digéré…

— Les truffes blanches ou la Tâche à trois cents euros la bouteille ? persifle Behren en lui ouvrant la portière.

À l'intérieur, Gasnier et Bauër n'ont pas bougé.

Cardinal

Claude Lecœur, l'inspecteur du travail, attend Format au *Cardinal*, le grand café qui fait brasserie. Ils s'installent dans l'arrière-salle où les tables sont déjà dressées pour le service :

— Vous n'avez pas l'air dans votre assiette, dit Lecœur.

— Un petit malaise, mais ça ira.

— Vous êtes tout pâle.

— Ne vous inquiétez pas.

— Qu'est-ce que vous prenez ?

— De l'eau. Et vous ?

— Une bière…

Ils passent commande et, dès que la serveuse les laisse en tête-à-tête, Lecœur lève son verre :

— À la vôtre !

— À la vôtre, répond lugubrement Format.

Ils trinquent.

— J'imagine que ce n'est pas uniquement pour le plaisir de m'offrir à boire que vous m'avez convoqué ici, dit Lecœur.

— Je ne vous ai pas « convoqué » !

— On se comprend…

Format en convient :

— Nous nous connaissons bien, monsieur Lecœur. Nous ne sommes pas toujours d'accord mais je crois que nos relations ont toujours été d'une grande franchise, même dans ce qui a pu nous opposer…

Lecœur le presse d'en venir aux faits :

— J'y arrive, dit Format, mais, avant, je veux que nous soyons bien d'accord : ce que je vais vous dire n'a rien d'officiel. C'est une conversation entre amis, rien d'autre.

— Vous m'inquiétez.

— Je peux compter sur votre absolue discrétion ?

Lecœur ricane :

— Le secret de la confession ?

— Je ne plaisante pas.

— Excusez-moi.

Lecœur donne sa parole à Format :

— Ce que vous allez me dire ne sortira pas d'ici. C'est « off », comme disent les gens à la télé…

— Très bien, dit Format. Je serai bref, car je dois retourner à la Kos au plus vite. Voilà : nous allons restructurer.

— Maintenant ?

— Je reviens de Bruxelles. Le comité exécutif du groupe nous a mis en demeure : c'est ça ou la fermeture définitive du site.

Lecœur accuse le coup :

— Vous allez convoquer un CE ?

— Bien entendu.

— Combien de licenciements ?

— Je ne sais pas encore…

— Vous devez bien avoir une idée !

— Sincèrement : non.

— Alors pourquoi vous vouliez me voir si vite ?

Lecœur ne comprend pas.

— Je voudrais vous associer à notre réflexion, dit Format.

— En amont ?

— Oui, en amont. Vous connaissez mieux que personne la situation de l'emploi dans la région, la fragilité générale des entreprises et même un certain nombre de salariés de la Kos. Vous vous occupez toujours du club de foot, n'est-ce pas ?

— Oui.

— Donc vous savez de qui je parle.

Format avale une gorgée d'eau :

— Il y a un autre problème…

— Après ce que vous venez de m'annoncer, je ne…

– Tout doit être bouclé avant Noël, dit Format, lui coupant la parole.

– Hein? Vous rêvez? Rien que pour mettre en œuvre la procédure de…

Format l'arrête d'un geste :

– Si nous n'arrivons pas à tenir ce délai, c'est la fermeture définitive.

– Ce sont vos Allemands qui vous ont dit ça ?

– Oui.

– Nous allons leur apprendre le droit du travail, la législation française…

Format tape du poing sur la table :

– Merde, Lecœur ! Nous n'allons rien leur apprendre du tout. Ils ne plaisantent pas. Comprenez-moi bien : nous allons devoir sauter au-dessus de toutes les procédures, les délais et tout le bazar administratif !

– Nous ?

– Oui « nous » : vous, moi, tous ceux que nous allons pouvoir mobiliser pour sauver la Kos !

Format se calme un peu :

– Excusez-moi, Lecœur, mais je suis pris à la gorge…

Mickie

Rudi connaît mille chemins pour aller chez Mickie. Il est prudent. Tantôt il passe par le pont, tantôt par le parking du Champion ; parfois même il fait le grand tour par le stade et la salle polyvalente… Ils se retrouvent en journée, jamais la nuit. Trop compliqué. Deux fois seulement ils ont dormi ensemble. Une fois quand le mari de Mickie était à l'hôpital pour une cheville cassée et que, par chance, Rudi avait été envoyé en dépannage dans une autre usine du groupe à deux cents kilomètres de là. Une autre fois quand il devait finir coûte que coûte le chantier d'une résidence secondaire accrochée à flanc de montagne, dans un coin inaccessible, sauf pour des artistes en mal de solitude.

Ce n'était pas vraiment de bons souvenirs.

Les deux fois Mickie était nerveuse. Elle n'arrivait pas à dormir, elle tournait, se retournait sans cesse dans le lit, et quand ils faisaient l'amour, c'était avec rage plus qu'avec passion. Pourtant Mickie disait souvent qu'elle ne voulait rien d'autre, sentir Rudi près d'elle au milieu de la nuit, entendre son souffle, éprouver la chaleur de son corps et pouvoir se coller contre lui… Elle ne le disait pas comme on formule un vœu, ni comme un reproche masqué ou un regret, mais comme une pensée qu'elle exprimait à voix haute, pour elle-même. C'est cette tendresse qui lui manquait, ce manque qui la faisait vraiment souffrir.

Derrière chez Mickie, il y a un petit espace entre une série de boxes et le mur aveugle d'un hangar industriel qui donne sur le jardin. Rudi se faufile par là, sûr que personne ne peut le voir. Et même si quelqu'un l'apercevait, comment pourrait-on soupçonner où il va ? Au pire, on penserait qu'il veut pisser à l'abri des regards.

La suspension de la cuisine est allumée, signe que la voie est libre. Mickie l'attend.

Il se presse.

— Je ne sais pas comment tu fais, dit-elle en éteignant, mais je ne t'entends jamais entrer. Tu n'es pas là et, soudain, tu es là…

— T'es au courant ?

— Oui…, répond Mickie. Carole est venue me le dire après que tu sois parti. C'étaient les grandes eaux, Nathalie, elle et moi, t'imagines.

Et, le sourire triste :

— Ne parlons pas de ça. Tu m'as manqué. C'est long un week-end…

– Toi aussi tu m'as manqué, dit Rudi.

– Embrasse-moi…

Ils s'embrassent mais le cœur n'y est pas.

Rudi baisse les yeux :

– Je ne peux pas rester…

Mickie ne veut pas l'entendre :

– Tu sais, tout à l'heure, au bureau…, dit-elle en caressant les cheveux de Rudi.

– Oui ?

– Comme tu ne viens jamais, ça m'a fait tout drôle de te voir là…

Mickie ne porte qu'une petite combine ourlée de dentelle noire sous son peignoir. Elle sourit et guide la main de Rudi jusqu'à son sexe :

– Et ça me le fait encore…

Rudi gémit :

– Ah non, tu n'as pas le droit, je dois y aller ! Ils m'attendent !

– Attends, dit Mickie, retenant la main de Rudi coincée entre ses cuisses.

Et, les yeux rieurs :

– Je ne reprends qu'à la demie…

La voix de Rudi se noue dans sa gorge :

– Tu sais ce que ça veut dire « restructuration » ? Tu sais ce qu'on risque ?

– Justement, dit Mickie en le libérant. Et si c'était notre dernière fois ?

– Ne dis pas de conneries !

– Je ne dis jamais de conneries quand il s'agit de nous. Pense que c'est peut-être notre dernière fois. La dernière fois où on va faire l'amour. C'est la fin du monde : il ne nous reste plus que cet instant-là à vivre avant de disparaître…

– Mickie, je t'en prie…

– Viens.

Mickie se débarrasse de son peignoir et entraîne Rudi

jusqu'à la chambre où le lit est grand ouvert. Il résiste, renâcle :

— Non, Mickie, non. Pas aujourd'hui…

Mickie fait tomber une bretelle de sa combine, découvrant un sein lourd et très rond :

— Si tu préfères Lorquin…, dit-elle sans quitter Rudi du regard, vas-y, je ne te retiens pas…

— Non, Mickie, non je ne peux pas.

— Tu sais ce que ça coûte, non-assistance à personne en danger ?

Mickie grimace de douleur feinte, elle remonte lentement sa combine sur ses cuisses :

— J'ai mal, je souffre. Regarde, la coupure est tout ouverte…

Rudi cède :

— Ah merde, merde ! Je suis vraiment dingue !

Il se déshabille.

— Ne va pas te blesser, mon amour, dit-elle en se moquant de sa hâte maladroite.

Mickie aime le voir jeter ses vêtements sur la chaise, fourrer sa montre dans sa chaussure pour ne pas risquer de l'oublier, enlever son slip.

— Qu'est-ce que tu ne me ferais pas faire ?

Leurs regards se croisent.

Rudi s'approche, la bite raide. Mickie l'arrête au bord du lit pour le prendre dans sa bouche, pour soupeser ses couilles à la peau douce, caresser ses fesses aux muscles durs. Elle aime son odeur, le goût de sa verge, sentir les mains de Rudi s'enfoncer dans ses cheveux et la saisir d'un coup par la nuque. Elle lève vers lui un regard presque apeuré, comme si son propre désir l'effrayait. Il y a de la provocation aussi, de l'insolence. Elle veut. Elle veut qu'il la pétrisse, qu'il la malaxe, qu'il la serre, l'étouffe à lui faire rendre l'âme. Elle est en nage, elle bascule à la renverse, s'abandonne.

Aujourd'hui, elle est aussi pressée que Rudi :

— Prends-moi. J'ai envie. Viens, prends-moi tout de suite, répète-t-elle.

Mickie ne peut pas avoir d'enfant. C'est sa plaie, sa croix.

Après cinq ans de mariage, elle jurait que ça venait de son mari. Qu'il était stérile. Son beau-frère non plus n'avait pas d'enfants. Ni sa belle-sœur. Ça venait de leur côté. Pour en avoir le cœur net, ils ont consulté le Dr Schwartz à l'hôpital et trois médecins en ville. Au bout d'une dizaine d'examens les résultats sont tombés : ce n'était pas son mari qui était stérile, c'était elle. Quand le Dr Kops lui a confirmé la nouvelle, elle en a pris son parti sans laisser personne deviner ses larmes. Elle ne serait jamais une maman. Jamais elle ne pourrait se montrer en ville avec une robe trop ample et la poitrine gonflée. Jamais on ne la verrait coudre au square ou tricoter. Jamais elle ne pousserait fièrement un landau, jamais elle ne donnerait le sein en murmurant « mon bébé ».

Dans un film un type disait : « Une femme sans enfant est une femme morte... »

C'est ce qu'elle pense. Ce qui est vivant, c'est ce qui se reproduit. Ce qui ne se reproduit pas est mort. Elle est convaincue de ça. Elle ne l'avouera jamais à Rudi mais, quand ils se sont connus, elle espérait un miracle. Qu'il conjure le mauvais sort. Qu'il lui ouvre le ventre. Qu'il l'engrosse malgré son âge. Mais rien n'est venu ; pas plus avec Rudi qu'avec son mari. Rien, sinon un plaisir inconnu jusqu'alors. Un plaisir stupéfiant. Alors ce plaisir est devenu son enfant. Un enfant appelé Rudi.

Quand elle y repense...

Rudi ne savait rien de l'amour ni des femmes. Rien de rien. Il n'avait pour lui qu'un sourire vengeur et un corps musclé. Mais pour le reste, c'était un gamin qu'on mouche et qu'on torche, impatient et capricieux.

— Je veux que tu me fasses jouir..., disait-elle. Tu comprends ?

Rudi ne comprenait pas. Il pensait qu'il suffisait de la prendre autant de fois qu'elle en avait envie. Que c'était mécanique, automatique. Mickie a dû lui expliquer qu'il pouvait s'acharner une journée entière sans jamais arriver à rien s'il s'y prenait comme il s'y prenait avec elle :

– C'est pas un sport ni un concours. Je ne suis pas un seau que tu dois remplir…

Elle lui avait montré la définition de « jouir » dans le dictionnaire :

– Avoir du plaisir, goûter, savourer…

Elle avait beaucoup lu, les mots ne lui faisaient pas peur. Elle disait :

– Ta queue sans ta tête ce n'est rien…

Et aussi :

– Pourquoi crois-tu que le bon Dieu t'a donné une langue et des doigts ?

Et encore :

– Je ne veux pas d'une bête muette couchée sur moi. Je veux que tu me parles. Je veux que tu me dises tout ce qui te passe dans le crâne quand tu me baises. N'aie pas peur. Moi je n'ai pas peur. Tu peux tout dire. Tout me demander…

Rudi a vite appris les mots et les gestes.

Désormais plus rien ne le retient, plus rien ne l'arrête. Pas de zones interdites, de gestes réprimés. Il veut tout ce qu'elle veut, il fait tout ce qu'il a envie de faire, il aime tout ce qu'elle aime, tout ce qui entre, tout ce qui sort. Surtout l'instant unique où il l'écarte et pénètre en elle, la consolant de tant de choses.

Mairie

Michel Saint-Pré est le maire de Raussel depuis dix ans, sans étiquette, plutôt à gauche, au centre gauche, au centre du centre gauche, enfin au centre gauche du centre. Quelque part, n'importe où pourvu qu'il soit réélu chaque fois qu'il se présente. Angélique, sa secrétaire, tourne une à une les pages du parapheur pour lui faire signer le courrier en instance.

Behren entre dans son bureau sans s'annoncer :

— Michel, on est dans la merde !

— Du calme ! Tu ne vois pas que je suis en train de…

— Laissez-nous, Angélique, demande Behren d'un ton sans réplique.

— Eh, tu permets !

— On restructure à la Kos. Il va y avoir une charrette de licenciements. Une centaine…

— Mon Dieu ! dit Angélique. Cent licenciements !

— Je vous ai demandé de nous laisser, répète Behren.

Il s'assoit :

— Et ce n'est pas la peine de vous précipiter sur le téléphone !

Michel referme le parapheur ouvert devant lui et le tend à Angélique :

— Occupez-vous de ça et pas un mot, d'accord ?

— Oui, monsieur le maire, dit Angélique, bouleversée.

Saint-Pré attend qu'elle ait quitté le bureau et décroche son téléphone :

— J'avertis le préfet tout de suite. L'annonce officielle sera faite quand ?

— Officiellement pas tout de suite, mais Format convoque le comité d'entreprise. Dans une heure, tout le monde sera au courant…

— Il n'y avait pas d'autre solution ?

– Tu connais les Allemands : c'était ça ou fermer…

– C'est pas vrai ! J'y crois pas ! Merde ! Merde !

La communication est établie :

– Saint-Pré à l'appareil, passez-moi monsieur le préfet, s'il vous plaît. C'est très urgent. Oui, très très urgent…

Michel soupire en patientant :

– Nom de Dieu, me faire un coup pareil ! À trois mois des élections…

Et, basculant sur son fauteuil :

– Ça concerne tous les sites du groupe ?

– Non, dit Behren. Pour l'instant il n'y a que nous à être flingués…

Le préfet est en ligne. Saint-Pré met le haut-parleur :

– Mes respects, monsieur le préfet, nous avons un gros pépin. Behren est avec moi, je mets le haut-parleur. La Kos restructure, ils vont annoncer une centaine de licenciements…

– Un lundi ?

Saint-Pré s'étonne :

– Oui, pourquoi ?

– D'habitude on attend le vendredi pour annoncer ce genre de chose ! Ça laisse le week-end pour négocier…

Behren intervient :

– Les Allemands sont pressés. Ils veulent opérer avant la fin de l'année…

– Ils peuvent toujours rêver. C'est impossible.

– Ils ne rêvent pas, ils préfèrent aller au tribunal que de perdre du temps. Les lois, les règlements, rien de tout ça ne compte pour eux. Hoffmann a été très clair : vite et bien, ça coûte moins cher d'être condamné que d'attendre.

– Que disent les syndicats ? demande le préfet.

– Le comité d'entreprise est convoqué d'urgence.

– Vous pensez que ça va péter ?

Saint-Pré dit :

– Je vous passe Behren.

Behren prend le combiné :

– Bonjour, monsieur le préfet, oui, ça va péter.

– Oui, bien sûr, je suis idiot ! Je ne sais pas pourquoi je vous pose la question ! Forcément que ça va péter. C'est quasi pavlovien : annonce de licenciements égale grève immédiate.

– Oui, c'est sûr, c'est ce qui va se passer.

– Vous pensez que ça durera longtemps ?

– Je ne sais pas. On ne peut pas dire. À mon avis pas plus de huit jours. Au-delà de ça, ce ne sont plus des licenciements qui seront annoncés mais la fermeture du site…

Le préfet fulmine :

– Je vais appeler comment s'appelle-t-il déjà votre type de Francfort ?

– Hoffmann…

– Ah oui : Hoffmann ! Je vais lui rappeler ses engagements !

Et, imitant l'allemand :

– Ch'achète la Kos parce que ch'y crois. Che m'engage devant vous tous à maintenir le chite en fonctionnement au minimum pendant chinque ans, à le développer, à infestir dans l'outil de production…

– Vous connaissez la formule, dit Behren : « Les promesses n'engagent que ceux qui les écoutent… »

Il y a un silence. Behren repasse le combiné au maire :

– Je vous repasse Saint-Pré.

– Nous sommes vraiment dans la merde, dit-il, si vous me permettez l'expression…

Le préfet acquiesce. Et, soudain las :

– Bon, de toute façon on ne peut rien faire dans la minute. Vous me tenez au courant. De mon côté, j'avertis le ministère, la gendarmerie… Vaut mieux prendre les devants. Et vous, vous y allez ?

– Non, je reste ici, dit Saint-Pré. J'attends l'annonce officielle et je convoquerai ensuite les différentes parties…

– Vous allez avoir la presse sur le dos.

– Je vais appeler Merlin à *La Voix* pour qu'il m'envoie Quarnoix…

– Bon courage !

– Vous ne l'aimez pas ?

– Il est gentil mais il est gâteux…

– De toute façon il n'y a pas trente mille choses à dire…

– Non, mais il y a la manière.

Le préfet raccroche.

Behren et Saint-Pré restent face à face comme s'ils veillaient un mort.

Bureau

Carole froufroute en faisant entrer les membres du comité d'entreprise dans le bureau de Format :

– Il y a assez de chaises ?

– Prenez celles de mon bureau !

Il y a Pignard de la CGT, Mme Roumas de FO, Lamy de la CFDT et quatre autres élus. Format félicite Pignard pour le mariage de sa fille.

– Tout s'est bien passé ?

– Oui, je vous remercie. Nous avons reçu votre carte et les fleurs…

– C'est la moindre des choses. Asseyez-vous.

– Nous n'attendons pas M. Gasnier ?

– Il va nous rejoindre. Pour ne pas perdre de temps, je vous propose de commencer.

– Oui, commençons. Bauër ne vient pas ?

– Il nous rejoint lui aussi…

Format lisse son sous-main avant de se lancer :

– Je n'irai pas par quatre chemins, d'ailleurs je suis

sûr que certains d'entre vous ont déjà eu vent de quelque chose : les Allemands veulent fermer le site…

— Fermer ? s'étrangle Pignard, stupéfait. Personne n'a parlé de fermer !

Mme Roumas fait sèchement remarquer :

— Après l'inondation, ils se sont engagés pour cinq ans minimum.

— Je sais, dit Format, mais rien ne les empêchera de fermer s'ils veulent fermer.

— Les pouvoirs publics ont leur mot à dire. Il y a des lois !

— Ils le diront mais ça ne servira à rien. Et les lois…

— Quand ? demande Lamy d'une voix sombre.

Et, haussant le ton :

— Ils veulent fermer quand ?

Format laisse tomber :

— À la fin de l'année…

Tous se taisent.

— C'est arrêté ? demande Pignard.

— Presque…, dit Format.

— Presque ?

— Oui.

Format se lève et fait quelques pas vers la fenêtre

— C'est pour ça que je voulais vous voir avant que l'annonce soit faite officiellement.

Après avoir jeté un coup d'œil à l'extérieur, comme s'il attendait un signal ou un message du ciel plombé, il explique :

— Je dis « presque » parce qu'il y a peut-être un moyen de sauver l'entreprise et les emplois. Mais le chemin est étroit…

Format dévisage un à un ses interlocuteurs :

— Hoffmann pourrait accepter de remettre une fois encore des liquidités au pot…

Pignard lui tend la perche :

— Si…

– Pardon ?

– Si quoi ? À quelles conditions il accepterait de remettre des liquidités au pot, comme vous dites ? Si... si quoi ? si combien ? si comment ? si ! si ! si ! Je connais la messe en *si*. Alors allez-y : dites-nous à quel prix nous allons payer l'aumône de Hoffmann.

Format dévisage Pignard. Il attend qu'il se calme puis il annonce le plus prudemment possible :

– Hoffmann accepte d'y repiquer en contrepartie d'une augmentation significative de la productivité qui lui permettrait de rentabiliser son investissement.

– En bon français ça veut dire quoi ? s'inquiète Mme Roumas.

– Ça veut dire : produire plus, plus vite avec moins de monde.

– Ça ne tient pas debout, dit Mme Roumas.

Pignard grommelle :

– Je vois le tableau...

– Quel tableau ? dit Format.

Pignard lève les yeux vers lui :

– Vous voulez licencier pour faire tomber les charges et placer les ouvriers devant le dilemme : produire le double de ce qu'ils font pour le même prix, voire pour moins cher afin d'être concurrentiels avec l'Est ou les Asiatiques. C'est ça ?

– Jusqu'à un certain point...

– Les autres usines du groupe sont concernées ?

– Pas à l'heure actuelle.

– Seulement la Kos ?

– Oui, seulement nous.

– Alors, inutile de tourner autour du pot, dit Pignard, ne soyez pas timide : combien de licenciements ?

Format donne le chiffre en s'étranglant :

– Une centaine...

Pignard se lève aussitôt. Il est très pâle. Ses yeux semblent encore plus enfoncés qu'à l'ordinaire, ses cernes plus sombres. Il est prêt au combat comme à l'époque où il faisait de la boxe, jambes bien plantées sur le sol, bras fléchis, poings serrés et dans l'œil cet éclat dangereux de l'homme dos au mur :

— Il n'en est pas question, dit-il. Pas question !

Et, maîtrisant sa colère :

— Premièrement : nous allons immédiatement avertir le personnel. Deuxièmement : nous déposons d'ores et déjà un préavis de grève. Troisièmement : nous alertons les pouvoirs publics. Quatrièmement : nous introduisons une action contre vous au tribunal. Cinquièmement : vous ne l'emporterez pas au paradis. Ni Gasnier, ni Bauër, ni aucun d'entre vous !

Format ouvre les mains en signe d'impuissance :

— Faites ce que vous croyez devoir faire…

Assemblée générale

Rudi et Lorquin rejoignent ensemble l'assemblée générale du personnel réunie sous le hangar de l'atelier n° 1. Une jeune femme interpelle Rudi :

— Pardon, je peux vous demander quelque chose ?

— Je vous en prie, mademoiselle…

Elle se présente :

— Florence Chamard, *La Voix*…

— Vous êtes nouvelle ?

— Je viens de Paris.

— Vous êtes une exilée, dit Rudi goguenard.

— Oui, répond Florence sur le même ton, une apatride du journalisme. J'ai entendu l'appel de *La Voix* et me voilà…

Rudi demande :

— Vous débutez ?

– À *La Voix,* oui, mais c'est pas mon premier job.

– Et c'est vous qu'ils ont envoyée ?

Florence sourit :

– Ça vous étonne ?

– Un peu quand même. Vous êtes jeune.

Rudi se mord la langue. Il a failli dire « vous êtes jolie ».

– D'habitude vous voyez qui ? demande Florence.

– D'habitude on voit personne ! Sinon une fois de temps en temps M. Quarnoix qui vient pour les arbres de Noël ou les médailles du travail...

– Eh bien aujourd'hui, c'est moi ! M. Quarnoix a de la goutte, il ne peut pas bouger.

Florence sort un carnet :

– Vous pouvez me dire qui est qui, que j'aie pas l'air de trop débarquer ?

Rudi désigne Pignard, Mme Roumas, Lamy, les délégués syndicaux qui se concertent au pied d'une estrade improvisée, faite de trois palettes en bois.

– Là-bas, le grand avec les lunettes, c'est Rouvard, du contrôle qualité. Si vous avez besoin d'infos techniques, il n'y a pas mieux...

– Et moi, tu ne me présentes pas ? demande Lorquin, tout sourires.

– M. Lorquin, mon chef, dit « Blek le Roc » pour les dames et « le Prince charmant » pour sa femme...

Florence serre la main de Lorquin :

– Enchantée...

– Tout le plaisir est pour moi.

Totor Porquet, Luc Corbeau et Hachemi se joignent à eux.

– J'ai apporté des munitions, dit Luc Corbeau en ouvrant un pack de bières.

Il fait la distribution.

– Vous en voulez une, mademoiselle ?

– Je ne dis pas non.

Luc Corbeau, rose de plaisir, lui ouvre une canette :

– Désolé, je n'ai pas de verre…

– Ne vous inquiétez pas. Mon père m'a appris à boire au goulot !

Ils trinquent :

– À la vôtre !

– À la vôtre !

Lorquin trinque avec eux :

– Et que nos femmes ne soient jamais veuves !

Pignard aide Mme Roumas à monter sur une palette :

– Tout le monde est là ?

Mme Roumas balaye la foule d'un regard et commence d'une voix tremblante d'indignation :

– La direction de la Kos nous place devant un choix scandaleux : fermer le site à la fin du mois ou accepter un plan social comprenant une centaine de licenciements…

Il y a des cris, des sifflets.

Mme Roumas fait signe de se taire :

– Devant cette situation, les organisations syndicales réunies en collectif appellent tous les employés de la Kos à se mettre en grève immédiatement, demandent à la direction l'ouverture sans délai de négociations, réclament des pouvoirs publics qu'ils fassent respecter les engagements pris par le groupe allemand en contrepartie desquels, nous vous le rappelons, ils ont obtenu de considérables avantages.

À nouveau des cris, des sifflets.

Mme Roumas n'a pas fini :

– Après l'inondation, tout le monde pensait que cette entreprise était perdue. Elle a pu redémarrer grâce au travail acharné de tous, au prix d'importants sacrifices. Personne ne peut oublier la mort de notre camarade Willer. Alors, il n'est pas question que nous soyons volés de nos efforts au seul profit d'actionnaires pour qui nous ne sommes que des chiffres sur le papier.

Mme Roumas se tourne vers Pignard et Lamy, guettant leur assentiment. Puis elle met la grève aux voix :

– Ceux qui sont pour lèvent la main ?

Toutes les mains se lèvent.

– Ceux qui sont contre ?

Personne.

Mme Roumas replie sa feuille :

– La grève est votée à l'unanimité.

Il y a des applaudissements. Lorquin se penche vers
Florence :

– Vous avez bien tout noté ?

Florence montre un petit magnétophone de poche :

– J'enregistre, c'est plus prudent...

Ils se sourient.

Pignard prend la parole :

– Je propose de constituer dès maintenant une délégation pour informer la direction de notre détermination
et pour réclamer que l'investisseur allemand vienne lui-
même s'expliquer devant nous et devant les pouvoirs
publics.

Une voix s'élève :

– Quoi comme délégation ? Les syndicats ?

– Non. Il faut que ce soit plus large.

Pignard propose :

– Les délégués syndicaux, les élus du CE plus un
représentant de la fabrication, de la maintenance, de la
finition, des expéditions, des bureaux... Un – ou une – par
secteur ! Il faut faire masse.

– Personne des cadres ? demande Armand, le mari de
Mickie.

– Bien sûr que si !

– Et les commerciaux ?

– Tout le monde, répète Pignard. Qui est volontaire ?

Lorquin donne un coup de coude à Rudi :

– Vas-y, tu nous représenteras...

– C'est toi le chef !

— Justement, dit Lorquin. Faut mieux que je reste en réserve avant de monter en ligne si nécessaire…

Totor Porquet et Luc Corbeau approuvent :

— Oui, vas-y, Rudi…

Hachemi est d'accord :

— Va leur dire ce qu'on pense !

Rudi lève le bras :

— Moi, je suis volontaire, pour la maintenance !

Et il glisse à Lorquin :

— Parce que mon chef est volontaire pour s'occuper de la journaliste…

Direction

Gasnier, en bras de chemise, observe les ouvriers qui se dispersent par petits groupes :

— Qu'est-ce que vous en pensez ? demande-t-il.

Format soupire :

— Je ne leur donne pas tort.

Son front est douloureux.

— Allez trouver des gens qui font pour leur entreprise ce que ceux-là ont fait pour sauver la Kos, dit-il. Tout perdre maintenant serait d'une telle injustice…

Gasnier fait la moue :

— Espérons que le bordel ne dure pas trop longtemps…

Bauër les rejoint :

— L'assemblée générale est finie ?

— Je ne crois pas.

Il chantonne :

— *Parole, parole, parole…*

Il y a un silence gêné.

Format se tourne vers Gasnier, vers Bauër. Les visages sont fermés, durs. Bauër pince les lèvres. Soudain Gasnier regarde sa montre d'un geste brusque :

– Bon, dit-il, autant que vous le sachiez tout de suite : je quitte la Kos.

– Pardon ?

– Je pars.

– Vous démissionnez ?

– Je monte à Paris, à la direction générale de la Socoma.

– Les travaux publics ?

– Oui.

– Quand ?

– Dès maintenant. Ce soir. Ma femme est déjà là-bas…

– Vous le savez depuis quand ?

– Une semaine.

Et, avec un petit rire :

– Je m'apprêtais à avertir Hoffmann de ma décision mais il m'a pris de vitesse. Comme quoi il faut toujours se méfier de l'eau qui dort…

Format se tourne vers Bauër :

– C'est vous qui prenez le relais ?

– Non, dit Bauër en souriant, c'est vous. Félicitations mon vieux…

Il serre la main de Format et lui tape sur l'épaule pour le congratuler :

– Vous prenez la direction de la Kos, répète Bauër avec entrain. Un beau challenge…

– Bauër s'en va aussi, avoue Gasnier. Il a été recruté par les gens de chez Schmitt.

– À Dresde ?

– Non, à New York, répond Bauër. Je rejoins la direction du développement international…

Gasnier ajoute :

– Hoffmann a confiance en vous. Votre plan l'a impressionné. S'il ne m'a pas répété dix fois : « Ah, le théorème de Format ! » Il était content de sa formule… Je lui ai suggéré de vous confier les rênes. Si vous êtes d'accord, nous l'appelons et il vous confirmera votre nomination par fax.

Format s'écarte de Gasnier comme s'il venait de se brûler :

— Vous étiez au courant, n'est-ce pas ?

— De quoi ?

— De tout ça... de tout ce qui se passe. De tout ce qui allait se passer.

— Pas plus que vous, mon vieux ! dit Gasnier en se détournant.

Il se pince le nez d'un geste trivial :

— J'ai senti le vent. J'ai une sorte de sixième sens pour ça...

— Et Bauër ?

Bauër préfère répondre lui-même :

— Vous savez qu'il y a longtemps que je voulais partir. Déjà, au moment de l'inondation...

Son ton est sarcastique :

— Cette odeur de vase, je ne supporte plus. Ça pue ! Mais ça pue...

Format le coupe :

— Je ne vous crois pas. Vous mentez. Vous mentez tous les deux.

— Calmez-vous, mon vieux !

— Je suis calme mais je suis scandalisé par votre attitude. Je me sens idiot de n'avoir rien vu venir et scandalisé que vous choisissiez le pire moment pour partir ! C'est de la désertion...

— OK, dit Gasnier, épargnez-nous le sermon. C'est notre faute, c'est notre très grande faute, mais c'est comme ça : nous sommes des mercenaires, de sales capitalistes pour qui le profit est le profit, élevés pour ça, dressés pour ça, amen.

Il parle avec hargne, insensibilité :

— Maintenant je vous demande une réponse : qu'est-ce que je réponds à Hoffmann, vous prenez la direction de la Kos oui ou merde ?

Bureau de Format

Behren, de retour de la mairie, est aux cent coups. Il ne prend pas même le temps d'ôter son manteau ni son cache-col :

– Qu'est-ce que c'est que cette histoire : Gasnier et Bauër nous laissent tomber ?

– Ça vous étonne ?

– Plus rien ne m'étonne !

– Je suis comme vous, dit Format, plus rien ne m'étonne moi non plus...

Et, hochant la tête, désabusé :

– Au fond, c'est peut-être mieux comme ça...

– Vous trouvez ?

Format regarde Behren droit dans les yeux :

– Vous comme moi, vous êtes de la région. Vous êtes même un élu. Vous avez quatre enfants, j'en ai cinq. Les vôtres comme les miens sont scolarisés à Sainte-Geneviève. Je crois que vous avez encore vos parents, les miens sont enterrés ici. J'ai toujours vécu dans ce coin et je compte bien y finir ma vie. La Kos, pour vous comme pour moi, ce n'est pas qu'un poste, qu'un salaire, qu'une mission. C'est quelque chose d'autre. Quelque chose qui nous fait vivre. Pour des gens comme Gasnier ou Bauër, rien de tout cela ne compte. Vaut mieux qu'ils désertent maintenant, avant la bataille. Ça nous laisse une chance...

– Qu'est-ce que vous comptez faire ?

– Faire face.

– Je vous en prie, pas de grands mots !

Format s'excuse :

– Vous avez raison.

Il se reprend :

– Voilà ce que je vous propose : nous faisons venir avec nous Rouvard, le grand à lunettes du contrôle fabrication et à nous trois, nous redressons la Kos. Tout seul je n'y arriverai pas.

— Pourquoi Rouvard ? Pourquoi pas Eppelbaum ou Drapper ?

— Un commercial ne nous servirait à rien. Il ferait double emploi avec vous. Il nous faut un technicien. Un type capable de se mettre les bras dans le cambouis jusqu'aux coudes. Rouvard connaît la boîte dans les moindres recoins…

— C'est une tête de cochon…

— C'est un as dans son domaine.

— Syndiqué ?

— Je crois qu'il est à la CFDT…

— Et vous croyez qu'il va vous suivre ?

Carole vient prévenir :

— La délégation du personnel est là…

— Demandez-leur de patienter un instant.

Carole referme la porte. Format interroge Behren :

— Alors je peux compter sur vous ?

Le Dr Kops

Perchée sur un escabeau, Dallas fait les carreaux dans la salle à manger du Dr Kops. Elle asperge, elle essuie, elle frotte, elle brique, elle frotte encore, essuie, frotte avec une énergie rageuse, soudain le cœur lui manque. Elle flanche, lâche son chiffon qui tombe sur le parquet. Sa tête bourdonne. Dallas s'agrippe à l'escabeau. Elle pense qu'elle n'a pas de chance, qu'elle paye quelque chose de mal qu'elle aurait fait, mais sans savoir quoi. Elle a peur de ce qui arrive. C'est plus fort qu'elle. Ça l'effraye, ça l'angoisse, ça lui noue le ventre et la gorge, ça lui fait battre les tempes et pleurer les yeux. Elle voudrait que tout s'arrête.

— Tout de suite, gémit-elle tout bas.

Elle se voit redevenir la petite fille qui n'avait en tête que de s'amuser et se faire offrir des rouleaux de réglisse par son père à la kermesse annuelle du curé. Elle était heureuse, elle riait, elle faisait tourner autour d'elle sa jupe blanche en plissé soleil. Son père disait :

— Tu es un lys…

«Un lys», se répète Dallas, mais cette idée ne la console pas, au contraire. Elle l'accable. Dallas a honte de ne penser qu'à elle. Comment peut-elle se laisser aller ainsi sans penser d'abord à son fils ?

Le médecin l'entend pleurer quand il traverse le vestibule :

— Eh bien, qu'est-ce qu'il y a ? demande-t-il, s'approchant d'elle.

— Rien…

— Allons, Dallas, pas d'enfantillage. Dites-moi ce qui ne va pas.

— Ça va, merci.

— Dallas, vous n'avez pas cinq ans ! Si vous avez fait une connerie ou s'il est arrivé une catastrophe, dites-le moi, je ne vais pas vous tirer les mots de la gorge. Kevin va bien ?

— Oui.

— Vous n'avez pas de soucis de ce côté-là ?

Dallas descend de l'escabeau, elle renifle en ramassant son chiffon tombé au sol :

— La Kos licencie…

— Ah ? Je croyais que c'était reparti…

— Il paraît qu'on coûte trop cher…

— Vous savez ça depuis quand ?

— Aujourd'hui…

— Et vous savez qui va être…

Il se retient de dire «licencié».

– On ne sait pas encore, murmure Dallas, s'essuyant les yeux avec la manche de sa blouse. Beaucoup de monde sans doute…

Kops réfléchit :

– Vous ne serez peut-être pas touchée…

– Ça ne fait que deux ans que j'y suis.

– Et alors ?

– On sait comment ça se passe : derniers arrivés, premiers partis.

Dallas est reprise de sanglots.

Kops la prend dans ses bras. Il la tapote dans le dos pour la consoler :

– Allons, ne pleurez pas, Dallas, ne pleurez pas… Vous avez un enfant, ils seront obligés d'en tenir compte.

– Si vous croyez que ça les gêne.

– Qu'est-ce que dit votre mari ?

– J'en sais rien. Il y a une assemblée générale. Il y est. Il me racontera ce soir…

Kops sort un mouchoir blanc de sa poche :

– Essuyez vos yeux, mouchez-vous et allez-y…

– Maintenant ?

– Eh bien oui maintenant, qu'est-ce que vous attendez ?

Dallas hésite :

– Je n'ai pas fini les carreaux.

– La belle affaire !

– Et je dois aller chercher les petits à quatre heures…

– Ne vous inquiétez pas, ni pour les carreaux ni pour ça, je vais appeler ma mère. Allez à l'usine, c'est plus important.

– Vous êtes sûr que votre mère saura s'en occuper ?

Kops sourit :

– Elle s'est bien occupée de moi !

Et, sûr de son effet :

– D'accord : c'est pas une réussite. Mais enfin, pour une fois…

Délégation

La délégation du personnel est réunie autour de la grande table de la salle à manger des cadres. Format préside avec à sa droite Behren et à sa gauche Mickie, en tant que représentante du personnel administratif. Tous les secteurs ont délégué quelqu'un, sauf les commerciaux (absents) et la manutention où travaillent une majorité d'intérimaires. Format donne la lecture d'un fax reçu du siège, à Francfort, confirmant sa nomination à la tête de la Kos en remplacement de Gasnier, démissionnaire. Behren est désigné comme le successeur de Bauër, lui aussi démissionnaire.

— L'Espagnol a foutu le camp ? demande Lamy, sidéré de l'attitude de Bauër… Gasnier, je veux bien, mais Luis ! Ça faisait combien de temps qu'il était ici ?

— Je crois qu'il a profité d'une ouverture aux USA…

— Ben dis donc ! dit Lamy, cherchant à faire partager à tous son incrédulité, aux USA !

Ses grimaces ne suscitent aucune réaction. Format demande pour la forme :

— Pas de questions ?

Silence autour de la table.

— Je propose donc de commencer cette réunion, conclut Format.

Il se tourne vers Carole :

— Carole, vous voudrez bien prendre des notes pour le compte rendu ?

— Oui, monsieur.

— Bien…

Format prend une grande inspiration :

— Ce que j'ai à vous dire est, évidemment, très désagréable.

Il humecte ses lèvres :

– Je ne vous apprendrai rien en vous disant que la situation financière de la Kos est mauvaise, voire très mauvaise ; que les marchés asiatiques nous attaquent sur tous les fronts : coût des matières premières, coût de l'emploi, etc. À titre d'exemple, sachez qu'un ouvrier chinois, dans un domaine comparable au nôtre, est payé un euro pour quatorze heures de travail par jour... Sur le terrain européen, l'Espagne, la Grèce sont plus performantes que nous, et je ne parle pas de la Roumanie ou de la Bulgarie. Si vous me permettez une image, nous avons de l'eau, pour ne pas dire autre chose, au ras de la bouche. Si nous descendons seulement de trois centimètres nous sommes noyés. Morts. Nous ne devons donc pas descendre. À aucun prix. Nous devons remonter à toute force et ce sera notre objectif fondamental pour les mois à venir : gagner en productivité, alléger les charges de structure, reprendre des parts de marché.

Format marque une pause :

– J'ai obtenu du comité exécutif du groupe qu'il renonce à fermer purement et simplement le site. Mais il n'y aura de reprise véritable à la Kos que si nous nous remettons en ordre de marche. J'ai envie de dire en « formation de combat ». Pour cela nous travaillons sur deux axes : procéder à un certain nombre de licenciements afin de nous donner les moyens d'agir et, d'autre part, moderniser notre outil de travail. En ce qui concerne les licenciements, nous sommes en train d'inventorier ceux qui pourraient bénéficier d'une retraite anticipée, ensuite ceux dont les possibilités de reclassement sont les plus prometteuses, enfin ceux dont le licenciement ne mettrait pas en péril l'équilibre familial, à condition qu'il soit assorti d'une prime pour repartir...

Pignard lève la main :

– Avez-vous autorité pour négocier ou devez-vous en référer ?

– J'ai toute autorité. Si vous le souhaitez, vous pouvez téléphoner à…

– Pas la peine, dit Pignard, je vous crois. Dites-nous plutôt quand nous pourrons prendre connaissance de cette « ébauche » de plan social…

– Demain, en fin d'après-midi.

– Pas avant ?

– Je dois agir vite mais pas dans la précipitation. À ce sujet, j'ai une demande à formuler…

Format ne peut cacher son embarras :

– Je sais que c'est tout à fait exceptionnel mais je sais aussi qu'il y a des précédents, je voudrais que nous parvenions à un accord qui me permette d'avancer plus vite que les délais légaux me l'imposent…

– Vous voulez vous asseoir sur la réglementation ? demande Pignard qui commence à s'échauffer.

Format s'y attendait :

– Nous devons faire face à une situation d'extrême urgence, monsieur Pignard : si nous appliquons les textes à la lettre, la Kos sera fermée et réduite à néant avant même que l'administration valide nos premières démarches. Nous sommes dans la tempête…

Rudi prend la parole :

– Excusez-moi, mais avant de savoir si on doit faire vite ou pas, s'il faut appeler les pompiers ou ne compter que sur nos propres forces, il faudrait être sûr que la seule façon d'éteindre l'incendie, c'est de licencier du personnel. J'ai l'impression que cette idée de licenciements est définitivement acquise pour vous, qu'il n'y a pas d'autres solutions que ce que vous dites.

– Hélas, il n'y en a pas, dit Behren. Les chiffres sont têtus.

– Nous aussi nous sommes têtus.

Un malaise s'installe, douloureux. Lamy se décide :

– Je ne suis pas d'accord sur les critères.

– Quels critères ?

– La question d'âge…

– Mais encore ?

– L'âge me paraît moins important que l'enracinement des personnes. Il faut tenir compte de ceux qui vivent ici depuis trois, quatre générations, plus même. Leur donner la préférence.

Rudi ricane :

– La préférence « nationale » ou la préférence « régionale » ?

– Ne me fais pas dire ce que j'ai pas dit, riposte Lamy. Mais il faut savoir ce qu'on veut.

– Parce que je ne sais pas ?

Pignard se lève brusquement :

– Monsieur Format, monsieur Behren, je demande une suspension de séance. Si vous voulez bien nous laisser un quart d'heure, nous avons certains points à discuter entre nous avant d'apporter des réponses à votre demande.

– Vous voulez que nous quittions la salle ? demande Format.

– Ce serait préférable…

Format consulte Behren du regard et, d'un même mouvement, ils se lèvent :

– Nous serons dans le couloir, dit Format.

Ils sortent rapidement, escortés par Pignard qui les accompagne jusqu'à la porte :

– Nous viendrons vous chercher.

Pignard engueule tout le monde :

– Vous vous rendez compte que vous êtes en train de faire exactement ce qu'ils espèrent que vous fassiez : vous engueuler. Ils n'attendent que ça. Plus vous vous engueulerez, plus les patrons seront contents parce que pour eux, ça veut dire qu'à un moment ou à un autre, à force d'engueulades, il y aura une vraie fracture dans le personnel et que ce sera le moment de s'y engouffrer pour nous baiser la gueule !

– On ne peut pas non plus laisser dire n'importe quoi ! répond Rudi.

Il fait un geste en direction de Lamy :

– L'autre avec sa préférence...

Lamy le toise :

– Qu'est-ce que tu crois ? « Ma préférence », comme tu dis, c'est la tienne.

– Tiens donc !

– Tu fais le beau, Rudi, tu te donnes des airs, mais imagine d'aller dire à ta femme : désolée, chérie, t'es virée, on a préféré garder Hachemi ou Mouloud qui sont depuis plus longtemps que toi dans la boîte ?

Et, ouvrant les mains en signe de paix :

– Comprends-moi : j'ai rien contre eux. Ce sont même de bons copains. Et justement, c'est pour ça qu'il faut avoir le courage d'aller leur dire : on ne peut plus vous garder, les gars. C'est simple, c'est vous ou c'est nous. Je suis sûr que si nous étions dans votre pays et que nous nous retrouvions dans la même situation, vous nous diriez la même chose.

Mickie est la plus prompte :

– Eh bien, moi, je préférerais être virée qu'accepter de faire ce que tu suggères de faire. Tu crois que tu pourrais te regarder dans une glace après avoir fait ça ? Nous sommes tous logés à la même enseigne. Qu'on vienne d'ici ou de là, ça n'a aucune importance. On vient tous de quelque part...

– C'est trop facile, Mickie, de dire ça. Toi, tu n'as rien à craindre. Tu vas pas te retrouver à la rue du jour au lendemain...

– Toi non plus. On ne vire jamais les délégués du personnel.

– Même s'ils sont cons, ajoute Rudi.

Lamy bondit de sa chaise :

– Tu me cherches ?

Pignard s'interpose :

– Ta gueule ! C'est pas le moment !

Et, à Rudi :

– Toi aussi ferme-la ! T'es pas ici pour faire le malin.

Rudi prend sur lui :

– Je ne suis pas ici pour faire le malin. Je suis ici en tant que représentant de la maintenance. À ce titre je veux faire remarquer qu'accepter le principe des licenciements comme seule solution à ce qui nous arrive ne me semble pas justifié. Ça me paraît même une vraie connerie. C'est accepter d'emblée la logique patronale. Ensuite, je ne vois pas quelles garanties nous obtiendrions en acceptant des licenciements quand on voit comment celles que nous croyions avoir obtenues après l'inondation sont balayées comme s'il ne s'était jamais rien passé…

Couloir

Format et Behren tendent l'oreille pour tenter d'entendre ce qui se dit à l'intérieur, mais ils ne perçoivent que des bribes, des éclats de voix, des chaises qu'on bouscule. À un moment, Pignard fait une grande sortie contre la flexibilité :

– Cette saloperie, vous nous avez forcés à l'accepter !

C'est Lamy qui répond :

– Dis que les trente-cinq heures, c'est de la merde ?

Leurs voix se perdent ensuite.

Format se penche vers Behren :

– Ça devrait aller…

– Oui, je crois.

Ils boivent du petit-lait.

Cour

Les rues de Raussel sont vides.

Ceux qui savent sont à la Kos, ceux qui ne savent pas ferment portes et fenêtres comme s'ils pressentaient qu'il n'allait pas faire bon rester dehors. Dallas, les mains dans les poches de son blouson, le col relevé, ne sent ni le vent, ni le froid, ni la bruine. Elle n'a pas non plus l'impression de marcher. Elle flotte au-dessus du sol, sur un coussin d'air, poussée ou aspirée par une force qui la dépasse. Elle n'entend pas les grognements sourds qui montent des maisons ni la voix qui crie en elle.

Si on lui demandait : « À quoi tu penses ? », elle répondrait : « À rien. »

Et c'est vrai. Elle ne pense à rien. Elle a peur. Une peur qui lui vrille le foie et l'habille d'un voile invisible.

Elle retrouve Varda sous l'auvent de l'atelier n° 3 :

— T'as pas vu Rudi ?

— Il est en délégation à la direction avec les syndicats…

Varda la tourne vers la lumière :

— T'as pleuré ?

— C'est rien.

— T'es sûre que ça va ?

— Oui, ça va…

— On dirait pas.

— Tu t'es regardée !

Varda esquisse un sourire :

— J'aime mieux pas, je suis en vrac…

Dallas va embrasser Franck qui discute avec Serge, puis elle revient vers le groupe des filles, reprenant courage.

— Ton patron t'a laissée partir ? demande Varda.

— Oui, il est gentil.

Dallas s'aperçoit qu'elle a encore le mouchoir de Kops dans les mains :

— Tiens, regarde, j'ai gardé son mouchoir…

— Et les gosses ?

— Sa mère va s'en occuper…

— Sa femme ne fout toujours rien ?

— Non. Elle reste dans sa chambre comme si elle attendait quelque chose. Mais personne sait quoi et ça ne vient jamais. En tout cas, elle est pas chiante…

Monique, la fille de Pignard, la jeune mariée, raconte à qui veut l'entendre :

— Tu parles d'une nuit de noces ! On était en route pour Bandol quand mon père a appelé sur le portable. Christian n'a fait ni une ni deux : demi-tour et tintin pour le reste !

Sylvie, une grande perche, ricane :

— Pas grave : on t'appellera Monique d'Arc…

— Parce que j'entends des voix ?

— Parce que t'es comme elle : t'as le feu au cul et t'es pas passée à la casserole !

Il y a aussi Saïda éternellement au pétard, Leïla, Karima, Nacéra, Odile aux yeux bleus, la grosse Minouche, Frédérique la Musaraigne, Véro et Barbara qui vient de Pologne. C'est elle qui voit partir Gasnier et Bauër, chacun dans sa voiture :

— Ben, où ils vont ces deux-là ?

Personne ne sait.

Au même moment, la délégation quitte les bureaux et vient rendre compte au personnel qui se regroupe.

Pignard résume : Gasnier et Bauër *out*, cent licenciements, les Allemands, les pouvoirs publics…

Rudi glisse à Dallas :

— Tu sais ce que ce con de Lamy voulait ?

— Non.

— Commencer par virer ceux qui sont d'origine étrangère.

– Bravo la CFDT ! dit Franck qui a entendu.

– On a failli se battre…

Dallas prend le bras de Rudi :

– Ça vaut pas le coup de se battre pour ça. Ce que Lamy dit ou rien, c'est kif-kif…

Elle se serre contre lui pour écouter Pignard :

– La mairie est prévenue, le préfet est prévenu, le ministère du Travail est prévenu, nos centrales syndicales sont prévenues…

– Et nous, on est quoi ? lance Lorquin.

– Nous aussi on est prévenus ! répond Pignard.

– T'as raison, on est même des prévenus ! triomphe Lorquin. On attend de savoir si on va être foutus en taule ou passés par les armes…

Florence note la formule.

Rouvard

Format peut être satisfait. La réunion s'est bien terminée. Les syndicats sont divisés et la base ne semble pas plus déterminée que ça, à part la maintenance. Mais c'est normal, c'étaient déjà eux les plus actifs au moment de l'inondation :

– Si je récapitule, dit-il à Behren : Lamy est un âne mais en l'occurrence sa bêtise nous sert, Pignard m'a l'air d'avoir déjà tout compris, à mon avis il est prêt à sauver ce qui peut être sauvé…

– Et Mme Roumas ?

– Elle, c'est plus compliqué. Quand Löwenviller nous a fait sa tirade, j'ai remarqué qu'elle approuvait ce qu'il disait par des petits signes de tête…

– La femme d'Armand aussi était d'accord avec lui.

Format sourit :

– Ce jeune homme plaît aux femmes…

Behren lui rend son sourire :

– Oui, on se demande pourquoi ?

Ils rient doucement, ça les détend.

Carole frappe et introduit Rouvard dans le bureau, ronchon, les lunettes en bataille :

– Qu'est-ce qui se passe ?

– Asseyez-vous, dit Format.

Rouvard s'assoit à côté de Behren. Format préfère rester debout :

– J'imagine que vous êtes informé de la situation…

– J'ai vu partir Gasnier et l'autre comme s'ils avaient le diable au cul, dit Rouvard.

Format soupire :

– Le diable, oui…

Et, plus sérieusement :

– Les Allemands m'ont nommé à la tête de la boîte pour tenter de la sauver, mais c'est notre dernière chance. M. Behren a accepté de me seconder. Nous voulions vous proposer de vous joindre à nous…

– À la direction ?

– Oui, dit Format, je voudrais former une sorte de triumvirat : vous, Behren et moi. J'ai lu toutes vos notes sur les questions techniques et les investissements nécessaires. Je partage votre diagnostic et j'approuve les solutions que vous suggérez. Licencier du personnel ne servira à rien si dans le même temps l'outil de travail ne récupère pas un niveau de compétitivité maximum. Déjà par rapport aux autres usines du groupe, ensuite sur le marché international…

Il y a un silence, Rouvard enlève ses lunettes et les remet pour masquer son embarras. Format poursuit :

– Nous allons vivre des moments difficiles. On ne licencie pas sans provoquer de drames. Mais je suis déterminé à le faire. Il n'y a pas d'autre solution. Je suis prêt à trancher dans le vif pour sauver tout ce que je pourrai sauver. Même si ça doit faire mal, même si ça doit faire pleurer. Même si ça me vaut plus d'injures que de compliments. Je n'ai qu'un but : nous tirer de cette merde, quoi qu'il en coûte.

Behren approuve :

— Il n'y a pas d'autre solution…

Format reprend :

— Avec M. Behren, c'est à nous de gérer ça au mieux, mais il faut dès aujourd'hui penser à «l'après». Au jour où la Kos redémarrera.

— Après la grève ?

— Oui, après la grève… parce que même s'il y a une grève, elle ne durera pas. Ce serait suicidaire. Tout le monde le sait, les syndicats et le personnel en premier. C'est donc un «après» qui va venir vite. Très vite. Et là, chaque minute comptera.

Format s'assoit sur le coin de son bureau :

— Voilà ce que je vous propose…

Il se reprend :

— Ce que nous vous proposons…

Behren apprécie.

— Vous prenez en charge dès maintenant la réorganisation du travail sur le site, dit Format, bien sûr en tenant compte des départs. Parallèlement à cette redistribution du personnel vous établissez un plan complet de modernisation. Je veux un inventaire détaillé de ce qui marche, de ce qui ne marche pas, de ce qu'il faut changer, de ce qu'il faut acheter pour gagner très vite en productivité. Vous serez évidemment responsable de la mise en œuvre de ce plan, de sa gestion humaine comme de sa gestion technique…

— Pourquoi ne pas faire appel à Eppelbaum., il a les capacités…

— Je ne veux pas d'un commercial, je veux un technicien.

— Le commercial, je m'en charge, dit Behren.

– Quelle est votre marge de manœuvre ? demande Rouvard.

Format prend un temps avant de répondre :

– J'ai six mois pour réussir.

Il ajoute :

– C'est pile ou face. Ça passe ou ça casse.

Florence

La cour de la Kos ressemble à une étrange cour de récréation, sans cavalcades, sans cris, sans bruits. Tout le monde discute par petits groupes, deux ou trois personnes à la fois, pas plus. Tous parlent bas comme s'ils redoutaient de faire entendre leurs voix. L'air est craquant, électrique. Florence interviewe Lorquin, assis sur une palette du parking d'expédition :

– Qu'est-ce que vous pensez de tout ça ?

– À votre avis ?

– Vous êtes en rogne, dit-elle en baissant la voix elle aussi. Vous ne pouvez pas dire le contraire...

– Cent départs, c'est un tiers du personnel ! s'emporte Lorquin. Je ne vois pas comment la boîte pourrait se remettre à tourner après une telle saignée...

– Tout le monde est syndiqué ici ?

– Non, pas plus de la moitié des gens...

– Et vous ?

– Moi, je suis à la CGT.

Il ajoute :

– Comme y étaient mon père, mes oncles. Comme le sont mes frères et toute la famille...

– Ils travaillent tous à la Kos ?

– Non, dit Lorquin, je suis le seul ici. Mes deux frères sont installés ailleurs, un dans le pétrole près de Bordeaux, le petit dernier à la fac d'Aix où il enseigne l'histoire.

Et, adressant un clin d'œil à Florence :

— C'est une tête… Vous avez des frères et des sœurs ?

— Non, je suis fille unique.

Florence relit ses notes :

— Votre collègue m'a dit qu'au moment de l'inondation, c'était vous qui aviez lancé le mouvement pour tout retaper…

— Moi et les autres. C'est vrai que la maintenance s'y est mise en premier. Mais, vous savez, si on ne s'y était pas tous mis, c'en était fini de la Kos…

— C'est la même chose aujourd'hui ?

— Oui, dit Lorquin, on peut voir les choses comme ça : on prend l'eau et va falloir se mettre à écoper si on ne veut pas couler…

— Ça fait longtemps que vous travaillez ici ?

— Vingt-deux ans aux cerises !

— Et avant ?

— Vous voulez écrire un roman ou un article ?

Gisèle

Gisèle guette Franck devant la maison de sa grand-mère. Une belle bâtisse au milieu d'une sapinière, le Bois-Bénit. La vieille dame est morte il y a deux mois jour pour jour.

Gisèle s'impatiente.

Le vent ricane dans les arbres. Elle frissonne, le regard tendu sur le petit chemin de terre qui serpente jusqu'à l'entrée, l'oreille aux aguets. Elle saute d'un pied sur l'autre, se répète «il va venir, il va venir» comme si sa litanie pouvait le faire arriver plus vite. Enfin elle entend la pétarade de la Mobylette et Franck apparaît soulevant dans son sillage un nuage de terre rougeâtre.

C'est un diable. C'est un ange.

— Je ne savais pas si tu pourrais, dit Gisèle avant même qu'il soit arrêté. Maman m'a raconté ce qui se passe…

Franck coupe le moteur et prend Gisèle dans ses bras :

— J'ai pu me tirer, il y avait déjà trop de volontaires pour le piquet de grève.

— J'aurais été drôlement triste si tu n'avais pas pu…

Ils s'embrassent du bout des lèvres.

— C'est dur ?

— Oui, ça craint.

— T'as vu mon père ?

— Non, il ne sort pas de son bureau…

Le visage de Gisèle s'éclaire. Une floraison.

— Pourquoi tu souris ? demande Franck.

Gisèle compte sur ses doigts :

— Mon père fait la grève, ma mère fait le catéchisme, ma grande sœur s'occupe des petits…

Elle agite un trousseau de clefs comme une clochette :

— T'es là et j'ai les clefs ! Que demander de mieux ?

— Je ne sais pas, dit Franck, décontenancé.

— Viens.

Gisèle ouvre la porte.

— Tes parents savent que t'as la clef ?

— Personne ne sait. C'était le trousseau de secours de ma grand-mère. Elle m'avait montré sa cachette. Une cachette secrète…

Gisèle précise avec malice :

— Elle et moi on se comprenait.

— Tu la voyais souvent ?

— Presque tous les jours…

— Qu'est-ce que vous faisiez ?

— On parlait. Elle m'a appris beaucoup de choses. C'était une ancienne institutrice mais pas du tout comme on peut l'imaginer…

– On l'imagine comment ?

– Je ne sais pas, mais une vieille instit, on pense qu'elle a toujours la tête dans les bouquins à ruminer les leçons qu'elle a faites ou celles qu'elle aurait dû faire. Une sorte de fleur sèche. Ma grand-mère, c'était tout le contraire. Elle aimait la vie, l'amour, les fêtes. Je vais te faire rire. Souvent elle me disait : « Ma chérie, je te plains, ton père est un vrai bonnet de nuit ! »

Franck rit, Format en bonnet de nuit, quand il racontera ça aux autres…

Gisèle poursuit :

– Et puis elle connaissait tous les noms des fleurs, des arbres, des champignons. Tu sais que, dans la forêt, il y a une fleur qui s'appelle « la fleur des morts »…

– « La fleur des morts », un chrysanthème ?

– Non, pas une fleur de cimetière, une fleur spéciale. Si tu la fais entrer dans une maison tu peux être sûre qu'il y aura un mort dans l'année.

– C'est vrai ?

– Oui, c'est vrai.

– Elle est comment ?

– Ça dépend.

– Ça dépend de quoi ?

– Ce n'est jamais la même.

– Alors comment tu la reconnais ?

– Quand tu la cueilles, tes yeux changent de couleur.

– C'est ta grand-mère qui t'a appris ça ?

– Oui.

– Et tu y crois ?

– Et toi ?

– Si tu y crois, j'y crois.

Et, après réflexion :

– Mais j'aimerais pas voir tes yeux changer de couleur !

Escalier de bois massif, larges marches, collection de tableaux sur les murs, des portraits, des paysages, des tapis de haute laine dans le couloir et une collection de vieilles pendules dans une vitrine... Gisèle conduit Franck jusqu'à une grande chambre au premier étage de la maison :

— C'était sa chambre.

Et, souriante :

— C'est la mienne maintenant.

Ils se taisent. Franck n'en revient pas : la chambre est toute tendue de rose, une bonbonnière décorée de miroirs et de dentelles, avec une copie d'un nu du Titien pendu au-dessus du lit. Quelque chose comme un décor de western.

— C'est dingue ici...

Gisèle s'assoit au bord sur l'édredon :

— Ça te plaît ?

— Je ne sais pas...

— Ma grand-mère avait toujours rêvé d'être une cocotte !

— Une quoi ?

Gisèle se relève :

— Embrasse-moi.

Ils s'embrassent.

Franck sent le ventre de Gisèle se gonfler contre le sien, sa poitrine se soulever. Il sent aussi la toile de son pantalon se tendre...

Gisèle lui glisse à l'oreille :

— Je suis passée ce matin mettre des draps neufs. Tout beaux, tout propres...

Gisèle pivote sur elle-même d'un geste gracieux pour présenter sa nuque à Franck. Elle porte, autour du cou, une petite chaîne en or avec une croix qu'elle a reçue pour sa communion

— Tu me l'enlèves ?

Franck détache la chaîne et la pose sur la table de nuit :

– Tu m'y feras penser ? demande-t-elle en se retournant vers lui.

Gisèle chavire la lourde parure fraise écrasée qui couvre le lit. Et, sans oser regarder Franck, elle dit :

– On se déshabille ?

– T'es sûre ? demande Franck, jetant un coup d'œil inquiet autour de lui comme s'il s'attendait à voir un fantôme sortir de la psyché.

L'anxiété lui tord le ventre. La baraque, la vieille, le silence, tout ça…

– Je ne te plais plus ? demande Gisèle.

– Si, tu me plais, dit Franck, surpris du son grave de sa voix.

Et tout à trac :

– Pourquoi tu ne me plairais plus ?

– Je ne sais pas, dit-elle dans un haussement d'épaules. Peut-être que tu n'as plus envie…

– Et toi ?

– Moi, j'ai envie…

Gisèle ferme les yeux :

– Prends-moi dans tes bras, dit-elle.

Elle a seize ans, bientôt dix-sept, et le sentiment d'avoir déjà trop attendu. Comme le disait sa grand-mère : « La vie est courte, ma chérie, il faut prendre tout ce qu'elle te donne sans perdre une minute. Parce que, tu sais, lorsque l'histoire est finie on ne peut pas rouvrir le livre… »

Franck la prend dans ses bras. Il l'embrasse dans le cou, enfouit son visage dans ses cheveux. Gisèle sent le chèvrefeuille, les fougères, l'herbe tendre. Ça lui monte à la tête, ça lui tape dans la poitrine.

– Dis-moi que tu m'aimes, dit Gisèle.

– Je t'aime…

– Moi aussi je t'aime.

Et, dans un murmure :

– Tu sais, ce que je ne voulais pas hier et que tu voulais, eh bien je le veux aujourd'hui.

Gisèle a souvent imaginé les gestes qu'elle ferait, les mots qu'elle voudrait entendre à ce moment précis. Elle déboutonne la chemise de Franck et chasse la peur qui perle à fleur de peau. Il se laisse faire, l'aide à peine quand elle baisse la fermeture Éclair de son pantalon. Franck ferme les yeux. Il se livre, il se rend, cherchant la bouche de Gisèle pour y puiser l'air qui lui manque :

— Je t'aime… Je t'aime…, répète Franck, pour ne pas avouer que pour lui, comme pour elle, c'est la première fois.

Il sent la main de Gisèle glisser jusqu'à son sexe, pleine d'audace. Elle a trois frères, un grand et deux petits. Elle n'a pas peur des garçons. Elle sait comme ils sont faits, à quoi ils ressemblent, à cinq ans comme à vingt. Elle sort un préservatif du tiroir de la table de nuit.

— Où t'as eu ça ? demande Franck, rougissant.

Elle s'amuse :

— Devine ?

Et, d'un ton solennel :

— Pierre, mon grand frère, en cache une réserve dans la poche intérieure de son sac de sport…

Gisèle ne peut garder son sérieux. Elle pouffe :

— T'imagines la tête de ma mère si elle trouvait ça !

Ils se sont endormis un instant et se réveillent étonnés de sentir leurs corps nus collés l'un contre l'autre. Gisèle dissimule sous sa main quelques gouttes de sang qui tachent le drap :

— Est-ce que tu crois que les morts se souviennent de nous comme nous nous souvenons d'eux ? dit-elle d'une voix rêveuse.

— Tu penses à ta grand-mère ?

— Peut-être ? Je ne sais pas. Et toi, tu n'as pas de mort à qui penser ?

— Non, personne.

Franck serre Gisèle de plus près :

– Si nous nous souvenons des morts, glisse-t-il à son oreille, ils se souviennent de nous…

– Et si nous ne souvenons plus, ils oublient ?

– Oui, ils oublient pour toujours. Là, ils sont vraiment morts.

Gisèle pose sa tête sur la poitrine de Franck :

– Tu te souviendras toujours de moi ?

– Tu n'entends pas mon cœur ?

– Si.

– Écoute-le bien. Boum-boum… Boum-boum… Boum-boum… je me souviendrai toujours de toi…

– Même quand je serai morte ?

– Je serai mort avant toi.

– Ne dis pas ça. Ça me fait peur.

Franck ferme les yeux :

– Quand je serai mort je me souviendrai de toi parce qu'il n'y aura pas un jour où tu ne diras pas mon nom, où tu ne regarderas pas ma photo, où tu n'iras pas où nous allions ensemble. Je serai partout pour toi parce que rien, jamais, ne pourra nous séparer.

Rouvard

Rouvard traverse les bureaux déserts la tête lourde, le buste légèrement penché en avant comme s'il luttait contre un vent contraire. Format l'attend à la direction avec Behren et Carole, qui a refusé de rentrer chez elle. Rouvard demeure un instant silencieux :

– J'ai réfléchi, dit-il enfin. Si vous êtes sûrs qu'Eppelbaum ou Drapper ne feraient pas mieux l'affaire, j'accepte votre proposition.

– Je vous remercie, dit Format. J'étais sûr que vous ne vous dégonfleriez pas !

– Attendez : j'y mets une condition. Je veux connaître la liste de ceux concernés par le plan social.

Et, parant d'avance l'objection :

– Vous avez ma parole que je ne divulguerai rien avant que vous l'ayez fait vous-mêmes. Mais si je dois réorganiser la production, je dois savoir sur qui je peux compter…

Format consulte Behren du regard :

– OK, dit-il à Rouvard.

Puis, se tournant vers Carole :

– Donnez-lui la liste…

– Je peux m'asseoir ?

– Je vous en prie…

– Vous voulez boire quelque chose ? demande Carole.

– Non merci.

– J'ai du café au chaud.

– C'est gentil, mais non.

Rouvard s'assoit pour lire, sentant sur lui tous les regards.

– Si je comprends bien, dit-il en reposant la liste, vous taillez par le haut et par le bas, par les plus vieux et les plus jeunes. Et, dans les jeunes, une majorité de femmes…

– Oui, dit Format, évitant le regard de Carole, en gros c'est ça. Qu'est-ce que vous en pensez ?

– Possible.

Il lève un doigt :

– À une exception près.

– Qui ?

– Lorquin.

– Je sais, dit Format en balayant l'air de la main, c'est un problème. Il est très populaire depuis l'inondation mais il a cinquante-trois ans…

Son visage se ferme :

– Je ne veux pas, je ne peux pas lui accorder un traitement de faveur. Pour lui comme pour ceux de son âge, j'obtiendrai de l'inspection du travail une mise à la retraite anticipée assortie d'une prime qui lui permettra de tenir jusqu'à l'ouverture définitive de ses droits... En plus, sa femme travaille à la Poste, sa maison est à lui, ses fils élevés...

Rouvard hoche la tête :

— N'empêche, vous aurez du mal.

— C'est sûr que vous aurez du mal, approuve timidement Carole.

Format les coupe sèchement :

— Ou il y a une règle qui s'applique à tout le monde ou c'est l'anarchie...

Les deux hommes échangent un regard de défi.

— Et pourquoi les femmes ? demande Rouvard, préférant ne pas poursuivre sur le cas de Lorquin.

— La majorité d'entre elles ne sont là que depuis la relance. Elles sont jeunes, elles pourront se recaser ailleurs. J'ai lu dans *La Voix* que les Japonais veulent ouvrir quelque chose à côté d'ici...

— Si c'est écrit dans *La Voix*..., ricane Rouvard.

Format, pas dupe de ses propres paroles, soupire :

— En tout cas, pour les couples, j'ai fait très attention à ce que le mari reste avec nous. Il n'y a que deux ou trois cas litigieux... En revanche, je garde tous les apprentis en contrat formation.

Rouvard relit la liste en silence.

— Vous comptez rendre ça officiel à quel moment ?

Behren devance la réponse de Format :

— Ça dépend.

— Ça dépend de quoi ?

— Ça dépend de la réponse des syndicats et des membres du CE, dit Format. Je leur ai demandé d'oublier les délais légaux et les procédures traditionnelles pour que nos décisions soient suivies d'effet au plus vite.

— C'est impossible qu'ils vous donnent leur accord ! dit Rouvard.

Format le sait :

— Je n'en demande pas tant, dit-il. Je demande seulement qu'ils regardent ailleurs pendant que je fais ce que j'ai à faire. Après ils feront bien ce qu'ils voudront, si ça va au tribunal, le temps que l'affaire soit jugée, ou la Kos sera sauvée ou pas. Et si elle est sauvée le jeu en vaut la chandelle, quoi qu'il m'en coûte…

Il soupire :

– Je suis dans la seringue. Je n'ai pas le choix.

Behren précise :

– On convoque un CE exceptionnel, j'avertis le maire pour qu'il fasse suivre auprès du préfet, du ministère et tout le tremblement…

Il ajoute :

– Les pouvoirs publics, à un moment ou à un autre, seront forcés d'entrer dans la danse…

– Et le groupe ?

– Hoffmann ne veut pas s'en mêler, dit Format. Il me laisse les mains libres et un pistolet sur la tempe. Ou nous sommes capables de résoudre ça entre nous, ou nous ne le sommes pas. Si nous ne le sommes pas, c'est clair et net : il met la clef sous la porte et nous fout dehors.

– Toutes ses usines, l'Espagne, la Grèce ?

– Non, pour l'instant, les autres ne sont pas menacées.

– Pourquoi ?

– Elles tournent déjà avec moins de personnel, une production recentrée et du matériel plus moderne.

Dallas

Rudi s'est porté volontaire pour passer la nuit avec le piquet de grève :

– De toute façon, c'était ma semaine de nuit…

La mère de Dallas voulait garder Kevin, mais Dallas a dit pas question :

— C'est déjà assez dur comme ça ! Qu'est-ce que tu veux que je fasse sans lui ? Que je me pende ?

— Ça ne va pas de dire des idioties pareilles ?

— Et toi, ça ne va pas de vouloir toujours prendre mon fils ?

— « Ton fils » ! « Ton fils », t'as que ça à la bouche, « ton fils ». Mais ton fils, c'est aussi mon petit-fils et jusqu'à preuve du contraire, c'est moi qui m'en occupe du matin au soir, de « ton fils » !

Dallas se retrouve seule chez elle avec Kevin. Sa mère la rendra folle. Elle n'en peut plus d'être traitée comme si elle avait encore dix ans. Fais ci, fais pas ça, apporte-moi ça, n'oublie pas ci et quoi encore ? Elle n'est pas la bonne. Cet enfant c'est le sien, elle est sa maman. Sa seule maman !

— Hein, mon bébé que je suis ta maman ? Dis-le à maman que tu l'aimes ?

La maison lui semble froide, dure, comme si elle était encore en chantier avec ses échafaudages lugubres, ses parpaings nus aux arêtes tranchantes, ses sols éventrés. Le salon manque de meubles, de rideaux, d'objets, de tapis. Si, au moins, elle avait deux ou trois enfants… il y aurait des jouets qui traîneraient, des vêtements, du bazar, de la vie. Elle tourne en rond avec le petit dans les bras. Elle n'a même pas ôté son blouson. Elle s'arrête devant le tableau peint par son grand-père. Elle ferme les yeux. Elle ne veut pas voir ça. À la première occasion elle le décrochera pour mettre quelque chose d'autre. Une grande photo de Kevin ou un paysage avec la mer. C'est trop triste. Trop bizarre ce type et ce gosse à l'orée d'un bois…

Dallas retourne vers la cuisine, c'est foutu, fini, elle va être virée avec les autres, balancée à l'ANPE comme à la fosse commune.

— Mon Dieu ! dit-elle à voix haute.

Dallas sourit malgré elle. Si son père l'entendait ! Elle connaît la tirade à l'avance : il n'y a pas de Dieu pour les ouvrières de la Kos ! Elle n'est qu'une poussière de poussière industrielle. Un coup d'aspirateur et hop ! du balai. Place nette. Les patrons ont vite fait de s'inventer un monde tout beau tout neuf. Ils s'en foutent qu'elle ait un gosse, une maison à payer et pas un centime à la Caisse d'Épargne, ça ne compte pas. Ça ne compte pour rien.

Dallas sait qu'elle ne compte pour rien.

Pour rien du tout.

S'ils veulent en foutre dehors, ils ne vont pas s'embêter pour une fille comme elle. Elle ou une autre, ils n'en ont rien à battre. C'est sûr qu'elle est sur la liste de ceux qui doivent dégager. Plus que sûr. Archisûr. Elle s'y voit. C'est écrit noir sur blanc. Elle sera même parmi les premières à monter dans la charrette. Elle veut crier sa colère mais ses larmes devancent ses paroles.

Un peu plus tard, elle berce Kevin pour l'endormir :

— Dors, mon bébé, dors, maman est là…

Son regard se perd sur le papier peint d'un bleu tendre où des oursons multicolores jouent à la balle, font des cabrioles dans des cerceaux, dansent en rond.

Elle chante :

Ah, m'asseoir sur un banc cinq minutes avec toi
Et regarder les gens tant qu'y en a
Te parler du bon temps qu'est mort ou qui r'viendra
En serrant dans ma main tes p'tits doigts.

Quand elle redescend, Varda l'attend, assise sur le canapé, une jambe repliée sous elle, fumant une cigarette :

— Je suis entrée sans sonner. C'était ouvert.

— Tu as bien fait. Je couchais ton filleul.

— Je t'ai entendue chanter…

Elle écrase son mégot dans le cendrier et va vers Dallas :

— Serge reste au piquet de grève.

— Rudi aussi.

— C'est dégueulasse ce qui nous arrive, hein ?

— Oui, c'est dégueulasse…

Dallas se serre dans ses bras :

— Tu crois qu'on va être virées ?

— J'espère pas.

— Tu veux dire que t'es sûre ?

— Pas toi ?

— Si, moi aussi…

Dallas s'écarte de Varda et agitant les mains chantonne la première chanson qu'elles ont apprise à la maternelle :

Ainsi font font font les petites marionnettes
Ainsi font font font
Trois petits tours et puis s'en vont !

Dans la cuisine, Dallas ouvre le frigo :

— Tu veux manger ? J'ai un reste de riz.

— T'as faim, toi ?

— Non, et toi ?

— Moi non plus…

Dallas sort la bouteille de vodka que Rudi garde toujours au frais :

— Si on s'offrait un petit quelque chose ?

— Pour se consoler ?

— On ne va pas se laisser abattre.

— C'est de la russe ou de la polonaise ?

— De la russe !

— T'as raison, faut pas se laisser abattre. En plus, ça fera plaisir à papa…

Varda soupire :

— Chaque fois que je bois de la vodka, je me dis qu'au ciel, il doit savoir que sa fille pense à lui…

Dallas dévisse le bouchon :

– À la tienne ! dit-elle, en buvant au goulot. Et à la santé de ton père !

Elle passe la bouteille à Varda :

– À la tienne ! Aux Russes !

– Les femmes et les enfants d'abord !

– Toujours une que les patrons n'auront pas !

Une heure plus tard, dans la chambre, elles sont raides saoules. Elles ont mis de la musique, de la variété-guimauve où « amour » rime avec « toujours » et « poème » avec « je t'aime ». Varda fait du strip-tease, Dallas tape dans les mains :

– À poil ! À poil !

Les vêtements volent. Le chemisier de Dallas et son soutien-gorge tombent sur la moquette. Varda, en culotte, tend les mains à Dallas :

– Viens danser...

Dallas se laisse bercer par Varda, si ronde, si douce. La nuit fleurit pour elles. Ça tangue, ça valse, ça gigue, encore une rasade !

– À boire ! À boire !

Varda pousse Dallas sur le lit. Elle dégrafe le pantalon de Dallas et tire dessus pour l'enlever :

– Fais-moi voir ton gros cul-cul !

– Je suis paf ! dit Dallas en se laissant faire. Totalement paf...

Elle entend sonner une heure imaginaire, non, ce sont des cris de chiens, ou une chouette qu'un taré cloue sur une grange. Son cœur bat de tout son sang. Elle se cramponne à la tête du lit, se tortille pour attraper la bouteille de vodka tandis que Varda la déculotte.

Ça tourne :

– À poil ! À poil ! scande-t-elle, les fesses à l'air.

Varda s'émerveille de sa nudité :

– Putain, t'es belle ma salope !

Dallas fait volte-face, la vodka à la main :

— Bois plutôt que de dire des conneries…

— Je ne dis pas de conneries. T'es sacrément bien foutue ! Bon Dieu, il doit pas s'emmerder Rudi…

— Bois, je m'en fous de Dieu.

— Regarde : tu trouves pas que j'ai encore grossi ? demande Varda en se pinçant le ventre.

— Bois, je te dis, t'occupe pas du reste : t'as ce qu'il faut où il faut et ceux qui sont pas contents on les emmerde.

Et, sentencieuse :

— On grossit toujours quand on est amoureuse !

Dallas se relève :

— Danse encore avec moi, murmure-t-elle, se pendant au cou de Varda. J'aime bien danser avec toi, t'as des gros lolos tout doux, si doux…

Elles dansent. Une voix noire répète en scie : « *I love you, I love you, I lo-o-o-ve you !* » Varda titube, passe d'un pied sur l'autre. Ses yeux se brouillent. Son ventre la lance, traversé d'éclairs. Elle serre les genoux :

— Pipi !

— Attends… Faut que je te dise quelque chose.

— Faut que j'y j'aille, ça presse !

— Avant de pisser faut boire. Tu sais, tu te souviens quand…

— J'ai trop envie. Je vais exploser.

Dallas insiste :

— Bois, ça glisse tout seul, et écoute-moi.

Dallas force Varda à avaler une gorgée de vodka :

— Tu te souviens de ce que nous disait ta sœur ?

— Quoi ?

— « Tout ce que tu te mets dans la bouche tu peux te le mettre dans le cul ! »

— Putain, c'est bien elle, ça !

Dallas laisse glisser le goulot de la bouteille de vodka sur le ventre de Varda :

– Maintenant que je te l'ai mis dans la bouche tu veux que je te le mette où ? demande-t-elle en riant.

Et, s'écartant soudain :

– Eh ! mais t'es toute mouillée…

Varda s'essuie le front du dos de la main :

– Je crève de chaud, merde, ce que j'ai chaud ! T'as pas chaud, toi ? Je crève de chaud…

– T'as pissé dans ta culotte ! s'esclaffe Dallas.

– J'ai pas pissé…

– Si, t'es toute mouillée, répète Dallas, balbutiante. Tu sens pas ? C'est l'inondation, ça dégouline…

Elle rit de plus belle :

– Je vais appeler Lorquin et l'équipe de secours ! Ça prend l'eau de partout !

Varda chouine :

– C'est pas vrai, t'as pas le droit de dire ça : j'ai pas pissé, je transpire, c'est tout…

Dallas s'esclaffe :

– Alors tu transpires du cul !

Varda glisse une main entre ses cuisses :

– Merde ! J'ai pissé dans ma culotte…, dit-elle, interdite. J'ai rien senti !

– Tu te rappelles quand ça m'était arrivé à la cantoche ?

– Oh la vache ! Qu'est-ce qu'on s'était marré.

– Je me revois encore avec ton blouson autour des hanches. Ah, la rigolade…

Dallas s'agenouille :

– Allez, Médor, lève la patte que je t'enlève ça ! dit-elle, faisant glisser le linge mouillé.

Varda, se tenant à Dallas, lève un pied, hilare :

– Si tu me fais lever la patte je vais encore pisser !

– Pisse encore et je te mets une couche comme à Kevin ! jure Dallas, jetant la culotte au loin.

Varda, les mains en porte-voix, crie en direction de la chambre du petit :

– Kevin, mon petit chéri ! Tata Varda a fait une grosse bêtise, maman n'est pas contente !

– Tais-toi ! Tu vas le réveiller.

– Maman va donner la fessée à tata !

– Chut !

– Tu l'aimes, tata Varda ?

– Tais-toi, merde !

Dallas force Varda à s'allonger et s'allonge à côté d'elle :

– J'ai sommeil, viens, on dort maintenant… Et arrête de gueuler.

– Non !

– Qu'est-ce que t'as encore ?

– Je ne veux pas dormir, laisse-moi. Je ne veux pas dormir…

Varda finit ce qui reste de vodka dans la bouteille et dit d'une voix lucide :

– Je veux pas me réveiller demain.

Elle se penche vers Dallas, hoquetant :

– Tu comprends ? Je ne veux pas qu'un sale con vienne me dire : réveillez-vous, ma petite, vous êtes virée… Je ne veux pas ! Jamais ! Non ! Je ne veux pas me réveiller !

Varda se redresse :

– Ils n'ont pas le droit de me dire ça ! dit-elle en cachant son visage dans ses mains. Je ne veux pas !

Dallas prend Varda dans ses bras pour la calmer :

– Personne te dira ça. Je suis là. On va pas se laisser faire. Rudi me l'a juré : on va se battre. Il me l'a dit. Et les autres aussi. On n'est pas encore dehors. On ne s'est jamais laissé faire. Tu le sais, hein, qu'on ne s'est jamais laissé faire. Tu crois que Lorquin il va se laisser faire ?

Dallas voudrait se souvenir des mots exacts de Rudi : mobilisation, solidarité, action… mais ça lui fait mal à la tête de penser à des mots comme ça. Des mots que Rudi sort on ne sait d'où, des livres qu'il prend à la bibliothèque, comme si elle, elle avait le temps de lire…

Varda se pelotonne contre Dallas :

— Tu crois ?

— Je ne crois pas, j'en suis sûre. On ne va pas se laisser faire…

Varda se redresse sur un coude :

— T'as raison : on va pas se laisser faire, merde ! On va leur faire voir si on n'a pas de couilles !

— Oui, on a des couilles !

— On a même plus de couilles que les mecs !

— Beaucoup plus qu'eux !

Varda attire la main de Dallas sur le renflement de son sexe :

— Tu les sens ?

— Mais c'est vrai qu'elle est dodue celle-là, dit Dallas, en la caressant. Un vrai petit pigeonneau prêt à passer à la casserole.

— Arrête tu me chatouilles !

— Arrête tu me chatouilles ! Laisse-moi toucher tes couilles ! psalmodie Dallas, s'étranglant.

Et, dans le silence qui les reprend, Dallas murmure :

— Je ne sais pas ce que je ferais sans toi…

— Moi non plus je ne sais pas ce que je ferais sans toi, dit Varda en écho.

— Avec Kevin et Rudi, t'es la personne que j'aime le plus au monde, dit Dallas.

Les yeux de Varda papillonnent :

— Moi aussi je t'aime.

Dallas pose ses lèvres sur les lèvres de Varda et, agrippées l'une à l'autre, bouche contre bouche, elles s'endorment en pleurant toutes les larmes de leurs corps.

Piquet

Ils sont tous regroupés autour d'un brasero : Rudi, Lorquin, Serge, Anthony, Totor, Luc Corbeau, Armand, le mari de Mickie, et une quinzaine d'autres, bien décidés à passer la nuit et plus s'il le faut. Ils ont de quoi tenir un siège. Les femmes ont rapidement quitté l'usine après l'assemblée générale et sont revenues avec des Thermos, des sandwiches, des bières. Dallas n'est pas repassée. Elle ne pouvait pas à cause du petit. C'est son père qui est venu et, puisqu'il était là, le vieux Henri est resté.

– Il y encore de la lumière dans les bureaux, dit-il, levant les yeux vers le bâtiment administratif.

– Ils préparent la liste des condamnés, ricane Lorquin, mais cela ne fait rire que lui.

– On m'a dit que les grands chefs avaient foutu le camp...

Rudi s'exclame :

– Courage, fuyons !

Et, soupirant :

– Tu sais pourquoi il y a de quoi s'inquiéter ?

– Il y a de quoi s'inquiéter parce qu'il y a de quoi s'inquiéter, répond le père de Dallas, ne comprenant pas où Rudi veut en venir.

– Je ne te parle pas de ça, dit Rudi. Je te parle de ceux qui sont partis et de ceux qui sont restés...

Un petit cercle se forme autour de lui.

– Les deux lapins qui ont détalé, dit-il, ils sont repartis comme ils étaient venus. Vite fait bien fait. Et tu peux être sûr qu'on ne les reverra jamais. Et tu peux être encore plus sûr qu'ils ont filé avec de sérieux biscuits dans les poches. Les Allemands ont dû payer rubis sur l'ongle. C'est de l'argent bien investi. Tu veux que je te dise pourquoi ?

– Vas-y...

– Qui dirige la boîte maintenant ? Format, Behren et peut-être même Rouvard qui passe plus de temps dans les bureaux qu'avec nous. C'est pour ça qu'il y a de quoi s'inquiéter. Ceux qui sont restés sont ceux qui sont dans le même bateau que nous. Ceux qui ne peuvent pas foutre le camp. Ça nous piège et ça les piège. Il ne peut y avoir que des perdants…

Armand, le mari de Mickie, intervient :

– Rudi a foutrement raison.

Du pouce, il désigne les fenêtres éclairées dans le bâtiment administratif :

– Là-haut, ceux qui vont faire le sale boulot, ils vont le faire en pensant sauver la boîte et limiter les dégâts. C'est pas des salauds, c'est pas des cons. Je suis sûr qu'ils vont faire le max pour sauver tous les emplois qu'ils pourront sauver. Mais après ? Après, une fois qu'ils auront viré ceux que les Allemands leur réclament, qu'est-ce qui se passera ? Il faudra qu'ils vivent ici avec tous ceux qui auront été foutus dehors et qu'ils croiseront tous les jours dans la rue. Ça, c'est dans le meilleur des cas. Dans le cas où cette saignée nous remet d'équerre. Mais, si ça ne marche pas, si la boîte ferme définitivement, c'est eux qui auront sur le dos les licenciements, la faillite et la honte d'avoir fait ce qu'ils auront fait. De l'avoir fait pour rien…

– Oui, renchérit Rudi, on est dans une nasse. Va falloir être vraiment malin pour s'en sortir.

C'est au tour de Pignard de parler :

– Moi, je crois qu'il n'y a pas trente-six solutions. Il faut négocier, négocier, négocier. Ne rien lâcher sur rien tout en sachant qu'il faudra en lâcher un peu au bout du compte…

– T'expliqueras ça à ceux qui seront dans le « un peu » qu'il faut lâcher ! lance Anthony.

– T'es jeune, grogne Pignard. Tu verras ce que je te dis : emmanché comme c'est emmanché, on n'a pas une chance d'en sortir sans bobos. Alors je suis d'accord avec Rudi : on a intérêt à être vachement malins et surtout on a intérêt à pas se monter le bourrichon en faisant semblant de croire qu'il va y avoir un grand miracle, et que demain tout va rentrer dans l'ordre comme s'il ne s'était rien passé...

Anthony proteste :

— Je ne suis pas d'accord. T'as des idées de perdant. C'est là que les patrons sont forts : ils te mettent dans la tête qu'il n'y a pas d'autres solutions que leur solution. Moi, je ne marche pas.

— Qu'est-ce que tu proposes ?

Anthony réfléchit un instant :

— Tenir sans rien céder. Refuser de s'asseoir à la même table. Attendre que ce soit eux qui descendent.

— Tu rêves !

— Je suis d'accord avec Anthony, dit Rudi. J'ai pas dit autre chose là-haut. C'est pas parce qu'on est jeunes qu'on est prêts à avaler n'importe quoi.

Anthony, fort de cet appui, va au bout de son idée :

— Si j'ai bien compris, ou on vire des gens ou on ferme. Mais, le fait d'en virer je ne sais combien ne nous garantit pas qu'on pourra continuer. Et, si ça se trouve, dans un mois ou dans six, on sera tous sur le carreau. Alors moi je partirai de là : foutus pour foutus, inutile d'aller lécher la main qui tient le flingue pour nous tuer...

Pignard ne veut pas entendre ce genre de conneries :

— En paroles tout ça est bien beau, chevaleresque, courageux, tout ce que tu veux. Mais ici, sur terre, on n'est pas dans un roman ou un conte de fées, ça ne veut rien dire. Parce que quand tu as une famille à nourrir, une baraque à payer, une bagnole, tu peux pas te permettre de jouer à pile ou face.

Tous se taisent. Pignard n'a pas tort...

— Je vais te dire ce qui me gêne, dit Rudi comme s'il soulevait un poids, c'est que j'ai l'impression qu'on est à la remorque de tout ce qui se passe. Ils veulent licencier : OK, on accepte qu'ils licencient. Ils veulent négocier : OK, on accepte qu'ils négocient. Ils veulent relancer l'activité, comme ils disent : OK, on accepte qu'ils relancent l'activité avec peut-être un tiers de personnel en moins. On est toujours à la traîne. Je ne sais pas si les idées d'Anthony peuvent donner quelque chose, en tout cas, il y a une chose dont je suis sûr : c'est à nous de prendre l'initiative. Tu te souviens de Maurice, mon père adoptif ?

– Qu'est-ce que Maurice vient foutre là-dedans ?

– Tu sais qu'il avait fait la Résistance ?

– Vas-y, accouche, s'impatiente Pignard.

– Eh bien, Maurice, il m'a souvent raconté que c'était leur obsession : ne jamais faire comme l'ennemi, ne pas calquer leur attitude sur la sienne, être toujours là où il ne vous attend pas…

– Les mômes n'ont pas tort, dit Lorquin. Moi aussi j'ai l'impression qu'on se fait mener par le bout du nez. Pas toi ?

– Non, dit Pignard, sur la défensive. On fait ce qu'on a à faire, c'est tout.

Le mari de Mickie tisonne le brasero :

– Le problème c'est que la partie est jouée d'avance. Tous les coups sont classiques : annonce de licenciements, grève, négociation, compromis, reprise et basta ! la farce est jouée.

Et, levant un bout de palette enflammée en direction de l'administration :

– Tu crois qu'ils ne savaient pas ce qui allait se passer ? Tout ça c'était prévu, pensé dix coups à l'avance…

Pignard sourit :

– Pourquoi pas quinze coups à l'avance tant que tu y es ? Tu te crois à ton club d'échecs ?

– Les échecs, c'est une bonne façon de réfléchir.

– Oui, dit Pignard, je suis d'accord, c'est une bonne

façon de réfléchir. Mais, pour parler comme toi, c'est pas parce que l'ouverture est classique que la partie le sera.

— On verra.

— Ouais, on verra…

Bureaux

La nuit avance. Format, Rouvard et Behren discutent nom par nom ceux qui feront partie du plan social et ceux qui ne monteront pas dans la charrette. Carole boit un café réchauffé au goût amer. Elle pense que dans deux heures, trois peut-être, il fera jour. Les boutiques ouvriront, les écoliers iront en classe, on verra des hommes et des femmes se hâter, sûrs d'être attendus, espérés. Seuls quelques-uns, les plus lucides, les plus révoltés, verront que le monde a changé. Qu'une seule nuit a suffi à le faire basculer cul par-dessus tête. Que ce qu'il y a maintenant n'est qu'une illusion, un leurre destiné à maintenir la paix sociale. Sa mère a déjà téléphoné plusieurs fois, elle s'inquiète. Mais Carole n'a pas l'intention de rentrer. Elle veut rester là, à son poste, aux premières loges.

Carole vit avec sa mère dans la maison que son père avait construite lui-même. Dix ans de travaux et une crise cardiaque au moment d'en profiter. Carole aurait voulu que sa mère la vende après l'enterrement et qu'elles aillent s'installer ailleurs. Qu'elles oublient cette maudite baraque, qu'elles voient d'autres gens, d'autres paysages, le soleil, la grande bleue. Mais sa mère avait refusé. Son mari s'était tué à la tâche pour qu'elle ait un toit quoi qu'il arrive. Il n'était pas question que quelqu'un d'autre occupe ce qu'il avait bâti pour elle. Et aller où ailleurs ? en ville ? à l'étranger ? Non, elle était trop vieille pour ce genre d'aventures :

– Pars si tu veux, avait-elle dit à Carole. Toi, tu as la vie devant toi…

Mais Carole n'était pas partie.

Et même si plusieurs occasions s'étaient présentées, à trente-cinq ans, elle n'était toujours pas mariée.

Proposition

Carole, emmitouflée jusqu'aux oreilles, repère Rudi assis à l'écart pour manger tranquille. Elle s'avance, regrettant de ne pas avoir mis ses bottines fourrées, elle a froid aux pieds :

– Je peux te parler ? demande-t-elle, le regard incertain.

Rudi avale ce qu'il a dans la bouche et prend le temps de boire une gorgée de bière :

– T'es pas rentrée chez toi ?

– Ils ont besoin de moi là-haut…

– Qu'est-ce qu'ils font ?

– Ils discutent.

Carole n'en dira pas plus. Rudi demande par politesse :

– Ça va ta mère ?

– Elle me téléphone toutes les cinq minutes…

Rudi coupe un morceau de son sandwich :

– T'en veux ?

– Non, merci, dit Carole.

Et, s'assurant que personne ne les entend :

– Rouvard veut te voir…

– Il y a un problème ?

– Il veut te parler.

– Pourquoi ?

– J'en sais rien. Il m'a juste dit : « Débrouillez-vous pour l'aborder discrètement… »

– Qu'est-ce que c'est que cette histoire ?

Carole soupire :

– Ce que t'es chiant ! Va lui demander ce qu'il te veut et tu seras fixé. Merde, tu crois que ça m'amuse de faire ses commissions ?

– Il est où ?

– Au local sécurité…

Rudi sourit :

– J'y vais, te fâche pas.

Rudi saute du muret où il était assis :

– T'es sûre que t'en veux pas ? dit-il en offrant à nouveau un morceau de sandwich à Carole. Il m'en reste…

– Merci, non, je suis trop énervée : ça ne passerait pas !

– C'est de bon cœur…

– Non merci.

– Et un baiser ?

– Fous le camp !

– Deux ?

– J'embrasse pas les singes !

Sécurité

Rudi aime taquiner Carole. C'est une fille en or, toujours prête à se mettre en quatre pour les autres, toujours l'œil allumé, le mot pour rire.

Sifflotant, les mains dans les poches, d'une gaieté inattendue, il rejoint Rouvard dans le local sécurité :

– Vous voulez me voir ? demande-t-il, d'un ton goguenard.

Rouvard n'est pas dans le même état d'esprit :

– Écoutez, Rudi, on ne va pas finasser. Voilà la situation : après la démission des deux clowns, c'est Format qui prend la direction de la boîte, secondé par Behren…

– Je sais, j'étais à la réunion…

– Attendez : vous ne savez pas tout. Ils m'ont proposé de me joindre à eux pour conduire le redéploiement de la Kos : machines et personnel. Et j'ai accepté…

– Ah, c'est ça…

– Quoi ?

– Rien. Félicitations.

Rouvard se crispe :

– Mettez votre ironie dans votre poche et votre mouchoir par-dessus, d'accord ? C'est pas le moment.

– J'ai rien dit ! Qu'est-ce que vous voulez que je dise ?

– Rien, je veux que vous m'écoutiez.

Rudi soupire.

– OK, je vous écoute…

Rouvard enlève ses lunettes et les essuie en tirant un pan de sa chemise :

– Vous savez comme moi qu'il n'y aura pas de miracle, commence-t-il prudemment, il va y avoir des licenciements. À partir de là, il faut savoir ce que l'on fait : ou on pleure sur notre sort – et il y a de quoi pleurer ! – ou on se dit, comme dans la philosophie chinoise, que de ce malheur il peut sortir quelque chose de bon…

Rudi attend la suite. Rouvard semble déçu de ne pas être contredit. Il poursuit :

– Moi, c'est le pari que je fais. On va moderniser l'outil – il ne faut plus qu'il y ait une seule machine qui tombe en rade un jour sur deux – et on va réorganiser la production. Pour réorganiser la production, j'ai besoin de quelqu'un qui traduise dans les faits ce que je mettrai sur le papier.

– C'est-à-dire ?

– C'est-à-dire quelqu'un qui à la fois assure le contrôle qualité et qui, en plus, optimise sans arrêt la production.

Rudi fronce les sourcils :

– Vous avez de drôles d'expressions.

– C'est tout simple : je veux quelqu'un qui sache tout

faire pour s'assurer que tout est bien fait et pour trouver chaque jour une nouvelle solution pour que ce soit encore mieux fait. Ce que nous devons combattre, c'est la porosité des tâches. Vous comprenez ?

— Plus ou moins, dit Rudi, un sourire en coin. Efficacité, productivité, c'est ça, hein ?

— Oui, c'est ça. Ce sont les mots justes : efficacité, productivité… J'ai fait une étude. En réalité, par poste, chacun travaille réellement environ quatre heures dix-huit par jour. Ça ne veut pas dire qu'ils ne foutent rien entretemps. Non. Ça veut dire que c'est du temps de perdu par manque de rationalisation des gestes, des déplacements, de l'espace. Et c'est ce marais que je veux assécher. Je veux lui faire donner tout ce qu'il peut donner, mais je ne peux pas être au four et au moulin…

Rouvard se tait un instant.

— Alors voilà : j'ai pensé à vous.

— À moi ? dit Rudi, sincèrement surpris. Pourquoi moi ? Il y en a plein qui en savent dix fois plus que moi. Rien que Lorquin…

— Rudi, je ne vous parle pas de Lorquin ! C'est à vous que je fais la proposition. À personne d'autre. Je veux un jeune. Un jeune qui en ait dans le citron. Vous pigez ? Ce qui se passe en ce moment à la Kos, c'est une révolution. Il ne s'agit pas d'écrire l'histoire, le cul assis dans un fauteuil. Il s'agit de la faire. Et de la faire tout de suite ! En clair, vous n'avez pas un mois pour vous décider. Je veux votre réponse avant qu'il fasse jour. Si vous êtes d'accord, demain vous passez à la maîtrise et vous vous mettez aussitôt au boulot avec la paye qui va avec.

— J'ai pas besoin d'un mois pour me décider, répond Rudi.

Et après un silence :

— C'est non. Pas question.

— Réfléchissez, dit Rouvard, avant de dire n'importe quoi. Vous avez quand même cinq minutes. Ce que je

vous propose, c'est un tiers de salaire en plus et un boulot où vous devez faire marcher votre tête. C'est pas un
poste de garde-chiourme.

Rudi sent qu'il doit une explication :

— Écoutez, dit-il à Rouvard, c'est pas contre vous ni
contre personne, mais c'est non. Non, non et non. Trois
fois non. Vous faites super bien votre boulot et je suis sûr
qu'ils ont raison de compter sur vous pour relancer la
Kos. Mais moi, c'est différent. Si j'acceptais votre proposition j'aurais l'impression de trahir les autres. Ceux
qui sont dehors, là, qui se gèlent le cul devant un brasero.
Je ne peux pas faire ça. Si vous m'aviez proposé de passer à la maîtrise il y a un mois, même une semaine, quand
on n'était pas dans cette merde, je vous aurais dit oui tout
de suite. Je vous aurais même dit merci et j'aurais payé
un coup à toute la maintenance. Mais là, en pleine grève,
c'est comme déserter. Je ne peux pas faire ça. Attendez,
je ne suis pas un saint : je ne pense pas qu'aux autres en
disant ça, je pense à moi. Si je vous suivais, je ne pourrais plus me voir en peinture.

— Il va bien falloir que quelqu'un prenne ce poste.

— Pas moi.

Rudi soupire :

— Je juge pas celui qui le prendra. C'est sûr qu'il pensera bien faire. Et qu'il le fera sans doute de tout son cœur.
Mais moi, je ne tiens pas être à sa place.

— Je ne vous avais jamais entendu autant parler.

— Je parle quand c'est nécessaire.

— Vous êtes sûr de votre décision ?

— Oui, je suis sûr.

— Rudi, je crois que vous faites une connerie.

— Non, je ne crois pas.

— Vous ne voulez pas en parler à votre femme ?

— À Dallas ? Non. Pourquoi ? J'ai pas besoin de son
avis pour me décider. D'ailleurs je suis sûr qu'elle sera
d'accord avec moi...

Rouvard revient à la charge :

— Écoutez : je comprends vos raisons mais je persiste à penser que vous faites une connerie. C'est très bien d'être solidaire — et je me sens totalement solidaire de l'ensemble du personnel —, mais être solidaire dans l'échec ça ne sert à rien. Aujourd'hui, si les meilleurs n'occupent pas les places les plus dures, on ne s'en sortira pas.

— Vous croyez qu'on va s'en sortir ?

— Si je ne le croyais pas, vous croyez que je serais là en train d'essayer de vous convaincre ?

Format

Format dépose Carole devant chez elle vers quatre heures du matin. La nuit sera brève, agitée par le vent qui secoue le rang de bouleaux qui borde la maison. Le ciel est sans étoiles, un mur noir, sinistre, où les nuages que l'on devine sont comme des traces de doigts :

— Je vous attends à huit heures, dit Format. Ça ira ?

— Oui, ça ira, répond Carole. Bonsoir, monsieur. Vous pouvez compter sur moi.

— Merci, Carole, je sais. Bonsoir…

Carole pousse la barrière et traverse le jardin. Il y a de la lumière dans la cuisine.

Sa mère l'attend devant un bol de café au lait :

— Je ne pouvais pas dormir…

— Va te coucher maintenant. J'y vais aussi, je n'en peux plus.

— T'en veux ? dit la mère de Carole, soulevant son bol.

— Non.

— Ils vont en licencier beaucoup ?

— Une centaine…

La mère de Carole plaque sa main sur sa bouche :

– Oh mon Dieu ! Heureusement que ton pauvre papa n'est plus là pour voir ça !

Carole soupire :

– Maman, j'ai pleuré la moitié de la journée, alors sois gentille, ne dis rien. Pas maintenant. Pas ce soir.

– T'étais avec qui ?

– M. Format, il m'a raccompagnée…

– Vous sortez ensemble ?

– Maman, c'est mon patron !

– C'est pour ça qu'il a une belle voiture.

– Il a une grosse voiture parce qu'il a cinq enfants.

– C'est un homme marié ? demande la mère de Carole.

– Évidemment. .

– Et tu veux me faire croire que vous êtes restés au bureau jusqu'à quatre heures du matin ?

Carole a un geste de découragement :

– Crois ce que tu veux, je vais me coucher.

– Ça dure depuis longtemps entre vous ?

– Tu vas me fiche la paix, oui ou crotte ? Il n'y a rien entre M. Format et moi. En quelle langue il faut que je te le dise ?

– Ce ne serait pas la première fois que tu serais allée à l'hôtel.

– Je vais où je veux avec qui je veux, assène Carole. Mais avec M. Format je ne vais qu'au bureau, nulle part ailleurs. Sur ce, bonsoir !

Carole quitte la cuisine quand sa mère se lève, bousculant sa chaise :

– Ça ne me gêne pas que tu ailles avec des hommes, dit-elle. C'est la nature et ça te regarde. Mais ce qui me gêne, c'est que tu me mentes.

Carole fait volte-face :

– Que je te mente ?

– Qu'est-ce que tu crois ? J'ai téléphoné à ton bureau : ça sonnait dans le vide, à une heure, comme à deux heures, comme à trois heures…

— Nous étions dans le bureau de direction ! Je ne pouvais pas l'entendre si t'appelles sur la ligne directe !

— Et vous faisiez quoi dans le bureau de direction ?

— Mais tu veux me rendre complètement dingue ? L'usine est occupée, tout le monde est sur le pied de guerre, ça va être la bagarre, les licenciements et tu t'imagines que j'irais m'envoyer en l'air avec le patron ? Mais tu es bonne à enfermer de penser des choses pareilles !

— Ça t'arrangerait bien que je sois enfermée.

— Tu ne vas pas recommencer ?

La mère de Carole se frappe la poitrine :

— Je suis ta mère, c'est normal que je me fasse du souci pour toi. Moi, à ton âge, j'étais déjà mariée, je ne courais pas ici et là…

— J'aimerais bien courir ici et là ! Mais c'est pas le cas. C'est même pas le cas du tout ! Je suis là, avec toi, dans cette baraque, entre quatre murs, seule, complètement seule ! T'es tellement égoïste que tu ne vois même pas à quel point je suis seule !

— Et moi, je ne suis pas seule ?

Carole monte dans sa chambre quatre à quatre. Elle n'en peut plus. Elle ne sait pas si elle doit hurler sa rage ou fondre en larmes. Elle entre dans sa chambre et claque la porte derrière elle à en faire tomber les murs.

Son pyjama l'attend, plié sur le couvre-lit en patchwork que sa mère a cousu pour elle. Un pyjama en satin rose avec un oiseau de feu brodé sur la poitrine. Carole a le goût du beau linge. C'est sa coquetterie, son secret. Mais cette nuit, c'est une provocation cruelle.

Un lit vide, une chambre vide, un pyjama vide !

Carole dénoue ses cheveux et se déshabille comme si elle s'arrachait la peau. D'un revers de la main, elle jette le pyjama sur le plancher et envoie le patchwork valser sur ses vêtements roulés en boule. Mais quand elle se voit nue dans la glace de sa coiffeuse, elle s'arrête net, juste avant de tout piétiner, de tout déchirer, de tout salir.

Le temps passe, dit la voix cruelle du miroir.

C'est vrai, Carole s'épaissit, elle s'alourdit du poids des jours vains, des nuits froides, de l'ennui qui l'enchaîne à cette maison, à sa mère. Le temps passe : trois mots, trois coups de martinet pour la punir de l'oublier. Et trois autres pour se souvenir d'elle, petite, devant la même glace, guettant la poussée de ses seins, l'arrivée des poils, rêvant à l'homme à qui elle se donnerait pour la vie, patiente, soumise, heureuse d'être à quelqu'un. Le temps passe et elle est seule, prisonnière, condamnée à une peine dont le terme est repoussé chaque jour. Carole tombe assise sur le lit, résistant de toutes ses forces au chagrin qui la submerge.

Du couloir elle entend sa mère crier :

– Alors, tu n'éteins pas ?

Format

La chambre baigne dans une obscurité laiteuse produite par le reflet lointain d'un réverbère dans la rue. En plus de la couette en plume il y a un lourd tissu matelassé jeté sur le lit. Bernadette, la femme de Format, prétend qu'il n'est pas sain ni hygiénique de chauffer les chambres, qu'il vaut mieux se couvrir. Dans la famille, tout le monde grelotte mais obéit. Bernadette allume sa lampe de chevet quand son mari se couche à côté d'elle :

– Alors ? demande-t-elle anxieusement.

– Je t'ai réveillée ?

– Je ne dormais qu'à moitié.

Format soupire :

– Ça va être dur…

– La grève ?

– Si ce n'était que ça…

Il ferme les yeux :

– Je ne suis pas sûr d'y arriver. «Licencier», «réinvestir», «relancer l'activité»… quand on lit ça dans les journaux, ça paraît évident. Mais quand on a en face des hommes et des femmes dont la vie dépend de vous, ce n'est plus la même chose.

– Je suis sûre que tu feras pour le mieux…

Format sourit à sa femme. Il la reprend :

– Que je ferai pour le moins pire…

– Tout le monde te connaît, ils savent que tu agiras toujours selon la justice.

– Ce que nous croyons juste ne l'est pas forcément pour les autres.

– Tu sais : «Que celui qui est juste soit plus juste encore…»

– Oui, «plus juste encore»…

Format parle comme à confesse :

– Il faut que tu saches que je vais être amené à faire des choses illégales, il y aura sans doute un procès et si je vais au tribunal je serai sans doute condamné. Tout cela je le fais en conscience, avec la conviction sincère que mon cas personnel n'est rien, que seul compte le bien collectif. En vérité : tant pis pour moi si la Kos est sauvée.

– J'ai confiance dans les voies du Seigneur.

– Que Dieu t'entende ! ironise Format.

Bernadette est très sérieuse :

– Il ne faut pas sous-estimer le pouvoir de la prière. Elle bâille :

– Il est quelle heure ?

– Quatre heures…

Elle se tourne pour éteindre, Format la retient :

– Attends, il faut que je mette le réveil.

Il se penche et, sans savoir comment, se retrouve sur sa

femme. Sa main s'arrête sur un sein de Bernadette, son sexe se durcit au contact de ses fesses.

— Non, se défend-elle, pas maintenant, pas ce soir, il est tard…

Bernadette s'est endormie sur le dos, les mains bien à plat sur le revers du drap, la bouche légèrement entrouverte, les cheveux en désordre. Elle a quelque chose de ces reines qui gisent pour l'éternité sur leur lit de pierre, mortes au sourire léger que seul le temps efface. Même au plus froid de l'hiver, Bernadette s'oblige à dormir entièrement nue. Elle professe que pour une épouse chrétienne la nudité n'est pas honteuse dans le lit conjugal. Calvin et Luther, qu'elle déteste par ailleurs, n'avaient pas tort sur ce point. Comme eux, elle pense qu'être nue, c'est témoigner devant Dieu que l'on est sans tache et sans péché :

— Au XVIe siècle, seules les pestiférées dormaient en chemise ! Moi, je n'ai rien à cacher.

Bernadette parle aussi volontiers — et avec fièvre — de la grandeur qu'il y a à accomplir son devoir de femme mariée, de l'abnégation que cela suppose parfois. Dans le bulletin paroissial elle a même publié une contribution : « Vivre son mariage dans la foi ».

Format, lui, est trop énervé pour trouver le sommeil. Tout file trop vite depuis la veille et tout s'accélère encore : Bruxelles, Hoffmann, la Romanée-Conti — quelle honte d'avoir bu ça ! –, sa nomination, la fuite de Gasnier, celle de Bauër…

Il a la sensation de perdre pied. Il grommelle :

— La Tâche, la tache, ma tâche, ma tache…

Il se voit glisser en forêt, dévaler entre les arbres, rebondir contre les rochers avant de choir dans un gouffre aux parois lisses. Il a beau tenter de freiner sa chute avec les pieds, de s'accrocher aux branches, de s'arracher le dos pour se ralentir, rien n'y fait, il tombe sans pouvoir s'arrêter. Mille piqûres de ronces lui déchirent la peau, l'irritent. Il frissonne. Une fièvre sèche qui ne le fait pas transpirer d'une goutte. Il se répète qu'il doit dormir, dormir, dormir pour être en forme le lendemain. Il a mal partout : aux jambes, aux bras, au dos. Même son sexe lui fait mal : Bernadette était brûlante de sécrétions acides. Il voudrait se saouler, s'assommer, sombrer dans le coma comme ça lui arrivait quand il avait seize ans. Il se tourne sur le côté, se remet sur le dos, essaye à plat ventre et, vaincu, se lève avec précaution pour ne pas réveiller sa femme dont le souffle régulier rythme la nuit paisible.

Format va jusqu'à la fenêtre enveloppé dans le peignoir de Bernadette jeté sur le lit. Dehors, tout semble perdu dans le brouillard. Il fait un froid humide, décourageant. Il récite pour lui-même quelques phrases de saint Jean de la Croix qu'il avait apprises en secret quand il était chez les Jésuites et qu'il sait encore par cœur :

> *Je restai là et m'oubliai*
> *Le visage penché sur le Bien-Aimé*
> *Tout cessa pour moi, je m'abandonnai à lui*
> *Je lui confiai tous mes soucis*
> *Et m'oubliai au milieu des lis...*

Son souffle embue la vitre à l'intérieur. Il reste là, immobile, scrutant l'obscurité sans faille et soudain, du bout du doigt, il trace un point d'interrogation sur le carreau : *?*

Oui, et même trois : *? ? ?*

Dispute

Rudi fait un saut chez lui avant que le jour ne pointe. Il veut prendre une douche, se raser et se changer. Maurice, son père adoptif, lui a raconté cinquante fois un film où un gros type est en train de perdre tout ce qu'il veut au billard contre un jeune et beau mec. Pendant une pause, alors que le beau mec s'envoie whisky sur whisky, sûr de sa victoire, le gros va dans les toilettes, se lave, se fait la barbe et enfile une chemise propre. Et quand il revient dans le jeu, lui qui perdait tout enchaîne partie gagnante sur partie gagnante et rafle le magot sans coup férir. Maurice insistait beaucoup pour que Rudi réfléchisse à cette histoire.

Rudi a retenu la leçon. La grève sera dure, les discussions avec la direction aussi. Pas question d'apparaître avec les marques de la fatigue et la crasse de l'attente comme camouflage.

Dans la cuisine, Rudi trouve Dallas et Kevin sur les genoux de Varda en train de prendre leur petit déjeuner :

— Salut, les filles !

Varda n'a qu'un pull trop large sur le dos :

— C'est à moi, ça ? remarque Rudi, en tirant sur l'encolure.

Varda sourit de voir Rudi lorgner sur sa poitrine :

— J'ai dormi là. J'avais pas le courage de rester toute seule à la maison…

— T'as bien fait.

Rudi s'assoit.

— T'en veux ? demande Dallas en prenant la cafetière.

— Je veux bien…

Dallas lui remplit une tasse à ras bord. Varda vide la sienne :

— Vous avez levé le piquet ?

— Non, je passe juste me changer.

— Serge est encore là-bas ?

— Quand je suis parti, il y était encore.

— Le pauvre biquet, il doit se demander ce que je fiche.
Je vais y faire un saut…

Rudi lui fait un clin d'œil :

— Si t'y vas comme ça, c'est sûr que la mobilisation
sera générale…

— T'as raison, dit Varda, je vais même y aller à poil. Ça
me fera gagner du temps. Quand je serai virée, c'est bien
comme ça que je vais me retrouver…

Sa remarque jette un froid. Rudi proteste :

— T'énerve pas. Je ne pensais pas à ça !

— Ben moi j'y pense, je ne peux pas penser à autre
chose.

Varda se lève :

— Allez, mon bébé, dit-elle à Kevin, va voir maman,
tata doit se bouger les fesses…

Dallas tend les bras pour attraper son fils qui bat des
bras et remue les jambes. Varda lui glisse à l'oreille :

— Je te pique une culotte…

Dallas ne peut s'empêcher de rire :

— Tu peux même en prendre deux, on ne sait jamais !

Varda rit elle aussi.

— Qu'est-ce que vous avez à vous marrer comme ça ?
demande Rudi, soufflant sur son café brûlant.

Il a l'air contrarié.

— T'occupe, dit Dallas, c'est des histoires de filles…

Après avoir envoyé un dernier baiser de la main à
Kevin, Varda quitte la cuisine, en tirant sur le pull pour
se couvrir :

— À plus ! On se retrouve là-bas !

Dallas chuchote à Rudi :

— Tu trouves pas qu'elle a grossi ?

— Qui ?

— Varda !

– J'en sais rien, bougonne Rudi.

– Tu pourrais faire attention.

– À quoi ?

– Aux gens… T'as vu son cul ?

Rudi écarquille les yeux :

– Mais de quoi tu me parles ?

– Je te parle de Varda, dit Dallas.

Elle sourit :

– Tu sais ce qu'on dit : «telle mère, telle fille»… Eh bien, quand je la regarde, je me dis qu'elle finira comme sa mère, une belle grosse babouchka avec des seins et des fesses partout…

Tout à coup Dallas demande :

– C'est aujourd'hui qu'on va savoir ?

– Peut-être.

– Qu'est-ce que vous allez faire s'ils donnent les noms ?

– Tu veux dire : «qu'est-ce qu'on va faire»… Il y a pas ceux qui vont faire quelque chose et ceux qui vont regarder le train passer. Il faut que tout le monde soit là, faire masse. Montrer qu'on est comme une seule main, les hommes, les femmes, tout le monde…

– Et si je suis virée ?

– C'est pas encore fait.

– Comment tu le sais ?

– J'en sais rien. Mais la question n'est pas de savoir pourquoi ce serait plutôt Machin que Truc qui serait viré. C'est d'empêcher qui que ce soit d'être viré. Ce n'est pas une question individuelle.

Dallas s'obstine :

– Oui, mais si je suis virée…

– Si tu es virée je le serai peut-être aussi, et Varda et Lorquin et tous les autres. C'est pour ça que je te dis qu'il faut faire bloc. Tant qu'on est tous ensemble ils ne peuvent rien contre nous

– T'es sûr ?

Rudi se lève. Il ne veut pas répondre. Dallas le fatigue avec ses questions.

— Je vais prendre une douche et mettre des fringues propres, dit-il.

— T'as dormi ?

— Une petite heure. Et toi ?

— Tu sais, dormir avec Varda c'est comme faire un match de catch. Elle tourne, elle vire, elle s'entortille dans les draps… Je ne sais pas comment Serge supporte ça !

Dans la chambre, Dallas change le petit allongé sur une serviette posée en travers du lit :

— C'est que tu ne sens pas la rose, toi ! dit-elle en ôtant sa couche à Kevin.

Et, se reculant soudain :

— Oh le cochon !

— Qu'est-ce qu'il y a ? crie Rudi sous la douche.

— Il me fait le coup à chaque fois : je le change et il me fait pipi dessus !

Dallas replie la serviette-éponge entre les jambes de Kevin :

— Vilain petit cochon ! dit-elle en l'embrassant.

Kevin gazouille.

— Oui, t'es qu'un vilain petit cochon, répète Dallas en le couvrant de baisers.

Rudi sort de la salle de bains, s'essuyant les cheveux dans une serviette blanche.

— T'as vu l'homme ? dit-il, fier de sa nudité.

— Habille-toi, tu vas mettre de l'eau partout, râle Dallas.

Rudi s'essuie sommairement :

— Il s'est passé un drôle de truc cette nuit…

— Quoi ?

— Carole, tu sais, celle des bureaux, « Beauty », elle est venue me prévenir que Rouvard voulait me parler en tête à tête…

– Qu'est-ce qu'il te voulait ?

– Attends…

Rudi se frictionne la poitrine :

– Rouvard passe à la direction technique de la boîte, directement sous les ordres de Behren et de Format qui devient le grand patron…

– « Beau-Papa » ? ricane Dallas en pensant à son frère.

Rudi grimace :

– Rouvard voulait me proposer d'en être…

Dallas ne comprend pas :

– D'être quoi ?

– De prendre un nouveau poste qu'ils veulent créer. Je n'ai pas très bien compris, une sorte de relais entre la direction et les ateliers pour « optimiser » la production, d'après ce qu'il m'a dit…

Le visage de Dallas s'éclaire :

– Tu passes à la maîtrise ?

Rudi secoue la tête :

– Non.

– Il ne veut pas te faire passer à la maîtrise ?

– J'ai refusé.

– Hein ?

– Oui, j'ai refusé.

Rudi fouille dans la commode pour prendre un slip propre sans remarquer que Dallas a ouvert la bouche sans parvenir à prononcer un mot : elle ne peut pas y croire.

Ça la scie.

– Sincèrement, poursuit Rudi, pendant que les copains font la grève, tu me vois faire l'arsouille, en blouse blanche, avec ces messieurs d'en haut ?

Dallas retrouve sa voix d'un coup :

– Mais t'es dingue, Rudi ! T'es complètement dingue ! s'emporte-t-elle.

Rudi fait volte-face :

– Eh, du calme… Halte au feu !

Mais Dallas ne se calme pas, son sang empourpre son visage, ses poings se crispent :

— Il y en a plein qui vont être virés, moi je vais peut-être être virée, et toi tu refuses de passer à la maîtrise quand on te le propose ? C'est dingue, c'est complètement dingue !

— Ce qui serait dingue, vraiment dingue, c'est que j'aie accepté…

Dallas se met à pleurer :

— Tu t'en fous de nous ! Tu t'en fous complètement. C'est ça ? Tu t'en fous ! On a la baraque sur le dos, je me crève à garder des gosses, à faire des ménages pour y arriver, et toi tu refuses quand on te propose de passer à la maîtrise ?

Rudi ne veut pas se disputer. Il prend sur lui-même :

— Je ne suis pas un jaune, dit-il d'une voix sourde.

— T'es pas un jaune, t'es un salaud ! crie Dallas, prenant Kevin dans les bras. T'es un salaud qui pense qu'à lui, qui pense qu'à parader devant ses copains, à faire le mariole ! Voilà ce que t'es ! T'en as rien à foutre de ton fils ! T'en as rien à foutre de moi ! Et moi je suis la dernière des connes d'accepter ça !

— Tu me fais chier ! répond Rudi, en lui tournant le dos. Tu ne comprends rien à rien !

— Et toi tu comprends tout ?

— Oui, je ne suis pas comme toi : j'ai les yeux en face des trous.

Rudi ouvre l'armoire d'un geste brusque.

— Qu'est-ce que tu fais ?

— Tu le vois bien : je m'habille et je retourne là-bas.

— Et moi, qu'est-ce que je fais ?

— Toi, tu laisses le petit chez ta mère et tu viens aussi. Je te l'ai dit, faut que tout le monde y soit !

Et, écartant les cintres :

— Ma chemise bleue n'est pas là ?

— Qu'est-ce que tu veux que ça me foute ?

— Tu veux que j'y aille à poil, comme Varda ?

— T'occupe pas de Varda. Tu peux y aller à poil ou comme tu veux, c'est tes affaires. T'as qu'à demander à tes copains qu'ils s'occupent de tes chemises ! Ils n'ont qu'à faire ta lessive puisqu'ils sont plus importants que nous !

Rudi bloque Dallas contre le mur en la tenant par les épaules :

— Maintenant tu vas arrêter ton cirque et m'écouter.

— Lâche-moi, tu vas faire mal au petit !

— Il n'est pas en verre ! Et ce que je vais dire, ça le concerne aussi, même si pour l'instant il ne peut pas tout comprendre… D'ailleurs, je suis sûr qu'il comprend !

Dallas se mord les lèvres, secouée de gros sanglots :

— Laisse-moi… Laisse-moi…

— Arrête de chialer, dit Rudi, écoute : la proposition de Rouvard c'est un truc classique des patrons. C'est vieux comme le monde. C'est dans tous les livres. Quand t'as un type quelque part qui rue dans les brancards, t'as deux solutions : ou tu le casses ou tu le domestiques. Pour l'instant, ils n'ont pas les moyens de me casser, alors ils ont essayé de me domestiquer. De m'attacher à leur niche avec une chaîne et un collier étrangleur pour être bien sûrs que je ne me sauverai pas. Tu comprends ? C'est facile de créer un poste bidon et de donner au gogo qui l'accepte des petits avantages. Ça crée des jalousies, ça crée des divisions. Combien de syndicalistes se sont fait retourner comme ça : la baraque payée par l'entreprise, le boulot en costume-cravate et les primes qui tombent du ciel. Moi, je ne marche pas. Je ne marcherai jamais dans ce genre de combine. J'aime mieux bouffer des nouilles ou du riz que de me voir un jour comme un larbin, un type qu'on peut acheter pour un hochet et de la petite monnaie…

Rudi reprend son souffle :

— C'est clair ?

Il ajoute, rouge de colère :

– C'est insultant qu'ils aient pensé que je pourrais marcher dans une combine comme ça…

La Kos

Pignard vient avertir le piquet de grève qu'une réunion aura lieu à neuf heures et non pas en fin d'après-midi. Dans un premier temps, seuls les membres élus du CE sont convoqués :

– Personne d'autre…

Douché, rasé, chemise bleue, pantalon au pli impeccable, Rudi rejoint le groupe à ce moment-là :

– Pas de délégation du personnel ?

– Pas de délégation «élargie» pour l'instant, répond Pignard. Je crois que ça va être surtout informatif : ils vont nous exposer leurs hypothèses pour nous tester, mais il n'y aura pas de véritable discussion et encore moins de négociations. Officiellement, ça ne peut pas se passer comme ça.

– N'oublie pas ce qu'on se disait hier soir : peut-être qu'il faut d'emblée refuser de discuter et encore plus de négocier.

– Je n'oublie pas, dit Pignard. J'attends de voir…

Rudi se tourne vers Lorquin :

– Qu'est-ce que t'en penses ?

– Pour l'instant j'en pense rien. Je suis comme Pignard, j'attends…

– Et toi ? demande Rudi à Anthony.

– Moi, c'est comme si j'étais au cinoche pour voir un film que j'avais déjà vu et que j'étais coincé au milieu d'une rangée sans pouvoir sortir…

Pignard lui demande de ne pas remettre ça. Ce n'est pas le moment :

– OK ?

– Serge n'est pas là ? demande soudain Rudi, le cherchant des yeux.

– Non, répond Lorquin. J'ai vu Varda, mais lui, je ne sais pas où il est…

– Il est peut-être passé chez lui ?

– Je ferais bien d'en faire autant, dit Lorquin en reniflant sa chemise.

– Si t'y vas, tu passes devant la maison de la presse ?

– Oui, pourquoi ?

– Comme ça tu pourras acheter *L'Équipe*… ton journal de classe.

– Te fous pas de ma gueule !

La réunion

Carole a préparé du café. Il y a des croissants, des petits-beurre et du jus d'orange sur une table sous les fenêtres…

La réunion débute à neuf heures tapantes.

Format, Behren sont assis d'un côté de la table, les membres du CE de l'autre.

– Je vais droit au but, dit Format après avoir serré la main de chacun. Il y a, vous le savez, un certain nombre de démarches à effectuer, de procédures, de délais à respecter pour mettre en œuvre un plan social et les mesures d'accompagnement. Je ne vous apprends rien. Maintenant, si je m'en tiens à l'application stricte de la réglementation, autant dire que la fermeture est inéluctable : les Allemands n'attendront pas que l'administration française ait fini de remplir ses formulaires pour tout boucler.

– Ce qui veut dire ? demande Pignard.

– Ce qui veut dire qu'il va falloir rouler sur la bande d'arrêt d'urgence, si je peux me permettre cette image…

– Je ne comprends pas, dit Mme Roumas.

Format répond comme s'il lui en coûtait :

– Tout doit être réglé avant Noël.

– Les licenciements ?

– Tout.

Pignard rit doucement :

– Vous n'y arriverez jamais.

– Je sais, dit Format, c'est pour ça que je vous ai demandé de venir.

Pignard ouvre les mains, il attend la suite.

– Je me suis renseigné, poursuit Format. Il y a une sorte de jurisprudence. Dans certains cas exceptionnels, la direction d'une entreprise, les représentants syndicaux, les élus du CE, enfin tout le monde parvient à un accord, en tout cas à une entente, pour aller plus vite que la musique. C'est-à-dire pour agir sans attendre, étant entendu qu'en temps et en heure, toutes les procédures seront respectées…

Le silence se fait pesant.

Pignard réagit le premier :

– En somme, vous nous demandez un blanc-seing pour licencier ?

– Pas un blanc-seing, corrige Format. Je vous demande de me faire confiance…

– Pourquoi ferions-nous ça ?

Format répond du tac au tac :

– Parce que nous n'avons pas le choix.

– « Nous » ? s'étonne Pignard.

– Oui, nous, vous, moi, M. Behren, tous ceux de la Kos…

Lamy prend la parole :

– Nous ne pouvons pas nous prononcer sans savoir sur quoi nous discutons. Personnellement, je n'ai pas d'a priori ni pour ni contre. Mais avant de vous accorder la confiance que vous nous demandez, nous devons connaître qui est concerné par le plan social, combien de personnes, quelles sont les «mesures d'accompagnement» que vous avez évoquées…

— Je suis d'accord, dit Mme Roumas. C'est bien beau de contourner la réglementation mais il faut, au minimum, savoir pourquoi on le fait…

Format consulte Behren du regard et se décide :

— Très bien, dit-il. Je laisse M. Behren vous exposer ce que nous voulons soumettre à l'inspection du travail. J'ai rencontré M. Lecœur, il est prévenu de l'état d'urgence absolue.

— C'est une ébauche…, commence Behren.

Format surenchérit :

— Il faut insister sur ce point : c'est une ébauche dont nous allons parler, une ébauche…

— Ça veut dire qu'elle peut être amendée ? demande Pignard.

— En théorie, oui, concède Format. Rien n'est définitif.

Behren avale un fond de café et se lance :

— Ce qui pèse sur nous, ce qui – d'une certaine façon – nous met les deux pieds dans la même godasse, ce sont les charges. Je ne vous apprends rien. Pour cent euros de salaire, nous payons cinquante-trois euros de charges. Il n'y a malheureusement pas trente-six mille solutions pour réduire ce poids qui nous écrase. Nous allons devoir alléger les charges de structures…

— Cé qui veut dire ? demande Mme Roumas.

— Procéder à une centaine de licenciements…, répond Behren.

— Cent ? répète mécaniquement Pignard. Vous restez sur ce chiffre ?

— Une centaine, oui, plus ou moins cent… Je sais que ça peut paraître énorme.

Behren fait une pause.

– Cent licenciements selon les critères que vous avez définis hier ? demande Lamy.

– Oui, intervient Format, on prend prioritairement en compte l'ancienneté dans l'entreprise et les possibilités de retraites anticipées. Nous ne pouvons pas prendre en compte l'origine ou l'enracinement des employés de la Kos. Ce serait discriminatoire et l'inspection du travail refuserait tout en bloc.

– Ce sont encore les jeunes et les vieux qui vont payer les pots cassés, soupire Mme Roumas.

– On ne peut pas présenter ça comme ça, proteste Behren. Même si aucun critère n'est parfaitement juste, il y en a qui sont acceptables dans le cadre de la loi et d'autres qui ne le sont pas. Nous appliquons la loi, rien d'autre. Notre seul but est de sauver la Kos et de préserver le plus grand nombre d'emplois possible.

– Comment ferez-vous pour faire tourner la boîte avec autant de départs ?

Behren cède la parole à Format :

– Je vous explique. Je ne veux rien vous cacher... Notre plan doit être le plan de tous. Alors voilà : licencier du personnel n'aurait aucun sens si, dans le même temps, l'outil lui-même ne devenait pas plus performant. Vous êtes d'accord ?

– Oui, répond timidement Lamy.

Format reprend :

– J'ai confié à M. Rouvard la tâche de procéder à toutes les modernisations nécessaires pour que la Kos puisse fonctionner à plein dans les nouvelles conditions. Nous allons remplacer toutes les machines défaillantes, passer partout au numérique, à la production assistée par ordinateurs...

– Attendez, dit Pignard, je ne comprends plus : vous licenciez pour faire des économies et ce que vous nous dites, c'est que vous allez investir dans les grandes largeurs. S'il n'y a plus d'argent pour les salaires, d'où vous sortez celui pour les machines ?

Behren estime que c'est à lui de répondre sur la question financière :

– Pour moderniser, dit-il, surtout si nous réduisons le personnel, nous obtiendrons des prêts bancaires et vraisemblablement des aides publiques.

– Et rien pour maintenir l'emploi ?

– Non. Des cacahuètes. Ni les banques ni l'État ne veulent entendre parler des frais de fonctionnement d'une entreprise privée…

– C'est absolument dégueulasse ! s'indigne Mme Roumas.

– C'est politique, lui répond Lamy. C'est seulement politique. Qu'ils soient de droite ou de gauche, ils sont tous d'accord. On est là, autour de cette table, à faire semblant de croire qu'on va peser sur les décisions. Mais les décisions, elles se prennent bien au-dessus de nos têtes. Même bien au-dessus de la tête des patrons du groupe ! Ça se prend dans les ministères, à Strasbourg ou à Bruxelles. Là où ils n'ont jamais vu un ouvrier de près et où, surtout, ils ne veulent pas en voir !

Pignard lève la main pour réclamer la parole :

– Je crois que ce n'est pas utile d'ouvrir le débat ici. Ce n'est pas l'urgence du moment.

Format l'approuve d'un signe de tête.

– Bon, poursuit Pignard, vous avez dit ce que vous deviez dire et nous vous avons répondu ce que nous devions répondre. Tout a été fait dans les règles. Maintenant je voudrais voir cette fameuse « ébauche » du plan social, je voudrais juger sur pièces, pas sur des idées générales…

Format se tourne vers Behren, l'interroge du regard. Behren acquiesce d'un signe de tête. Format sort une liste d'une chemise bleue posée devant lui. Il y a une centaine de noms répartis en plusieurs catégories. Le document est manuscrit avec des ratures, des flèches, des repentirs. Un brouillon :

– C'est absolument confidentiel, précise Format, tendant la liste à Mme Roumas, en face de lui. Vous consultez cette liste et je la reprends.

Pignard et Lamy se lèvent pour venir lire au-dessus de l'épaule de Mme Roumas.

– Vous ne pouvez pas virer Lorquin, dit-elle dès qu'elle tombe sur son nom dans la catégorie «Plus de cinquante ans».

Et, regardant Format :

– S'il ne s'était pas retroussé les manches en premier pendant l'inondation, vous ne seriez pas là à diriger la Kos. Et nous ne serions pas là non plus. Il n'y aurait plus de Kos…

– Je sais, dit Format, nous avons tous une dette envers lui…

Sa voix se fait plus grave :

– … mais si je n'applique pas à Lorquin les critères que j'applique à ceux de son âge et de son ancienneté, tout devient inéquitable. Je veux agir de la façon la plus juste possible. Comme m'a dit ma femme : «Que celui qui est juste le soit plus encore.» Et pour agir de la façon la plus juste possible je ne connais qu'une manière : définir une règle et s'y tenir, sans exception.

Format ferme les yeux comme s'il se parlait à lui-même.

– Vous savez, dit-il, je ressens comme vous ce qu'il y aura d'injuste et de paradoxal dans le départ de Lorquin. D'injuste parce que lui, plus que tout autre, pouvait prétendre finir sa carrière à la Kos ; de paradoxal, parce que sa mise à la retraite anticipée, une fois encore, sera peut-être le geste qui nous sauvera tous…

– En somme, s'exclame Pignard, il faut que Lorquin accepte d'être viré pour sauver la boîte !

Format a un geste d'impuissance :

— Je vais vous faire sauter au plafond, dit-il, mais saint Jean et Saint-Just, qui n'avait rien d'un saint, ont à peu près dit la même chose : il faut parfois qu'un homme meure pour sauver tout le peuple...

Serge

La pluie est revenue, pas méchante, des petites gouttes en rideau transparent. Rudi retrouve Serge abrité sous l'auvent du local de sécurité, tapant dans ses mains pour se réchauffer, col relevé :

— Ben, où t'étais ?

— Là, pourquoi ?

— T'as pas vu Varda ?

— Non, dit Serge.

— Elle a couché chez moi. Elle te cherche...

— Elle finira bien par me trouver, dit Serge. Elle doit être à la maison.

Serge scrute le ciel :

— Si on allait chez Raymonde ?

— Tu m'offres un café ?

— Ça ou autre chose...

Serge tousse, s'étrangle un peu avant de dire :

— Faut que je te parle...

— Qu'est-ce qui se passe ?

— Un truc...

L'Espérance est un petit bar-hôtel planté juste à la sortie de la Kos. Quelque chose d'un autre âge qui mourra quand Raymonde, la patronne, mourra.

Ils mettent leurs vestes sur leurs têtes et s'élancent à travers la cour en évitant les flaques.

L'Espérance

Rudi et Serge entrent à *L'Espérance* en se bousculant.
Ils s'ébrouent comme deux jeunes chiens et vont s'asseoir
à une table près de la fenêtre. Une place de choix avec vue
directe sur l'entrée de la Kos.

— Dis donc, ça dégringole…, dit Raymonde, en levant
les yeux au ciel. Comment ça se passe à l'intérieur ?

— Ça discute à mort…

— Vous tenez le coup ?

— Il fallait que ça nous tombe dessus ! Comme si
l'inondation n'avait pas suffi…

— C'est pas la première fois que des patrons essayent
de virer tout le monde et de partir avec la caisse et ce sera
pas la dernière, vous pouvez me croire…

— Ça, pour te croire, on te croit ! lance Rudi. D'ailleurs,
c'est toi qu'on devrait nommer à la tête de la boîte !

— Ça serait pas pire ! répond Raymonde en riant. Rien
qu'en dix ans, combien de boîtes ont fermé ici ? Rotor,
la Manuf, Siellens là derrière, l'imprimerie Durand,
Cavauto…

Raymonde fait un geste comme si elle pouvait d'un
coup chasser ces mauvais souvenirs :

— Qu'est-ce que je vous sers ?

— Deux cafés…

— Je vous fais des tartines ?

— Non merci.

Raymonde retourne derrière son bar :

— Tu sais, dit-elle à Rudi en manœuvrant le percola-
teur, si les femmes étaient aux commandes, le monde se
porterait mieux. Ici comme partout ailleurs. Tu crois pas ?

— Je suis bien d'accord, répond Rudi. Maman le disait
aussi et je crois qu'elle avait bien raison de dire ça !

— T'as des nouvelles d'elle ?

– On s'écrit tous les mois. Le téléphone, ce n'est pas tellement mon truc…

Raymonde vient les servir. Serge cherche de la monnaie dans sa poche mais elle l'arrête d'un geste :

– Laisse, c'est pour moi, dit-elle, en posant les tasses. Je peux au moins faire ça.

Elle regarde Rudi avec tendresse :

– Quand tu écriras à ta mère, dis-lui que je la salue. Sarah, c'est une femme bien, très bien. Oui, très très bien…

Serge met deux sucres dans son café et touille lentement.

– Bon, je vous laisse discuter, dit Raymonde sentant qu'elle gêne, j'ai ma vaisselle. Si quelqu'un vient, vous m'appellerez…

– T'inquiète, dit Rudi, on surveille la boutique !

Serge attend que Raymonde disparaisse dans sa cuisine. Il ne sait pas par quoi commencer :

– Rouvard m'a proposé le poste qu'il t'avait proposé, bredouille-t-il. Et j'ai accepté…

– Ah; dit Rudi, la gorge sèche.

– Tu trouves que j'ai tort ? demande Serge, sans lever les yeux de sa tasse.

Rudi secoue la tête.

– Me demande pas ça, dit-il, tu fais ce que tu veux. Chacun fait ce qu'il veut.

Serge semble soulagé. Il enfonce le clou :

– C'est aussi ce que j'ai pensé…

– Tu vois…

– Je me suis dit que je devais prendre mes responsabilités, dit-il, redressant la tête.

Son front se plisse :

– Pourquoi t'as pas voulu du poste ? C'est pas rien ce que Rouvard propose…

– Il te l'a pas dit ?

– Non. Qu'est-ce qu'il y a ? Il y a une embrouille ?

Rudi hésite à répondre. Il avale son café pour se donner du temps.

— J'ai choisi mon camp, lâche-t-il, finalement.

Serge se raidit :

— Qu'est-ce que ça veut dire ?

— T'emballe pas. Ça veut dire qu'il va y avoir de la bagarre. Une bagarre terrible, tu peux en être sûr. Et à ce moment-là, il faudra être d'un côté ou de l'autre : du côté de la direction ou du côté du personnel. Tu pourras pas être des deux côtés en même temps. Je ne dis pas que les gens de la direction sont malhonnêtes ou des salauds ou ce que tu veux, je dis simplement qu'ils seront obligés de tenir une position et nous une autre. Et que ce sera sans merci…

— Non, répond Serge en secouant la tête, non, ça va pas se passer comme ça, tu te goures. Ou si ça se passe comme ça, ça veut dire que la boîte ferme. Les Allemands lâcheront tout. On n'a pas le choix. On est condamnés à remettre la boîte sur pied, à moderniser toutes les bécanes, à montrer qu'on a plus de ressources que ceux qui veulent déjà nous enterrer.

Il ajoute :

— Et si ça marche, dans six mois ou un an, on pourra peut-être même réembaucher une partie de ceux qui vont être débarqués aujourd'hui…

Frère et sœur

Dallas dépose Kevin chez ses parents et repart à la Kos avec Franck encore mal réveillé. Il flotte. Dallas chantonne « la pluie fait des claquettes… » Elle ouvre son parapluie et le passe à son frère pour qu'il le tienne.

— Alors, ça en est où ? demande-t-elle en s'accrochant à son bras.

— J'en sais rien, dit Franck. J'étais pas de piquet cette nuit, ils étaient déjà assez nombreux. On va savoir ce matin, à l'AG…

Dallas secoue la tête :

— Je te parle pas de ça. Je te parle de Gisèle.

— Gisèle ?

— Je veux que tu me racontes tout !

— Il n'y a rien à raconter…

— À d'autres ! La grève c'est bien joli et bien beau, mais que mon petit frère fréquente la fille du patron…

— C'est pas le patron, coupe Franck.

— C'est tout comme.

Franck ronchonne :

— J'aurais jamais dû te parler d'elle !

Les yeux de Dallas pétillent :

— Vous vous embrassez ?

— Qu'est-ce que tu crois ?

Dallas se serre contre Franck. Son Franck chéri, son petit singe, son petit frère, son préféré :

— Tu l'embrasses comment ?

Franck hausse les épaules. Il ne veut pas répondre. Dallas insiste :

— Comme je t'ai appris ?

— Oui, lâche-t-il furieux, je l'embrasse comme on embrasse une fille !

— Elle a de beaux seins, hein ?

Franck vire à l'écarlate.

— Tu me fais chier ! Je ne veux pas parler de ça.

Dallas frétille d'amusement, d'excitation :

— Et sa petite chatte ?

— Sa… ? demande Franck, les yeux écarquillés.

— Ah qu'il est bête ! soupire Dallas. T'es bien un garçon, tiens !

Elle articule :

– Sa foufoune si tu préfères…

Franck se dégage brusquement. Plutôt se faire saucer, choper la crève, n'importe quoi que de continuer avec sa sœur.

– Oublie-moi !

Dallas le rattrape en deux pas :

– Mais où tu te sauves ?

– Tu m'emmerdes ! Occupe-toi de toi ! Laisse-moi tranquille !

Dallas force Franck à stopper net :

– Pas de baratin : tu te l'es faite ou pas ?

– T'es chiante !

– Réponds : oui ou non ?

– Toi, quand t'as une idée dans la tête tu l'as pas où je pense !

– Alors ?

Franck baisse les yeux :

– Oui, murmure-t-il. On a fait l'amour…

– Elle avait envie ?

– Oui.

– Et toi aussi ?

– Bien sûr que j'avais envie !

– T'as fait attention ?

– Oui.

– T'es sûr ?

– Oui, merde, je ne suis plus un gamin !

Et criant presque :

– J'avais une capote si tu veux tout savoir !

Dallas serre Franck contre elle dans un grand élan. Elle l'embrasse sur les joues, sur les paupières, dans les cheveux.

– C'est génial ! T'as pas à avoir honte ou à faire des manières avec moi, mon chéri. C'est normal, c'est beau. Il n'y a rien de plus beau que de faire l'amour ! Vous vous aimez ?

Franck sourit à sa sœur :

– Oui, je l'aime et Gisèle aussi elle m'aime…

Mais soudain, incapable de se maîtriser, il se met à pleurer :

– Jure-moi, jure-moi que tu le diras à personne !

Dallas sort un Kleenex de sa poche :

– T'inquiète, dit-elle en le tendant à Franck. C'est juste entre toi et moi. Personne saura…

– Jure.

– Je te le jure. Essuie-toi les yeux…

– Tu comprends, faut pas que ça se sache. Surtout pas maintenant…

Franck s'essuie les yeux :

– Je ne sais pas ce qui me prend à chialer comme un con…

– C'est parce que t'es amoureux…

Franck renifle. Il se mouche :

– Tu crois ?

– Sûr…

– Tu chiales avec Rudi ?

– Je vais te dire un secret…

– Quoi ?

– Moi aussi…

Dallas glisse à l'oreille de son frère :

– Moi aussi je chiale. Plus c'est bon, plus je chiale…

Téléphone

Behren réussit enfin à contacter le maire sur son portable. Il est très énervé :

– Mais merde t'es où ? demande-t-il à Saint-Pré. Je te cherche partout !

– À la préfecture…

– Tu as vu le préfet ?

– Je l'attends. J'allais t'appeler… Alors ?

– Il y a eu une première réunion d'information avec les représentants syndicaux. Une autre est prévue sur le coup de midi. Ils doivent consulter leurs troupes…

– Normal.

– Oui.

– De mon côté, dit Saint-Pré, je convoque le conseil municipal pour une séance exceptionnelle. Vers vingt heures, ça t'ira ?

– Faudra bien que ça aille. Tout le monde sera là ?

– Tu peux en être sûr ! J'ai déjà les commerçants sur le dos…

– Tu me rappelles quand tu as vu le préfet ?

– Tu seras à ton bureau ?

– Je ne sais pas. Il vaut mieux que tu m'appelles sur le portable…

Behren va pour raccrocher, Saint-Pré le retient :

– Juste comme ça : tu sens comment la situation ?

– Format a les choses bien en main, il est doué. Quant au personnel, pour le moment ils ne savent pas très bien sur quel pied danser…

– Les syndicats ?

– Ils veulent négocier au plus vite. Ils craignent de se faire déborder par les jeunes qui les poussent au cul…

Cour

Varda va au-devant de Dallas dès qu'elle la voit franchir le portail d'entrée de la Kos au bras de Franck :

– On est virées !

– T'es sûre ?

– Ils ne veulent pas donner les noms, mais Mme Roumas m'a dit qu'à moins de cinq ans d'ancienneté il ne fallait pas trop avoir d'espoir.

— Ah les salauds !

— Rien qu'à l'atelier, ça veut dire que les deux tiers des filles vont se retrouver sur le carreau…

Dallas veut voir Rudi tout de suite :

— Il est où ?

— Je ne sais pas.

— Bougez pas, je vais le chercher, dit Franck en s'éloignant. Il doit être à la maintenance avec Lorquin !

Dallas demande à Varda :

— Et Serge ?

— Il est là-haut, à la direction…

— Il est en délégation ?

Varda secoue la tête :

— Non, il a pris du galon.

— Comment ça du galon ?

Varda balance la main d'un geste vague :

— Si j'ai bien compris ils ont proposé un truc à Rudi, mais Rudi les a envoyés aux pelotes, alors ils l'ont proposé à Serge et Serge a dit oui…

Un voile gris tombe sur les yeux de Dallas :

— Déconne pas… Serge a dit oui ?

— J't'e jure, c'est ce qu'il m'a expliqué : « Rudi c'est non, moi c'est oui. »

— Il passe à la maîtrise ?

— Ouais, il devient un chef… C'est super, non ?

Dallas s'enflamme :

— C'est dégueulasse ! C'est absolument dégueulasse !

— Qu'est-ce qui te prend ?

— Tout le monde fait la grève, on va être virées et Serge passe dans l'autre camp ! Il n'a pas le droit de faire ça ! Il n'a pas le droit, tu comprends ?

— Et pourquoi il n'aurait pas le droit ?

— C'est un vieux truc des patrons, le b.a-ba, pour foutre la merde entre les ouvriers.

— D'où tu sors ça ?

— Je le sais.

— T'es jalouse que ce soit mon bonhomme et pas le tien qui ait le poste ?

— Je suis jalouse de rien, j'essaye de te faire comprendre. Faut que tout le monde reste uni si on veut avoir une chance de s'en sortir. Faut pas qu'il y en ait qui la jouent perso.

— C'est ce que je dis : t'es jalouse…

Dallas enrage :

— Mais t'es conne ou quoi ?

— Je suis pas conne mais je vois bien que ça te fait chier de voir que Serge se démerde mieux que Rudi !

— En faisant le jaune ?

Varda grince des dents :

— Je t'interdis de dire ça !

— Qu'est-ce que tu veux que je dise ?

— Dis rien, ça vaut mieux.

— Tu veux que je te dise qu'il a raison ? Que c'est chacun pour soi et que les autres peuvent tous crever si lui sauve sa gueule ? C'est ça que tu veux que je dise ?

— Si Rudi est un dégonflé, c'est pas de ma faute, laisse tomber Varda, d'une voix neutre.

Dallas disjoncte. Elle lui saute dessus. Varda bascule. Dallas plonge sur elle et, tapant des deux mains, la gifle, la cogne, la bourre de coups :

— Rudi est pas un dégonflé ! C'est Serge qu'est un pourri !

Varda riposte :

— Serge, il te dit merde !

— Espèce de salope !

— Connasse !

Elles se griffent, elles se mordent, elles s'arrachent les cheveux en roulant sur le sol trempé de pluie. Rudi, Franck et les gars de la maintenance, alertés par les cris, se précipitent. Ils sont devancés par les filles de l'atelier n° 3,

Sylvie, Barbara, la grosse Minouche, la fille de Pignard, Saïda et les autres.

— Arrêtez ! Arrêtez, merde ! crie Sylvie, tirant Dallas en arrière.

— Lâche-la ! Lâche-la ! renchérit Saïda, s'occupant de Varda. Vous êtes dingues !

Mais elles ne parviennent pas à les séparer.

Dallas se dégage d'un coup de coude et revient à la charge :

— Tu vas voir si je suis une salope !

Varda la cueille d'un coup de pied :

— Salope ! Salope !

Elles s'empoignent à nouveau :

— Pauvre merde !

— Enculée !

— Parle pour toi !

Rudi se jette au milieu de la mêlée. Il saisit sa femme à bras-le-corps, l'arrache à Varda bloquée par Totor Porquet :

— Tout doux ma belle !

Totor reçoit un coup sur le nez.

Dallas se débat :

— Lâche-moi ! Elle dit que t'es un dégonflé parce que t'as pas voulu faire le jaune !

— Arrête, Dallas, merde ! Arrête.

Totor ceinture Varda en jurant :

— Merde, arrête toi aussi ou je t'en colle une !

— Tu peux être virée, je m'en fous ! s'étrangle Varda. Je m'en fous complètement ! Je suis contente même qu'on te vire !

— Je préfère être virée que de choper la jaunisse comme toi ! lui renvoie Dallas.

Un ordre de Lorquin les fait taire :

— Stop ! Arrêtez tout de suite ces conneries ! Fermez vos gueules ! Vous croyez que c'est le moment de se donner en spectacle ?

Il tend le bras vers les locaux administratifs :

— Vous croyez pas qu'ils se régalent à vous voir vous foutre sur la gueule ?

Lorquin, d'un geste, empêche Dallas de lui répondre :

— Ferme-la, Dallas, je ne veux pas savoir le pourquoi du comment, je m'en fous. Je veux que tu la fermes, c'est tout.

Il se tourne vers Varda :

— Et toi aussi je veux que tu la fermes. On croirait des mômes de cinq ans !

Boue

Rudi entraîne Dallas chez Raymonde. C'est à n'y pas croire, un arc-en-ciel apparaît à l'horizon. Les sept couleurs irisées des larmes de Dallas :

— Ne pleure pas, mon petit chat, dit Rudi, ne pleure pas, ce n'est pas grave…

— Je ne veux plus la voir, jamais. Je ne veux plus jamais la voir ! Je veux qu'elle me rende la culotte qu'elle m'a prise ! Je veux qu'elle me la rende tout de suite !

Rudi s'efface pour laisser Dallas entrer la première à *L'Espérance.*

— Calme-toi, c'est rien. Quelle culotte ?

— Eh ben ! s'exclame Raymonde, tu t'es mise dans un bel état ! Si ta mère te voyait…

Rudi, passe son bras autour des épaules de sa femme, comme pour la protéger des remarques de Raymonde :

— Elle a glissé dans la cour, dit-il, et elle s'est retrouvée à plat ventre dans la bouillasse…

— Faut pas pleurer pour ça, ma cocotte !

— Elle a eu peur…

Rudi conduit Dallas jusqu'aux toilettes :

– Je peux prendre la serviette du lavabo ?

– Prends ce que tu veux ! dit Raymonde. Je la change-rai après. Il y a du savon ?

– Oui, il y a ce qu'il faut.

Rudi ferme la porte derrière eux :

– Laisse-moi faire…

Il fait couler un peu d'eau et mouille un coin de la ser-viette pour débarbouiller Dallas :

– Ne pleure pas, mon petit chat, ne pleure pas…, répète-t-il en lui lavant le visage, chassant les larmes, les traînées de boue, les griffures.

Dallas hoquette :

– T'as entendu ce qu'elle m'a dit ?

– Je ne veux pas le savoir. C'est des conneries.

– Elle m'a traitée de salope, d'enculée…

– Laisse tomber. Je te dis que c'est des conneries…

Dallas s'écarte de Rudi :

– Tu la défends ?

– Je la défends pas ! Je dis seulement que tout le monde est à cran avec ce qui se passe. C'était sûr que ça allait péter quelque part. Il y a trop de tensions, trop d'an-goisse. Il a fallu que ça pète entre Varda et toi, mais ça mis à part, c'est pas surprenant…

– T'as toujours une explication pour tout, grommelle Dallas en se mouchant dans la serviette.

Rudi la prend dans ses bras :

– Tu te souviens quand on s'est engueulés parce que je ne voulais pas de ce foutu poste ?

– Oui ?

– Tu te souviens de ce que je t'ai dit ?

– Oui. Non. Je ne sais plus…, avoue Dallas, déso-rientée.

– Je t'ai dit que c'était écrit. Eh bien, il se passe exac-tement ce qu'ils voulaient qu'il se passe. Les ouvriers s'engueulent, des filles se battent, tout le monde se fait la tronche et finit par penser que c'est chacun pour soi, que les plus démerdes ou les plus lâches obtiendront ce que les autres n'obtiendront pas. Et comme ça, leurs licenciements vont passer comme une lettre à la poste : une moitié pensera c'est bien fait pour ceux qu'on vire, et l'autre moitié dira que ceux qui sont restés ne sont que des vendus.

Dallas baisse la tête :

– Tu peux dire ce que tu veux mais je ne veux plus jamais voir Varda, je ne veux plus qu'elle foute les pieds à la maison ni rien du tout…

Rudi lui prend le menton pour la forcer à le regarder en face :

– Ne dis pas «jamais». Varda mérite des baffes, elle s'est conduite comme une conne. Et t'as bien eu raison de faire ce que tu as fait. Mais c'est qu'une paumée. Elle crève de trouille à l'idée d'être virée.

– Elle n'avait pas le droit de dire que t'es un dégonflé.

– Elle dit ça de moi parce qu'elle n'a pas le courage de le dire à Serge…

Cette idée arrache un sourire à Dallas :

– Tu crois ?

– Comme on disait à l'école : «C'est celui qui dit qui y est»…

– T'es con !

Dallas se pend au cou de Rudi. C'est un long baiser, soupirs et caresses. Les corps s'attirent, se frôlent, se collent, la main de Rudi glisse le long du ventre de Dallas, jusqu'à la fourche. Elle chuchote :

– Pas ici…

Puis, regardant son blouson et son jean :

– Je vais repasser à la maison…

– Pas la peine, dit Rudi, reste comme t'es. Lave-toi les mains et reste comme ça…

– Pleine de taches ?

– Je veux que tout le monde te voie. Que tout le monde

sache que tu t'es battue pour moi. C'est tes peintures de
guerre. Tu es ma squaw !

Il pose ses lèvres sur la main de Dallas :

— Je suis fier de toi, mon petit chat…

Les jeunes

Florence arrive avec *La Voix* sous le bras pour montrer
à Lorquin l'article qu'elle a écrit sur le débrayage de la
veille. Elle le trouve en pleine discussion avec Pignard et
les autres gars de la CGT.

Lorquin ne se souvient pas de son nom :

— Tiens, mademoiselle…

— Florence Chamard, dit Florence pour lui rafraîchir
la mémoire. Je vous apporte le journal. J'espère que ça
vous plaira. Que je n'ai pas écrit trop de bêtises…

Lorquin dit aux autres :

— C'est Florence qui s'occupe de nous. Le vieux Quarnoix a de la goutte, c'est ça, hein ?

— Oui : place aux jeunes !

Lorquin prend le journal que Florence lui tend et l'invite à s'asseoir sur une caisse propre :

— Moi, si j'étais vous, je ne me vanterais pas tellement
d'être jeune !

— Pourquoi ?

Lorquin ne répond pas.

— J'ai dit ce qu'il ne fallait pas dire ? C'est déplacé
d'être jeune ?

— « Déplacé », répète Lorquin d'un ton maussade, c'est
sans doute le mot le plus juste que vous puissiez trouver.
Parce que pour être « déplacés », les jeunes, ils vont même
être déplacés en dehors de la boîte…

– Les jeunes vont être recasés ailleurs ? demande Florence en sortant son bloc et son stylo.

– Non, mademoiselle, dit Pignard. Ce que Lorquin vous chante en termes fleuris ça veut dire que les jeunes vont être les principales victimes des licenciements qui s'annoncent. Si vous voulez bien me pardonner d'user d'un langage aussi direct.

– Ils vont être virés ?

Pignard approuve d'un signe de tête :

– Je vois que vous comprenez le français.

– Je peux l'écrire ?

– Bien sûr que vous pouvez l'écrire…

Florence prend des notes d'une écriture nerveuse. Elle est gauchère.

– On annonce une centaine de départs…

Lorquin prend la parole :

– Deux tiers de jeunes qui n'auront pas le choix et un tiers de vieux qu'on poussera vers la retraite.

Pignard précise :

– Des préretraites avec une prime comme il y aura des primes de reconversion pour les jeunes.

– Des primes de combien ?

– Nous ne savons pas, avoue Pignard. La direction va nous faire des propositions et nous allons en faire aussi. Sans être prophète, je peux vous prédire que ce ne seront pas les mêmes…

– Vous saurez quand ?

– Ça non plus on ne le sait pas. Mais quand on le saura, je vous promets que nous vous dirons tout. Absolument tout !

Florence croise Rudi et Dallas qui reviennent à la Kos bras dessus, bras dessous.

– Je vous présente Dallas, ma femme, dit Rudi.

Les deux femmes se serrent la main.

– Enchantée, Florence, de *La Voix*…

– Enchantée.

Florence détaille Dallas de la tête aux pieds :

– Qu'est-ce qui vous est arrivé ?

– Rien, dit Dallas, j'ai glissé dans une flaque…

Rudi détourne la conversation. Pas la peine de remettre ça sur le tapis.

– Vous cherchez quelque chose ?

– Non. Je suis venue porter le journal à votre chef.

Rudi sourit :

– *L'Équipe ?*

– Non, désolée : *La Voix…*

Rudi ricane :

– J'espère pour vous que les pages « Sports » sont à la hauteur…

Florence se tourne vers Dallas :

– Je peux vous poser une question ?

– À moi ?

– Vous avez quel âge ?

Dallas consulte Rudi d'un regard et répond timidement :

– Vingt et un…

– J'en ai bientôt vingt-cinq, dit Florence pleine d'amabilité.

– Pourquoi vous me demandez mon âge ?

Florence sort son petit magnétophone :

– Vous voulez bien qu'on discute toutes les deux ?

– Discuter de quoi ?

– Discuter de votre travail, de votre vie, de vous. Je voudrais faire un portrait…

Dallas n'en revient pas :

– Un portrait de moi ?

– Oui, dit Florence.

– Pour le journal ?

– Oui, pour le journal. Vous êtes jeune, vous travaillez ici et d'après ce qu'on vient de me dire ce sont les jeunes qui vont faire les frais de la restructuration. Je crois que ce

serait bien que tout le monde mette un visage sur une
« jeune » justement…

Rudi intervient :

– Vas-y, dit-il à Dallas. Elle a raison. Faut que tout le
monde soit au courant de ce qui se trame ici…

– Mais j'ai rien à dire, se défend Dallas. Je ne sais pas,
moi, qu'est-ce que vous voulez que je dise ?

Florence la rassure d'un sourire :

– Rien de spécial, mais que ce soit de vous, rien que
de vous, pas de discours officiel, de langue de bois syndicale ou autre, juste ce que vous avez à dire, vous.

Voiture

Florence et Dallas sont assises côte à côte dans la voiture de Florence. Le petit magnétophone tourne, posé sur
le tableau de bord à côté d'un Jésus de pacotille monté
sur un ressort. Pour plus de sûreté, Florence prend des
notes sur son bloc :

– Je résume : vous êtes mariée, vous avez un enfant,
un fils, Kevin, c'est ça ?

– Oui. Il va avoir un an…

– Vous êtes entrée à la Kos il y a un peu plus de deux
ans ?

– Oui, après l'inondation…

– Vos parents y travaillaient déjà ?

– Ma mère y avait travaillé mais elle avait arrêté, elle
a eu cinq enfants. Mon père, lui, y était encore quand j'ai
commencé, maintenant il est à la retraite. Mes grands
frères y sont passés aussi. Mais eux, ils sont partis.

– Ils font quoi ?

– Il y en a un dans l'armée, l'autre à Paris dans la

mécanique et le troisième installe des stands pour des salons un peu partout en France…

– Vous êtes la seule à être restée ?

– Non, il y a aussi mon petit frère qui est en formation. Vous pourriez peut-être faire son portait plutôt que le mien…

– Je préfère faire celui d'une fille.

– Vous avez tort, il est mignon, dit Dallas, pouffant de rire.

– J'en doute pas ! dit Florence, amusée elle aussi. Revenons à vous : votre travail vous plaît ?

– J'ai pas le choix. Vous savez, dans la région, pour travailler il n'y a pas trente-six mille solutions…

– Vous avez connu votre mari ici ?

Dallas rosit :

– Non, au *Cardinal*. Des fois, je fais des extra comme serveuse…

– C'est ce que vous faisiez avant la Kos ?

Dallas hausse les épaules :

– Avant la Kos, je zonais. L'école, c'était pas vraiment mon truc. J'aurais bien aimé être chanteuse mais c'est pas en chantant que j'allais gagner ma vie…

– Vous chantez bien ?

– Il paraît… J'ai gagné des concours à la mer.

– Vous me ferez entendre ?

– Ici ?

– Non, pas ici, dit Florence. À l'occasion…

Elles se sourient.

– Vous craignez d'être licenciée ?

– Non.

– Vous ne craignez pas d'être licenciée ? s'étonne Florence, le stylo en l'air.

– J'ai plus rien à craindre, dit cyniquement Dallas. C'est sûr et certain que s'ils licencient les jeunes je vais être licenciée. J'ai pas beaucoup d'ancienneté et, en plus, j'ai dû m'arrêter pendant ma grossesse. Ça fait encore des mois en moins…

— Pas le moindre espoir ?

— Aucun.

— Qu'est-ce que vous allez faire si vous êtes licenciée ?

Dallas dévisage Florence :

— Qu'est-ce que je vais faire ?

Elle ne peut pas répondre. Elle se détourne, cherche à travers le pare-brise les mots qui lui manquent. L'arc-en-ciel a disparu. Elle n'aperçoit que la ligne grise des maisons alignées de part et d'autre de la rue de l'Industrie qui mène à la Kos. Les villas des contremaîtres, des techniciens, des cadres. Il y a un peu de vent. Juste assez pour qu'il fasse voler un vieux sac plastique. Le sac vole, virevolte, retombe, s'envole et s'accroche sur une grille où il se déchire.

Dallas se mord la langue :

— Vous voulez que je vous dise ? demande-t-elle brusquement, le souffle court. Vous voulez vraiment que je vous dise ?

— Bien sûr, dit Florence, un peu effrayée par l'émotion qui fait vibrer la voix de Dallas.

— Si j'avais pas mon fils, j'irais me jeter dans la Doucile. Parce qu'on peut nous raconter ce qu'on veut, mais celles qui seront foutues dehors elles ne retrouveront jamais rien dans le coin ! Ce sera le chômage ou faire la pute. Alors entre les deux, moi, je préférerais encore me foutre en l'air !

Syndicats

Pignard, Lamy et Mme Roumas, assis à une table dans la cantine déserte, essayent de mettre au point une déclaration commune à transmettre à la direction. Mme Roumas relit le premier jet :

– « Les syndicats de la Kos (CGT, CFDT, FO), et derrière eux l'ensemble du personnel, refusent en bloc les cent licenciements annoncés. Ils demandent à la direction de reprendre sa copie et de présenter de nouvelles propositions. »

Là, les points de vue divergent.

Poussé par les jeunes, soutenu par Lorquin, Pignard – contre ses propres convictions – défend une position « dure » :

– Pour moi, c'est clair : il n'est pas question d'accepter le moindre licenciement tant que les solutions industrielles garantissant le maintien intégral de l'emploi n'auront pas toutes été explorées. Nous devons réclamer que les pouvoirs publics sur un plan régional et le ministère du Travail sur le plan national apportent leur contribution...

Mme Roumas exprime une position plus nuancée :

– Je suis d'accord avec toi sur l'exploration des solutions industrielles, sur les aides de la région et de l'État, mais tu peux être sûr que les négociations porteront d'abord sur les primes allouées aux partants !

Lamy est sur la même ligne :

– Inutile de se voiler la face il y aura des licenciements, peut-être pas cent, mais il y en aura. À partir de là, l'enjeu repose sur ce que toucheront les licenciés et les assurances qu'ils pourront obtenir en matière de reclassement, de couverture sociale, de soutien auprès des banques. Le reste, ça se fera tout seul !

Après plus d'une heure de discussion, Pignard, Lamy et Mme Roumas parviennent à s'accorder sur une formulation laconique exprimant le refus des licenciements, un point c'est tout. En attendant, la grève avec occupation de l'usine est reconduite.

Journal

Lorquin est satisfait de l'article publié dans *La Voix* :

— Ça nous change du vieux Quarnoix, dit-il à Rudi. La petite écrit bien et pas n'importe quoi...

Il montre le titre de l'article : « L'inondation bis ». Il approuve :

— C'est exactement ça !

Et, citant le journal :

— « ... sauf que cette fois-ci ce n'est pas une catastrophe naturelle mais une catastrophe industrielle dont il s'agit. » Bien envoyé, non ?

— Elle est en train d'interviewer Dallas, glisse Rudi, flatté de le faire remarquer.

— J'espère qu'elle ne va pas dire n'importe quoi !

— T'inquiète. C'est pour faire un portrait d'elle. Le modèle type d'une jeune de la Kos...

Rudi baisse la tête : c'est le portrait d'une jeune licenciée que va faire la journaliste de *La Voix*. Rien d'autre. Personne ne pourrait le faire avouer à Rudi mais il le sait depuis le premier instant : Dallas va être licenciée et il a beau chercher, il ne trouve rien qui pourrait empêcher ça.

— Qu'est-ce qui s'est passé avec Varda ? demande Lorquin.

— Dallas n'a pas supporté que Serge prenne le poste que j'ai refusé...

— Elle n'a pas tort.

— Bien sûr qu'elle n'a pas tort ! Mais déjà que ça va être dur, si en plus elle se frite avec sa meilleure amie, je ne te dis pas ce qui m'attend à la maison...

— T'as signé, c'est pour en chier ! rigole Lorquin.

Il s'étire en poussant un grand « ha » de contentement :

— Tu sais ce qu'on va faire ?

– On va se coucher et quand on se réveillera on s'apercevra que tout ça n'est qu'un méchant cauchemar…

Lorquin fait une clef à la tête de Rudi :

– On va réunir l'équipe et on va faire le tour des ateliers. D'une, ça nous dégourdira les jambes, deux, ça permettra de vérifier si tout est bien en ordre sur les bécanes. Faut que tout soit nickel pour le jour où on reprendra…

Direction

Format et Behren examinent le texte remis par Mme Roumas au nom de l'intersyndicale :

– La réunion du conseil municipal est à vingt heures, c'est ça ?

– Oui, dit Behren, sauf changement de dernière minute.

– Que dit Saint-Pré ?

– Il est avec le préfet, j'attends qu'il me rappelle.

Format prend une grande inspiration :

– Je suis d'avis de ne pas bouger jusqu'à la réunion du conseil, d'attendre. Nous reprendrons contact avec les syndicats demain matin au regard de ce qui aura été dit…

– Ce n'est pas difficile à imaginer.

– Non, ce n'est pas difficile : Pignard réclamera la médiation des pouvoirs publics, les commerçants feront part de leur inquiétude et un ou deux excités pousseront des cris et lanceront des insultes…

– Vous y serez ?

– Sûrement pas ! dit Format. Je vous laisse monter au front tout seul.

Il ouvre le tiroir de son bureau et choisit un bonbon à la menthe dans une petite boîte en fer :

– Vous en voulez un ?

– Non merci, dit Behren.

Format fait claquer sa langue :

— Vous comprenez, je ne veux pas apparaître ni au conseil municipal ni nulle part. S'il doit y avoir quelque chose dans les journaux, je préfère que ce soit vous qui interveniez.

— Pourquoi ? C'est vous le patron…

— Justement. Il faut que nous gardions une marge de manœuvre. Si nous parlons d'une seule voix, nous sommes foutus. Il faut que vous puissiez me démentir et que je puisse donner l'illusion d'agir contre vous.

Behren hoche la tête :

— Pas mal, dit-il après réflexion. Vous avez raison, c'est plus sioux, comme dit mon fils. Qu'est-ce qu'on fait de Rouvard ?

— Il ne faut pas le mêler à ça. Je ne veux pas qu'il entre dans la danse. Ça aussi ça nous laisse une marge, parce qu'il est directement en contact avec le personnel et qu'à travers lui nous pourrons faire passer des messages en dehors des canaux officiels…

Le téléphone de Behren grésille :

— C'est Saint-Pré.

Il prend la communication, cela ne dure pas très longtemps.

Behren résume pour Format :

— Le préfet a eu Hoffmann qui lui a juré qu'il ne revenait en rien sur ses engagements mais qu'il devait faire face à des réalités économiques concrètes. Il a eu aussi un conseiller au ministère, une femme, elle s'est défaussée sous prétexte qu'ils ne peuvent pas agir directement sur le patronat, qu'ils font déjà beaucoup. Sinon, les forces de l'ordre sont en pré-alerte, au cas où…

Ateliers

Rudi traverse l'atelier de bobinage. Le silence le surprend. D'habitude, le bruit des machines empêche de
s'entendre à plus de trente centimètres. C'est la première
fois que Rudi voit l'atelier comme ça. Même pendant
l'inondation il y avait toujours une équipe qui travaillait
à sa remise en état ; toujours une radio qui marchait, une
ou deux filles qui bavardaient, un type qui chantait. Là,
rien. Un bloc muet de ferrailles froides comme si jamais
personne n'avait travaillé là. Le calendrier des pompiers
est pendu sur un poteau. Dans un mois ce sera Noël.

– Noël...

Rudi aime mieux ne pas y penser. Le réveillon chez les
beaux-parents avec toute la smala réunie pour l'occasion
et le jour de l'an chez lui avec les mêmes jusqu'à plus
soif. Le sapin, les boules, les guirlandes, les cadeaux, le
Jésus dans la crèche, la messe de minuit à la télé, l'enfer.
Une idée lui traverse l'esprit à la vitesse de la lumière :
avec les licenciements qui s'annoncent, peut-être que les
fêtes de Noël seront annulées cette année...

– Je débloque, dit-il à voix haute.

Sa voix sonne bizarrement dans l'atelier désert.

Mickie lui manque. Son absence aiguise son anxiété.
Cette menace anonyme, sans contours et sans voix, qu'elle
seule parvient à étouffer en le serrant dans ses bras. Rudi
donnerait sans hésiter une vie de réjouissances familiales
pour un jour de tête-à-tête avec elle. Il a envie de ses mots,
de son rire insolent, de ses mains audacieuses. Rudi rêve
de réveillonner au goût de sa bouche, de son sexe, de son
cul. Il shoote dans les débris d'un vieux rouleau de dévi-
dage pour chasser ses idées à la manque. Puis il va ramasser le rouleau pour ne pas le laisser traîner là.

– Qu'est-ce que ça dit ? crie Lorquin de la porte de l'atelier.

– RAS ! répond Rudi.

– Alors rapplique !

Maintenance

Hachemi, Luc Corbeau, Totor Porquet, Bello, le petit Jackie Saïd, Rudi, l'équipe au complet se regroupe autour de Lorquin. Rien à signaler dans les ateliers : tout est en ordre. La consigne est claire : si le conflit dure, ils continueront à faire des rondes régulières pour entretenir l'outil de travail. Surtout, éviter la malveillance, les négligences, les sabotages. On ne sait jamais : la colère, le désespoir… Armand, le mari de Mickie, Périer et Lapion, les contremaîtres et leurs équipes de maintenance feront la même chose, à tour de rôle.

Lorquin prend la parole :

– Faut que je vous parle d'une chose qui me trotte dans la tête…

Tout le monde attend sa dernière blague. Mais Lorquin n'a pas la tête à la rigolade :

– J'ai demandé à Pignard la liste de ceux qui risquent d'être licenciés si ça tourne mal. Il n'a rien voulu me dire. Il n'y a rien d'arrêté, il n'y a que des hypothèses. En même temps, en lâchant des mots comme « préretraites », « stages de formation », il s'arrangeait pour me dire quelque chose… Pour me faire passer un message. Alors voilà ce que j'ai déduit, ou décodé, si vous préférez : les derniers arrivés seront les premiers débarqués…

Il se penche vers Rudi :

– Et ça, ça concerne surtout des filles du finissage, du

bobinage, des expéditions et peut-être une ou deux dans les bureaux…

— Mme Roumas a laissé entendre la même chose.

— Donc ce doit être vrai.

Lorquin reprend :

— Pour le reste, ce serait un bataillon de préretraites. C'est-à-dire, ceux qui ont cinquante ans et plus…

Après un silence, il conclut :

— Ça veut dire que je suis sur la planche à bascule…

— Tu déconnes, dit Totor Porquet, ils ne peuvent pas te foutre à la retraite d'office.

— Ils n'oseront pas, ajoute Bello. T'es intouchable.

Le petit Jackie Saïd se repeigne :

— Ce serait comme s'ils se tiraient une balle dans le pied.

— Je vous remercie, les gars, dit Lorquin, vous êtes gentils de me dire ça, mais je crois que si Pignard tourne tellement autour du pot, c'est qu'il y a un pot, je devrais dire une marmite et que là-haut ils s'apprêtent à me faire revenir aux petits oignons.

Luc Corbeau veut protester mais Lorquin le devance :

— Attends. Même si c'est qu'une hypothèse, je voudrais que vous m'aidiez à réfléchir. Je ne veux pas me faire cueillir à froid. Je veux avoir une solide idée de ce que je devrai faire si demain je suis sur la liste des remerciés pour bons et loyaux services.

— Si ça arrive, on fout le feu à la baraque ! s'exclame Bello. Quand j'étais dans la Marine…

— Oui, on fout le rif partout ! surenchérit Luc Corbeau sans lui laisser le temps de resservir ses souvenirs.

Totor, Hachemi et Jackie Saïd donnent aussi de la voix :

— Tu verras le carnaval !

— Je ne te dis pas ce qui leur tomberait sur la gueule, monsieur Lorquin !

— Bon Dieu, qu'ils essayent pas !

Rudi lève la main pour intervenir :

— Écoutez-moi !

Il les dévisage un à un pour qu'ils se taisent :

— Écoutez-moi... Je vais dire quelque chose qui va peut-être vous mettre les boules.

Rudi marque un temps pour réfléchir.

Il ferme les yeux, caresse son front du bout des doigts et annonce d'une voix posée :

— Je me demande si ça ne serait pas la meilleure chose qui puisse nous arriver que Lorquin se retrouve sur la liste des licenciements...

Luc Corbeau s'étrangle :

— Ça ne va pas, non ? Tu te touches ?

Rudi le renvoie dans les cordes :

— Fais plutôt marcher ce que tu as dans le crâne que de balancer n'importe quoi : qu'est-ce qui peut justifier qu'on licencie quelqu'un comme Lorquin ? Rien du tout. Rien sur le plan professionnel et encore moins sur le plan personnel.

Il précise avec une pointe d'ironie :

— Excuse-moi, dit-il à Lorquin, mais on serait chez les russkofs tu serais même l'ouvrier modèle, le héros du travail avec toute une batterie de médailles sur la poitrine.

— T'as vraiment des idées tordues ! souffle Luc Corbeau.

Rudi n'a pas fini :

— Oui, mais la plus tordue de mes idées tordues c'est celle-là : si Lorquin se retrouve sur la fameuse liste, ce n'est pas seulement la Kos qui sera mobilisée, mais tout le monde en ville et peut-être même au-delà. Vous avez lu *La Voix* ce matin : Lorquin, c'est le symbole même de la Kos, c'est pas encore un symbole national mais presque. En tout cas, ça peut le devenir, parce qu'il n'y a pas qu'à la Kos qu'on licencie. On licencie partout, à tour de bras, des types comme lui, des as dans leur branche, durs au boulot avec le souci de l'entreprise. Format ne peut pas s'offrir de licencier un symbole s'il veut que la boîte reparte du bon pied. Il devra tenir compte de l'opinion publique, des élus, de la presse, de tout le bazar. Et si on l'oblige à faire machine arrière sur un seul, ça veut dire qu'on peut lui faire faire la même chose pour les autres, pour tous les autres, parce qu'il n'y aura plus aucune raison d'épargner un futur retraité alors qu'on sacrifierait des filles de vingt ans…

– Tu penses vraiment que je devrais être sur la liste ? demande Lorquin, troublé par le raisonnement de Rudi.

– Je pense que si tu n'y es pas, tu devras réclamer d'y être, pour bien leur mettre le nez dans leur merde.

AG

Franck vient avertir Rudi : Kevin est malade.

– Qu'est-ce qu'il a ?

– J'en sais rien, il a de la fièvre. Papa est venu chercher Dallas pour qu'elle l'emmène chez le Dr Kops, puisque de toute façon elle devait y aller…

– Manquait plus que ça ! soupire Rudi.

Ils vont ensemble au réfectoire où tout le personnel est réuni en AG.

Pignard tient le micro :

– Mme Roumas, au nom de l'intersyndicale, a remis à la direction nos revendications et notre refus de tout licenciement.

Applaudissements.

Pignard lève la main pour les faire cesser :

– Nous attendons la réponse de la direction…

Sifflets.

– Un peu de silence, réclame Pignard. Ce soir, le conseil municipal se réunit en séance exceptionnelle, à huit heures dans la grande salle de la mairie. Bien entendu faut qu'on y soit. Mais avant d'y être, je crois qu'on devrait faire une action en ville…

– Une manif?

– Non! Pas de manif pour l'instant. Il faut garder des munitions. Ce que je crois, c'est qu'on devrait faire une distribution de tracts pour informer tout le monde de ce qui se passe ici. Pour bien leur faire comprendre qu'en ville ils sont autant concernés que nous, que leur mobilisation contre les licenciements est aussi importante que la nôtre.

La grande Sylvie du finissage propose:

– Les filles pourraient se charger de la distribution! Vous ne trouverez pas mieux pour aller de magasin en magasin et se montrer en ville!

La proposition de Sylvie est approuvée avec des rires.

– En plus, ajoute-t-elle, sans déconner, c'est nous qui sommes le plus menacées. Format a dû faire son service dans la Marine, hein Bello? Pour lui, c'est «les femmes et les enfants d'abord». Mais là, c'est pas pour nous sauver, c'est pour nous foutre en premier à la baille!

À nouveau des rires, des applaudissements.

Pignard reprend l'initiative:

– Très bien, toutes les filles volontaires pour distribuer en ville se font connaître à Sylvie. En attendant, il faut rédiger le texte! Là aussi je réclame des volontaires!

– C'est aux syndicats de faire ça! lance Luc Corbeau. Vous avez l'habitude…

D'autres voix disent la même chose:

– Rédigez-le et puis on le lira après!

– C'est pas dur, il n'y a qu'à dire qu'on n'est pas d'accord!

– Pas d'accord sur quoi?

– Pas d'accord pour crever en disant merci!

Rudi croise le regard de Varda, seule dans un coin, mais elle vire à l'écarlate et se détourne. Rudi se promet

d'aller lui parler. De lui dire qu'il ne lui en veut pas.
Qu'il faut qu'elle se réconcilie avec Dallas. Ça ne rime à
rien de se déchirer, surtout dans leur situation. Serge, on
en parlera plus tard…

Finalement un petit groupe se forme pour écrire le
tract : Pignard, Mme Roumas, Lamy, Anthony, Lorquin,
Totor Porquet et Mickie qui veut bien se charger de le
taper :

— Je peux faire aussi les photocopies, dit-elle.

Rudi se désigne du pouce :

— Je lui donnerai un coup de main, dit-il. La photoco-
pie, c'est mon sport préféré…

Photocopieuse

Rudi relit le tract tandis que la photocopieuse crache
ses feuilles à plein régime :

LA KOS PREND L'EAU !

*Déjà plus de deux ans qu'a eu lieu l'inondation.
Depuis, beaucoup de choses sont survenues.
D'abord la mobilisation générale des personnels et
de la population a permis à la Kos de redémarrer
alors que personne en haut lieu ne donnait cher de
notre peau.*

*Ce fut une grande réussite qui est encore dans
toutes les mémoires.*

*Mais aujourd'hui tout cela est remis en cause par
la volonté même de ceux qui disaient vouloir faire
de la Kos une entreprise modèle. Au nom du seul
profit, un plan social va être mis en place qui abou-
tira à une centaine de licenciements. Cent licenciements cela veut dire mille personnes directement*

ou indirectement touchées : commerces, écoles, ser-
vices, etc.

Nous devons empêcher que la logique du fric
l'emporte sur l'emploi ! C'est une nouvelle inonda-
tion contre laquelle, une fois encore, nous devons
tous nous mobiliser pour éviter de couler.

La Kos ne doit pas être le Titanic *de la région !*

Rudi pose la feuille sur le tas déjà constitué.

— Mon mari reste là ce soir, dit Mickie. Et toi ?

— Moi aussi…

Mickie remet du papier dans la machine :

— Tu ne peux pas t'absenter ?

Rudi sourit :

— Faire un peu de maintenance en ville ?

Mickie lui rend son sourire :

— T'as entendu Lorquin : il faut entretenir l'outil de travail…

Ils sont à deux doigts d'échanger un baiser quand Behren leur tombe dessus :

— Qu'est-ce que vous faites là ?

Rudi ricane :

— Ça ne se voit pas ? On tire un tract…

— Vous n'avez absolument pas le droit !

— Pardon ?

— Je vous interdis de faire des photocopies ici. Si vous avez des tracts à photocopier, allez le faire en ville !

— Je vous interdis de m'interdire quoi que ce soit.

— Parlez-moi sur un autre ton ! aboie Behren.

Rudi lui tourne le dos et recharge la machine :

— Occupez-vous de ce qui vous regarde et ne nous faites pas chier, dégagez.

— C'est du vol ! s'indigne Behren. Cette machine, ce papier ne sont pas votre propriété ni celle des syndicats !

– Et la Kos n'est pas la vôtre ! rétorque Rudi qui commence à s'échauffer.

Mickie cherche à calmer tout le monde :

– Monsieur Behren, ce n'est pas la peine de s'énerver pour ça. Nous tirons un tract qui concerne tout le monde : vous, moi, nos concitoyens…

– Vous n'avez pas à le faire dans les locaux de l'entreprise.

Rudi réplique sèchement :

– Peut-être n'avez-vous pas remarqué que l'usine est occupée ?

Il ne laisse pas Behren lui répondre.

– La Kos est sous le contrôle et à la garde de son personnel. De tout son personnel, y compris les cadres. Alors ne venez pas nous traiter de voleurs si vous ne voulez pas que je vous apprenne le sens des mots. Et maintenant, je vous conseille de retourner dans votre bureau…

Behren pâlit :

– Vous me menacez ?

– Je vous informe, répond Rudi.

Les deux hommes se défient du regard. Behren comprend vite qu'un mot de plus le mettrait en péril. Il bat en retraite.

– Je m'en souviendrai, jure-t-il entre ses dents.

Dr Kops

Dallas déshabille Kevin. Le Dr Kops l'examine avec son stéthoscope malgré ses cris de protestation. Puis il lui regarde les oreilles, la gorge, lui palpe le ventre, lui passe un doigt sur l'épine dorsale pour voir s'il n'a pas de scoliose…

– Enlevez-lui sa couche, dit-il.

Dallas obéit et Kevin se détend, heureux d'être tout nu sur le drap chaud.

– Vous m'avez dit qu'il rend tout ce qu'il avale ?

– Oui, ça rentre et ça sort aussitôt...

– Il a aussi de la diarrhée ?

– Oui, dit Dallas, comme prise en faute, la couche sale pliée dans la main.

– Beaucoup ?

– Encore maintenant. Ce matin, c'est Rudi qui s'en est occupé et après c'est ma mère. Moi, j'étais à l'usine...

– Le travail a repris ?

– Oh non ! Je crois même qu'il est pas près de reprendre. Tout le monde tire une tête comme ça...

– Vous pouvez le rhabiller, dit le Dr Kops.

Dallas jette la couche usée et en sort une propre de son sac.

– Qu'est-ce qu'il a ? demande-t-elle en langeant son fils. Ça m'inquiète, sa fièvre. Maman m'a dit qu'il avait 39,2 °C...

Kops va se laver les mains :

– Il a la grève...

– Pardon ? demande Dallas, pas sûre d'avoir compris.

Kops sourit :

– Je ne suis pas enrhumé ! Je ne vous dis pas que Kevin a « la crève » mais bien qu'il a « la grève »...

Kops s'amuse de la tête de Dallas :

– Vous savez, ce n'est pas parce qu'il n'a pas les mots qu'il ne s'exprime pas. Kevin est malade de ce qui vous arrive...

– Des licenciements ?

– Eh oui ! Il vous entend parler, il sent votre inquiétude, vos angoisses, et il les partage en ayant de la fièvre et des diarrhées...

– C'est vrai ?

Kops s'essuie les mains et les pose sur les épaules de Dallas pour la placer en face de lui :

– Excusez-moi de vous le dire comme ça, mais le message est clair : maman est dans la merde, j'y suis aussi.

Dallas est stupéfaite.

– Et si je vais plus loin…, dit Kops.

Il soupire :

– Mieux vaut que mes collègues ne m'entendent pas…

Nouveau soupir, il reprend sur le ton de la confidence :

– Si je vais plus loin, s'il vomit ce qu'il prend, c'est pour vous dire que lui aussi, les licenciements, ça lui soulève le cœur.

Dallas dit crûment :

– C'est ça qui le fait gerber ?

Kops dodeline de la tête, un sourire en coin.

– Je n'osais pas dire le mot…

Dallas fronce le nez :

– Et ça se soigne ?

Kops la rassure :

– Heureusement que ça se soigne ! Je vais vous donner quelque chose qui va lui calmer le ventre et faire tomber sa fièvre…

Il s'installe à son bureau et rédige l'ordonnance :

– … mais je ne vous garantis pas que ça ne recommencera pas un jour ou l'autre.

Dallas prend Kevin dans ses bras :

– Qu'est-ce que je dois faire ?

Kops fait un petit signe au bébé qui agite les bras :

– Parlez-lui. Surtout parlez-lui. N'hésitez pas à lui dire tout ce que ça vous inspire, ce qui vous arrive. Même s'il ne peut pas vous répondre, je vous assure qu'il faut lui dire. Il comprend. Il comprend tout.

– C'est marrant, dit Dallas, mon mari m'a dit la même chose.

– Si votre mari l'a dit…

En ville

Dallas laisse Kevin à sa mère et file à la pharmacie avec l'ordonnance du Dr Kops. Elle va pour entrer dans la boutique quand elle aperçoit un groupe de filles de la Kos, en blouse de travail, en train de distribuer des tracts.

Varda est avec elles.

Sans hésiter, Dallas fait demi-tour. Elle tourne dans la première rue à droite. Sans même s'en rendre compte elle se met à courir. À prendre ses jambes à son cou. Elle veut être loin, le plus loin possible de Varda. C'est fini. Elle lui a fait trop mal. Elle ne veut plus la voir, plus l'entendre. Si elle pouvait, elle ferait effacer son nom du registre des mariages et déchirerait le certificat de baptême où Varda est inscrite comme marraine de Kevin. Dallas court droit devant elle, l'ordonnance à la main, comme un fanion ridicule. Elle a envie de pleurer. Elle force l'allure. Elle n'en peut plus. Plus un jour sans que ça dégouline. Une vraie fontaine. Ce n'est pas normal de pleurer comme ça. De pleurer tout le temps pour un oui pour un non. Pleurer, pleurer, pleurer. Si elle avait autant de billets de mille que de larmes, elle serait riche ! Elle ne veut surtout pas pleurer à cause de Varda. Sûrement pas ! Pas une larme, rien. Ça ne passe pas ce qu'elle a fait. Ce qu'elle a dit devant tout le monde. Dallas se sent plus trahie que si elle avait trouvé Rudi au lit avec elle. Elle sait bien que Varda en a envie depuis longtemps et que, si elle lui demandait gentiment, Rudi ne dirait pas non. Elle pense : maman a raison, tous les hommes sont pareils, et corrige aussitôt : les femmes aussi ! Parce que si Serge lui proposait la même chose, elle ne dirait pas non. Avec Varda elles avaient même pensé faire ça à quatre un de ces jours. Pour voir, pour s'amuser. Pour se dire un jour :

on a vraiment tout partagé, tout même le sexe. Maintenant ça la dégoûte rien que d'y penser.

Dallas s'arrête en pleine course, hors d'haleine. Ses joues la brûlent, ses yeux la piquent. Un point de côté lui scie le ventre. Elle doit s'asseoir sur une des bornes en pierre près de l'administration des impôts.

Elle ne sait plus où elle en est.

L'ordonnance lui échappe des mains…

Dallas pose le pied dessus pour l'empêcher de s'envoler. Elle ne fait pas un geste pour la ramasser. Elle se penche et, cassée en deux, essaye de lire les gribouillis du Dr Kops. Le sang lui monte à la tête, sa vue se brouille, les lignes sautent. Dallas n'arrive pas à déchiffrer le moindre mot. Tout se dresse contre elle : Varda, la médecine, la rue… Elle envoie l'ordonnance valdinguer d'un mouvement rageur du pied. Elle en a marre. Marre de tout ça, de toujours cavaler, de toujours s'inquiéter pour les autres, de toujours être celle qu'on siffle et qui vient ou qui va, celle qui est aux ordres.

– C'est à vous ?

La voix la surprend.

– Oui, bredouille-t-elle, en levant la tête devant une grande femme aux lunettes cerclées de noir. Elle m'a échappé…

– Vous vous sentez bien ?

– Oui oui…

– Vous voulez que je vous raccompagne ?

Dallas se lève :

– Non merci. Ne vous inquiétez pas. Ça va…

Elle prend l'ordonnance :

– Merci encore.

– Pas de quoi…

Dallas attend que la grande femme s'éloigne et, penaude, tête basse, bras ballants, elle retourne vers la pharmacie, essuyant le papier contre sa cuisse pour y effacer les traces de sa chaussure.

Rendez-vous

À la Kos la vie s'organise atelier par atelier : il y a les joueurs de cartes, les joueurs de boules, et ceux qui ne se lassent pas de discuter, comme Rudi, Lorquin, ceux de la maintenance et les trois lascars qui forment la bande d'Anthony…

Franck demande à Rudi :

— Tu crois que je peux aller faire un tour ? J'en peux plus de rester là à rien foutre…

— Vas-y, dit Rudi. Il ne se passera rien maintenant. Ils font durer exprès pour ne pas donner l'impression qu'ils peuvent nous répondre tout de suite…

— T'iras au conseil municipal ?

— On y va tous. Sauf quelques-uns qui resteront là par prudence…

— On se retrouve à la mairie ?

— Oui, à plus…

Franck se sent des ailes. Il roule pleins gaz sur sa Mobylette, prenant pour un signe que tous les feux se mettent au vert devant lui. Jamais il ne s'est senti aussi bien, aussi heureux. Gisèle, la grève, l'amour, la bagarre… il voit ça comme un film dont il serait le héros.

Mobylator !

Franck le Magnifique !

SuperFranck !

Franck superstar est le premier au rendez-vous. Gisèle arrive dix minutes plus tard :

— J'ai cru que le prof de maths nous lâcherait jamais !

— J'ai pas trop de temps, prévient-il en l'aidant à ranger son vélo à côté de sa Mobylette.

— Tu m'aimes ?

— Et toi ?

– Devine…

Ils s'embrassent.

Gisèle ouvre la porte de la maison de sa grand-mère avec son trousseau de clefs et quelques instants plus tard ils sont au lit dans la chambre du premier :

– Tu feras attention, dit-elle, mon frère n'était pas là quand je suis partie, je n'ai rien pu prendre…

Bureaux

Varda traîne dans les bureaux à la recherche de Serge. Carole l'intercepte :

– Tu ne peux pas le voir maintenant. Ils sont enfermés avec Rouvard. Personne n'a le droit de les déranger…

– Qu'est-ce qu'ils font ?

– Ils préparent la suite.

– Les licenciements ?

– Non, ils ne s'occupent pas de ça. Ils s'occupent des machines, de tout le fourbi…

– Ah.

Carole propose à Varda une tasse de café.

– J'en ai au chaud dans ma Thermos.

– Je ne dis pas non.

Carole remplit deux gobelets :

– Comment ça s'est passé en ville, les tracts ?

– Super. Tout le monde est avec nous. Je crois qu'il y aura beaucoup de monde, ce soir, à la mairie…

– Ma mère m'a téléphoné. Elle y sera. Je suis contente : ça la sortira…

– T'y seras pas, toi ?

Carole confie un ton plus bas :

– Je suis réquisitionnée. Rouvard m'a demandé de rester ici pour taper ce qu'ils auront préparé avec Serge…

Varda, dubitative, repose son gobelet :

— Bon, ben, merci, dit-elle d'un ton maussade. Je vais y retourner…

Carole devine qu'elle a plutôt envie de rester :

— Je te ressers un peu de café ?

— Juste une goutte.

— Qu'est-ce qui s'est passé avec Dallas ?

Varda hausse les épaules :

— On s'est battues…

— Non ?

— Je te jure. Je lui ai dit qu'elle était jalouse que ce soit Serge et pas Rudi qui ait le poste et elle m'a sauté dessus…

— C'est bien elle, ça !

— J'ai rien compris…

— Tu la connais mieux que moi, dit Carole, tu sais bien qu'avec Dallas c'est tout noir ou tout blanc, jamais de demi-mesure.

Varda s'appuie sur le bord du bureau :

— Quand même, je regrette. C'est con de se battre pour des mots…

— Je ne te le fais pas dire.

— Tout à l'heure je l'ai vue dans la rue. Elle a fait demi-tour et elle s'est sauvée. Ça m'a fait mal qu'elle m'évite.

— Vous allez vous réconcilier. C'est sûr…

— Tu crois ? En tout cas, qu'elle compte pas sur moi pour faire le premier pas !

— T'as bien la tête aussi dure qu'elle !

— J'aimerais bien, dit Varda, mais j'ai pas la tête dure. Elle ajoute avec amertume :

— J'ai même rien de dur. Comme dit Serge : je suis une bonne pâte…

— Écoute-moi, dit Carole, Dallas et toi vous êtes deux grandes filles, ça arrive aux meilleurs amis du monde de se disputer, même de se battre. Ça n'a pas d'importance.

Je pense même que ça montre à quel point vous tenez l'une à l'autre.

Elle pose son bras sur l'épaule de Varda :

— Tu sais : on ne peut pas imaginer de voir Laurel sans Hardy…

— Je ne suis pas si grosse que ça ! proteste Varda en riant.

Carole rit aussi :

— On ne peut pas imaginer Tintin sans Milou, si tu préfères !

— Ben oui, je préfère !

— Tu vois, j'arrive à te faire rire…, remarque Carole.

— Ça fait du bien…

Varda dépose sur la joue de Carole un baiser plein de reconnaissance :

— T'as quelqu'un en ce moment ?

— Tu sais, moi, ça va ça vient…

— Et là, ça va ou ça vient ?

— Là, c'est calme plat.

— Le calme avant la tempête ?

Les yeux de Carole s'assombrissent :

— La tempête, on est en plein dedans…

Conseil municipal

Il y a beaucoup de monde dans la grande salle de la mairie de Raussel. Une grosse délégation de la Kos, des commerçants, les profs du lycée technique et des collègues d'autres établissements, des curieux, des inquiets, des militants syndicaux ou politiques, la mère de Carole, même le curé avec un pull mauve qui fait jaser. Franck se faufile au milieu de la foule pour rejoindre son père et Rudi, au moment où Saint-Pré ouvre la séance :

— Dallas n'est pas là ?

— Elle endort le petit…

— Ah.

— Où t'étais ?

— Chut ! Écoute…

Saint-Pré commence d'une voix forte pour faire taire les bavardages :

— Tout d'abord, je veux vous dire à quel point nous mesurons la gravité de la situation et que, sans attendre, nous avons déjà fait part de notre préoccupation auprès des pouvoirs publics, tant à l'échelon régional que national.

Tandis que le maire résume ses interventions à la préfecture, au ministère, auprès des élus locaux, Lorquin se glisse derrière la jeune journaliste de *La Voix* :

— Merci pour votre article. C'était très bien…

— Ça vous a plu ?

— Oui, ça nous change de Quarnoix…

Il lui chuchote à l'oreille :

— Vous savez ce qu'on dit de votre collègue : quand Quarnoix fait un papier, on n'est pas volé, on a le droit non seulement au quart mais à la noix tout entière !

Florence étouffe un rire dans sa main :

— Vous me direz ce que vous pensez de celui de demain ? dit-elle, retrouvant son sérieux.

— Sur quoi ?

— J'ai fait le portrait d'une jeune ouvrière.

— Je sais : Dallas…

— Vous la connaissez ?

— Bien sûr que je la connais ! Elle n'a pas dit trop de conneries, j'espère…

— Pourquoi aurait-elle dit des conneries ?

— Elle est gentille mais c'est un peu une tête d'oiseau…

— C'est pas l'effet qu'elle m'a fait.

— Eh bien tant mieux !

Saint-Pré conclut son exposé :

– Soyez assurés que nous nous battons pour réussir ! L'avenir de la Kos, c'est notre avenir, celui de nos enfants, de notre ville, de notre région. Je vous remercie de votre attention...

Il y a quelques applaudissements polis.

Saint-Pré proclame l'ouverture du débat :

– Notre ami, M. Behren, portant la double casquette d'élu et de responsable de la Kos, est sans doute le plus à même de répondre aux questions que vous vous posez. Je propose de lui laisser entamer la discussion...

Chez Format

Quand Bernadette a épousé Format, certains avaient parlé de mésalliance. Après tout, Format n'était que le troisième fils d'un horticulteur et d'une institutrice et Bernadette la fille du notaire. Leurs situations n'étaient pas comparables. Mais le père de Bernadette appréciait l'intelligence de Format et son goût pour l'étude des mystiques chrétiens. C'était la seule personne alentour avec qui il pouvait parler de maître Eckhart, saint Jean de la Croix, sainte Thérèse d'Avila... et pour lui, cela comptait plus que le reste. Il avait applaudi au mariage de sa fille et considérait son gendre comme le fils qu'il aurait aimé avoir...

Les mauvaises langues s'étaient tues.

Quand les parents de Bernadette s'étaient retirés à la campagne, leur maison était revenue à leur fille, qui avait déjà deux enfants. C'est un petit hôtel particulier en plein centre-ville, entouré d'un vaste jardin planté d'arbres vénérables.

– Bonsoir, tout le monde ! claironne Format, refermant

la porte de cette maison qui appartient à sa femme, mais qu'il peut légitimement considérer comme sienne.

Bernadette lui dépose un rapide baiser sur la joue :

— Il n'y a pas une réunion à la mairie ?

— Si.

— Tu n'y vas pas ?

— Non.

— Tu es sûr ? demande sa femme, appelant tout le monde à table.

— Je laisse Behren s'occuper de ça…

— Il t'appellera ?

— Je ne sais pas. Je crois plutôt qu'il passera en sortant…

Les enfants viennent embrasser leur père et vont s'asseoir à leurs places, toujours les mêmes, dans la salle à manger : Anne-Marie, l'aînée, Pierre, Gisèle et les deux petits Christophe et Martial…

Bernadette demande à Gisèle de prononcer le bénédicité avant de commencer le repas :

— Pourquoi moi ?

— Parce que tu es arrivée en retard, que tu n'as pas mis la table et que je trouve que tu n'en fais qu'à ta tête en ce moment…

Gisèle ronchonne :

— Bénissez…

Sa mère la reprend :

— En latin, je te prie, ça t'entraînera…

Gisèle récite de mauvaise grâce :

— *Benedicite… Nos et ea quae sumus sumpturi, benedicat dextera Christi. In nomine Patris, et Filii, Spiritus sancti.*

— Amen, répondent les autres.

— Alors, dit Format avec un enthousiasme forcé, qu'est-ce que vous avez de beau à me raconter ?

Bernadette fait le service :

— C'est du veau marengo…

– C'est vrai que tu veux tous les foutre à la porte ?
demande Martial, six ans à Pâques.

– Martial ! crie sa mère. Où tu te crois ?

– Qu'est-ce qu'il y a ? Qu'est-ce que j'ai dit ?

– On ne dit pas « foutre », glisse Format, au secours de
son fils. C'est un gros mot…

Gisèle ne peut s'empêcher de rire.

– Je ne vois pas ce qui t'amuse, dit Bernadette, les
narines pincées.

Gisèle hausse les épaules :

– Si on ne peut plus rigoler…

Format interroge le petit :

– Qui c'est qui t'a dit ça ?

– Mes copains, à l'école.

– Ils répètent ce que leurs parents leur racontent, soupire Bernadette, servant son mari. Si on devait écouter
toutes les âneries qui circulent…

– C'est pas vrai ? demande le petit.

– Non, ce n'est pas vrai, mon chéri, dit Format. C'est
vrai qu'il y a des problèmes en ce moment à l'usine mais
mon travail, c'est justement d'éviter que des gens soient
mis à la porte…

Format se sert un verre de vin :

– Mais on ne va pas parler de ça maintenant…

– De quoi on pourrait parler d'autre ? s'exclame
Gisèle. Tout le monde ne parle que de ça, au lycée, en
ville. On m'a même donné un tract. Moi ça m'intéresse
de savoir comment tu vas t'y prendre pour éviter les
licenciements…

Format se recule sur son siège :

– Je croyais qu'il n'y avait que la littérature qui t'inté-
ressait…

– Justement : je lis *Germinal*…

Bernadette s'alarme :

– C'est au programme ?

– Non. Mais ça me plaît.

– Eh bien, en priorité tu ferais mieux de te consacrer au programme !

Gisèle ne se laisse pas démonter

– Puisque j'ai la chance de vivre dans le secret des dieux, explique-moi comment tu vas t'y prendre, demande-t-elle à son père.

– Qu'est-ce que tu veux savoir ?

– Tu as lu le tract ?

– Oui…

– L'usine va pouvoir continuer à tourner normalement si tu licencies cent personnes ?

Bernadette lève les yeux au ciel – c'est-à-dire vers le lustre en cristal de Venise qui pend au-dessus de la table :

– Vraiment, tu es infernale ! Tu ne crois pas que ton père a assez de soucis comme ça dans la journée pour qu'il soit encore obligé d'en parler, le soir, au dîner ?

Format a un geste d'apaisement :

– Laisse, je veux lui répondre. Après tout, c'est normal qu'elle s'intéresse, c'est même bien…

Gisèle le remercie d'un sourire.

– Voilà, dit Format, c'est très simple : d'abord il n'y aura pas cent licenciements, mais beaucoup moins…

– Combien ?

– Beaucoup moins. Une soixantaine… Mais, en contrepartie des emplois sauvegardés, tout le monde devra faire un effort…

– Comment ça ?

– Il faudra faire des concessions, accepter de changer des choses qui paraissaient acquises une fois pour toutes…

– Les « acquis sociaux » ?

Format s'émerveille :

– Tiens, tu connais cette expression !

Gisèle dit :

– Ça t'étonne ?

– Un peu, oui…

Gisèle ne lâche pas son père :
— Tu as vraiment confiance dans les Allemands ?
— J'ai carte blanche.
— Jusqu'à quand ?

Dallas et Denise

Denise range la vaisselle dans la cuisine quand Dallas redescend de son ancienne chambre, au-dessus du garage. Kevin s'est endormi sans problème.
— Il fait dodo ?
— Oui, ça doit être le médicament…, dit Dallas.
— Faudra lui reprendre sa température demain matin.
— Peut-être même cette nuit, s'il se réveille.
— Il était encore chaud ?
— Non, après le bain, ça allait…
Dallas bâille :
— Je ne vais pas tarder à aller le rejoindre. Je suis crevée…
— J'ai mis des draps propres. Rudi reste à la Kos cette nuit ?
— Tous ceux de la maintenance…
Dallas embrasse sa mère :
— Je te dis bonsoir.
— Attends, j'oubliais…
Denise a mangé la commission. Elle a oublié de dire à Dallas qu'une reporter de *La Voix* est passée mais, comme Dallas n'était pas là ni chez elle pour lui tirer le portrait, sa mère lui a confié une photo.
— Qu'est-ce que tu lui as donné ?
— Une de toi sur la plage…
— En maillot ?

– Non, en jupe ! Quand tu as gagné le concours de chant...

– Celle où j'ai la bouche ouverte ?

– Celle où tu souris avec le bouquet et la statue.

– Tout de même, t'aurais pu me demander...

– Elle était pressée.

– Elle était peut-être pressée, mais c'est de ma tête qu'il s'agit...

– C'est une belle photo. Si ça se trouve, elle n'aurait pas fait mieux.

Dallas soupire :

– Ils se croient tout permis parce qu'ils travaillent dans un journal...

Elle ricane :

– Parce qu'ils travaillent...

– Qu'est-ce que tu dis ?

– Rien.

Denise s'attendrit :

– Tu n'es pas contente ? Tu vas être dans le journal...

– Tu parles ! Ça me fait une belle jambe ! Je collerai ma photo à côté de ma lettre de licenciement, dans un cadre.

– Tu vois tout en noir !

– Faut pas rêver, maman, je vais être virée. Et toutes les autres qui sont rentrées à la Kos après l'inondation vont être virées elles aussi.

– Ce n'est pas si facile que tu le crois de virer les gens, il y a des lois.

– Il y a des lois qui sont faites par les patrons, pour les patrons, un point c'est tout.

– C'est Rudi qui t'a raconté ça ?

– C'est pas Rudi ni personne, je le sais. Je ne suis pas si conne que ça !

– J'ai jamais dit que tu étais conne !

– T'as pas besoin de le dire, c'est comme si c'était inscrit en lettres d'or au-dessus de ta tête !

– C'est pas vrai ! je ne pense pas ça, je l'ai jamais pensé ! Tu te montes la tête toute seule !

– Je ne me monte pas la tête : tu sais aussi bien que moi que je vais être virée, papa le sait aussi, et Rudi et tout le monde, alors ce n'est pas la peine de faire semblant de croire que Lorquin ou les syndicats ou le petit Jésus vont empêcher ça d'un coup de baguette magique. La Kos, pour moi, c'est fini. Je peux faire une croix dessus. Mon avenir, c'est de torcher les gosses du Dr Kops et de faire son ménage…

– Dans *La Voix* ils disaient qu'il allait y avoir une nouvelle usine d'électronique qui allait s'installer. Tu trouveras peut-être quelque chose…

– J'y crois pas. C'est du baratin. Et même si c'était vrai, tu crois qu'ils embaucheraient une fille comme moi, avec un gosse, sans diplôme, sans rien ? Jamais de la vie.

Denise s'assoit, elle n'en peut plus, elle se met à pleurer.

– Ah non ! proteste Dallas, tu ne vas pas te mettre à pleurer ! Ça ne sert à rien. C'est pas ça qui changera quoi que ce soit à la situation. Garde tes larmes pour quelque chose qui en vaille le coup.

– Tais-toi ! crie Denise. Tais-toi ! Tu me fatigues ! Qu'est-ce que tu veux ? Hein, qu'est-ce que tu veux ? J'essaye de t'aider et tout ce que tu trouves à faire, c'est à me crier dessus !

Dallas écarte les bras de sa mère pour la forcer à la regarder en face :

– Je vais te dire, maman, je n'en peux plus de me taire, je n'en peux plus de pleurer, je n'en peux plus de ne rien pouvoir faire, je n'en peux plus. Alors, je ne sais pas où ça va me mener mais ça ne va plus durer comme ça !

Piquet

Les volontaires pour le piquet de grève reviennent à la Kos après le conseil municipal. Ils n'ont pas appris grand-chose de neuf :

— Le seul point positif, dit Pignard, c'est qu'il y avait beaucoup de monde. Le moment venu, ça comptera...

Personne n'a envie de relancer la discussion. Ils ont leur compte de belles paroles, de serments, d'envolées volontaristes, de promesses électorales...

Il fait froid, la nuit sera longue.

Serge appelle Rudi dès qu'il le voit franchir le porche :

— T'as deux minutes ?

Rudi s'approche de lui :

— Deux minutes, pas plus...

Serge referme sa veste, il frissonne :

— C'est moche ce qui s'est passé entre les filles.

— Oui, c'est moche, dit Rudi.

— Varda regrette vachement...

— Moi aussi je regrette. Je l'ai dit à Dallas : tout ça c'est des conneries...

— Oui, c'est des conneries.

— Là-dessus on est d'accord.

— Tu crois que Varda pourrait passer la voir ?

— Je ne sais pas si c'est une bonne idée.

— Pourquoi, si elle regrette...

— Faut laisser un peu de temps : Dallas est remontée comme un coucou...

Ils demeurent face à face sous l'unique lampe de l'entrée. Deux sentinelles d'un fort à l'abandon une nuit d'hiver. Leurs respirations nimbent leurs visages de volutes blanches.

Il y a un silence étonnant.

– Bon, j'y vais, dit Rudi. Les autres m'attendent…

Serge le retient par un bras :

– Tu crois pas qu'on devrait prendre le temps de s'expliquer vraiment tous les deux ?

Rudi se dégage et fourre ses mains dans ses poches

– Serge, c'est vite expliqué : je ne t'en veux pas. T'as fait un choix, t'as eu raison de le faire. C'est tes oignons. Mais tous les deux, on n'a plus rien à se dire…

Visite

On sonne à la porte des Format.

– J'y vais !

Gisèle se précipite. C'est toujours elle la plus prompte à répondre au téléphone, à ramasser le courrier, à accueillir les visiteurs, comme si elle devait être constamment sur ses gardes, constamment aux aguets.

– Bonsoir, mademoiselle, votre papa est là ?

– Je crois qu'il vous attend, dit-elle, s'écartant pour laisser entrer Behren. Il est accompagné de Rouvard qui porte un lourd cartable en cuir marron.

Gisèle conduit les deux hommes au salon où son père et sa mère regardent la télévision.

– Bonsoir, madame…

– Bonsoir, messieurs.

Bernadette va éteindre le poste.

– Je vous laisse, dit-elle.

Elle invite Gisèle à la suivre :

– Tu as fini ton anglais ?

– Non.

– Eh bien vas-y…

Bernadette pousse sa fille devant elle et referme la porte du salon, laissant son mari seul, Behren et Rouvard.

Behren demande :

— Ils ont parlé de nous aux infos ?

— Non.

— Et aux régionales ?

— Je ne sais pas, je n'ai pas vu. Je ne crois pas. Ma femme me l'aurait dit. Alors comment c'était ?

Pour Behren — comme pour Pignard, sans qu'ils se soient parlé — le nombre de personnes présentes à la réunion de la mairie est le point positif :

— C'était impressionnant, dit-il.

— Qu'est-ce que je vous offre ? demande Format. Whisky ? Gin ? Vodka ? Cognac ?

— Je veux bien un cognac, dit Rouvard.

— Moi aussi, dit Behren, après ce que j'ai entendu, je l'ai bien mérité…

— Ça a été dur ?

— J'ai l'habitude…

Format fait le service :

— Vous m'en direz des nouvelles : cinquante ans d'âge…

Behren livre son analyse de la réunion :

— Le maire est coincé : il sait que sa réélection dépendra de ce qui se passera chez nous. Je suis certain qu'il va faire des pieds et des mains pour nous débloquer des fonds d'une manière ou d'une autre.

— De l'argent public ? demande Rouvard.

— Oui, je ne sais pas sous quelle forme, mais oui. Il faudra sans doute habiller ça pour que personne n'y trouve à redire, mais je ne vois pas comment on s'en sortira autrement.

— Les Allemands ne peuvent pas intervenir ?

— Ne comptez pas là-dessus, dit Behren. Au mieux ce sera « neutralité bienveillante », au pire ils nous tireront comme des lapins si nous faisons mine de reculer.

Format modère les propos de Behren :

– Disons qu'ils nous font confiance mais qu'ils ne nous font pas crédit…

Les trois hommes trinquent :

– À la nôtre !

– À la Kos !

– À l'avenir !

Rouvard sort de son cartable un épais dossier :

– Vous lirez ça à tête reposée. J'ai actualisé l'inventaire. En gros : un tiers des machines est bon pour la casse, un tiers peut encore tenir le coup pour nous aider à passer le cap, un dernier tiers est en bon état mais un peu dépassé sur le plan technique. Ce qui veut dire que je peux assurer la production avec plus ou moins les deux tiers du matériel. En ce qui concerne le personnel, compte tenu des licenciements, il me paraît incontournable : un, d'augmenter la productivité par un contrôle plus constant, plus sévère ; deux, d'encourager les heures supplémentaires.

Format hoche la tête :

– À votre avis, en combien de temps peut-on remplacer celles qui sont bonnes pour la casse ?

– Je me suis renseigné auprès de la VKM, comme vous me l'aviez demandé. Si nous passons commande aujourd'hui, dans trois semaines elles sont remplacées…

– Trois semaines ?

– Un mois au plus.

– Par du numérique ?

– Oui, la nouvelle génération est entièrement numérique.

Format réfléchit :

– Un tiers des machines…

Il interroge Behren :

– Financièrement ça veut dire quoi ?

– Ça veut dire que c'est ça qu'il faut que nous obtenions. Il faut que les pouvoirs publics nous soutiennent dans cet investissement. Soit de manière directe, soit en donnant leur garantie auprès des banques.

– C'est possible, ça, si le fournisseur est allemand ?

– En politique tout est possible…

Ils se taisent. Les élections sont à l'horizon. L'emploi sera un enjeu majeur à gauche comme à droite. Toutes les bonnes volontés sont mobilisées. Ils ont une chance…

Format propose une nouvelle tournée de cognac.

– Non merci, dit Behren, si vous le permettez je vais aller me coucher…

– Moi aussi, dit Rouvard.

Format se lève :

– C'est vrai, j'ai l'impression que demain nous entamerons vraiment la partie…

– J'ai hâte qu'on en finisse, dit Behren.

– Moi aussi. Je me sentirai mieux quand nous redémarrerons.

– Carole se chargera d'avertir les membres du CE ?

– Oui, dit Format.

Il finit son verre :

– J'aime beaucoup Carole. Elle est solide, c'est une fille bien…

– Eh bien, à demain.

– Bonsoir, monsieur Format.

Format les retient encore un instant.

L'alcool le rend solennel :

– Je vous remercie. Je veux vous remercier l'un et l'autre. Nous allons être très seuls dans les jours à venir. Très très seuls. Je veux que vous sachiez que je n'oublierai jamais que vous étiez là, que nous étions là tous les trois, quand tous les lâches avaient fui.

Journal

Bien couverte sous ses draps, Anne-Marie, la sœur de Gisèle, est partie pour la nuit.

– Tu dors ?

Pas de réponse.

– Tu dors ? répète Gisèle, avant de sortir un long cahier noir du double fond de son cartable.

Elle écrit dans son journal :

> *J'ai vu F. aujourd'hui et je le verrai demain. Je veux le voir tous les jours, toute ma vie, je l'aime et je suis sûre qu'il m'aime aussi. Nous avons fait l'amour. Il a bien fait attention. Faudra que je change les draps ! Mamy avait raison, quand on fait l'amour on est heureux. Si F. pouvait être avec moi, là, maintenant ce serait le paradis. Mais je crois que le paradis ne tombe pas du ciel, qu'il faut se battre pour y avoir droit. Je suis prête à me battre. F. aussi est prêt à se battre. D'ailleurs, en ce moment il se bat. Il ne faudra pas que j'oublie de lui dire ce que j'ai entendu ce soir. Je fais l'espionne par amour ! Ça me plaît parce que c'est romantique et parce que je crois que les ouvriers ont raison de ne pas se laisser faire. À part ça, Maman ne me lâche pas d'une semelle mais je ne crois pas qu'elle se doute de quelque chose entre F. et moi. Elle n'a que le lycée en tête. Si elle savait comme je m'en fiche des maths, du latin et de tous ces trucs qu'il faut apprendre par cœur. F. ne veut pas rester dans la région, il a envie de voyager, de voir le monde. Moi aussi j'étouffe, tout est trop petit, trop étroit à Raussel. Dès que j'aurai mon bac, quand je serai majeure, nous serons libres, nous voyagerons tous les deux. Nous irons le plus loin possible.*

La nuit

Le soir complice conduit Rudi chez Mickie par le chemin le plus court. Il est tranquille, personne ne s'inquié-
tera de son absence. Personne ne la remarquera : Dallas
dort chez ses parents, Armand assure les rondes de permanence à l'usine, en alternance avec Périer et Lapion,
les autres contremaîtres.

Rideaux tirés, volets clos, Raussel est fermée à double
tour.

La pluie qui tombe, le vent qui souffle sont les amis de
Rudi, ses anges gardiens. Il fait un tour sur lui-même, bras
écartés, bouche ouverte :

– J'aime ! j'aime la pluie ! crie-t-il au ciel, oubliant la
nuit où l'eau avait failli le faire disparaître pour toujours.

Le fanal est rituellement allumé dans la cuisine de
Mickie.

Rudi entre sans hésiter et tourne l'interrupteur pour
avoir le plaisir de la sentir se glisser contre lui dans l'obscurité, lui offrir des lèvres, son corps. Sa peau, c'est de la
soie, ses lèvres, des fruits mûrs.

Ils vont dans la chambre.

Mickie porte un pyjama de coton fleuri. D'un regard,
Rudi l'étreint déjà. Elle n'a pas le temps de dire ouf. Il la
pousse à plat ventre sur le lit, fait tomber le pantalon
et l'éperonne sans perdre de temps à se déshabiller. Il la
perce à la sauvage, la fore en lui mordant la nuque, en lui
tirant les cheveux. Il pèse sur elle de tout son poids. Il
veut qu'elle sente qu'elle est à lui, qu'elle crie son nom,
demande grâce. Son souffle a quelque chose d'animal, il
y a de la colère aussi contre cet amour sans cesse dérobé,
clandestin. Le lit craque, la lampe de chevet danse sur
son pied, les draps se froissent. Il s'en fout, le lustre peut

tomber, le parquet se soulever du sol, les murs se lézarder, il la veut à grands han !, sans réserve, sans calcul.

Mickie râle, Mickie geint, Mickie jouit en le traitant de salaud :

— Salaud ! Espèce de petit salaud !

Une étoile filante traverse le ciel.

Rudi se dégage en douceur et bascule sur le dos. Mickie cherche sa bouche pour y coller la sienne d'un geste abrupt :

— Ça t'a plu, hein, espèce de petit salaud ?

— J'avais envie, dit-il, les yeux mi-clos. J'y pensais en venant. Je ne pensais qu'à ça…

Il se redresse sur un coude :

— Toi aussi tu voulais…

— Qu'est-ce que t'en sais ?

— Tu me l'as répété cent fois : le corps ne ment pas. Tu avais envie.

— Tu ne m'as pas laissé le temps d'y réfléchir !

Ils rient.

Ils sont étendus côte à côte, Mickie le cul à l'air, Rudi le jean aux chevilles, la chemise sous le menton, les pieds chaussés.

— T'as l'intention de rester comme ça ?

— Tu ne me trouves pas sexy ?

Rudi se rajuste pour mieux se déshabiller. Il le fait avec lenteur. Le regard de Mickie papillonne sur son sexe qu'il redécouvre d'un coup comme un œuf sous l'aile d'un cygne, sur le sillon profond qui sépare ses fesses :

— Je suis une voyeuse, chuchote-t-elle.

Mickie fait voler le haut de son pyjama :

— Viens…

L'horloge, en bas, sonne onze heures. La pluie frappe aux carreaux, un courant d'air file sous la fenêtre. Les draps sont doux et tièdes, comme apaisés. Rudi prend Mickie dans ses bras, embrasse sa gorge amoureuse, glisse sa main entre ses cuisses, s'y perd.

— Je vais être licenciée, dit-elle.

— Arrête ! Tu ne vas pas être licenciée…

— Tu connais Nathalie, ma jeune collègue ?

— Oui.

— Son type est parti je ne sais où au début de l'année. Elle reste toute seule avec les deux gosses. J'ai proposé à Format qu'il me licencie plutôt qu'elle s'il fallait licencier quelqu'un dans le service…

— Pourquoi t'as fait ça ?

— J'ai quarante-deux ans, Rudi. Qu'est-ce que je fais toute la journée ? Des factures. Si je reste, qu'est-ce que je peux espérer faire jusqu'à la retraite : des factures… Tu crois que c'est une vie pour une femme comme moi de faire des factures ?

Rudi n'ose pas répondre.

— Je me suis dit, au fond c'est peut-être une chance.

— Une chance ?

— Oui, un vrai coup du sort…

— Qu'est-ce que tu vas faire ?

— Je verrai… Armand va rester à la Kos, j'ai ma permanence à la bibliothèque… J'aimerais bien trouver quelque chose de fixe dans ce domaine.

Elle s'alanguit :

— Et si je ne trouve pas, j'aurai toutes mes journées à moi…

Mickie se fait pressante :

— Baise-moi. J'ai envie que tu me baises. J'ai envie que tu sois en moi, longtemps.

— Laisse-moi reprendre mon souffle, plaisante Rudi.

— Non, je ne te laisserai pas ! Est-ce que tu m'as laissée tout à l'heure ?

Préliminaires

La réunion a lieu dans l'ancien bureau de Format aménagé pour la circonstance. À l'ordre du jour, la première question est évidemment celle du nombre des licenciements.

Pignard prend les devants au nom de la CGT.

Il récuse l'idée que le personnel soit la victime désignée des erreurs de la direction, de sa gestion hasardeuse, de la fluctuation des marchés, du diktat des actionnaires. Il conteste la validité de la première réunion au nom du livre III du Code du travail et réclame la désignation d'un expert :

— Votre ébauche de plan social est une caricature : il y a des problèmes dans l'entreprise ? Facile à régler : on licencie le personnel ! Pas la peine de chercher plus loin. C'est inadmissible et nous ne l'admettrons pas. Vous ne proposez aucune alternative…

La réponse de Format tient en quelques mots :

— S'il y avait une alternative aux licenciements, croyez-moi, je la mettrais en œuvre dans la seconde. Malheureusement il n'y en a pas. La seule alternative qui s'ouvre devant nous c'est : plan social et relance de la Kos ou fermeture définitive du site.

Mme Roumas fait remarquer qu'un certain nombre d'engagements ont été pris conjointement par les Allemands, par les pouvoirs publics. Il lui semble qu'on a vite fait de les oublier.

À nouveau c'est Format qui répond :

— Les engagements qui ont été pris seront tenus et je compte sur vous pour m'aider à les tenir. L'activité industrielle sera maintenue et les pouvoirs publics mettent tout en œuvre pour que le plan social soit accompagné de mesures effectives de reclassement. L'inspection du travail, l'ANPE, la mairie, tout le monde est sur le pont…

Pignard s'emporte :

– C'est de la langue de bois, monsieur Format ! Et vous le savez. Il n'y a aucune perspective de reclassement d'aucune sorte dans la région, l'usine d'électronique ou d'électro-je-ne-sais-quoi annoncée dans *La Voix* c'est de la poudre aux yeux. À chaque fois qu'il va y avoir des licenciements massifs, comme par hasard il y a toujours une industrie de remplacement qui doit s'implanter dans le coin et qui – il suffit de lire les journaux – ne s'implante jamais.

– C'est vrai, appuie Lamy. J'ai le cas dans ma famille, la sœur de ma femme qui est dans l'Ouest…

Il ne finit pas sa phrase. Behren le coupe :

– Nous nous égarons. Nous ne sommes pas là pour avoir un débat de société mais pour définir les conditions de reprise de l'activité dans les délais les plus brefs.

– Oui, dit Format, M. Behren a raison. Le temps joue contre nous.

Il précise :

– « Nous » : la Kos, la direction, les cadres, le personnel… Chaque jour de perdu est un jour qui nous rapproche un peu plus du précipice…

Pignard pose ses mains bien à plat sur la table :

– Vous parlez d'or, monsieur Format, mais vous n'avez rien d'autre à nous proposer que les licenciements ?

Behren veut répondre mais Format réclame de le faire :

– Nous sommes dans le même bateau, monsieur Pignard, il faut que vous compreniez ça. Ou nous coulons tous ensemble – et moi le premier –, ou nous sauvons une partie de l'équipage et le navire. Nous n'avons pas d'autre choix. Je suis prêt à assumer tout ce que cela comporte d'impopularité, de rancœur, d'hostilité à mon égard, de votre côté, je vous demande de prendre vos responsabilités. La balle est dans votre camp…

Pignard a compris. Il se lève :

— Alors je prends mes responsabilités. Je refuse de discuter de quoi que ce soit tant que le préalable à toute discussion est d'accepter le licenciement d'une centaine de personnes…

— Rassieds-toi, dit Lamy. Je crois que c'est justement de ça dont nous devons discuter.

— De quoi tu veux discuter ?

— Du nombre. Du nombre des licenciements…

Format et Behren échangent un regard entendu. Behren saute sur l'occasion :

— Comment voulez-vous procéder ? demande-t-il.

Lamy sort un dossier de son porte-documents :

— Je vous propose de prendre un par un les noms qui sont inscrits dans votre «ébauche» de plan social, puisque c'est une «ébauche», n'est-ce pas ?

— Oui.

— Eh bien étudions scrupuleusement cette ébauche, pressurons-la en discutant chaque cas jusqu'à ce que nous soyons certains qu'il n'y a aucune autre issue, ni individuelle ni collective…

Pignard interpelle Mme Roumas :

— Vous êtes d'accord avec ça ?

Elle hésite :

— Je crois que nous devons discuter, dit-elle d'une voix mal assurée. Nous devons en sortir. Je pense qu'effectivement c'est notre responsabilité…

— C'est évident ! dit Lamy pour l'encourager.

Pignard se raidit :

— Eh bien ce sera sans moi !

Format tente de le raisonner :

— Je ne vois pas ce que vous risquez, ce que nous risquons, à travailler dans le sens que propose M. Lamy.

Pignard lui adresse un sourire triste :

– J'ai cinquante-six ans, monsieur Format. Si je n'étais pas protégé par mon statut d'élu, je serais le premier sur la liste que vous vous apprêtez à discuter. Mon mandat me protège et c'est tant mieux pour moi et pour ma famille. Mais si mon mandat me protège, il m'impose aussi de protéger ceux qui me l'ont confié. Disons que mon grand âge, mon expérience m'ont appris que si nous entrons dans la discussion que vous souhaitez, cela signifie, de fait, que nous acceptons la logique des licenciements. Qu'il n'y a qu'un chemin : celui que vous tracez. Et ni moi ni mon syndicat ne sommes prêts aujourd'hui à vous suivre dans cette voie.

Avec gravité, après un silence, il conclut :

– Je suis bien d'accord avec Mme Roumas, « nous devons en sortir », mais ça ne veut pas dire que nous devons en sortir les pieds devant...

Cour

Rudi et Lorquin boivent un café dans le local sécurité sous un calendrier de l'Avent où chaque date dissimule un petite plaque de chocolat à croquer :

– Je ne t'ai pas vu cette nuit, dit Lorquin en bâillant.

– Je suis passé chez mes beaux-parents, répond Rudi. Le petit est malade, je m'inquiétais. Du coup, j'ai piqué un roupillon là-bas...

– T'as bien fait.

– Il ne s'est rien passé de spécial ?

– Non. Ah si !

Rudi sursaute :

– Quoi ?

– J'ai battu Armand aux échecs !

– Je croyais qu'il était champion dans son club...

– Oui, dit Lorquin, c'est la première fois que j'arrive à le battre. Je ne sais pas, il devait avoir la tête ailleurs…

Hachemi vient les chercher. Pignard veut voir tout le monde d'urgence : il y a un os.

– Un os comment ? demande Lorquin, l'œil sévère.

La question déstabilise Hachemi :

– Je ne sais pas, bredouille-t-il, un os…

– Tu dois bien savoir : un os de poulet ? un os de veau ? un os de bœuf ? un os de courge ?

– Tu te fous de ma gueule ?

– Je rigole ! dit Lorquin, attrapant Hachemi par une oreille.

Il ajoute :

– Allez, on se fait la bise ?

Hachemi s'écarte d'un bond :

– Mais qu'il est con celui-là, qu'il est con !

Ils rient en rejoignant le réfectoire.

Pignard est furieux :

– On s'est fait avoir ! annonce-t-il. Lamy et Mme Roumas marchent dans la combine de Format. Ils discutent des licenciements au cas par cas pour préparer un plan social. Tout ça en concertation avec la direction et l'inspection du travail, qui fait semblant d'être au courant de rien.

– Je vous l'avais dit ! enrage Anthony. Il ne fallait même pas accepter de les rencontrer ! Il ne fallait pas y aller. Il fallait rester ici, tenir le siège dans les ateliers, dans la cour. Tout bloquer.

Lorquin le calme :

– Minute papillon ! Ça veut dire quoi, « au cas par cas » ?

– Ça veut dire ce que ça veut dire, explique Pignard, ils prennent la liste établie dans le cadre de l'ébauche de plan social et ils voient si celui-là on peut le garder, si celle-là, au contraire…

– C'est une discussion de marchand de tapis ?

– C'est ça, oui.

Anthony shoote dans le pied d'une chaise qui va valdinguer loin de lui :

– Eh bien, moi, je n'ai pas une gueule de tapis !

Armand s'approche, intrigué par les cris d'Anthony :

– On peut savoir ce qui se passe ? demande-t-il en redressant la chaise.

– La CGT ne veut pas discuter, dit Luc Corbeau, mais FO et la CFDT sont restées là-haut…

Rudi interroge Pignard :

– Tu vois ça comment ?

– La suite ?

– Oui, qu'est-ce qu'on fait ?

Pignard prend le temps de réfléchir avant de répondre :

– Je crois que nous sommes piégés : soit je ne retourne pas discuter et les choix se feront sur notre dos, parce que maintenant c'est sûr qu'ils se feront, soit j'y retourne pour défendre ce qui pourra être défendu, mais c'est pieds nus, mains liées et la corde au cou…

Dallas arrive au milieu de la réunion, fraîche, pimpante. Elle va s'asseoir à côté de Rudi. Ils échangent un baiser. Elle sent le jasmin.

– Ça va, le petit ? demande Rudi à voix basse.

– Il a bien dormi. Toi, t'as l'air crevé…

Rudi vérifie que personne ne peut l'entendre.

– La nuit ici, c'est dur, dit-il en regardant ses pieds.

Il se redresse, un peu honteux.

– Il fait froid, non ?

Dallas passe son bras autour de son cou pour le réchauffer contre elle.

Téléphone

Pignard téléphone devant tout le monde à Lopez, un des secrétaires généraux de la fédé, à Paris :

— Ça sent le roussi, dit-il. La direction a réussi à faire entrer FO et la CFDT dans sa logique. Ils en sont à préparer ensemble la charrette de licenciements…

— L'inspection du travail est prévenue ?

— Oui. Mais, pour l'instant, silence radio.

— Que dit le personnel ?

— Rien, pour l'instant.

Il se ravise, croisant le regard d'Anthony :

— Enfin, les jeunes mettent la pression. Si on les écoutait, on ferait tout sauter tout de suite et puis basta !

— Les jeunes de chez nous ?

— Plus ou moins, une moitié est syndiquée, pas l'autre. En réalité, ça ne compte pas. C'est plutôt une question de génération. Ils se serrent les coudes…

— Oui, approuve Rudi, t'as raison : on se serre les coudes.

Il y a un murmure d'approbation.

Lopez émet une sorte de grognement :

— Tu te sens débordé ?

— Non, ça va. Mais plus ça va se durcir, plus j'aurai de mal à les contenir, dit Pignard, dévisageant ceux qui lui font face.

Il y a un silence.

— Je vais descendre, dit Lopez, suffisamment fort pour qu'on puisse l'entendre à travers le combiné.

Pignard est soulagé :

— Si tu peux le faire, c'est sûr que ça nous aidera.

— Que dit la presse ?

— Pour l'instant, c'est purement local : il y a eu un

article ou deux, pas mal d'ailleurs. Tu veux que je te les faxe ?

— Oui, faxe-les-moi.

— De ton côté, si tu peux faire quelque chose, ce serait bien que la presse nationale se mette sur le coup. Il faut que ça sorte d'ici, sinon on sera vite étouffés. On a besoin d'air, d'espace pour agir.

Lopez soupire :

— Je vais voir ce que je peux faire.

— Tu peux être là quand ? demande Pignard.

— Je serai là demain.

— Parfait. Appelle-moi que j'aille te chercher au train.

— Ma secrétaire te rappelle dès que j'ai mon billet.

— En attendant, qu'est-ce que tu me conseilles ?

— Retourne discuter.

— T'es sûr ? Je vais avoir l'air d'un con.

— Je crois que le pire serait de leur laisser le champ libre.

Portrait

Varda s'éveille en sursaut, égarée. Elle ne sait pas si elle est dans son lit ou encore dans son rêve. Un mauvais rêve dont elle ne parvient pas à se défaire. Quelque chose de glauque qui la poisse sans qu'elle puisse se souvenir précisément d'une seule image. Il est tard. Elle n'a pas entendu Serge partir à la Kos. Elle était comme morte après avoir passé la moitié de la nuit à chercher le sommeil.

Varda se lève. Elle se sent un peu barbouillée, vaseuse. Elle prend une douche brûlante sans parvenir à dissiper son malaise. Pour se donner de l'énergie, elle décongèle deux pains au chocolat qu'elle engloutit comme petit déjeuner avant de se mettre en route. Mais à peine a-t-elle tourné le coin de la rue qu'elle a encore faim et s'offre un croissant aux amandes et un paquet de fraises au sucre.

Le ciel est dégagé, les rues quasiment désertes.

Varda s'étonne qu'il n'y ait pas le moindre souffle de vent et si peu de gens dehors. Elle pense que la ville tout entière retient sa respiration, mais cette idée ne l'apaise pas. Peut-être ferait-elle mieux de faire demi-tour et de retourner se cacher sous les draps ? Elle hésite, ses oreilles bourdonnent légèrement, son ventre est dur comme pierre. Elle trouve toutes les bonnes raisons d'aller consulter le Dr Kops pour obtenir huit jours d'arrêt de travail mais elle n'y va pas. Ce serait lâche de ne pas être près des filles de la Kos en ce moment.

— Oui, ce serait vache, murmure-t-elle, troublée par son lapsus.

Varda fait une halte chez le marchand de journaux pour acheter un cahier de mots fléchés – la journée risque d'être longue – et *La Voix*, qui publie son supplément « Beauté » :

— Regardez donc page 4 ! lui lance Mme Bétoux quand elle sort du magasin.

Sous le titre « Belle et rebelle », le portrait de Dallas occupe un quart de page. Varda ouvre son paquet de bonbons et s'en met une poignée dans la bouche. En marchant, elle lit :

> *... cette jeune mère de famille, douée pour le chant, fraîche comme le jour, craint aujourd'hui le pire pour elle, pour sa famille, pour l'avenir de Kevin qui fêtera bientôt ses un an dans les bras de sa maman. Une maman vraisemblablement sans emploi et sans espoir d'en trouver un à moins de deux cents kilomètres de chez elle. Il y a chez cette femme, à peine sortie de l'adolescence, un mélange de mélancolie venue du fond des âges et une déter-*

mination d'une violence étonnante. Dallas, belle et rebelle, toutes griffes dehors, est emblématique de ces jeunes ouvrières entrées à la Kos après l'inondation, dures à la tâche, prêtes à donner beaucoup à l'entreprise, à s'identifier à elle. Dallas refuse d'être sacrifiée au nom d'une rentabilité économique dont elle récuse la logique et ses conséquences. Pour elle, comme pour les autres ouvrières, elle ne veut ni pitié ni compassion mais une juste reconnaissance de sa valeur professionnelle qui constitue la valeur même de la Kos : « La Kos, c'est nous. » Son maître mot est : la solidarité. « Je ne serai jamais une jaune ! » dit-elle.

Varda ne peut pas lire une ligne de plus. Elle chiffonne le journal et le jette dans le caniveau comme si elle se débarrassait du cauchemar qui la poursuit.

Accord

Trois semaines plus tard, malgré l'opposition de la CGT qui a introduit une action en justice, Format parvient à faire entériner par le CE dix-sept départs à la retraite et quarante-deux licenciements économiques, soit quarante et un emplois sauvés au regard de la centaine de licenciements initialement envisagée. En contrepartie, le budget du CE est réduit de cinquante pour cent, le treizième mois supprimé, ainsi qu'une partie de la prime de vacances. Les salaires seront gelés pour une année à dater de la signature de l'accord.

La majorité des licenciés sont des femmes : parmi elles, Dallas, Varda, Mickie, la fille de Pignard, Barbara, Saïda… Dans *La Voix*, Florence écrit :

> *... on peut se demander si ce choix de se séparer*
> *des éléments les plus récemment entrés à la Kos,*
> *essentiellement des jeunes femmes, permettra, à lui*
> *seul, de rétablir l'équilibre financier d'une entre-*
> *prise qui doit faire face à de redoutables concur-*
> *rents étrangers et, pire encore, à de redoutables*
> *concurrents à l'intérieur même du groupe dont elle*
> *dépend.*

De son côté, la presse nationale évoque l'affaire en quelques lignes, les journaux de gauche dénoncent la destruction systématique du tissu industriel et le mépris pour les travailleurs, la télévision et ceux de droite insistent sur les emplois sauvés par la direction et le réalisme de certains syndicats réformistes.

Chacun tient le discours qu'on attend de lui.

> *Je suis licencié*
> *Tu es licencié*
> *Il est licencié*
> *Nous sommes licenciés*
> *Vous êtes licenciés*
> *Ils s'enrichissent !*

La mise en préretraite de Lorquin provoque une grosse manifestation en ville mais, passés l'émotion, les cris, les slogans, le travail reprend sans lui quelques jours plus tard.

La maintenance et le contrôle qualité sont entièrement réorganisés sous l'autorité de Serge, promu adjoint de Rouvard.

Une cellule est ouverte dans l'annexe de la mairie, et le cabinet Emploi Conseil chargé d'une mission de recrutement pour les personnels licenciés.

Hoffmann adresse ses vœux à Format en même temps qu'un mot de félicitations et d'encouragement à poursuivre la tâche entreprise.

Le théorème de Format se vérifie.

Noël

Les lettres sont arrivées trois jours avant Noël :

> *… en confirmation de la réunion extraordinaire du comité d'entreprise, je me vois au regret de vous notifier votre licenciement pour motif économique.*

Tous ceux à qui elles étaient destinées savaient à quoi s'attendre, mais leur réception, si près des fêtes, provoque un choc particulièrement violent. De rage, Dallas a scotché la sienne sur le placard de la cuisine à côté de l'article de *La Voix* où elle était en photo.

— T'es prête ? crie Rudi qui s'impatiente.

— Cinq minutes ! répond Dallas qui finit de se maquiller dans la salle de bains, à l'étage.

Ils sont attendus chez ses parents pour le réveillon.

Rudi n'a pas pu faire autrement que de sortir le costume. Il a même mis une cravate qu'il serre et desserre nerveusement tant elle le gêne. Kevin babille dans sa chaise, en habits de fête lui aussi : une grenouillère noire imitant un smoking avec plastron et nœud papillon imprimés sur le tissu. Rudi consulte sa montre pour la dixième fois :

— Il est moins cinq !

— Voilà, j'arrive !

Dallas apparaît en haut de l'escalier, très élégante dans une robe fourreau bleu nuit qui met en valeur sa ligne et sa poitrine. Elle porte ses chaussures noires à talons, celles qu'elle ne met que dans les circonstances exceptionnelles.

Rudi l'accueille d'un sifflement admiratif :

— Putain, la classe ! dit-il en lui offrant sa main pour qu'elle descende la dernière marche.

— Je te plais ?

Rudi l'attire contre lui :

— Qu'est-ce que tu as en dessous ?

— Chut ! Secret défense…

— Si je ne me retenais pas…

— Eh bien, retiens toi, ils nous attendent ! dit-elle, essayant de se dégager.

Mais Rudi la tient ferme :

— On pourrait téléphoner, dire qu'on a un contretemps, qu'ils commencent sans nous…

Les yeux de Dallas se plissent malicieusement :

— Tu ferais ça ici, devant le petit ?

Rudi tend le cou vers Kevin :

— Qu'est-ce que tu préfères mon bébé : voir papa et maman faire l'amour ou les voir se battre ?

Kevin bat des bras, lançant des « areuh ! areuh ! » enthousiastes.

— Tu vois, dit Rudi, il est pour…

Dallas glousse :

— Mais qu'il est bête, cet homme !

— Tu m'aimes ?

— Je t'aime mais je ne veux pas être en retard chez mes parents.

— Embrasse-moi.

— À minuit ! dit Dallas en s'esquivant.

Réveillon

Comme chaque année, les frères aînés de Dallas sont venus réveillonner en famille : Patrick, le plus vieux, celui qui est dans la mécanique, avec sa femme Mylène et leurs trois enfants ; Claude, l'adjudant-chef du train, divorcé depuis un an, deux enfants lui aussi, Michel et Marie-Thé, fixés dans le Nord, une fille de trois ans et un bébé bien en route :

— Alors, c'est pour quand ? demande Dallas à sa belle-sœur.

— Pour mars…

— Tu sais ce que c'est ?

— Encore une fille, dit Marie-Thé.

Elle pousse un profond soupir.

— Si tu savais comme j'en ai marre ! dit-elle en se tenant le ventre. Quand je te regarde, ça me donne envie de pleurer. T'as vu mes fesses ?

— T'inquiète, tu les perdras vite.

— Pour Rose-Marie j'ai mis presque un an à m'en débarrasser mais pour le second, il paraît que ça reste. J'ai lu que ça se fixait définitivement…

— Faut pas croire des trucs pareils.

— Et toi, tu fais quand un petit frère à Kevin ?

— Tu crois que c'est le moment ?

Marie-Thé est au courant pour les licenciements. Elle hausse les épaules :

— Je sais, maman m'a dit, mais bon, la vie continue…

Une idée la fait rire :

— Dans les îles ils sont moins bêtes que nous ! Au lieu de se ronger les sangs à cause du chômage ils font un max de gosses. Ils vivent d'amour et de l'argent des allocs. Devine comment ils appellent ça ?

– Comment ?

– L'argent-braguette !

Michel, son mari intervient :

– Ça te plaît, hein, cette idée ? Tu me verrais bien travailler là-dedans…

Il dit à Dallas :

– Depuis qu'elle a piqué ça dans un magazine, si elle ne l'a pas placé vingt fois, elle ne l'a jamais placé !

Coco, le plus jeune fils de Patrick, vient avertir Marie-Thé que Rose-Marie a fait pipi dans sa culotte :

– Elle pleure !

– Laisse, dit Dallas, je m'en occupe ! Ça me changera de m'occuper d'une petite fille ! T'as du rechange ?

– Dans mon sac.

Michel s'écarte pour laisser passer Dallas :

– Tu sais ce qui te reste à faire ? plaisante-t-il en direction de Rudi.

Il caresse le ventre de sa femme :

– Si tu veux une fille, je te montrerai comment s'y prendre !

– Il ne sait faire que des pisseuses, dit Marie-Thé, et en plus il s'en vante !

– Et je n'ai pas dit mon dernier mot, jure Michel. Jamais deux sans trois !

– Attends déjà que celle-là soit née…

– T'as raison : place aux jeunes ! Rudi va me faire une nièce avec ma frangine…

Rudi ne veut pas entendre parler de ça :

– Soyez gentils, dit-il, si vous voulez faire des enfants, faites-en autant que vous voudrez, mais n'essayez pas de fourrer ce genre d'idée dans la tête de Dallas. Par les temps qui courent, on n'a pas les moyens de s'en offrir un de plus…

– T'es pas viré, toi ? proteste Michel.

– Manquerait plus que ça !

– Si ça se trouve, ça va reprendre…

– Quoi ?

– La Kos, le boulot. Si ça repart, ils vont réembaucher…

– T'as quel âge déjà ? demande Rudi. T'es plus jeune que moi ?

Michel sourit :

– Vingt-cinq, pourquoi ?

Rudi se tourne vers Marie-Thé

– Je trouve ça émouvant, tu sais : à vingt-cinq ans ton mari croit encore au Père Noël !

Denise regroupe tout le monde près du sapin :

– J'ai entendu les cloches des rennes du Père Noël, dit-elle aux enfants. Je crois qu'il ne va pas tarder à passer, alors il faudrait vite aller se cacher parce que s'il voit quelqu'un, le Père Noël se sauve et personne n'a de cadeaux !

Dallas et Franck se portent volontaires pour aller se mettre à couvert dans la chambre des parents avec leurs neveux et nièces :

– Venez avec moi ! dit Dallas, la petite Rose-Marie encore sur les bras.

Franck pousse les garçons devant lui :

– Dépêchons ! Dépêchons !

Comme tous les ans, Henri, Patrick, Claude et Rudi remuent les meubles, secouent les chaises, tapent sur des casseroles pour faire le maximum de bruit, tandis que Denise, Mylène et Marie-Thé sortent en hâte tous les cadeaux qu'elles disposent sous le sapin…

Un monceau de jouets.

Dans la chambre il y a les « grands », ceux qui ne croient plus au Père Noël, mais qui font semblant pour ne pas gâcher la fête et les « petits », les yeux brillants d'impatience.

Dallas les fait chanter avec elle :

> *Petit papa Noël*
> *Quand tu descendras du ciel*
> *Avec tes joujoux par milliers*
> *N'oublie pas mes petits souliers…*

Soudain, Rudi ouvre la porte, une chaussette rouge à la main.

— Ça y est, le Père Noël est passé, annonce-t-il d'un ton affolé. J'ai bien essayé de le retenir mais je n'ai pu attraper que sa chaussette !

Les enfants se précipitent.

Claude, en bon militaire, assure la distribution des cadeaux dans l'ordre et la discipline…

— Pour Dallas…, dit-il, tendant un paquet à sa sœur.

— Qu'est-ce que c'est ? demande-t-elle, reconnaissant l'écriture de Rudi sur l'étiquette.

— Je ne sais pas, regarde.

Dallas déballe son cadeau : c'est un tee-shirt noir sur lequel est brodé au fil doré : *Belle & rebelle.*

— Fais voir ! dit Patrick.

Dallas le montre à tous en le plaquant contre elle pour qu'ils puissent juger de l'effet.

— C'est canon ! s'enthousiasme Franck.

— Hyper beau ! confirme Michel. Oh la vache !

— Tu vas être drôlement mimi avec ça, dit Patrick.

Et, pointant le doigt vers Rudi :

— J'en connais un qui pourra remercier le Père Noël !

Rudi se défend :

— Vous n'allez pas recommencer ?

Dallas se glisse dans les bras de son mari et l'embrasse :

— D'où tu sors ça ?

— Je l'ai fait faire…

– J'y crois pas !

– Je te jure…

– Tu l'as fait broder ?

– Oui.

– Par qui ?

– Par la mère de Carole. Maman lui faisait broder des tas de trucs, explique-t-il. Je l'ai accompagnée plus d'une fois chez Mme Beudé.

Rudi se surprend à penser qu'il a toujours appelé Sarah « maman » et son père adoptif par son prénom, Maurice.

– Et elle a bien voulu faire ça ? demande Dallas, enfilant le tee-shirt au-dessus de sa robe.

Rudi l'aide à le faire glisser :

– Depuis que son mari est mort, dit-il, elle tourne un peu en rond. Je crois qu'elle a été très contente que je lui demande…

Les hommes sont restés à table tandis que les femmes font des va-et-vient entre la salle à manger et la cuisine pour que la vaisselle ne reste pas sur les bras de Denise. Les enfants jouent entre eux, Kevin et la petite Rose-Marie dorment dans une chambre au calme. Le téléphone sonne, Dallas décroche en vitesse pour ne pas risquer de les réveiller.

C'est Gisèle :

– Bonsoir, joyeux Noël, est-ce que je peux parler à Franck ?

Dallas repose le combiné :

– Franck, c'est pour toi !

Franck se lève et va répondre, accompagné des plaisanteries de ses frères :

– Ouh la la ! À cette heure-là, c'est du sérieux !

– Elle s'appelle comment ?

– Tu nous la présenteras ?

La conversation est brève, des oui, des non et un « d'accord » final que tous entendent.

Franck décroche sa veste et son écharpe :

— Je sors, dit-il, presque à voix basse.

— Où tu vas ? demande son père.

Franck avoue : « À la messe de minuit… », déclenchant une nouvelle salve de rires et de jurons :

— Nom de Dieu, il va prendre le voile !

— Surtout, tiens bien ta bougie droite !

— Entre les dents, la soutane !

Dallas vient au secours de Franck :

— Laissez-le tranquille ! Taisez-vous ! Il fait ce qu'il veut ! Vous êtes jaloux ou quoi ?

Ils attendent minuit pour manger la bûche. De toute façon, ils n'ont plus faim.

L'horloge sonne moins le quart.

Mylène dépose une corbeille de clémentines sur la table.

Patrick est celui des frères de Dallas qui a le mieux connu Lorquin. Ils ont été dans la même équipe pendant près de trois ans :

— C'est dingue, dit-il à Rudi, qu'un type comme lui puisse être balancé comme ça, tout simplement parce qu'il a l'âge qu'il a…

— Il n'est pas si vieux ? remarque Claude.

— Cinquante-trois ans, dit Rudi. Mais comme il a commencé à seize ans, il peut faire valoir ses droits. Enfin, c'est un peu plus compliqué que ça…

Patrick réchauffe un verre d'alcool de poire dans sa main :

— Ça a dû lui fiche un sacré coup à Blek le Roc…

Le front de Rudi se barre d'une ride douloureuse :

— Oui, un sacré coup, dit-il.

— Vous n'avez rien pu faire ?

— Rien. Enfin si : il y a eu une manif maousse en ville, on est restés je ne sais combien d'heures à gueuler devant la mairie puis tout le monde est rentré à la maison pour voir les infos à la télé…

Rudi efface un sourire :

— T'as connu Bello ?

— Celui qui était dans la Marine ?

— Oui. Lui, il voulait qu'on mette le feu à la Kos, qu'on soude toutes les portes, qu'on noie toutes les machines, mais personne n'était d'accord, ça ne servait déjà plus à rien…

— Pourquoi ?

— Parce qu'à part la maintenance et quelques autres, nous étions seuls. Parce que Pignard et la CGT étaient violemment contre toute action visant l'outil de travail. Parce que la CFDT et FO poussaient tout le monde à reprendre et que la consigne a vite été : chacun pour soi.

Rudi pointe ses deux index sous sa gorge :

— Je peux te dire que je l'ai encore là.

— Pignard est toujours délégué ?

— Oui.

— C'est pas vraiment un foudre de guerre…

— On ne peut pas lui en vouloir. Il a fait ce qu'il a pu. Au départ, il était comme ci comme ça, mais on l'a bien chauffé et il a tenu bon face aux autres. Après, un type est descendu de la fédé et ils ont aligné toutes les bonnes raisons de jouer le jeu que proposait la direction.

Patrick prend ses frères à témoin :

— Vous vous rendez compte, Format patron de la Kos ! Il a quasiment débuté en même temps que moi…

— Il n'y a pas que lui, dit Rudi, il y a aussi Behren et Rouvard…

— Ça marche, la promotion des cadres !

— Je ne sais pas si ça marche, mais en tout cas, ça fait mal.

— Qu'est-ce que va faire Lorquin ?

Rudi a une moue dubitative :

– Je crois qu'il veut attaquer aux prud'hommes. Je ne suis pas sûr. Il est dégoûté…

– Dégoûté de quoi ?

– De tout. Tu sais ce qui lui a fait le plus mal ? C'est pas d'être poussé dehors, non, ça il était assez costaud pour l'encaisser, mais que tout le monde le lâche si vite…

– Tu l'as lâché, toi ?

– Je ne l'ai pas lâché mais j'ai peut-être fait pire. J'ai défendu l'idée que s'il n'était pas licencié il devait réclamer de l'être pour les mettre tous en face de leurs contradictions. Pour en faire la base même de notre combat, son pivot, son point fort…

Rudi se mord la lèvre :

– On peut dire que je me suis bien mis le doigt dans l'œil.

Maison

Quelques rares fenêtres sont encore éclairées, mais la plupart des fêtards sont allés se coucher. Il est trois heures du matin, peut-être quatre, quand Rudi et Dallas rentrent chez eux dans l'air glacé de la nuit. Kevin dort chez les parents de Dallas, Denise sera trop contente de s'en occuper quand il se réveillera. Ce sera son plus beau cadeau de Noël…

– On n'a pas beaucoup entendu Mylène, fait remarquer Rudi.

– Je crois qu'il y a des problèmes avec Patrick…

– Ils ont trois gosses.

– N'empêche, ça ne va pas très bien entre eux.

Rudi préfère ne pas poser de questions :

– En revanche, Marie-Thé, elle pète la forme !

– Claude m'a dit qu'ils voulaient quatre, peut-être cinq gosses…

– Bon courage !

– T'aimerais pas en avoir un autre ?

Rudi embrasse Dallas dans le cou :

– Bien sûr que si ! Mais pas tout de suite, pas maintenant…

– Un ou plusieurs autres ?

– J'en veux cinq, comme les cinq doigts de la main, sept, comme les sept nains, onze comme une équipe de foot, quinze comme une équipe de rugby, quarante comme les quarante voleurs d'Ali Baba, mille comme les mille et une nuits !

Dallas lui pose une main sur la bouche pour le faire taire et lui glisse à l'oreille :

– Je suis excitée. Tu ne peux pas savoir comme je suis excitée. C'est le champagne !

– Moi aussi mon petit chat, j'ai envie. J'ai envie de toi…

– Tu veux que je te dise quelque chose ?

– Dis-moi que tu m'aimes.

Dallas ouvre son sac et en sort un petit triangle de tissu brillant :

– J'ai enlevé mon string ! dit-elle, en le faisant tourner sur son doigt. Ça me sciait la raie. J'ai rien en dessous…

Chez eux, la nuit les rend l'un à l'autre.

Presque à l'aube, Dallas quitte la chambre et file dans la cuisine. Son tee-shirt *Belle & rebelle* lui tombe au ras des fesses… Elle ouvre le frigo, sort la bouteille de vodka, prend deux petits verres et s'apprête à retourner près de Rudi quand elle se ravise. Elle pose la vodka, les verres sur la table en Formica et arrache sa lettre de

licenciement et sa photo parue dans *La Voix*, scotchées
sur le placard. Elle les déchire en petits morceaux et les
lance au-dessus de sa tête, le plus haut possible. Les
confettis retombent en neige tandis que Dallas sourit aux
anges.

II
Lorquin

Enterrement

Six mois après les licenciements, fin juin, la mère de Carole Beudé meurt d'une rupture d'anévrisme, un mardi. Carole la trouve assise dans son fauteuil, devant la télé, en rentrant de son travail.

Morte d'un coup.

L'enterrement a lieu le vendredi suivant. Pour la première fois depuis longtemps, la moitié de la Kos se retrouve au cimetière. Entre autres, il y a Format et sa femme, Behren et la sienne, Saint-Pré qui a été réélu, plusieurs personnes du conseil municipal, Angélique la secrétaire de mairie, Serge et Varda, Lorquin, Pignard, Mme Roumas, Lamy, les parents de Dallas, Mickie et son mari, les anciennes des bureaux, les amis de Carole, Raymonde, la patronne de *L'Espérance*, Rudi qui a sorti le costume et la cravate…

Dallas n'est pas là. Elle est enceinte d'un deuxième enfant. Dallas espère que ce sera une fille mais elle ne veut pas le savoir à l'avance…

— Si c'est une fille, je l'appellerai…

Elle hésite : Marilyn ou Jennifer ? Lola, Léa ou Samantha ? Chloé ou Judith ?

Comme le Dr Kops refuse qu'elle fasse le ménage chez

lui dans son état et comme elle n'a rien retrouvé après son stage de recyclage, Dallas garde des enfants à domicile : ceux du médecin, dont elle s'occupait déjà, et deux autres qu'elle a en nourrice, une petite Marion de cinq ans et un Gabriel qui en a quatre, sans compter Kevin qui, à dix-huit mois, est un véritable petit diable.

Rudi se félicite que Dallas ne soit pas venue.

Même si cela ne s'est pas produit souvent, il n'aime pas rencontrer sa femme et Mickie dans le même endroit. Mickie est toujours aussi élégante, féline. Rudi aimerait lui glisser quelques mots à l'oreille mais ils sont trop loin l'un de l'autre. Ils ne peuvent qu'échanger un regard à la dérobée tandis que le curé entame le Notre Père.

Contrairement à ce qu'ils espéraient, Rudi et Mickie se voient moins. Mickie s'occupe toujours de la permanence à la bibliothèque municipale, trois demi-journées à titre bénévole, et elle s'est trouvée quelques clients chez les commerçants pour assurer la comptabilité ordinaire. À côté de cela, une fois par semaine, elle réunit chez elle des anciennes ouvrières de la Kos pour un cercle de discussion, aussi bien sur leur situation, pour échanger des informations, se donner des tuyaux, faire fonctionner un système d'entraide, que pour bavarder sur les livres ou les magazines qu'elles peuvent lire, les films qu'elles voient à la télé, la mode, le temps…

– Si on ne parle pas, on est mortes, a-t-elle expliqué à Rudi.

La situation de Rudi et Dallas n'est pas brillante : les remboursements de la maison mangent une grande partie de la paye de Rudi. Ils sont à découvert à la banque de façon chronique et Dallas ne compte plus les courriers de rappel, les mises en garde, les questions de M. Decotz, qui gère leur compte. Rudi essaye bien de faire des chantiers au noir mais il n'est pas le seul dans ce cas et le travail se fait rare. D'autant que ce n'est pas dans la région qu'ils peuvent espérer voir fleurir des résidences secondaires. Le quotidien est assuré par les revenus de Dallas, tout en liquide ; de l'argent qui échappe à la banque et aux impôts. Cela demeure extrêmement précaire : qu'un enfant soit malade ou que sa mère décide de l'emmener en vacances et c'est une part de son salaire qui disparaît sans compensation. Quant aux allocs, le fameux « argent-braguette » si cher à sa belle-sœur, elle n'y aura droit qu'après la naissance du bébé, en relais du congé maternité qu'elle touche avec son chômage…

Le cercueil de bois sombre orné d'une croix et de poignées dorées repose sur des traverses au-dessus de la tombe. Le curé prononce encore quelques mots : « Nous disons au revoir à notre sœur Marguerite Beudé qui aujourd'hui même rejoint son Créateur… »

Rudi observe avec curiosité Bernadette Format dont les lèvres s'agitent sans qu'un son n'en sorte et qui se signe furtivement au rythme des paroles du prêtre. À côté d'elle, son mari, le visage grave, ne quitte pas des yeux le cercueil où le crucifix brille. Behren a l'air de s'ennuyer mais il ne fuit pas les regards qui se posent sur lui, même les plus hostiles. On chuchote que sa femme a fait de la chirurgie esthétique pour garder une telle ligne après avoir eu quatre enfants. Lorquin demeure en retrait, derrière Solange, pensif, renfrogné. Il ignore ostensiblement Serge, placé à sa droite. Pignard a l'air d'un vieux phoque épuisé. Seul Saint-Pré montre un visage épanoui ; il est devenu très gros. Varda aussi a pris de l'embonpoint…

— … au nom du Père, du Fils et du Saint-Esprit, psalmodie le curé.

La foule répond :

— Amen !

Le maître de cérémonie, d'un imperceptible signe de tête, ordonne aux fossoyeurs de descendre le corps. Ils s'y mettent à quatre, Carole pousse un cri noyé de larmes :

– Non !

Bernadette Format la soutient avec l'aide de Solange Lorquin, en noir l'une comme l'autre :

– Courage, dit Bernadette, pensez qu'elle est en paix maintenant.

Le curé invite chacun à venir bénir la défunte avant que la tombe ne soit refermée.

Une colonne se forme.

Rudi observe Lorquin qui, les mains croisées devant lui, ne bouge pas d'un pouce. Rudi décide de l'imiter. Ils attendent que tous soient passés pour venir se recueillir un instant sur la tombe, mais ni l'un ni l'autre ne secoue le goupillon pour asperger le cercueil au fond du trou.

Format et Behren partent les premiers. Ils s'excusent de ne pouvoir venir à la collation prévue chez Carole, après les condoléances :

– Je suis de tout cœur avec vous, dit Format, serrant les deux mains de sa collaboratrice.

– Merci, dit Carole, merci, c'est très gentil d'être venu…

– Je vous en prie, c'est tout naturel.

– Je serai là lundi.

– Prenez donc votre journée…

– Non, je serai là.

Varda cherche Rudi du regard mais Serge la presse et ils s'en vont aussitôt après avoir embrassé Carole.

Il y a eu un repli général après les licenciements. Plus d'invitations chez les uns, chez les autres ; plus d'apéros pour un oui pour un non, de pots de départ ou d'arrivée ; plus de retrouvailles au *Cardinal* à l'heure de la messe ou du marché. Chacun chez soi a été promulgué comme règle commune. Deux des dix maisons du lotissement où habitent Rudi et Dallas sont à vendre : leurs propriétaires ont préféré prendre leurs cliques et leurs claques et partir tenter leur chance ailleurs avant qu'il ne soit trop tard…

Lorquin et Rudi quittent ensemble le cimetière, se laissant volontairement distancer par ceux qui sortent via l'allée principale. Lorquin ne veut voir personne, encore moins parler à qui que ce soit de la Kos :

— Rien ni personne…, grommelle-t-il, s'assurant de ne pas être entendu.

Il fait beau, le ciel est d'un bleu claquant, sans un nuage. Les fleurs et les arbres embaument l'air d'un parfum d'été. Ils s'arrêtent un instant sur la tombe de Quarnoix, l'ancien journaliste de *La Voix*, décédé en mars.

— Quel vieux con, dit Lorquin en guise d'oraison funèbre. Enfin, il n'était pas méchant…

Il rit tout seul.

— Tu l'as revue ? demande-t-il soudain.

— Qui ?

— Florence je-ne-sais-plus-quoi, tu sais, sa remplaçante…

— La reporter ?

— La petite blonde qui venait pendant la grève…

— Non, dit Rudi, jamais revue. Elle n'est pas repassée à la Kos. Et toi ?

— Non.

— Tu crois qu'elle travaille toujours à *La Voix* ?

— Oui, dit Lorquin. J'ai lu un truc d'elle sur la SMF où mon fils travaille.

— Charlie ?

— Non, Maxime.

— Ils ont des problèmes ?

— Ça a failli. L'article était bien.

Rudi s'amuse :

— Tu lis *La Voix* maintenant ?

— J'ai que ça à faire, réplique Lorquin d'un ton amer. Si tu veux des conseils en mots fléchés…

Rudi ne veut pas le laisser glisser sur ce terrain :

— On va boire quelque chose ?

– T'as pris ta journée ?
– Je suis de nuit.

Cardinal

Lorquin et Rudi marchent à l'ombre des platanes jusqu'au *Cardinal* sur la Grand-Place. L'enterrement passé, tout le pays semble être retourné à ses secrets, à ses peurs. La chaleur n'explique pas tout. Il y a quelque chose de plus douloureux, un assèchement de l'air, une crispation semblable à celle qui froisse la peau des pommes trop cuites ou des têtes réduites.

– C'est pour quand, Dallas ?
– Fin août…
– Déjà !
– Oui, déjà…

Lorquin plisse les yeux, riant d'avance de ce qu'il va dire :

– Tu sais comment je t'appelle maintenant ?
– Accouche.
– Je t'appelle « Lucky Luke », l'homme qui tire plus vite que son ombre !
– Et ça te fait marrer ?
– En tout cas, ça ne me fait pas pleurer. Tu sais, je sais ce que c'est. Pour Maxime, Solange m'a fait le même coup…

Lorquin pose sa main sur l'épaule de Rudi :

– C'est ce qu'on appelle se faire faire un enfant dans le dos.

– T'as raison : Dallas l'a dans le ventre, c'est moi qui l'ai dans le dos…

Ils s'assoient, amusés de se voir là, en costume, installés comme deux bourgeois désœuvrés à la terrasse du café. Le corbillard, de retour du cimetière, passe devant eux avec les croque-morts serrés à l'avant. Quelqu'un joue la *Lettre à Élise* au-dessus de leur tête, sans doute Clotilde, la fille des patrons. Un chien errant vient leur lécher les mains et repart avec un bout de sucre oublié sur une table. Le ciel est comme un mur. Ils commandent des bières.

Lorquin attend d'être servi :

— Tu veux savoir ce qui me turlupine ? dit-il en se penchant pour tremper ses lèvres dans la mousse.

Rudi lève son verre :

— « Turlupine » ! T'as de ces mots…

Lorquin avale une longue gorgée :

— Tu te souviens, personne ne pensait qu'ils pourraient me foutre dehors. Personne à la maintenance – ça, c'était normal –, mais personne non plus à la Kos. Si on avait demandé à quelqu'un dans les ateliers ou dans les bureaux : « Est-ce qu'on peut virer Lorquin ? », je suis prêt à parier qu'il n'y en aurait pas eu un seul ou une seule pour répondre : « Bien sûr que oui ! » J'entends d'ici leurs cris de protestation : « Virer Lorquin ? Mais vous êtes dingues ! Lorquin est intouchable ! Lorquin et la Kos ça ne fait qu'un ! Lorquin par-ci, Lorquin par-là… » Je n'ai pas besoin de te faire un dessin.

Il adresse un clin d'œil à Rudi :

— Toi, tu poussais même le bouchon encore plus loin : tu voulais que je me fasse mettre sur la liste des partants pour servir de rempart aux autres…

— Tu m'en veux ?

— Pas du tout, jure Lorquin, t'avais raison ! T'avais foutrement raison. Et j'étais tellement convaincu que t'avais raison que j'étais décidé à m'y faire mettre sur leur liste ! Parce que moi – comme toi – comme les autres, comme tous les autres, s'il y avait bien une chose qui me paraissait impossible, c'était qu'ils me foutent dehors.

Lorquin s'arrête un instant pour boire :

– Et quand ils m'ont foutu dehors, reprend-il en s'essuyant la bouche, ça ne m'a fait ni chaud ni froid. Je n'y croyais pas. Ce n'était pas moi. C'était d'un autre qu'il s'agissait. Un autre Lorquin. Pas celui qui bossait à la Kos depuis des lustres, pas celui qui avait sauvé la boîte après l'inondation, pas celui qui connaissait le moindre boulon par son nom de famille. Ce n'était pas moi, tu comprends ? Ce ne pouvait pas être moi…

– Et pourtant…, soupire Rudi.

Lorquin s'interroge à voix haute, scrutant son reflet dans son verre :

– Entre le moment où mon nom n'était pas sur la liste et le moment où il y a été, qu'est-ce qui avait changé ? Est-ce que j'avais changé ? Est-ce que je n'étais plus le même Lorquin ? Est-ce que l'on pouvait me retirer d'un coup tout ce que j'avais construit ? Toutes les richesses que j'avais créées ? Tout mon travail…

Son regard s'allume d'un éclat noir :

– J'ai bien réfléchi depuis six mois, je voulais comprendre où ça s'était joué, comment, pourquoi ?

– Et t'as trouvé ? demande Rudi pour l'encourager à parler.

Lorquin n'a pas besoin d'encouragement. Il en crève d'envie et Rudi est la personne la plus à même de l'écouter. Chez lui, Solange ne veut plus rien entendre. Elle prétend qu'il lui casse la tête avec ses raisonnements, que ça ne sert à rien de ressasser tout ça, que ce qui est fait est fait, qu'il ferait mieux de profiter de la vie que de passer ses journées à ruminer.

Lorquin pointe son index sur son crâne :

– Tout s'est joué là, dans la tête.

Il baisse la voix comme s'il craignait d'ébruiter un secret redoutable :

– Tu vas comprendre : il y a l'impossible et le possible. L'impossible, c'était que je sois viré ; le possible, c'est que je l'ai été. Tu me suis ?

– Pas vraiment, reconnaît Rudi.

Lorquin lui fait signe de patienter :

– C'était impossible qu'on me vire, t'es d'accord ?

– Oui…

– Mais il a suffi que quelqu'un pense que c'était possible pour que ça le devienne, t'es toujours d'accord ?

– Oui.

– Et quand l'impossible est devenu possible, tout le monde, tous ceux qui, un instant plus tôt, juraient grand Dieu que ça ne l'était pas, l'ont admis aussitôt.

– Admis quoi ?

– Admis que l'impossible non seulement était possible mais que c'était exactement ce qui était en train de se passer ! C'est devenu pour eux une évidence, une vérité : on peut virer Lorquin, ce n'était pas impossible, la preuve ? il est viré. Et, à partir de là, chacun a garé ses fesses, s'est barricadé à triple tour, a tiré les rideaux : s'il était possible de virer Lorquin, alors tout est possible. Ils étaient sans défense, à poil, un troupeau tremblant dont chaque bête n'avait qu'une idée : sauver sa peau, prier pour ne pas être celle qui serait choisie par le boucher…

Lorquin finit sa bière et fait signe au garçon de les resservir :

– C'est à ça que nous devons réfléchir, dit-il, il a suffi de penser possible l'impossible pour que ça le devienne.

– Je ne te suis pas, dit Rudi qui a de plus en plus de mal à comprendre où Lorquin veut en venir.

Lorquin s'emballe :

– C'est simple. Pour moi, notre défaite, c'est une défaite de la pensée, de l'imagination… Format a inventé un Lorquin possible à virer, il l'a habillé de beaux habits moraux et lui a serré autour du cou la cravate marquée «pas d'exception», il l'a parfumé d'admiration et de regrets et s'en est séparé en prenant la terre à témoin qu'il le faisait pour le bien de tous, même si ça lui arrachait le cœur. Et c'est moi, le vrai Lorquin, pas le Lorquin rêvé des autres, qui s'est retrouvé dehors…

— Une sorte de leurre ?

— Oui, un leurre ! T'as pigé. C'est ça, exactement ça !

Rudi n'est pas d'accord. Pas du tout :

— Non, dit-il, non, ce n'est pas ça, je ne suis pas d'accord. Quand on est tous descendus en ville pour te soutenir, ce n'était pas pour soutenir un fantôme, mais bien toi, Lorquin. Vraiment toi.

— Alors explique-moi pourquoi ça n'a rien donné ? Pourquoi vos cris ont rebondi sur les murs de la mairie sans jamais les faire tomber ? Pourquoi vous avez tapé dans le vide ?

— Je ne sais pas.

— Tu vois…

Rudi suggère :

— Format a gagné parce qu'il a agi vite, qu'il avait l'argent et le temps pour lui. Il nous a pris de vitesse.

Lorquin secoue la tête négativement :

— C'est pas faux mais c'est la surface, dit-il, ce n'est pas le fond des choses. C'est la tactique, si tu préfères, pas la stratégie. Pour ce qui est de la tactique, je veux bien : à partir du moment où l'unique alternative était les licenciements ou la fermeture définitive sous huitaine, Format avait le temps pour lui. Il était le maître du temps. Il imposait son heure, son calendrier, sa chronologie, OK…

— Et alors ? demande Rudi.

— Alors ça ne suffit pas. Stratégiquement il fallait aussi qu'il frappe au cœur, qu'il détruise ce que nous sommes. Alors il a amusé la galerie avec le Lorquin qu'il avait inventé, une sorte de leurre comme tu dis. Un Lorquin que vous avez poursuivi et qui a disparu comme par enchantement dès que vous avez voulu l'attraper. Et pendant que vous couriez dans les rues, pendant que vous gueuliez comme des putois devant la mairie, pendant que l'attention était fixée sur moi, plus personne ne regardait ailleurs et Format avait les mains libres…

Lorquin ferme les yeux :

– Pense à qui a été viré : les plus jeunes – que des filles – et les plus vieux – ceux de ma génération. Pense maintenant à ceux qui restent : ceux qui sont endettés jusqu'au cou et qui ont des enfants en bas âge – comme toi – et les apprentis – comme ton beau-frère – sans autre alternative que de se faire embaucher ou toucher le RMI. Ce qui est sorti de la Kos, c'est la mémoire et l'avenir ; ce qui est resté, c'est la peur.

– Tu devrais écrire, ironise Rudi.

– Je ne déconne pas, dit Lorquin. Je parle même très sérieusement. Solange prétend que je perds la boule mais je ne perds pas la boule. J'y vois même très clair : en me virant (moi, et ceux de mon âge), Format s'est débarrassé de témoins gênants, de ceux qui pouvaient dire comme c'était avant, ce qui avait été gagné, des luttes, des revendications…

– C'est pas vrai, Pignard est encore là ! Il est même plus vieux que toi…

– Pignard est mort et il le sait. Tu as vu au cimetière, il regardait la tombe comme si c'était la sienne qui était ouverte…

– Tu charries !

– Pignard a perdu sur toute la ligne et c'est bien pour ça qu'on l'a gardé, pas seulement parce qu'il était protégé comme délégué du personnel. On l'a gardé comme on garde une tête de sanglier ou une tête de cerf dans les grandes maisons. Pour décorer, pour que personne n'oublie qui est le plus fort…

Rudi ne peut s'empêcher de rire :

– J'imagine les déjeuners de famille chez Format avec la tête de Pignard empaillée au-dessus de la cheminée !

Lorquin revient à son raisonnement :

– Il n'y a pas que le souvenir des luttes dont Format

s'est délesté, dit-il, il y a aussi le métier, ceux qui savent de l'intérieur comment tourne la boîte, à qui on ne peut pas dire faites ci ou faites ça parce qu'ils savent comment ça marche, ce que ça coûte, ce que ça rapporte.

Lorquin appuie sur les mots :

— Ils savent…

Rudi l'approuve :

— C'est sûr qu'il n'y a plus personne de ton niveau à la Kos maintenant. Sauf Rouvard, mais il est passé de l'autre côté de la barrière…

— Écoute, j'ai pas fini. Le savoir, la mémoire, ça, c'est les vieux, c'est moi si tu préfères. Maintenant les jeunes, les filles comme Dallas qui ont été jetées comme des mouchoirs en papier dont tout le monde se fout, c'est peut-être pire encore.

— Oui, c'est dégueulasse, dit Rudi.

Lorquin le reprend :

— C'est pas dégueulasse, c'est normal si tu te places du point de vue de la direction. Format ne pouvait pas prendre le risque de garder des jeunes qui en voulaient, qui étaient prêts à mouiller leur chemise, à ne pas se laisser faire, à dire non. Il fallait d'urgence qu'il fasse le ménage. C'est pour ça qu'on le paye, c'est pour ça qu'on l'a mis où on l'a mis. Si les actionnaires des boîtes pouvaient se passer d'ouvriers, ils s'en passeraient tout de suite — et peut-être qu'un jour ils s'en passeront vraiment ! –, mais en attendant, ce qu'ils veulent, ce sont des esclaves, des ignorants corvéables à merci.

Rudi explose :

— Je crois que Solange a raison : la tête te lâche. Des esclaves ! Et quoi encore ?

Lorquin ne se démonte pas :

— Regarde-toi dans une glace et demande-toi si tu es un homme libre.

Rudi veut répondre mais Lorquin le devance :

— Ne me dis pas que j'emploie les grands mots, que je

devrais écrire, que je déraille. J'emploie les mots qu'il faut, c'est tout.

Il compte sur ses doigts :

— Un, tu n'as rien à toi : ta maison, elle est à la banque ; le jour où ils ferment le robinet, t'es à la rue. Deux, en théorie tu peux aller où bon te semble, en réalité, comme tu n'as pas un sou devant toi, t'es bien obligé de rester là où tu es ! Je ne te demande pas où tu vas en vacances, je connais la réponse : tu restes là, t'es assigné à résidence. Trois, tu travailles pour gagner tout juste ce qui te permet de survivre, rien de plus. Et si tu t'avises de te plaindre, le peu que tu as on te l'enlève pour t'apprendre les bonnes manières. Alors tu la fermes parce que ta baraque, ta femme, tes gosses... Alors d'accord, t'es pas fouetté, t'es pas vendu sur le marché, t'as le droit de vote et le droit d'écrire dans le courrier des lecteurs de *La Voix* que tu n'es pas d'accord avec ce qui t'arrive, t'as la liberté d'expression ! Quelle liberté ? Tu sais bien que si tu écrivais une lettre pour dire vraiment ce que tu penses et si tu l'envoyais, ce serait comme si tu rédigeais publiquement ta fiche d'inscription à l'ANPE. Crois-moi : si tu veux bien regarder de près, ta vie ne vaut pas un pet de lapin, tu ne comptes pour rien, t'es un « opérateur » de production comme ils disent, quelque chose entre l'animal de trait et la pièce mécanique...

— Tu parles de toi ou de moi ? demande Rudi avec agressivité.

Lorquin sourit :

— Ça fait mal, hein, de penser ça ?

— Ça ne me touche pas, se défend Rudi. Je crois que tu te montes le bourrichon.

Lorquin soupire :

— Peut-être ? Peut-être pas ? Qui sait ?

Il veut payer mais Rudi est plus prompt :

— Laisse, c'est pour moi.

Lorquin pose sa main sur celle de Rudi :

– Pense à ce que je t'ai dit : au possible, à l'impossible. Si tu n'y penses pas, si tu ne penses pas que l'impossible est la réalité et le possible un rêve, tu te feras avoir comme je me suis fait avoir...

À vendre

La maison de la grand-mère de Gisèle est en vente depuis trois mois. Il y a un écriteau *À vendre* planté sur la pelouse, mais pas un seul acheteur ne s'est présenté à l'agence immobilière. Franck et Gisèle s'y retrouvent toujours en secret. De plus en plus souvent. Franck rêve à voix haute :

– Tu vois, dit-il, si j'étais riche, je l'achèterais et nous n'aurions plus à nous cacher pour y vivre.

– Faudrait que tu sois vraiment riche !

– Combien ils la vendent ?

– J'en sais rien mais mon père veut prendre l'argent, en faire cinq parts entre ma sœur, mes frères et moi...

– Pour vous les donner ?

– Non, il veut les placer sur des comptes pour qu'on puisse faire des études aussi longtemps qu'il le faudra. Comme on est cinq, j'en déduis que ça doit faire beaucoup d'argent...

Franck se tait, impressionné par tout cet argent qu'il n'arrive même pas à se figurer.

– T'as décidé ce que tu allais faire ? demande-t-il à Gisèle.

– Non. Je ne sais pas encore. J'hésite entre lettres modernes et une licence d'anglais...

– T'es sûre d'avoir le bac ?

– Bien sûr que je vais l'avoir, et avec mention, qu'est-ce que tu crois ?

– Moi, s'excuse Franck, les examens, ce n'est pas mon fort…

Gisèle déclare d'une voix solennelle :

– Écoute-moi bien, Franck Thaler : Mlle Gisèle Format, ici présente, ira lundi matin lire son nom sur la liste des candidats reçus au baccalauréat et, à côté, sera marqué mention…

Elle hésite :

– Mention… Bien, voire Très bien si je ne me suis pas plantée en histoire ! Tu ne me crois pas ?

Franck s'empresse de répondre :

– Si, je te crois ! Bien sûr que je te crois !

– C'est bien vrai ce mensonge-là ?

– Oui m'dame, croix de bois, croix de fer, si j'mens, j'vais en enfer !

Gisèle, les yeux rieurs, s'efforce de garder un ton sévère :

– Dites-moi, mon petit monsieur, vous n'auriez pas envie d'embrasser une future bachelière ?

Franck joue le jeu, faussement humble :

– Si ça ne vous gêne pas d'embrasser un apprenti mécanicien, je veux bien, m'dame…

– Vous l'aurez voulu !

– Au secours, maman !

Gisèle et Franck basculent en riant sur le lit de la grand-mère.

– Tu veux toujours être prof ? demande Franck quand ils se calment.

– Comme ma grand-mère, glisse Gisèle dans un sourire.

Elle se vautre sur Franck :

– Non, c'est pas vrai.

– Tu ne veux pas être prof ?

– Tu sais ce que j'ai vraiment envie ?

– T'as envie que je te chatouille ?

– Idiot !

– T'as envie que je te bisouille ?

– J'ai envie d'écrire ! proclame Gisèle, faisant mine de lui serrer le cou pour l'étrangler.

Franck fait l'âne :

– Écrire à qui ?

– Écrire des livres, banane !

– Ça, c'est une super idée !

– Quelle idée ?

– Le livre-banane. Le livre dont tu peux enlever la couverture jaune et dont tu peux manger les pages blanches à l'intérieur !

Franck veut déshabiller Gisèle. Elle le retient :

– Je peux te demander quelque chose ?

Gisèle a le chic pour poser des questions qui laissent Franck dans un état d'hébétude proche de l'idiotie :

– À quoi tu penses quand on fait l'amour ?

– À quoi je pense ?

Franck avale sa salive :

– Je pense à toi, ment-il pour masquer qu'il ne pense à rien, pas même à penser quelque chose.

Il fait l'amour, ça l'emporte tout entier, sans penser à ci ou à ça. Sans réfléchir…

– Et toi, à quoi tu penses ? demande-t-il pour parer à toute nouvelle question.

– Tu vas te moquer de moi, dit Gisèle.

Franck la sent soudain embarrassée. Pas mécontent, il se fait compréhensif :

– Non, je te jure, dis-moi…

– Tu jures que tu ne vas pas te moquer ?

– Promis, juré !

Gisèle fait une petite moue :

– C'est vrai ?

– Tu veux que je te signe un papier ?

Gisèle le trouve trop mignon. Elle se livre :

– Quand on fait l'amour, dit-elle, je vois des paysages, des endroits où je suis allée et d'autres que j'imagine…

– Des endroits comment ?

– Des trucs tout simples : une clairière en forêt, le bord d'un petit lac, une chambre avec des murs en pisé, un pré sous un soleil d'enfer, une terrasse au bord de la mer…

– Et on fait l'amour là ?

– Non, il n'y a personne, ni toi ni moi, rien que le paysage. C'est notre amour qui fait naître ce paysage, c'est lui qui oriente la lumière, qui commande le vent ou l'orage…

– Une sorte de baromètre ?

– Tu avais juré de ne pas te moquer ! s'indigne Gisèle.

Franck fait amende honorable :

– Je ne me moque pas, j'essaye de comprendre.

Et, soudain, il comprend.

Franck entraîne Gisèle dans la forêt qui cerne la maison de sa grand-mère.

– Arrête, tu es fou, arrête !

Il la force à courir entre les bouleaux et les pins, à grimper sur des buttes, à jouer à saute-bruyère, à se laisser glisser sur des pentes herbeuses, grasses, juteuses, jusqu'à ce qu'il trouve ce qu'il cherche, une petite mare entièrement recouverte d'un tapis vert, le paradis des grenouilles.

– Non, Franck, non !

Trop tard. Le guichet des réclamations est fermé. Fallait y penser plus tôt. Fallait pas dire : il y a des paysages… Franck embrasse Gisèle et, sans que sa bouche lâche la sienne, la trousse sur le bord de l'eau, sur la mousse tiède et humide qui leur fait un grand lit d'amour.

Garde

Rudi entre chez lui, les mains dans les poches, la cravate desserrée, légèrement gris des trois bières qu'il a bues avec Lorquin. Il n'est pas plus pressé que ça. Il a un peu mal aux pieds dans ses vernies noires mais il préfère passer par les berges de la Doucile, même si c'est le chemin le plus long, même si ça lui rappelle que l'eau a bien failli l'avoir pendant l'inondation. Les idées de Lorquin tapent dans sa tête au rythme de la *Lettre à Élise* : le possible, l'impossible, le virtuel, les fantômes, la mémoire, le savoir, les esclaves…

Il se demande ce que Mickie penserait de tout ça.

Rudi s'arrête pour pisser contre un arbre dans la lumière dorée du soleil couchant. Mickie… Qu'est-ce que serait une vie avec elle ? Est-ce qu'il y aurait autre chose ou est-ce que ce serait comme avec Dallas ? Est-ce que ? Pourquoi ? Et si ? Trop de questions, trop de bière, trop de chaleur, trop de tout, trop de trop. Rudi repart, négligeant de remonter la fermeture de sa braguette. Il voudrait être seul. C'est devenu une idée fixe chez lui : être seul, sans personne pour lui poser des questions, sans personne pour l'observer, pour l'épier, pour lui dire ce qu'il doit faire ou ne pas faire. Les moments où il est véritablement seul sont devenus si rares qu'il marcherait facilement dix kilomètres de plus pour le simple plaisir de sentir le vent sur son visage, d'écouter le bruissement des arbres, le clapot sourd de l'eau contre les berges de la Doucile.

Rudi trouve le salon dans un désordre indescriptible. Il y a des jouets partout, des vêtements qui traînent, un pot de chambre en plastique rose renversé, des céréales dispersées sur le sol… Les enfants du Dr Kops sautent sur le canapé devant la télé qui marche à fond, le petit Gabriel, le cul à l'air, fait l'avion en poursuivant Marion qui appelle au secours et, pour protéger sa fuite, lance tout ce qui lui tombe sous la main.

– Mais qu'est-ce que c'est que ce binz?

Dallas, les nerfs en pelote, sort de la cuisine avec Kevin dans les bras :

– Je n'en peux plus! Je n'en peux plus! Ils vont me rendre dingue! Elle crie :

– Gabriel! Viens mettre ta culotte! Tu veux que maman te donne la fessée si elle te trouve comme ça?

Dallas passe Kevin à Rudi :

– Tiens, occupe-t'en, il faut le changer!

Marion vient se jeter dans les jambes de Dallas :

– Au secours! Au secours! Le gros navion veut me manger!

Dallas réussit à stopper Gabriel. Elle le secoue par un bras :

– Tu te calmes, maintenant?

– Caca!

– T'as encore envie?

Gabriel se débat :

– Caca! Lâche-moi, Caca!

Marion se met à rire. Elle tend le doigt vers Dallas :

– Caca!

– Caca! répète Gabriel. T'es caca! Caca! Caca!

Dallas abandonne, découragée :

– J'en peux plus, Rudi, c'est trop dur.

– Je croyais que les gosses, c'était ton truc.

– Je n'y arrive plus, gémit-elle.

– T'imagines si on en avait cinq…

Dallas, démunie, sans défense, livrée aux cris qui l'entourent, aux cavalcades, au désordre qui l'envahit, montre un visage aux traits tirés, aux yeux noircis de cernes :

– Rudi, supplie-t-elle, sois gentil.

Rudi dessaoule d'un coup. Il lui repasse Kevin.

— OK, dit-il, monte t'occuper du petit, je m'occupe du reste.

— Il faudrait ramener Ludovic et Clara chez les Kops.

— Et les deux autres ?

— Leurs mamans doivent venir…

— Maintenant ?

— Avant sept heures…

Dallas réprime un sanglot.

— Qu'est-ce qu'il y a ?

— Rien. Rien, c'est rien, c'est les nerfs…

— Merde, Dallas, qu'est-ce qu'il y a ? T'es malade ?

Dallas avoue :

— J'ai pas eu le temps de faire des courses…

— Si ce n'est que ça !

— Il n'y a rien dans le frigo.

— Comme d'hab ! plaisante Rudi.

— Tu ne m'en veux pas ?

— Pourquoi je t'en voudrais ?

Dallas lève et laisse tomber son bras :

— Tout ça, le désordre, la bouffe…

— C'est pas grave. Je prendrai une pizza en revenant.

— Tu ne m'en veux pas, dis ?

Dallas est à bout. Rudi hausse les épaules :

— Faut que tu te reposes, mon petit chat. Monte te reposer, t'inquiète, je suis là…

— C'est vrai que tu ne m'en veux pas ?

— Je t'aime, dit Rudi. Je t'aime, le reste je m'en fous.

Rudi tombe la veste.

La suite se passe au rythme d'images accélérées dans un film muet. Gabriel est fessé, torché, rhabillé *manu militari*, Marion débarbouillée, Ludovic et Clara mis à contribution pour ramasser tout ce qui traîne :

— Et n'attendez pas que les coins s'approchent !

Rudi range les meubles, retape les coussins, passe la serpillière sur le carrelage tandis que les enfants, regroupés sur le canapé, ont ordre de ne plus bouger sous peine de se retrouver la tête entre les deux oreilles.

Quand la mère de Gabriel sonne à la porte, tout est propre en ordre, comme disent les Suisses.

– Ça s'est bien passé ?

– Aucun problème, affirme Rudi avec une belle assurance.

– Votre femme n'est pas là ?

– Elle est en haut, elle donne son bain à Kevin…

– Vous lui direz que la semaine prochaine Gabriel ne viendra pas, mes beaux-parents débarquent pour le week-end et ils veulent l'emmener à la campagne avec eux…

– Je lui ferai la commission.

La mère de Gabriel remet une enveloppe à Rudi :

– Ça, c'est pour cette semaine…

– Merci.

– Donc, à dans quinze jours…

La mère de Gabriel se penche vers son fils :

– Dis au revoir au monsieur…

– Au revoir, Caca, dit Gabriel.

Rudi l'embrasse en rigolant :

– Salut, petit monstre.

– Il est infernal ! dit sa mère. Infernal !

– Ils sont tous pareils.

– Eh bien, je ne sais pas vous, mais moi je ne suis pas prête d'en faire un autre !

La mère de la petite Marion est en retard. Rudi ne peut pas l'attendre plus longtemps. Il doit raccompagner les enfants Kops chez eux.

– Monte voir Dallas, dit-il à la fillette. Elle s'occupe du bébé, tu vas lui donner un coup de main…

Marion ne se le fait pas dire deux fois.

– J'y vais ! crie Rudi, refermant derrière lui.

Aurélia

Rudi pense au jour où il se promènera en ville, tenant par la main Kevin et sa petite sœur – si c'est une petite sœur – comme il tient par la main les enfants du Dr Kops. Il presse l'allure. Les gosses se plient à son rythme, contents de marcher comme des grands. L'un d'un côté, l'autre de l'autre, se jetant des regards sévères, se surveillant du bout des cils. Ils passent par les berges parce que c'est plus beau, parce que c'est plus frais, parce que c'est plus rigolo et que Rudi aime jouer à chat perché, à la course à cloche-pied, à l'aveugle qu'il faut guider…

Ils sont vite rendus entre les ombres fuyantes et les façades revêches.

C'est la femme du Dr Kops qui leur ouvre. Une femme brune aux cheveux longs, aux yeux d'un bleu dont l'éclat enfantin contraste avec son visage prématurément vieilli. Bien qu'il fasse chaud, elle est vêtue comme en hiver.

– Je ramène les enfants, dit Rudi, étonné de la rencontrer.

D'ordinaire elle ne se montre pas.

– Entrez, je vous en prie…

Ludovic et Clara filent dans le couloir sans embrasser leur mère.

– Je vous remercie mais je dois y aller, ma femme est toute seule avec le petit.

– Vous êtes Rudi, n'est-ce pas ?

– Oui, c'est moi.

– Dallas m'a parlé de vous…

Rudi l'ignorait.

– Je ne sors pas beaucoup, dit la femme du Dr Kops en baissant les yeux, votre femme me raconte ce qui se passe, ce que vous faites, les dernières nouvelles en ville, c'est beaucoup mieux comme ça. Vous n'avez pas froid ?

– Non, dit Rudi. Ça va, merci.

– Moi, j'ai un peu froid. Entrez, je vous en prie, nous n'allons pas rester sur le pas de la porte, c'est plein de courants d'air. Et puis on pourrait nous voir…

Rudi ne peut pas refuser.

Il entre, laissant la femme du Dr Kops fermer derrière lui.

– Mon mari fait ses visites, dit-elle en invitant Rudi à la suivre jusqu'au salon. «Toujours sorti, jamais rentré», comme on disait autrefois…

– Je ne reste qu'un instant.

Ils s'assoient dans deux grands fauteuils anciens recouverts d'un tissu imprimé de bergers, de bergères et de moutons.

– Vous savez, je fais des rêves, dit la femme du Dr Kops.

Rudi veut être aimable :

– De beaux rêves ?

Elle ne semble pas l'entendre :

– Cette nuit j'ai rêvé que j'étais avec un homme que j'ai beaucoup aimé et qui est mort. Nous frappons à la porte monumentale d'une institution religieuse. Une sœur nous ouvre et nous prie de la suivre. Elle est très petite, très vieille, très grasse. J'imagine qu'elle sent un peu. Elle nous conduit dans une chambre où il y a un lit à baldaquin et rien d'autre. Les draps sont d'un blanc extraordinaire sous une parure épaisse d'un rouge sang. D'autres sœurs nous attendent et, dès que j'entre, elles se saisissent de moi, me mettent nue, m'allongent sur le lit en me tenant fermement par les chevilles et les poignets. Je geins, je me tords, mais rien n'y fait, elles sont trop fortes. Je ne peux rien faire, pas même me réveiller. L'homme qui m'accompagne s'approche alors près du lit où les sœurs me maintiennent à sa merci et il pisse sur moi. Il pisse très précisément sur mon sexe, c'est incroyable, non ?

— Oui, dit Rudi, qui veut partir sans attendre.

La femme du Dr Kops rit de ce qu'elle raconte :

— Et puis l'une des sœurs, sortie de je ne sais où, tire un rasoir de sa manche et le donne à l'homme pour qu'il me rase tous les poils qu'il vient d'arroser. Il paraît que c'est la règle pour entrer dans l'ordre. Vous n'avez pas froid ?

Rudi se lève :

— Je crois que je vais vous laisser, dit-il, terriblement gêné.

La femme du Dr Kops se lève pour le raccompagner :

— C'est vrai que vous aimez lire ?

— Ça m'arrive d'emprunter des livres à la bibliothèque…

— Je veux vous en prêter un.

— Non, je vous remercie, dit Rudi. J'en ai encore un ou deux d'avance. En ce moment je n'ai pas beaucoup de temps pour la lecture.

— C'est un livre de cet homme que j'ai beaucoup aimé.

— Celui du rêve.

— Qui vous l'a dit ?

— Une idée, comme ça. Il était écrivain ?

— Oui.

La femme du Dr Kops semble revenir sur ce qu'elle vient de dire :

— Enfin, tant que nous avons été ensemble. Après je ne sais pas ce qu'il est devenu.

Ses yeux se crispent douloureusement :

— Vous comprenez, tant que nous avons été amants il a écrit pour moi. Puis, le jour où nous ne l'avons plus été, il a cessé d'écrire.

— C'est triste, dit Rudi, qui ne tient plus en place.

La femme du Dr Kops lui recommande de ne pas bouger :

— Surtout ne bougez pas. Je vais chercher le livre. Vous êtes sûr que vous n'avez pas froid ?

— Tout va très bien, merci.

— C'est terrible ce vent, ça ne vous glace pas ?

La femme du Dr Kops ouvre le tiroir d'une desserte Empire d'un geste plein de brusquerie :

— Tenez, dit-elle en sortant un livre, je vous le prête. Vous me le rendrez, n'est-ce pas ?

— Ça me gêne de vous l'emprunter.

— Cela me fait plaisir. Prenez-le. C'est bien votre femme qui m'a dit que vous aimiez lire ? C'est bien elle qui me l'a dit, n'est-ce pas ?

— J'imagine…

— Eh bien, si vous aimez lire, pourquoi ne liriez-vous pas celui-là ?

C'est un petit volume très abîmé, une édition de poche de *Aurélia*, de Gérard de Nerval :

— C'est un livre qu'on vous a offert ?

— C'est un livre qu'on a écrit pour moi.

Rudi fait la gaffe qu'il ne fallait pas faire :

— Gérard de Nerval l'a écrit pour vous ?

— Quoi, Gérard de Nerval ?

— Excusez-moi, mais je crois qu'il est mort il y a longtemps…

— Qu'est-ce que vous en savez ?

Rudi montre la quatrième de couverture :

— Vous voyez, ils disent qu'il s'est suicidé en 1855…

— Ah ! les chiffres ! Vous êtes comme mon mari. Les chiffres, toujours les chiffres ! Mais les chiffres on leur fait dire ce qu'on veut !

La femme du Dr Kops lui arrache le livre des mains :

— Je prêterai ce livre à quelqu'un qui le mérite. À quelqu'un qui sache lire, pas un comptable ! Vous croyez tout savoir mais vous ne savez rien. Votre femme croit que vous lisez mais vous ne lisez rien. Vous faites semblant.

Le Dr Kops entre dans le salon :

— Tu es là, dit-il à sa femme. Je me demandais où tu étais…

— Oui, je suis là, c'est mal ?

— Non, dit le Dr Kops, ce n'est pas mal, au contraire, tu sais comme ça me fait plaisir de te voir sortir de ta chambre.

— Oh mais je sors, je sors même beaucoup ! Je vais loin, très loin même…

— C'est vrai, tu sors beaucoup ces temps-ci…

Rudi fait un pas décidé vers la sortie :

— Je dois vraiment partir maintenant.

— Dallas va bien ? demande le médecin, lui tenant la porte.

— Elle est un peu nerveuse, mais ça va, merci.

— Je la verrai la semaine prochaine.

Rudi salue le docteur et sa femme :

— Bonsoir, madame, merci, docteur, au revoir.

La femme du Dr Kops le fixe avec insistance. Son visage est devenu si pâle qu'on croirait qu'il s'efface et qu'il va disparaître dans l'instant.

Machines

Rouvard n'est pas allé au cimetière pour la mère de Carole ni à la réception après les condoléances. Il ne peut pas se le permettre : trop de travail.

Format se fait attendre.

Quand il arrive enfin, Rouvard ne lui laisse même pas le temps de s'asseoir :

– Qu'est-ce que c'est que ce truc ? dit-il en jetant une chemise bistre sur le bureau.

– De quoi me parlez-vous ? demande Format.

Rouvard déplie le document.

– J'ai trouvé ça dans mon casier avec une note de Behren. Nous devons reconditionner la numérique qui est encore à moitié en pièces détachées pour que la VKM vienne la reprendre ?

Format s'assoit :

– Pardon, dit-il, j'aurais dû vous en parler. La VKM a détecté un défaut de fabrication sur tous les modèles de ce type. Ils préfèrent les faire rentrer chez eux pour vérification avant qu'il y ait du bobo.

– Ça veut dire qu'ils vont reprendre aussi les deux autres ?

– Peut-être pas dans un premier temps, ils nous envoient un ingénieur pour expertise, mais ensuite…

– Je vous avertis ! dit Rouvard sans pouvoir maîtriser sa rage, on va droit dans le mur. Je devais recevoir six machines numériques, j'en ai reçu deux et demie à ce jour. Sur ces deux et demie on vient m'en reprendre une et l'autre risque de me péter dans les mains ?

Format tente de le calmer :

– Je sais ! Je sais !

– Comment voulez-vous que je tienne les objectifs ? J'ai accepté la tâche que vous m'avez confiée à condition que les licenciements s'accompagnent d'une modernisation radicale de notre outil de production. C'était le contrat, n'est-ce pas ?

– Oui, avoue Format, trop las pour discuter.

Mais impossible d'arrêter Rouvard quand il est lancé.

– Qu'est-ce que je vois ? demande-t-il. Je vois que je suis obligé de continuer de faire tourner des bécanes bonnes pour le musée avec moins de personnel qu'avant ! Et avec des objectifs de production deux fois supérieurs !

Sans avoir fait Polytechnique, on peut comprendre qu'il y a un sérieux problème !

Format se renverse sur son fauteuil :

— Vous avez raison d'être en rogne, je le suis aussi. Mais peut-être pouvons-nous remettre cette discussion à demain ?

— Non, non, dit Rouvard, pas question de tergiverser. Vous êtes là, je suis là : c'est le moment ou jamais !

Format cède :

— Comme vous voudrez…

— Sincèrement, vous pouvez me dire à quoi jouent les grands chefs ? Le comité exécutif ou le Soviet suprême, je ne sais plus ? Après la dernière grève, tout le monde a craché au bassinet pour notre redémarrage, la municipalité, le département, la région, l'État, tout le monde ! Alors qu'on ne vienne pas me raconter que les fonds manquent. Il est où cet argent ? Où est le matériel ?

Format tire une feuille de son parapheur :

— Je n'en sais pas plus que vous. Tenez : je suis convoqué au siège. Je dois voir Volker.

— Qui c'est celui-là ?

— Le directeur des opérations…

Rouvard prend le papier : c'est une convocation assez sèche où seule la formule de politesse est manuscrite.

Format la reprend :

— Volker était pour la fermeture immédiate du site. Ce n'est pas vraiment un allié…

— Dites-lui de ma part que ce qui se passe, pour moi, c'est du sabotage. On voudrait nous couler qu'on s'y prendrait pas autrement.

— N'exagérons rien !

— Vous avez vu la tête de mon adjoint ? Un mort vivant. Il passe plus de temps ici que dans sa famille simplement pour que nous restions la tête au-dessus de l'eau.

— Je sais qu'il ne se ménage pas.

— Vous voulez dire qu'il se tue à la tâche. Mais ce

qu'il fait, c'est comme creuser un trou dans le sable et essayer de le remplir d'eau !

— Je connais une merveilleuse histoire à propos de saint Augustin et de la Trinité qui utilise la même image, dit Format, se laissant aller.

Puis, devant la mine déconfite de Rouvard, il retrouve un ton plus autoritaire :

— Qu'est-ce que vous voulez que je fasse ?

Rouvard reprend le dossier ouvert sur le bureau :

— Vous tenez vraiment que je vous le dise ?

— Rouvard, je suis fatigué, j'ai horreur des enterrements, ça me donne mal à la tête, alors si vous avez quelque chose à me dire, dites-le-moi sans tourner autour du pot !

— Très bien, dit Rouvard, piqué au vif. Je veux que nous changions de fournisseur.

— Vous voulez rompre avec la VKM ?

— Pas rompre : les envoyer promener !

C'est au tour de Format de faire une drôle de tête. Rouvard en profite pour développer son plan :

— J'ai pris des contacts avec Mecan-Modern. Ça nous reviendrait à peine plus cher et ils me garantissent quatre machines numériques livrées, installées dans le mois qui suit notre ordre. Je peux même vous dire qu'ils démarreront au quart de tour sur un simple appel téléphonique de ma part. Ils me font entière confiance...

Format prend sa tête dans ses mains.

— Je ne peux pas, finit-il par dire. La VKM fait partie du groupe, nous sommes obligés de passer par eux.

— Même s'ils ne tiennent pas les délais ? Même s'ils n'honorent pas nos commandes ? Même si leur matériel est défectueux ?

— Je verrai avec Volker, mais notre marge de manœuvre n'est pas très grande...

— Vous ne croyez pas qu'ils se foutent de votre gueule ? Moi, si. Ils peuvent toujours raconter tout ce qu'ils

veulent, il y a un loup là-dessous. On ne livre pas du
matériel pour le reprendre sans même l'avoir mis en
marche.

Malgré ses efforts de concentration, Format a la tête
ailleurs. Il regrette d'être revenu au bureau. Le cimetière
lui a fait un drôle d'effet. Il se sent attaqué de l'intérieur.
Un malaise sourd, irritant. Ce n'est pas la digestion ou un
coup de chaud. C'est quelque chose de plus sournois.
Quelque chose qui serait passé par l'éclat du crucifix
sous le soleil et qui le transpercerait comme une lance :

— Vous connaissant, j'imagine que vous avez un
tableau comparatif des coûts et des délais ? dit-il en s'arrachant à ses pensées.

Bien sûr, Rouvard a préparé ce tableau comparatif, du
clair, du solide, du chiffré au centime près :

— Je vous le fais monter tout de suite.

Format prend une grande inspiration :

— Je peux toujours essayer…

— Je suis sûr qu'ils vous testent, martèle Rouvard. Je
ne vois pas d'autre explication. La compétitivité, le flux
tendu, le matériel, le personnel… Ils veulent voir jusqu'où ils peuvent aller avec vous. Si vous tenez ou si
vous flanchez au premier grain. Il faut que vous leur en
imposiez, merde On peut y arriver, on doit y arriver,
même contre eux !

Rouvard serre ses deux poings :

— Il faut que vous leur montriez que vous en avez !

Le chef

Serge quitte la Kos après que Rouvard l'a presque
poussé dehors :

— Et tâchez de vous reposer !

Il remonte le boulevard Pasteur quand il aperçoit Rudi qui trace, comme à son habitude, les mains dans les poches, la tête dans les épaules.

– Hé, Rudi !

Rudi se retourne. Serge le rejoint en trottinant :

– Lundi, t'es du matin ?

– Oui, pourquoi ?

– Va falloir que tu t'occupes d'un truc urgent.

– Tu me le diras lundi. Je verrai ma feuille de travaux…

– Je préfère te le dire tout de suite.

– Alors dépêche.

Serge s'éclaircit la voix :

– Faut que vous reconditionnez la numérique qu'est pas finie de monter. La VKM envoie un camion pour la reprendre.

– C'est une blague ?

– Je ne déconne pas : il y a un problème technique.

– Un problème sur une bécane qui n'est pas en service ?

– Ça vient de tomber, même Rouvard n'était pas au courant… Les Allemands rappellent tout leur matériel.

Rudi trouve ça bizarre, cette reprise :

– Sur les deux qui tournent, il n'y a pas de problème ?

– Non, convient Serge. Si tout marchait comme ces deux-là, on ne pourrait pas se plaindre…

– Alors ?

– Alors j'en sais pas plus que Rouvard, j'imagine que c'est le genre « vice caché »…

– L'ordre vient de qui ?

– Du siège.

Rudi s'exclame :

– Je comprends pourquoi tu parles de « vice caché » !

Serge s'énerve, la fatigue :

– Tu deviens complètement parano !

— Excuse-moi, dit Rudi, mais j'aime bien comprendre pourquoi je fais ce que je fais et pour qui.

Serge transpire, il a chaud, les lèvres sèches. Il s'essuie la bouche du dos de la main :

— Je vais te le dire. Tu vas reconditionner la bécane qu'il faut reconditionner parce que c'est un ordre. Et tu vas le faire comme il faut parce que t'es payé pour ça.

Rudi le toise, l'air méprisant :

— OK, dit-il, c'est toi le chef !

Le rosier

La réception chez Carole après l'enterrement de sa mère se termine enfin. Mickie et Solange Lorquin sont restées les dernières pour aider Carole à tout ranger, à tout nettoyer.

— T'es sûre que tu ne préfères pas venir à la maison ? demande, une fois encore, Solange.

— T'es gentille, mais non, je vais me reposer.

— C'est ça, approuve Mickie, va te coucher et dors, tu en as besoin.

— Merci, dit Carole, c'est ce que je vais faire.

Solange lui conseille de se faire une verveine :

— C'est très bon, c'est émollient. Si tu veux…

— Le Dr Kops m'a donné quelque chose pour dormir. Je vais en prendre un demi-cachet et ça ira…

— Ah, très bien !

Elles s'embrassent.

— Merci, vraiment merci.

Elle tend à chacune d'elles un plastique plein des restes de la collation :

— N'oubliez pas ça. Ce n'est pas moi qui vais les finir…

Mickie et Solange, après un dernier « au revoir ! » de la main, repartent bras dessus, bras dessous. Elles se connaissent depuis le collège. Elles ont trente ans d'amitié derrière elles. Quand Solange a épousé Lorquin, toutes les filles ont été jalouses : elle avait gagné le gros lot, comme l'année où elle avait emporté le premier prix à la tombola annuelle des pompiers, un poste de télévision.

— Je suis inquiète pour François, dit Solange. Il ne fait plus rien de la journée. Le matin il se lève, il va acheter ses journaux, il revient à la maison et passe la matinée à lire sans dire un mot. Si je suis de service, il fait les courses, prépare le repas et quand je rentre le soir, je le trouve assis en survêtement : il m'attend. Des fois on dîne sans échanger la moindre parole. L'autre soir, tu sais ce qu'il m'a dit ?

— Non.

— Il m'a dit : « Avant, je croyais que la pire chose dans la vie, c'était la mort. Maintenant, je sais que c'est la vie… »

— T'as l'impression qu'il se consume à petit feu ?

— Oui, il fuit. Il ne veut plus rien voir, rien entendre…

— Et au lit ?

— On fait encore l'amour de temps en temps, mais je sens bien qu'il n'a plus envie. Il se force pour me faire plaisir.

— Moi, si j'étais un homme, j'aurais pas à me forcer pour te faire plaisir !

La remarque de Mickie fait rire Solange :

— C'est bien toi, ça !

— Tu te souviens : on se débrouillait pas mal, non, avec les garçons ?

— Tu te débrouillais pas mal ! Moi, j'étais trop timide…

— N'empêche que t'en pensais pas moins.

– Pour y penser, c'est sûr que j'y pensais, dit Solange avec un brin de mélancolie. Et toi, ça va avec Armand ?

– Lui, tu sais, c'est un autre genre : le boulot, son club d'échecs et t'as fait le tour de ce qui l'intéresse. Mais ça va…

Mickie veut se convaincre elle-même :

– Ça va…, répète-t-elle.

Elle ne veut pas en dire plus.

Solange propose à Mickie de passer cinq minutes chez elle :

– Je veux te faire voir : j'ai cousu des vêtements pour Samuel, le petit dernier de Maxime. Tu me diras ce que t'en penses. J'adore faire de la couture.

– C'est pas comme moi !

– Toi, t'as la lecture.

– Couture, lecture… Ça rime !

Elles rient en poussant la porte pour entrer chez Solange.

– François ?

Lorquin n'est pas là. Solange et Mickie traversent la maison et vont s'installer dans le jardin.

– Je n'avais pas vu : vous avez coupé votre rosier ? dit Mickie.

– Il avait plus de cent ans, il était mort cet hiver. François en a fait du petit bois… Tu sais ce qu'il a dit ?

– Non.

– « Quand les roses prennent feu, c'est le début de la révolution ! »

– C'est bien lui, ça.

Mickie se désole :

– Alors je n'aurai plus de belles roses blanches ?

– Non, c'est fini. J'en ai replanté un mais il n'a pas l'air de vouloir prendre.

– C'est triste.

– Oui, c'est triste, dit Solange en écrasant une larme inattendue.

Homme

— Ouf! Ouf! Ouf!

Enfin, tout le monde est parti.

Carole n'en pouvait plus des condoléances, de la compassion, des attentions amicales, des paroles consolatrices. Elle ne veut plus rien entendre. Plus un mot! Elle n'éprouve aucune émotion à voir le fauteuil de sa mère avec sa couverture au crochet disposé légèrement en biais devant la télé. La vieille dame est morte et elle n'a pas de peine. C'est étrange mais son chagrin est parti d'un coup, envolé, disparu.

Elle a envie d'un homme.

Carole a honte, sa mère vient d'être enterrée et elle a envie d'un homme! Une furieuse envie qui la tient depuis qu'elle a vu la bière au fond du trou. Ça l'envahit, ça l'inonde. Elle est en nage, les joues brûlantes, les mains fiévreuses. La chaleur, l'odeur de la terre retournée, la vibration de l'air, c'est incroyable ce que ça lui fait.

— C'est complètement fou! dit-elle à voix haute, comme si elle repoussait un assaillant.

Elle sait qu'elle ne peut pas décemment se montrer en ville ni même inviter un ami à la rejoindre. Qui d'ailleurs? Qui aurait envie de passer la nuit dans la maison d'une morte? Carole se sent prisonnière de cette baraque dont elle déteste chacune des pierres. Dès lundi elle fera venir le brocanteur. Elle ne veut rien garder de ce fourbi accumulé au fil des ans. Pas un meuble, pas un vêtement, pas un bibelot, pas une photo : rien. Tout doit disparaître, faire place nette. Ensuite elle bazardera la maison et, dès qu'elle aura son argent, elle partira sans se retourner :

— Loin, murmure-t-elle, comme si c'était une destination.

Soudain, elle sait ce qu'elle va faire.

Oui, elle le sait.

Elle monte dans sa chambre tout en défaisant la fermeture Éclair de sa robe qu'elle abandonne en haut des marches. Elle dénoue ses cheveux, enlève son corsage. L'envie la tord, la travaille, l'exaspère. Elle ne prend même pas la peine de fermer la porte derrière elle. Elle se découvre en dessous noirs dans la glace de sa chambre, en grand attirail comme elle dit. Bas, jarretelles, soutien-gorge, culotte. De la soie, rien que de la soie ! Du beau, du luxe. Le noir, ça amincit. Carole se trouve désirable. Elle devrait faire un Polaroïd pour ajouter à sa collection. Elle renonce. Pas le temps d'installer le pied, de régler le déclencheur à distance. Et puis si, elle veut faire la photo. Elle sort fébrilement le matériel de son armoire et l'installe de telle sorte qu'on la voie de face et de dos, en reflet dans sa coiffeuse. Le cadre est toujours le même, la distance déterminée une fois pour toutes. Elle pousse le retardateur au maximum et vient prendre la pose. Sa main court sur ses lèvres, sur sa poitrine, sur son ventre. Elle a trop envie, elle va exploser si elle ne le fait pas tout de suite. Il n'y a plus personne pour crier d'en bas :

— Qu'est-ce que tu fais, je ne t'entends plus ?

Le flash part, le cliché jaillit avec un bruit de renvoi. Carole se laisse tomber sur le couvre-lit. Elle est seule chez elle, sans homme, mais heureusement elle a ce qu'il faut, soigneusement caché derrière les livres de son cosy.

Porte

— Maman !

Marion se précipite en entendant le carillon d'entrée, ding dong dong.

– Ouvre ! dit Dallas, qui traîne les pieds pour la rejoindre. Marion fait tourner la poignée mais ce n'est pas sa maman qui est là, c'est Varda.

Dallas ne sait pas quoi dire, Varda non plus. Elles se dévisagent comme deux étrangères, puis Dallas prend Marion par l'épaule pour la faire reculer et referme sans un mot.

– Pourquoi tu fermes ? demande Marion. C'est ma copine…

– Va jouer, dit Dallas, la poussant devant elle.

Marion résiste :

– C'est tata Varda ! C'est ma copine !

À nouveau la sonnerie fait entendre ses trois notes.

Dallas ne répond pas.

– Je veux voir ma copine ! crie Marion, en tirant Dallas par le bras. Ouvre !

Nouvelle sonnerie entêtante, impérative, ding dong dong ding dong dong ! Dallas rouvre, bien décidée à envoyer Varda au diable ! Elle a ce qu'il faut en catalogue : Va voir ailleurs si j'y suis ! Dégage et plus vite que ça ! Casse-toi tu pues ! Mais avant qu'elle ait pu articuler quoi que ce soit, Varda s'excuse, elle vient chercher la petite :

– Ils ont demandé à sa mère de rester pour la nocturne…

Varda esquisse un sourire :

– Je peux ?

Dallas ravale sa colère :

– Entre, dit-elle, s'écartant pour la laisser passer.

– Elle voulait te prévenir, mais au Champion, les caissières n'ont pas le droit de téléphoner. Elle m'a fait passer le message par la dame de la maison de la presse…

Dallas n'écoute pas, elle fourre le gilet de Marion, ses jouets, sa trousse dans un sac en tissu multicolore.

– T'as rien oublié là-haut ?

– Non, dit Marion. Elle est où maman ?

– À son travail, répond Varda. Elle va rentrer tard…

– Je peux dormir chez toi ?

– T'as envie ?

– Tu me donneras des bonbons ?

– Des bonbons comment ?

– Des gros, plein, beaucoup, des millions !

– Et toi qu'est-ce que tu me donneras ?

– Un bisou !

Marion se précipite dans les bras de Varda qui la fait valser en l'air et se laisse embrasser.

– Comment va Kevin ? demande Varda, reposant la petite.

– Très bien, merci, il marche, répond froidement Dallas.

– Ça me ferait plaisir de le voir…

La réponse tombe, violente, pesante :

– Il dort.

Varda bat en retraite :

– Pas maintenant, un jour…

Les mots se nouent dans sa gorge. Deux grosses larmes enfantines roulent sur ses joues :

– C'est trop con… C'est trop con…

– Arrête, dit Dallas.

Varda s'essuie les yeux du dos de la main :

– Excuse-moi, je n'y peux rien, ça coule tout seul.

– Pourquoi tu pleures ? demande Marion.

Varda s'efforce de montrer bonne figure :

– C'est rien, mon cœur, tata Varda a un peu mal aux dents…

Marion tire sur les commissures de ses lèvres pour montrer les siennes :

– Regarde, moi je les lave toute seule !

Varda lui caresse la tête :

– T'es prête, cacahuète ?

– Voui.

– Allez, on rentre ! dit Varda, attrapant le petit sac de toile multicolore.

La porte est restée ouverte.

– À un de ces jours, dit-elle à Dallas.

– Oui, à un de ces jours…

– Bonjour à Rudi…

D'un coup Dallas se voit à l'âge de Marion avec Varda, robes à smocks, socquettes blanches, nattes et colliers de fleurs coupées. Elle se voit jouer avec elle, rire avec elle, pleurer avec elle la mort d'un serin nommé Plumette. Elle se voit à dix ans, assises l'une à côté de l'autre en classe, à douze, à quinze ans, les garçons, les baignades dans la rivière, la découverte de leur corps, les seins qui poussent, les poils, les règles, les premiers baisers, le plaisir, les fous rires. Elle se voit virée du lycée, errant main dans la main avec Varda, se saoulant à la bière, se jurant de partir et de ne jamais revenir à Raussel. Elle se voit débutant à la Kos avec sa copine, le bruit, les machines, la crasse, la peur qui leur noue le ventre, les matins glacés d'hiver, les pauses où elles se retrouvent pour se dire tout ce qu'elles ne disent à personne. Pas de cachotteries, pas de secrets, pas de mensonges : du vrai, du cru. Elle se voit à la vie à la mort avec Varda…

L'image la déchire, lui arrachant un « Attends ! » qui la cloue sur place.

Elles sont là, Dallas avec son gros ventre, sa robe trop large, ses savates en tissu-éponge, Varda dans un tee-shirt imprimé du slogan *Flower Power* au-dessus d'un pantalon cycliste qui la boudine. Dallas a envie de rire, c'est une digue qui se rompt :

– T'as raison, dit-elle entre ses larmes, c'est con. C'est trop con…

Dallas et Varda restent longtemps dans les bras l'une de l'autre, sans pouvoir se séparer, sous le regard de Marion qui n'y comprend rien. Varda demande :

– Je peux toucher ?

Dallas sort le ventre :

– Vas-y…

Varda caresse doucement les formes rebondies de Dallas, s'égare sur ses seins pour mieux redescendre le long du corps de son amie. Sa main ne rencontre pas d'obstacle à travers le tissu :

– T'as rien là-dessous ? dit-elle en pouffant.

– Chut ! fait Dallas, surveillant la petite du coin de l'œil, tu veux qu'elle aille le raconter à tout le monde ?

Elle confie :

– À la maison, je reste comme ça ! Sinon, ça me serre…

– Je devrais faire comme toi, dit Varda, tirant sur l'élastique de son cycliste. Moi aussi, ça me serre.

Dallas considère la silhouette de Varda :

– T'aurais pas un peu grossi ?

– « Un peu », je voudrais bien ! J'ai vachement grossi… Tu sais combien j'ai pris ?

– Non.

– Onze kilos !

– Comme moi !

Varda soupire d'une voix endeuillée :

– Oui mais moi j'ai pas grossi parce que j'ai un bébé dans le ventre. J'ai grossi parce que je ne peux pas m'empêcher de bouffer tout un tas de saloperies. La dame de la cellule de reclassement m'a conseillé d'aller voir quelqu'un…

– D'aller voir qui ?

– Un psy. Quelqu'un pour parler de mes problèmes parce que, d'après elle, si j'ai pris autant c'est un signe de dépression. Il paraît que ça arrive souvent quand on est licencié. Aussi bien aux femmes qu'aux hommes…

– Et tu y es allée ?

– Je suis allée au dispensaire. Il y a une consultation gratuite.

– Ça t'a fait du bien ?

– Ils m'ont donné des antidépresseurs…

– C'est dégueulasse ces trucs-là !

– J'en prends seulement quand je ne me sens pas vraiment dans mon assiette.

Varda grimace :

– En fait, j'en prends tous les jours…

– Ça te fait quoi ?

– Pas grand-chose. Ça sert surtout à s'en foutre.

– À se foutre de quoi ?

– À se foutre de tout.

Dallas pose sa main sur la joue de Varda :

– Tu ne veux toujours pas d'enfant ?

– Si, je voudrais bien, avoue Varda. Je me suis fait enlever mon stérilet mais pour l'instant, ça ne marche pas. C'est bouché.

Elle baisse les yeux :

– Je crois que Serge en a une autre…

– Il te trompe ?

– J'en sais rien.

– Alors pourquoi tu dis ça ?

– Je ne sais pas. Parce que ça me passe dans la tête. Tu sais : on ne baise presque plus. Quand il rentre, il est crevé ou il a la peau à vif – on lui mène la vie dure, t'imagines –, moi je suis morte d'avoir bouffé toute la journée en l'attendant, alors on se couche et on dort jusqu'au lendemain et ça recommence…

– C'est pas parce que vous baisez plus que Serge va baiser ailleurs.

– J'en sais rien.

– Je le connais : tu peux être sûre qu'il bosse. Serge, c'est pas le genre à cavaler. Et même si c'était le genre, j'ai pas l'impression qu'il ait vraiment le temps…

– Il bosse, il baise, je ne sais pas…

Varda fixe Dallas droit dans les yeux :

– D'ailleurs, je vais te dire : ça m'est égal. Même

mieux. S'il allait baiser et que ça le rendait heureux, ça me ferait plaisir. Je préférerais avoir un type heureux à la maison qu'un frustré qui fait la tronche. Après tout, il ne m'a pas signé un contrat d'exclusivité. Il m'a juré fidélité, c'est autre chose…

— Quand même, s'il allait baiser…

Varda la coupe :

— Ça ne l'empêcherait pas de m'être fidèle. Serge, il m'aime, je le sais, et moi aussi je l'aime. J'en suis sûre. S'il allait en voir une autre ou dix autres, ça ne changerait rien. C'est de la blague, de la viande et du sperme, rien du tout. Ce qui compte, c'est de s'aimer…

— Je ne sais pas ce que je ferais si Rudi me trompait, murmure Dallas, les yeux bas.

— Personne ne trompe personne, affirme Varda. Faut pas tout mélanger.

Dallas redresse la tête :

— Ça ne te ferait rien que Serge s'envoie en l'air avec une autre nana ?

— Qu'est-ce que tu voudrais que ça me fasse ? Je ne suis pas propriétaire de son corps. S'il a besoin de ça pour vivre…

— Quand même…

— Rappelle-toi : on s'était même dit qu'on ferait ça tous les quatre, un jour, pour voir. T'étais d'accord, ça te plaisait et ça me plaisait aussi…

Dallas ricane :

— Dis plutôt que t'avais envie de te faire Rudi !

— Et toi de te faire Serge ! réplique Varda. Qu'est-ce qu'il y a de mal à ça ? Rudi c'est ton mec, Serge c'est le mien. Ça l'aurait été après comme ça l'était avant et on se serait fait plaisir sans que personne n'y trouve à redire…

Dallas n'aime pas cette discussion. Elle veut en finir :

— En tout cas, Rudi et moi, on se prive pas ! glousse-t-elle un peu bêtement.

– Vous faites le chien ?

Dallas s'étrangle :

– Le quoi ?

– Il te prend à quatre pattes ? s'esclaffe Varda. Avec ton gros bidon, je ne vois pas comment il pourrait faire autrement !

Il y a longtemps que Dallas n'a pas ri comme ça.

Pizza

La petite Marion s'est endormie tout habillée sur le canapé, le pouce dans la bouche. Le tableau du grand-père veille sur elle. Secret des bois, ombre et lumière, formes fugitives d'un rêve qui jamais ne se fixe…

– Tiens, une revenante ! dit Rudi, découvrant Varda assise dans la cuisine à côté de sa femme.

– On a tiré un trait, dit Dallas, souriant à Varda qui lui rend son sourire.

– C'est marrant, je viens de voir Serge…

– Il rentrait à la maison ?

– J'imagine…

Varda prend Rudi a témoin :

– Des fois, je te jure, j'ai l'impression qu'il pourrait coucher à la Kos et vivre là-bas sans jamais en sortir. Il ne va même plus aux répétitions de la fanfare…

Rudi ouvre les mains en signe d'impuissance.

– Tu restes ? J'ai deux pizzas…

– Non merci, dit Varda, je dois m'occuper de la petite.

– Sa mère n'est pas là ?

– Elle est de nocturne au Champion… Une urgence, une fille absente, malade. Le pire, c'est que ça ne lui rapporte pas un sou de plus. C'est ce qu'ils appellent « la flexibilité ». Ça veut dire qu'ils peuvent te faire travailler quand ça leur chante sans payer en plus et te renvoyer quand ils n'ont plus besoin de toi…

Rudi s'installe en face de Dallas et Varda :

— T'as rien retrouvé non plus ? demande-t-il en buvant une gorgée d'eau dans le verre de Dallas.

— J'ai fait une formation de secrétariat, mais ça ou rien, c'est la même chose…

— Moi, ils m'ont fait faire de l'informatique, dit Dallas. Pour rien comprendre on peut dire que j'ai rien compris !

— T'as pas fait beaucoup d'efforts, lui reproche gentiment Rudi.

— Je voudrais t'y voir, toi, devant leur saloperie d'écran avec des touches partout…

— Le secrétariat, c'est pas mieux. En plus, je suis nulle en orthographe…

Varda se lève :

— T'es de nuit ? demande-t-elle à Rudi.

— Oui, je mange et j'y vais.

— J'y vais aussi, dit Varda. Sinon, je vais me faire sonner les cloches…

Rudi attrape un couteau et une fourchette et attaque sa pizza directement dans le carton tandis que les filles passent au salon.

Dallas s'attendrit devant la petite Marion, si rose, si douce dans son sommeil, un petit chou, une petite pomme, un sucre.

— Qu'est-ce qu'elle est mignonne…

— Je l'adore ! renchérit Varda. Regarde, elle a encore ses petits bourrelets de bébé…

— Pourquoi tu la gardes pas en journée si t'es copine avec sa mère ?

— Elle préfère qu'elle soit avec d'autres enfants. C'est vrai, c'est mieux. Elle est habituée avec toi…

Dallas prend Varda par le cou :

— Serge est de nuit aussi ?

— Non, pourquoi ?

— Écoute-moi : tu rentres, tu fais manger la petite, tu la couches, pipi, câlin, dodo et t'empêches Serge de roupiller devant la télé…

Varda sourit :

— Tu crois que c'est aussi facile que ça ?

— Fais ce que je te dis.

— À vos ordres, mon commandant !

— Tu peux me croire, s'il s'y met tous les soirs, dans un mois tu ne seras plus grosse pour rien !

Varda soulève délicatement la petite Marion dans ses bras. La fillette ouvre les yeux. Varda lui dépose un baiser sur la joue :

— Fais dodo ma chérie…

— Je veux des bonbons…

— Fais dodo, t'en auras tout à l'heure.

Dallas les raccompagne jusqu'à l'entrée. La fillette se laisse porter, les lèvres entrouvertes, dolente.

— T'es jamais passée chez Mickie ? demande Varda.

— Qu'est-ce que tu veux que j'aille y foutre ?

— C'est sympa. On se retrouve avec des anciennes de la Kos, on papote, on discute, on bouffe des petits gâteaux qu'elle prépare exprès…

— Chez elle ?

— Oui, c'est un genre de club si tu veux. On se dit des trucs, on se donne des coups de main, on se passe des livres, des cassettes…

— Du cul ?

— Mais non, pas du cul ! Des trucs qui te font réfléchir… Tu devrais venir.

— J'ai pas le temps. J'aimerais bien, mais j'ai pas le temps.

— Essaye au moins une fois, souvent, c'est le samedi en fin d'après-midi.

Dallas bécote la petite Marion, embrasse Varda, série de baisers, bisous, bisous, bisous...

— Tu passes demain ?

— T'as envie ?

— Bien sûr que j'ai envie !

Varda baisse la voix, la petite a les yeux fermés :

— Tu me feras voir ?

— Qu'est-ce que tu veux voir ?

— Ton ventre quand t'es toute nue...

— Tu me feras voir le tien ?

— T'es dégueulasse de me dire ça !

— Je rigole...

Douche

Gisèle et Anne-Marie, sa sœur aînée, partagent la même chambre. Grand luxe : les filles Format disposent d'une salle de bains pour elles seules.

— Je me dépêche, je vais prendre une douche avant le dîner ! dit Gisèle, refermant la porte derrière elle.

Elle se déshabille en toute hâte.

— Qu'est-ce que t'as foutu ? demande Anne-Marie, levant la tête de son cours de droit.

— Qu'est-ce qu'il y a ?

— Regarde-toi dans la glace !

Gisèle se tord le cou pour s'observer dans le petit miroir de la coiffeuse : la mousse a imprimé deux grandes traces vertes sur son derrière...

— Je me suis assise dans l'herbe, ment Gisèle.

Anne-Marie s'amuse :

— Tiens donc !

Gisèle soupire :

— Tu me fatigues ! Occupe-toi de toi ! De quoi je me mêle…

Anne-Marie attrape les dessous de Gisèle et part d'un grand rire :

— Tu m'expliqueras comment on fait pour s'asseoir dans l'herbe en se tachant les fesses sans tacher sa culotte !

Gisèle la reprend au vol, elle rit elle aussi :

— C'est pas avocate que tu devrais faire, mais inspecteur de police !

— L'inspecteur Format, ce ne serait pas mal…

— Le commissaire Format ! renchérit Gisèle. Je te vois bien avec un imper, un vieux chapeau et une pipe à la bouche…

— Fous-toi de moi !

— Un partout !

Anne-Marie fait signe à Gisèle de s'approcher :

— Viens là.

— Je vais prendre ma douche.

— Approche.

Gisèle fait trois pas vers sa sœur.

— C'est toujours Franck ? demande Anne-Marie.

— Chut ! Tais-toi ! Tu sais que tu n'as pas le droit de prononcer son nom !

— Tu connais la condition : je suis une tombe mais je veux tout savoir.

— Laisse-moi aller prendre ma douche, dit Gisèle. Après je te promets…

— On ne dîne pas tout de suite, maman n'a pas appelé.

— J'ai froid, plaide Gisèle, toute nue.

Anne-Marie la force à s'asseoir sur ses genoux, la serre dans ses bras et lui frictionne le dos :

— Il t'aime toujours ?

— Oui. Et toi, avec Jean-Louis, c'est fini fini ?

— Oui, fini et nini.

— Et vous n'avez jamais…

– Non jamais. Je ne voulais pas.

– Mais pourquoi ?

– Je ne suis pas comme toi, moi, je suis vieux jeu : je veux me marier.

– Moi aussi je veux me marier !

Anne-Marie embrasse sa sœur dans les cheveux :

– C'est peut-être bête, mais je pense que mon mari doit être le premier.

– Tu sais ce que disait mamy ?

– Je sais, mais je n'ai jamais été d'accord avec ses idées.

– Moi si, dit Gisèle.

Anne-Marie lui donne une petite claque sur les fesses :

– Va prendre ta douche…

Gisèle se savonne de la tête aux pieds quand elle se rend compte qu'elle n'a plus sa petite chaîne en or autour du cou.

– Je l'ai perdue ! dit-elle, plaquant sa main sur sa bouche.

Au même moment elle entend sa mère crier dans l'escalier :

– À table tout le monde !

Gisèle se sèche le plus vite qu'elle peut, elle remet ses vêtements sans prendre le temps de s'essuyer les cheveux et dévale l'escalier quatre à quatre, habillée comme l'as de pique. Sa mère sort de la cuisine portant le plat de hors-d'œuvre. Une salade de tomates avec des œufs mimosa.

– Je reviens ! lui lance-t-elle.

– Mais où tu vas ?

– Faut que je retourne au lycée !

Bernadette est interloquée :

– Maintenant ?

Gisèle montre son cou en se penchant vers sa mère :

– Regarde : on a chahuté en sortant avec les filles, j'ai

perdu ma petite chaîne en or, faut absolument que je la retrouve !

Elle ouvre la porte :

— Je prendrai le dîner là où il en sera !

Gisèle s'échappe en courant malgré Bernadette, furieuse, qui crie :

— Tu vas nulle part ! On dîne ! Je te préviens, ça ne va pas se passer comme ça !

Forêt

Le soleil se couche derrière la salle polyvalente. Il y a une lumière d'entre deux mondes. Les maisons sont des murs, les vitrines des yeux d'oiseaux morts. Gisèle court jusqu'à la maison de sa grand-mère à travers la ville. Ses jambes courent plus vite qu'elle, comme si elle ne leur commandait plus. Comme si ses mollets et ses cuisses voulaient distancer son buste et ses bras. Les rues se vident rapidement des derniers clients des magasins. Gisèle court sans reprendre haleine, sans autre idée que de retrouver sa chaîne et sa croix.

Elle court.

Arrivée à la maison de sa grand-mère, elle bifurque vers la forêt. Comment retrouver la trace de leur cavalcade ? Franck la tirait par le bras, elle se laissait faire, elle riait, la tête à la renverse, les yeux au ciel pour s'étourdir. Seul son instinct la guide. Elle s'encourage à voix haute :

— C'est par là ! C'est par là !

Elle reconnaît une butte herbeuse qu'elle est certaine d'avoir gravie. Elle grimpe et bascule de l'autre côté sur la pente qui l'entraîne. Les branches la giflent, les ronces griffent, l'air s'alourdit. Elle ne reconnaît rien. L'angoisse la prend :

– Merde ! Merde ! Merde !

Est-ce qu'ils sont passés par là ? Derrière ce pin abattu ? Entre ces fougères ? Elle ne sait plus, elle ne sait pas, mais elle préférerait mourir sur place que s'arrêter ne serait-ce qu'un instant pour s'orienter. Elle pense que la sapinière n'est pas si grande, que, à force de courir ici et là, soudain les arbres lui ouvriront les bras et lui montreront la route. Elle passe par le versant abrupt d'une coulée de terre érigée en colline. Elle la franchit par le travers. Ses chaussures s'emplissent de pierres et de sable.

Tant pis, elle court.

Des cris d'oiseaux l'accompagnent, ceux qu'elle effraie de sa course, ceux qu'elle débusque et les autres, les grands oiseaux de ses rêves qui la célèbrent de leur chant. Elle ne peut pas ne pas retrouver la mare et les joncs, la grande nappe verte au-dessus de l'eau, les caches à grenouilles. Elle ne peut pas, ce serait trop injuste. Cet endroit est à eux ! À Franck et à elle. C'est le jardin de leur amour, leur Éden.

Dans une trouée elle voit soudain le ciel où les nuages imitent un cerveau gigantesque.

– Là ! crie-t-elle, pour s'en persuader.

Sa cheville glisse sur une branche pourrie. Elle tombe et, emportée par son élan, roule sur elle-même sans pouvoir se retenir ni aux arbustes ni même aux herbes hautes. Grande roulade, boum badaboum boum boum, et elle se retrouve allongée au ras de la mare, à deux pas de l'endroit où ils ont fait l'amour.

Un tour de plus et elle tombait dans l'eau !

Gisèle rampe jusqu'au carré de mousse.

Si sa mère la voyait !

Sa jupe est piquée de teignes et de ronces, son corsage maculé de terre brune, ses chaussettes et ses chaussures bonnes à jeter. Elle a des écorchures sur les mollets, sur les bras, même une sur la joue, juste sous l'œil. Quant à ses cheveux, c'est du crin, de la bourre. Mais là, dans le jour déclinant, sur un petit coussin vert, sur un velours de mousse, il y a sa chaîne et sa croix qui brillent et la sauvent.

Gisèle ne croit plus en Dieu depuis longtemps. Elle croit aux signes. Qu'elle ait retrouvé sa croix et sa chaîne comme elle vient de les retrouver est un signe majeur auquel doit répondre un autre signe majeur. Gisèle ne rattache pas sa chaîne autour de son cou. Elle ouvre la bouche et y laisse glisser le bijou. Pour se mortifier elle ira jusqu'à chez elle avec son talisman sur la langue et se taira toute la soirée quelles que soient les questions qu'on lui posera.

Serge et Varda

Serge est déjà installé devant la télé quand Varda rentre avec la petite Marion dans les bras :

— Où t'étais ?

— Chut ! dit Varda, elle dort.

— Tu la gardes encore ?

— Sa mère est de nocturne. J'aime mieux l'avoir avec moi que de faire le pied de grue chez elle.

— Elle te paye ?

— Ça ne va pas, non ?

— T'es vraiment poire.

Varda hausse les épaules :

— Je m'en fous, ça me fait plaisir.

Varda monte coucher la petite sur un matelas installé à côté de son lit. Elle la déshabille, la borde mais n'ose pas lui chanter quelque chose comme Dallas chante à Kevin ; Varda chante comme une casserole !

– Bonne nuit, mon bébé… je te laisse une petite lumière.

Varda redescend avec un sourire de Joconde. Elle se sent bien, pleine d'elle-même, pleine d'amour pour la petite chérie qui fait dodo là-haut, utile à quelque chose. Mais Serge est trop occupé pour s'en apercevoir :

– Qu'est-ce qu'on mange ? demande-t-il. J'ai faim…

– Rien.

– T'as pas fait à bouffer ?

– J'ai pas eu le temps et j'avais pas envie.

Serge s'arrache du canapé :

– Attends, qu'est-ce que t'avais d'autre à foutre ?

– J'ai vu Dallas.

Serge ricane :

– Évidemment, si t'as vu Dallas…

– On s'est réconciliées.

– Grande nouvelle.

– T'es pas content qu'on soit réconciliées ?

– Si, je suis content, vachement content. Qu'est-ce qu'on fait pour fêter ça ? On va au restaurant, on appelle un traiteur ou je mange mon poing et je garde l'autre pour demain ?

Varda dodeline doucement de la tête :

– Râle pas. Je vais te faire des pâtes.

– Il reste de la sauce ?

– Une boîte.

Serge passe derrière le petit bar aménagé dans le salon et attrape la bouteille de gin. Il n'en reste presque plus.

– T'en veux ?

– Non merci.

Varda le regarde se servir :

– Ils t'ont encore fait chier ?

– C'est rien de le dire.

Serge se lâche.

– Tu comprends, dit-il, je suis vraiment entre le marteau et l'enclume. D'un côté il y a ceux des ateliers qui

me font la gueule – et Rudi n'est pas de reste ! – et de
l'autre j'ai Rouvard qui me cravache à longueur de journée parce que ça craque ici, ça mollit là. Rien ne va
jamais. Nulle part. Et si ça ne va pas, ce n'est ni la faute
de la direction ni celle du personnel ou du matériel, c'est
la mienne. Parfois j'ai l'impression que je tiens la Kos en
équilibre sur le bout de mon doigt comme un ballon au
cirque…

– Tu prends tout ça trop à cœur.

– Comment veux-tu que je le prenne ? Que je m'en
fiche, que je laisse aller, que je prie pour qu'un grand
miracle fasse que d'un coup tout aille bien ? Mais si je
fais ça, je vais te dire ce qui arrivera. Non seulement rien
n'ira mieux, mais en prime on me foutra dehors avec un
beau ruban d'incompétence accroché à la boutonnière.

– T'aurais peut-être pas dû accepter ce poste ?

Les mâchoires de Serge se crispent :

– C'est Dallas qui t'a dit ça ?

– T'es con ! dit Varda. Si tu crois qu'on parle de toi
avec Dallas ! Ce que je te dis, c'est que tout ça, ça nous a
apporté que du malheur…

Serge lève les bras au ciel :

– Ah le malheur ! Le malheur qui nous tombe dessus
comme s'il en pleuvait ! Tu me gonfles avec ton malheur.
Il n'y a pas de malheur. Il y a celui qu'on se fabrique soi-
même. Et moi je ne suis pas un fabricant de malheur. Je
suis heureux de travailler. Même si j'en chie, même si je
dois m'entendre dire des conneries par des moins-que-
rien, même si je dois fermer ma gueule, même si ça me
crève, c'est ça ma vie et je ne me laisserai faire par personne. J'ai pris ce poste parce que c'est trop facile de dire
qu'on ne veut pas se salir les mains, qu'on a une belle
âme toute propre, toute blanche, qu'on est tellement bien
qu'on peut juger les autres ; mais ça, ça ne mène à rien, à
rien du tout, c'est la mort par asphyxie ou la désertion. Je
ne suis pas comme ça. Je ne le serai jamais. J'aime mieux

me taper ce que je me tape que de ne rien faire, tu comprends ?

— Oui, dit Varda.

Serge vide son verre cul sec :

— Non, je crois que tu comprends pas. Ça te passe au-dessus de la tête.

— Pourquoi tu me dis ça ? Tu me prends pour une gourde ? Je comprends très bien.

— Tu fais semblant, mais je sais bien qu'au fond de toi tu préférerais que je ne fasse rien, que je sois à la maison avec toi, à attendre. À attendre quoi, j'en sais rien. Mais à attendre…

Varda répond du tac au tac :

— Je ne comprends peut-être pas tout ce qu'il faut comprendre mais je ne suis pas aveugle. Je vois bien que si tu es devenu très fort pour parler de toi, pour le reste il n'y a plus personne !

— Pour le reste ?

— Ne me cherche pas, Serge.

— Vas-y : dis ce que tu as à dire, si tu as quelque chose à dire.

— Tu veux que je te le dise, eh bien, je te le dis. ce n'est pas de ma faute si tu ne peux plus bander !

Nuit

Rudi, suivi comme son ombre par Franck, traverse l'atelier n° 1. Anthony est aux commandes d'une des nouvelles machines numériques.

— Faut que je te parle d'un truc, dit Rudi, en s'arrêtant près de lui.

Anthony regarde sa montre :

— Dans un quart d'heure, au réfectoire !

– On te garde la place !

Rudi et Franck s'en vont vers la sortie :

– Tu passes au *Cardinal*, samedi soir ? demande Franck.

Rudi soulève son casque antibruit :

– Qu'est-ce qu'il y a ?

– Un groupe de rock à partir de onze heures…

– C'est qui ?

– Des jeunes, Exsonvaldès.

– Tu sais, dit Rudi assez fort pour que Franck l'entende malgré le vacarme, on ne sort plus beaucoup avec Dallas.

– Parce qu'elle est enceinte ?

– Parce qu'il faut qu'on fasse des économies !

Les équipes de nuit ont droit à une pause d'une demi-heure par roulement entre minuit et deux heures du matin.

Rudi et Franck s'installent au réfectoire.

Un quart d'heure plus tard, Anthony les rejoint.

– Ça boume ? demande Rudi.

– Pour boumer, ça boume, répond Anthony. J'ai même pas le temps d'aller pisser. Sur ces nouvelles bécanes il n'est pas question d'aller en fumer une et encore moins de poser son café sur un coin, ou pire son casse-croûte. T'as intérêt à être sans arrêt au clavier, devant les chiffres qui s'allument et qui s'éteignent comme à la foire. Si t'es pas prêt à réagir au quart de tour et qu'il y a une couille, bonjour les dégâts. Je me marre quand j'entends certains dire qu'il suffit de composer le code magique et d'aller s'asseoir en attendant sagement que l'électronique fasse le boulot. Qu'ils y viennent ! C'est tout le contraire. Les vieilles bécanes, d'une certaine manière, on pouvait leur faire confiance, aller tirer une taffe dans un coin, prendre le temps d'aller aux chiottes ou de discuter avec un collègue. C'est fini maintenant cette façon de faire. D'abord parce qu'il n'y a plus de collègue à portée de voix et ensuite parce que t'es plus rivé à ta machine par ce putain d'écran de commande que si tu y étais physiquement attaché.

Les trois hommes boivent du café servi dans un grand pot en verre.

— C'est pour quand la noce ? demande Rudi pour débrancher Anthony de son boulot.

— Le mois prochain. On ne peut pas rêver mieux, l'anniversaire d'Angélique tombe un samedi, comme ça je ferai d'une pierre deux coups…

— Deux coups seulement ? dit Franck.

Anthony lui pince l'oreille :

— Ah, elle est facile celle-là…

Rudi recharge les verres en café :

— Vous allez vous installer où ?

— Comme Angélique bosse à la mairie, on a eu droit en priorité à un logement dans les blocs, un deux-pièces. Pour commencer ça ira…

— Ça te dérange pas d'habiter par là ? Ça craint, non ? Dallas elle ne voulait même pas entendre parler d'y aller…

— Tu sais, j'aime mieux être en appart avec des voisins chiants que dans un pavillon avec mes beaux-parents !

Ils rient.

— J'ai vu Lorquin à l'enterrement, dit Rudi.

— Il va comment ?

— Couci couça.

— Il déprime ?

— Plus ou moins…

Franck intervient :

— Baratine pas, tu m'as dit que t'avais à moitié rien compris de ce qu'il t'avait raconté !

— C'est vrai, il a des théories assez bizarres. Tout de même, il y a quelque chose qui a fait tilt dans ce qu'il m'a dit. Il m'a expliqué que, d'habitude, dans la vie de tous les jours, chacun vit dans un temps différent. Tout le monde

fait son truc de son côté, si tu préfères. Tout est en déca-
lage : les ouvriers, les cadres, la direction, les hommes, les
femmes… Au contraire, quand il y a un conflit, d'un seul
coup, tout le monde vit dans le même temps. C'est le
conflit qui donne le *la*…

— Et alors ?

— Pour Lorquin la dircction a pu faire ce qu'elle a pu
faire parce que ce temps-là, elle nous l'a confisqué. Elle
nous a imposé son calendrier. C'est elle qui a mis sans
cesse la pression : il y avait super urgence, il fallait se
décider tout de suite, etc. Lorquin m'a sorti une belle formule : ils étaient « maîtres du temps »…

— Tu t'es pas foutu de sa gueule ?

— Juste ce qu'il faut. Je lui ai conseillé de se mettre à
écrire. Il a le don !

— Je le vois d'ici ! s'exclame Anthony.

Franck ressert une lichette de café à tout le monde.
Rudi met deux sucres dans son verre.

— En y réfléchissant, dit-il, touillant avec le manche de
son stylo, je crois que Lorquin est dans le vrai. On s'est
fait prendre de vitesse et quand le truc a été lancé on n'a
plus été capable ni de l'arrêter ni de sauter en marche.

— Oui ? dit Anthony, cherchant à anticiper ce que Rudi
va dire.

— Le temps, c'est le premier truc que m'a sorti Lorquin. Le deuxième c'est « le possible » et « l'impossible ».
Comment le simple fait de penser possible l'impossible le
rend aussitôt possible…

Rudi surprend le regard affligé qu'échangent Franck et
Anthony :

— Vous croyez que j'ai chopé la « Lorquine » ?

— Va savoir, c'est contagieux cette saloperie…

— Si t'essayais de nous affranchir, comme ça, directement, sans faire de gymkhana…

Rudi marque un temps :

— Il s'est passé un drôle de truc avec Serge, dit-il en

faisant la moue. Quelque chose que je n'arrive pas à comprendre…

— Vous vous êtes encore engueulés ?

— Non, pas d'engueulade, rien. Juste que Serge m'a couru après dans la rue – ça ne pouvait pas attendre –, il fallait qu'il me dise tout de suite…

— Qu'il te dise quoi ?

— Minute papillon ! Laisse-moi finir ! Serge avait un ordre à me transmettre de la direction : lundi, on doit reconditionner la numérique qui est encore en pièces détachées…

— Celle qu'on est en train de monter ? demande Franck.

— Celle-là, oui. D'après Rouvard, il y aurait un vice caché dans le matériel et faudrait qu'il retourne d'où il vient.

— En Allemagne ?

— Chez VKM.

Anthony plisse le front :

— C'est pas cool, ça…

Franck met les pieds dans le plat :

— Tu crois qu'ils sont en train de nous baiser ?

— Je ne crois rien, je me demande.

Anthony se recule sur sa chaise :

— C'est ça que tu voulais me dire ?

— Oui, dit Rudi, c'est ça. Tu trouves ça comment ?

Anthony trouve que ça ne sent pas bon :

— Ils voudraient mettre la clef sous le paillasson et se tirer avec le matos qu'ils ne s'y prendraient pas autrement…

— Ils nous racontent que la boîte est remise sur les rails mais ils peuvent raconter ce qu'ils veulent, ça peut être vrai comme ça peut être du flan. On n'en sait rien…

— Tu crois que c'est possible ? demande Franck.

Rudi se détend :

— Je ne suis pas le seul à avoir la « Lorquine » !

Anthony n'est pas en reste :

– Oh la vache ! Il a déjà des boutons partout ! dit-il en tirant sur ceux du bleu de Franck.

– Faites pas chier !

Rudi, Anthony et Franck reprennent leur sérieux.

– T'as une idée ? demande Anthony.

– Ça se pourrait.

– Vas-y.

Rudi jette un coup d'œil à gauche, à droite, et, certain que personne ne peut l'entendre, dit :

– Je propose de refuser de laisser partir la machine en vrac comme en un seul morceau tant que sa remplaçante ne sera pas là...

– Un débrayage, maintenant ? demande Anthony, regardant aussi autour de lui.

– Lundi, au changement d'équipe.

– T'en as parlé à Pignard ?

– T'es le premier à qui j'en parle parce que je crois que si un coup comme ça doit se faire, ça doit surprendre tout le monde, même les syndicats...

Mob

Rudi s'assure que Franck en a bien pour deux heures à l'atelier n° 5 avec un problème de filetage à réaléser et, sans que personne ne puisse le voir, il emprunte la mob de son beau-frère et quitte la Kos par le parking des marchandises.

Rudi file chez Mickie, sans prévenir.

Rêve

Mickie se renverse en travers du lit, le souffle court, les tétons durs, les jambes encore à demi fléchies. Rudi roule sur le dos, les bras en croix, haletant :

— Ah nom de Dieu ! Nom de Dieu...

Il y a longtemps qu'ils n'avaient pas fait l'amour comme ça !

Mickie se tourne vers lui :

— Regarde-nous : on a l'air de deux rescapés d'une tempête échoués sur une plage...

— Toi Robinson, moi Vendredi...

— Ah, si notre île était déserte..., soupire-t-elle avec mélancolie.

— Tu sais ce qu'on cocherait sur le mât ?

— Non. Les jours ?

— On cocherait chaque fois qu'on baiserait.

— On peut dire que t'es romantique !

— Je croyais qu'il ne fallait pas avoir peur des mots ?

— Va te faire foutre ! dit Mickie en lui donnant une petite tape sur le crâne.

— Je ne demande que ça, répond Rudi, content de lui.

Mickie et Rudi. Rudi et Mickie. Un point à l'envers, un point à l'endroit, un coup je te vois, un coup je ne te vois pas et les corps qui ne parviennent pas à se séparer, à demander grâce, à rendre les armes, épuisés d'amour :

— Pour moi, tu sais quel est le plus beau mot de la langue française ? demande Mickie.

— Non.

— C'est : « encore »...

Rudi raconte le rêve de la femme du Dr Kops d'un ton lointain, comme s'il déchiffrait cette histoire d'une langue inconnue :

– Qu'est-ce que t'en penses ?

Mickie ferme les yeux, l'esprit et le corps alanguis.

– Elle doit être très malheureuse, dit-elle. Très très malheureuse...

– Comment tu sais ça ?

– Cette femme est prête à tout pour être aimée.

Rudi la rembarre :

– On peut dire ça de toutes les femmes !

– Tu te trompes. Il y en a pour qui ça ne compte pas...

– Tu n'es pas prête à tout pour être aimée ?

– Si, moi je fais partie de celles qui sont prêtes à tout. Des folles si tu veux !

– T'es très malheureuse ?

Mickie essuie le visage de Rudi avec un coin du drap. Elle n'a pas le droit d'être malheureuse :

– Moi, je t'ai. Même si je ne t'ai pas toujours, je t'ai. Et quand je t'ai, ça efface tout, j'ai pas le droit de dire que je suis malheureuse...

Rudi lui embrasse les paumes et se hisse sur un coude :

– Tu crois que Kops n'aime pas sa femme ?

– Peut-être qu'il l'aime ? Peut-être qu'il l'a aimée et qu'il ne l'aime plus ? Je ne sais pas. En tout cas, ce qui compte, c'est ce qu'elle ressent...

– Mais dans son rêve elle ne parle pas de son mari.

– Elle n'a pas besoin d'en parler pour qu'il soit là.

– Elle parle d'un type qui est mort...

– On peut être vivant et mort pour quelqu'un.

– Tu crois que Kops est mort pour elle ?

– Il n'y a qu'elle qui pourrait le dire. Mais si c'est ça, c'est affreux. Parce que ce mort elle le voit tous les jours à table, tous les soirs dans son lit et sans arrêt dans le regard de ses enfants.

Rudi pose sa tête sur le ventre de Mickie. Sa main court sur sa peau blanche et fine :

— Je n'arrête pas d'y penser. Cette histoire me colle à la tête comme un vieux pansement…

Mickie ébouriffe les cheveux de Rudi :

— Tu t'y vois ? se moque-t-elle tendrement.

— Oui, je m'y vois, rigole pas, c'est vrai que je m'y vois.

Mickie émet une sorte de gloussement gourmand :

— Oh ! oh ! oh ! Il va falloir que je fasse attention à moi !

— Tu n'as rien à craindre, dit Rudi. Je n'ai ni bonnes sœurs ni rasoir en magasin…

— Tu crois que ça me rassure ?

Rudi se retourne face à Mickie :

— La vérité c'est que, quand je pense à ce rêve, je ne me vois pas à la place du type, je me vois à la place de la femme.

Recrutement

Lorquin, survêtement bleu à bandes blanches, tennis aux pieds, ne fait pas plus d'efforts que ça pour se présenter à la convocation de la cellule de recrutement installée dans la mairie, au rez-de-chaussée. Un jeune homme d'une trentaine d'années l'accueille et se présente :

— Quentin Réchampeau, je vous en prie, asseyez-vous…

Lorquin s'installe sur une chaise de bois clair.

— Vous voulez boire quelque chose ? demande le jeune homme. Un café ? de l'eau ?

— Non merci, dit Lorquin.

Quentin Réchampeau lui sourit.

– Je suis content de vous rencontrer, lui dit-il. Vous imaginez que j'ai beaucoup entendu parler de vous…

Le jeune homme ne se décourage pas devant le peu d'enthousiasme que met Lorquin à lui répondre. Il connaît son métier. Les personnes qu'il reçoit sont toujours tendues, nerveuses, pleines de ressentiment et d'angoisse. Principe numéro un : parvenir à les détendre.

– Si vous le voulez bien, dit Quentin Réchampeau, je vais vous poser quelques questions d'ordre très général afin de commencer à constituer votre dossier. Ma mission est de vous aider.

– Je vous remercie, répond Lorquin, mais ce ne sera nécessaire ni de me faire un dossier, ni de m'aider. Je suis venu parce que vous m'avez convoqué et que je ne veux pas être impoli, mais je ne me fais aucune illusion. Je sais – et vous le savez comme moi – que vous n'avez aucune proposition sérieuse à me faire. Au mieux, vous m'encouragerez à aller emballer je-ne-sais-quoi ou surveiller des trucs et des machins avec une casquette sur la tête, voire de faire du nettoyage ou de la manutention. Bien entendu je n'accepterai pas et nous conviendrons qu'il ne faut surtout pas se décourager, que statistiquement il faut au moins un an pour retrouver un emploi après un licenciement et que nous avons – vous direz «nous» comme si vous et moi étions dans la même situation –, vous direz que nous avons le temps de réfléchir et qu'il ne faut surtout pas se précipiter.

Quentin Réchampeau veut intervenir mais Lorquin ne lui en laisse pas la possibilité.

– Effectivement, poursuit-il, je ne vais pas me précipiter et vous non plus. Car, entre nous, ce n'est pas la pléthore de propositions qui va demander réflexion mais, au contraire, leur absence totale. Alors, merci d'avance pour toutes les bonnes paroles que vous pourrez me dire, pour votre compassion professionnelle, pour votre soutien psychologique. Merci. Maintenant que cela est dit, je vous décharge de toute obligation de vous faire du souci pour moi. Je suis venu : j'ai rempli mes obligations légales et je repars aussitôt pour ne pas vous faire perdre votre temps.

Lorquin se lève :

— Une dernière chose : soyez assuré que vous ne me reverrez pas…

Journal

Lorquin sort de la maison de la presse avec ses journaux sous le bras quand il rencontre Florence :

— Quelle surprise !

— Vous allez faire du sport ? demande-t-elle.

Lorquin lui montre *L'Équipe* :

— Du sport cérébral…

Florence remarque que Lorquin a aussi acheté *La Voix* :

— Vous êtes devenu un « fidèle lecteur » ? dit-elle sur le ton de la plaisanterie.

Lorquin ne se démonte pas :

— J'aime bien ce que vous écrivez.

— C'est gentil de dire ça.

— C'est sincère, dit Lorquin, il n'y a que ça qui me plaît. Quand vous n'écrivez pas j'ai l'impression d'être volé. Le reste, de mon point de vue, ça ne vaut pas tripette. Surtout les mots fléchés…

Il sourit :

— J'ai le temps de vous offrir un café ou vous êtes en mission ?

— Je dois faire une course pour le journal.

— Ça peut attendre cinq minutes ?

– Cinq minutes, pas plus !

Ils vont au plus près, *Chez Ahmed*, un petit bar arabe où le patron sert du café turc noyé de cardamome.

– Comment allez-vous ? demande Florence.

– Je sors de cellule…

Florence sursaute. Lorquin la rassure :

– Je sors de la cellule « de reclassement ».

– Vous m'avez fait peur.

– Pardon.

– Alors ?

– Alors, rien.

Il ricane :

– Je profite de ma liberté…

– Oh la la ! dit Florence, ça n'a pas l'air d'aller très fort…

– Si, proteste Lorquin, je vais aussi mal qu'on peut aller dans ma situation et aussi bien qu'on peut aller quand on réussit à ne plus y penser. Racontez-moi quelque chose de drôle…

Florence est surprise :

– Qu'est-ce que vous voulez que je vous raconte ? Une blague ? Les blagues, c'est plutôt votre rayon, non ?

– Faites un effort.

Florence réfléchit :

– J'ai une devinette si ça peut vous faire plaisir.

– J'adore les devinettes.

– Pourquoi je m'appelle Florence ?

– Trop facile, dit Lorquin. Parce que vos parents se sont connus à Florence ?

– Pas mal ! Vous auriez pu ajouter qu'ils s'y sont connus « bibliquement » !

Lorquin laisse échapper un petit rire :

– Ce n'est pas vraiment drôle.

– Une seconde ! Dites-moi maintenant quel est mon deuxième prénom…

– C'est ça la blague ?

– Vous verrez.

Lorquin hésite :

– Marcelle, à cause de saint Marc ?

– N'exagérons rien !

– Ange ?

– Non.

– Raphaëlle ?

– Non plus.

Lorquin donne sa langue au chat :

– Je ne vais pas vous réciter tous les saints du calendrier…

– Dommage ! J'aimerais bien…

Florence baisse la voix :

– Vous me jurez de ne le répéter à personne, même sous la torture ?

– Juré, craché, dit Lorquin.

– Victoire, dit Florence.

– Quelle victoire ? Vous n'avez encore rien gagné !

– Mon deuxième prénom, c'est Victoire.

Lorquin pousse un grand cri :

– Ça, c'est la meilleure !

– Chut ! fait Florence. Chut…

Ahmed, le patron, vient débarrasser les tasses pour être sûr de ne pas rater l'explication.

– C'est simple, dit Florence, ma mère m'a eue dans la dernière ligne droite. Elle n'espérait plus avoir d'enfant…

Déjeuner

Format et Behren retrouvent Saint-Pré pour un déjeuner en petit comité à la mairie. Angélique, la fiancée d'Anthony, est chargée de faire le service.

– Merci, Angélique, vous pouvez partir, nous nous débrouillerons très bien maintenant…

– Vous ne voulez pas que je reste pour servir le café ?

– Préparez-le et laissez-le dans la Thermos.

Saint-Pré la remercie encore une fois et Angélique s'en va, laissant les trois hommes devant un repas froid.

– Je suis inquiet, dit le maire, c'est pour ça que j'ai voulu vous voir. Ne me demandez pas comment mais je sais que ça ne va pas exactement comme vous voudriez que ça aille à la Kos. C'est la vérité, n'est-ce pas ?

– Ça dépend de quoi on parle, répond Format, se sentant directement mis en cause. Sur le plan de la restructuration, de l'organisation interne, de la productivité, nos progrès sont considérables. Nous sommes vraiment performants…

– Plus performants qu'avant le plan social ?

– C'est incomparable. Rouvard fait un boulot formidable. En productivité on est à plus quatre pour cent, peut-être même cinq…

– Où est le problème alors ?

Behren consulte Format d'un regard.

– Il ne faut pas se voiler la face, dit-il en servant à boire. Le marché est complètement essoufflé.

– Ce qui veut dire ?

– Ce qui veut dire qu'à partir de septembre nous sommes dans le brouillard.

Format tient à être précis :

– Les pays asiatiques font mieux que nous et en Europe, l'Espagne et la Bulgarie nous mangent la laine sur le dos. Et je ne parle pas de la Grèce. Nous avons des commandes jusqu'à la fin de l'été, mais après…

– Tout le secteur continue de perdre des emplois.

– Même *Le Figaro* s'indigne de cette dérive ! Les chiffres d'affaires augmentent et les emplois disparaissent… Vous voulez que je vous donne la liste ?

– Inutile, je sais.

Saint-Pré n'est pas plus étonné que ça :

— C'est la tendance : on liquide les outils industriels pour créer des sociétés de service, c'est moins risqué et plus rentable.

Angélique revient dans la salle à manger :

— Excusez-moi, monsieur, dit-elle au maire. J'ai oublié de vous dire qu'il y a des fruits rafraîchis comme dessert.

Les trois hommes se taisent.

Behren s'en va, sa femme a déjà appelé deux fois. Il s'excuse :

— Je lui ai promis de l'accompagner faire des courses. Ce n'est pas que ça m'amuse mais…

Saint-Pré connaît ça par cœur :

— Allez-y, mon vieux, je suis pour la paix des ménages ! Quand il faut y aller, faut y aller…

Behren prend congé de Format :

— À lundi…

— Oui, à lundi !

Saint-Pré s'étonne de l'enthousiasme de Format :

— Qu'est-ce qui se passe lundi ?

— Lundi, ma fille aura les résultats du bac ! dit-il fièrement. Je suis sûr qu'elle va l'avoir avec mention, elle est brillante…

— Croisons les doigts !

Behren prend congé.

Saint-Pré propose un cigare à Format :

— Direct de La Havane…

Format ne fume pas :

— Non merci.

En revanche, il veut bien un autre café. Saint-Pré fait le service de bonne grâce. Les deux hommes vont s'asseoir dans les fauteuils près des grandes fenêtres qui donnent sur la place.

— Je ne sais pas si vous n'avez pas fait une connerie en

virant les femmes, dit Saint-Pré en posant ses jambes sur la table basse.

Format le reprend :

— Nous n'avons « viré » personne. Nous avons licencié les recrues les plus récentes et les plus anciennes…

— Habillez ça comme vous voudrez, bougonne le maire en coupant un cigare, mais pour moi ça ne change rien : c'est autant d'électrices mises sur la touche.

— Vous venez d'être réélu et les législatives ne sont pas pour demain.

— N'empêche… Souvenez-vous quand Juppé a balancé toutes les femmes de son gouvernement, il a signé son arrêt de mort.

— Cela n'a rien à voir, dit Format.

Saint-Pré secoue la tête :

— Je ne suis pas d'accord. C'est exactement la même chose. Ce que Juppé a fait ou n'a pas fait, au fond, tout le monde s'en fout. Ses adversaires comme ses amis. Mais qu'il ait largué les femmes de son gouvernement, aussi bien ses amis que ses adversaires le lui renverront toujours dans les dents. Pour l'Histoire, il est l'homme qui se débarrasse des femmes comme de mouchoirs malpropres. Et les femmes sont majoritaires dans l'électorat…

Format pose sa tasse :

— Vous aviez une meilleure solution pour la Kos ?

— Virer les étrangers en priorité, dit Saint-Pré, le regard froid.

— C'est ignoble !

— Ne montez pas sur vos grands chevaux, Format. Je ne suis pas plus raciste que vous, ni antisémite, xénophobe ou ce que vous voudrez… mais je dois tenir compte de la situation ici. Il y a les citoyens et les autres, d'où qu'ils viennent. Ceux qui votent et ceux qui ne votent pas. Vous savez que Lamy est au FN ?

— Ne dites pas n'importe quoi.

– Vous verrez au prochain scrutin.

– Un représentant de la CFDT ne peut pas être au FN !
proteste Format.

– Il y a bien des trotskistes à FO !

Format ne veut pas discuter de ça :

– Ce sont des rumeurs, des malveillances.

– Vous verrez, répète Saint-Pré. Vous verrez ce que je
vous dis. Vous verrez sur quoi il fera campagne…

Format tient à mettre les points sur les *i*.

– De tout façon, dit-il, si une solution de ce genre avait
été envisagée, jamais je n'aurais accepté de la mettre en
œuvre. Sans compter qu'elle serait absolument indéfen-
dable au regard de la loi…

Saint-Pré allume son cigare en soupirant :

– Ça, c'est peut-être la deuxième connerie mais je
n'avais pas mon mot à dire : c'était une erreur de vous
avoir confié ce sale boulot. Vous n'êtes pas fait pour
avoir les mains dans la merde…

– Je vous remercie de me le dire. Je vous rappelle que
je me suis mis un procès sur le dos uniquement pour,
comme vous dites, m'être mis « les mains dans la merde ».
Je savais ce que je risquais et pourtant…

Saint-Pré l'interrompt :

– Je vous connais, Format. Je connais votre équation :
morale + vertu = psychorigide ou martyr, c'est la même
chose. Dans ce genre de situation, c'est tout le contraire
qu'il faut. Il faut un malin, un méchant. Il faut être
« *furbo* », comme disent les Italiens, madré, retors. C'est
un compliment chez eux.

Format ne peut s'empêcher de rire :

– Qu'est-ce que vous attendez pour ouvrir un cabinet
de recrutement ?

Saint-Pré l'arrête net :

– Vous ne vous êtes jamais demandé pourquoi ils
vous avaient choisi ?

– Pourquoi ? Mais parce que – même si cela vous

déplaît – mon projet tenait la route ! Que mon « équation », comme vous dites, était juste. Et puis je crois qu'Hoffmann m'aime bien…

– Voilà un verbe que vous devez rayer de votre vocabulaire : aimer. Personne n'aime personne dans les affaires.

– Le cynisme ne vous va pas, dit Format. Moi aussi je vous connais, ce n'est pas votre genre… Si vous appliquiez à vous-même ce que vous voulez m'appliquer, vous ne seriez pas maire d'une petite ville mais ministre, chef de parti, et ça vous ne le serez jamais parce que vous avez la même faiblesse que moi : vous croyez à ce que vous faites. Alors, je ne sais pas ce que vous cherchez ni où vous voulez en venir, mais dispensez-moi de vos vues sur la gestion des entreprises. Je ne me mêle pas du fonctionnement de votre mairie, ne vous mêlez pas du fonctionnement de la Kos.

Saint-Pré n'en démord pas :

– Pourquoi n'ont-ils pas confié la baraque à quelqu'un comme Behren ? C'est un dur, lui, une vraie teigne. Un financier…

– Behren n'a jamais eu voix au chapitre. Quand Bauër était en poste, c'était son adjoint. Et être l'adjoint de Bauër consistait à exécuter ses ordres. Ce que Behren faisait très bien, d'ailleurs…

– Mais vous, en tant que DRH, qu'est-ce qui vous préparait à prendre la direction de la Kos ? Qu'est-ce que vous connaissiez aux questions économiques ?

Format déclare d'un ton curieusement solennel :

– J'avais en priorité à gérer le problème humain.

– Et vous avez viré les femmes…

Format se lève d'un bond :

– J'en ai marre, Saint-Pré ! Vous êtes saoul ? Vous n'avez plus votre tête ? J'ai autre chose à faire que de perdre mon temps à vous écouter me répéter toujours la même chose. Ça va, merci, j'ai compris.

Sans attendre la réponse du maire, Format file vers la porte.

— Je m'en vais, au revoir ! Merci pour les fruits rafraîchis !

Saint-Pré ne bronche pas.

Mais, au moment où Format va quitter la pièce, il pointe son cigare dans sa direction et lui jette :

— Demandez-vous pourquoi ils vous ont choisi ! Pourquoi vous et pas un autre ? Pourquoi ?

Mickie

Florence doit faire un papier sur le cercle de discussion des anciennes de la Kos. Dallas arrive en même temps qu'elle chez Mickie. Elles sont contentes de se retrouver :

— C'est pour quand ? demande Florence, admirant la grossesse de Dallas.

— En août…

— Et ce sera un garçon ou une fille ?

— Surprise !

— Vous ne voulez pas savoir ?

— Non. Rudi non plus.

Florence est émue :

— C'est pas trop dur ?

— Non, j'aime bien être enceinte. Je me sens bien comme ça. Ce qui est dur, c'est le chômage.

— Vous n'avez rien retrouvé ?

— Non. Et avec le gros ventre, ça ne risque pas.

— Vous allez quand même pouvoir partir un peu en vacances après ?

— Oui, dès que j'ai accouché on descend dans le Sud. On a de la chance. Les parents de mon mari ont leur maison là-bas. Ils nous invitent. Ma belle-mère m'a promis qu'elle s'occuperait de tout pour que je puisse me reposer. J'aurai pas à m'en faire, elle a élevé des gosses toute sa vie…

Dallas et Florence font quelques pas en silence.

— Vous vouliez en avoir un deuxième aussi vite ? demande Florence. Si je me souviens bien, votre fils est encore tout petit…

Dallas soupire :

— C'est sûr que ça ne tombe pas au meilleur moment… Mais si on faisait des enfants seulement quand on croit qu'on peut les faire, on n'en ferait jamais. Vous n'en avez pas, vous ?

— Non, dit Florence. Pas encore…

— Vous en voulez ?

— Je ne sais pas.

Elle arrondit les lèvres :

— Le problème, c'est de trouver le père…

— À qui le dites-vous ! Surtout, choisissez-le bien ! Je vais vous dire : pour vous faire un bébé, vous trouverez toujours des volontaires, mais pour les élever, là, il n'y a plus personne !

Elles rient.

Varda les rejoint, en beauté dans une robe à dentelles :

— Qu'est-ce que vous avez à vous marrer comme ça ?

— Mademoiselle voudrait avoir un enfant, je lui donnais des conseils pour choisir le père !

— Tu ferais bien de m'en donner aussi !

Dallas présente Varda à Florence :

— Varda, c'est comme ma sœur. Alors, vous comprenez, elle fait un peu la gueule de voir que je vais mener deux à zéro !

Dallas embrasse Varda :

— Mais le match est pas fini ! Tu peux te rattraper à la séance de tirs au but !

Leurs exclamations attirent les autres :

— Je suis sûre que vous êtes encore en train de vous raconter des cochonneries ! dit la grande Sylvie.

— Pas du tout ! proteste Varda. On parlait football ! Hein qu'on parlait football ?

Florence et Dallas confirment en riant.

— Moi, les footeux, c'est pas mon truc, dit Saïda. Les gros mollets pleins de poils, non merci. J'aime mieux les cyclistes, ils ont de belles fesses et les jambes toutes lisses !

— Me dis pas que tu regardes le Tour à la télé ?

— Mais si je te le dis ! Je ne le rate jamais. Pas une étape ! Pour une fois qu'il y a quelque chose de bien à voir !

— Et les nageurs, avec leurs grandes épaules et leurs petits slips, tu les trouves pas chou ?

Mickie prend Dallas à part. Elles s'écartent des filles qui s'excitent à comparer les avantages de tous les sports : et les rugbymen ? et les basketteurs ? et les pilotes de course ?

— Ça me fait plaisir que tu sois venue, dit Mickie.

— Varda a insisté…

— Elle a eu raison.

Mickie soulève un linge blanc qui couvre une petite corbeille en osier :

— Tu veux un petit gâteau ? C'est moi qui les ai faits…

— C'est quoi ?

— Des merveilles.

— Merci, dit Dallas en se servant. C'est ça qui est bien quand on est enceinte : pas besoin de faire attention. Tout ce qui est bon pour la maman est bon pour le bébé…

Mickie couve Dallas du regard comme si elle pouvait deviner Rudi en creux sur le corps de sa femme. Il est là, elle le sent. Tout vibre en elle de cet amour fantôme. Elle est à deux doigts de prendre Dallas dans ses bras, de poser ses lèvres sur les siennes, de la cajoler comme si son désir était assez puissant pour le faire apparaître à volonté.

– Ça va ? demande Dallas. T'as l'air bizarre…

– Ce n'est rien, un peu de fatigue.

On sert des boissons fraîches, de la limonade, de l'eau à la menthe, du thé glacé.

Mickie prend Florence par les épaules et invite tout le monde à s'asseoir :

– Florence, qui est journaliste à *La Voix*, va assister à notre petite réunion pour faire un article. Vous vous souvenez, c'est elle qui avait fait le très joli portrait de Dallas « Belle et rebelle ». On peut lui faire confiance…

Florence s'éclaircit la voix :

– Je vous remercie de m'accepter parmi vous, dit-elle. Je veux juste préciser que s'il y a quelque chose que vous ne voulez pas que je publie, je ne le publierai pas. Il suffit de me le dire. D'accord ?

– Surtout n'allez pas écrire qu'on raconte que des conneries ! lance la grande Sylvie. Mon mec, il croit que c'est vachement sérieux ces réunions. Je ne voudrais pas qu'il lise dans le journal qu'on discute du cul des cyclistes et des jambes des footballeurs !

– Et pourquoi ça ne serait pas sérieux de discuter de ça ? demande Saïda.

– C'est vrai, approuve Mickie. Je crois que c'est important de ne jamais perdre de vue que nous sommes des femmes, avec des sentiments, des émotions, un corps… Au fond, tout ce qu'on cherche sans arrêt à nous dénier.

Varda intervient :

– Moi, ça ne passe toujours pas que nous ayons été les premières à être foutues dehors. On ne nous a pas foutues dehors parce que nous faisions notre travail plus mal que d'autres, parce que nos postes étaient supprimés, on nous a foutues dehors parce que nous étions des femmes. Et pour la majorité d'entre nous, des jeunes femmes. Femme + jeune = bonnes à jeter !

– Bonnes à jeter, c'est même pas bonnes à tout faire ! dit Saïda.

La grande Sylvie la reprend :

– C'est même plutôt bonnes à rien faire !

Dallas lève la main pour se faire entendre au milieu des rires :

– Je suis d'accord avec Varda. Moi aussi je trouve ça dégueulasse. Tout le monde est descendu dans la rue quand on a su qu'ils voulaient virer Lorquin, mais nous, quand on nous a virées, personne n'a rien dit. Ils étaient tous devenus muets.

– C'est comme ça depuis toujours, dit Sylvie, fataliste. Les femmes sont traitées comme des moins-que-rien.

Florence se mêle à la conversation :

– Aucune d'entre vous n'a retrouvé un emploi ?

La réponse est unanime : non, aucune. Toutes font des petits boulots, ménages, gardes d'enfants, remplacement d'un jour ici ou là, mais rien de fixe, rien de permanent.

– Sincèrement, dit Saïda, il y a des jours où c'est tellement dur que je me demande si je ne ferais pas mieux de faire la pute !

– Mais même ça, ça ne marcherait pas ! rétorque Sylvie.

– Pourquoi, je suis trop moche ?

– Que t'es con ! Les bonshommes ils sont aussi fauchés que nous. Et leur fric, ils préfèrent le dépenser au bistrot ou au stade qu'avec des filles. Ça, vous pouvez l'écrire !

– À la mairie, dès qu'on va se plaindre, pour nous calmer, ils nous casent dans un stage ! s'exclame Varda. Mais des stages on peut en faire tant et plus, ça ne change rien : il n'y a pas d'embauche.

Mickie rappelle que *La Voix* avait parlé d'une usine d'électronique qui devait s'implanter dans la région. Florence est désolée :

– Je ne sais pas d'où venait l'info mais en tout cas, ça ne s'est pas fait et je ne sais même pas si ça aurait pu se faire un jour.

– Tout ça, c'est de l'intox !

– Oui, c'est du pipeau.

– Ils nous prennent pour des connes.

À nouveau Dallas lève la main :

– Je voudrais poser une question.

Mickie l'encourage, satisfaite de la voir autant participer :

– On t'écoute.

Dallas jette un coup d'œil à Florence et à Varda assises côte à côte, elle se lance :

– C'est la première fois que je viens ici… Alors, je ne sais pas comment le dire. Ça me paraît très bien de discuter entre nous, de dire tout ce qu'on pense, etc., et tout. Mais si c'est parler pour parler, je me demande si ça va nous mener bien loin. Moi, ce que je voudrais, c'est qu'on essaye de voir ce qu'on peut faire…

La grande Sylvie tire le cou :

– Ce qu'on peut faire pour quoi ?

– Ce qu'on peut faire pour se faire entendre, répond Dallas, soudain très assurée. On est jeunes, on est des mères de famille, on sait toutes ce que c'est de travailler dur, de se lever à pas d'heure, de s'occuper des gosses, du ménage en plus du reste, on est des électrices, des citoyennes comme ils disent à la télé. Alors je crois qu'on a les moyens de faire que ça change, qu'on soit plus les cinquièmes roues du carrosse. C'est de ça que je voudrais qu'on parle, d'actions qu'on pourrait faire…

Rencontre

— Décidément, on ne se voit pas pendant six mois et on se rencontre deux fois dans la même journée !

Lorquin et Florence tombent nez à nez devant le centre des impôts, près du square Verlaine.

— Vous ne quittez plus votre survêtement ? demande Florence, pointant du doigt la tenue de Lorquin.

— J'aime bien, je suis à l'aise…

Florence relève la mèche qui lui barre les yeux :

— Je peux vous demander quelque chose ?

— Je vous en prie.

— Si nous devons nous rencontrer une troisième fois, changez-vous.

Lorquin regarde son survêtement :

— Vous ne le trouvez pas bien ?

— Sur un stade, j'ai rien contre, mais en ville, ça me déprime.

— Le survêtement ?

— Je ne supporte pas de voir un homme avec sur le dos à peu près la même chose qu'un bébé à qui on met des couches.

— C'est l'effet que je vous fais ?

— Oui, il ne vous manque plus que la tétine ou le hochet.

— Vous êtes dure.

— Tant que j'y suis, il n'y a pas que la grenouillère qui me déplaît. Je n'aime pas non plus les hommes en short. Alors vous oubliez définitivement le survêt et le short. En revanche, si vous voulez porter le kilt à la manière virile des Écossais, ça ne me dérange pas du tout…

Lorquin n'a jamais entendu une femme lui parler sur ce ton.

– Vous, au moins, vous n'y allez pas par quatre chemins !

La voix de Florence sonne d'un timbre clair :

– Ça fait six ou sept mois que vous avez été licencié, dit-elle. Ça y est, le choc est passé, la régression est terminée, vous avez touché le fond, maintenant vous pouvez remettre un pantalon, une chemise et relever la tête, monsieur Lorquin.

Lorquin ne sait plus comment se tenir. Il se sent ridicule dans son survêtement. Il voudrait pouvoir l'enlever tout de suite, le jeter et jeter ses tennis avec. Ses mains s'agitent, ses yeux lui font mal, sa gorge le brûle. Il parvient à articuler :

– Je vous offre quelque chose ?

– Une autre fois.

– Quand ?

– Téléphonez-moi !

– Où ça ? Où je téléphone ?

Florence s'éloigne à grands pas :

– Au journal ! lance-t-elle sans se retourner.

Cardinal

Exsonvaldès, le groupe rock, est annoncé vers onze heures, mais, dans ces cas-là, tout le monde sait que ça ne commencera pas avant minuit ou plus. Dallas bâille :

– Je ne sais pas si je vais rester, dit-elle. Je suis fatiguée…

– Tu veux que je te raccompagne ? demande Rudi.

– Pas tout de suite, tout à l'heure. Pour une fois qu'on sort…

Ils sont attablés au *Cardinal*, dans la salle des banquets, avec toute une bande : Franck et Gisèle, Anthony et Angélique, Hachemi, Christian, le gendre de Pignard, et Varda qui est venue toute seule.

— Pfft ! râle-t-elle, le samedi soir, Serge, quand il a le cul vissé devant ses variétés à la con, je ne sais pas ce qu'il faudrait pour l'arracher de là !

— Une dévisseuse ! suggère Dallas.

Varda ricane :

— Faut croire que j'ai pas la tête de l'emploi…

— Ou qu'il n'a pas la bonne prise !

Elles rient. Dallas se penche vers Gisèle :

— Tes parents savent que t'es là ?

— J'ai la permission de minuit !

Franck la regarde amoureusement :

— Au douzième coup elle redevient Cendrillon !

— Et toi une citrouille !

— Ah non, j'ai vu le film ! Moi, je suis le Prince charmant !

Rudi lève un sourcil :

— T'as expliqué à ta copine ce que c'était de faire le Prince charmant ?

— Qu'est-ce que c'est ? demande Gisèle, innocente.

— C'est rien.

— Mais quoi ? Dis.

— C'est des conneries, tranche Franck.

Dallas pose les deux mains à plat sur les mains de Gisèle, assise en face d'elle, pour bien la regarder en face :

— Tu veux être prof ?

— Oui, dit Gisèle. Ça me plairait d'enseigner.

— Moi aussi, ça m'aurait plu ! dit Angélique. Mais j'ai raté mon bac et après je me suis découragée…

Anthony enroule son bras autour des épaules de sa fiancée :

— C'est pas grave, mon cœur, pour m'épouser, le brevet ça ira…

Sa main libre s'égare sous la table :

– Et pour passer le bac, laisse-moi faire, je sais comment m'y prendre…

Angélique soupire :

– Ils sont tous pareils ! On ne peut pas parler sérieusement.

Mais elle ne refuse pas les lèvres qui s'offrent à elle.

– T'as trouvé comment, chez Mickie ? demande Varda.

– Vachement bien, dit Dallas.

Rudi feint la curiosité :

– C'est chouette chez elle ?

– Super bien, tout propre, tout rangé. Il y a plein de livres, tu verrais ça !

– Vous avez parlé de quoi ?

– On va s'organiser.

– Dallas a eu une bonne idée : toutes les semaines on ira se planter devant la mairie sous une banderole pour rappeler que tout le monde nous a laissées tomber.

– Qui vous a laissées tomber ? demande Rudi, sur la défensive.

– Tout le monde, répond Dallas. Sous prétexte qu'on était des filles et qu'on était jeunes, la direction, les syndicats, tout le monde a trouvé bien que ce soit nous qui soyons virées les premières.

– C'est vrai ? dit Gisèle.

Dallas s'excuse :

– Je ne veux pas parler de ça ici mais, à l'occasion, demande à ton père pourquoi les filles ont trinqué. Pose-lui la question, tu verras ce qu'il te dira.

Franck intervient :

– Tu veux qu'elle se fasse engueuler ?

– Non, dit Gisèle, je lui demanderai. Mon père veut bien que je lui pose des questions. Il prend toujours le temps de me répondre…

Angélique a aussi une question à transmettre :

– Demande-lui aussi ce qu'il complotait aujourd'hui à la mairie avec mon patron et M. Behren. Je devais les servir à table, mais à chaque fois que j'entrais ou que je sortais de la salle à manger, t'aurais entendu une mouche voler. Muets comme des carpes les trois zigotos !

Le visage de Gisèle se contracte, cette idée ne lui plaît pas :

— Je crois qu'il vaudrait mieux que vous posiez vos questions vous-même. Mon père n'est pas du genre à comploter…

Rudi l'approuve :

— Arrêtez de la faire chier avec son père. Son père c'est son père, la Kos c'est la Kos, et nous on est là pour se marrer et écouter de la musique.

Hachemi et Christian, qui n'ont rien dit jusque-là, sont bien d'accord :

— Putain ! On ne vient pas au *Cardinal* pour parler boulot !

— Moi aussi ça me gonfle ! C'est comme mon beau-père : tu peux le brancher sur n'importe quoi, deux minutes plus tard il te parle du syndicat !

— Ta femme n'a pas voulu venir ?

— Elle est au Kursaal avec sa sœur, elles nous rejoindront après.

— Qu'est-ce qu'y jouent ?

— Un film d'amour avec un brun vachement beau mec, d'après elles.

— Hugh Grant ? suggère Gisèle. George Clooney ? Benicio del Toro ?

Franck s'extasie :

— Le nombre de trucs qu'elle sait…

Les filles descendent aux toilettes en délégation, cliquetis de talons sur les marches carrelées et frous-frous des robes d'été.

— Prem's !

— Deuze !

— Troize !

Rudi attendait ce moment depuis le début de la soirée :

— Bon, vous êtes bien d'accord ? dit-il très vite. Tout ça doit rester secret jusqu'à lundi. Mais lundi, au changement d'équipe, on bloque tout, et on attend de voir ce qui se passe.

— Tout le monde nous suivra, assure Anthony.

— Sûr qu'on va tous débrayer, renchérit Hachemi. J'ai tâté le terrain avec ceux des blocs, il n'y aura pas de problème.

— T'as fait gaffe ?

— Tu me connais ? J'ai dit : et si y se passait ça ? et si on faisait ci ? Je leur ai embrouillé la tête pour qu'ils ne se doutent de rien. N'empêche que dès que je parlais de faire quelque chose, aussi bien le petit Jackie Saïd, que Rachid, que son frère, que Mouloud, que Johnny, tous, ils disaient qu'ils en avaient marre d'être traités comme des chiens.

Christian rigole d'avance de la réaction de Pignard :

— Je ne vous dis pas ce que je vais entendre à la maison ! En tout cas, vous pouvez compter sur moi. Ça tombe bien que je sois de relève.

Franck prend la parole :

— Il y en a un qu'on aurait dû mettre dans le coup aussi, c'est Armand...

— Pourquoi ? demande froidement Rudi qui ne voit pas ce que le mari de Mickie vient faire dans cette histoire.

— J'ai souvent parlé avec lui. Pour un contremaître il est vachement sympa avec les apprentis. C'est un joueur d'échecs.

— Et alors ?

— Il pense comme nous, que tout est trop calme, que ça cache une entourloupe. Il m'a dit : « C'est sûr qu'ils masquent le coup... » Ça se fait aux échecs.

Carole, robe noire très simple, très élégante avec écharpe prune jetée sur ses épaules, entre au *Cardinal*.

Elle semble chercher quelqu'un du regard mais personne ne lui fait signe et elle va s'asseoir seule à une table en retrait, près d'un pilier. C'est Varda qui, remontant des toilettes, l'invite à se joindre à la bande.

— Je ne veux pas vous déranger, dit Carole.

— Quand on est avec des mecs, une fille de plus, ça ne dérange jamais personne !

Dallas prend Gisèle par les épaules :

— Tu connais Gisèle, la fille de M. Format ?

— Bien sûr, dit Carole en se tournant vers elle, votre papa a votre photo sur son bureau…

Dallas prévient :

— Papa a peut-être sa photo sur le bureau mais pas une photo de sa fille au *Cardinal*. Alors tu vois ce que je veux dire, t'oublies que tu l'as vue, ce soir, avec nous, ici. OK ? Elle n'est pas là, elle n'a jamais été là…

Carole jure qu'elle n'aura pas de mal à garder le silence.

— Je sais ce que c'est, c'était la même chose avec ma mère. Dès que je sortais, elle imaginait le pire !

— Le « pire », c'est Franck, mon petit frère…

— Félicitations, il est mignon.

Dallas titille Gisèle :

— Attention : la chasse est ouverte !

Carole proteste :

— Je ne les prends pas au berceau !

— Me dis pas que tu donnes dans les vieux ?

— Je donne dans ce que je peux ! avoue Carole en riant.

Foot

Lorquin quitte la tribune du stade municipal où l'équipe de foot de Raussel vient d'emporter la victoire contre le

Red Star de Saint-Ouen, 2-1. Le petit Jackie Saïd a marqué le but décisif, à cinq minutes de la fin.

Une belle tête…

Lecœur, inspecteur du travail et entraîneur bénévole, peut être content de ses joueurs. Lorquin le félicite chaleureusement :

— Ça fait plaisir…

— Vous avez vu le petit Jackie ?

— Il a la classe…, dit Lorquin. Un môme comme ça, avec un peu de chance, il pourrait essayer de passer pro…

— Il aurait fallu qu'il soit repéré plus tôt.

— C'est pas trop tard…

— Il a vingt-trois ans, il faudrait un miracle. Aujourd'hui, les clubs les prennent encore au sein…

— Charriez pas !

— Je vous jure ! Et puis Jackie, s'il avait voulu faire du foot, il aurait dû faire sport-études ou un truc comme ça. Mais les études…

Lecœur ne finit pas sa phrase. Les joueurs, douchés, rhabillés, sortent des vestiaires bruyamment.

— Bravo, les gars ! lance Lorquin en les saluant de la main.

— Merci, monsieur Lorquin ! répond Jackie, tout sourires.

Les joueurs s'éloignent entre deux haies de supporters qui scandent :

— On a gagné ! On a gagné !

Lorquin invite Lecœur à boire un verre à la buvette avant qu'elle ne ferme.

— Merci, mais je dois rentrer. Une autre fois…

Ils se serrent la main.

— Vous n'avez rien retrouvé ? demande Lecœur avant de quitter Lorquin.

— Non, rien.

— Et l'antenne de reclassement ?

— Ils m'ont proposé de faire un stage de brancardier…

– Ce n'est pas une mauvaise idée. Il y a de la demande dans le secteur hospitalier…

– Oui, admet Lorquin, l'hôpital manque de bras.

Il ajoute :

– Mais ce n'est pas pour moi…

– Pourquoi ?

Lorquin sourit :

– Disons que la «blouse blanche», ce n'est pas mon genre de beauté…

– Et vous n'avez pas postulé pour le LEP ? Ils cherchaient des moniteurs pour ceux qui veulent préparer un CAP d'ajusteur.

– Ça non plus ce n'est pas pour moi. Vous me voyez huit heures par jour à apprendre à des gosses qui en ont rien à foutre comment apprendre à bien limer pour faire une queue-d'aronde ?

Il ricane :

– Plutôt se pendre !

– C'est vrai que c'est dur…

– Ce n'est pas que ce soit dur qui me retient, c'est que ça ne sert à rien. Pourquoi former des apprentis s'il n'y a aucune chance qu'ils trouvent un travail en sortant de l'école ? Autant leur apprendre directement à remplir les feuilles pour le chômage, le RMI, la retraite anticipée. Ce serait bien plus utile…

– Ne soyez pas cynique, ça ne vous ressemble pas.

– Je ne suis pas cynique, dit Lorquin, je vois les choses comme elles sont. Ici, à Raussel, il y aura un jour des types qui seront chômeurs de père en fils. Des fils qui n'auront jamais vu leur père travailler et qui n'auront jamais travaillé eux-mêmes. Ils vivront les mains à la retourne, la bouche ouverte, nourris par l'aide sociale et anesthésiés par la télé qui restera branchée vingt-quatre heures sur vingt-quatre…

– Qu'est-ce que vous voulez faire ?

Lorquin a une réponse toute prête :

– Commencer par couper la télé, fermer le robinet aux images pour leur ouvrir les yeux sur la réalité. Il y a en France aujourd'hui combien ? huit, neuf millions de chômeurs… Et il ne se passe rien. Pourquoi ? Parce qu'ils sont devant leur petit écran, les yeux écarquillés, hypnotisés, avec sous le crâne une éponge qui leur sert juste à savoir si c'est chaud ou si c'est froid. Les politiques ne sont pas fous. Ils peuvent dépenser des fortunes pour la télé, c'est de l'argent bien placé. C'est l'argent de la paix sociale, le plus grand neuroleptique jamais mis en circulation. Ça vaut toutes les camisoles de force. Avant, c'était le curé qui disait : ne vous inquiétez pas, vous pouvez vous crever sur terre pour le roi ou le patron, ce n'est pas grave, au contraire c'est ce qui peut vous arriver de mieux, quand vous serez au paradis tout ne sera que roses et que miel. Aujourd'hui, même plus la peine d'aller au paradis : les roses et le miel sont sous vos yeux, chez vous. D'accord, vous n'avez pas le droit d'y toucher, d'y accéder – sauf quelques élus – mais vous avez le droit de le voir et de rêver en être un jour…

Lorquin fait claquer ses doigts :

– Fermez la télé et c'est l'insurrection générale !

Plus sérieusement, Lorquin demande à Lecœur :

– Ça ne vous plairait pas une nouvelle nuit du 4 août ? Supprimer les privilèges, moi, je suis partant tout de suite. Pas vous ?

– Si, concède Lecœur, je suis d'accord. Vous savez, je suis bien placé pour voir toutes les saloperies qui se font dans les entreprises. Le plus terrible, c'est que dans la plupart des cas, ces saloperies sont légales, parfaitement légales et que je me retrouve pieds et poings liés par la loi elle-même…

Ils sont d'accord.

– Tiens, au hasard, dit Lorquin, reprenant la conversation, j'aimerais bien savoir combien Gasnier et Bauër ont touché en quittant la Kos…

Lecœur soupire :

— Sincèrement, je n'en sais rien. Les indemnités de départ, c'est ce qui est négocié en premier pour les dirigeants d'entreprise. Ils ne commencent pas à travailler tant que leurs avocats n'ont pas réglé ça ! Il n'y a que la date qui reste en blanc...

Le mot frappe Lorquin : le blanc. C'est un voile devant ses yeux, un drap, un mur. Un blanc dur, lisse, sans faille et sans aspérités. Il hoche la tête :

— Oui, le blanc..., dit-il entre ses dents.

— Pardon ?

Lorquin n'entend pas la question. Il pense : Il y a ma vie qui est écrite et en dessous un blanc, un grand blanc. C'est là que je suis, au bas de la page, dans le blanc. Dans un putain de blanc et personne ne peut dire qui écrira la date où j'en sortirai.

— Au revoir, dit-il brusquement, et il tourne les talons, plantant là Lecœur qui n'y comprend rien.

Lorquin rentre chez lui, furieux de s'être laissé emporter par cette discussion. Il n'avait pas besoin de ça. Pas besoin de se faire dresser l'inventaire de toutes les propositions qu'on lui a faites et qu'il a refusées. Trop orgueilleux ou trop désespéré : au choix. En tout cas, pas prêt à accepter l'aumône d'un petit boulot, d'un intérim, d'un remplacement qui serait pour lui une dernière humiliation. Lorquin ne veut pas être « recasé ». Il s'y refuse de toutes ses forces. Il serre les poings, allonge le pas, semblable au fantassin qui monte vers l'ennemi. Ses semelles sonnent sur le trottoir au rythme d'un tambour de guerre. Personne ne s'offrira sur son dos une brassée de bonne conscience ! Ah, comme il les a envoyés au diable quand ils ont voulu lui remettre la médaille du travail ! Il ne veut rien. Pas de médaille, pas de pitié, pas de compassion. Il veut vivre et mourir à Raussel avec sa lettre de licenciement autour du cou comme une épitaphe, rien que ça, rien d'autre.

Lorquin s'exalte, il court presque.

Il est au pilori. Il est nu, volé, blessé, couvert d'injures et de crachats. Il n'a que sa défaite mais elle est à lui. C'est son seul bien, sa seule arme. Et d'un grand geste absurde il l'enfonce comme un clou dans la chair de la ville.

Your pictures are beautiful...

Il est minuit passé.

Cendrillon n'a pas quitté le bal et son Prince charmant n'aura pas à la chercher dans tout le pays. Franck et Gisèle sont restés au *Cardinal* après que Rudi, Dallas et Varda – qui ne voulait pas rester toute seule – sont partis :

– Dommage, dit Franck, ça m'aurait plu d'essayer ta chaussure à toutes les filles...

– Seulement ma chaussure ?

– Commence pas à faire ta Dallas ! proteste Franck.

Gisèle l'embrasse dans le cou :

– Ta sœur est trop, dit-elle.

– C'est vrai, tu l'aimes bien ?

– Je l'adore !

– Qu'est-ce que vous vous êtes dit quand vous êtes descendues aux toilettes ? J'ai vu qu'elle te parlait à l'oreille...

– Et vous, qu'est-ce que vous vous êtes dit, entre mecs ?

– Ça ne te regarde pas.

– Toi non plus, ça ne te regarde pas.

– Allez...

– Des trucs de filles.

– Vous avez parlé de moi ?

– Pourquoi on aurait parlé de toi ?

– Parce que…

– Parce que quoi ?

Gisèle force Franck à se lever pour danser avec elle :

– De toute façon je ne te dirai rien. Motus et bouche cousue !

Elle a la tête qui tourne un peu. Varda avait raison : « C'est traître, la clairette. » Gisèle n'a pas l'habitude de boire. Deux coupes et hop ! elle ne sait plus où elle habite…

– Tu m'aimes ? demande-t-elle à Franck, fermant les yeux.

– Combien de fois il faut que je te le dise ?

– Mille milliards de fois !

Les jeunes d'Exsonvaldès jouent *Your pictures are beautiful*, un slow. Anthony et Angélique, toujours là eux aussi, retrouvent Franck et Gisèle sur la piste.

– Ça va les jeunes ? demande Anthony.

– Oui, papa ! répondent-ils en chœur, serrés l'un contre l'autre.

Carole accepte la main que lui tend Hachemi :

– Tu viens ?

Elle se laisse emporter de bon cœur. Hachemi d'abord timide se tient à distance puis il s'enhardit et Carole l'encourage en passant ses bras autour de son cou tandis qu'il la prend par la taille. Leurs corps se frôlent, leurs corps se touchent, ventre contre ventre. Carole sent les mains d'Hachemi glisser jusqu'à la naissance de ses fesses. Elle se cambre légèrement pour lui faire comprendre qu'elle aime ça. Les lumières s'éteignent. La piste n'est plus éclairée que par des petites veilleuses bleues qui font un ciel sur le sol. Carole appuie sa poitrine contre celle d'Hachemi, il bande. Carole ferme les yeux. Un signe de gratitude. C'est si bon d'être dans les bras d'un homme qui vous appelle « ma gazelle », qui vous parle du désert, de l'instant suspendu où le jour et la nuit sont en équilibre l'un sur l'autre et qui vous susurre au creux de l'oreille :

> *Est-ce un éclair dans les ténèbres*
> *Qui a lui*
> *La lumière d'un flambeau*
> *Ou ton sourire ?*

Lundi

Le lundi, en fin de matinée, les résultats du bac sont affichés aux grilles du lycée Sainte-Geneviève. Sans surprise, Gisèle lit son nom parmi les onze élèves qui obtiennent la mention Très bien. Il y a des cris de joie, des danses sauvages, des doigts levés vers le ciel en forme de V – des pleurs aussi. Gisèle partage un instant l'excitation générale, elle embrasse Anaïs, elle félicite Marianne, Laure, France, Charlotte. Elle saute, trépigne, reprend en chœur « on a gagné, on est les plus fortes ! » et s'éclipse discrètement avant d'être prise dans une sarabande...

Gisèle ne court pas chez elle annoncer la bonne nouvelle à sa mère, elle file tout droit à la Kos.

Dans la cour, elle tombe sur Luc Corbeau aux prises avec un branchement défectueux.

– Pardon, monsieur, je cherche Franck...

– Franck lequel ? Le jeune ou le vieux ?

– Franck Thaler, précise timidement Gisèle.

Luc Corbeau tend le bras :

– Vous voyez cette petite baraque en brique ?

– Oui.

– Eh bien, c'est l'atelier de mécanique. Votre Franck, à mon avis, s'il n'a pas bougé, il est là où je l'ai vu comme je vous vois il n'y a pas dix minutes.

Gisèle remercie Luc Corbeau d'un sourire :

– Merci, monsieur.

– Y a pas de quoi ! dit-il, regardant s'éloigner la jeune fille dont les formes gracieuses, sous la transparence légère de sa robe d'été, lui font plisser les yeux.

Gisèle se hâte un peu plus à chaque pas, priant pour que son père ne la voie pas traverser la cour. Elle entre dans l'atelier et referme derrière elle plus brusquement que nécessaire.

Franck lève le nez de son établi :

– Tu l'as ?

Gisèle ne répond pas :

– Tu crois aux coïncidences ? demande-t-elle, jetant un regard circulaire sur les machines qui l'entourent, les outils, les caisses de pièces détachées.

Franck s'essuie les mains dans un chiffon graisseux :

– Quelles coïncidences ?

– Tu crois qu'on peut apprendre le même jour deux choses qui décident de ta vie ?

Franck passe sa main dans ses cheveux, il n'aime pas ce genre de précaution :

– Il y a un malaise ?

– Non.

Franck fronce les sourcils :

– Alors ?

– J'ai deux choses à te dire, annonce Gisèle rosissant. Premièrement, comme prévu, j'ai le bac avec mention Très bien. Deuxièmement : je suis enceinte.

Le sang déserte le visage de Franck :

– C'est pas vrai ?

– Si, tu peux me croire. J'ai fait trois fois le test depuis huit jours. Trois pipis positifs et comme ça fait deux semaines que j'aurais dû avoir mes règles…

Franck s'entend dire :

– Va falloir qu'on se marie vite…

Gisèle part d'un grand rire et se jette dans ses bras :

– T'es trop mignon ! Je te dis que je suis enceinte et tu me dis qu'on va se marier !

– Qu'est-ce que tu veux qu'on fasse ? Tu ne veux pas te marier avec moi ?

– Si, je veux me marier, dit Gisèle, plus émue qu'elle veut le laisser paraître. Mais je ne m'attendais pas à ce que tu me le demandes là tout de suite, comme ça…

– Qu'est-ce que tu croyais que j'allais te dire ?

– Je ne sais pas. J'avais un peu peur. Je ne savais pas si tu serais content ou pas…

– Pourquoi je ne serais pas content ?

– On est jeunes pour avoir un bébé…

Le visage de Franck se grise :

– Tu ne veux pas le garder ?

– Si, je veux, dit Gisèle, vexée qu'il puisse penser que…

– T'es sûre ?

– Oui.

– Sûre de sûre ?

– Oui, je suis sûre ! Et toi ? Tu veux que je le garde ?

– Pourquoi je ne voudrais pas ?

– Tu te vois être « papa »…

– Oui. Oui, je m'y vois même très bien…

Il sourit :

– C'est dingue ! Je vais être papa ! Je suis content. Je suis vachement content.

Franck demande soudain :

– Et tes études ?

Gisèle a déjà réfléchi à la question :

– Dans un premier temps, je crois que je serai obligée de rester chez mes parents, ma sœur m'aidera, et après, quand j'aurai mes diplômes, on s'installera tous les deux…

– Ici ?

– Non, ailleurs. Quelque part qu'on découvrira et qui sera à nous. À nous trois…

Franck n'est pas si optimiste. Il doute que les parents de Gisèle se montrent aussi arrangeants :

– T'as pas peur qu'ils te foutent à la porte quand tu leur annonceras la nouvelle ?

– Non. Pour eux, la famille, c'est sacré. On n'y touche pas.

– Quand même…

– De toute façon, ils n'ont pas le droit : je suis mineure.

– Pas moi ! Si ça se trouve, ils vont porter plainte !

– Pas de danger !

– Que tu crois !

Gisèle le rassure d'une caresse :

– La majorité sexuelle, c'est quinze ans et trois mois ! Je sais tout sur la question. Ma sœur fait du droit…

Annonce

La réaction de la mère de Gisèle est d'une violence inouïe. Bernadette se met à hurler :

– Ah mon Dieu ! Ah mon Dieu !

Elle se jette sur sa fille qui ploie sous un déluge de gifles, de coups de poing, de coups de pied :

– Petite traînée ! Putain ! Tu n'es qu'une putain ! Saleté ! Quelle honte ! Ordure ! Traînée ! Dévergondée ! Putain, sale putain !

Bernadette secoue Gisèle par les épaules, la tire par les cheveux :

– Qui est le père ? Je veux savoir qui est le père ! Dis-moi qui est le père !

– C'est Franck ! répond Gisèle, d'un air de défi.

– Franck ? Franck qui ?

– Franck Thaler !

– D'où il sort celui-là ?

– Il sort de la Kos.

Bernadette vacille :

— Il t'a violée ?

— Mais qu'est-ce que tu racontes ?

— Tu t'es donnée à lui ?

Gisèle ne peut s'empêcher de rire :

— Tu as de ces expressions !

Bernadette menace :

— Je vais te faire passer l'envie de rire, moi.

Encore une gifle, encore une autre :

— Il a quel âge ?

— Dix-huit ans.

— Dix-huit ans ! Mon Dieu ! Il fait quoi à la Kos à cet âge-là ?

Gisèle crie :

— Il gagne sa vie. Il est apprenti mécanicien si tu veux tout savoir. Il a quatre frère et sœurs comme moi...

— Tais-toi ! Tais-toi, je ne veux plus rien entendre ! Tais-toi !

La mère de Gisèle s'éloigne de sa fille, répète « ah mon Dieu ! ah mon Dieu ! » une ou deux fois et revient vers elle, le visage farouche, les mains levées. Elle veut la battre, lui donner tant de coups qu'elle disparaîtra sous terre, que le cauchemar cessera. Elle reprend son souffle :

— Je sais ce que je vais faire.

— Qu'est-ce que tu vas faire ?

— J'appelle mon gynéco. Je sais qu'il est contre mais, dans ces circonstances, je suis certaine qu'il comprendra.

Gisèle sent un arc se tendre dans sa poitrine :

— Contre quoi ? demande-t-elle, appuyant sur les mots.

— Contre l'avortement, petite imbécile ! Tu vois où ta conduite nous mène ? Tu vois ce que tu me forces à faire ?

Gisèle n'en croit pas ses oreilles :

— Tu veux me faire avorter ?

— T'as une meilleure idée ? Tu veux peut-être le garder, tant que tu y es ?

Gisèle essuie son nez qui saigne un peu :

– Je croyais que, d'après toi, l'avortement était un crime.

– Ce qui est un crime, c'est qu'une fille de dix-sept ans soit enceinte !

– Et la Vierge Marie, elle avait quel âge ?

La gifle part avec une telle force que Gisèle tombe sous le coup. Bernadette ne fait pas un geste pour l'aider à se relever. Au contraire. Elle bourre sa fille de coups de pied :

– Petite traînée ! Tu ne crois pas que tu as fait assez de mal comme ça ? Tu te crois tout permis ? Tu crois que tu peux blasphémer ?

Gisèle se relève en s'appuyant au dossier d'une chaise :

– Vas-y, frappe-moi. Je te tends l'autre joue, dit-elle en tournant le visage vers sa mère. Frappe, vas-y. Je sens que ça te plaît. Allez un peu de courage, frappe.

Bernadette n'arrive pas à maîtriser les tremblements qui électrisent tout son corps. Ses yeux s'agitent, ses lèvres pâlissent à l'extrême. Elle râle, comme à l'agonie. Un souffle rauque, douloureux, un bruit de vieux piston qui se grippe. Gisèle se sent tout à coup délivrée d'un poids qui l'oppresse depuis toujours : « Elle me hait », pense-t-elle, souriant à sa mère.

Communication

Carole prend la communication et vient prévenir Format qu'il doit aller d'urgence chez lui, quelque chose de très grave, sa femme ne voulait pas le dire au téléphone, elle l'attend.

– De très grave ? Elle vous a dit « très grave » ?

– Oui.

Très bien

Format laisse la porte claquer derrière lui et se précipite dans le salon. Gisèle est prostrée sur le canapé :

— Tu as raté ton bac ? dit-il d'une voix alarmée. Ce n'est pas vrai ! Ce n'est pas possible ! Mais qu'est-ce que tu as fait pour le rater ? Tu l'as fait exprès ?

— Elle est enceinte, annonce Bernadette pour couper court aux lamentations de son mari.

Format laisse échapper un cri :

— Non !

— Et de quelqu'un de chez toi ! poursuit Bernadette. Un Franck quelque chose.

— Franck Thaler, dit Gisèle, les dents serrées.

— Tu le sais depuis quand ?

— Depuis aujourd'hui.

— Tu te rends compte, s'exclame Bernadette, elle rentre et m'annonce en même temps sa mention Très bien et qu'elle est enceinte !

Format prend sa tête dans ses mains, c'est trop, vraiment trop pour lui, surtout en ce moment.

— Qu'est-ce que nous allons faire ?

Gisèle le reprend :

— Qu'est-ce que je vais faire ?

Et elle répond à la question :

— C'est simple : je vais me marier.

— Avec Franck Thaler ?

— Avec qui d'autre tu veux que je me marie, c'est lui le père ! Il m'a demandée…

— Il t'a demandée en mariage ?

— Oui, dit crânement Gisèle, tout à l'heure, à la Kos, dans l'atelier de mécanique, à genoux dans le cambouis… En fait, c'était très romantique.

Bernadette ne peut s'empêcher de crier :

— Mais elle est folle ! Mais elle est complètement folle !

— Tu n'as même pas dix-huit ans, scande Format. On ne se marie pas comme ça, sur un coup de tête. Il faut mesurer les conséquences, réfléchir…

— Non, papa, il ne faut pas réfléchir : il faut s'aimer. J'aime Franck et il m'aime. Et je suis très heureuse d'attendre un enfant de lui. Je n'ai même jamais été aussi heureuse !

— Tu ne peux pas te marier, je m'y opposerai.

— Tu préfères que je sois fille mère ?

— Il n'est pas question que tu aies cet enfant ! glapit Bernadette. Pas question que tu te maries, pas question de… ah, je ne sais plus ce que je dis. Mon Dieu, aidez-moi ! Aidez-moi !

Elle fait mécaniquement le signe de croix :

— Mon Dieu, qu'ai-je fait pour mériter ça ?

Gisèle se lève d'un bond :

— Tu veux que je te dise ce qu'elle a fait ? lance-t-elle à son père. Elle veut que j'avorte, elle veut me faire avorter !

Format se tourne vers sa femme :

— Tu lui as dit ça ?

— Qu'est-ce que j'aurais dû lui dire ? se défend Bernadette. Bravo ma petite, félicitations, mention Très bien de Marie-couche-toi-là ?

— Je ne sais pas. Oui. Non. Enfin, il faut absolument faire quelque chose.

Format demande à Gisèle :

— Tu es sûre au moins ?

— Tu veux que je refasse le test devant toi ?

Format blêmit :

— Je t'en prie, calme-toi. Et toi aussi, calme-toi, dit-il à sa femme.

Il s'appuie sur le bord de la table :

— Tu es enceinte de combien ?

– À mon avis cinq semaines…

– Cinq semaines…, répète Format. Bon, cinq semaines…

Gisèle comprend où il veut en venir :

– Le délai légal pour avorter est passé à douze semaines. Tu devrais le savoir, maman était à la manifestation pour empêcher que ce soit voté.

– Écoute, la politique est une chose, dit Format, ta santé en est une autre.

– Mais je ne suis pas malade. Je vais même très bien, merci et au revoir !

Gisèle rejette ses cheveux en arrière et se dirige vers la porte :

– Où tu vas ?

– Je vais fêter mon bac. Je l'ai bien mérité !

Bernadette en bégaie d'indignation :

– Mais… mais… mais tu vas nulle part ! Tu n'es pas à l'hôtel ici ! On n'entre pas et on ne sort pas comme ça ! Où tu te crois ? Tu ne sors pas ! Tu ne vas rien fêter du tout ! Tu vas dans ta chambre pendant que je parle avec ton père !

Gisèle, assise sur son lit, écrit dans son journal :

> *Chaque instant où nous faisons l'amour me fait aimer la vie que je n'aimerais pas sans ça, si je n'avais pas connu Franck…*

C'est la première fois que Gisèle écrit le nom de Franck en entier, pas seulement son initiale. Elle ne veut plus le cacher, le dissimuler entre les lignes. Sa mère peut crier, s'arracher les cheveux, la battre, Franck est là pour toujours, en elle et devant ses yeux, tout amour.

On frappe à la porte de sa chambre. Gisèle referme rapidement son cahier à la couverture marbrée de noir et le glisse sous son oreiller :

– Entrez !

C'est le père Charles, le prêtre qui l'a baptisée, avec qui elle a fait sa communion, sa confirmation.

– Je peux te parler ?

– Si vous voulez.

Le curé vient s'asseoir près d'elle :

– Gisèle, tu as commis un grave péché, mais si tu t'en repens sincèrement, Dieu te pardonnera. Si cet enfant que tu attends est un don du Ciel, c'est aussi un fardeau bien lourd à porter…

– Les femmes sont faites pour ça.

– Oui, dit le prêtre, bien sûr. Ce que je veux dire, c'est que cette vie que tu portes pèsera sur toute ta vie du poids de ta faute. Elle pèsera double en quelque sorte.

– Vous voulez que j'avorte ? demande brutalement Gisèle.

Le père Charles s'épouvante :

– Mon Dieu, non ! Surtout pas, non. Grand Dieu, non !

Il serre les mains de Gisèle dans les siennes :

– J'ai eu une longue conversation avec tes parents. Alors voilà ce que je te propose : tu connais Les Abbesses ?

– La clinique ?

– Oui, la clinique. Je crois que ce serait l'endroit idéal pour mener ta grossesse à terme et, après l'accouchement, nous t'aiderions à offrir ton enfant à une famille qui l'accueillerait et le chérirait comme s'il était le leur.

– Pardon ?

– Je suis sûr que tu as compris ce que je t'ai dit.

– Vous voulez dire que j'abandonne mon bébé à la naissance ?

Le curé refuse d'entendre de telles choses. Non, mon Dieu non, ce n'est pas du tout ça :

– N'emploie pas ce mot horrible. Ce n'est pas un abandon, c'est un don avec un grand D. Un Don ! Une offrande à Dieu et aux hommes en expiation de ton péché.

Téléphone

Il est déjà tard lorsque Gisèle sonne chez Franck. Elle a couru. Elle est essoufflée. C'est Denise qui vient ouvrir, s'essuyant les mains dans son tablier à fleurs.

— Excusez-moi, madame, est-ce que Franck est là ?

Denise appelle :

— Franck ! Il y a quelqu'un pour toi !

— Qui ça ?

— Quelqu'un !

Quand elle voit Franck arriver dans le couloir, Gisèle ne peut plus retenir ses larmes :

— Ma mère veut que j'avorte ou que j'abandonne le bébé ! crie-t-elle en se jetant dans ses bras.

Denise réagit la première :

— Elle est enceinte ?

— Oui, dit Franck d'une voix posée.

Il caresse les cheveux de Gisèle et la serre contre lui.

— Et c'est toi le père ? demande Denise, les yeux écarquillés.

— À ton avis ?

Format décroche le téléphone. Il entend Henri lui dire :

— Bonsoir, monsieur Format, excusez-moi d'appeler si tard, c'est Henri Thaler à l'appareil, le père de Franck. Je voulais vous prévenir que votre fille est chez nous pour pas que vous vous inquiétiez…

— Passez-la-moi, ordonne Format.

— Elle est déjà couchée, ma femme s'est occupée d'elle. Elle va rester cette nuit ici. La journée a été rude pour elle.

— Je viens la chercher. Donnez-moi votre adresse.

Henri fait la sourde oreille :

— Vous vous souvenez de moi, monsieur Format ? J'étais déjà à la Kos depuis un bon bout de temps quand

vous avez commencé. Vous pouvez me faire confiance :
la petite dort, vaut mieux la laisser dormir. Il n'y a rien à
craindre : elle dort dans l'ancienne chambre de ma fille,
mon fils dort dans la sienne.

Bureau

Carole n'est pas encore arrivée quand Henri entre dans
le bureau de Format, très tôt le matin. Format l'invite à
s'asseoir. Visiblement il n'a pas dormi. Henri le remarque :
— Vous n'avez pas dormi ?
— Non.
— Moi non plus…
Henri hoche doucement la tête :
— Bon, voilà à quoi j'ai pensé, monsieur Format : mon
fils et votre fille s'aiment et c'est le plus important. Votre
fille est enceinte et mon fils veut l'épouser. Ma femme et
moi nous sommes d'accord. C'est sûr qu'ils sont bien
jeunes et que ça tombe plutôt mal, mais ce ne sera pas les
premiers dans la région à qui ça arrive.
Il lève les yeux au ciel :
— C'était écrit que ça devait se passer comme ça.
Alors je crois que le plus tôt serait le mieux. Comme la
petite est mineure et qu'il faut votre autorisation, va sans
doute falloir faire toute une paperasserie pour la dis-
pense…
Format, blême, desserre péniblement les dents :
— J'apprécie votre visite, monsieur Thaler, et le souci
que vous avez de ma fille, mais je ne peux en aucun cas
accepter ce que vous me demandez. Je vais être très
clair : ma fille n'épousera pas votre fils. Jamais. Et pour
l'enfant, nous verrons…
— Monsieur Format, dit Henri, la petite nous a raconté

que votre femme a très mal pris la nouvelle, qu'elle voulait la faire avorter ou abandonner le bébé. Il paraît que
même le père Charles est venu lui parler. C'est amusant,
parce que j'étais au service militaire avec lui…

Henri réalise qu'il se perd dans ses idées :

— Excusez-moi, ce que je voulais dire c'est que je
comprends tout ça très bien. Pour nous aussi, ça a été un
choc. Franck nous aura tout fait ! J'ai quatre fils, mais
celui-là, pardon, ce n'est pas du papier de soie !

Format veut l'interrompre, Henri réclame encore un
instant d'attention. Il n'a pas fini :

— Votre femme a dit des choses sous le coup de l'émotion que je suis sûr elle va regretter. C'est normal, personne ne peut lui en vouloir. Simplement, il y a une chose
à laquelle il faut bien penser : cet enfant, il n'est pas seulement celui de votre fille, il est aussi celui de mon fils et
personne – ni vous, ni moi, ni votre femme, ni la mienne –
ne peut décider pour lui s'il en veut ou pas.

— Je vous en prie, monsieur Thaler, je vous ai nette-
ment exposé ma position, je ne tiens pas à en discuter
plus avant.

Henri ne bronche pas :

— Moi non plus je ne veux pas discuter. Mais je
crois qu'on a intérêt à se mettre en quatre pour aider les
jeunes…

— Je vous répète que ce que vous me demandez est
impossible. Nous nous opposons à ce mariage.

— Excusez-moi de vous dire ça, monsieur Format, mais
ce n'est pas très malin. Qu'est-ce que vous voulez ? Que
les petits se sauvent et disparaissent jusqu'à ce que le bébé
soit né ? Vous voulez qu'ils se tuent comme dans les
films ? Vous voulez que tout le monde sache que votre
femme veut faire avorter sa fille ?

— Vous essayez de me faire chanter ?

Henri rougit d'indignation :

— Mais qu'est-ce que vous avez dans la tête ? Pourquoi je vous ferais chanter ? C'est pas de vous que je parle. J'en ai rien à faire de vous ! Je pense aux enfants. Je ne pense qu'à eux et vous feriez bien d'en faire autant plutôt que de me débiter des conneries !

— Je vous demande de rester poli.

Henri opine, il va rester poli même si Format commence sérieusement à lui chauffer les oreilles :

— Vous ne me demandez pas où est votre fille ?

Format bondit :

— Elle n'est pas chez vous ?

— On l'a envoyée à l'hôpital pour faire constater sa grossesse.

— Mais de quel droit ?

— C'est une idée de ma femme. Elle est suivie depuis longtemps par le Dr Schwartz qui est chef de je-ne-sais-quoi. Elle a pensé que ce serait mieux que ce soit lui qui voie la petite pour son premier examen. D'ailleurs, elle l'a accompagnée…

Format halète sous le coup de la colère :

— Je vous avertis, c'est incroyable… Vous perdez la tête ! Vous ne savez même plus ce que vous faites ! C'est totalement irresponsable. Je vous avertis : je vais porter plainte contre vous. Je préviens la police. Je vais…

Henri ricane :

— Après le médecin, c'est une bonne idée que les gendarmes soient au courant, et un juge aussi ! Tant que vous y êtes, vous devriez aussi prévenir la mairie, les pompiers et qui vous voudrez. Mais moi aussi je vous avertis : si vous faites chier la petite, je préviens le juge pour enfants au tribunal pour qu'elle soit protégée. Je ne suis pas né de la dernière pluie. Je me suis renseigné, je sais comment faut s'y prendre. Personne n'a le droit de forcer une femme à avorter ni à abandonner son enfant, surtout pas Mme Format.

— Sortez d'ici !

Henri se lève :

– Je m'en vais, ne vous inquiétez pas. Juste encore une chose : comme c'est les vacances scolaires, Gisèle va les passer avec Franck, à la maison. On ira peut-être un jour ou deux à la mer. Va falloir qu'elle fasse attention à elle maintenant…

Café

En arrivant à la Kos pour prendre son service, Rudi aperçoit Henri au comptoir de *L'Espérance* :

– T'attaques au rhum à cette heure-là, maintenant ?

– T'en veux un ? demande Henri.

– Non merci.

Rudi salue Raymonde et commande un café :

– Qu'est-ce qui t'amène ?

Henri fait signe qu'on lui remette un rhum :

– Je suis allé voir Format…

– Tu veux te faire réembaucher ?

– Franck a fait des siennes…

– Du genre ?

– La petite Format est enceinte.

– Ah le con !

– Tu l'as dit…

Finalement Rudi veut bien un rhum.

– Tu sais quoi ?

– Non.

– On était ensemble samedi soir au *Cardinal*. En rentrant Dallas m'a dit : « C'est drôle mais on dirait que Gisèle est enceinte. » Comme si elle l'avait senti…

– Les bonnes femmes ont un sixième sens pour ces trucs-là…

Rudi verse le petit verre de rhum dans sa tasse :

– C'est quoi l'idée ?

— L'idée c'est qu'ils se marient au plus vite et après on se démerdera. Il y a toujours votre ancienne chambre au-dessus du garage.

Rudi s'y revoit. L'histoire recommence…

— Il prend ça comment, Format ?

— Il veut faire chier, mais bon… il finira par se calmer. Je crois que c'est sa bonne femme qui lui monte la tête.

— C'est un peu le genre grenouille de bénitier ?

— Un peu beaucoup, oui.

Rudi regarde la pendule au-dessus du bar :

— Faut que j'y aille. Il est où, Franck ?

— Il va se faire porter pâle pour aujourd'hui et après il posera ses congés. Vaut mieux pas qu'il se montre trop, le temps que ça se tasse avec les Format.

Rudi dévisage son beau-père. Il aime cet homme aux traits marqués, aux cheveux blancs, aux grosses mains carrées capables de travaux si délicats. Il le comprend. Il le plaint :

— T'auras vraiment eu droit à tout dans la vie…

Henri soupire :

— Tu l'as dit : déjà Dallas et toi, maintenant Franck et la petite…

Son visage s'éclaire soudain :

— Au moins, il y en a une qui est vraiment heureuse, c'est Denise. Tu peux pas savoir ce que ça lui fait l'idée d'avoir un nouveau bébé dans les bras. Qui est le père, la mère, d'où il vient, elle s'en fout ! Ce qu'elle veut, c'est le porter, l'embrasser, s'en occuper du matin au soir et du soir au matin. C'est tout ce qu'elle veut. Le reste, ça ne compte pas…

Vestiaire

Rudi profite que tous les gars de la maintenance soient dans le vestiaire pour leur exposer son idée :

— On commence le boulot de reconditionnement comme si de rien n'était. Et, à la relève – c'est l'équipe de Christian, le gendre de Pignard –, quand ceux de la première et de la deuxième brigade sont tous là, on débraye par surprise et on exige une réunion immédiate avec la direction.

— C'est aux syndicats de faire ça, dit Luc Corbeau, embrassant rituellement les fesses de la pin-up collée dans son placard avant de le refermer.

— Avec les syndicats t'auras pas de vraies réponses. T'auras le baratin habituel, tu sais, comme le serpent dans le dessin animé qui t'hypnotise en répétant : « Tout va bien… tout va bien… »

— Et tu crois qu'avec une poignées de tordus comme nous on aura des réponses ?

— La « poignée de tordus » comme tu dis, elle aura quelque chose d'inestimable : le matos.

Rudi est sûr de lui :

— Si on laisse partir une machine, on en laissera partir deux puis trois, puis on n'aura plus qu'à partir nous aussi. Ce ne sera pas une inondation mais une hémorragie…

Il marque un temps pour s'assurer que tout le monde l'écoute :

— Il y a une chose qui m'a mis la puce à l'oreille. Je me suis demandé qu'est-ce qui avait pris à Serge de me cavaler après vendredi soir pour me dire ce que je devrais faire aujourd'hui. Vous savez que lui et moi ce n'est pas vraiment le grand amour. Alors pourquoi il avait besoin de faire ça ? Hein, pourquoi ? De toute façon, j'aurais trouvé ma feuille de travaux ce matin en arrivant…

— Laisse tomber, ricane Totor Porquet, c'est un fayot !

— Non, tu te goures, dit Rudi. Si c'était pour fayoter il me l'aurait dit ici, devant tout le monde, pour bien montrer qu'il sait donner des ordres. Mais il me l'a dit dans la rue, sans personne pour nous voir ni nous entendre…

— Bon, admettons, concède Totor Porquet. Ça donne quoi ?

Rudi a une réponse :

— Je crois que Serge voulait m'avertir de quelque chose qu'il ne pouvait pas me dire…

Il y a des protestations :

— Arrête ton cinéma !

— Tu lis trop, Rudi !

— Tout ça, c'est de la blague !

Rudi reste ferme :

— Écoutez-moi au lieu de m'engueuler. Serge s'est mis lui-même dans une sale situation, OK, mais il n'est pas devenu totalement con. Il sait comme nous que, dans une usine, ce n'est jamais bon signe quand on commence à démonter le matériel. Et quand on doit remballer du matériel neuf avant même qu'il ait servi, c'est encore moins bon signe ! C'est ça qu'il voulait me dire sans le dire : faites quelque chose, les gars, moi je suis coincé…

Totor Porquet reconnaît que ça pourrait se tenir :

— Il t'aurait envoyé un genre de SOS ?

— Quelque chose comme ça, oui.

Rudi prend son casque antibruit :

— Peut-être que je me trompe, peut-être que Serge voulait simplement faire du zèle, que je déconne, je ne peux rien affirmer à cent pour cent. Mais, pour moi, ce qui est sûr c'est que si on lâche le matériel, on scie la branche sur laquelle on est assis.

Hachemi approuve sans réserve :

— Rudi a raison. Tous autant qu'ils sont, ils sont en

train de nous endormir. Faut qu'ils comprennent qu'on a peut-être l'air comme ça, mais qu'on ne dort pas !

Totor Porquet donne un petit coup de poing amical dans l'épaule d'Hachemi :

— Et pour ne pas dormir la nuit, j'en connais un qui se pose là et un peu là ! Hein, ma couille ?

Carole

Dans une robe crème imprimée de grandes fleurs noires du dernier chic, Carole arrive à la Kos, légère, guillerette.

— Oui, c'est ça, « guillerette », dit-elle pour elle-même, comme si elle venait de trouver une définition de mots croisés.

Elle se sent bien. Il ne fait pas encore trop chaud. Un petit vent rafraîchit ses cheveux qu'elle porte dénoués pour la première fois depuis longtemps.

Guillerette, ça lui plaît d'être guillerette...

Une lettre l'attend sur son bureau avec un Post-it de Behren :

Merci de faire les corrections et de me la faire signer, c'est urgent.

Carole relit rapidement la lettre :

... bien entendu, nous ne remettons pas en cause le bien-fondé des décisions prud'homales, cependant nous souhaitons attirer votre attention sur la jurisprudence du...

«Prud'homales» est souligné d'un trait de crayon rageur. Le sang de Carole ne fait qu'un tour. Elle se précipite dans le bureau de Behren :

— La prochaine fois, regardez un dictionnaire avant de faire des traits de crayon sur mon travail.

— Je vous prie de me parler sur un autre ton !

Carole lui tend la lettre et, s'appuyant sur le bureau, gomme énergiquement la rature :

— Voilà, vous pouvez la signer, il n'y a aucune faute, dit-elle en la poussant vers Behren.

Behren pointe du doigt ce qu'il avait entouré au crayon :

— Reprenez cette lettre et corrigez-la proprement : il y a deux *m* à «prud'homales», dit-il.

Carole le contredit :

— Non, il n'y en a qu'un !

— Mais quelle mouche vous pique ?

— Je veux bien reconnaître quand je fais des fautes mais je ne veux pas que vous m'en fassiez faire là où il n'y en a aucune.

Behren fait l'instituteur :

— Vous savez écrire «prud'homme» ?

— Oui, avec deux *m*, dit Carole.

— Donc, si «prud'homme» prend deux *m*, «prud' homales»….

— … n'en prend qu'un ! s'obstine Carole.

Et avant que Behren la ramène, elle lui assène :

— C'est comme «imbécillité», ça prend deux *l* alors que «imbécile» n'en prend qu'un !

Rudi voit Carole claquer la porte du bâtiment administratif. Il traverse la cour à grandes enjambées :

— Eh, Carole ! Où tu te sauves ?

— J'ai pris ma journée.

Elle regarde autour d'elle :

— Je me demande même si je vais remettre les pieds dans cette boîte, dit-elle, très énervée.

— Tu ne veux plus bosser ?

— Non, je ne veux plus. Surtout pas avec un crétin comme Behren !

Sans timbrer la voix, Carole articule en direction de Rudi :

— JE-NE-VEUX-PLUS !

Rudi la serre dans ses bras :

— Dis-toi que t'es pas la seule, si ça peut te consoler.

— Ça ne me console pas mais ça me fait plaisir de penser que je ne suis pas la seule à penser ce que je pense, comme disait ma mère…

Carole réussit à sourire à Rudi :

— Ça m'a fait plaisir que tu sois venu au cimetière.

— Maman t'a téléphoné ?

— Oui.

— Je l'avais prévenue tout de suite.

— Tu as bien fait. Si tu as Sarah au téléphone, dis-lui que je pense à elle et que je l'embrasse.

Rudi recule d'un pas :

— Je n'y manquerai pas. Tu es très élégante comme ça…

— Merci du compliment, dit Carole. Dommage que tu sois marié et que tu n'aies pas ta journée à me consacrer.

Carole ne laisse pas Rudi lui répondre :

— Je plaisante, dit-elle, royale.

Parking

Franck tourne en rond sur le parking de l'hôpital. Sa mère n'a pas voulu qu'il accompagne Gisèle dans le service du Dr Schwartz :

— C'est pas toi qu'on va examiner… Vaut mieux que tu nous attendes ici.

Gisèle s'est laissé entraîner par Denise, sans rien dire, sans protester, seulement un peu étourdie. Il n'y a pas encore un mois c'était une lycéenne attentive, la fille d'une famille en vue, promise à un avenir d'ordre et de modération, et voilà qu'elle se retrouve dans les couloirs d'un hôpital avec une femme qu'elle connaît à peine et qui se conduit comme sa mère, qu'un médecin la prie de se déshabiller, l'ausculte, la palpe, lui pose des questions auxquelles elle n'avait jamais envisagé de répondre : combien de fois a-t-elle fait l'amour récemment ? Prend-elle une contraception ? Les rapports étaient-ils protégés ? De quand datent ses dernières règles ? Son corps n'est plus à elle. Il appartient à cet homme aux mains douces, très soignées, à cette femme qui lui caresse la tête en l'appelant « mon petit », à ces autres femmes vêtues de blanc qui viennent prendre son sang, qui l'encouragent à faire pipi dans un tube en verre…

Gisèle regarde le plafond d'un blanc laqué, elle pense au lustre en cristal de Venise dans la salle à manger de ses parents, à sa chambre au désordre savant, à celle de sa grand-mère où Franck et elle…

– Vous pouvez vous rhabiller.

Franck regarde sa montre.

Il n'en peut plus de mettre de petits coups de pied dans les pneus pour vérifier la pression, de passer un coup de chiffon sur les rétroviseurs, de régler l'antenne du toit. Il n'a jamais été docile. C'est un écorché. Il se demande ce qu'elles peuvent bien fiche là-haut. Il s'inquiète du temps qui passe. Il s'angoisse, et s'il y avait un problème ? quelque chose de grave ? de dangereux ?

Gisèle et Denise sortent enfin de la consultation.

– Alors ? demande Franck, craignant le pire à force d'attendre.

Gisèle ouvre la portière à Denise :

– Pour être enceinte, je suis enceinte…

– Le Dr Schwartz a été très gentil, dit Denise en s'installant. Il est bel homme, hein ?

Gisèle approuve et s'installe à son tour.

– C'est pour décembre.

Franck se met au volant.

– Comme ça, dit Denise, si c'est un garçon on l'appellera Jésus !

Les deux femmes pouffent de rire.

– Jésus, ça te plaît d'être le papa d'un petit Jésus ?

Retour

Format rentre déjeuner chez lui. Bernadette n'a pas de mots assez blessants contre son mari :

– Tu es un incapable ! Un moins-que-rien ! Tu dis oui à tout ! Jamais je n'aurais dû te laisser faire ! Tu vas voir comment je vais m'y prendre !

– Je ne vais rien voir du tout ! crie Format hors de lui. Tu vas te taire et m'écouter : ce qui est fait est fait et on ne peut rien y changer, alors il va falloir assumer. J'ai une position ici, un rôle à tenir, c'est déjà assez dur comme ça...

Bernadette grince :

– Ha ! ha ! c'est la meilleure ça ! Tu imagines ? Elle sera belle ta position quand on lira dans *La Voix* : « Conte de fées à la Kos : la fille du patron épouse l'apprenti qui l'a engrossée ! »

– Ne sois pas vulgaire : tu parles de notre fille.

– Notre fille ? Pffft ! souffle Bernadette, je ne veux plus la voir.

– Tais-toi !

– Je ne veux plus la voir, tu m'entends ? Plus jamais ! Elle ajoute :

– Elle veut habiter chez son Franck et gâcher sa vie ? Grand bien lui fasse. Qu'elle y reste !

Le téléphone sonne.

C'est Behren.

– Vous êtes assis ?

– Qu'est-ce qui se passe ?

– Une grève sauvage.

Format s'étrangle :

– Quoi ?

– La maintenance s'oppose au démontage de la machine en cours d'installation…

– Ah non ! gémit Format, c'est pas vrai !

– Tout le monde a débrayé derrière eux.

– Les cadres aussi ?

– Tout est bloqué. D'accord ou pas d'accord, la paralysie est complète. Vous feriez bien de venir.

Format raccroche.

– Ils se sont encore foutus en grève ! Ça ne s'arrêtera donc jamais ! Ils ne me laisseront donc pas tranquille cinq minutes ? Ils ne peuvent pas me fiche la paix ? Qu'est-ce que je vais faire ? Je n'en peux plus de la Kos…

– Tu n'as aucune raison de t'emporter comme ça, après tout ce n'est pas très difficile, persifle Bernadette, tu n'as qu'à t'y prendre avec tes ouvriers comme avec ta fille : tu dis oui à tout et tu as la paix !

Le coup part, improbable. Une gifle qui cueille Bernadette par surprise.

Un monde s'effondre :

– Robert, tu m'as giflée ! Tu m'as giflée !

Débrayage

Format arrive à la Kos de toute urgence. Il ne prend même pas la peine de garer sa voiture sur la place réservée. Il se précipite dans le bâtiment administratif et monte quatre à quatre dans son bureau. Behren l'attend :

– Je ne sais pas qui a lancé ça ! C'est parti d'un coup, au changement d'équipe.

– C'est le jour, dit Format, cynique.

– Pardon ?

– Rien.

Il décroche son téléphone.

– J'appelle Rouvard.

– C'est déjà fait, il arrive.

– Vous avez convoqué les syndicats ?

– Ils sont comme nous, ils tombent de leur chaise.

– Mais qu'est-ce que c'est que ce bordel ?

Behren note que c'est la première fois qu'il entend Format proférer un mot grossier.

– Un mouvement de la base, avance-t-il, dubitatif.

Format s'exclame :

– « La base » ! Mais qu'est-ce que ça veut dire « la base » ?

Atelier

Pignard est aussi furieux que Format. Il était chez Raymonde quand Lamy – trop content – est venu l'avertir que des gars de chez lui appelaient à un débrayage :

– Putain, Rudi, c'est toi qu'es à l'origine de cette connerie ?

— Moi et d'autres.

— Te défile pas, c'est ton idée oui ou merde ?

— Je me défile pas. Je dis simplement que cette idée elle n'était pas que dans ma tête. La preuve ? Il a suffi qu'elle montre le bout de l'oreille pour que tout le monde la reprenne à son compte. Même ton gendre…

Christian sourit à son beau-père qui le fusille du regard :

— Tu veux que je te dise comment ça s'appelle ce que vous faites : du gauchisme. Et qu'est-ce que c'est que le gauchisme ? C'est ce qui plaît le plus aux patrons.

— Je connais la chanson ! Épargne-moi ça. C'est le discours du PC depuis la révolution russe !

— Tu ne connais rien à rien ! Tu crois qu'il suffit de foutre la merde pour qu'on arrive à quelque chose. Avec ce genre de méthodes, avec ce gauchisme à la noix, on n'arrive qu'à une seule chose, à faire trinquer les ouvriers !

— Écoute-moi, dit Rudi, je ne veux pas foutre la merde, je veux que ceux des bureaux là-haut descendent un peu de leur Himalaya pour nous expliquer par quel miracle la boîte peut doubler sa productivité si on commence par se débarrasser du matériel neuf !

Pignard est vexé :

— Laisse le syndicat faire son boulot, t'occupe pas de ça.

— Primo : il n'y a pas qu'un syndicat ici, il y en a trois et si je me souviens bien, vous n'étiez pas exactement sur la même longueur d'onde ni pour le passage aux trente-cinq heures ni pour les licenciements. Deuzio : tu m'excuseras mais syndicaliste ou pas, ça me fait mal de penser qu'un mec comme Lamy est encore à son poste alors que Lorquin a été viré comme un malpropre. Troisio : je crois qu'on doit montrer aux patrons que ce n'est pas parce qu'ils en ont viré une centaine que ceux qui restent sont domestiqués.

Rudi est applaudi.

Pignard fait machine arrière :

– Pourquoi tu nous as pas prévenus ?

– Parce que je n'ai plus confiance.

– Si t'as plus confiance, t'as qu'à rendre ta carte.

– Sûrement pas. Je l'ai et je suis fier de l'avoir. Mais ça suffit pas d'avoir la carte, faut en faire quelque chose.

– Ah oui, et qu'est-ce que tu veux en faire ?

– M'en servir.

– Ça veut dire quoi « m'en servir » ? Qu'est-ce qu'on fait ?

– On s'assoit sur le matériel et on attend qu'ils descendent.

– Qui ?

– Ceux de là-haut : Format, Behren, Rouvard…

Justement, Rouvard déboule avec Serge :

– Vous êtes dingues ! Complètement dingues ! crie-t-il à peine franchie la porte de l'atelier.

Et, sur sa lancée :

– Déjà qu'on est en train de se noyer, vous voulez nous foutre la tête sous l'eau ? Vous croyez que c'est le moment de se croiser les bras ?

Rudi l'apostrophe :

– Alors on se noie, première nouvelle !

– Te fais pas plus con que tu n'es, Rudi ! réplique Serge. Tu vois bien qu'on arrive déjà pas à tenir nos objectifs. C'est pas le moment de stopper la production !

– À qui la faute ? aux ouvriers ? aux cadres ? Ou c'est la faute à pas de chance ?

Rudi et Serge se mesurent du regard. Chacun joue son rôle mais Rudi est sûr qu'ils se comprennent. Oui, ils se comprennent…

Pignard veut parler, reprendre les choses en main :

– Du calme tout le monde. Du calme !

Il attend qu'un silence relatif s'établisse :

– Monsieur Rouvard, je crois que vous feriez bien de

demander à MM. Format et Behren de venir ici, en personne, pour nous expliquer des choses qui nous parais-
sent inexplicables.

— « Inexplicables » ?

— Tiens, au hasard : pour quelle raison le matériel neuf
devrait repartir en Allemagne, alors que nous sommes en
train de le mettre en service ?

— Ce n'est pas la peine de déranger Format et Behren
pour ça. Je peux répondre à leur place, dit Rouvard.

Rudi le remercie mais ce n'est pas ça que le personnel
attend :

— On veut qu'ils viennent eux-mêmes nous l'expliquer.

Anthony ajoute :

— Et qu'ils nous disent aussi si le carnet de commandes
est vide ou s'il est plein ! Il y a des bruits qui courent
comme quoi…

Luc Corbeau y met son grain de sel :

— Et où est passé tout l'argent de la région et de tous
ceux qui ont mis au pot ! Parce que c'est pas les bécanes
neuves qu'on devait envoyer à la casse, mais les vieilles.
Et c'est pas deux bécanes qu'on devait changer, mais six !

Discours

Un quart d'heure plus tard, Format fait un discours
devant le personnel réuni dans l'atelier n° 2 où la machine
neuve est en cours d'assemblage :

— Bien que je désapprouve totalement les formes de
cette action, que je la condamne de la façon la plus ferme,
je veux bien reconnaître qu'il y a, de notre côté – du côté
de la direction –, ce que j'appellerai un « déficit d'information ». Je sais votre attachement à cette entreprise et les

sacrifices que vous avez consentis pour lui permettre de perdurer, ainsi que l'ardeur que vous mettez à accomplir vos tâches. Je puis vous assurer que la direction tout entière en est consciente et que nous-mêmes mettons la même ardeur à gérer la Kos. Nous nous sentons engagés avec vous pour les mêmes objectifs. Nous n'avons aucun but qui ne soit aussi le vôtre. Aussi je vous demande d'accepter nos excuses pour ce manque d'information et de reprendre immédiatement le travail. Notamment d'achever le démontage et le reconditionnement de cette machine qui doit retourner d'urgence en Allemagne pour une expertise approfondie.

Rudi lève la main :

— Je peux vous poser une question ?

— Je vous en prie…

— Monsieur Format, nous aimerions savoir en quoi cette machine est défectueuse puisque les deux autres du même modèle – et de la même série – tournent parfaitement. Et, deuxièmement : quand cette machine sera-t-elle remplacée par une autre ? Est-ce qu'il s'agit d'un échange standard ou est-ce qu'il y aura un délai entre le départ de celle-ci et l'arrivée de la nouvelle ?

Format répond :

— Pour ce qui est de la question technique, je laisse à M. Rouvard le soin de vous fournir des explications adéquates ; quant au délai de remplacement, nous faisons tout pour qu'il soit le plus court possible, comme vous pouvez vous en douter. À cet égard, je serai cette semaine au siège et vous pouvez compter sur moi pour faire part et de notre impatience et de notre mécontentement sur la qualité de ce qui nous a été fourni.

Rudi réplique :

— En fait, vous ne savez pas ?

— Je sais que cette machine sera remplacée, la date précise, au jour d'aujourd'hui, je ne peux pas vous la donner puisqu'il semble que toute la ligne de fabrication soit en cause...

Rudi s'adresse alors à Rouvard :

— Monsieur Rouvard, vous pouvez au moins nous préciser la nature du défaut de cette bécane ?

— C'est un vice caché, dit sèchement Rouvard, mal à l'aise.

— Mais encore ?

— J'attends le rapport de la VKM qui, d'ailleurs, nous envoie un technicien pour expertiser les deux déjà en service.

— C'est le principe de précaution ? demande quelqu'un.

— Si vous voulez.

Rudi grimpe sur un châssis métallique :

— Monsieur Format, si j'ai bien compris ce que vous nous avez dit, vous pensez que vos objectifs et vos souhaits pour la Kos sont les mêmes que ceux du personnel ?

Format, légèrement surpris par le geste et par le ton de Rudi, ne peut qu'acquiescer :

— Je le répète : il n'y a pas de hiatus entre la direction et le personnel de cette entreprise. Nous sommes tout un !

Rudi le remercie de cette profession de foi :

— Puisque nous sommes tous solidaires, tous unis, je propose de soumettre au vote la proposition suivante : nous allons démonter et reconditionner cette machine mais nous ne la laisserons pas quitter la Kos tant que la nouvelle ne nous aura pas été livrée !

— Vous ne pouvez pas faire ça ! proteste Format, furieux de s'être fait piéger.

— Pourquoi ?

— Cette machine ne vous appartient pas.

Rudi repousse l'objection :

— D'un point de vue capitaliste vous avez raison : cette machine est la propriété de la Kos, plus exactement du holding qui tient la Kos dans le creux de sa main.

Mais de notre point de vue, du point de vue du personnel, cette machine nous appartient parce que c'est notre travail qui lui donne sa vraie valeur. Vous nous l'avez dit et répété : la direction et le personnel de la Kos, c'est tout un. Alors, en bon père de famille, je crois qu'il ne serait pas prudent de laisser déménager la chambre à coucher sans être certain qu'on aura le même jour un nouveau lit pour y dormir...

Il y a des rires, des applaudissements. Rudi hausse le ton. Il veut être sûr d'être entendu jusqu'au fond de l'atelier :

— Ceux qui sont d'accord pour laisser partir la machine lèvent la main !

Personne ne bronche — pas même Rouvard, ni Serge, ni Lamy qui tire une tête de six pieds de long.

— Ceux qui sont contre le départ ?

C'est une forêt de bras levés qui se dresse devant Format.

Format s'enferme dans son bureau avec Behren et Rouvard. Il ne décolère pas :

— Je ne veux plus voir ce type ici ! C'est un agitateur, un anarchiste !

— Qu'est-ce que vous voulez qu'on fasse ? demande Behren.

— Trouvez une solution, mais qu'il dégage ! Il en suffit d'un comme ça dans une entreprise pour que la peste se déclare et que plus personne ne puisse enrayer l'épidémie.

Rouvard se fait l'avocat de Rudi :

— Excusez-moi, mais c'est un très bon élément. Sur le plan professionnel il n'y a rien à lui reprocher. Si j'en avais dix comme lui...

— Arrêtez, dit Format. Je ne vous reconnais plus. Vous n'avez plus que des « si » à la bouche. Si j'avais des machines, si j'en avais dix comme lui, si, si, si... On ne

dirige pas une entreprise avec des si. Nous avons à gérer
une situation difficile. C'est vous-même qui m'encoura-
giez à montrer que «j'en avais». Eh bien, c'est exactement ce que je vais faire.

— Vous ne pouvez pas foutre Rudi à la porte! Sous
quel prétexte? Parce qu'il nous demande la nature du
défaut de fabrication de la machine que nous devons
rendre et que nous sommes infoutus de lui répondre?
Parce qu'il ne veut pas la lâcher tant qu'une neuve ne
nous est pas livrée?

Behren lui coupe la parole, il rappelle l'incident des
tracts tirés sur la photocopieuse de la Kos. Rudi a déjà
montré qu'il n'avait aucun respect de l'autorité.

— Nous devons impérativement faire respecter notre
autorité! Nous ne pouvons pas offrir à ceux du siège un
prétexte en or pour nous liquider. VKM ne nous réclame
pas cette machine pour nous faire chier mais parce qu'ils
ont détecté un défaut. Lequel? On s'en fout. Ce sont nos
partenaires, nous appartenons au même groupe, nous
agissons en professionnels. C'est simple, c'est clair…

— Non, c'est pas clair, dit Rouvard, les poings serrés.

Serge frappe et entre dans le bureau sans attendre.

— Je ne vous ai pas dit d'entrer! aboie Format, à cran.

— Excusez-moi, monsieur, mais c'est très important.

Gisèle, la grève, Format sent venir une catastrophe sup-
plémentaire : jamais deux sans trois…

— Qu'est-ce qui se passe encore?

— Le camion de la VKM est là.

— Qu'est-ce que vous voulez que ça me fasse? Voyez
avec la manutention!

Serge jette un coup d'œil à Rouvard avant de se lancer :

— Je parle un peu allemand… Comme j'essayais de
faire comprendre au chauffeur qu'il y avait un problème,
il m'a sorti sa feuille de route pour me prouver qu'il était
pressé…

Format n'en peut plus :

– C'est pour ça que vous nous dérangez ?

À nouveau, Serge se tourne vers Rouvard, à la recherche d'un appui.

– La machine ne doit pas être livrée en Allemagne, dit-il en soutenant le regard de Format. Elle ne rentre pas à la VKM pour révision, elle va à Murcie, en Espagne, à l'usine Frontas…

Anne-Marie

Anne-Marie, la sœur de Gisèle, est assise du bout des fesses. La chambre au-dessus du garage est une pièce rectangulaire, légèrement mansardée, meublée a minima d'un canapé-lit clic-clac, d'une armoire-penderie, d'une commode et d'un bureau de bois roux. Les murs sont peints d'un jaune beurre frais et décorés d'une série d'aquarelles peintes par Patrick, le frère aîné de Franck. Des paysages et des personnages de Walt Disney. Il y a des rideaux fleuris, des voilages transparents devant les fenêtres et de la moquette beige sur le sol.

– Tu ne peux pas rester là, dit Anne-Marie, regardant autour d'elle avec un peu de crainte et un vague dégoût pour ce mobilier hétéroclite, cette décoration misérable.

– Où veux-tu que j'aille ?

– Rentre à la maison.

Gisèle sourit :

– C'est maman qui t'envoie ?

– Personne ne m'envoie. Personne ne sait que je suis là…

– Ça me fait plaisir de te voir…, dit Gisèle, posant la main sur la main de sa sœur.

Anne-Marie pose la sienne sur celle de Gisèle :

– Moi aussi. Tu me manques. Je ne m'y retrouve plus

dans notre chambre sans ton désordre. Je suis venue te chercher.

Les deux sœurs demeurent un instant silencieuses. Leurs mains sont chaudes, douces. Elles se retrouvent…

Mais Gisèle en veut à sa mère :

— Je ne rentrerai pas après ce qu'elle m'a dit. Ce qu'elle m'a fait…, dit-elle, se détachant de sa sœur.

— Maman va se calmer et papa a bien d'autres choses à penser. Tu as une famille, tu n'es pas à la rue.

— Ici aussi j'ai une famille.

— Oui, mais ce n'est pas pareil. Ces gens-là sont sûrement très gentils, très hospitaliers, mais tu n'es pas à ta place dans cette maison…

— Qu'est-ce que tu veux dire ?

— Tu n'es pas à ta place ici, chuchote Anne-Marie.

— Je ne comprends rien à ce que tu dis !

— Ne fais pas l'idiote. Tu sais très bien ce que je veux dire…

— Tu veux dire que ce sont des ouvriers et qu'on ne se mélange pas ?

— Mon Dieu ! soupire Anne-Marie, mais qu'est-ce que tu as dans le crâne ? Je me fiche pas mal que ce soient des ouvriers, des marchands forains ou n'importe quoi d'autre. Je veux dire que tu as eu ton bac avec mention Très bien, que tu vas faire des études brillantes, Sciences-po, peut-être l'ENA – pourquoi pas ? – et que pour y arriver tu as besoin d'autre chose qu'une chambre avec trois meubles dépareillés et Mickey accroché au mur.

Gisèle se mord les lèvres :

— Tu oublies quelque chose.

— Qu'est-ce que j'oublie ?

— Je vais être maman, dit doucement Gisèle comme si l'enfant qu'elle porte dormait déjà près d'elle.

Anne-Marie baisse la tête.

— Non, je ne l'oublie pas…

Elle regarde sa sœur droit dans les yeux :

– Je sais ce que t'a proposé le père Charles. Je sais que c'est très dur à entendre, à admettre. J'y ai réfléchi, j'y ai même beaucoup réfléchi, fais-moi confiance : c'est la moins mauvaise des solutions.

– Toi aussi, tu veux que j'abandonne mon enfant ?

– Gisèle, dit gravement Anne-Marie, tu as dix-sept ans. Quand cet enfant naîtra tu n'en auras pas encore dix-huit. Qu'est-ce que tu feras ?

– Je l'élèverai.

Anne-Marie s'irrite :

– Quand je t'entends dire des bêtises pareilles, ce n'est pas dix-sept ans que tu as, tu en as cinq ! Un bébé ce n'est pas une poupée avec laquelle on joue et qu'on jette quand on veut jouer à autre chose. Ça te prend tous les instants de ta vie.

– Et alors ?

– Et alors ? Alors, il ne te faudra pas trois mois pour le regretter et regretter tout ce que tu n'auras pas fait à cause de lui. Tout ce que tu ne pourras pas faire ! Tu finiras par le détester et faire deux malheureux de plus sur la terre, lui et toi. Aussi difficile que ce soit, si tu prends la décision de le confier à une famille qui l'élèvera, tu lui donnes une chance et tu t'en donnes une aussi. Tu laisses l'avenir ouvert…

Gisèle fait non de la tête :

– C'est atroce ce que tu dis. Tu imagines : passer toute ma vie en sachant que mon enfant vit ailleurs, loin de moi, sans moi, avec comme seul renseignement sur sa mère le fait qu'elle l'ait abandonné.

– Tu devrais lire moins de romans et regarder la situation en face, répond Anne-Marie d'un ton sec.

– Je la regarde en face. D'ailleurs, elle est banale : je suis enceinte, je vais me marier avec le père de mon enfant qui m'aime et que j'aime. Ma belle-sœur et mon beau-frère ont fait la même chose presque au même âge et ils ne sont pas malheureux. D'ailleurs Dallas attend son deuxième…

Anne-Marie se bouche les oreilles :

– Je ne veux pas t'écouter, «ma belle-sœur», «mon beau-frère», on dirait un feuilleton à la télé ! Dallas ? C'est qui Dallas ?

– La sœur de Franck.

Gisèle montre son grand sweat rose :

– C'est elle qui m'a passé ça, j'avais rien pour me changer. Elle est super…

Anne-Marie se lève et fait quelques pas dans la chambre.

– Je ne sais pas comment te le dire sans te braquer ?

Elle revient près de Gisèle :

– Tu ne dois pas te marier avec Franck. C'est de la folie. Pour toi comme pour lui. Vous êtes encore des enfants ! J'ai l'impression que tu fais tout ça pour te distinguer. Pour te donner un genre. Mais on ne se marie pas et on n'a pas des enfants pour montrer aux autres qu'on existe !

– Excuse-moi, dit Gisèle, je vais être franche : tu es ma grande sœur mais tu parles de ce que tu ne connais pas. Tu ne sais pas vraiment ce que c'est qu'être une femme, tu ne sais pas ce que c'est de faire l'amour avec un homme, d'avoir l'odeur de sa peau contre ta poitrine, le goût de sa bouche dans la tienne, son sexe dans ton sexe…

– Je t'en prie !

– Tu vois, rien que d'entendre ça te fait peur ! Franck et moi nous nous aimons, nous faisons l'amour, j'attends un bébé de lui, c'est notre histoire et personne n'a le droit de venir nous dire comment nous devons la vivre.

Anne-Marie s'exaspère :

– Réveille-toi, Gisèle ! Pour l'amour de Dieu, réveille-toi ! Le papa, la maman, le bébé, la belle-sœur, le beau-frère, Franck, Dallas, tout ça c'est du rêve ! Une chimère !

Tu n'es pas faite pour vivre au-dessus d'un garage avec un mécanicien qui te fera un enfant tous les ans !

– Tu es jalouse ?

– Ça ne risque pas !

– Si, je le vois bien, tu es jalouse.

– Ah oui ? Et de quoi ? Tu peux me le dire ?

– Tu es jalouse que je fasse ce que tu ne feras jamais, jalouse que je sois aimée, jalouse que je sois enceinte. C'est pour ça que tu veux que j'abandonne mon enfant et que je ne me marie pas. Pour que je sois comme toi, seule et les genoux serrés.

– Tu es complètement folle !

– Je sais, maman me l'a déjà dit.

Anne-Marie réussit à reprendre ses esprits, à se calmer. Elle ne veut pas envenimer les choses, au contraire.

– On ne va pas se disputer, c'est complètement idiot. Ce que je te dis, je te le dis parce que je t'aime. Parce que tu es ma petite sœur chérie, que je ne veux pas que tu gâches ta vie. Je veux que tu sois heureuse et j'ai peur que tu ne sois en train de tout compromettre…

– Si tu m'aimes, ça suffit. Il n'y a pas besoin d'ajouter quoi que ce soit.

Anne-Marie ouvre les bras :

– Viens, je te ramène à la maison.

Gisèle recule d'un pas :

– Non…

– Les petits réclament après toi, plaide Anne-Marie. Et Pierre ne jure plus d'aller casser la gueule à Franck. Elle rit :

– En fait, je crois qu'il a la trouille.

Ultime argument :

– Et maman, je m'en charge…

– Non, dit Gisèle, non je ne peux pas.

– Fais-le pour moi.

Gisèle croise les bras sur sa poitrine :

– Non, Anne-Marie, je ferai tout pour toi mais je ne rentrerai pas à la maison.

– Ne sois pas bête.

– Je ne suis pas bête. Je ne veux pas passer ma grossesse à entendre ma mère me crier d'avorter ni à écouter les sermons du père Charles.

– Les parents vont te couper les vivres.

– Ça ne fait rien.

– Papa ne te donnera pas ta part sur la maison de mamy quand elle sera vendue…

– Il n'a pas le droit.

– C'est la maison de sa mère, il peut faire ce qu'il veut…

– Mamy et moi on se comprenait, dit Gisèle, les joues brûlantes.

– Rentre à la maison.

– Non.

Poubelles

Le lendemain, ce sont les employés de la voirie qui s'étonnent de trouver trois valises, deux cartons de livres et de papiers près des poubelles chez les Thaler. Ils sonnent pour s'assurer qu'Henri souhaite bien s'en débarrasser :

– Tout ça, on l'embarque ?

Ce sont les affaires de Gisèle déposées en vrac par sa mère le matin même.

Henri fait l'andouille :

– Surtout pas ! Je suis en train de les rentrer. La porte a dû se refermer…

Henri prend les valises et les cartons et les dépose dans le couloir au pied de l'escalier. Il était moins une !

– Qu'est-ce que c'est que ça ? demande Denise.

Henri plaisante :

– Le trousseau de la petite…

Comme il ne travaille pas, Franck est réquisitionné par sa mère pour la conduire au Champion :

– On va en profiter pour faire le plein !

Henri et Gisèle restent en tête à tête dans la cuisine, devant un fond de café et quelques biscuits. Henri s'inquiète de savoir si le rangement des valises et des cartons n'a pas été trop pénible :

– Ça y est ? T'es bien installée ?

– Oui, le remercie Gisèle. Tout va très bien.

– Je vais te monter une petite bibliothèque pour tes livres. J'ai ce qu'il faut au garage…

– C'est gentil.

À son tour Gisèle s'inquiète :

– Mon père vous a aidé à charger tout ça ce matin ?

– Oui, ment Henri, je m'étais arrangé avec lui au téléphone. Ça a été vite fait. Il était pressé…

Il brode pour donner un air de vérité à son histoire :

– Ça m'a pris hier soir, je me suis dit : cette petite, elle n'a rien à elle ici, ce serait quand même mieux si elle avait ses affaires et ses livres…

– Ma mère n'a rien dit ?

– C'était très tôt.

– Vous ne l'avez pas vue ?

– Non.

Henri mange un biscuit et boit une dernière goutte de café pour le faire passer.

– C'est drôle que vous n'ayez pas vu ma mère, dit Gisèle.

– Elle n'était peut-être pas levée…

– Ce n'est pas son genre.

– Peut-être qu'elle ne tenait pas à me rencontrer…

Gisèle soupire :

— Je dis que c'est drôle que vous n'ayez pas vu ma mère parce que moi je l'ai vue…

— Tu l'as vue ? s'étrangle Henri.

Gisèle sourit :

— Je me suis levée pour aller aux toilettes ce matin. Juste avant de me recoucher, j'ai entendu une voiture s'arrêter. Machinalement, j'ai jeté un coup d'œil par la fenêtre et je l'ai vue jeter mes affaires près des poubelles. Et je sais qu'elle m'a vue…

— Ah merde ! dit Henri, honteux d'être confondu. Merde !

Gisèle le réconforte d'une voix mourante :

— Même sans la voir, je ne vous aurais pas cru. Mon père n'est pas fichu de faire sa valise quand il va quelque part, alors les miennes…

— Quand même !

Henri s'excuse :

— Je ne voulais pas te mentir. Je voulais juste t'éviter d'avoir trop de peine. Ce n'est pas des manières de déposer, comme ça, les affaires de sa fille…

Gisèle dévisage Henri :

— Je ne connais personne de plus gentil que vous…

Henri tend la main vers elle :

— Ne pleure pas, ma petite fille. Ne pleure pas. Tout ça n'a aucune importance…

Gisèle renifle :

— Je ne pleure pas.

Elle s'essuie les yeux avec la serviette d'Henri :

— D'ailleurs je ne pleurerai plus, c'est fini.

— Ça finira par s'arranger avec tes parents.

— Non, c'est fini.

Gisèle laisse échapper un étrange rire de gorge :

— Vous savez, il y a une histoire comme ça dans les Évangiles. La famille de Jésus croit qu'il est fou et cherche à le faire enfermer. Alors Jésus demande : « Qui est ma mère ? qui sont mes frères ? » Et il montre les gens

qui sont autour de lui, ceux qui l'aiment : « Voilà mes
frères, voilà ma mère. » Les autres, il ne veut plus les
voir…

Vol

Quand l'avion décolle pour Francfort, Format éprouve
un sentiment de bien-être qu'il n'a plus ressenti depuis
des mois. La poussée des réacteurs le propulse loin de sa
femme qui ne lui adresse plus la parole, de sa fille qui a
quitté la maison, de la Kos qui s'en va à vau-l'eau, de
Behren, de Rouvard, des Allemands, du vieux Thaler…

Il se souvient d'un voyage à Jérusalem avec le groupe
charismatique de Bernadette. Les « lieux saints » ne
l'avaient pas impressionné : trop d'emphase, trop de
commerce. Il racontait en riant les petits Arabes loueurs
de croix pour chrétiens amateurs de montée au calvaire,
les couronnes d'épines avec différents tours de tête, tout
le bazar de la charlatanerie bondieusarde qui lui fait horreur. En revanche, il avait aimé le couvent Saint-Étienne,
siège de l'École biblique et archéologique. Ils avaient
visité l'immense bibliothèque, des milliers de livres ! Le
père Puech leur avait expliqué comment il avait déchiffré
l'unique inscription connue au monde en vieux cana-
néen. Comment une tête de vache V en se retournant au
fil des siècles avait donné naissance au A de notre alpha-
bet. Mais, plus que tout, il avait apprécié le calme du
jardin, cette chaleur qui montait de la terre, ces odeurs
puissantes et douces, le silence stupéfiant au cœur d'une
ville si bruyante. La fenêtre d'un des pères dominicains
était ouverte au rez-de-chaussée. Il s'était approché et,
profitant de l'absence de son occupant, avait risqué un
œil à l'intérieur de la chambre. C'était une pièce austère,

un peu comme sa thurne de sous-officier quand il faisait les EOR[1] : des murs gris, un lit à une place, un bureau, une chaise et des livres empilés partout. Format y repensait souvent. Il s'y voyait, installé là, penché sur des livres, dans une vie consacrée à l'étude, avec pour unique compagnon un vieux matou qui paresserait au soleil et pour tout horizon quelques citronniers.

Péniche

Lorquin se présente à l'accueil de *La Voix*, tiré à quatre épingles, pantalon d'été à revers, chemise beige, mocassins…

— J'ai rendez-vous avec Mlle Chamard.

— Je la sonne, dit l'hôtesse. Si vous voulez bien l'attendre…

Lorquin va s'asseoir sur un fauteuil en Skaï devant une table basse où traînent les derniers exemplaires du journal. Lorquin n'y touche pas. Il les a déjà lus…

Florence arrive par l'ascenseur :

— Hou hou !

Lorquin se lève à sa rencontre.

— Je suis désolé, dit-il, je n'ai pas trouvé de kilt à ma taille…

Florence apprécie ses efforts :

— Vous êtes très élégant comme ça.

— Vous aussi vous êtes très élégante…

Elle porte un pantalon à pont en lin écru et sa vareuse en coton aux couleurs de la Royale ; Florence propose d'aller déjeuner sans attendre. Elle a une faim de louve :

1. Élèves officiers de réserve.

– Ça vous dit d'aller sur *La Péniche* ? On peut manger dehors…

– C'est pour ça que vous êtes en petit matelot ?

Ils vont le long des berges. Ils ne se parlent pas. Grave et rêveur, Lorquin piétine l'herbe jaunissante des talus. Florence respecte son silence. Elle aussi est intimidée. Soudain elle trébuche sur une racine qui affleure. Lorquin la rattrape. Sa main se ferme sur le bras de la jeune femme et il ne la lâche plus jusqu'à une vieille péniche refaite à neuf et transformée en restaurant.

Lorquin retrouve la parole quand ils sont à table.

– Comme vous m'avez dit votre prénom, glisse-t-il à Florence, le premier et le deuxième, je vais vous dire le mien. C'est François. Ça me fait drôle même de le dire, parce que personne ne m'appelle jamais comme ça.

Lorquin explique :

– Vous êtes trop jeune pour avoir connu ça, mais avant – au Moyen Âge ou à l'âge préhistorique ! – personne ne s'appelait par son prénom, pas même les enfants. Tout le monde m'a toujours appelé Lorquin, même mes copains à l'école et ceux que je vois encore continuent de le faire…

– Et votre femme, elle vous appelle comment ? demande Florence avec une pointe d'ironie.

– Ça dépend des circonstances…, avoue Lorquin.

Et riant :

– Mais quand elle m'appelle François, ça veut dire que ça barde vraiment !

Attablés tout près de l'eau, sous un parasol rose et blanc à l'enseigne de *La Péniche*, Florence et Lorquin passent au dessert. Florence ne touche pas tout de suite à son sorbet mangue-cassis. Elle attend qu'il fonde un peu.

– Vous vous souvenez, dit-elle, le jour où je vous tannais avec mes questions ?

— Oui ? dit Lorquin, qui ne voit plus très bien ni où ni quand…

— J'avais beau insister, vous n'étiez pas très causant. À un moment, vous m'avez demandé : est-ce que vous voulez écrire un article ou un roman ?

— Je vous ai demandé ça ?

— Oui.

— Et qu'est-ce que vous m'avez répondu ?

— Rien. J'ai fait semblant de ne pas avoir entendu…

Florence pose ses coudes sur la table et appuie son menton sur ses mains :

— Eh bien, aujourd'hui, si vous me posiez la même question, je ne ferais pas la sourde oreille, je vous répondrais : un roman.

— C'est vrai ? Vous voulez écrire un roman ?

— Ça ne me suffit plus d'écrire dans *La Voix*, j'ai envie d'autre chose.

Lorquin siffle d'admiration :

— Vous avez raison de vouloir vous en sortir, vous avez du style.

— Laissez tomber, je ne suis pas à la pêche aux compliments.

— C'est sincère. Je vous l'ai déjà dit, et pas seulement à vous, à d'autres aussi, vous écrivez bien.

Florence lui fait signe de se taire :

— J'ai une question.

— Une seule ?

— Accepteriez-vous de m'aider ?

Lorquin rigole :

— Vous présentez ça comme une demande en mariage !

— N'exagérons rien…

— Qu'est-ce que vous attendez de moi ?

— Tout. Que vous lisiez jour après jour ce que j'écris, mot par mot, phrase par phrase pour me dire ce qui ne va pas.

Lorquin se demande si c'est du lard ou du cochon :

– Pourquoi voulez-vous que je fasse ça ? Je n'y connais rien, moi, à l'écriture. Mon frère, celui qui est prof…

Florence le coupe :

– Je m'en fous que vous n'y connaissiez rien ! Je ne veux pas écrire dans le vide. Je veux écrire pour quelqu'un. J'ai pas besoin d'un prof, j'ai besoin de quelqu'un.

– Et ce « quelqu'un », c'est moi ?

– Oui, dit Florence, sans le quitter des yeux, vous êtes quelqu'un. L'autre jour, quand nous nous sommes rencontrés, une fois puis encore une fois dans la même journée – vous allez vous foutre de moi –, j'ai pensé : c'est un signe. C'est lui qu'il me faut, lui à qui je dois parler de mon projet, à lui que je dois faire lire pour avoir le courage d'aller au bout. C'est bête, hein ? Je n'y peux rien, je suis comme ça, terriblement superstitieuse…

Elle avale une bouchée de cassis glacé :

– Comprenez : je suis seule ici, je ne connais personne. Au journal, je suis entourée de braves gens mais qui ne pensent qu'à leurs congés, leurs RTT, leur retraite. Je ne les méprise pas mais nous n'avons rien à nous dire.

Lorquin prend son front dans sa main et le masse comme s'il venait de recevoir un coup :

– C'est un livre sur quoi ? demande-t-il en redressant la tête.

Florence croque dans une gaufrette avant de répondre, regard bleu pétillant, nez en l'air :

– Un livre sur ce qui se passe ici : la Kos, les luttes, les secrets de la ville… Je ne veux pas vous mentir, je compte aussi sur vous pour m'apprendre tout ce que j'ignore.

– Le genre essai ?

– Non, dit Florence rayonnante, un roman. Un livre avec des personnages, des histoires, des amours…

Lorquin se laisse séduire :

– Vous avez le titre ?

– *Victoire*…

Secret

Rudi et Serge se retrouvent face à face dans l'atelier de mécanique. Sans témoins.

— Tu n'es qu'un sale con, dit Rudi.

— T'es pas mal non plus, répond Serge.

— Tu ne pouvais pas me le dire direct ?

— J'étais pas sûr. C'était juste une intuition.

— Et si je n'avais rien compris, si je n'avais rien fait ?

— Je l'aurais fait, moi.

— Ah mon salaud ! Tu m'envoies au casse-pipe et t'attends de voir ce qui se passe ?

— J'étais sûr que tu comprendrais. Il valait mieux que je reste à ma place. Ça ne servait à rien que je me mette en avant.

— T'es vraiment un tordu ! Et si je m'étais fait virer ?

— C'était le risque.

— Putain ! T'es vraiment un sale con !

— Pas plus que toi.

— OK, on est deux sales cons, mais sur ce coup-là, on peut dire qu'on s'est pas mal démerdés.

Ils se serrent la main et s'embrassent en se donnant de grands coups dans le dos.

Bibliothèque

Rudi monte voir Mickie à la permanence de la mairie. Coup de chance : ils sont seuls dans la bibliothèque. Pas un lecteur à l'horizon ! Rudi prend l'initiative :

— Ferme la porte, dit-il.

— Pourquoi ?

– Fais ce que je te dis…

Mickie comprend :

– Ah non, pas ici !

– Ferme la porte.

Mickie obéit, répétant «t'exagères, vraiment t'exagères». Deux tours de clef et sur la porte la pancarte *Fermé*. Rudi la plaque contre le mur, sa bouche s'écrase sur la sienne :

– J'en peux plus…

– Moi aussi j'ai envie, chuchote Mickie, éteignant le plafonnier sinistre.

– Viens.

Mickie porte une robe de crêpe qui se boutonne par-devant. Elle est vite déboutonnée et vite mise à nu. Ils font l'amour là, Rudi assis sur une chaise, Mickie à cheval sur lui, la tête renversée, les bras posés sur les épaules.

– Jouis ! Jouis ! Jouis ! répète sourdement Rudi, la tenant ferme par la crinière.

Plus tard.

Mickie se lave les fesses, assise sur le petit lavabo installé à l'angle des toilettes. Rudi la regarde en se caressant, la bite encore dure :

– C'est quoi déjà le plus beau mot de la langue française ?

Plus tard encore.

Ils sont assis par terre dans un coin des rayonnages, se tenant par la main comme deux enfants dans une cour de récréation.

– Ma femme est venue chez toi ? dit Rudi.

– Oui.

– Je ne peux pas dire que ça me fasse plaisir.

– Pourquoi ?

– Je ne sais pas, dit Rudi.

En fait, il sait :

– C'est comme trahir un secret.

– Je n'ai rien trahi ! se défend Mickie. Personne ne peut savoir…

– Même s'ils ne savent pas, ça devient visible.

Mickie renâcle :

– Personne ne sait, personne ne voit…

– Ils ne voient rien parce qu'ils sont aveugles, dit Rudi. Mais moi je ne suis pas aveugle. Et avoir dans la tête cette image de vous deux côte à côte…

– Quoi ?

– Ça m'angoisse.

– Il n'y a pas de raison…

Rudi regarde le lino vert entre ses jambes :

– Ce qui me plaît dans notre histoire, c'est son secret. C'est de t'aimer hors du monde, dans des endroits qui ne sont qu'à nous, que pour nous. Faire venir Dallas chez toi c'est comme un sacrilège…

– Tu veux dire une profanation ?

– Je ne sais pas, quelque chose qui nous trahit…

Mickie s'insurge :

– Je ne l'ai pas emmenée dans la chambre !

– Dans l'entrée, ça suffit.

– Embrasse-moi plutôt que de ruminer des choses qui n'en valent pas la peine.

– Qu'est-ce que tu veux de Dallas ? demande brusquement Rudi en se levant.

Mickie se lève aussi :

– Je ne veux rien du tout ! J'organise un groupe de discussion, elle y participe, très bien, c'est tout ce que je veux. Qu'est-ce que tu crois ?

Rudi prend la main de Mickie et l'embrasse :

– Pas à moi, Mickie. Pas à moi…

Il lui sourit :

– Dallas est ma femme, Dallas est enceinte, Dallas pourrait être ta fille, tu ne sens pas qu'il y a quelque chose qui cloche ?

Mickie hausse les épaules :

— Quelque chose comme…

Elle hésite sur le mot :

— Comme un inceste ?

— Je n'y avais pas pensé, dit Rudi, mais oui, quelque chose comme ça…

Le visage de Mickie s'éclaire :

— Tu n'y es pas du tout, dit-elle. Je vais t'expliquer, c'est vieux comme le monde. Avant, quand la femme du chef de la tribu ne pouvait pas avoir d'enfant, elle donnait sa servante à son mari pour qu'il lui en fasse un. Et ça devenait son enfant, sa descendance. Dans la Bible, par exemple…

— Une sorte de «mère porteuse» ? ironise Rudi, sans la laisser aller plus loin.

— Si tu veux…

— Dallas n'est pas ta servante.

— C'est tout comme.

— Tu déconnes.

— Si tu réfléchis un peu, cet enfant qu'elle porte est le fruit de notre union, de notre amour. À travers elle, c'est l'enfant que tu m'offres symboliquement. C'est normal qu'elle vienne le déposer à mes pieds…

Consultation

Le Dr Kops prie Dallas de se rhabiller après l'avoir auscultée :

— RAS, tout se présente au mieux. Pas de soucis.

— Je suis inquiète, dit Dallas.

— Vous n'avez aucune raison de vous inquiéter. Je vous assure : vous vous portez comme un charme !

— Ce n'est pas pour ma santé que je suis inquiète, docteur, je sens bien que je vais bien. Je suis inquiète pour l'argent…

— Vous avez des dettes ?

— On n'y arrive plus et je ne vois pas comment on pourrait s'en sortir. Je fais et je refais les comptes et je n'y arrive pas. Vous savez combien gagne mon mari ?

— Non, avoue Kops. Je ne sais pas…

— Rudi gagne plus ou moins mille deux cents euros par mois, il y a cinq cents euros qui partent aussitôt pour le remboursement de la maison et cent pour le crédit des meubles, reste six cents euros…

— Pour le mois ?

— Oui, pour la nourriture, les vêtements, tout… Mais il faut enlever le téléphone, le gaz, l'électricité, les impôts, les taxes, enfin tout ce qu'on nous réclame tout le temps. En vrai, il me reste moins de cent euros par semaine…

— Vous avez quand même votre allocation maternité par le chômage.

— Oui, et puis grâce à vous, un peu d'argent avec les enfants que je garde, mais d'abord ils ne sont pas tout le temps là et ensuite je ne pourrai pas les garder tout le temps.

Dallas enfonce la tête dans ses épaules.

— J'ai l'impression de faire de la corde raide à cloche-pied au-dessus d'un précipice…

Kops apprécie l'image d'un sourire :

— Vous devez pouvoir renégocier vos échéances.

— Je suis allée voir M. Decotz à la banque, avec ma mère. Mes parents sont caution pour nous. Il n'a rien voulu savoir parce que nous ne sommes pas les seuls dans ce cas-là et que sa direction lui interdit de faire une exception…

Le Dr Kops fait la moue :

— Je ne crois pas que vous ayez grand-chose à craindre. Vous venez de le dire : vous n'êtes pas les seuls dans cette situation. La banque sera forcée de composer. À l'heure actuelle, pardonnez-moi de vous dire ça, vos biens ne valent pas grand-chose. Si vous regardez un peu partout, il y a plein de maisons à vendre et personne pour les acheter. Tenez, vous n'avez qu'à voir la maison de la mère de M. Format près de la sapinière…

— N'empêche que je suis inquiète. Je me ronge les sangs, comme dit papa.

— Vous voulez que je vous donne quelque chose ?

— Ah non ! Je ne disais pas ça pour ça ! Je ne veux pas prendre de médicaments ! Surtout pas dans mon état ! Non merci. J'ai lu dans un magazine qu'ensuite on avait des enfants qui se droguent.

— Ce n'est pas automatique, dit Kops, condescendant.

Dallas se lève :

— Je peux monter dire bonjour à votre femme ?

— Bien entendu. Elle est dans sa chambre…

— Votre mère s'en sort avec les petits ?

— Je ne sais pas si elle s'en sort, en tout cas, ça l'occupe !

La femme de Kops est assise près de la fenêtre, en manteau, comme si elle s'apprêtait à sortir. À l'horizon, une rangée d'arbres lézarde le ciel pur :

— Ah, Dallas ! dit-elle. Vous êtes toute rose…

— L'escalier est raide.

— Vous voulez vous asseoir ?

Dallas souffle :

— Merci. Je suis juste montée vous dire bonjour.

— Il y a quelque chose qui ne va pas ?

— Non, non. Tout va bien, merci.

— Parce que si quelque chose ne va pas, vous savez, moi je ne peux rien pour vous…

Dallas opine d'un petit mouvement de tête :

— Mon mari m'a dit que vous aviez voulu lui prêter un livre.

— Votre mari ?

– Il est passé raccompagner les enfants l'autre jour…

– Vous devez faire erreur. Je n'ai jamais vu votre mari.

– Rudi, vous savez.

Vraiment ce nom ne dit rien à la femme de Kops :

– Mais si votre mari veut que je lui prête des livres, qu'il passe me voir, je lui en prêterai volontiers.

– Vous ne vous souvenez pas, une histoire écrite par un type mort ?

Francfort

Francfort : le siège de la SH occupe quatre étages en plein centre-ville, sur la Friedberger Landstrasse. Quatre étages seulement dans la tour, mais les quatre derniers. Ceux qui sont au sommet. Quand Format entre dans son bureau, Volker, le directeur des opérations d'Hoffmann, se lève mais il ne se déplace pas pour saluer. Ils se serrent la main au-dessus des papiers étalés devant lui et, sitôt assis, en viennent aux faits.

– J'attends vos explications, dit Format d'un ton froid.

Volker relit rapidement une page dactylographiée qu'il tend à Format :

– Si vous voulez bien regarder ça…

Graphiques et chiffres : ce sont les résultats comparés de l'usine Frontas à Murcie et de la Kos. L'Espagne est plus performante sur tous les points : meilleure productivité, allégement considérable des charges de structures, rentabilité en hausse…

Format repose la feuille sans se laisser impressionner :

– Et alors ?

– Et alors ? s'exclame Volker. Alors, c'est à vous que

je pose la question, monsieur Format : qu'est-ce que vous comptez faire ?

– La question n'est pas là. Nous avons mis sur pied un plan de restructuration qui, outre des licenciements, supposait un réinvestissement en matériel et une modernisation de l'usine…

– Je sais cela, monsieur Format…

– Laissez-moi finir : les pouvoirs publics français sont intervenus pour soutenir ce plan et, quoi qu'il ait pu m'en coûter, je l'ai mis en œuvre avec toute l'énergie nécessaire à sa réussite.

Volker tente de l'interrompre :

– Monsieur Format…

Mais Format ne veut pas l'entendre :

– Par contrat la VKM devait nous fournir et installer six nouvelles machines. À ce jour – plus de six mois après notre commande ! – nous n'en avons que deux en fonctionnement et je découvre que celle qui était en montage doit être démontée non pas, comme on me l'affirme, pour révision, mais pour être livrée à Murcie ! Vous appelez ça comment, monsieur Volker : du sabotage ? de la trahison ? de l'assassinat ?

Volker toise Format de tout le mépris dont il est capable :

– J'appelle ça de la bonne gestion, dit-il, détachant chacun de ses mots.

Format explose :

– Vous vous foutez de ma gueule ?

Volker ne relève pas.

– Vous vous trompez d'adresse, Format : pour vos injures et vos machines vous devez voir la VKM, ce sont eux qui ont traité directement avec Bauër à Murcie. Nous n'y sommes pour rien…

Ce nom fait sursauter Format :

– Bauër ? Louis Bauër ?

– Oui, pourquoi ?

— Celui qui a quitté la Kos, soi-disant pour les États-Unis…

Volker réprime un sourire :

— Nous l'avons rattrapé par les cheveux.

Format est stupéfait :

— Louis Bauër est votre directeur à Murcie ?

— Il n'y a pas beaucoup d'Allemands qui parlent espagnol aussi bien que lui, monsieur Format…

Raussel

Cinq semaines passent, les plus horribles dans la vie de Format. Il ne quitte plus la Kos. Il y travaille, il y mange, il y dort même parfois sur un matelas de fortune que Carole a fait monter de l'infirmerie. Les chiffres de l'usine Frontas à Murcie et le coup de Jarnac de Bauër sont devenus une obsession pour lui. Il veut faire mieux que les Espagnols et écraser le traître par une réussite éclatante.

Le travail a repris.

Format a ordonné de remonter au plus vite la machine qu'on voulait leur reprendre. Il a fait doubler les équipes, les heures supplémentaires sont multipliées par trois. Tout le monde doit s'y mettre. Eppelbaum et Drapper, les commerciaux, sont sous pression : interdiction de remettre les pieds à la Kos sans de nouvelles commandes, de nouveaux marchés.

Format avance dans la fièvre.

Il pense à *Andreï Roublev*, ce film qu'il a tant aimé, où un jeune homme qui ignore tout de la fonderie réussit à faire fondre une cloche géante par la seule foi qui le porte. Format est partout : dans les ateliers, à la manutention, au contrôle qualité, il parle avec les banques, avec les syndicats, convoqués formellement tous les trois jours, Behren est chargé d'un audit interne, Rouvard et Serge sont ses yeux, ses oreilles, ses mains…

Cinq semaines incandescentes.

Francfort encore

Format est de nouveau à Francfort à la fin du mois. Les yeux creux, hâve, il a maigri mais il a dans son attaché-case des chiffres qui sont sa revanche. Cette fois-ci c'est Hoffmann en personne qui le reçoit.

— Je ne m'en lasse pas…, dit-il en admirant le panorama. Pourtant ce n'est pas vraiment artistique, ce n'est pas la Toscane, mais, je ne sais pas, il y a quelque chose ici qui m'émeut toujours. Peut-être le fantôme de la ville qui existait avant la guerre. Vous comprenez ça, monsieur Format ?

Format répond oui par politesse : les idées d'Hoffmann sur l'architecture ne l'intéressent pas le moins du monde. Mais Hoffmann tient à lui faire partager ses réflexions jusqu'au bout :

— Il y a ici, à Francfort, une ville fantôme que l'on sent partout dans l'air comme les amputés sentent toujours le membre qui leur manque…

Hoffmann dévisage longuement Format comme s'il cherchait à s'assurer qu'il est bien pénétré de ce qu'il vient de lui dire.

— Vous avez maigri, non ?

— Je fais du sport, invente Format, surpris par la question.

Hoffmann le félicite. Il bombe le ventre :

— Regardez-moi : c'est ce que je devrais faire…

Puis il invite Format à s'asseoir :

– Prenez-vous du café ou du thé ?

– Du café.

Hoffmann fait lui-même le service. Il tend une tasse à Format et pousse vers lui une corbeille de viennoiseries

– Vous ne faites pas de régime au moins ?

– Non, je vous rassure.

Format prend un croissant. Il est tendu, nerveux :

– Merci, dit-il en l'écrasant à moitié dans sa main.

– Avez-vous un peu voyagé, monsieur Format ?

– Pas beaucoup. Je suis allé à Rome avec ma femme, et à Jérusalem. Et, quand j'étais jeune, je suis allé en Grèce, à Pathmos.

– Vous n'avez jamais traversé l'océan ?

– Non. Je le regrette. Je ne connais pas les États-Unis, ni le Mexique, ni le Canada…

Hoffmann ne l'écoute pas. Il s'essuie soigneusement la bouche avec une serviette en tissu d'un blanc immaculé :

– Nous allons arrêter la Kos, monsieur Format. C'est fini. L'usine sera définitivement fermée fin août. Martin – M. Volker – vous détaillera cela. Nous ferons tout très correctement. Nous n'allons pas vous laisser tomber. Il y a une opportunité pour vous au Venezuela…

Format sent un sang brûlant envahir sa nuque :

– Vous ne pouvez pas. C'est impossible, bégaye-t-il. J'ai là des chiffres qui prouvent que…

– Je comprends votre déception et, croyez-moi, je la fais mienne, dit Hoffmann, mais pourquoi continuer ? Tous les indicateurs sont au rouge…

Format se rebiffe. Il ouvre son attaché-case :

– Je ne suis pas d'accord : nous avons largement progressé en productivité et s'il n'y avait eu cette histoire de machines…

Hoffmann referme l'attaché-case sur la main de Format :

– C'est fini, monsieur Format. Vos chiffres arrivent

trop tard. La décision est prise. Le rideau est tombé. Il ne faut pas regarder en arrière. Cela ne vous concerne plus. Vous connaissez le Venezuela ?

— Ne me parlez pas du Venezuela ! J'ai travaillé jour et nuit pour...

Hoffmann rajuste ses lunettes

— Je n'en doute pas, monsieur Format, mais ça ne me concerne plus...

— Pardon ?

— Je ne suis plus rien dans cette maison. J'ai tout vendu à la Steel, des Américains de Seattle. Très puissants, très méchants. Si vous saviez ce qu'ils m'ont dit de la Kos, rien qu'en regardant les chiffres. C'était humiliant de les entendre répéter «*shit, shit, shit*» à toutes les lignes. Mais, j'ai tenu bon. J'ai dit : «Vous me voulez ? Eh bien, si vous me voulez, il faut me prendre tout entier.» Et comme ils voulaient tout, ils ont tout pris, y compris la Kos...

Format ne peut pas y croire :

— La Kos ne vous appartient plus ?

— Sur le papier elle m'appartient encore pour quelque temps mais, en réalité, tout le groupe est déjà aux Américains. Si vous descendez, vous les verrez, tous leurs hommes sont dans les bureaux comme des pitbulls...

— C'est insensé ! Nous sommes jetés à la rue comme des malpropres par des gens pour qui nous ne sommes que des chiffres sur un compte d'exploitation et qui n'ont jamais vu une machine de leur vie !

Hoffmann dit d'une voix douce :

— Ce qui est insensé, monsieur Format, ce n'est pas que vous soyez jeté à la rue, c'est que vous soyez encore en vie.

— Quoi ?

— Il y a longtemps que vous êtes en coma dépassé...

Soir

Carole se brosse les cheveux devant sa coiffeuse quand elle entend sonner à la porte. Machinalement elle regarde son réveil : Hachemi est en avance. Il faudra qu'elle lui apprenne qu'il est d'usage de ne pas être là un quart d'heure trop tôt lorsqu'on est invité à dîner. Qu'il faut même plutôt être en retard, accorder un délai à la maîtresse de maison pour qu'elle règle les derniers détails.

Carole n'est même pas habillée !

Tant pis pour lui, pense-t-elle en descendant ouvrir, encore en peignoir...

– Monsieur Format ?

Carole porte la main à sa poitrine, stupéfaite de cette visite inattendue.

– Je peux entrer ?

– Je vous en prie, dit Carole en s'effaçant pour le laisser passer. Je vais aller me changer...

Format fait quelques pas à l'intérieur et s'arrête au milieu du salon totalement vide. Il n'y a plus un meuble, plus un bibelot, plus une photo : rien. D'où il se trouve, Format peut apercevoir les murs nus de la cuisine, vide elle aussi. En levant la tête, il découvre que le lustre a été démonté, que les fils pendent, protégés par des dominos.

– Je vais vous trouver une chaise, dit Carole, précipitamment.

Mais elle n'est pas au pied de l'escalier que Format fond en larmes.

– Monsieur Format ?

Carole revient vers lui, les bras tendus, les paumes ouvertes comme si elle craignait qu'il ne s'évanouisse devant elle.

– C'est fini, murmure Format, fini...

– Qu'est-ce qui est fini ?

Format ne trouve pas ses mots, il bredouille :

— La Kos est morte.

— Hein ?

Format saisit Carole par les épaules. Il hausse le ton :

— C'est fini, Carole, je reviens de Francfort : la Kos ferme définitivement fin août. C'est fini !

— Les Allemands recommencent un plan social ?

— Non, vous ne comprenez pas. Ça ne recommence pas, ça ne recommencera plus jamais : c'est fi-ni.

Format fait un grand geste circulaire :

— C'est comme ici, il n'y a plus rien, c'est le désert. Et pourquoi c'est le désert ? Parce que c'est fini.

Il souffle :

— C'est fini aussi pour vous, Carole ?

Carole baisse les yeux :

— Oui, monsieur Format. Je vais partir. J'avais l'intention de vous en parler cette semaine. J'ai tout vendu et je vais partir. Je n'ai pas pris de congés, ça fera mon préavis…

— Vous allez où ?

— Je ne sais pas. Loin, sans doute.

— Vous avez vendu la maison aussi ? Moi, je n'arrive pas à vendre celle de ma mère, personne n'en veut…

— Oui, je l'ai vendue.

— À qui ?

— À Rouvard…

Format ne peut s'empêcher de rire :

— J'espère qu'il a une bonne assurance !

— Pourquoi vous dites ça ?

— Parce que c'est fini, Carole. Je me tue à vous le répéter : la Kos est morte. Dans un mois, il n'y aura plus rien, plus personne, plus de production, plus de travail, plus de salaires, plus rien ! Usine morte, ville morte.

Format se remet à pleurer.

— Vous devriez rentrer chez vous, dit Carole. Vous

voulez que j'appelle votre femme ? Ça n'a pas l'air d'aller du tout.

— Laissez ma femme où elle est.

Carole sent l'haleine chargée d'alcool de Format.

— Vous avez bu ?

— Oui, j'ai bu : du whisky dans l'avion, et j'ai encore envie de boire. Vous avez quelque chose ?

— Vous êtes sûr que vous ne voulez pas que j'appelle votre femme ?

— Vous avez du whisky ?

— Je ne sais pas s'il en reste…

— Eh bien allez voir, s'il vous plaît.

Carole ne sait pas quoi faire. Elle va vers la cuisine, se ravise et y repart :

— Je ne vous promets rien !

Elle revient avec une bouteille de bourbon et deux verres. Format s'est assis le long du mur, près de l'escalier.

— Je n'ai qu'un fond de bourbon.

— Ça va très bien, le bourbon…

Carole remplit les deux verres. Format est secoué d'une nouvelle crise de larmes :

— Excusez-moi, excusez-moi…

— Essayez de m'expliquer ce qui s'est passé, dit Carole. Racontez-moi, ça vous fera du bien…

Format l'observe entre ses larmes.

— Je suis un idiot, dit-il en se penchant vers elle. Le plus idiot des idiots idiots…

— Ne dites pas ça, ce n'est pas vrai.

— Si, c'est vrai : l'idiot des idiots idiots, c'est bibi.

Carole tente de le raisonner :

— Et si vous vous allongiez un peu pour récupérer ?

— Non, je ne veux pas récupérer, je veux vous raconter.

Carole sourit, patiente, maternelle.

— Alors racontez-moi.

La bouche de Format se contracte dans un rictus :

— Vous avez bien compris ce que je vous ai dit? La Kos, c'est fini, ça ferme, ça s'arrête.

— Oui, j'ai compris.

— Et ça ne vous fait rien?

Carole ne veut pas mentir :

— Non, ça ne me fait rien. Depuis que ma mère est morte…

On sonne à la porte. Elle ne finit pas sa phrase :

— Excusez-moi…

Carole se lève et va ouvrir :

— Je reviens.

C'est Hachemi, avec un bouquet de fleurs.

— Il y a un problème, chuchote Carole, en lui barrant l'entrée. Je suis avec M. Format…

Hachemi se penche pour l'apercevoir :

— Qu'est-ce qu'il fout là?

— Je t'expliquerai mais pas maintenant. Appelle-moi…

Carole veut refermer mais Hachemi l'en empêche :

— Ça va pas, non? Tu me dis de venir manger et je te trouve à moitié à poil avec Format et tu crois que je vais me tirer comme ça? Mais pour qui tu me prends?

Carole s'excuse :

— La Kos va fermer. Il est très très mal…

Hachemi n'entend pas ce qu'elle dit :

— Tu me racontes des salades ou quoi? Qui va très mal? T'es docteur? S'il est malade, qu'il aille voir le docteur!

— Sois gentil, reviens plus tard.

— Tu me prends vraiment pour un con!

— Hachemi…

— Y a pas d'Hachemi! Tu me fais chier!

— Ne te fâche pas…

— Je ne me fâche pas, je me taille!

Il lui jette le bouquet qu'il avait acheté pour elle :

— T'as qu'à le bouffer avec Format! Je t'emmerde! Je

vous emmerde tous les deux ! Je ne suis pas un bouffon, moi ! Il est malade ? Moi aussi je suis malade !

Carole ferme la porte et s'adosse contre elle, le bouquet plaqué contre son ventre. Dehors, Hachemi crie qu'elle n'est qu'une pute, qu'une salope, qu'il n'en a rien à foutre d'elle !

Finalement, il s'en va, en jurant en scie : putain, salope !

Carole abandonne le bouquet sur le parquet et rejoint Format qui fixe un point loin d'elle, l'air absent, les pupilles dilatées.

– Faut que vous rentriez maintenant, dit-elle en essayant de l'aider à se relever. Je vais vous raccompagner. La vieille Mercedes que mon père avait retapée est toujours dans le garage, je vous ramène.

– Asseyez-vous, ordonne Format. Même si ça ne vous fait rien que la Kos s'arrête, vous devez savoir. Il faut que quelqu'un sache. Je ne peux pas être le seul…

– Qu'est-ce que je dois savoir ?

– Asseyez-vous.

Carole cède et s'assoit à côté de Format :

– Je m'assois mais après vous rentrez. Promis ?

– Vous savez ce qu'il m'a dit ?

– Qui ?

– Hoffmann, the big boss, the number one ! Il m'a dit en me regardant en face : « Vous, les Français, vous avez un grand défaut : vous ne savez pas tuer. » Et puis il a battu sa coulpe comme s'il voulait que je lui donne l'absolution. J'ai dû écouter ses pleurnicheries hypocrites et ses plaintes. C'était comique, il gémissait : « Peut-être aurais-je dû écouter Volker et tout arrêter il y a six mois ? Tuer net et du premier coup. Mais – ce doit être à cause de ma femme – je me suis laissé enfumer par l'esprit français : attendre, voir, penser que "ça s'arrangera". En affaires, monsieur Format, on ne s'arrange pas : on paye ou on est payé. Et je vous assure que je vais payer cher mon hésitation… »

Format ricane :

– Il doit me prendre vraiment pour le dernier des ânes pour croire que j'avalerais comme ça ses explications, ses repentirs, ses lamentations. Il me ment. Il m'a toujours menti, Sam !

– Qui ?

– Hoffmann s'appelle Samuel, il voulait que je dise Sam. Sam et Robert, Laurel et Hardy…

Format attrape le bras de Carole et le serre :

– Ça m'est revenu d'un coup dans l'avion il y a six mois, à Bruxelles, il était déjà en pourparlers avec les Américains. Ils étaient là, cachés sous la nappe du banquet. Vous savez ce qu'on a bu ce jour-là ?

– Non, dit Carole en se libérant.

– On a bu un vin qui vous coûterait une semaine de salaire ! Moi, j'en ai bu. J'ai honte, j'ai tellement honte…

Format ferme les yeux, il crie soudain à un interlocuteur invisible :

– Il t'a fallu six mois pour conclure et un idiot des idiots comme moi pour rendre le paquet plus présentable. C'est ça, hein ? C'est pour ça que tu m'as choisi ?

– Quels Américains ? demande poliment Carole.

Format glousse :

– C'est vrai que vous ne savez pas ! Il n'y a pas que la Kos qui est vendue, tout est vendu. Hoffmann a vendu tout le groupe à des Américains de Seattle. Ceux-là, vous ne les verrez jamais. Ils n'ont pas d'usines en Europe et pas même aux États-Unis. Tout est aux Philippines, en Thaïlande, en Amérique du Sud…

Carole ne comprend pas.

– Alors, à quoi leur sert la Kos ?

– Mais à rien, justement, rien du tout. Ils s'en fichent comme de l'an quarante. Pour eux, je cite Hoffmann, c'est «un tas de merde, *a big piece of shit* ! ». Pensez : une usine avec des ouvriers, des syndicats, des avantages sociaux, et quoi encore ? Il n'y a qu'une chose qui les intéresse dans la Kos, le diamant au fond du seau de

merde : notre licence d'exploitation de la fibre synthétique, le brevet. Ici, ça ne vaut rien, mais là-bas, en Asie,
ça produira des millions de dollars sur le dos de malheureux à côté desquels le plus pauvre de nos pauvres ferait
figure de nabab !

– Et vous allez laisser faire ça ?

La question tire à nouveau des larmes à Format :

– Je suis mort, Carole, vous ne comprenez donc pas ?
Je n'existe plus. Rayé de la carte. Envoyé *ad patres*.

– Je vous en prie, ne pleurez pas.

Format essuie ses joues avec ses doigts :

– Comment ai-je pu être aussi idiot, aussi aveugle ?
Saint-Pré l'avait bien senti. Un jour il m'a dit : « Demandez-vous pourquoi ils vous ont choisi ? Vous et pas un
autre ? » Je suis sûr qu'il connaissait la réponse, c'est tout
bête : ils m'ont choisi parce que j'étais le plus stupide
qu'ils avaient en stock. Ils ne pouvaient pas trouver
mieux ! J'étais l'inestimable Format !

– Vous avez tout fait pour sauver la Kos, vous n'avez
rien à vous reprocher.

– Oh si, Carole, j'ai quelque chose à me reprocher.

Format hoche la tête :

– Vous savez ce que j'ai à me reprocher ?

Il se tait, son souffle s'accélère, son nez goutte. Format
gémit :

– J'ai à me reprocher de ne pas avoir compris que
toute cette histoire était écrite avant même que j'entre en
scène !

Magnéto

Lorquin vient de partir. Florence passe sur le balcon
pour le regarder quitter l'immeuble. Elle lui adresse un

petit signe de la main. Ils ont bien travaillé aujourd'hui, ça avance. Lorquin répond d'un salut vaguement militaire et disparaît au coin de l'avenue de la République.

Florence rentre, elle frissonne.

Elle tire les rideaux et se fait couler un bain bien chaud. Elle se déshabille. Elle pose son petit magnétophone sur le bord de la baignoire, le met en marche et se glisse dans l'eau mousseuse pour réécouter la grande tirade de Lorquin contre les paysans : « Ne me parlez pas des paysans ! Est-ce que vous avez déjà vu des paysans venir offrir quelque chose à des ouvriers qui font la grève ? Jamais. Ou alors deux fois dans le siècle. Regardez : quand il y a des problèmes, si vous êtes paysan et que vous manifestez vous pouvez faire tout ce que vous voulez. Les flics vous laisseront toujours tranquilles. Tous les gouvernements – de droite comme de gauche – pètent de trouille devant les paysans et les flics ont ordre de regarder ailleurs quand ils foutent le feu à un bâtiment public, quand ils déversent des citernes de merde sur la chaussée, quand ils brûlent des tonnes de bouffe ou qu'ils cassent la gueule à un ministre ! Si vous êtes paysan et que vous faites ça, c'est l'immunité complète. Vous pouvez vous faire prendre, vous ne ferez pas dix minutes de prison. Être paysan c'est aussi bien qu'être président de la République. Vous êtes intouchable. Tout ça pour dire que les paysans et nous, ce n'est pas la même chose. Je pourrais remonter jusqu'à la Révolution mais ce n'est pas nécessaire, je crois que vous comprenez bien ce que je vous dis. Nous – nous, les ouvriers, les types comme moi –, nous n'avons rien, pas de terres, pas de biens, pas de subventions : nous sommes seuls et nous ne pouvons compter que sur nous-mêmes. Nous sommes seuls, c'est notre faiblesse et c'est notre force. C'est notre faiblesse parce que si les flics, les patrons, la justice, les politiques, les télés se mettent contre nous, ils finiront par nous écraser. C'est notre force parce que, quand on sait ce qui nous pend au nez, on devient comme un animal sauvage… »

Florence n'entend pas la fin.

Elle s'est endormie, elle rêve à l'été de ses six ans, à la pelote de laine qu'elle déroule pour relier entre eux les grands arbres d'un cimetière ; nue, elle danse d'un pied sur l'autre, joue au chat et au corbeau et se couvre d'un manteau de fleurs coupées…

Pire

Solange, la femme de Lorquin, ne sait pas trop quoi en penser :

— En tout cas, dit-elle à Rudi, ça l'occupe ! Regarde, il n'est même pas encore rentré…

— Il y va tous les jours ?

— Presque. Au début, c'était une fois par semaine, puis c'est passé à deux, à trois, et maintenant c'est tout le temps.

— Mais qu'est-ce qu'ils font ?

— Elle l'interviewe, elle l'enregistre, après elle tape tout et il doit relire pour donner ses commentaires avant qu'elle lui pose d'autres questions. Il paraît qu'à force de faire ça, ça fera un livre.

— Un livre sur Lorquin ?

— Pas seulement sur lui, sur tout.

— Tout quoi ?

— Tout…

Rudi est troublé par ce que raconte Solange. Il verse lentement de la bière dans son verre :

— Et ça lui plaît, au grand ?

— Pour lui plaire, ça lui plaît ! C'est comme s'il reportait tout là-dessus. Tout ce qu'il a sur le cœur depuis des années. Tout ce qu'il aurait voulu dire, tout ce qu'il n'avait pas pu dire. Tout ce qu'on l'avait empêché de dire. Avec elle, ça coule tout seul…

Rudi boit un peu de bière, il fait durer, il hésite à reposer son verre. Solange le devine :

— Je ne suis pas jalouse, si c'est à ça que tu penses. Tu sais, le grand, il a eu tellement d'occasions que s'il avait voulu, il n'aurait pas attendu celle-là pour me faire porter des cornes. Je suis sûre et certaine qu'il n'y a rien d'autre entre eux que ce qu'il me raconte. Mais, justement, c'est ça qu'est pire…

— Qu'est-ce qu'est pire ?

Solange se tasse dans le canapé :

— Elle lui donne quelque chose que je ne peux pas lui donner. Tu comprends, un cul c'est un cul, que ce soit le mien ou celui de cette fille, c'est toujours un cul. Si c'était ça, on serait à égalité, ce serait le mien contre le sien. Et, de ce côté-là, je ne partirais pas battue d'avance. Mais passer mes journées à l'écouter, à dactylographier tout ce qu'il a pu dire, les belles phrases comme les conneries, ça c'est quelque chose que je ne peux pas faire. Je ne sais pas faire ça et, même si je savais, c'est au-dessus de mes forces

Lorquin fait son entrée, tenant une grande fleur jaune à la main :

— Tiens, t'es là, toi ! dit-il en saluant Rudi.

Il embrasse Solange :

— Cadeau…, glisse-t-il en lui tendant la fleur.

— Tu l'as prise où ?

Les yeux de Lorquin s'éclaircissent :

— Elle ne te plaît pas ?

— Si, mais je ne sais pas ce que c'est

— Moi non plus ! s'exclame Lorquin. C'est une fleur pour toi, c'est tout

Solange en respire l'odeur :

— Ça ne sent rien…

Et, se tournant vers le canapé :

— Rudi t'attend depuis un bout de temps…

— Excuse-moi, mais on devait finir avec Florence.

— Ça marche comme tu veux ?

Lorquin s'assoit :

— Disons que ça prend tournure…

Il demande à Solange :

— T'irais pas me chercher une bière, s'il te plaît ?

Solange se lève, sa fleur à la main :

— Tu ne veux pas aussi que je repeigne la cuisine ?

— Si tu veux. Mais avant de mettre la deuxième couche, attrape donc des cacahuètes ! J'ai un petit creux…

Lorquin retourne ses mains et fait craquer ses jointures :

— Alors, comment ça se passe ?

— Ni bien ni mal. On a remonté la bécane qu'ils voulaient nous piquer pour les Espagnols et Rouvard a pris sur lui d'en commander trois autres à Mecan, sans passer par les Allemands.

— Il a pris ça sous son chapeau ?

— Format lui a donné carte blanche.

— Pas mal…

Solange revient avec une bière pour Lorquin et un assortiment de biscuits salés :

— Tu restes manger ? demande-t-elle à Rudi.

— Non merci, Dallas m'attend.

— Tu sais que ta femme m'épate, dit Lorquin en picorant dans les bretzels. Je la vois tous les samedis avec les autres, devant la mairie, sous leur banderole…

Solange verse de la bière dans le verre de son mari :

— Au marché, j'en ai entendu les appeler « les Folles de la place de la Mairie », comme il y avait en Argentine « les Folles de la place de Mai ». Il y a vraiment des cons partout…

— Ça, tu peux le dire ! s'exclame Lorquin. C'est la meilleure réplique de De Gaulle. Un jour, en voyage officiel, il voit écrit sur un mur : *Mort aux cons !* Et il aurait dit : « Vaste programme... »

Rudi sourit :

— Tu me l'as déjà raconté !

À part ça, il est d'accord. Lui aussi, Dallas l'épate :

— Elle est presque à terme et au lieu de se reposer, elle n'arrête pas. Tu ne peux pas savoir comme elle se remue !

— T'as de la chance, dit Solange, c'est une fille bien.

— Oui, c'est une fille bien, répète Lorquin en écho.

Bar

Hachemi, le visage mauvais, les joues grises, entre dans le bar d'Ahmed et commande un Ricard.

— Qu'est-ce qu'il y a, mon frère, t'as l'air contrarié ?

— Sers-moi, fais pas chier. J'ai pas envie de parler...

Ahmed rince un verre et fait le service :

— C'est ton boulot ou c'est une femme ?

— Je t'ai dit de ne pas me faire chier.

Hachemi vide le Ricard cul sec, sans eau :

— Remets-moi ça.

— T'as la chiasse ?

— Ça va pas, non ?

— Moi, le Ricard pur, je bois ça sans eau seulement quand j'ai la chiasse. Ça te verrouille les boyaux, c'est impeccable.

Hachemi boit son deuxième verre :

— Ben moi, j'ai pas la chiasse et je le bois pur. T'es pas d'accord ?

— Moi, tu sais, ce que je dis...

— Vas-y, encore un.

— Tu veux te saouler ?

— Tu me sers, oui ou merde ?

— Te fâche pas, je te sers mais je veux pas que tu te saoules ici. Après, si les flics te chopent, ils viennent et c'est moi qui suis dans la merde.

— Tu bois quelque chose ? demande Hachemi, pour l'amadouer.

— Je bois du Vichy…

— Bois au moins un Ricard pour trinquer avec moi.

Ahmed cède :

— Mais un seul.

— Tiens, paye-toi.

Hachemi pose un billet sur le comptoir. Ils trinquent.

— Tu sais, dit Hachemi., j'en ai trop marre d'être ici. Les Françaises, c'est toutes des salopes. Quand elles sont seules, elles veulent bien de toi, tout va très bien, tout est tout beau, tout parfumé, mais s'il y a un Français qui se pointe, elles te jettent tout de suite comme de la merde, t'existes plus.

— T'as raison, mon frère, mais c'est pas en te saoulant que ça va changer quelque chose. Les Françaises, c'est les Françaises. C'est comme ça ici…

— Je vais te dire : vaut mieux que je me saoule, parce que sans ça j'ai envie d'en tuer une de ces salopes. Une comme je te dis, une qui te prend et qui te jette. La tuer. Alors, hein…

Banderole

Varda a enfin retrouvé du travail grâce à Angélique, la fiancée d'Anthony :

— Comme quoi ça sert de passer ses samedis soirs au *Cardinal*…

Un grand chantier s'ouvre en dehors de la ville pour percer un tunnel sous la montagne et désenclaver la région. La direction des travaux cherchait quelqu'un pour tenir la permanence téléphonique. Angélique a été la première avertie. Elle a donné le nom de Varda et, une heure plus tard, elle était embauchée.

— Et tu fais quoi ? demande Dallas.

— Pas grand-chose, répond Varda. Je suis dans un Algeco avec une toute petite fenêtre, je dois faire signer les feuilles de présence le matin et après je reste près du téléphone pour noter les appels ou aller chercher le chef du chantier, l'ingénieur de sécurité ou celui qu'on me demande. Je fais aussi un peu de secrétariat.

— C'est pas chiant ?

— L'endroit est moche, mais bon... Ce qui n'est pas terrible, c'est que je suis la seule femme à dix kilomètres à la ronde.

— Ils t'emmerdent ?

— Ça fait que huit jours que j'ai commencé, ils n'ont pas eu le temps. Mais, on ne sait jamais, surtout que pour aller au petit coin, c'est pas pratique : il n'y a qu'une cabine en plein milieu. Tout le monde te voit quand t'y vas.

— Qu'est-ce que tu fais alors ?

— J'y vais pas, je ne suis pas folle. Je me débrouille pour aller ailleurs. J'ai repéré un endroit où personne s'aventure parce que c'est dangereux. Là où ils stockent les explosifs. Il y a des pancartes *Danger de mort* partout, mais moi je me faufile derrière les grilles et ni vu ni connu...

Dallas imagine la scène. Ça la fait doucement rire :

— Y a un transport pour aller là-bas ?

— Serge m'a remis en état son vieux scoot.

— Le gris ?

— Ouais, tu me verrais, c'est l'équipée sauvage !

Elles sont à genoux dans le salon devant une banderole étalée par terre. Dallas met une touche finale à l'inscription soigneusement peinte en lettres rouges :

FEMMES EXCLUES
VILLE PERDUE

— C'est vachement bien ton slogan, dit Varda. J'imagine la tête du maire quand il va voir ça de chez lui…

— C'est pas de moi, avoue Dallas.

— C'est de Mickie?

— Non, c'est Florence qui me l'a soufflé.

— La journaliste?

— Oui, elle est sympa, je l'aime bien. Elle passe de temps en temps me faire un petit bonjour…

Varda se redresse en se massant le dos :

— C'est vrai qu'elle écrit un livre avec Lorquin?

— C'est ce qu'elle m'a dit…

Les yeux de Varda s'allument :

— Tu crois qu'il se la…

— Lorquin? Non. Il en a rien à foutre de la sauter, il veut qu'on parle de lui, de ses idées.

Varda fait la moue :

— Tu le connais mieux que moi

— Je le connais surtout par Rudi, dit Dallas en se redressant à son tour pour juger l'effet de son inscription.

— Tu le trouves comment?

— Lorquin ou le slogan?

— Lorquin.

— C'est un mec super même si je ne comprends qu'un mot sur deux de ce qu'il raconte.

— Je te parle pas de ça…

— De quoi tu me…

Dallas comprend :

— Il est encore baisable, si c'est ça que tu veux dire?

— Moi je t'assure, si j'étais avec lui dans un coin tranquille, je ne perdrais pas mon temps à écrire quoi que ce soit…

— Toi, t'as toujours la tête dans le cul!

– Pas toi ?

– Aide-moi, plutôt que de dire des conneries.

Varda se relève et aide Dallas à en faire autant.

– Toutes les filles ne pensent pas qu'à ça, dit Dallas. Regarde Florence, c'est une intellectuelle, elle pense à son livre...

– Elle y pense parce qu'elle a personne.

– Qu'est-ce que t'en sais ?

– J'en sais rien. Mais si elle était avec quelqu'un, ça se saurait...

– Elle n'est pas d'ici. Ce qu'elle fait le week-end...

– Peut-être. T'as raison.

Varda admire une dernière fois la banderole :

– Qu'est-ce qu'on fait, on la roule ?

– C'est pas encore sec. Rudi me donnera un coup de main pour finir...

– Il ne fait pas la gueule de te voir te tirer tous les samedis ?

– Pourquoi il ferait la gueule ? Non. Au contraire, il me dit qu'il est fier de moi.

– Moi, samedi, je ne sais pas si je pourrai y être...

– Pourquoi ? Serge t'emmène quelque part ?

– C'est pas ça, mais maintenant que j'ai du travail, c'est peut-être plus vraiment ma place d'aller faire le pied de grue avec vous...

– Tu nous lâches ?

– Je ne vous lâche pas mais je dois faire gaffe. J'ai eu mon job par la mairie. T'imagines si le maire me voit faire le clown avec vous sous sa fenêtre...

Mercedes

Format vide son sac : la Kos, Hoffmann, Volker, Bauër, sa femme, sa fille, Franck et le reste. Il répète tout deux fois, dix fois, jusqu'à ce qu'il ne reste plus une goutte de bourbon, plus une larme. Carole ne bronche pas quand il dénoue la ceinture de son peignoir. Elle ne dit rien quand il pose sa tête sur sa poitrine, rien quand il l'allonge sous lui. Il fallait que ça arrive. Sa mère avait vu juste, même s'il est trop tard pour lui donner raison…

Format se décide d'un coup. Il secoue Carole qui commence à s'assoupir :

— Viens, lève-toi, on s'en va.

Carole s'étonne qu'il la tutoie.

— Où tu veux aller ?

— Comme toi : loin.

— Tu ne veux pas qu'on dorme un peu ? Si tu veux, on fait un câlin et après on dort, d'accord ?

Format ne veut pas de câlin. Il ne veut pas dormir. Il prend le visage de Carole dans ses mains :

— La Mercedes de ton père, elle roule encore ?

— Bien sûr qu'elle roule ! Tu ne peux pas savoir le nombre d'heures qu'il a passées à la retaper !

Format pense qu'il va faire ce qu'il n'avait jamais pensé faire : tout plaquer, filer droit devant sans se retourner.

Tout va très vite ensuite.

Ils chargent la Mercedes et, comme s'ils craignaient que la nuit les rattrape et les emprisonne à jamais, ils filent droit devant, sans laisser un mot d'explication, sans savoir où ils vont…

Nuit

Si le marchand de sable est passé pour Kevin, il a oublié Dallas et Rudi. Ils ne parviennent pas à s'endormir. Ni l'un ni l'autre. Ils se taisent, tournés vers la fenêtre

ouverte où la nuit trop chaude repousse leur sommeil.
Ce soir, pourtant, pas de bagarre de chats pour les tenir
éveillés, pas de vol d'oiseaux nocturnes, de pépiement
de chauve-souris, le silence est sans faille. Rien qu'un
bloc de pierre noire qui dessine ses ombres sur les murs,
un ciel muet. Dallas somnole, une main posée sur son
ventre, le pouce dans la bouche, les fesses bien calées
contre Rudi qui la serre de près. Un peu de vent fait voler
les voilages et les rafraîchit. Rudi murmure :

— Dallas…

Il avance ses lèvres vers la nuque de sa femme et,
presque comme un souffle, dépose un baiser au creux de
ses cheveux. Dallas fait mine d'être déjà dans les bras
de Morphée, au plus profond des songes. Elle ne bronche
pas. Rudi effleure son épaule, l'embrasse et, remontant le
long de son flanc, se glisse sous son bras. Rudi musarde
sur la poitrine de Dallas, soupèse ses seins gonflés par la
grossesse et, se redressant sur un coude, lui mordille le
lobe de l'oreille pour la forcer à réagir. Dallas ne laisse
échapper qu'un petit cri animal, à peine audible. La main
gauche de Rudi court alors des reins de sa femme à son
cou tandis que sa main droite file sous le sillon des fesses
jusqu'à son sexe et s'y enfonce. Dallas remue la tête sur
l'oreiller, comme si elle disait non. Mais elle ne dit pas
non. Elle l'aide au contraire, en changeant légèrement de
position, pour mieux se dégager. Elle se laisse porter par
ce doigt qui va et vient en elle. Qui l'emmène au large du
rêve et la ramène au creux du lit. Elle sort doucement de
cet entre-deux où sa conscience flotte, elle se détend, se
cambre, sentant son homme se raidir dans son dos. Elle
est tout à fait lucide maintenant, même si elle garde les
yeux fermés. La respiration de Rudi s'accélère, se fait
plus sourde. Ses caresses s'affermissent. Il la tient par la
fente comme s'il cherchait à la soulever. Il presse ses
seins jusqu'à la frontière de la douleur, lui pince la motte,

l'empoigne par les cheveux. Dallas ouvre la bouche, l'air lui manque…

— Mets-toi à genoux, murmure Rudi.

Dallas bascule et obéit. Elle fait le chien, protégeant son gros ventre, les mains appuyées de part et d'autre de l'oreiller où sa tête repose. Rudi la prend en la ferrant aux hanches. Il l'écarte pour la voir tout entière. Pour jouir de cette chair blanche, nacrée, si tendre, livrée sans retenue aux coups qui la sondent. Rudi transpire, l'eau dégouline le long de son torse et, à chacun de ses mouvements, sa tête envoie des gouttes de sueur sur le dos de Dallas. Elle aussi est en eau. L'odeur mâle et l'odeur femelle se confondent. Ses seins sont lourds, elle sent le bébé ballotté dans son ventre, elle craint de s'évanouir. D'être emportée. Elle a hâte maintenant que Rudi se libère en elle. Oui, c'est ça qu'elle veut, sentir la décharge, la recevoir au plus fort. Elle veut l'entendre crier à ses oreilles, jurer, l'insulter, maudire ce qui l'arrache. Elle s'en fout qu'il la rende sourde ! Elle réclame, elle supplie, elle implore chaque fois qu'il la pénètre :

— Viens, dit-elle, viens…

Mais Rudi se retient. Il ne veut pas venir sans qu'elle vienne avec lui. Il a appris la leçon de Mickie. Il ne veut pas jouir si Dallas ne jouit pas en même temps. Sa peau se hérisse, sa gorge s'enroue d'impatience. Une rage secrète l'électrocute. Ses tempes battent. Il ne sait plus si c'est la fureur ou le désir qui l'anime. Il se plaque contre Dallas, l'écrase sous son poids et, soudain, les larmes jaillissent en récompense, au moment même où il cède d'une joie violente.

Hachemi

La petite porte du garage, celle qui donne sur l'arrière, est ouverte. Hachemi entre sans la faire grincer sur ses gonds et la laisse entrouverte au cas où… À l'intérieur il y a un escalier de trois marches qu'il franchit d'un bond pour se retrouver dans la cuisine. Hachemi tend l'oreille : pas un bruit, ni musique ni radio. Ils dorment, c'est sûr. Hachemi sourit et se déchausse avant de passer dans le salon. Il manque de shooter dans la bouteille vide de bourbon qui traîne sur le parquet, reste le pied en suspens quand il aperçoit son bouquet de fleurs abandonné, là où Carole l'a laissé tomber.

– Salope, siffle-t-il entre ses dents. Putain…

Hachemi se dirige vers l'escalier. Il va la tuer, c'est décidé, il va la saigner. Il doit le faire. Il doit laver l'affront, l'injure, l'humiliation. S'il ne le fait pas, autant vivre sous terre et ne plus jamais s'exposer au jour. Avant de monter, Hachemi sort son couteau de sa poche et coince la virole pour que la lame ne plie pas. Il s'en fout de ce qui lui arrivera. Il va la tuer et, si l'autre est avec elle, il le tuera lui aussi. Son honneur réclame du sang.

Hachemi arrive à l'étage. La chambre est au bout du couloir, sur la droite. Il connaît le chemin depuis le soir au *Cardinal* où Carole l'a ramené chez elle. Putain, il ne fallait pas lui en promettre. Il fallait donner, tout donner. Hachemi se revoit couché sur elle et elle qui l'encourage à la baiser encore encore encore. Elle n'en avait jamais assez la salope. Jamais ! Il s'arrête devant la porte, cherche à percevoir un souffle, un bruissement de drap, mais rien ne sourd à travers l'épais bois de chêne. Il va la tuer. Il va entrer, se jeter sur elle et lui trancher la gorge. Elle saura ce qu'elle lui a fait. Elle saura comme il a eu mal.

Comme elle lui a déchiré le cœur. Elle saura au moment où la lame...

Hachemi tourne la poignée et bondit à l'intérieur, la main armée, prêt à frapper, mais il s'arrête net dans son élan : Carole n'est pas là, ni Format.

Personne.

Le lit n'a plus draps ni couvertures, il ne reste que le matelas avec une alèse posé sur le sommier.

Hachemi retourne dans le couloir. Il ouvre la porte de la salle de bains, celle des toilettes, celle de la chambre de la mère de Carole, celle de la penderie, celle du placard où étaient rangés l'aspirateur et les produits d'entretien. Il ouvre toutes les portes avant de se rendre à l'évidence : la maison est vide et sans âme qui vive.

– Carole ? pleurniche-t-il. Carole ?

Hachemi, la tête en feu, revient dans la chambre et plonge sur le matelas qu'il lacère au couteau :

– Salope ! Salope ! Salope !

– Hachemi ?

Il fait volte-face, prêt à combattre :

– Qu'est-ce que tu fous là ?

C'est Ahmed, le patron du café.

– J'avais peur que tu fasses une connerie. Je t'ai suivi...

Ahmed tend la main vers le couteau :

– Donne.

– Fous le camp, laisse-moi !

– Donne ce couteau, merde.

– Tu me fais chier.

– Donne.

– Non.

– Donne, répète Ahmed dont les yeux pâlissent de colère.

Hachemi lui donne le couteau et s'assoit au bord du lit. Son visage a l'aspect crasseux de ces saints exposés aux

porches des églises. Il semble calme, patient, résigné,
pourtant il brûle :

— Pourquoi, hein, tu peux me dire pourquoi ?

Garçon

Franck et Gisèle remontent du Sud-Ouest où ils ont
passé une quinzaine de jours sur la côte atlantique, dans
un mobil-home appartenant à Claude, le frère de Franck
qui est militaire. Gisèle ouvre les yeux et se redresse sur
son siège :

— On est encore loin ?

— Dans une heure on y sera, dit Franck.

Gisèle s'étire voluptueusement :

— Tu trouves que ça se voit ?

Elle remonte sa robe suffisamment haut pour dégager
son ventre qui ne s'arrondit pas assez vite à son goût.
Franck y pose délicatement la paume :

— Ma main le voit...

— Moi, je le sens.

— Là, maintenant, tout de suite, dit Franck à la manière
d'un animateur de jeu pour la télé, tu crois que ce sera un
garçon ou une fille ?

— Là, maintenant, tout de suite, reprend Gisèle sur le
même registre, ce sera un...

Roulement de tambours, sonneries de trompettes, Gisèle
fait attendre sa réponse :

— Un garçon ! proclame-t-elle enfin.

— T'es sûre ? Je veux une preuve.

— Une preuve ?

— Pour un million de dollars, qu'est-ce qui te permet
d'être sûre que ce sera un garçon ?

Gisèle pouffe :

— Je sens son petit doigt qui me chatouille !

Franck plonge sa main entre les jambes de Gisèle :

— Son petit doigt ?

Gisèle le force à tenir le volant :

— Regarde la route ! C'est pas le moment de nous tuer !

Elle rabaisse sa robe pour se couvrir. Elle ne porte rien en dessous. Un reste des vacances où ils ont vécu quasiment nus pendant tout le séjour. Des vrais sauvages en liberté. Au début Franck résistait. Ça lui déplaisait d'être à la vue de tous sans maillot de bain. Gisèle était moins timide :

— Tu sais, avec ma sœur et mes frères, on ne se gênait pas !

Dans le coin où ils étaient, tout le monde le faisait sans que personne n'y trouve à redire et Franck avait fini par faire comme les autres, même s'il avait déniché un petit repli entre les dunes où ils étaient souvent seuls, Gisèle et lui. Franck aurait voulu rester là, ne jamais partir, passer sa vie sur la plage comme un grand singe blanc.

Photos

Il est bientôt neuf heures et Bernadette Format n'est pas encore levée. Ce qui n'arrive jamais. Pour la première fois depuis des années, elle est absolument seule chez elle. Les deux petits sont chez les scouts, Pierre à Évian, sous-directeur d'une colonie de vacances, Anne-Marie en villégiature chez sa correspondante, à Greystones, en Irlande, quant à son mari il n'est pas rentré de Francfort, mais elle refuse de se faire du souci pour lui. Qu'il se débrouille avec ses Allemands, son usine, ses ouvriers et toutes ces choses dont elle ne veut absolument plus jamais entendre parler. Pourquoi Format n'a-t-il pas téléphoné pour l'avertir de son retard ? D'ordinaire il téléphone toujours, quoi qu'il arrive. Mais là, rien. Pas un appel. Pff ! Bernadette hausse les épaules. Elle juge ce comportement enfantin et se promet de lui rendre la monnaie de sa pièce.

Le mariage est une épreuve.

Depuis que Gisèle a quitté la maison, elle n'adresse plus la parole à son époux, sinon pour échanger les trois phrases nécessaires à la vie commune. Elle a fait vœu de silence. Enfin presque… Elle lui en veut. Puisque sa fille refusait de se débarrasser de l'enfant ou de le confier aux sœurs des Abbesses, il fallait la boucler dans une institution le plus loin possible et l'empêcher de voir ce Franck qui l'avait séduite. Le temps aurait fait son œuvre et Gisèle aurait fini par comprendre où était son intérêt. Au lieu de cela, Format a laissé faire. Il l'a laissée s'installer chez ces gens, comme s'ils étaient de sa famille. Il s'en est lavé les mains. Il s'est soumis. Pour elle, c'est une blessure ouverte. Une plaie. C'est inacceptable. Elle ne veut pas imaginer sa réaction si elle venait à croiser Gisèle en ville au bras de ce Franck ou en compagnie de ses parents. Impensable ! Elle ne pourrait pas s'empêcher de lui dire ses quatre vérités sur sa conduite. Faire du scandale. Malheur à celui par qui le scandale arrive ! Elle a choisi de ne plus la voir, jamais. Pour elle, sa fille est morte. Elle se signe. C'est une horrible pensée mais elle doit à la vérité qu'elle aurait préféré la perdre dans un accident ou à la suite d'une maladie que d'avoir à subir la honte de sa grossesse.

Bernadette croise les mains sur sa poitrine pour prier mais les mots ne viennent pas :

– Mon Dieu… Mon Dieu…

Elle reste étendue, les lèvres serrées, les yeux fixés au plafond, sur les moulures tarabiscotées qui font une guirlande de fruits enchevêtrés. La grande pendule du salon sonne l'heure. Bernadette compte les coups et, repous-

sant les draps avec les pieds, se lève soudain au neu-
vième :

— Allez, debout ! dit-elle en enfilant son peignoir accroché au pied du lit.

Les volets sont fermés à cause de la chaleur.

Bernadette ne les ouvre pas. Elle ne les ouvre plus.
Elle aime mieux rester dans la pénombre, dans la tiédeur
sèche de sa chambre. Après tout, personne n'a à savoir si
elle est chez elle, ce qu'elle fait ou quoi ou qu'est-ce.
Bernadette ne se décide ni à s'habiller ni à descendre se
préparer un thé. Elle hésite. Elle tergiverse. Elle tourne
en rond. Quelque chose la retient. Une force qui l'emprisonne. Qui la condamne à rester entre ces quatre murs.
Qu'y a-t-il là qui l'empêche d'accomplir le rituel quotidien du lever, de la toilette, des besoins, de l'habillement,
des tartines et de la théière brûlante ? Ces petits gestes
qu'elle accomplit tous les jours que Dieu fait et qui enca-
drent sa vie d'une répétition apaisante. Il y a quelque
chose, c'est sûr. Elle en est certaine. Elle le sent. Une
présence, un esprit ? À nouveau elle se signe, comme
chaque fois qu'une idée la travaille. Soudain, son regard
s'arrête sur la photographie de ses cinq enfants encadrée
face à son lit. Un cadeau de fête des Mères. Une mocheté
offerte de bon cœur qu'un rayon de soleil frappe en plein
à travers les fentes des persiennes.

C'est ça !

C'est ça qui rend l'air insupportable, qui la tarabuste,
qui la claquemure dans sa propre chambre : le regard de
Gisèle posé sur elle, l'œil du Malin. C'est là que le diable
s'est niché quand elle a jeté hors de chez elle toutes les
affaires de sa fille, tout ce qu'elle avait porté, touché.
Tous ses habits de prostitution. Mais le diable ne
s'éloigne pas si facilement, le prince de ce monde est plus
rusé. Il a laissé partir les vêtements et les livres et s'est
accroché aux photos.

À celle-là et à toutes les autres !

Bernadette remercie Dieu de l'éclairer enfin :

— Merci, mon Dieu !

Elle ouvre fiévreusement sa boîte à couture et prend ses ciseaux à bouts pointus. Puis, agitée d'une grande hâte, elle décroche le portrait de groupe. Bernadette fait sauter le cadre, le verre, et découpe le visage de Gisèle qui pose, souriante, entre Pierre et Anne-Marie. Ce sourire excite sa rage. Elle taillade le papier, grommelant :

— Tu vas voir si tu peux te moquer de moi ! Tu vas voir ce que je vais te faire !

Elle parle au diable.

Le portrait de sa fille est vite réduit en confettis. Elle les brûlera plus tard. Bernadette ferme les yeux, rassérénée. Elle sent une grande force en elle, une énergie merveilleuse qui l'exalte. Sa tâche est claire, la voie tracée. Elle comprend maintenant pourquoi Dieu a voulu qu'elle soit au désert, sans enfants, sans mari, seule dans sa maison. Elle a été choisie pour mener le combat de la lumière contre les ténèbres. Pour affronter les forces du mal qui assaillent sa famille, cherchent à briser les liens les plus sacrés.

Elle n'a pas peur, le Seigneur est avec elle.

Bernadette ouvre les deux battants de sa grande armoire et descend les albums de souvenirs rangés sur l'étagère du haut. Le diable est là à toutes les pages, toujours souriant, toujours à la fixer droit dans les yeux, à la narguer. Sans hésiter – tant pis si ça me prend la journée ! – Bernadette découpe systématiquement Gisèle sur toutes les photos. De la première, prise le jour même de sa naissance aux plus récentes, en passant par celles prises en classe, en sortie, en vacances, en promenade...

Il y a dix-sept albums.

— Oh mon Dieu, dix-sept albums à purifier ! À expurger ! À nettoyer ! dit-elle pour elle-même.

Et, à voix haute :

— Je sais ! Je sais !

Bernadette rayonne. Elle travaille dans la joie, applaudissant chaque fois que ses ciseaux laissent un trou à la place de la tête de sa fille. Elle pense qu'il lui faudra ensuite aller dans toutes les chambres traquer les collections des uns et des autres, chercher au garage, au grenier pour qu'aucun cliché ne lui échappe. Il lui faudra fouiller dans tous les tiroirs, toutes les armoires, les sacs, les poches et ne pas oublier l'arbre généalogique que Gisèle avait réalisé en quatrième et qui est punaisé dans les toilettes avec un portrait d'elle.

Il ne doit rien rester de son visage diabolique.

Son salut est à ce prix.

Le salut de son âme.

Celui de l'âme de sa fille.

Bernadette se signe une fois encore, se piquant les seins, le ventre, le front à la pointe de ses ciseaux. Quatre gouttes de sang sur son peignoir blanc.

Ceinture

Lorquin est chez Florence, comme tous les jours désormais. Elle va dans la cuisine mettre du café à chauffer :

— Je vous préviens, c'est du café américain !

Lorquin grimace :

— Ne dites pas ça !

— Pourquoi ?

— Parce que, énonce doctement Lorquin, le café américain est au café ce que le café allemand est au café français et ce que le café français est au café italien : de la pisse de chat !

Ils rient.

Florence tend à Lorquin un petit paquet entouré d'un ruban rouge qu'elle sort d'un tiroir.

– Qu'est-ce que c'est ?

– C'est rien, répond Florence, une bricole. Ça m'a tapé dans l'œil, alors je l'ai acheté !

Lorquin dénoue le ruban et écarte le papier de soie. C'est une très belle ceinture en cuir roux. Florence prend les devants :

– J'ai remarqué que vous n'aviez jamais de ceinture à vos pantalons ! dit-elle en posant la cafetière sur la table basse où il y a déjà les tasses. J'ai pensé que ce serait plus élégant...

Lorquin est confus :

– C'est très gentil, mais il ne fallait pas. Ça me gêne...

Florence prend la ceinture.

– Je vous l'essaye ?

Lorquin ne résiste pas. Il lève les bras comme un gamin qu'on habille tandis que Florence fait glisser la ceinture dans les passants de son pantalon. Il peut sentir son parfum au goût ambré, voir les minuscules taches de rousseur sur ses pommettes, son petit nez « à la parisienne » :

– Ne serrez pas trop ! dit-il, remarquant qu'elle ne se maquille pas les yeux, à peine un peu de Rimmel sur les cils.

– Ça va, vous n'avez pas de ventre.

– Juste ce qui faut...

– Ça vous plaît ?

Lorquin va s'observer dans le miroir collé sur la porte d'entrée. Il fait le mannequin, devant, derrière :

– C'est parfait.

Il revient vers Florence :

– On se fait la bise ?

Florence tend la joue.

– Merci, dit Lorquin, ça me touche beaucoup.

Florence sourit :

– Les petits cadeaux entretiennent l'amitié...

Le téléphone sonne.

– Excusez-moi. Vous pouvez servir ?

Florence va répondre. C'est le journal. La conversation est extrêmement brève.

– J'y vais, dit-elle, en reposant le combiné.

– Qu'est-ce qui se passe ?

Florence ramasse son petit magnétophone, un bloc et prend sa veste :

– Laissez tomber le café, dit-elle à Lorquin, on vient d'annoncer la fermeture définitive de la Kos.

Voiture

La voiture de Florence est garée en épi au bas de l'immeuble. Florence et Lorquin embarquent en quatrième vitesse. Lorquin recommande :

– Il vaut mieux passer derrière la salle polyvalente ! On fera plus vite.

Florence démarre sur les chapeaux de roues.

Fixé par une ventouse, un Jésus de pacotille rehaussé d'or et d'argent ballotte sur le tableau de bord. D'un doigt, Lorquin s'amuse à le faire bouger.

– C'est une amie qui me l'a rapporté du Mexique, dit Florence. Il est trop mignon, non ?

– Vous êtes croyante ?

– J'ai failli être baptisée ! Failli seulement... Ma mère voulait le faire pour plaire à ma grand-mère, mais quand mon père l'a appris, il a menacé de la quitter sur-le-champ et de m'enlever !

Lorquin opine :

– Comme disait le curé Meslier : « L'humanité ne sera heureuse que lorsque le dernier des princes aura été pendu avec les boyaux du dernier prêtre. »

– Vous me faites penser à mon père : il ne supportait pas les soutanes.

Lorquin ouvre la vitre de son côté :

– Moi non plus ! Ni les pasteurs, ni les rabbins, ni les imams, ni les bonzes, ni les grands sorciers, ni tous les farceurs qui s'engraissent sur le dos de gogos à qui ils font croire qu'il y a un dieu au-dessus de leur tête ! Moi, j'ai beau lever les yeux au ciel, je ne vois personne !

– Vous savez quelle était la devise de mon père ?

– Dites.

– « Ni Dieu, ni maître, que des maîtresses ! »

Lorquin étouffe un petit rire :

– Vous me le présenterez !

– Il est décédé il y a trois ans…

– Ah, pardon…

Florence se souvient avec une tristesse amusée :

– Tout ce qui était lié de près ou de loin à la religion lui faisait horreur. Surtout les chrétiens…

– Ah oui ?

– Il les appelait « les adorateurs du cadavre ». Pour lui c'était de l'idolâtrie morbide. Cette exaltation de la souffrance, cette idée du péché, du salut, de la rédemption, le mettait hors de lui. Il n'y voyait que mensonges, hypocrisie.

– Je pense qu'on se serait bien entendus, dit Lorquin. Moi, j'ai lu les Évangiles, je ne suis pas comme les grenouilles de bénitier, je peux en parler en connaissance de cause. Qu'est-ce qu'il y a dedans ? Des vierges, des eunuques et des veuves ! Si c'est ça la vie, merci, très peu pour moi ! Je vais vous dire, les seuls dieux que je supporte, ce sont les dieux grecs ou romains. Une sacrée bande de coureurs de jupons qui passent leur temps à s'envoyer en l'air avec les déesses ou à séduire les belles humaines. Pour ça, je suis partant, je veux bien en être. Mais il ne faut pas compter sur moi pour me prosterner devant un lapin écorché !

Canasson

Florence se gare à cheval sur le trottoir devant *L'Espérance*. Ils sortent aussitôt de la voiture et se dirigent vers la Kos. Au moment de franchir le porche de l'usine, Lorquin marque le pas :

— Je ne peux pas, dit-il.

— Qu'est-ce qu'il y a ?

Lorquin, le visage soudain marbré de plaques blanches, mal à l'aise, regarde autour de lui :

— Je n'en fais plus partie, bredouille-t-il. J'ai été viré. Je vais tomber là comme un chien dans un jeu de quilles. Non, je ne peux pas entrer. Je n'ai pas le droit. Je n'ai pas envie…

— Vous avez peur d'être pris pour la statue du Commandeur ?

Lorquin, désorienté, dit :

— Je ne sais pas. Je ne peux pas…

Florence lui découvre un visage qu'elle ne lui connaissait pas. Lorquin est comme frappé de stupeur. Paralysé par une douleur qui lui fige les traits. Un animal touché en pleine course et qui refuse de comprendre qu'il va mourir. Sa réaction est si violente que Florence la sent traverser son propre corps. Un long frisson puis un nœud dans son ventre et une suée qui perle à la racine de ses cheveux. Elle détourne le regard et montre le café :

— Attendez-moi là, dit-elle en s'éloignant sans oser le dévisager. Je reviens. Je vous raconterai.

Lorquin la suit du regard tandis qu'elle disparaît à gauche des bâtiments administratifs. Il ferme les yeux. Il n'a pas besoin de lui emboîter le pas pour savoir qu'elle remonte le long de l'atelier n° 1, passe devant le local sécurité et rejoint les stockages où doit avoir lieu l'assemblée générale du personnel. Il connaît par cœur chaque mètre carré de l'usine, qu'il a parcourue de long en large pendant vingt-deux ans.

C'est trop dur pour lui d'être là, dehors.

Lorquin fait quelques pas en marche arrière puis il tourne rageusement le dos à la Kos et s'éloigne sans attendre Florence. Tant pis pour elle, tant pis pour lui. Il ne peut pas. Elle ne peut pas lui demander de rester là, interdit. Il passe sans s'arrêter devant *L'Espérance* et rentre chez lui, tête basse, mains dans les poches, comme un vieux canasson qui retourne à l'écurie et qui ne fera plus jamais rien d'autre que d'y retourner.

Hangar

Le personnel de la Kos présent sur le site est réuni au complet sur l'aire de stockage. Lamy tient un porte-voix au-dessus de sa tête tandis que Behren, la cravate en bataille, parle au micro. Florence se faufile jusqu'au premier rang.

— Non, je ne sais pas où est M. Format, dit Behren, répondant à une question. Ça sonne dans le vide chez lui, son portable est coupé, au siège ils m'assurent qu'il a quitté Francfort après son entrevue avec Hoffmann. Je n'en sais pas plus. J'attends qu'il m'appelle. J'attends qu'il arrive, il doit être en route…

— Il n'y a qu'à prévenir la gendarmerie ! lance Bello en rigolant.

D'autres rient avec lui.

— Peut-être qu'il faudra en venir là, dit Behren que ça ne fait pas rire. C'est incompréhensible !

Pignard demande d'une voix forte :

— De toute façon, qu'il soit là ou pas, ça ne change rien à la situation ! Qu'est-ce que vous proposez ?

Behren demande à Lamy de lever à nouveau le haut-parleur. Il y a des crachotis, du larsen :

— Écoutez, dit-il, je vous demande de reprendre votre travail tant que je n'ai pas d'informations complémentaires. Je dois joindre Volker, le directeur des opérations, au siège, mais je dois aussi parler à la mairie, à la préfecture, au tribunal de commerce… D'ici là, j'espère que Format sera revenu. Je propose de faire un point d'information auprès des délégués du personnel dans le milieu de l'après-midi.

Behren rend le micro à Lamy et, sans attendre, retourne à l'intérieur du bâtiment administratif :

— Je pense que nous pouvons accepter la proposition de M. Behren et attendre d'être plus informés avant de faire quoi que ce soit ! conclut Lamy.

Tout le monde n'est pas d'accord :

— À quoi ça sert de retourner bosser si la boîte ferme ?

— Attendre, c'est bien joli, mais on ne sait même pas ce qu'on attend !

— Moi, je suis pour qu'on se plante là et qu'on n'en bouge plus tant qu'il n'y a pas de neuf !

Florence repère Rudi.

— Vous pouvez m'en dire un peu plus ?

— Tout ce que je sais, c'est que le siège a expédié un fax indiquant que la Kos cessait définitivement son activité à dater du 1er août…

— Si vite ?

— Oui. Pour le reste, on ne sait rien. C'est le brouillard le plus complet. Il paraît que le tribunal de commerce est saisi, l'inspection du travail… On sait que Format a disparu, c'est tout.

— Comment ça, « disparu » ?

— Vous avez entendu Behren : il est injoignable et on ne sait pas où il est.

— D'ici qu'il se soit tiré avec la caisse…, lâche Totor Porquet.

– Ou qu'il soit passé dans la quatrième dimension ? rajoute Bello.

– Si ça se trouve, il a pris cinq ans à la Légion !

Hachemi s'avance :

– Moi, je sais, dit-il.

Florence se tourne vers lui :

– Vous savez où est M. Format ?

– Oui, répète-t-il, de mauvaise grâce.

Rudi appelle les autres de la maintenance :

– Eh, venez ! Il paraît qu'Hachemi sait où se planque Format !

Luc Corbeau, Totor Porquet, le petit Jackie Saïd et Bello s'approchent.

– Le commissaire Hachemi vous parle, plaisante Luc Corbeau en lui fourrant son poing sous le nez, comme un micro.

– Je ne déconne pas, dit Hachemi écartant la main de Luc Corbeau, je sais où il est.

– Eh ben, dis-le ! Crache la Valda !

– Pourquoi tu fais des magnes ?

– Ho, Hachemi, tu roupilles ou quoi ?

Hachemi regarde Florence mais il se détourne, son regard le gêne, comme si elle lisait en lui. Rudi l'encourage :

– Hachemi, merde. Si tu sais où est Format, vas-y, on t'écoute…

– T'as encore fait des folies avec ton corps ? ricane Luc Corbeau.

Hachemi répond d'un ton sec :

– J'ai rien fait.

– Cool, man, dit Luc Corbeau, on blague.

Hachemi n'a pas la tête à ça :

– Format est parti avec Carole.

– Beauty ?

– Oui, avec elle.

Rudi ne peut pas le croire :

– Et comment tu sais ça ?

Hachemi raconte, des larmes dans la gorge :

– J'avais rendez-vous avec elle hier soir. Chez elle. On devait dîner tous les deux, je lui avais même acheté des fleurs. Quand je suis arrivé, elle était à moitié à poil. Format était là, je l'ai vu. Il buvait de l'alcool. Elle m'a dit de m'en aller. Elle ne voulait pas me voir.

– Et t'es parti ?

– J'étais comme fou. Je l'ai traitée de tous les noms. Je lui ai dit que c'était une salope. Une vraie putain ! Et je me suis tiré. J'en avais marre, je voulais me saouler, je voulais la tuer.

Rudi pose sa main sur l'épaule d'Hachemi :

– Attends, dit-il, c'est pas parce qu'elle était avec Format hier soir qu'elle est partie avec lui, s'ils sont partis.

– Si, dit Hachemi, je le sais.

Florence vérifie discrètement que son magnétophone tourne bien. Hachemi le remarque :

– C'est pas la peine d'enregistrer ça. Ce ne sont pas vos oignons.

Rudi le calme :

– T'inquiète. Alors ?

– Alors, ce matin, je suis retourné chez Carole. Vous n'irez pas écrire ça, hein ?

– Non, le rassure Florence, je n'écris rien. Je me renseigne, c'est tout.

Hachemi demeure sur ses gardes :

– Je suis allé chez elle pour…

Il se reprend avant de dire des conneries :

– … pour qu'on s'explique et envoyer Format balader s'il était encore là. Mais il n'y avait plus personne. Plus rien. Plus les affaires de Carole. Elle avait même pris les draps sur le lit et, dans le garage, il n'y avait plus la vieille bagnole de son père. Je suis sûr qu'ils sont partis tous les deux. Où ? J'en sais rien. Mais ils sont partis, c'est sûr. Ils ont filé…

Hachemi sort une photo Polaroid de sa poche :

— C'est tout ce que j'ai trouvé…

Tous se penchent pour voir une photo de Carole en dessous noirs, posant comme posent les filles dans les magazines coquins.

Bureau

Après plusieurs appels, Behren parvient enfin à joindre Saint-Pré au téléphone.

— Mais où t'étais, merde ! Je t'ai laissé deux messages…

— Fallait appeler chez toi, j'étais avec ta femme.

La grivoiserie tombe à plat.

— La Kos s'arrête définitivement. Les Allemands nous ont faxé…

— Tu déconnes ?

— Demande à ma femme si je déconne.

Behren pense que la communication est coupée.

— T'as entendu ce que je t'ai dit ?

— Oui, dit Saint-Pré d'une voix blanche. C'est sûr ?

— Sûr et certain : j'ai l'arrêt de mort entre les mains. Tu veux que je te l'expédie ?

— Les vacances sont foutues…, gémit Saint-Pré, ignorant la question.

Behren s'emporte :

— Je te dis que la Kos s'arrête et tu me parles de tes vacances !

— On devait partir au Maroc avec Mimi.

— Eh bien ou t'annules ou elle y va toute seule parce que ici, ça va être l'apocalypse ! dit Behren en jetant un coup d'œil par la fenêtre ouverte de son bureau. Tiens, écoute…

Behren tend le combiné à l'extérieur.

Perché sur un empilement de palettes, Rudi mène la danse :

– Ceux qui sont pour l'occupation immédiate de l'usine lèvent la main !

Unanimité.

Rudi déclare l'usine officiellement occupée par son personnel et demande à tous de prendre des dispositions non seulement pour la nuit à venir mais pour les jours qui suivent.

– On n'est pas sortis de l'auberge ! conclut-il en descendant de son estrade de fortune.

Pignard le tire à part :

– T'as bien parlé et je suis d'accord, mais c'est pas à toi de dire ça…

– Que ce soit moi ou un autre, qu'est-ce que ça change ?

– Il faut laisser les syndicats jouer leur rôle.

– Tu ne vas pas recommencer ?

Pignard prend le bras de Rudi :

– T'as dit qu'on n'était pas sorti de l'auberge, c'est vrai. Mais ce coup-là, il y a une chose dont on peut être sûr : c'est qu'on va en sortir. Alors, pour moi aujourd'hui, et pour tout le monde demain, la seule question qui se pose c'est : est-ce qu'on va en sortir la tête haute ou à genoux ?

Rudi fait signe qu'il ne comprend pas où Pignard veut en venir.

– Ce que je veux dire, dit Pignard, c'est qu'il faut que les syndicats soient en première ligne si on veut que le gros des troupes puisse faire pression, agir, même déborder les consignes. Tu comprends ?

Rudi a l'œil qui frise :

– Tu deviendrais pas un peu gauchiste en vieillissant ?

Pignard ne relève pas la pique :

– Quand l'intersyndicale va se reformer, ce sera à nous

de parler, à nous de nous montrer et ce sera à vous – surtout à vous, les jeunes – de vous démerder pour qu'on sorte de l'auberge comme des hommes et pas comme des mendiants.

Pignard s'éloigne. Rudi, perplexe, va pour le rappeler : « Hé, Pignard ! J'ai un truc à te demander… », mais il voit arriver Mickie à la tête de son groupe d'anciennes ouvrières de la Kos, et il laisse tomber.

Mickie a battu le rappel. Avec elle il y a la grande Sylvie, Saïda, Frédérique la Musaraigne, deux ou trois autres et Dallas qui traîne la petite Marion et les enfants du Dr Kops qu'elle ne pouvait pas laisser dans la nature.

Mme Roumas, la déléguée FO, leur barre la route :

– Qu'est-ce que vous faites là ?

– Bonjour, Simone, dit Mickie, on est venues voir ce qui se passe.

– Vous ne pouvez pas rester.

– Et pourquoi qu'on pourrait pas rester ? demande la grande Sylvie, le menton en avant.

Mme Roumas cherche ses mots :

– Je suis désolée de vous le dire mais…

– Mais quoi ?

– Je suis désolée… mais vous ne faites plus partie de l'entreprise et vous ne pouvez pas rester là. C'est interdit à ceux qui ne font pas partie du personnel.

– C'est trop tard pour être désolée, lance Saïda, t'aurais mieux fait de te démerder pour qu'on soit pas virées !

Mickie ne veut pas envenimer les choses :

– Tu ne peux pas nous dire ça, Simone : mon mari travaille encore ici, celui de Saïda aussi, le frère de Sylvie, le mari de Dallas et les autres. C'est normal qu'on soit à leurs côtés quand ça va mal. C'est aussi de notre vie qu'il s'agit, non ?

Mme Roumas ne trouve pas d'argument à opposer à Mickie. Elle s'en prend à Dallas :

– Ces gosses n'ont rien à faire ici ! Faut être dingue

pour les amener. Tu sais bien que c'est truffé d'endroits
dangereux !

— Je les garde ! Qu'est-ce que tu voulais que j'en
fasse ? J'allais pas les attacher ?

— Je te demande de faire sortir ces enfants de l'usine,
dit Mme Roumas, le plus fermement possible.

Dallas tend le bras vers le bâtiment administratif :

— Les vrais endroits dangereux, dit-elle, c'est là qu'ils
sont et nulle part ailleurs ! Et tu peux me faire confiance,
je ne suis pas prête à y mettre les pieds !

La grande Sylvie rit bruyamment et Saïda applaudit :

— Bien envoyé !

— Toutes les balles qu'on a prises, elles ont été tirées
de là-haut ! N'essaye pas de dire le contraire.

— Je pense à un nouveau slogan pour nous, dit Sylvie.
Elle scande :

> *Supprimez les bureaux*
> *Donnez-nous du boulot !*

À nouveau il y a des rires, des applaudissements. Un
attroupement se forme. Rudi entre dans la danse :

— Ça fait plaisir de vous voir, dit-il en saluant les filles.

Et à Mme Roumas :

— Je suis d'accord avec vous, ce n'est pas vraiment la
place des enfants ici, mais il n'y a rien à craindre, ils sont
en de bonnes mains…

Rudi adresse un clin d'œil à Dallas.

— Vous savez ce qui se passe, poursuit-il : les Allemands nous jettent, Format a disparu dans la nature…

— Il s'est tiré avec la caisse ? demande Saïda.

— Non, d'après Hachemi, il s'est tiré avec Carole !
répond Luc Corbeau, toujours prompt à amuser la galerie.

Mickie veut savoir comment elles peuvent être utiles
et efficaces. Elles sont là pour ça. On peut compter sur
elles.

– On est là pour vous aider, dit-elle en s'adressant à Mme Roumas. Pour rien d'autre…

– OK, dit Rudi, excusez-moi de vous demander ça, mais ce qui nous aiderait vraiment, c'est que vous assuriez le ravitaillement. Je crois qu'on est là pour un bout de temps…

– Jusqu'à quand ? demande Dallas.

– Si je le savais… Behren fait du téléphone tous azimuts et doit nous informer dès qu'il aura eu tout le monde. Mais si c'est pour nous dire : c'est confirmé, la Kos met la clef sous le paillasson, vous pouvez rentrer chez vous, il n'est pas au bout de ses peines…

La grande Sylvie lève la main :

– Moi, je crois qu'il faut prévenir en ville. Je propose qu'on aille se planter devant la mairie avec notre banderole et qu'on fasse un foin du diable jusqu'à ce que même les chiens errants sachent ce qui se passe ici.

– Ça me paraît une bonne idée, s'enthousiasme Rudi. Une très bonne, même. Il faut que vous soyez notre voix à l'extérieur. Qu'on se fasse entendre aussi fort ici que dehors. Foncez ! Droit sur la mairie…

Mickie lui adresse un regard admiratif. Rudi les pousse vers la sortie, sans vexer personne, comme si les filles décidaient de quitter les lieux de leur propre initiative. De la belle ouvrage, de la délicatesse, de la diplomatie, chapeau !

Mme Roumas approuve la proposition :

– Ça, je suis d'accord. Ça ne peut que nous aider…

Mickie en profite pour abonder dans son sens.

– Très bien. On va se poster à la mairie et organiser l'intendance pour que vous ne mouriez pas de faim, dit-elle avec une pointe d'ironie. Mais personne ne parlera en notre nom et nous ne recevrons de directives de personne. D'être dehors, ça a au moins cet avantage : nous sommes libres et nous allons nous servir de cette liberté pour faire entendre tout haut ce que beaucoup n'oseront même pas dire tout bas de peur des représailles.

— Je peux peut-être caser les gosses à ma mère, glisse Dallas à Rudi.

— Tu devrais surtout te reposer.

— Je suis en pleine forme, j'ai pas besoin de me reposer.

Elle rit sous cape :

— T'as vu, hier soir, comme je fais bien le chien !

Rudi rougit :

— Tu veux que tout le monde t'entende ?

Dallas le dévisage avec une inhabituelle gravité :

— Je t'aime, Rudi. Je t'aime. Tu ne peux pas savoir comme je t'aime…

Gisèle

Mickie et le groupe des anciennes de la Kos – les « ex » comme elles se surnomment – sortent de l'usine au moment où Franck et Gisèle, tout bronzés, y arrivent.

— Mais qu'il est beau comme ça ! dit Dallas en embrassant son petit frère.

Elle chuchote :

— Tu me feras voir la marque du maillot ?

Franck lève les yeux au ciel. Dallas ne changera jamais.

— Ils ont voté l'occupation ? demande-t-il, cherchant à apercevoir quelqu'un au-dessus de l'épaule de sa sœur.

Dallas fait la bise à Gisèle :

— T'es belle aussi toute dorée ! Faut pas demander si vous avez eu beau temps…

Elle répond à Franck :

— Oui, ils attendent d'avoir des nouvelles définitives. On va s'occuper du ravitaillement pour tenir un siège !

– J'y vais, dit Franck. Je ne veux pas rater ça.

– Et moi, qu'est-ce que je fais ? demande Gisèle.

– Toi, tu viens avec nous, propose Dallas. Avec les filles, on va à la mairie manifester. Tu m'aideras à tenir la banderole…

Gisèle est ravie. Elle imagine la tête d'Anne-Marie ou de ses frères – sans parler de sa mère ! – la voyant défiler sous le drapeau de la révolte. Franck les quitte, Gisèle lui envoie un baiser du bout des doigts…

– Téléphone-moi !

Mickie presse tout le monde :

– Allez, on ne s'arrête plus !

Dallas prend le bras de Gisèle et, d'un regard, désigne son ventre :

– Ça pousse ?

– Oui et toi ?

– Moi, j'en ai marre. Tu verras, à la fin, on en a toujours marre. Faut que ça sorte…

– T'as déjà eu des nausées ?

– Un peu pour Kevin, mais pas beaucoup. Et là, rien du tout…

– Moi aussi j'en ai eu un peu.

– Là-bas ?

– Surtout en voiture.

– C'est normal…

Saïda se tourne vers Gisèle :

– Tu sais qu'on ne sait pas où est ton père ?

– Il n'est pas à l'usine ?

Dallas préfère que ce soit elle qui annonce la nouvelle :

– Tu te souviens de Carole, la fille sympa, au *Cardinal* ?

– Bien sûr, je la connais.

– Il paraît que ton père aurait filé avec elle…

Gisèle pouffe de rire :

– Papa ?

— Je te jure, c'est vrai, dit Saïda. Il y en a un qui les a vus ensemble chez elle…

— Normal, c'est sa secrétaire.

— N'empêche que personne n'arrive à le joindre ni chez toi, ni sur son portable, ni nulle part.

— Il a dû avoir un empêchement.

Saïda prend des précautions :

— C'est quand même pas normal de disparaître comme ça, juste quand l'usine ferme.

— Papa n'est pas du genre à disparaître !

— Te vexe pas, mais on finit par se demander s'il est juste parti avec une fille ou s'il serait parti aussi avec la caisse.

Gisèle s'arrête net :

— Vous n'avez pas le droit de dire ça ! Mon père est un homme totalement honnête. Vous n'avez pas le droit de l'accuser d'avoir volé de l'argent !

— On ne l'accuse pas !

— C'est pas parce qu'il était votre patron que c'est une crapule, un salaud ! C'est pas vrai ! Il a tout fait pour sauver la Kos ! C'est dégueulasse de vouloir le salir ! Vous savez qu'il a tout fait !

Gisèle bouscule Dallas et s'enfuit à toutes jambes entre les voitures.

— Où tu vas ? crie Dallas. Reviens !

Maison

Gisèle trouve volets clos et porte fermée lorsqu'elle arrive chez ses parents. Elle sonne, elle frappe, essouf-flée :

— Maman ? Maman ? Ouvre ! Maman, c'est moi !

Pas de réponse. Pas de signe de vie.

Gisèle insiste :

— Ouvre, c'est moi !

Puis, découragée, elle s'assoit sur les marches du perron, les genoux repliés, la tête dans les bras. Où sont-ils ? Où sont Anne-Marie, Pierre, Martial, Christophe ? Où sont-ils tous ? Gisèle se sent très vieille d'un seul coup. Quelqu'un a-t-il fait entrer la fleur des morts dans la maison ? Est-elle la seule qui reste de la famille ? Elle ne peut pas croire que son père se soit enfui avec une femme. Surtout une femme comme Carole. Elle ne peut pas croire qu'il se soit enfui. C'est impossible. Son père a toujours fait face. Ce n'est pas un lâche.

— Non, ce n'est pas un lâche…, dit-elle à voix haute. Mais personne ne l'entend.

Le soir, elle écrira dans son journal :

C'était comme un cauchemar. J'étais là, devant la maison, tout était fermé, complètement silencieux. Je frappais mais on ne m'ouvrait pas. Je savais qu'ils étaient là, tous, cachés derrière la porte. Mais je ne savais pas si c'était eux ou si c'était moi qui étais morte.

Banderole

Denise a pris chez elle la petite Marion et les enfants du Dr Kops pour les faire goûter avant de les ramener chez leurs parents. Avec Kevin, ça lui en fait quatre sur les bras, mais elle aime ça.

Dès qu'elles sont arrivées devant la mairie, Mickie aide Dallas à dérouler sur le trottoir la banderole qu'elle a confectionnée :

FEMMES EXCLUES
VILLE PERDUE

Saïda revient en quatrième vitesse du garage Lambrecht et bombe en dessous à la peinture noire :

USINE FERMÉE
MORTS ANNONCÉES

La grande Sylvie et Barbara hissent la banderole et toutes les anciennes de la Kos prennent position derrière la toile déployée, sauf Dallas.

— Je m'assois deux minutes, dit-elle en se posant sur une borne en pierre à l'entrée de la mairie.

— Ça va ? s'inquiète Mickie.

— J'ai chaud…

Rudi a raison, c'est vrai qu'elle devrait faire attention. Dallas pose sa main sur son ventre, le soutient, le masse. Ses seins sont très gonflés, son soutien-gorge la scie sous les bras. Si elle osait…

Dallas commence à s'assoupir, ses yeux se ferment, son menton tombe sur sa poitrine, elle n'en peut plus. Elle rêve d'eau. De flotter dans l'eau. De se laisser porter dans le bleu transparent de la mer, dans l'eau libre, les grands fonds…

Le coup de frein d'une voiture à quelques mètres d'elle la réveille en sursaut. Elle voit le préfet descendre de son véhicule et, sans prendre le temps de claquer la portière, s'engouffrer dans l'hôtel de ville.

Des cris fusent dès qu'il est reconnu :

— Ta mère t'a pas appris à fermer les portes ?

— Hou ! Hou !

— Monsieur le préfet, vous ne voulez pas nous parler plutôt que d'aller parler au maire ?

Quelques instants plus tard, Varda, chevauchant son scooter, arrive à son tour. Les nouvelles vont vite.

— Putain, ils ferment, les enfoirés ! dit-elle, s'arrêtant si brusquement que ses roues dérapent sur le gravillon. Elle court embrasser Dallas :

— Ça va, ma belle ?

— Je suis fatiguée.

— T'inquiète, je suis là.

Varda rejoint les autres et remplace la grande Sylvie pour tenir la banderole.

— C'est pas parce que j'ai un boulot de merde que je ne suis pas solidaire, déclare-t-elle pour couper court à toute question.

Préfet

Saint-Pré et le préfet sont assis dans les grands fauteuils près des fenêtres, un verre de citronnade à la main. Saint-Pré conclut son rapide tableau de la situation :

— Behren m'a dit « ça va être l'apocalypse » et j'ai bien peur qu'il n'ait pas tort…

Le préfet réfléchit un instant :

— Je vais avertir le directeur de cabinet, à l'Intérieur, on ne sait jamais…

— Vous avez vu les femmes, en bas ?

— Oui, j'ai vu. Et j'ai entendu…

— Elles vous ont agressé ?

— N'exagérons rien !

— Si ce n'est pas demain, après-demain on aura droit à une manifestation…

Saint-Pré, d'ailleurs, en sera :

— Et tous les élus du département y seront aussi. De

gauche comme de droite. Fermer la Kos comme ça, c'est de l'assassinat pur et simple.

— Vous avez joint les Allemands?

— Behren, un des patrons de la Kos, vous voyez qui c'est?

— Oui…, dit le préfet, incertain.

— Eh bien, Behren a eu je-ne-sais-qui, qui l'a renvoyé vers les nouveaux propriétaires du groupe, des Américains injoignables. Ce serait eux qui auraient ordonné la fermeture immédiate…

— On doit quand même bien savoir qui c'est!

— Non, on ne sait pas. Ils ne sont même pas en Europe…

— Je vais m'occuper de ça, dit le préfet. J'imagine que la presse va s'en occuper aussi…

— Oui, dit Saint-Pré. J'attends la télé, ils viennent m'interviewer pour le régional…

— Qu'est-ce que vous allez dire?

— Ce que je vous dis : nous manquons d'informations, la fermeture définitive de la Kos reste à confirmer, les élus locaux sont entièrement solidaires des employés et de la direction de l'usine. Qu'est-ce que vous voulez que je dise d'autre?

— N'hésitez pas à évoquer un «éventuel repreneur». Il sera toujours temps de démentir. Et à la direction de l'usine, qu'est-ce qu'ils disent?

— Pas grand-chose…

Saint-Pré avertit le préfet du problème Format :

— Impossible de mettre la main sur lui!

— Je n'aime pas ça, dit le préfet. Je n'aime pas ça du tout! Ce n'est pas le moment d'avoir un scandale sur les bras en plus du reste…

Saint-Pré soupire :

— Personnellement, ça ne m'étonnerait qu'à moitié qu'il ait foutu le camp. Je n'ai jamais pensé que c'était l'homme de la situation. D'ailleurs, j'ai joué franc-jeu avec lui, je le lui ai dit : «Demandez-vous pourquoi ils

vous ont choisi, vous. » Vous comprenez, il n'avait pas
vraiment le profil, Format c'est un émotif, un réactif…

— Vous pensez qu'on pourrait découvrir des malversa-
tions ? l'interrompt le préfet.

— Ah non, ça je ne crois pas !

— Même s'il y a une femme dans l'histoire ?

— Même.

Le préfet est dubitatif :

— Je ne me souviens pas très bien de lui, j'ai dû le rencontrer une fois ou deux, mais dans mon souvenir, vous
avez raison : Format n'est pas le genre homme à femmes.

Il se lève, il doit partir.

— Méfions-nous de l'eau qui dort… Le tribunal de commerce est alerté ?

— D'après ce que je sais, les Allemands ont tout balancé
d'un seul coup : dépôt de bilan, annonce de la fermeture et
clôture des comptes. Ils ont tiré le rideau…

— Bon, bon…, s'impatiente le préfet, surtout tenez-
moi au courant heure par heure. Je laisse mon portable
allumé.

— Il faut croire que ça ne finira jamais, soupire Saint-
Pré en se levant.

— Hélas, je crains que si, rétorque cyniquement le
préfet.

Saint-Pré réalise qu'il a prononcé une phrase malheureuse.

— J'aime mieux ne pas y penser, dit-il pour se rattraper.

Il raccompagne le préfet jusqu'à la porte de son
bureau :

— À tout hasard, je vais passer chez Format. Je connais
sa femme depuis longtemps. Son père était le notaire de
mes parents…

Tunnel

Serge discute avec Rouvard, dans son bureau, devant le dernier graphique de production. Un ventilateur ronronne, décoré de rubans multicolores qui volent au vent. Rouvard est effondré.

– J'y ai cru! dit-il à Serge en montrant le trait indiquant une progression. J'y ai cru et voilà…

Rouvard arrache le graphique, le chiffonne et le jette dans sa corbeille à papiers.

– Moi aussi, j'y ai cru, dit Serge.

– Je sais, grogne Rouvard. Vous avez tout tenté pour que ça marche. Et ça aurait pu marcher!

Serge se tourne vers la fenêtre :

– Qu'est-ce que vous comptez faire?

– Si je le savais…

– Vous pensez qu'il n'y a aucune chance?

Rouvard redresse la tête :

– Aucune. Il ne faut pas se faire d'illusions. C'est la fin. Au mieux on aura un bel enterrement, mais c'est la fin.

– Vous ne croyez pas qu'il nous reste une petite marge de manœuvre?

– Laquelle? On aura peut-être le droit de choisir les fleurs pour les couronnes, mais c'est tout.

Ils se taisent.

– J'y croyais même tellement que j'ai acheté une maison, dit Rouvard, reprenant le graphique qu'il avait jeté à la poubelle.

Cette idée lui arrache un rire nerveux :

– Je pense que je vais devoir la revendre à la banque sans jamais l'avoir habitée!

– Votre femme ne travaille pas?

Rouvard déplie le papier froissé et le lisse sous sa main :

– Ma femme joue du violoncelle et donne des cours de chant. Elle est payée au cachet. Quand elle en fait deux par mois et qu'elle a trois élèves, on peut s'estimer heureux…

Serge est désolé pour lui.

– Moi, la mienne a trouvé un petit job sur le chantier du tunnel. Elle touche le SMIC…

Rouvard ne l'écoute pas.

– Vous ne trouvez pas ça plein d'ironie ? demande-t-il en balançant ses pieds sur le bureau, on va dépenser des milliards pour percer un tunnel qui doit « désenclaver » la région au moment où la région est en train de devenir un désert. Ça va être un grand trou qui va donner sur du rien ! Sincèrement, si je n'avais pas envie de pleurer, ça me ferait rire…

Comité

Behren réunit un comité d'entreprise exceptionnel. Il n'a pas grand-chose à dire :

– Ou un repreneur se manifeste et le tribunal de commerce prononce une prolongation temporaire de l'activité, ou personne ne reprend et un liquidateur judiciaire se charge de donner le coup de grâce…

– Toujours pas de nouvelles de Format ? demande Lamy.

– Aucune.

Behren ne peut pas cacher son pessimisme :

– Un repreneur ne se trouve pas sous le sabot d'un cheval, surtout fin juillet, début août, quand tout le monde ne pense qu'à partir en vacances. La chambre de commerce et d'industrie va se mettre en quatre pour m'aider à dénicher l'oiseau rare, mais…

Behren laisse sa phrase en suspens.

Pignard fait une proposition :

— Je propose que vous organisiez ici une réunion avec toutes les parties directement ou indirectement concernées : la mairie, la préfecture, l'inspection du travail… enfin, tout le monde. Les députés, le directeur départemental du travail, tout le monde.

Il répète une fois encore, comme pour se convaincre lui-même :

— Tout le monde…

— Qu'est-ce que vous espérez ?

— Notre situation n'est pas une situation unique, dit Pignard. Rien que dans le département, je peux vous citer au moins cinq entreprises qui sont sur le fil du rasoir. Et si on prend la région, je suis sûr qu'on n'est pas loin d'une trentaine. La Kos est emblématique mais le mal est profond. Il faut donc que d'un problème particulier, la Kos, nous fassions un problème général, la destruction du tissu industriel. C'est à mon avis notre seule chance de nous sortir de ce merdier. Ce n'est pas qu'un problème de branche…

Mme Roumas, au nom de FO, manifeste son approbation et Lamy (CFDT) ne peut que suivre le mouvement :

— Pignard a raison, la responsabilité de l'État est engagée dans ce qui nous arrive.

— Vous êtes un élu, monsieur Behren ? reprend Pignard. Vous savez qu'en France, le politique et l'économique sont si étroitement liés qu'on ne peut pas penser l'un sans penser l'autre. Et c'est à l'élu que je m'adresse avant même de m'adresser au dirigeant de la Kos. On ne peut pas rester les bras croisés !

Behren prend la mouche :

— Vous croyez que je reste les bras croisés ?

— Ce n'est pas ce que je voulais dire, s'excuse Pignard.

Trop tard, Behren est lancé :

— Nous sommes trois à avoir repris cette boîte : trois

cadres, Format, Rouvard et moi. Aujourd'hui, je suis tout seul et en première ligne. Format joue la fille de l'air, Rouvard ne sort plus de son bureau, pas même pour aller pisser. Qu'est-ce que vous voulez que je fasse ? Quand je téléphone à Francfort, je peux m'estimer satisfait si je parviens à obtenir une assistante qui ne peut pas me répondre. Il n'y a plus personne là-bas, que la sécurité et le nettoyage ! Nous avons été vendus et je ne sais même pas à qui ! Quant aux autorités, à l'État comme vous dites, elles veulent bien m'assurer de leur compassion, être de tout cœur avec moi, mais elles ont en tête leurs locations du mois d'août ou leurs voyages touristiques. Je vais vous dire, Pignard, il y a une chose que vous devez bien vous mettre dans la tête : nous sommes sur la lune.

Cour

L'équipe de la télé régionale plie bagage après avoir interviewé Franck et Nathalie. Franck parce qu'il est le plus jeune employé de la Kos, et Nathalie parce qu'elle est une femme seule avec deux enfants à charge.

Le sujet passera au journal du soir…

Rudi et Anthony s'isolent tandis que Franck fait le paon au milieu d'un petit cercle d'admirateurs et que Nathalie n'en finit pas de se reprocher de ne pas avoir dit ci et ça :

— Tu comprends, explique-t-elle à qui veut l'écouter, qu'est-ce qu'ils peuvent comprendre de ce qui nous arrive ceux qui regardent la télé ? On ne le comprend pas nous-mêmes !

Rudi demande à Anthony :

— Tu veux toujours que je sois ton témoin ?

– Pourquoi, tu ne veux plus ?

– Si…

– Alors pourquoi tu me demandes ?

Anthony enrage :

– J'en ai plein le cul, tu sais. Entre Angélique qui ne peut plus me dire deux mots sans fondre en larmes, mes parents et les siens qui font et refont les comptes de ce qu'ils vont dépenser… Tu sais ce que ça coûte un mariage ?

– Bonbon, répond sobrement Rudi.

– Tu l'as dit : ça coûte bonbon ! Et moi je me retrouve sur le carreau le jour de mes noces ! On peut dire que je l'ai en or…

Anthony peste, jure, prend le ciel à témoin qu'il ferait mieux de ne pas se marier que de se marier dans ces conditions ! Rudi lui pose la main sur la cuisse, ça suffit, il a compris :

– J'ai quelque chose à te proposer, dit-il pour le calmer.

– Tu veux te marier à ma place ?

– Merci, j'ai déjà donné…

– Te gêne pas, vas-y, la voie est libre…

– T'arrêtes ?

Anthony se détend un peu :

– Excuse-moi, je suis à cran.

Rudi ne lui en veut pas :

– De voir les types de la télé, ça m'a donné une idée…

– Raconte…

Rudi savoure d'avance ce qu'il va dire :

– Suis-moi bien : quelle est la situation ? L'usine est occupée, on est dans la merde, on accroche des banderoles, on fait du ramdam ici et en ville, on crie à l'injustice, au vol, à tout ce que tu veux. Tout ça, je vais te dire, c'est bien, c'est juste, mais ça ne nous sert à rien. Ou, en tout cas, pas à grand-chose. À la télé ça nous montre comme une bande de paumés plus ou moins agressifs ou énervés, tout juste capables de jouer du tambour sur des caisses en ferraille ou de chialer en direct. Et ceux qui voient ça, le cul bien au chaud sur leur canapé, ils pensent : c'est bien triste mais j'en ai rien à foutre. En vrai, ça leur fait peur. Comme de voir des grands brûlés. T'es d'ac ?

— Oui, dit Anthony du bout des lèvres.

— Moi, je crois que si on doit faire des actions, on doit faire des actions qui nous rendent populaires

— Tu veux organiser un bal ?

— Mieux que ça ?

— Une course cycliste ?

— Ni course cycliste, ni match de foot, ni fiesta provençale, ni course landaise, ni élection de Miss ASSE-DIC...

— Quoi alors ?

Rudi pointe du doigt le cœur d'Anthony.

— Quelque chose avec toi.

— Avec moi ?

— Toi et Angélique...

Anthony rechigne :

— Oublie Angélique, elle bosse avec le maire, elle doit faire gaffe...

— Je m'en fous, dit Rudi, j'ai besoin d'elle et de son patron aussi...

Rudi laisse Anthony mariner un instant en silence :

— Samedi, dit-il enfin, si t'es d'accord, au lieu de vous marier à la mairie, vous allez vous marier ici...

— À la Kos ?

— Oui, à la Kos, avec la télé pour filmer le mariage et tout ce qu'on pourra faire venir comme journaux, ceux du coin et peut-être ceux de la capitale...

— T'es dingue ! s'exclame Anthony. Saint-Pré ne voudra jamais !

— Pourquoi il ne voudrait pas ? C'est aussi bon pour lui que pour nous. T'imagines sa photo à la une d'un canard avec Angélique en blanc et toi en habit sous un gros titre :

«Les mariés de l'usine occupée». Et le soir, au journal, Saint-Pré ouvrant le bal ici, au milieu des stockages…

Rudi s'émerveille d'avance :

– Ce serait encore plus beau que Brando dans *Le Parrain* !

Histoire

Saint-Pré quitte l'hôtel de ville par l'arrière pour éviter de se retrouver nez à nez avec le groupe des anciennes de la Kos, toujours plantées sous ses fenêtres. S'il avait les mains libres, il enverrait bien les gendarmes faire le ménage, mais bon, sa situation est déjà assez délicate sans qu'il l'aggrave par un excès d'autorité…

Il fait le tour par le marché couvert, passe par les petites rues et arrive chez Format en n'ayant quasiment croisé personne. Un exploit.

– Qu'est-ce que tu fais là ? dit-il, découvrant Gisèle assise sur les marches du perron.

– Il n'y a personne.

– Tu n'as pas les clefs ?

Gisèle se lève :

– Je n'habite plus là, dit-elle, comme si elle allait partir.

Saint-Pré passe devant elle sans prêter garde à ce qu'elle vient de dire. Il sonne, frappe, appelle :

– Bernadette ?

– Je vous dis qu'il n'y a personne.

– Ta mère n'est pas là ?

– Je n'en sais rien.

Saint-Pré la dévisage :

– T'étais en vacances ? T'es toute bronzée…

– Je viens de rentrer.

– T'es sûre qu'il n'y a personne ?

Gisèle s'écarte :

– Essayez encore, si vous y tenez…

Saint-Pré ne se décourage pas, à nouveau il sonne, à nouveau il frappe, à nouveau il appelle :

– Bernadette ? C'est Jean. Jeannot !

Il faut se rendre à l'évidence : la maison est vide. Ou, si elle n'est pas vide, personne ne veut répondre.

– Je vais rentrer, dit Gisèle.

– Rentrer où ?

– Je vous l'ai dit : je n'habite plus ici. J'habite chez les Thaler.

Saint-Pré sourit :

– Chez le vieux Henri ?

– Oui.

Sincèrement, Saint-Pré ne comprend pas ce que la fille Format fait chez les Thaler.

– Ils te louent une chambre ?

Gisèle le cloue d'une phrase.

– Je suis enceinte, dit-elle, je vais me marier avec Franck.

Saint-Pré s'étrangle :

– Hein ? Enceinte ! Te marier ? T'as l'âge ?

– Je l'aurai en octobre.

– Ah… Et que disent tes parents ?

– Je ne sais pas.

– Comment ça, tu ne sais pas ?

– Nous ne nous parlons plus. Ma mère m'a fichue à la porte, si vous voulez tout savoir…

Gisèle et le maire quittent la maison des Format par le jardin. Saint-Pré referme la grande grille noire derrière eux. Il cherche un mot gentil pour Gisèle.

– Je suis certain que ça va s'arranger…, dit-il, marchant sur des œufs.

– Vous ne connaissez pas ma mère.

Saint-Pré baisse la tête, amusé :

— Si, je la connais. Je la connais même depuis plus longtemps que toi…

— Ah bon ?

— Nous étions en maternelle et en primaire ensemble.

Gisèle demande par politesse :

— Pas après ?

— Non, répond Saint-Pré, après la mort de son petit frère, elle est partie en pension.

— Pardon ?

— J'ai dit que ta mère est restée en pension jusqu'à son bac. D'ailleurs, je crois qu'elle a connu ton père l'année d'après, au cours d'une retraite organisée par l'Action catholique, quand ils faisaient leur droit…

Gisèle s'arrête, forçant Saint-Pré à s'arrêter lui aussi :

— Vous avez dit « après la mort de son petit frère » ?

— Eh bien oui, dit Saint-Pré, sans comprendre. Juste avant l'entrée en sixième…

— Ma mère n'était pas fille unique ? demande Gisèle.

Saint-Pré change de couleur :

— Ah merde ! murmure-t-il.

Il se reprend :

— Si, bien sûr, s'empresse-t-il de dire, comme si toutes ses dents tombaient de sa bouche.

Gisèle sait qu'il ment mais il n'est pas pour elle question de vérité ou de mensonge. Il s'agit de quelque chose de plus grave encore, un secret qu'elle découvre dans son sang, dans ses veines, un mal pervers qui soudain l'envahit tout entière.

— Ne mentez pas, dit-elle d'une voix adulte.

Saint-Pré se remet en marche pour dissiper sa gêne. Il sort un grand mouchoir :

— Excuse-moi, dit-il en s'épongeant le front, je dois me sauver. On m'attend…

Gisèle lui emboîte le pas :

— Vous n'allez pas vous sauver, vous allez me dire…

Saint-Pré reçoit ces mots prononcés dans son dos comme une volée de flèches. Il fuit.

— Non, je ne peux pas, dit-il. Je ne peux pas. Demande à ta mère.

— Ça ne risque pas.

Saint-Pré fait halte, ses joues flasques tremblent :

— Je suis désolé, dit-il, tentant de reprendre son souffle. Pourquoi est-ce que j'ai été te raconter ça ? Je croyais que tu savais. Ta mère ne t'a jamais… ?

— Non. Rien. Ni mon père, ni personne.

Saint-Pré ne sait plus ce qu'il doit faire, non il ne sait plus s'il doit ou s'il ne doit pas…

— Tu comprends, s'ils ne t'ont jamais rien dit, ce n'est pas à moi de t'en parler…

— À qui alors ? lui demande Gisèle. Ma mère ne veut plus me voir, mon père est en vadrouille, mes frères et mes sœurs n'en savent pas plus que moi.

Gisèle refuse de le supplier.

— Je veux simplement que vous me disiez ce que vous savez et qu'on me cache…

Il y a une douleur si aiguë dans le regard de Gisèle ! Saint-Pré se sent piégé. Il baisse les bras :

— Promets-moi que tu ne diras jamais à ta mère, ni à qui que ce soit, que c'est moi qui te l'ai dit…

— Je vous le promets.

Ils se remettent en marche, le maire, grand, gros, débraillé dans ses vêtements qui l'embarrassent et Gisèle, si légère dans sa colère. Ils traversent la Grand-Place en diagonale :

— En fait, dit Saint-Pré, on n'a jamais su exactement ce qui s'était passé. Ta mère devait avoir dans les dix ans et son petit frère, quatre ou cinq. Elle l'a emmené se promener dans la montagne, dans le coin où on va percer le tunnel. Tu vois où c'est ?

— Oui.

— Et là, d'après ce qu'on a dit à l'époque, le petit a fait

une chute. C'est plein de carrières là-bas. Ta mère a pani-
qué. Elle n'a pas donné l'alerte tout de suite. Elle a
essayé de lui porter secours mais elle ne savait même pas
exactement où il était tombé. Dans une faille. Un endroit
inaccessible. Elle ne pouvait pas le voir, pas même l'entendre. Il a fallu deux jours aux gendarmes pour retrouver le corps…

Sans s'en rendre compte, au fur et à mesure de son récit,
Saint-Pré a accéléré le pas, comme s'il pouvait échapper
au passé qu'il ressuscite. Gisèle peine à le suivre. Elle
pince la manche de son veston pour le retenir :

— Comment s'appelait-il ?
— Le petit frère de ta mère ?
— Oui, dit Gisèle, je veux savoir son nom.

Saint-Pré secoue la tête :

— Je ne m'en souviens pas. Non, je te jure, j'ai beau
chercher : je ne m'en souviens pas…

Mariage

L'usine est occupée depuis près d'une semaine. À
l'enthousiasme des premiers jours a fait place une détermination sourde.

Format n'a pas réapparu et personne ne parle plus de
lui, d'autant que les volets de sa maison sont toujours
clos et que sa femme ne se montre pas en ville. La situation juridique, financière et industrielle de la Kos n'est
toujours pas éclaircie. Il y a du flou, du secret, du bru-
meux dans ce qui remonte à la surface jour après jour,
comme les remugles d'une eau stagnante. À Francfort, le
siège ne répond plus. Impossible de joindre qui que ce
soit. Hoffmann en premier observe un silence radio complet, y compris sur ses numéros privés.

Une journée «ville morte» a été organisée, suivie d'une énorme manifestation. Rideaux de fer baissés, toute la ville derrière les ouvriers de la Kos encadrés par les élus du département, députés, maires, conseillers généraux...

Fanfare.

Slogans.

Banderoles.

Cercueils portés à bout de bras : «La Kos ne veut pas mourir !», «La Kos vivra !», «Tous ensemble !», «Raussel, la Kos, même combat». *Marseillaise* et *Internationale*. Et le soir, quelques images au journal télévisé sur le réseau hertzien entre deux interventions de députés, un communiste qui dit : «Il faut légiférer pour prendre des sanctions exemplaires. Il ne tient qu'au gouvernement d'inscrire une loi contre les patrons voyous à l'ordre du jour de l'Assemblée», et un UDF qui estime, lui, «qu'on ne peut plus supporter que les patrons cassent comme cela toute l'image du noble métier d'entrepreneur»...

Seul résultat tangible, une conseillère du ministère de l'Emploi encourage de ses vœux l'idée d'une grande réunion où seraient assis autour de la même table la direction de la Kos, les représentants syndicaux, les autorités de la République. L'idée de Pignard a fait son chemin.

L'idée de Rudi aussi a fait son chemin.

Le mariage d'Angélique et d'Anthony est célébré le dernier samedi de juillet sur l'aire de stockage de l'atelier n° 2, devant les caméras de la télé régionale et en présence de plusieurs journalistes, Florence Chamard de *La Voix*, bien entendu, mais aussi les correspondants de *Libération*, de *L'Humanité* et même celui de *Paris Match*, chargé de prendre des photos.

Tous les anciens de la Kos sont là, ceux de la génération d'Henri et de Denise Thaler, mais aussi ceux de la génération de Lorquin qui, se faisant violence, est présent.

Des applaudissements saluent les deux «oui» des

mariés et redoublent quand ils échangent un baiser pour le meilleur et pour le pire.

Saint-Pré fait un discours :

— Bien sûr, c'est symbolique ! Bien sûr, l'union d'Angélique qui travaille à mes côtés et d'Anthony qui travaille ici symbolise le lien indissociable qui unit la municipalité à la Kos. Et si j'ai un souhait à formuler, c'est que de cette union naissent de nombreux enfants, c'est-à-dire de nombreux emplois. Le mariage est la plus grande aventure humaine. Mais, que ce soit dans le secret de la chambre nuptiale ou dans la lumière et le bruit des machines, soyez certains qu'il faut toujours se battre pour réussir ! Et qu'avec Angélique et Anthony, à Raussel, nous nous battrons !

Applaudissements.

Fanfare.

Vin d'honneur offert par la municipalité.

Photos : les mariés (Anthony et Angélique), les mariés et leurs témoins (Rudi et Varda), les mariés, leurs témoins et leurs conjoints (Serge et Dallas), les mariés, leurs témoins, leurs conjoints et le maire (Saint-Pré), les mariés, leurs témoins, leurs conjoints, le maire, les parents, les beaux-parents…

Ça n'en finit pas.

Rudi réussit à se débiner, laissant Dallas le représenter sur tous les clichés qui décoreront l'album de famille. Il va retrouver Lorquin, assis en retrait au bord d'une grosse bobine en bois :

— Je les aime bien, mais je n'en peux plus.

— T'aimes pas qu'on te photographie ?

— Pas plus que toi.

— Moi, je suis devenu invisible…

Lorquin est morose.

— Tu fais la gueule ?

— Je m'étais bien juré de ne jamais refoutre les pieds dans cette boîte…, dit-il.

Aujourd'hui ce n'est plus une boîte, c'est une salle des fêtes ! Une salle en plein air ! Un parc de loisirs !

L'enthousiasme de Rudi arrache un sourire à Lorquin :

– Toi, t'as déjà commencé ta reconversion : animateur de noces et banquets. Ah, je te vois…

– Tu ne trouves pas ça bien comme idée, un mariage à l'usine ? Un futur chômeur et une smicarde se disent oui sur les ruines d'un empire industriel !

Lorquin aperçoit soudain Florence en conversation avec Mme Roumas.

– Tu vois cette petite là-bas qui asticote la mère Roumas ?

– Florence ?

– Oui, Florence… Tu sais qui c'est ?

Rudi ricane :

– Je n'ai pas encore totalement perdu la mémoire…

Mais Lorquin ne relève pas. Il ne peut plus retarder les mots qui se pressent sur ses lèvres. Il prend une grande inspiration et se livre avec la violence d'un homme qui se débat :

– Florence…, dit-il. Cette petite de *La Voix*, je… je l'aime.

Rudi reçoit la déclaration comme une blague :

– Florence ? Non, je ne te crois pas ! Tu l'as… ?

– Je ne te parle pas de ça. Je l'aime.

– Tu l'aimes comment ?

– Je ne sais pas, dit Lorquin. Il n'y a pas de mots. J'explose, je brûle, j'étouffe. Je l'aime comme un fou…

Rudi se gratte la tête :

– C'est pas pour Anthony que t'es venu ?

– Non, Anthony est un brave môme mais c'est pas pour lui que je suis là, c'est pour elle. Je ne supporte pas de passer une journée sans la voir. Même de loin. Si tu savais comme chacun de ses gestes est gracieux, quand elle marche, quand elle écrit, quand elle se penche pour ramasser une feuille tombée par terre…

Lorquin confesse, les yeux vagues :

– Je n'ai qu'une envie, c'est d'être avec elle, toucher sa peau, sentir sa présence, la regarder s'endormir…

Et, se tournant vers Rudi :

– Ce que je te dis là, je ne l'ai dit à personne, surtout pas à Florence et je n'ai pas besoin de te demander de ne pas le répéter. Je sais que je peux te faire confiance…

Rudi se tait pour laisser à Lorquin le temps de reprendre son souffle. L'aveu lui a déchiré la poitrine, il tousse, il crache, il manque d'air :

– Florence ne sait rien de ce que je ressens pour elle, dit-il quand il réussit à parler à nouveau. Elle est assez fine pour s'en douter mais je n'ai rien dit, pas un mot. Je n'ai pas eu le moindre geste qui puisse me trahir. D'ailleurs, elle n'a pas eu le moindre geste pour m'encourager à quoi que ce soit. Et elle me vouvoie toujours…

– Et tu ne veux rien lui dire ?

– Si, répond gravement Lorquin, j'ai beaucoup réfléchi. Je suis décidé à lui parler.

– À lui dire que tu l'aimes ?

– Oui, je dois lui dire, sinon je vais crever. Je ne peux pas vivre avec ce poids…

Ils se taisent un instant :

– Et Solange ?

– C'est ma femme.

– Tu penses à divorcer ?

– Non, pourquoi ?

– Tu ne l'aimes plus ?

– Ça n'a rien à voir. Ça fait plus de trente ans qu'on est mariés et je n'ai jamais été avec une autre qu'elle. Mais il arrive quelque chose qui me dépasse. Je croyais être blindé, à l'abri de tout, surtout des émotions. J'étais comme mort. Une momie sèche et embaumée, prête à traverser le temps sans que rien ne l'atteigne. Je m'étais construit un château fort, ou une prison si tu préfères. Des remparts qui me permettaient de tout supporter : le quotidien, le chômage, la vieillesse qui n'allait pas tarder… C'est ça qui me dépasse : il a suffi que Florence me regarde dans les yeux pour que toutes mes défenses s'effondrent en poussière.

Lorquin mime une chute d'un geste des deux mains :

— Imagine une immense vitre qui se brise en mille éclats. Ça m'assourdit, ça m'écorche, ça me fait saigner, mais là, d'un coup, je me sens vivant. Tu comprends ça ? Vivant…

À la demande du maire, la fanfare entame une valse lente. Ce n'est pas du Nino Rota mais ça y ressemble. Saint-Pré s'assure que le cameraman de la télé régionale est prêt.

Il est prêt :

— Quand vous voulez, monsieur le maire…

Saint-Pré offre son bras à Angélique et la mariée ouvre le bal dans les bras de son patron.

— Moteur !

— Ça tourne !

Ils dansent.

Anthony, à son tour, invite Mimi, la femme de Saint-Pré, en grand tralala, et ils rejoignent le premier couple de danseurs. Puis d'autres couples se forment, valsent…

Le cameraman fait la toupie.

— Moi je ne sais pas danser ça ! dit Gisèle.

— Si tu veux te marier, faut que t'apprennes !

Sans lui laisser le temps de refuser, Varda l'entraîne au milieu des autres., un deux trois… un deux trois…

Solange s'approche de Dallas, elles s'embrassent :

— J'aimerais bien savoir ce qu'ils se racontent, dit-elle en dirigeant son regard vers Lorquin et Rudi, toujours assis sur la grosse bobine en bois.

— Ils refont le monde, répond Dallas, rêveuse.

— Il y a de quoi faire !

— Il en pense quoi, ton homme, de tout ça ?

– Sincèrement, je n'en sais rien. Je suis même étonnée qu'il ait bien voulu venir. Pour lui, la Kos, ça n'existe plus. Il ne veut plus voir personne, plus en parler. C'est fini. Il y a comme un mur…

– Il s'en remet pas ?

Solange hausse les épaules :

– C'est même pas une question de s'en remettre ou de ne pas s'en remettre… C'est sûr que ça lui a fait très mal d'être viré comme il a été viré et de se retrouver tout seul, mais maintenant il est au-delà de ça. C'est comme si tout ce qu'il a vécu ici n'avait jamais existé. Pour lui, c'est aussi étranger que si on lui parlait d'une peuplade au fin fond de la brousse.

La valse s'achève sous les vivats et les applaudissements.

Lorquin et Rudi ne sont pas en reste, ils tapent des mains de bon cœur pour saluer Angélique et Anthony, restés seuls au milieu du cercle. Ils voient Gisèle et Varda, étourdies, rejoindre en riant Dallas et Solange. Florence s'invite pour leur parler…

Rudi se lève :

– Allons-y, on ne va pas les laisser dire du mal de nous sans qu'on soit là…

– Va devant, j'arrive.

Lorquin n'a pas la moindre envie de bouger. Mais, pas de chance pour lui, ce sont les filles qui traversent la cour pour venir à leur rencontre. Florence réprimande gentiment Lorquin :

– Vous n'allez pas rester assis toute la journée. Vous pourriez au moins faire danser votre femme !

Et, à Rudi :

– Vous non plus vous ne dansez pas ?

– J'allais vous poser la question…

Florence sourit :

– Vous ne vous en tirerez pas comme ça…

– Dansez avec moi.

– Je n'ai pas envie de me faire marcher sur les pieds. Faites-moi voir d'abord ce que vous savez faire avec votre femme.

Rudi accepte le défi. Il s'incline devant Dallas :

– M'accorderez-vous cette danse, mademoiselle ?

– Tu sais danser le tango ? s'étonne Dallas.

– Non, mais tu vas m'apprendre…

Dallas se laisse entraîner, faisant signe à Varda que Rudi est devenu maboul. Lorquin se sent obligé d'inviter Solange. Elle est ravie. Rien ne pourrait lui faire plus plaisir. Elle aime danser et Lorquin danse très bien.

La fanfare joue un classique, *Le plus beau de tous les tangos du monde* :

– C'est celui que j'ai dansé dans vos bras…, chantonne Solange, se plaquant contre la poitrine de Lorquin.

Gisèle s'éclipse :

– Je vais chercher Franck…

Varda et Florence se retrouvent seules sur le bord de la piste :

– Votre mari n'est pas là ? demande Florence.

Varda tend le bras vers la fanfare :

– Regardez-le, c'est lui qui joue de la clarinette !

Mickie, lunettes de soleil, chapeau de paille, tient un stand où elle vend des tee-shirts imprimés pour soutenir le comité de grève. Une idée de la grande Sylvie. Sur le devant on voit, en noir, un K et un O : un KO suivi d'un S qui se désagrège. Sur le dos on lit *OK pour la KOS, en lutte !* Rudi vient en acheter deux : un pour Dallas, l'autre pour Gisèle…

– Il est où, Armand ?

– Il a une compétition d'échecs. Impossible de déclarer forfait…

– Tu veux qu'on se retrouve ?

– Maintenant ?

— Dallas va aller s'allonger. Elle a la tête qui tourne…

Mickie met les deux tee-shirts dans une poche plastique.

— Je t'ai vu danser, dit-elle en les donnant à Rudi.

Il paye :

— Spectacle inoubliable ?

— J'ai bien ri… Dans une heure, chez moi, mais c'est risqué.

— Je prends le risque. Garde la monnaie…

Sieste

Rudi est désolé, sincèrement désolé, mais il doit impérativement rester à la Kos : l'occupation, le mariage, la presse… Il ne peut pas ne pas être là, pas même s'absenter un quart d'heure. C'est Franck qui dépose Dallas chez elle pour qu'elle puisse faire la sieste :

— On se retrouve ce soir ?

— Rudi viendra me chercher avant d'aller au *Cardinal* !

— À plus ! Dors bien !

— J'en peux plus…

Dallas ferme sa porte, Franck se tourne vers Gisèle, installée à l'arrière :

— Viens devant.

— Roule, dit Gisèle. Ce n'est pas tous les jours que j'ai un chauffeur !

Franck démarre :

— Bien, madame, à vos ordres, madame, madame a-t-elle un itinéraire préféré ?

Gisèle se glisse dans le dos de Franck. Elle enroule ses bras autour de son cou :

– Si on allait faire la sieste nous aussi, chuchote-t-elle à son oreille. C'est ça mon itinéraire préféré…

– À la maison ?

– Non.

– Chez ta grand-mère ?

– Ce qui me ferait plaisir, susurre Gisèle, c'est qu'on aille dans la montagne. Tu sais, au-dessus du chantier où ils vont percer le tunnel…

– Pourquoi tu veux aller là ? C'est casse-gueule…

– J'ai envie.

Montagne

Heureusement que Franck garde toujours une vieille couverture dans le coffre de la 405. Ils trouvent un bel endroit pour s'allonger après les efforts de l'ascension dans les cailloux et les épineux. Une sorte de surplomb, d'avancée rocheuse à l'ombre de grandes branches. Il y a un carré d'herbe de la taille d'un lit.

Franck étend la couverture et s'y allonge. Gisèle porte le tee-shirt offert par Rudi sur le pantalon corsaire prêté par Dallas.

– Déshabille-toi, dit-elle à Franck en lui tendant les bras.

– Toi d'abord…

– Pourquoi ce serait la fille qui se déshabillerait toujours la première ?

– Parce que c'est plus beau !

– Je veux te voir…

– Moi aussi je veux te voir…

Ils se déshabillent sans se quitter des yeux et s'étreignent sitôt dans les bras l'un de l'autre.

Gisèle pense à l'enfant mort, ici, dans cette montagne ;

à cet enfant dont tout le monde a oublié le nom et à celui qu'elle porte et qui n'en a pas encore…

Deux enfants secrets.

Il fallait qu'elle vienne.

Qu'elle sente la terre gronder sous elle. Qu'elle transmette à ce petit fantôme un message d'amour, des ondes qui lui disent que quelqu'un se souvient de lui. Comment peut-on oublier le nom d'un enfant? Que deviennent ceux dont le nom est perdu? Son esprit vagabonde : sa mère est-elle responsable de la mort de son petit frère? Pourquoi ce silence? Était-ce un accident, un jeu qui a mal tourné, ou l'a-t-elle poussé pour se débarrasser de lui? Elle refuse cette idée mais elle revient, lancinante. Sa mère est une tueuse. Sa mère a peur que l'enfant à naître ne se dresse un jour et l'accuse : c'est elle! Qu'il soit la voix du mort. Son corps se durcit soudain, douloureux. Elle gémit, lèvres entrouvertes, yeux crispés, tête ballottant de droite et de gauche. Franck croit qu'elle va jouir. Il l'encourage :

– Oui, mon amour, oui !

Mais elle ne jouit pas. Elle lutte contre les fers qui la garrottent. L'angoisse. Elle pense qu'il faut qu'elle soit forte, qu'elle protège ce bébé qui grandit en elle d'une armure contre les méchants et les menteurs. Contre sa mère qui voulait le lui arracher ou le perdre. À nouveau l'image s'impose, l'enfant perdu va renaître, va retrouver un corps, un nom, un visage, un regard. Et ce sera un regard terrible car il saura lire au plus profond des cœurs…

Noce au Cardinal

Rudi et Mickie l'ont échappé belle. Ils étaient dans la salle de bains, appuyés au lavabo, accouplés l'un à l'autre, quand Armand est rentré après une défaite prématurée aux échecs :

— Je me suis fait avoir comme un bleu !

Mickie a réagi sans paniquer. Elle a entrouvert la porte et a dit à son mari :

— Je saigne et je n'ai plus rien, il faudrait que tu ailles me chercher quelque chose à la pharmacie…

— Maintenant ?

— Je t'en prie, ça coule partout. C'est urgent…

Armand a juré :

— Putain, c'est ma journée !

Et il est reparti aussitôt, râlant d'avance d'avoir à demander des protections « super plus » à la pharmacienne, comme si ce n'était pas aux femmes de faire ce genre d'achat…

Dans la salle de réception du *Cardinal*, Rudi, Dallas, Varda, Serge sont assis à la table d'honneur avec les mariés et leurs parents. Le patron de la brasserie s'approche du micro installé sur une petite estrade à côté du piano. Il réclame du silence et, quand il l'obtient, il invite Dallas à le rejoindre :

— Je vous demande de l'applaudir bien fort, d'abord parce qu'elle le mérite et que nous aurons bientôt une autre raison de l'applaudir, ensuite parce qu'elle va chanter une chanson spécialement pour Angélique et Anthony que nous applaudissons aussi.

Dallas porte sa robe de mariée – mais sans la coiffe – très ample, très large, retouchée par Solange Lorquin qui a des mains de fée pour la couture.

— Je vais chanter une vieille chanson pour les mariés, annonce Dallas, venant se placer dans le halo du projecteur.

Elle se reprend :

— Non, ce n'est pas une vieille chanson, c'est une

chanson d'amour. Et les chansons d'amour ne vieillissent jamais…

Elle est émue :

– Je vais chanter pour Angélique et Anthony ma chanson préférée. Celle qui chante toujours dans mon cœur…

Nathalie, la fille du patron, est au piano. Dallas lui adresse un petit signe de tête. La pianiste attaque l'intro, Dallas ferme les yeux :

> *Parlez-moi d'amour*
> *Redites-moi des choses tendres*
> *Votre beau discours*
> *Mon cœur n'est pas las de l'entendre…*

Angélique pleure à gros sanglots d'enfant, elle est un peu barbouillée, Anthony la console de baisers sur les yeux :

– Pleure pas, ma biche, pleure pas…

Il y va aussi de sa larme.

Quand elle chante, Dallas a toujours l'impression d'avoir du sang dans la gorge. Quelque chose de chaud, de vivant, d'où sortent les mots que sa bouche libère. La sensation est encore plus forte que d'ordinaire parce qu'elle est grosse. Chaque note sonne du poids de sa vie sous sa voix naturellement grave. Elle y est tout entière, sans retenue, sans pudeur, parce que son ventre… parce que ses seins… parce que son bassin, ses hanches…

> *Parlez-moi d'amour*
> *Redites-moi des choses tendres…*

Tous sont sous le charme, bouche bée, œil humide. Mais, au deuxième couplet, son sang déborde :

– Rudi…, souffle-t-elle en se cramponnant à la tige du micro.

Rudi bondit sur scène. Dallas vacille. Il la reçoit dans ses bras au moment où elle va tomber.

Dallas gémit :

– Je perds les eaux…

Deux heures plus tard, à l'hôpital, le Dr Schwartz l'accouche d'une petite fille prénommée Ève, Sarah, Denise…

Sarah et Maurice

Il a fallu prendre des dispositions d'urgence.

Dès le lendemain matin, Rudi et Franck ont déménagé un grand lit de chez Lorquin et ont ramassé ici et là de quoi préparer une chambre pour Sarah et Maurice appelés au secours. Avec l'occupation de l'usine, la grève, plus question de descendre en vacances chez eux, dans le Sud. Ce sont eux qui montent s'occuper de Dallas et des enfants. Varda s'est chargée des draps et du linge nécessaire. Serge a apporté deux chaises, deux fauteuils et deux grands vases et des fleurs pour décorer. Il a aussi emprunté un tapis à ses parents :

– Ma mère en a toute une collection ! Je ne sais pas pourquoi, mais il faut qu'elle en achète un tous les ans…

Les parents de Rudi arrivent à Raussel par le train de 17 h 04. Rudi est sur le quai avec Franck pour les accueillir. Ils filent directement à l'hôpital voir la petite et sa maman avant d'aller dîner à la bonne franquette chez les Thaler : bouchées à la reine, lapin à la moutarde, pommes de terre, fromages, flan Alsa au chocolat et champagne pour fêter ça ! Sarah se souvient de Gisèle quand elle était bébé, « je peux dire que je t'ai vue naître », Henri et Maurice se remémorent les conflits auxquels ils ont participé, « et en 85, tu te souviens en 85 avec les cheminots ? ». Rudi et Franck sont sur les genoux, le petit Kevin – le Toto, le Mimi, la Petite Crotte – ne quitte pas les bras de Denise…

Il fait nuit noire quand Rudi, Maurice et Sarah se retrouvent enfin tous les trois dans la maison de Rudi. Cela fait plus d'un an qu'ils ne se sont pas vus…

— Vous allez pouvoir tenir ? s'inquiète Maurice.

— Pour tenir on tiendra, mais tenir quoi ?

— Je ne comprends pas comment c'est possible d'arrêter tout, comme ça, du jour au lendemain…

— Demande à Lorquin, il t'expliquera : il suffit de le penser et ça arrive !

— Qu'est-ce que tu racontes ? dit Sarah venant servir la verveine qu'elle a préparée.

Rudi va chercher du sucre et des petites cuillères :

— Il n'y a pas que les machines qui sont passées à l'informatique, nous aussi. Il suffit d'un clic pour nous faire disparaître…

Maurice se sert :

— Vous avez un plan ?

— Non, pour l'instant, chacun tire dans son coin.

— C'est toujours Pignard à la CGT ?

— Oui…

— Qu'est-ce que t'en penses ?

Rudi hésite :

— Je ne sais pas trop. D'un côté, je sens qu'il est prêt à négocier pour ne pas se faire doubler par les autres, CFDT, FO… de l'autre, je crois qu'il ne serait pas mécontent si ça devenait vraiment chaud.

— Avec qui vous allez négocier ? demande Sarah.

— C'est tout le problème. Ce n'est pas un mur qu'on a devant nous, c'est du vide.

Maurice se passe l'ongle du pouce sur les lèvres. Il récapitule :

– Henri m'a dit qu'il allait y avoir une grande réunion avec tout le monde, les élus, les fonctionnaires, la direction...

– Il paraît. Ils sont tous emmerdés. Si la Kos ferme, c'est une bombe atomique non seulement en ville, mais pour toute la région.

Maurice avale une gorgée de tisane brûlante et repose sa tasse en la faisant tinter sur la soucoupe :

– C'est ça le plan, dit-il.

– Pardon ?

– Quand tous ces messieurs seront là, il ne faut pas qu'ils payent leur ticket de sortie avec des bonnes paroles...

Sarah s'indigne :

– Qu'est-ce que tu veux encore lui mettre dans la tête !

Maurice lui fait signe de se taire :

– Jusqu'à maintenant, dit-il à Rudi, au mieux vous leur faisiez pitié, eh bien ça c'est fini, il va falloir que vous leur fassiez peur.

Maternité

Deux jours plus tard, Rudi emprunte la voiture de Franck pour aller chercher Dallas et la petite qui sortent de la maternité. Dallas est fatiguée, elle a encore un peu de mal à marcher à cause de l'épisiotomie. Rudi lui ouvre la portière :

– En arrivant, tu pourras t'allonger...

La petite dort. Il la regarde, sourit. Elle dort. Dallas monte à l'arrière, avec le couffin. Elle se soucie de savoir si Sarah et Maurice sont bien installés. Si tout va bien...

– Vous avez pu mettre un lit ?

– Oui.

– Et t'avais fait le ménage ?

– Mais oui !

– T'es sûr que ça leur convient ?

Rudi la rassure :

– Pas de problème. Maman est comme chez elle. Elle s'occupe de tout…

Ils roulent.

– Et toi, ça va ? demande Rudi, cherchant le regard de Dallas dans le rétroviseur.

– Oui, répond-elle d'une petite voix. J'ai encore un peu mal.

Dallas se tourne vers les maisons qui défilent :

– Quand même, j'aurais bien aimé partir en vacances. Changer d'air…

– Moi aussi, mon petit chat, j'aurais bien aimé. Peut-être que ça ne va pas durer et qu'on pourra aller un peu à la mer…

– Peut-être…

Dallas soupire :

– Tu retournes là-bas après ?

– Oui. Ça discute ferme.

– Qu'est-ce qui se passe ?

– On n'arrive pas à se mettre d'accord. Il y en a qui pensent que c'est fichu et que la seule chose à obtenir, c'est le plus de fric possible pour s'en aller, et d'autres qui pensent, au contraire, que tant qu'il reste un espoir de repartir, il faut se battre…

– Et toi, tu penses quoi ?

– Moi, je pense qu'on nous ment sur tout et depuis longtemps. Et qu'avant de savoir ce qu'on doit faire ou ne pas faire, accepter ou ne pas accepter, il faut savoir pourquoi on nous ment et ce qu'on nous cache.

– T'en as parlé à Lorquin ?

Rudi laisse échapper un petit rire :

– Lorquin, tu sais, il est loin de ça maintenant…

C'est un véritable comité d'accueil qui attend Dallas chez elle. Outre Sarah et Maurice, il y a Franck, Gisèle et Varda. Denise viendra plus tard avec Kevin…

Ève fait une arrivée triomphale ! Qu'elle est mignonne ! Qu'elle est belle ! Comme elle ressemble à sa maman ! C'est tout le portrait de son papa ! Tu te rends compte, 4,2 kilos ! Et ses petites mains, t'as vu ses petites mains ? Regarde, je crois qu'elle sourit ! Une vraie petite princesse !

Rudi se sent vite de trop :

— J'y retourne, dit-il à Dallas.

— Tu y restes cette nuit ?

Rudi prend sa femme dans ses bras.

— Cette nuit, je viens faire la grève dans tes bras, dit-il en l'embrassant.

— Je pars avec toi, dit Franck, attrapant sa veste pendue au pied de l'escalier.

Maurice rouspète.

— Vous n'avez pas honte ? dit-il à Franck et à Rudi. Vous vous barrez et vous m'abandonnez avec toutes ces bonnes femmes ?

— Tu sais ce qu'elles te disent les « bonnes femmes » ? rétorque Sarah.

Rudi vient au secours de Maurice :

— Viens avec nous si tu veux, propose-t-il. Comme ça tu verras ça de près…

— Raymonde est toujours ouverte ?

— Toujours là ! *L'Espérance* n'est pas morte…

— Eh bien, si *L'Espérance* n'est pas morte, je me ferai un plaisir d'offrir une tournée à la santé de ma petite-fille !

Ils s'en vont après que Sarah a recommandé à Maurice de ne pas faire le zouave, de prévenir Raymonde qu'elle passerait lui dire bonjour et de rapporter du pain quand il rentrerait…

Finalement, c'est mieux que les hommes soient partis. Qu'elles restent entre femmes. Varda se charge de la valise de Dallas, Sarah et Gisèle du couffin et elles montent toutes les quatre dans la chambre. Une surprise attend Dallas. À côté de son lit il y a un très joli berceau monté sur pied, couvert d'un voile de tulle…

— C'est toi ? demande Dallas à Sarah, croyant que le cadeau vient d'elle.

— C'est Florence, répond Varda.

— Florence ?

— Oui, elle a fait livrer ça. Il y a un mot…

Dallas ouvre l'enveloppe épinglée sur l'oreiller :

> *Pour que la petite Ève, notre mère à tous, fasse de beaux rêves, de tout cœur, Florence.*

Dallas n'en revient pas :

— Mais pourquoi elle fait ça ?

— Faut croire qu'elle t'aime bien, dit Varda.

— Je ne peux pas accepter.

— Pourquoi ?

— C'est trop beau…

— Ça ne te plaît pas ?

— Si, c'est exactement ce dont on avait besoin…

— Eh bien, c'est facile : tu lui diras merci et voilà !

Sarah dépose le bébé dans son berceau et ordonne à Dallas :

— Toi aussi, au lit ! Et plus vite que ça ! De mon temps, une femme qui venait d'accoucher restait au moins huit jours sans se lever. Il faut que tu récupères. Allez, déshabille-toi, tu n'as rien à faire, profites-en. Gisèle veut bien s'occuper des courses et Varda va me donner un coup de main pour le reste…

— Tu l'allaites ? demande Gisèle tandis que Dallas se couche, maternée par Sarah qui l'aide à se mettre au lit.

– Oui, comme Kevin.
– Je pourrai voir ?

Lettre

Une lettre attend Gisèle sur la table de la cuisine quand elle passe chez les Thaler chercher deux tartes préparées par Denise. Elle reconnaît aussitôt l'écriture de son père. Le cachet de la Poste indique qu'elle a été expédiée l'avant-veille, dans les Pyrénées, près de la frontière espagnole.

> *Ma chérie,*
>
> *Je ne sais pas quand nous nous reverrons. Je pars loin, le plus loin possible, sans idée de revenir avant longtemps ; si je reviens un jour. Cela n'a rien à voir avec toi, avec ta situation, ni avec ta mère, ni avec quoi que ce soit concernant notre famille. C'est une affaire entre moi et moi. Une décision que j'ai prise. Carole, que tu connais, m'a suivi. Elle aussi étouffait, voulait rompre avec une vie qui n'en était pas une. Nous sommes partis ensemble, peut-être pour se donner du courage l'un à l'autre ? Peut-être parce qu'au fil des années un sentiment avait grandi entre nous sans jamais s'exprimer et qu'il a suffi d'une nuit pour qu'il s'impose ? Peut-être parce qu'on ne peut pas seulement se rêver et mourir sans jamais avoir vu ses rêves s'accomplir ?*
>
> *Tout cela est encore un peu confus pour moi, mais une chose est sûre, pas un instant je n'ai été tenté de faire demi-tour...*

Toi qui voulais toujours tout savoir sur la Kos, il faut que tu saches un certain nombre de choses. J'ai lu dans les journaux qu'à nouveau l'usine était occupée – je m'y attendais – et que le ministère de l'Emploi parrainait une réunion chargée de trouver une solution à sa fermeture. Crois-moi, tout cela n'est qu'écran de fumée, gesticulation de théâtre destinée à donner l'illusion que chacun cherche à sauver ce qui peut être sauvé, même si, au bout du compte, il n'y a rien à sauver. L'histoire est déjà écrite. Et depuis longtemps...

En recoupant ce que je sais et ce que Carole connaissait à travers les papiers qu'elle a eus entre les mains, voilà ce qui s'est réellement passé tel que je peux le reconstituer. C'est un peu technique mais, si tu ne comprends pas tout, je suis certain que quelqu'un saura te l'expliquer dans le détail :

– au départ, il y a une sorte d'empire industriel bâti par le vieux de Smertz, la marque SZ est alors une référence mondiale... ;

– puis l'empire s'effondre avec l'effondrement des industries européennes employant de grandes masses de salariés ; l'Asie et l'Amérique du Sud fournissent alors des ouvriers qui, à travail égal, reviennent cent fois moins cher et donc rapportent cent fois plus... ;

– l'empire de Smertz est mis en vente par adjudication et l'État autorise le groupe Paul Devies à le reprendre.

Deux choses :

1) Paul Devies n'a que faire de l'outil industriel que représentent les usines de Smertz, il n'est intéressé que par la marque elle-même, symbole mondial du luxe. Pour l'accaparer, il accepte de prendre les usines, même si l'État lui impose de couvrir le déficit sur une période de dix ans, hors bilan. C'est-à-dire sans que cet argent apparaisse...

2) Dès que Paul Devies devient le repreneur officiel de l'empire de Smertz, il garde pour lui la marque et remet immédiatement en vente tout le reste; d'autant qu'en ce qui concerne la Kos, l'inondation a failli faire disparaître l'entreprise qui déjà ne valait plus grand-chose.

3) C'est là que les Allemands interviennent.

Hoffmann est à la tête d'un holding, un groupe d'entreprises de taille moyenne mais très solide et très solidement implanté en Europe. Il rachète la Kos pour les mêmes raisons que Paul Devies a racheté de Smertz. Non pas parce que l'entreprise l'intéresse, même si elle est complémentaire de certaines de ses activités, notamment en Espagne, mais ce n'est pas le principal... Elle ne lui est pas absolument nécessaire. Ce qu'il veut en réalité, c'est devenir propriétaire de notre licence d'exploitation de la fibre synthétique fabriquée par la Kos, et de son brevet.

En réalité cet achat ne lui coûte quasiment rien, car :

– d'un côté Paul Devies continue de couvrir annuellement le déficit d'origine, ce que Hoffmann se garde bien de rendre public... ;

– de l'autre, le passage aux trente-cinq heures ne lui coûte rien : les huit pour cent de travail en moins sont récupérés par une prime de l'État, l'autorisation de la flexibilité et le gel des salaires... ;

– enfin, l'État et les collectivités locales interviennent pour soutenir l'activité. Ils le font pour des raisons politiques, pour maintenir l'emploi, pour assurer leurs électeurs de l'efficacité de leur action, de leur confiance dans l'entreprise privée.

Tout cela n'est qu'un leurre.

En vérité, même si elle est performante sur le plan industriel, quoi qu'elle fasse, la Kos coûte plus qu'elle ne rapporte et devrait être fermée depuis longtemps. Comme me l'a fait cyniquement remarquer Hoffmann : « Mais vous, les Français, vous ne savez pas tuer. »

Donc on ne tue pas et la Kos continue.

4) Pendant ce temps-là, que fait Hoffmann ?

Il cherche un repreneur pour, à son tour, vendre la Kos – non pas les hommes et les machines, le métier, mais la licence d'exploitation et le brevet. Licence et brevet qui, s'ils ne valent pas tripette ici, valent des millions de dollars exploités dans le tiers-monde. Hoffmann ne veut pas n'importe quel repreneur. Il ne veut pas vendre « par appartements », il veut vendre tout, tout son holding, d'un bloc. Il a plus de soixante ans, une femme qui a la moitié de son âge, une villa pharaonique à Saint-Rémy-de-Provence, il veut se retirer des affaires et profiter des années qui lui restent à vivre dans le luxe et le confort. La licence de la Kos est son produit d'appel.

5) Finalement, il trouve des Américains qui acceptent le marché. Ce sont ces gens de Seattle qui, aujourd'hui, ferment la Kos sans hésiter (à quoi leur servirait-elle ?) et récupèrent – je cite leur expression – « le diamant dans un seau de merde » que constitue la licence d'exploitation de la fibre synthétique...

Voilà, j'espère que je t'ai bien décrit le mouvement général. Maintenant, pour qu'un tel scénario se réalise, il faut des hommes aux places stratégiques :

– il faut des politiques qui, pour de bonnes et de mauvaises raisons, concluent avec Paul Devies un accord qui demeure inconnu du public ;

– il faut – je ne parle que de la Kos – quelqu'un qui verrouille les comptes de telle sorte que les effets de l'accord (la couverture du déficit) demeurent secrets : ce sera le rôle essentiel de Louis Bauër (l'ancien directeur financier) et de Gasnier (l'ancien P-DG) qui, dès que les Américains s'approchent, peuvent plier bagage.

Leur tâche est terminée.

Quand avec Behren et Rouvard nous reprenons la direction de l'usine, nous ignorons tout cela. Hoffmann nous laisse agir parce qu'il y a un délai entre la signature avec ses acheteurs et leur prise de possession effective du holding. C'est tout bénéfice pour lui dans la mesure où le plan social qu'il nous a imposé réduit drastiquement les charges de structures (les salaires) et qu'une fois encore les dépenses d'équipement sont payées par l'État et les collectivités locales qui préfèrent se voiler la face plutôt que d'annoncer des licenciements massifs. Comme toujours, les députés, les ministres, ceux de droite comme ceux de gauche, préfèrent louvoyer, attendre, espérer sans trop y croire que « ça s'arrangera » ou qu'en tout cas personne (leurs électeurs) ne pourra jamais les accuser de n'avoir rien tenté.

Hoffmann ne fera qu'une seule erreur : vouloir récupérer trop vite les machines neuves qu'il a, vraisemblablement, déjà cédées à la Corée ou au Pérou... ce qui me mettra la puce à l'oreille et le feu aux poudres !

Voilà : la farce est jouée.

Nos efforts (ceux de Behren, de Rouvard et les miens pour sauver la Kos) et la mobilisation du personnel (ses sacrifices, ses renoncements) n'avaient aucune chance d'aboutir puisqu'ils ne s'appuyaient pas sur le réel, mais sur une illusion, une fantasmagorie.

Ce qui se passe aujourd'hui n'est que le dernier acte de cette histoire écrite sur la pierre tombale de l'empire de Smertz.

Une histoire qui se termine mal...

Je pars pour ne pas voir ça. Je ne veux pas être le spectateur de ma propre mort et de celles que j'entraînerai derrière moi. J'ai été aveugle et idiot mais j'ai toujours agi dans le sens du bien commun et nul ne pourra m'accuser de malhonnêteté.

Piètre consolation, je l'avoue...

Ma chérie, je ne sais pas ce que sera ta vie, j'avais imaginé autre chose pour toi qu'une grossesse précoce et un mariage avec un apprenti mécanicien, mais les enfants ne naissent pas pour combler les désirs de leurs parents, alors je te souhaite tout le bonheur que tu mérites. Prends soin de toi, je t'aime, ne l'oublie jamais.

Papa.

Visite

Gisèle, après avoir hésité, après avoir lu et relu la lettre, après l'avoir montrée à Dallas, se décide à aller sonner chez Florence :

– M. Lorquin est là ? demande-t-elle, s'efforçant de sourire.

Florence, un peu étonnée d'avoir une visite au milieu de l'après-midi, l'invite à entrer :

– François, une visite pour vous !

Lorquin, assis devant une table couverte de papiers, de

pages manuscrites, de livres, de coupures de journaux, lève les yeux :

— Pardon ?

— Votre femme m'a dit que je vous trouverais là, s'excuse Gisèle, reniflant.

— On dirait que t'as pleuré ?

— Non, ment Gisèle, j'ai un peu le rhume des foins...

— Tu veux boire quelque chose ? demande Florence.

— Vous avez du Coca ?

— Je vais voir...

Lorquin dégage une chaise :

— Assieds-toi et raconte-moi ce qui t'amène. Ce doit être drôlement urgent pour que tu viennes jusqu'ici avec le rhume des foins ?

— Oui, c'est urgent, dit Gisèle.

Florence revient de la cuisine avec un verre de Coca et des glaçons dans un pot transparent :

— T'en veux ?

— Oui, S'il vous plaît.

Florence laisse tomber deux glaçons dans le verre de Gisèle :

— Plic et ploc !

— Je dois vous montrer quelque chose, monsieur Lorquin, mais à vous aussi, mademoiselle...

Florence félicite Gisèle :

— C'est bien d'avoir de bonnes manières, mais n'en fais pas trop quand même ! dit-elle. Tu peux m'appeler Florence, je ne serai pas choquée...

— Moi, c'est Gisèle.

— Je sais. Tu es la fille de M. Format...

— Oui.

— Alors, c'est quoi, la chose mystérieuse ?

Gisèle fouille dans sa poche :

— J'ai reçu une lettre de mon père, dit-elle en la sortant de son enveloppe. Comme il y avait des choses que je ne comprenais pas, j'ai demandé à Dallas, la femme de

Rudi. Mais elle ne comprenait pas beaucoup plus que moi, elle m'a conseillé de venir vous la montrer, à tous les deux. Elle m'a dit que vous écriviez un livre…

— Rudi n'était pas là ? demande Lorquin.

— Il est à l'usine…

— Que je suis con ! dit Lorquin. Il y est et il n'est pas près d'en sortir. Fais voir…

Gisèle lui donne la lettre. Florence se déplace afin de pouvoir la lire en même temps que lui :

— Je peux ?

— Bien sûr…

Gisèle sirote son Coca par petites gorgées. Elle veut boire le plus lentement possible, boire tant qu'ils lisent pour ne pas avoir à les regarder en face. Elle garde un glaçon sur la langue…

Lorquin repose la lettre devant lui, le visage grave. Il lève les yeux vers Florence, penchée au-dessus de son épaule.

Ils se taisent.

Florence se décide d'un coup :

— J'appelle le journal ! dit-elle en se dirigeant vers le téléphone.

Gisèle se lève brusquement, avalant le glaçon :

— Qu'est-ce que vous allez faire ?

— Mettre les pieds dans le plat.

La Voix

L'article de Florence paraît le matin même de la grande réunion prévue à la Kos. C'est grosso modo la lettre de Format réécrite au conditionnel, un article en forme de point d'interrogation. « La Kos : chronique d'une mort préméditée ? »

Le préfet téléphone le premier à Saint-Pré :

— Vous avez lu *La Voix* ?

Puis le député de la circonscription, Lallustre, un socialiste :

— Si ce qui est dans cet article n'est pas du pipeau, je ne vous dis pas…

Le directeur départemental du travail appelle juste après :

— Sincèrement, je ne crois pas que ce soit une bonne idée de faire cette réunion aujourd'hui. Surtout pas là-bas ! Il faut d'abord éclaircir un certain nombre de points. Là, qu'est-ce qu'on va pouvoir dire ? Il faut remettre…

Saint-Pré, de son côté, réveille Merlin, le rédacteur en chef de *La Voix* :

— Roland ?

— Tu sais à quelle heure on boucle ?

— Je m'en fous à quelle heure tu boucles ! D'où ça sort, ces histoires sur la Kos ?

— Ne compte pas sur moi pour te répondre.

— Cette fille, là, Florence…

— Florence Chamard ?

— Oui, Chamard, elle est sérieuse ou tu la sautes ?

— Tu as lu ce qu'elle écrit ?

Behren entre dans le bureau du maire au moment même où Saint-Pré raccroche, jurant :

— Vous me faites tous chier !

Saint-Pré ne propose pas à Behren de s'asseoir ni de prendre une tasse de café :

— T'étais au courant ?

— De l'article ?

— Du fric ! De cette histoire de comblage de déficit, de vente, de revente, d'archi-vente ? Ça pue ! Mais ça pue ! On nage dans la merde, c'est moi qui te le dis !

Saint-Pré est un sanguin, Behren le laisse éructer, ajouter des tonneaux à des citernes de merde :

— Je le découvre comme toi, dit-il posément.

— Ne me prends pas pour un con. Tu ne vas pas me faire le coup : j'ai rien vu, j'ai rien su, je n'étais pas dans la confidence… Ça fait combien de temps que tu travailles à la Kos ?

Behren se sert un café :

— Il faut que tu comprennes une chose, dit-il avec toute la froideur dont il est capable. Quand j'étais l'adjoint de Bauër, tout ce qui était de la finance pure m'échappait complètement. Je m'occupais des salaires, du règlement des fournisseurs, de l'intendance si tu préfères. Le reste, tout le reste, c'étaient Bauër et Gasnier. Je travaillais dans la salle, pas dans les cuisines…

Saint-Pré est rouge cramoisi. Il secoue le journal sous le nez de Behren :

— C'est vrai ou c'est pas vrai ce qui est écrit ?

Behren prend le journal des mains de Saint-Pré et le jette sur le bureau :

— Vrai ou pas vrai, je n'en sais rien. Là, tout de suite, je n'ai pas les moyens de le savoir. En revanche, si tu veux mon avis : oui, c'est plausible.

Syndicats

Une assemblée générale spontanée du personnel s'est réunie pour commenter l'article de Florence. Les questions pleuvent, les injures à l'adresse de la direction, sans parler des appels à tout casser, à tout péter pour faire sortir la vérité du puits. Mme Roumas conserve son calme :

— Nous allons exiger des explications sur l'ensemble des points évoqués par l'article de *La Voix*, dit-elle, et nous viendrons vous rendre compte des réponses qui nous seront données. Nous n'accepterons aucun faux-fuyant. Notre mot d'ordre est clair : toutes les réponses sur tous les points.

— Vous êtes là par la volonté du peuple et vous n'en sortirez que par la force des baïonnettes ! crie Luc Corbeau, pour faire un bon mot.

Il tombe à plat.

Mme Roumas reprend la parole :

— De leur côté, au plan national, nos organisations se renseignent et on peut imaginer que la grande presse va s'en mêler, voire les télés. Alors merci de ne rien entreprendre, de quelque nature que ce soit, tant que nous n'avons pas d'éléments concrets qui nous permettront de définir notre position. Nous devons être aussi prudents que vigilants. C'est de la dynamite !

— À quelle heure c'est votre réunion, déjà ? demande un type des expéditions.

— À la demie...

— S'il y a les journaux et la télé, dit un autre, vous ne croyez pas qu'il faudrait désigner quelqu'un qui parlerait au nom de tout le personnel ?

— Tu veux le faire ?

— Moi ? Pourquoi moi ?

Anthony se penche vers Rudi tandis que la discussion rebondit sur le choix d'un porte-parole :

— Tu ne dis rien ? T'as mal dormi ? La petite ne t'a pas laissé fermer l'œil ?

— Non.

— Ben alors ?

Rudi, sourire en coin, la main sur le cœur, jure faire preuve d'obéissance et de discipline :

— Je fais ce qu'on me dit, je suis les consignes : j'attends et je vois...

Réunion

Saint-Pré arrive à la réunion en compagnie de Lallustre, le député. Ils descendent rapidement de voiture et entrent dans le bâtiment administratif sans saluer personne. Plainchot, le directeur départemental du travail, arrive ensuite, puis Mme Hoirie, la conseillère régionale. Le préfet est représenté par un jeune homme de l'ENA en stage à la préfecture, Arnaud Legris, qui s'installe à la droite de Mme Roumas. Il y a aussi Lecœur, l'inspecteur du travail affecté sur le secteur et Guillemette Picot-Retour, de la chambre de commerce et d'industrie. Après un tour de table général où chacun décline son identité et sa fonction – notamment les trois délégués syndicaux, inconnus de la majorité des participants –, Behren, assis à côté de Rouvard, ouvre la séance. Lallustre réclame d'intervenir en premier.

Le député se lève.

– Mesdames, messieurs, dit-il d'une voix de basse, nous sommes, vous en êtes conscients, dans une situation difficile, je dirai même « périlleuse », et je suis scandalisé que…

Pignard l'interrompt aussitôt :

– Monsieur le député, avec le respect que je vous dois, je crois que nous savons tous ce que vous allez nous dire…

– Eh bien laissez-moi le dire ! s'indigne Lallustre, théâtral. Cette situation est intolérable et je tiens à…

Pignard en a vu d'autres :

– Vous le direz aux journaux…, dit-il, invitant le député à se rasseoir. Ici, il n'y a qu'une question qui compte : la Kos va-t-elle ou ne va-t-elle pas pouvoir repartir ? Mais cette question je ne sais pas à qui la poser. À MM. Behren et Rouvard qui représentent la direction ?

Mais savent-ils eux-mêmes qui ils représentent aujourd'hui ? Ont-ils un pouvoir quelconque ou sont-ils comme nous dans l'incertitude la plus complète ? À vous, monsieur le maire, à vous, monsieur le député, à vous, madame de la Région, vous, jeune homme de la préfecture ? Êtes-vous, de fait, nos nouveaux patrons ? Aurions-nous été secrètement « nationalisés » ? À vous, monsieur Plainchot ou vous, madame de la chambre de commerce ?

– Guillemette Picot-Retour, précise la dame, pincée.

Pignard reprend :

– Madame Picot-Retour, monsieur le directeur départemental du travail, à quel titre êtes-vous ici ? Êtes-vous ici pour nous accompagner jusqu'au cimetière ? parce que vous êtes déjà en train de préparer « l'après » ? parce que vous avez déjà fait votre deuil de nos emplois et de notre métier ?

Le vieux délégué, sans doute l'homme le plus âgé autour de la table, jauge l'assemblée.

– Vulgairement parlant, dit-il : avons-nous encore un patron ? Avons-nous encore une usine ? Avons-nous encore un travail ? Ces questions ont-elles encore un sens ou est-ce comme jeter une pierre au fond d'un puits ? J'attends, nous attendons et tous ceux qui sont en bas, dans la cour, attendent avec nous vos réponses à ces trois questions. Le reste, excusez-moi, monsieur le député, mais on s'en fout.

Suspension

Le personnel, regroupé devant les bâtiments administratifs, commence à s'impatienter, les esprits s'échauffent contre les « bras croisés », ceux de là-haut, des bureaux, les malades de la réunionnite, du bla-bla-bla… L'apparition de Mme Roumas, au profit d'une suspension de séance, fait heureusement baisser la pression :

– Pour l'instant, dit-elle, on tourne un peu en rond. Le jeune homme envoyé par le préfet nous a juste appris que Format avait quitté la France, mais que cela n'a rien d'illégal vu qu'il n'existe aucune charge d'aucune sorte contre lui.

Sifflets.

Mme Roumas consulte ses notes :

– Plus grave : le directeur départemental du travail semble convaincu que le tribunal de commerce prononcera la liquidation de la Kos.

– Ça veut dire quoi ?

– Ça veut dire la fermeture définitive.

– Eh bien, lance Bello, tu lui diras de ma part, au directeur départemental du travail, qu'il ferait bien d'apprendre son métier avant de dire des conneries ! Sinon on se fera une joie de lui tailler les oreilles en pointe !

Rires.

Mme Roumas réclame le silence :

– Silence ! Silence, s'il vous plaît… Je dois y retourner.

Elle continue :

– À partir de là, le maire et le député ont défendu l'idée qu'il fallait faire preuve de réalisme et considérer le pire comme étant le plus certain. Donc : partant de l'idée que la Kos est morte, ils proposent de mettre en place, dès la semaine prochaine, des structures de reclassement. Structures appuyées sur la chambre de commerce et d'industrie qui s'engage d'ores et déjà, je cite, « à mobiliser toutes ses capacités pour offrir, dans toute la mesure du possible, des emplois aux ouvriers et cadres de la Kos ».

Cris de protestation.

– Tout ça, c'est du baratin ! Qu'ils aillent se faire foutre « dans la mesure du possible » !

– Et Lorquin, il a été reclassé ? Et les filles ?

– Nous, on veut du travail. Leur cellule de reclassement, on sait ce que c'est ! C'est une cellule. C'est-à-dire une pièce vide avec des barreaux où on peut juste compter les jours !

À nouveau Mme Roumas demande qu'on se taise, qu'on l'écoute :

– Il y a eu une autre proposition, dit-elle, celle de M. Rouvard. M. Rouvard propose de créer une « scop », une « société coopérative ouvrière » pour reprendre la Kos…

– Que les ouvriers deviennent leurs propres patrons ? demande Luc Corbeau.

Mme Roumas opine :

– Oui, c'est ça. Il dit que la Kos est viable et compétitive et que l'argent public qui soutenait le privé serait aussi bien investi pour soutenir son idée qui sauverait la moitié des emplois.

– La moitié seulement ?

– C'est une estimation…

– On garderait les machines ?

– J'imagine que oui.

– Et la matière première ?

– Si j'ai bien suivi ce qu'a expliqué Rouvard, on garderait tout et on l'utiliserait autrement. Ce serait une coopérative où nous serions tous intéressés…

Approbation et scepticisme.

– Voilà où on en est, conclut Mme Roumas, maintenant vous m'excuserez mais faut que je passe au petit coin avant que ça reprenne…

Dispersion.

Mme Roumas lève la main :

– Attendez ! dit-elle pour retenir ceux qui s'éloignent. Une chose encore : Lamy dit que, fichu pour fichu, il vaudrait mieux discuter tout de suite du niveau des primes de départ. Pignard pense que c'est prématuré et je le pense aussi. Il y a encore un petit espoir…

Pour la première fois, Rudi intervient :

— C'est quoi ce petit espoir ?

— Empêcher que le tribunal de commerce prononce la liquidation et nomme un liquidateur…

Le départ de Mme Roumas provoque une sorte d'éclatement parmi le personnel. De petits groupes se forment, par affinité syndicale, par ateliers, par fonctions… Serge, comme une âme en peine, se retrouve à discuter au milieu des costumes-cravates, les cadres de la comptabilité et du commercial, avec Eppelbaum et Drapper qui sont exceptionnellement là. La maintenance se regroupe autour de Rudi, d'Armand, le mari de Mickie, et de Christian, le gendre de Pignard. Anthony et trois autres gars de son atelier se joignent à eux. Totor Porquet propose d'appeler Lorquin :

— Moi, je dis qu'il faut savoir ce qu'il en pense. C'est pas parce qu'il n'est plus là que ses idées comptent pour du beurre S'il était là aujourd'hui, ça ne se passerait pas comme ça.

Tout le monde est d'accord.

Totor Porquet part aussitôt en mission téléphonique à *L'Espérance*, chez Raymonde.

Cris divers :

— Si t'es pas de retour dans une demi-heure, on prévient le SAMU !

— Te trompe pas : le téléphone, c'est dans la cabine, pas au comptoir !

— Un verre, ça va, deux verres…

— Je vous emmerde !

Armand, plus sérieusement, donne son sentiment sur ce que Mme Roumas vient de dire :

— Qu'est-ce qu'on a en main ? On a qu'on occupe l'usine et que, d'une certaine manière, tant qu'on est assis sur le stock et qu'on bloque les machines, ça constitue un vrai trésor de guerre.

– T'oublies qu'on a aussi nos yeux pour pleurer ! dit Luc Corbeau, qui n'en rate pas une.

Bello lui donne une tape sur le crâne :

– Mais tu ne peux pas la fermer cinq minutes, toi !

Armand ne se formalise pas :

– Le problème c'est que tout ça, dit-il, ça ne sert qu'à faire pression sur des gens qu'on ne voit pas. On ne sait même pas si ils existent. Qui sont les vrais patrons, les Allemands ou les Américains ? On ne sait pas. Ce sont des fantômes…

Bello demande :

– Tu veux dire que, pour toi, ce qui se discute en ce moment, ça se discute dans le vide. Ils discutent pour discuter ?

– Oui, c'est ce que je pense. C'est ce que me fait penser l'article dans le journal…

Hachemi pense la même chose :

– Vous verrez, ils vont nous la faire super triste : on ne peut rien pour vous les gars, on a retourné ça dans tous les sens, vous avez vu, on a discuté des heures et des heures, vous devez accepter ce qui vous arrive, la Kos c'est mort, c'est le destin, mektoub…

Serge s'approche :

– Je peux dire quelque chose ?

– Vas-y, dit Rudi.

Serge, d'un geste du pouce, désigne les cadres derrière lui :

– Ils pensent que l'idée de Rouvard n'est peut-être pas une mauvaise idée, une « scop » ici, c'est envisageable…

– Je vous préviens, dit Luc Corbeau, si je deviens le patron, ça va chier des bulles. Je vous connais. Vous pourrez pas me la jouer…

– Et moi, répond Bello, si je deviens patron, la première chose que je fais c'est de t'expédier à Pétaouchnock pour que tu viennes plus nous les casser !

– Si on ne peut plus rien dire…

Anthony ne croit pas à la solution de Rouvard :

— D'une, ça ne sauve que la moitié des emplois, de deux, c'est bien beau de fabriquer mais ensuite faut vendre ce qu'on fabrique, et là, qu'est-ce qu'on fait ? On vend à qui ? Et combien ?

Rudi revient sur l'analyse d'Armand :

— Si je repars de ce qu'a dit Armand : le stock et les machines, c'est notre trésor de guerre, OK ? Mais ce trésor, pour l'instant personne ne le réclame et donc il ne peut pas servir de monnaie d'échange. Aussi bizarre que ça puisse paraître, tout le monde a l'air de s'en foutre…

— T'inquiète, ricane Armand, il y en a qui vont bien finir par se réveiller !

— Je suis bien d'accord avec toi et c'est pour ça qu'on doit occuper l'usine : pour que je-ne-sais-pas-qui-plein-de-fric, le propriétaire, ne vienne pas nous le piquer. On a vu avec le coup de la bécane de l'atelier n° 2 que c'est bien son intention.

Rudi fait une pause :

— N'empêche que je crois qu'on a autre chose que de la ferraille et du plastique pour faire pression, dit-il.

— On a quoi ? demande Serge, incrédule.

Rudi se tourne vers les bureaux :

— On a ceux qui sont là-haut, autour de la table…

Otages

L'irruption d'une cinquantaine d'ouvriers dans la salle de réunion fait passer un vent de panique :

— Qu'est-ce que vous faites ici, crie Behren, vous n'avez rien à y faire, sortez immédiatement !

Rouvard veut se lever, Luc Corbeau lui appuie les

mains sur les épaules pour le forcer à rester à sa place. Rudi prend la parole tandis qu'ils encerclent la table :

— Non seulement, dit-il, nous n'allons pas sortir, mais vous n'allez pas sortir non plus.

— C'est une prise d'otages ? laisse échapper Mme Hoirie.

Rudi la rassure :

— Non, madame : vous n'êtes pas nos prisonniers et nous ne sommes pas les vôtres, nous sommes tous ici dans le même but : sauver la Kos, sauver les emplois et assurer son avenir...

— Que croyez-vous que nous sommes en train de faire ? demande Lallustre, le menton haut.

— Je ne sais pas, avoue Rudi, mais ça ne va pas se faire sans nous.

Lamy se dresse d'un bond :

— Tu fais chier, Rudi ! Tu te crois malin avec tes idées à la con mais t'es en train de tout faire foirer !

— Pas la peine de gueuler, je connais ton point de vue : dire oui à tout ce que proposent les patrons à condition qu'ils te glissent la pièce pour te remercier.

Pignard retient de justesse Lamy par le pantalon avant qu'il ne saute sur Rudi par-dessus la table. Il le saisit à bras-le-corps.

— Très bien, dit-il à Rudi en contenant Lamy qui se débat, vous avez montré que vous étiez costauds, mobilisés, prêts à tout. Je crois que tout le monde l'a compris. Maintenant, il serait plus raisonnable que vous dégagiez pour nous laisser faire notre boulot...

Pignard relâche Lamy, vert de rage.

— Je te respecte, Pignard, dit Rudi, t'es un type bien et tout le monde sait qu'on peut compter sur toi. Mais là, t'es plus dans le coup...

— Si tu le dis...

Rudi esquive la flèche :

— Je ne dis pas ça pour te diminuer. Mais si ce qui

nous arrive c'est du déjà-vu, ce qui va arriver si on ne trouve pas une vraie solution – pas des belles paroles : une vraie solution – c'est du jamais-vu.

Rudi fait un geste circulaire :

– Personne ne sortira d'ici tant que nous n'aurons pas la garantie écrite que la Kos redémarre…

Plainchot ne veut pas entendre un mot de plus.

Il s'époumone :

– Mais vous rêvez, jeune homme ! Vous délirez ! Personne ne peut vous signer quoi que ce soit ! Qu'est-ce que vous croyez ? Vous croyez au Père Noël ? À un miracle ? Le tribunal de commerce est saisi, le sort de la Kos est entre ses mains et ce n'est pas de nous retenir ici qui fera avancer le dossier d'un millimètre !

Rudi lui adresse son plus beau sourire :

– C'est ce que je voulais savoir.

– Qu'est-ce que vous vouliez savoir ?

Rudi le fixe droit dans les yeux :

– Vous ne servez à rien, ni vous ni aucun de ceux assis autour de cette table. Les décisions se prennent ailleurs, en dehors de vous, au-dessus de vous. Vous n'êtes pas mieux traités que nous. Vous n'êtes pas les otages des ouvriers de la Kos, vous êtes ceux des banques, de la Bourse, de l'argent.

Le député ne peut pas laisser dire n'importe quoi :

– Nous avons fait énormément pour vous et nous sommes prêts à nous engager encore ! Mais nous ne pouvons nous substituer à l'entreprise…

– Cette entreprise n'existe pas, dit Rudi. Vous avez lu le journal, c'est comme la blague des pantalons à une jambe qui ne sont pas faits pour être portés mais pour être vendus et revendus…

Luc Corbeau en a une bonne sur les vendus, mais pour une fois, il choisit de se taire.

– Vous connaissez François Lorquin ? demande Rudi. Vous savez qui c'est ?

Murmures : bien sûr, tout le monde connaît Lorquin.

— Eh bien, dit Rudi, l'autre jour il m'a traité d'esclave et cela m'a mis très en colère. Comment pouvait-il me traiter d'esclave ? Comment pouvais-je être un esclave ? J'ai du travail ; mais c'est vrai que ce travail me permet seulement d'assurer ma survie pour que je puisse continuer à travailler ; je suis propriétaire de ma maison ; mais c'est vrai que je ne le suis qu'en apparence, en réalité, c'est la banque qui l'est ; je suis libre d'aller où bon me semble ; mais ça, ce n'est vrai qu'en théorie car j'ai pas un sou vaillant pour me déplacer ; j'ai la liberté d'expression, mais chacun sait que s'exprimer publiquement sur l'entreprise qui vous emploie c'est ouvrir soi-même la porte d'où on vous poussera dehors. Lorquin avait raison. Tout ce qu'il disait était vrai : j'étais un esclave, je suis un esclave, nous sommes des esclaves. La preuve : on peut nous vendre, nos propriétaires ont le droit de vie et de mort sur nous…

— Je reconnais bien les conneries de Lorquin ! s'exclame Saint-Pré. Bon Dieu, ce n'est pas possible d'entendre de telles conneries !

Rudi baisse les yeux un instant et les relève :

— Tant mieux si vous les reconnaissez, monsieur le maire, dit-il. J'espère que vous vous souvenez aussi de ce qui constitue le seul bien d'un esclave : choisir sa mort, la voler à son propriétaire. Eh bien, puisque vous semblez tous d'accord, que la Kos doit mourir et que nous devons mourir avec elle, même esclaves, nous allons faire preuve de dignité : nous allons, tous ensemble, choisir notre mort…

— Vous allez nous tuer ? demande Mme Hoirie, livide.

— Est-ce que j'ai une tête d'assassin ? répond Rudi.

— Je ne sais pas, halète Mme Hoirie. Je ne sais pas, je veux sortir d'ici. Je veux sortir d'ici !

— Calmez-vous, madame, personne ne sort : ni vous,

ni moi. C'est même exactement la question à laquelle nous devons répondre : comment rester à la Kos ?

Fermeture

Serge descend avertir ceux restés dans la cour que la salle de réunion est sous la garde des ouvriers et que personne ne sortira plus de la Kos sans l'autorisation du comité de grève qui, désormais, remplace l'intersyndicale :

— On va commencer par fermer toutes les grilles, verrouiller les portes et organiser un tour de garde sur chaque point ! Personne ne doit sortir mais, surtout, personne ne doit rentrer. Et dès qu'on saura en ville ce qui se passe ici, vous pouvez être sûrs qu'on aura de la visite !

— Tu veux dire qu'ils vont nous envoyer les flics ?

— Plutôt deux fois qu'une ! Ils ont trop peur qu'on l'abîme, leur beau linge !

Une heure plus tard, la Kos est devenue une forteresse.

Malaise

— Kops, j'écoute ?

Le Dr Kops répond lui-même au téléphone, il n'a pas les moyens de s'offrir les services d'une assistante et sa femme n'a pas la tête à tenir son secrétariat.

Rudi se fait reconnaître :

— Je suis le mari de Dallas. Il faudrait que vous veniez…

– Elle a un problème ?

– Non, Dallas va bien, ce n'est pas pour elle.

– C'est pour vous ?

– C'est pour Saint-Pré. Il a eu un malaise…

Kops ne remarque pas le ton ironique sur lequel Rudi a dit ça.

– À la mairie ?

– Non, ici, à la Kos !

Le médecin ne cache pas son étonnement :

– Qu'est-ce qu'il fait à la Kos ?

Rudi répond avec réticence :

– Nous avons une réunion avec les élus…

– Je ne sais pas pourquoi je vous demande ça, s'excuse Kops. Ça ne me regarde pas. Qu'est-ce qui s'est passé ?

La réponse est précise :

– La réunion était assez animée, beaucoup d'échanges, certains assez vifs. Saint-Pré transpirait comme une vache. Et puis, il est devenu très pâle. Il s'est levé soi-disant pour aller aux toilettes mais il n'a pas fait deux pas qu'il s'est étalé de tout son long : évanoui…

– Il respire ? demande Kops.

– Oui, nous l'avons allongé par terre…

Kops se lève.

– Très bien, dit-il, laissez-le sur du froid, mettez-lui les jambes en hauteur et ouvrez sa chemise. J'arrive !

Les grilles de la Kos sont fermées et une banderole proclame sur toute la largeur du porche : *USINE OCCUPÉE*.

Kops se gare devant *L'Espérance* et va à grands pas jusqu'à l'entrée latérale, bouclée elle aussi. Il frappe du poing contre la tôle :

– Ouvrez ! Je suis le médecin ! On m'attend !

La porte s'entrebâille.

– On m'a appelé, il y a une personne qui a eu un malaise, dit-il. Laissez-moi entrer…

Kops entend crier :

– Laisse-le entrer, je suis prévenu !

Quelques instants plus tard, il est introduit dans la salle de réunion.

Saint-Pré est étendu sur le linoléum vert amande, les yeux bien ouverts, conscient.

Kops demande à ceux qui l'entourent de s'écarter et s'agenouille près de lui :

– Alors, qu'est-ce qui vous arrive ?

– Je ne sais pas. J'ai eu comme un voile noir…

– Comment vous sentez-vous ?

– Ça va… J'ai la bouche sèche.

– Je vais prendre votre pouls. Je crois que c'est un malaise vagal…

– C'est quoi ça ?

– Une sorte de réflexe de l'organisme en cas de surmenage. Ça disjoncte, si vous préférez…

Kops ouvre sa sacoche et sort son brassard pour prendre la tension de Saint-Pré :

– J'ai ce qu'il faut pour vous faire un électrocardiogramme, tant que j'y suis, on ne sait jamais…

Il y a une sorte d'effervescence dans la pièce. Lallustre parle fort avec Plainchot, ils se lancent des « inadmissible », « intolérable », « scandaleux ».

– Et surtout c'est absolument contre-productif ! dit Plainchot.

Lallustre est d'accord à cent pour cent, alors que d'ordinaire…

– Totalement contre-productif !

Mme Roumas discute avec Pignard :

– Non, vous ne pouvez pas dire ça ! ce n'est pas parce que FO et la CGT…

Lecœur se désole :

– L'inspection du travail ne peut pas tout ! Je suis le premier à le regretter !

Lamy ronge son frein en griffonnant rageusement sur

la feuille posée devant lui. Soudain, Mme Picot-Retour ne peut plus se retenir :

— Faites quelque chose, docteur, moi aussi je suis très malade et nous sommes retenus en otages ici ! J'étouffe ! Je veux sortir ! Laissez-moi sortir !

Luc Corbeau lui pose la main sur l'épaule :

— Pas de panique, ma petite dame, si vous manquez d'air, on va ouvrir la fenêtre...

— Lâchez-moi ! crie Mme Picot-Retour, repoussant la main de Luc Corbeau.

— Eh, du calme !

— Vous croyez que vous me faites peur ?

— Nous sommes retenus contre notre gré, dit Lallustre, le député. C'est... c'est...

Les mots lui manquent. Il toise le petit groupe qui s'est formé autour de lui :

— Vous rendez-vous compte de votre responsabilité si M. Saint-Pré était mort ?

Cette fois, Rudi s'en mêle.

— M. Saint-Pré n'est pas mort, dit-il, et heureusement pour lui, ce n'est pas vous qui prononcerez son éloge funèbre...

La remarque fait rire Saint-Pré, l'électrocardiogramme s'emballe. Lallustre n'apprécie pas :

— Vous vous croyez drôle ?

— Taisez-vous un peu, dit calmement Rudi, on n'entend que vous. Laissez le Dr Kops faire son boulot.

Il hausse le ton :

— Ensuite, arrêtez de dire que vous êtes des « otages ». Vous n'êtes pas des « otages », vous êtes des élus responsables, solidaires des employés de la Kos, bien décidés à rester avec eux autant de temps qu'il faudra pour éviter qu'on les jette à la rue comme des malpropres.

L'électrocardiogramme de Saint-Pré ne présente aucun signe inquiétant. Sa tension est correcte. Kops range son matériel de campagne :

– Vous allez pouvoir vous relever, dit-il au maire.

Avec l'aide de Totor Porquet et de Bello, Saint-Pré se remet debout et s'assoit sur la chaise la plus proche.

– Un peu d'eau ? propose Pignard en lui remplissant un verre.

– C'est gentil, merci.

Rudi demande :

– Il y a un traitement ?

– Le repos…, répond Kops. Rien que le repos…

– Il peut pas être plus au calme qu'ici ! s'exclame Luc Corbeau. N'est-ce pas, monsieur le maire ?

Saint-Pré répond d'un geste obscène, le majeur tendu.

Kops prend Rudi par le bras :

– Je peux vous dire un mot à part ?

– Allez-y, dit Rudi, baissant instinctivement la voix.

Ils s'approchent des fenêtres. Dans la cour ils peuvent voir les petits groupes qui discutent toujours. Sauf ceux qui jouent aux boules. Franck est parmi eux. Quand il aperçoit Rudi, il lui adresse un petit signe de la main.

– Vous faites ce que vous faites et vous avez sans doute toutes les raisons de le faire, dit Kops, ce n'est pas à moi d'en juger. Cependant, si je peux me permettre un conseil : laissez partir les femmes. Vous n'avez rien à gagner à les garder là toute la nuit, ce pourrait être pris en mauvaise part…

– Vous diagnostiquez qu'on va y passer la nuit ?

– Croyez-moi : laissez partir les femmes.

Rudi regarde Kops droit dans les yeux :

– Si la Faculté l'ordonne…

Kops sourit :

– Saluez Dallas de ma part, quand vous la verrez…

Ils se sont compris.

– S'il vous plaît, dit Rudi, je demande à tous ceux qui étaient assis autour de cette table de reprendre leur place. Et vous mesdames, si tout le monde est d'accord, c'est le moment de nous quitter, la discussion risque de s'éterniser. Le Dr Kops se fera un plaisir de vous raccompagner jusqu'à la sortie…

Mmes Picot-Retour et Hoirie ne se font pas prier. En revanche, pas question pour Mme Roumas de quitter la Kos :

— Rudi, si tu crois que tu vas te débarrasser de moi comme ça, tu te mets le doigt dans l'œil !

Mme Roumas se rassoit, satisfaite d'avoir mis les rieurs de son côté :

— Il est où mon Prince charmant ? demande-t-elle, constatant que le jeune homme représentant le préfet n'est plus assis à côté d'elle.

— Il est aux toilettes ! dit Hachemi.

— Depuis quand ?

— J'en sais rien, moi. Depuis que le docteur est là !

Rudi lui demande d'aller le chercher.

— Et quand il sera revenu, plus personne ne bouge.

Quelques instants plus tard, Hachemi revient, dépité :

— Il s'est sauvé ! Ceux de la porte, en bas, ont cru qu'il devait aller prendre d'urgence un appareil dans la voiture du docteur et ces abrutis l'ont laissé sortir sans l'accompagner !

CRS

Une compagnie de CRS de la zone 7 arrive en même temps que la télé régionale et le préfet, accompagné d'Arnaud Legris, le jeune énarque qui a donné l'alerte. Le commandant Huter fait prendre position à ses hommes devant l'entrée principale de la Kos, devant celle des marchandises et devant celle située à l'opposé du porche, en contrebas de la voie de chemin de fer. Le déploiement policier se fait sous les injures et les cris :

– Foutez le camp, vous n'avez rien à faire ici !

– CRS, SS !

– Police partout, justice nulle part !

Huter vient rendre compte au préfet :

– Le dispositif est en place…

– Les pompiers et le SAMU sont prévenus ?

– Ils arrivent.

– Très bien, je vous remercie.

– Qu'est-ce qu'on fait ?

– Vous restez près de moi.

Le préfet réclame son portable à Arnaud Legris, assis dans la voiture, et compose le numéro de la Kos. C'est Mme Roumas qui répond. Le préfet se présente et réclame de parler à un responsable.

– Un responsable de quoi ? demande Mme Roumas.

Elle pose sa main sur le micro du combiné et dit :

– C'est le préfet, il veut parler à un responsable…

Saint-Pré lui fait signe :

– Passez-le-moi !

Mme Roumas obéit après une légère hésitation.

Le préfet s'impatiente :

– Je vous ai demandé de me passer un responsable !

Saint-Pré s'identifie pour son interlocuteur. Le préfet est soulagé :

– Ah ! Tout de même…

Pas longtemps. Saint-Pré attaque aussitôt :

– Qu'est-ce que c'est que cette connerie ? demande-t-il. Personne ne vous a demandé d'envoyer les CRS !

Le préfet est pris à contre-pied :

– Vous êtes séquestrés ! Je ne peux pas tolérer une telle situation. D'ailleurs, M. Legris m'a fait un rapport très précis sur les agissements d'une bande d'excités…

Saint-Pré fait un effort pour rester aimable :

– Monsieur le préfet, je vous demande de bien vouloir faire dégager les CRS. Ils n'ont rien à faire ici !

– Ils ne partiront pas tant que vous êtes en danger !

– Qui vous a dit que nous étions en danger ? Votre jeune homme ? Eh bien dites-lui de ma part que c'est un petit con. Nous ne sommes pas en danger, nous ne l'avons jamais été. Je réponds de la sécurité de toutes les personnes présentes ici.

Le préfet ne l'entend pas de cette oreille :

– Je rêve, c'est le syndrome de Stockholm ! Il paraît que vous avez eu un malaise, Saint-Pré. Vous êtes sûr que ça va ?

– Je vais très bien, je vous remercie, monsieur le préfet. Je vous répète ma demande : faites évacuer la police.

– Pas tant que vous ne serez pas sortis.

– Mais bon Dieu, qu'est-ce que vous voulez faire ? Vous voulez mettre Raussel à feu et à sang ?

– Je veux rétablir l'ordre, dit le préfet.

Saint-Pré revient à la charge :

– Je vous répète que l'ordre n'est pas menacé : je connais personnellement toutes les personnes qui sont ici. Aucune ne présente de menace pour qui que ce soit. Personne n'est menacé !

– On vous retient de force. Vous appelez ça comment ?

Saint-Pré perd patience :

– Quand vous allez voir la moitié de la ville débouler, les vieux, les femmes, les enfants, qu'est-ce que vous allez faire ?

– Le commandant Huter a la situation parfaitement en main.

Saint-Pré se retient de dire ce qu'il pense de Huter, à qui il a déjà eu affaire.

– Encore une fois, dit-il le plus fermement possible, je vous demande de faire dégager la police.

Le préfet change de ton :

– Vous m'emmerdez, Saint-Pré. J'assume mes responsabilités, assumez les vôtres, mais ne venez pas me dire ce que je dois ou je ne dois pas faire.

La communication est interrompue.

C'est Luc Corbeau qui en a l'idée :

— Il n'y a qu'à mettre des bouteilles de gaz à toutes les entrées pour les barricader ! Comme ça, s'ils veulent jouer aux malins, ils verront bien qui sont les plus malins !

Il n'a pas fini sa phrase que déjà dix gars se précipitent dans la cour pour piéger les grilles et les portes. Mais comme cela ne paraît pas suffisant, deux jeunes dégourdis dénichent des jerricans d'essence, des pneus et des palettes, vite installés, prêts à être enflammés.

La Kos est classée type 4 « risque Seveso ». Avec le dispositif mis en place par les grévistes, c'est une véritable bombe amorcée au milieu de la ville. Si ça pète, les trois quarts de la ville seront touchés, le quartier sera rasé, deux cents morts en perspective…

Pain

Maurice rentre le plus vite qu'il peut, il ne s'arrête pas pour prendre du pain ni pour parler à un vieux collègue qui taille ses haies monté sur un escabeau en alu :

— Eh, Maurice, mais où tu cours comme ça ?

— Les flics encerclent la Kos !

— Nom d'une pipe !

Sarah est furieuse :

— Ça ne va pas de te mettre dans des états pareils ! Tu es tout rouge d'un côté et tout blanc de l'autre. Et tu n'as même pas pris de pain !

— Les gars se sont enfermés dans la Kos. Il y a des CRS…

– Alors ça recommence ?

– Qu'est-ce qui recommence ?

– Les bagarres, la violence, les…

– Le maire est enfermé avec eux, il y a aussi, si j'ai bien entendu, un député et le directeur régional du travail…

– Ils sont séquestrés ?

– Ça en a tout l'air…

Sarah fulmine :

– C'est toi qui as mis cette idée dans la tête de Rudi ?

– Moi ? Mais je n'ai rien fait, se défend Maurice. J'étais chez Raymonde…

– L'autre soir, je t'ai entendu quand tu lui disais « faut arrêter de leur faire pitié, faut leur faire peur »…

– Et alors ?

– Alors, je suis sûre que ce n'est pas tombé dans l'oreille d'un sourd.

– Si tu crois que Rudi attend après moi…

Dallas descend l'escalier avec la petite au sein.

– Tu ne peux pas rester couchée cinq minutes ? râle Sarah.

– Les flics sont à la Kos ?

– Oui, dit Maurice.

– Et Rudi est là-bas avec Franck ?

– Ils sont à l'intérieur…

Maurice est ému : voir sa belle-fille et le bébé qui tète lui fait monter les larmes aux yeux. Il a élevé beaucoup d'enfants, mais il n'a jamais eu la joie de voir sa femme allaiter. Ça le remue, ça le bouleverse.

– Tu te sens bien ? demande Dallas, voyant ses yeux qui se troublent.

– C'est rien, j'ai couru…

Maurice va s'asseoir sur le canapé :

– Il faut que je me repose un peu…

On sonne à la porte. Varda entre sans attendre :

– Vous savez ce qui se passe ?

– Oui, on sait, dit Dallas.

Varda vient embrasser la petite sur le front :

– Bonjour, mon bébé…

– Tiens-la-moi, dit Dallas, se rajustant.

Varda prend le bébé mais Sarah la réclame aussitôt :

– Donne, il faut qu'elle fasse son rot…

Ève passe de main en main.

– J'y vais, dit Varda. Je veux voir ce que fabrique mon bonhomme.

– T'es en scoot ?

– Oui.

– J'y vais avec toi, dit Dallas en se dirigeant vers l'escalier. Attends-moi, j'en ai pour une minute !

Sarah est offusquée :

– Mais tu ne peux pas aller là-bas !

– La petite va dormir, dit Dallas. Je veux voir Rudi…

– Ce n'est pas raisonnable.

– Tu crois que c'est raisonnable de fermer la Kos ? T'inquiète, je ne suis pas en sucre.

Dallas disparaît à l'étage. Sarah s'en prend à Maurice :

– Voilà : on peut dire que tu as fait du beau travail…

Mais Maurice s'est endormi, trop d'efforts, trop d'émotions.

Scoot

Varda et Dallas, serrées l'une contre l'autre, foncent à scooter.

Dallas laisse son visage prendre le vent, elle ferme les yeux, c'est bon, c'est si bon, c'est comme voyager dans l'espace, s'arracher à la pesanteur terrestre…

Devant la mairie, il n'y a personne. Il n'y a que la banderole plantée dans le massif fleuri. Elles ne s'arrêtent pas et filent droit vers la Kos.

Varda crie :

— Tenez bon, les gars ! La cavalerie arrive !

Le débarquement des CRS devant la Kos fait vite le tour de Raussel. Et, au fur et à mesure que la nouvelle se répand, chacun se précipite pour voir ça de près.

Gisèle la première.

Dallas et Varda se faufilent au milieu d'une foule compacte, tenue à distance de l'entrée de l'usine par un cordon de CRS. Mickie et les autres femmes du comité des anciennes de la Kos sont là, en compagnie de Florence.

— On ne peut pas approcher ? demande Dallas.

— Il paraît qu'ils ont mis des bonbonnes de gaz près des portes, répond Florence. Ils menacent de tout faire sauter si les flics approchent…

Il y a des cris hostiles à la police et des slogans de soutien aux grévistes qui montent sporadiquement de la foule. On entend chanter *L'Internationale*…

La tension est énorme.

— J'ai honte, je ne vous ai même pas encore remerciée pour le berceau, dit Dallas en se penchant vers Florence.

— Il vous a plu ?

— C'est génial. Il faudra que vous passiez à la maison voir la petite…

— D'accord, dit Florence. Vous ne voulez pas qu'on se tutoie ?

Télé

Henri, Denise et Gisèle dînent de bonne heure dans la cuisine. À l'heure des infos régionales à la télé. Sur des

images de la Kos occupée, le journaliste commente :
« Finalement, le préfet a pris la décision de faire reculer
les forces de police après avoir obtenu l'assurance qu'aucune violence n'était ni ne serait exercée sur les personnes retenues à l'intérieur de l'usine. Rappelons que
MM. Saint-Pré, le maire de Raussel, Lallustre, le député
de la circonscription, le directeur départemental ainsi
qu'un inspecteur du travail sont toujours séquestrés à
l'intérieur de l'entreprise, alors que deux femmes ont été
relâchées. Le départ des CRS a été salué comme une victoire par les grévistes et par la foule de leurs supporters. »

— C'est tout ? dit Henri alors que la présentatrice du
journal envoie le sujet suivant, un reportage sur une
grand-mère qui organise avec d'autres personnes de son
âge une revue de music-hall… Qu'est-ce que c'est que
cette conne qui parle de « supporters » comme s'il s'agissait d'un match de foot !

— On va regarder ce qu'ils disent sur le national, propose Gisèle.

— Tu parles, si déjà ici, ils préfèrent parler des vieilles
qui font la java…

— Change de chaîne, soupire Denise. On va voir…

— C'est tout vu.

— Change.

Henri n'a pas le cœur à triompher. Pourtant, il avait vu
juste : le conflit est mentionné en passant par le présentateur du journal de vingt heures, mais sans images, et
encore moins d'explications sur les raisons de l'occupation de l'usine et de la séquestration d'un député et d'un
maire.

Tenir

Les flics sont partis, les curieux se sont dispersés. Rudi s'approche des grilles du porche, solidement cadenassées et protégées par des bouteilles de gaz reliées entre elles. Dallas l'attend.

— Qu'est-ce que tu fais là, mon petit chat ? Tu serais mieux à la maison.

— Je voulais te voir…

— Et la petite ?

— Sarah s'en occupe…

— Tu devrais rentrer maintenant. On va y passer la nuit.

— T'es pas content de me voir ?

— Si, je suis content. Pourquoi tu me dis ça ?

— T'as pas l'air…

— Tu sais, c'est dur là-haut…

— Qu'est-ce que vous faites ?

— On discute.

— Vous discutez de quoi ?

— Il y a ceux qui pensent que fichu pour fichu, faut tout faire sauter, ceux qui disent qu'il faut négocier tout ce qui peut être négocié pour qu'on sorte la tête haute, ceux qui pensent qu'il y a quand même une chance, même minime, pour que ça reparte et que cette chance, il faut la tenter. Et il y a les politiques qui se font des souvenirs pour pas cher…

Dallas demande :

— T'es dans quel camp ?

— Tu sais ce que dit toujours Maurice : « Sois le plus rouge possible, ça rosira toujours… »

Rudi passe la main à travers les grilles pour la poser sur la joue de Dallas :

— Nous n'avons plus le choix : si nous laissons la

moindre ouverture ils y plongeront la lame et nous égorgeront comme des poulets avant de nous plumer…

— Qu'est-ce que ça veut dire ?

— Ça veut dire que ça va être long…

Dallas baisse les yeux :

— Je ne tiendrai pas le coup, Rudi.

— Maman va t'aider. Laisse-la s'occuper de tout. De toute façon, si tu ne la laisses pas, elle le fera quand même…

— C'est pas ça, dit Dallas, quand t'es pas là, je me sens comme morte.

Rudi se colle aux grilles

— Je t'aime, murmure-t-il, ne pleure pas. Ne pleure pas…

Insomnie

Lorquin se réveille au milieu de la nuit avec une douleur dans la poitrine. Ça lui comprime la cage thoracique. Il reste immobile mais l'angoisse attise la douleur. Il pense que sa vie n'est rien, ne vaut rien.

D'abord Totor Porquet puis les autres de la maintenance l'ont tanné toute la journée : l'article dans *La Voix*, la réunion des huiles, les « otages », les CRS, le téléphone n'a pas arrêté de sonner. Dès qu'il ferme les yeux, il lui semble que ça sonne encore dans sa tête. Une sonnerie qui le déchire en continu. Ils voulaient qu'il vienne, qu'il soit à leurs côtés, ils le réclamaient à grands cris : ça chauffait. Occupation-séquestration, combien de fois avait-il annoncé qu'il faudrait peut-être un jour en venir là pour se faire entendre ?

Ce jour était arrivé.

Il ne pouvait pas rater ça.

Lorquin n'avait répondu que par des oui, des non, des ah, des merde ! des oh la vache !. Il n'arrivait pas à fixer son attention sur ce que les gars lui racontaient.

Il n'a plus rien à battre de la Kos.

Elle lui est sortie de la tête.

De la lettre de Format, Lorquin ne retient qu'une chose. Une seule ! Une chose qui ne figure pas dans l'article de Florence : Format, bourgeois, catholique, marié, père de cinq enfants, directeur de la Kos, membre du Rotary ou de quelque chose du même tonneau, notable d'entre les notables, enraciné dans la région depuis au moins quatre générations, est parti droit devant lui, le plus loin possible, abandonnant tout ce qui semblait devoir le retenir à tout jamais. Format a largué les amarres et lui, Lorquin, dit Blek le Roc, est aussi incapable de faire un pas en dehors de chez lui qu'un nourrisson dans les langes ou un vieillard grabataire.

Cette idée le fait souffrir, plus douloureuse qu'une marque au fer sur le front. C'est une lente agonie. Une mort de sablier. Lorquin se sent partir. Il pourrait presque compter les grains de sa vie qui se détachent un à un, inexorablement. Bientôt il ne restera plus de lui qu'un vase vide et creux, cassant. Une potiche qu'on sortira les jours de fête et qu'on fleurira une fois l'an. Ses hésitations l'auront pétrifié. Il sera trop tard même pour bouger le petit doigt. Lorquin n'aura plus comme horizon que de partir en poussière pour assécher son chagrin. Cette idée le révolte :

– Non, dit-il en secouant la tête sur l'oreiller, non.

Il se décide.

Lorquin se redresse dans le lit et se lève en prenant soin de ne pas déranger Solange qui dort à ses côtés, souffle régulier, alanguie, à plat ventre, une jambe repliée, l'autre tendue, ne cachant rien du plus intime d'elle-même, belle malgré les années, très désirable encore…

Lorquin ramasse ses vêtements en silence et descend

dans la cuisine, sans allumer, sans faire de bruit dans l'escalier. Il s'habille en s'appuyant sur le buffet, comme il s'habillait quand il était de la brigade du matin. La fleur sans nom cueillie pour Solange sèche dans un long vase flûté. *La Voix* est toujours ouverte sur la table, il referme le journal et l'ajoute aux autres, sur le tas de vieux papiers qu'il conserve pour allumer le feu en hiver. Lorquin se ravise. Il reprend le journal, découpe grossiè-rement l'article de Florence et le fourre dans la poche de son pantalon. Il constate avec satisfaction qu'il a un peu maigri et resserre sa ceinture d'un cran.

Avant de sortir, Lorquin jette un dernier coup d'œil dans la cuisine vide. Les meubles sont comme de vieux amis que l'émotion empêche de parler.

Lui non plus n'a rien à dire.

Il referme la porte, sort dans la rue et avance du pas raide d'un homme qui marche sur la glace.

Ça

Florence s'est endormie sur un rocher plat, aussi brû-lant de soleil que l'eau qui coule en dessous est froide. Le silence est sidérant, la rivière va sans un bruit et pas un oiseau ne se fait entendre, pas même un insecte. Elle sait qu'elle ne doit pas rester là, sur cette pierre où sa peau va finir par coller, ses os fondre, ses cheveux s'embraser mais en même temps, cette peur qui la tenaille l'excite, l'envahit…

Florence se redresse d'un bond : on sonne chez elle. Ce n'est pas un rêve. Elle tente de lire les chiffres du cadran lumineux de son réveil mais sans ses lentilles, elle ne distingue qu'une lueur verdâtre qui ne la renseigne sur rien. Elle attrape son peignoir, l'enfile et va ouvrir sans ouvrir les yeux.

Une somnambule.

— Il est quelle heure ? demande-t-elle à Lorquin, masse sombre qui la domine, debout au milieu du palier.

— Il faut que je te parle.

— Au milieu de la nuit ?

— C'est important.

— J'étais en plein dans un rêve…

Florence laisse entrer Lorquin et referme en bâillant.

— Je vais faire du café, dit-elle, la voix encore ensommeillée.

Lorquin l'arrête :

— Merci, je n'en veux pas.

— Ah bon ?

— Après.

— Après quoi ?

Lorquin ne sait pas comment s'y prendre. Il se revoit adolescent poussé trop vite, gauche, embarrassé d'un corps trop large, trop musclé, devant une fille trop belle dont les yeux clairs s'élargissent de questions.

Il se racle la gorge :

— Comment te le dire ?

Florence vient à son aide :

— C'est l'article qui ne passe pas ?

— Non, c'est nous.

— Nous ?

— Oui…

Florence sent ses joues s'empourprer :

— Votre femme est jalouse ?

— Non.

— Vous ne voulez plus faire le livre avec moi, c'est ça ?

— Non.

— Je vous en prie, si c'est ça, dites-le-moi. Ne tournez pas autour du pot. Votre femme ne supporte plus que nous travaillions ensemble ?

– Je t'aime, dit Lorquin tout à trac.

– Quoi ?

Lorquin pose délicatement ses grosses pattes sur les frêles épaules de Florence :

– Oui, je t'aime. Je t'aime d'amour. Je ne pense qu'à toi. Je ne vis que pour toi, que par toi…

Lorquin s'humidifie les lèvres. Il a dit le mot « amour », il ne peut plus reculer. Il a sauté dans le vide :

– Tu vois, ce que Format a fait avec Carole, je veux que nous le fassions. Sa lettre m'a ouvert les yeux. Moi aussi j'ai été idiot, moi aussi j'ai été naïf. Pas la même idiotie, pas la même naïveté mais quand même, ça se rejoint. Alors idiot pour idiot, naïf pour naïf, moi aussi je veux avoir une seconde vie…

Florence balbutie :

– Vous voulez que… ?

– Je t'aime, répète Lorquin sans remarquer le désarroi de Florence. Je veux pouvoir t'aimer sans personne pour nous juger, pour nous espionner. Je veux pouvoir te le dire, le crier, te porter dans mes bras, te serrer contre moi, t'embrasser, caresser tes cheveux, ton visage…

Florence s'écarte doucement de Lorquin. Elle l'examine avec un sentiment de tendresse qui la déborde puis s'avance à nouveau vers lui :

– François : j'aime les femmes, dit-elle dans un souffle.

– Hein ?

– J'aime les femmes.

Lorquin ne peut s'empêcher de rire :

– C'est ça, fous-toi de moi !

Il secoue la tête :

– T'as raison de te moquer. Avec mes « je t'aime », je dois avoir l'air un peu débile. Je n'y peux rien, je ne peux pas dire autre chose. Je n'ai plus la force de faire le malin. De faire semblant. Tu comprends ?

Florence repousse la mèche qui lui tombe dans les yeux. Elle est parfaitement lucide maintenant :

– Je ne me moque pas : j'aime les femmes, redit-elle. Je les ai toujours aimées. Depuis toute petite. Je n'imagine pas ma vie autrement qu'avec une femme, c'est ma nature, c'est moi…

– Arrête, dit Lorquin. Non…

C'est comme s'il se disloquait devant elle.

– Vous ne vous êtes jamais demandé ce que je faisais de ma vie quand je ne travaillais pas au journal ou avec vous ?

– Ça ne me regarde pas.

– Votre discrétion vous honore, mais vous devez comprendre…

Florence articule d'une voix claire :

– Je couche avec une femme.

– À d'autres !

– Vous connaissez Mickie ?

– Mickie de la Kos, la femme d'Armand ?

– Oui, je suis sa maîtresse.

Lorquin ricane :

– Sa « maîtresse » ?

– Vous ne me croyez pas ?

Si, Lorquin veut bien la croire.

– Peut-être que tu as couché avec Mickie et je m'en fous. Ce serait bien dans ta manière, toujours vouloir tout savoir, à tout essayer, à tout faire comme si c'était la première et la dernière fois que tu le faisais. Alors que ce soit avec Mickie…

– Il n'y a pas que Mickie.

– Tais-toi. Je te connais. Nous travaillons ensemble, nous parlons depuis des mois, nous respirons le même air, nous partageons les mêmes idées, la même colère…

– Je vous ai choisi pour ça.

– Choisi pourquoi ?

– Pour moi vous êtes quelqu'un comme Gary Cooper ou Henri Fonda dans les vieux films américains, un homme droit, juste, profondément honnête, moral. Un héros du quotidien, fidèle à sa femme, le cœur sur la main, prêt à se battre pour ses amis quoi qu'il arrive.

— Mais qu'est-ce que tu racontes ?

— Je vous ai vu comme ça dès notre première rencontre. Avec vous, j'étais certaine d'être en sécurité. Que rien ne se mettrait en travers de ce que nous avons à faire ensemble. Qu'est-ce qu'un homme comme vous pouvait désirer d'une fille comme moi ?

Lorquin agite les mains dans un geste de défense :

— Je ne suis pas un héros, ni Gary Cooper, ni qui que ce soit dans un film. Je suis ce que je suis, pas plus, pas moins. Et je t'aime.

— Je suis très touchée. Ce que vous dites me bouleverse, mais il ne peut pas y avoir d'amour entre nous.

— Donne-moi une seule raison.

Florence baisse la tête :

— Votre amour me fait peur.

— Mon amour ?

— Oui.

Lorquin lui relève le menton.

— Regarde-moi, dit-il. Comment mon amour peut-il te faire peur ?

— Nous allons nous perdre.

Ils restent face à face, en suspens, deux équilibristes qu'un souffle ferait tomber. Lorquin mobilise toute son énergie pour sortir du piège silencieux dans lequel Florence l'enferme :

— Tu aimes les femmes ? dit-il. Très bien, ça ne me dérange pas, ça ne me choque pas. Je ferai avec. Je veux juste que tu me donnes une chance. Une seule…

— Je ne peux pas.

— Oublie tout ce que tu as pensé jusqu'à aujourd'hui. Tout ce que tu as vécu. Tire un trait comme moi je vais tirer un trait. Partons. Le monde est vaste, il y a une place pour nous. Il suffit de le vouloir pour la trouver. Tu te souviens de cette vieille chanson ?

Il psalmodie :

Dans le mitan du lit la rivière est profonde
Tous les chevaux du roi pourraient y boire ensemble...

Florence, le front plissé, perplexe, regarde Lorquin plaider sa cause les bras ouverts, les paumes offertes, à deux doigts de tomber à genoux devant elle, comme au théâtre :

— Vous voulez faire l'amour avec moi ? demande-t-elle, le plus froidement possible.

Lorquin s'enthousiasme :

— Je veux tout faire avec toi ! Tout ! Je veux tout de toi ! Je veux faire l'amour, je veux voyager, je veux écrire, je veux rire, je veux...

Florence dénoue sa ceinture et laisse glisser son peignoir de ses épaules à ses pieds :

— Venez...

Lorquin blêmit :

— Qu'est-ce que tu fais ?

Florence lui tend la main, sans honte de sa nudité :

— Venez, François, dit-elle, j'ai déjà fait l'amour avec un homme. Si c'est de ça dont vous avez besoin, ce n'est pas nécessaire d'aller au bout du monde, ma chambre est à côté...

Lorquin ramasse le peignoir et lui lance d'une voix rageuse :

— Couvre-toi, c'est insultant, je n'ai pas besoin de « ça ».

Il sent un froid d'hiver l'envahir. Ses pupilles se dilatent, larmes sèches, paupières brûlantes. Il n'entend plus rien. Il est devenu sourd aux invitations répétées de Florence, *je veux, je veux bien, puisque je veux bien, bien bien bien...* Les mots dansent, tintinnabulent dans sa tête, jouent à Dieu et au diable. Il lutte contre lui-même. Contre la voix qui lui dit « frappe-la ! qu'elle sache ce que tu souffres, qu'elle paye comptant le prix de ses mots » et l'autre qui lui dit « frappe-toi toi-même car tu ne peux ne t'en prendre qu'à toi, tu ne mérites pas d'autre salaire ».

Réverbère

La femme du Dr Kops sort souvent le matin, très tôt, au lever du soleil. À l'heure où elle est certaine de ne croiser personne en ville. Elle marche dans les rues comme dans un décor construit pour elle dans un studio de cinéma. Parfois elle s'arrête pour jeter des restes de viande ou de poisson aux chats errants. Plus ils sont sales, plus ils portent les blessures de leurs combats nocturnes, nez griffés, oreilles déchiquetées, plus elle aime ses matous…

Quand elle rentre chez elle, les enfants ne sont pas encore levés, seul son mari prend son petit déjeuner dans la salle à manger, en écoutant les premières informations à la radio.

— J'ai vu un pendu, dit-elle en s'asseyant en face de lui.

— Pardon ? dit Kops, levant le nez.

— Il était là, accroché à un réverbère. Tu sais, ces horribles choses modernes que le maire a fait installer un peu partout…

Kops l'interroge avec patience :

— C'est ce que tu as rêvé cette nuit ? Tu devrais le noter…

— Non, je l'ai vu comme le pauvre Gérard.

— Ma chérie, dit le médecin, je suis d'accord, Nerval s'est pendu à un réverbère mais nous en avons déjà discuté plusieurs fois. Cela s'est passé il y a longtemps et loin d'ici.

La femme du Dr Kops ne veut pas en démordre :

— Je l'ai vu. Je t'assure que je l'ai vu.

— Je te crois, dit Kops. Je suis certain que tu l'as vu.

— Oui, j'ai vu un pendu.

— Il n'y a pas de doute là-dessus : tu l'as vu mais essaye de faire un effort. Pour une fois essaye d'admettre que ce que tu as vu, cette vision, n'a de réalité que pour toi…

La femme du Dr Kops ne rêvait pas et n'était pas la proie d'une hallucination. Le corps de Lorquin est découvert le matin par le personnel de la voirie, accroché à un réverbère près du nouveau terrain de jeux des enfants. Il s'est pendu avec sa ceinture, une ceinture de cuir roux, quasiment neuve. Dans sa poche on retrouve l'article de Florence en guise de mot d'adieu…

Rien d'autre.

III
Dallas

Les langues trottent : la fille Format est enceinte, la petite Gisèle, elle va se marier avec le fils Thaler, si jeunes vous vous rendez compte ! Ah, je voudrais voir la tête de la mère Format ! Ne m'en parlez pas, je l'ai croisée l'autre jour, elle s'habille tout en noir…

– En deuil ?
– Oui…
– Non ?
– Si.

Trois semaines ont passé depuis la mort de Lorquin. Les otages ont été libérés mais la Kos est toujours occupée. C'est un camp retranché dans Raussel, une forteresse. Pendant un temps il a été question d'un mystérieux repreneur, un groupe hollandais associé à un cabinet d'affaires parisien. La préfecture, le ministère, la mairie, les syndicats, tout le monde était sur le pont et voulait y croire malgré le flou des propositions. Malheureusement, la crédibilité du projet a été taillée en pièces et l'espoir est retombé aussi vite qu'il était monté. Des jeunes ont lancé des bombes de peinture rouge sur la façade de la Kos, comme des taches de sang sous la banderole USINE OCCUPÉE. Florence a publié un grand article le jour de l'enterrement de Lorquin : « La mort d'un juste », puis elle a démissionné de *La Voix* et a quitté le pays sans dire au revoir à personne.

Ève aura bientôt un mois...

Rudi tapote de la pointe de son soulier le chemin de terre qui serpente devant chez lui. Il creuse un petit trou et l'élargit avec le sentiment amer de commencer à creuser sa propre tombe. Il pense que, tant qu'il y est, il devrait creuser, creuser encore jusqu'à pouvoir y mettre une jambe, puis deux, puis tout le reste sans jamais cesser de creuser, jusqu'à atteindre le feu central où Lorquin doit être en train de rôtir en l'attendant. C'est à ça qu'il pense sans oser lever les yeux vers Dallas, dont la confiance le désarme :

– Faut tenir, Rudi, tu me l'as toujours dit : si on tient, si on ne lâche rien, on finira par les avoir...

Dallas ouvre son corsage et dégage son sein pour faire téter la petite Ève qui chouine. Tant pis si un voisin la voit. La petite ne peut plus attendre. Dallas s'en fout de se montrer. Il n'y a rien de honteux. Des femmes qui donnent le sein, les églises en sont pleines ! Ève arrondit la bouche en *o* et, avant même d'attraper le mamelon, suce avidement l'air jusqu'à ce que sa mère l'aide à le saisir et à s'y coller.

Rudi se sent un étranger pour sa fille. Une sorte de spectre qui apparaît de temps en temps, change de chemise, de pantalon, la bécote distraitement et s'en va aussi vite qu'il est venu. Pareil pour Kevin. Il appelle Rudi « Mapa ». Rudi est sûr que, s'il savait mieux parler, Kevin l'accueillerait d'un « bonjour, monsieur » très cérémonieux et lui serrerait la main avec respect, avec distance. Et il ne vaut mieux pas que Rudi essaye de compter depuis combien de temps ils n'ont pas fait l'amour avec Dallas...

Rudi sent qu'il flanche.

La mort de Lorquin pèse doublement sur lui, parce que c'était son ami, parce qu'il est le seul à en connaître le secret. Pour tous les autres, Lorquin est mort rompu par l'iniquité de son sort, pour Rudi il est mort par amour en se foutant de la Kos comme de l'an quarante.

Ça fait une sacrée différence.

Rudi n'arrive pas à s'ôter de l'idée que Lorquin voulait que quelqu'un sache. Il le voulait, parce que, consciemment ou inconsciemment, il avait déjà fait son choix : l'amour ou la mort... Qui aurait pu croire que Blek le Roc était le genre de type à se mettre en l'air sur un coup de dés ? Pourtant, c'est ce qu'il avait fait. Et Rudi admire ça. Même s'il lui en veut d'avoir lâché la rampe au moment où il aurait eu le plus besoin de lui. Où tous auraient eu le plus besoin lui...

— Vas-y, répète Dallas en remontant le bonnet de son soutien-gorge avant de changer Ève de sein. Vas-y je te dis, je me débrouillerai très bien toute seule. Maintenant, je n'ai plus que ça à faire...

En août, Dallas n'a plus d'enfants à garder. Ceux du Dr Kops sont en Bretagne avec leur grand-mère, les deux autres petits monstres dans des campings avec leurs parents. C'est le vide. Le grand vide, d'autant que Sarah et Maurice sont redescendus dans le Sud ; ils remonteront dès que Maurice aura repris des forces. Le retour à Raussel, l'occupation de la Kos, ses petits-enfants, le changement de rythme, tout cela l'a énormément fatigué. Il voulait rester mais Rudi a insisté pour les remettre dans le train. En vérité, il craignait une chose : que Maurice ne fasse une attaque et meure dans la maison.

Il n'aurait pas supporté...

— OK, j'y vais, dit Rudi. J'y retourne...

— T'es de piquet ce soir ?

— Oui.

Ils s'embrassent. Rudi dépose un baiser sur le front d'Ève

— Au revoir, mon bébé...

La petite s'est endormie, un peu de lait au coin de la bouche, repue.

Détour

Ciel bleu, soleil de plomb, Rudi ne va pas directement à la Kos, il fait un détour par chez Mickie. Sans prévenir. Il la trouve installée devant la grande table de la salle à manger, plongée sur des factures étalées devant elle. Élégante, comme toujours, avec sa jupe droite et son chemisier blanc à manches courtes, au col montant…

— Je tombe mal ?

Mickie ôte ses lunettes, repousse ses comptes et vient embrasser Rudi :

— Ça attendra…

Elle demande :

— Armand est là-bas ?

— Oui…

— Tu n'y vas pas ?

— Si. Mais je voulais te voir…

— Je te manque ?

Rudi ne répond pas, la chaleur l'oppresse malgré le petit ventilateur qui ronronne sur le buffet. Les volets sont fermés, les stores baissés. Rudi transpire. Une coulée de sueur file de sa nuque le long de son épine dorsale.

— Tu as soif ? demande Mickie, remarquant qu'il frissonne.

— Non, dit Rudi.

Il contourne la table comme s'il cherchait à mettre une barrière entre elle et lui.

Et, d'un coup :

— Tu crois qu'on peut continuer longtemps comme ça ? dit-il, se protégeant derrière le dossier d'une chaise.

Mickie fait face, droite, la voix claire :

— Tu veux qu'on arrête ?

Son visage est d'une pâleur de cendre. Rudi pense : elle

est forte, elle encaisse sans broncher, pas de cris, pas de
larmes.

— Oui, dit-il enfin, j'ai réfléchi : je crois que ce serait
mieux…

— T'as plus envie ?

— Ce n'est pas ça, tu le sais bien. Quand je te vois, je
n'ai qu'une idée, te pousser dans la chambre, t'allonger
et m'allonger avec toi pour faire sauter les meubles au
plafond…

Mickie veut comprendre :

— C'est Dallas ?

— Non, c'est pas Dallas.

— Ce n'est pas Dallas ? insiste-t-elle.

— Non.

— C'est qui ?

— C'est personne, c'est moi. Faut qu'on arrête…

Mickie ne le croit pas :

— Rudi, tu ne peux pas me dire « faut qu'on arrête » et
me planter là, sans un mot d'explication…

Rudi arrondit le dos, passe sa main dans ses cheveux
et lâche comme à regret :

— C'est Armand.

Mickie laisse échapper un petit rire en entendant le
nom de son mari :

— Armand ? Tu rigoles ?

Elle reprend son sérieux :

— T'as peur qu'il se doute de quelque chose ?

— Peur ? Non, pourquoi ?

— Je te pose la question, dit Mickie, qu'est-ce qu'Armand vient faire entre nous ? J'ai ma vie avec lui, c'est
une chose, et puis il y a ce que nous vivons toi et moi,
non ?

Rudi se racle la gorge :

— Quelque chose a changé…, dit-il.

— Quelle chose ?

— Nous sommes en grève.

– Qu'est-ce que ça change ?

– Ça change tout.

– Tout quoi ? demande Mickie sans lui laisser le moindre répit.

Rudi regrette d'être venu. C'est trop tôt. Il n'est pas prêt à la bagarre. Il sent que c'est ce que Mickie réclame, l'affronter, le pousser dans les coins, cogner dur, frapper ferme. Il a envie de partir. De refuser le combat et de filer sans se retourner, sans rien dire de plus.

– Tout quoi ? répète Mickie, lui coupant la sortie, comme si elle lisait dans ses pensées.

Les mots se bousculent sur les lèvres de Rudi :

– Tu comprends… j'ai l'impression… attends : à la Kos je suis avec Armand, le jour, la nuit, nous défendons les mêmes idées, nous nous battons pour la même cause…

Rudi s'embrouille. Il bafouille, il bredouille. Mickie vole à son secours :

– Avec moi, tu as l'impression de le trahir ?

– Oui, dit Rudi soulagé, il y a de ça. Je n'arrive pas à le regarder en face en pensant que je vais faire l'amour avec toi pendant qu'il restera au piquet de grève…

Mickie hoche la tête :

– C'est ça ? C'est pour ça que tu veux qu'on arrête ?

– Oui, c'est ça.

– Je crois, dit-elle en choisissant ses mots, que tu essayes de mettre de la morale où elle n'a pas sa place…

Rudi réagit vivement :

– Ce n'est pas une question de morale ! Ce n'est pas parce que Armand est ton mari que je veux qu'on s'arrête, c'est parce que c'est un gréviste, un ouvrier comme moi, un camarade de combat !

– Ça ne l'a pas toujours été ?

– Non, dit Rudi, non, ça ne l'a pas toujours été. Avant, c'était différent. Armand est contremaître, pas moi. Nous n'avions rien en commun. Tout juste bonjour bonsoir. Nous travaillions dans la même usine, mais c'était le bout

du monde. Ce qu'il faisait, ce qu'il pensait, ce qu'il res-
sentait, ce n'étaient pas mes oignons. Je m'en foutais
complètement, je n'y pensais pas. Ça ne me venait jamais
à l'esprit. Même quand j'étais avec toi. Armand c'était un
fantôme. Il n'existait pas. Ce n'était rien. La grève, l'occupation, la mort de Lorquin, ça a tout changé. Peut-être
que ça ne se voit pas. Peut-être que, de l'extérieur, on
a toujours la même tête qu'avant, les mêmes bras, les
mêmes jambes, mais nous ne sommes plus les mêmes.

— Et moi ?

— Quoi ?

— Moi, je n'ai pas changé ? demande Mickie. Je suis
toujours la même ?

Rudi ne sait que répondre :

— Je ne sais pas, soupire-t-il. Peut-être ?

En la regardant en face, il concède :

— Oui, toi aussi tu as changé. C'est sûr que tu as
changé. Il n'y a pas de raison pour…

— Et Dallas ?

— Dallas aussi…

— Et Varda ? Et la grande Sylvie ? Et Saïda ? Et…

Rudi se sent piégé :

— Où tu veux en venir ?

Mickie répond :

— Tu crois que la grève, l'occupation, la mort de Lorquin, ça nous passe au-dessus de la tête parce que nous
ne sommes plus dans la boîte ? Parce que nous sommes
des femmes ?

— Non, dit Rudi. Je n'ai jamais dit ça !

— Alors, si nous avons changé nous aussi, ceux du
dehors comme ceux du dedans, pourquoi tu veux qu'on
arrête ?

Rudi vacille comme s'il venait d'avaler un alcool fort,
comme s'il sentait encore le liquide brûler sa gorge, lui
tordre les boyaux :

— Je veux qu'on arrête, avoue-t-il, parce que je n'en

peux plus de dire à Dallas que je vais à la Kos quand je
viens ici, de dire à Armand que je vais voir Dallas quand
je n'y vais pas, d'être toujours ailleurs, d'être un clandestin dans ma propre vie, de toujours calculer le temps
que j'ai devant moi, de chercher des planques, de cavaler
après moi. Je vis comme un homme traqué, Mickie. Toujours sur mes gardes. Toujours à surveiller mes paroles, à
serrer les dents pour ne rien laisser échapper. Toujours
inquiet de qui je pourrais croiser. De qui pourrait me
voir. Tu comprends ? Qu'est-ce qui nous a foutus dans la
merde où nous sommes ? Les secrets, les mensonges, les
combines des patrons. Je ne peux pas, je ne veux pas agir
comme ils agissent…

Mickie le regarde avec une infinie tristesse dans les
yeux :

— Tu parles des autres, tu parles de toi…, dit-elle.

Sa voix s'enroue :

— Je ne compte pas ?

Rudi proteste :

— Bien sûr que si que tu comptes !

— Si je compte, on ne peut pas s'arrêter sans que je le
veuille aussi ?

— Mickie…

— Est-ce que tu imagines ce que je ressens pour toi ?

Rudi gronde :

— Mickie, tu ne vas pas…

— Ne t'inquiète pas, dit-elle un sourire aux lèvres, je
ne vais pas te faire de déclaration d'amour. Les déclarations d'amour je les garde pour faire des confitures. Simplement, je ne veux pas qu'on arrête. Pas maintenant,
en plein conflit. Je ne veux pas qu'on se quitte. Surtout
pas…

D'un geste un peu trop lent, un peu trop prudent, Mickie tend la main à Rudi comme à une bête qu'on appri-
voise :

— Viens, dit-elle, j'ai envie…

– Non, dit Rudi en secouant la tête, je ne veux pas. Je ne veux plus.

– Viens.

Banque

Dallas cache le courrier qu'elle reçoit. Elle dissimule les recommandés qui arrivent, les mises en demeure, les commandements à payer. Elle garde ça pour elle. Rudi a bien assez de choses en tête sans s'occuper de ça. Elle le protège autant qu'elle peut. Mais aujourd'hui, elle ne peut plus reculer. Elle doit répondre à la convocation de M. Decotz.

Elle doit aller à la banque.

Elle doit…

Dallas habille les enfants pour sortir. En été, c'est plus facile. Trois fois rien sur le dos, des couches propres, une petite culotte et ils sont prêts. Elle tient à les emmener avec elle. Pour se sentir plus forte. Pour donner l'image d'une jeune mère qui fait courageusement face à une situation difficile. Qui ne se dérobe pas. Mais qui, en premier, doit penser à ses bébés.

– En route, mauvaise troupe !

Dallas, dans sa petite robe à fleurs un peu moche, mais très dame, maquillée, parfumée, installe Kevin dans sa poussette et glisse la petite Ève dans le kangourou contre son ventre. Elle fourre pêle-mêle dans son panier du linge de rechange, un biberon, des petits pots, une grande enveloppe pleine de papiers en vrac, son chéquier, son portefeuille, son livret de famille et tout un bazar qu'elle se promet de trier dès qu'elle aura le temps…

Ils passent par le chemin de Rudi – par les berges – pour rejoindre le centre-ville à l'ombre des arbres, près de la fraîcheur de l'eau. La chaleur fait vibrer l'air comme un voilage au vent. La terre sableuse fait crisser les roues de la poussette. Dallas chantonne :

> *À la claire fontaine*
> *M'en allant promener*
> *J'ai trouvé l'eau si claire*
> *Que je m'y suis baignée...*

Mais elle s'arrête avant le refrain qui, depuis qu'elle est toute petite, lui fait monter les larmes aux yeux. Elle ne veut pas que le rossignol chante, lui qui a le cœur gai, qui a le cœur à rire alors qu'elle l'a à pleurer...

Elle se demande si, plus tard, Ève aimera chanter comme elle ; ou peut-être Kevin ? C'est beau une voix d'homme. Peut-être que Kevin sera une vedette de la chanson ou un ténor à l'opéra ? Qui sait ? Peut-être qu'Ève sera quelqu'un comme Marie Curie, dont elle a suivi l'histoire à la télé, ou la première femme à aller sur Mars ? Peut-être qu'ils aimeront les sciences ou les livres, le sport ou les arts ? Ça lui plaît d'imaginer comment ses enfants seront quand ils seront grands. D'essayer de deviner la tête qu'ils auront. Pour rire, un jour de pluie, elle a même dessiné des moustaches à Kevin avec son crayon à maquillage ! Comme il était drôle son petit bonhomme tout rose avec son trait tout noir sous le nez. Dommage qu'elle n'aie pas fait une photo...

L'agence de la banque est sur la Grand-Place, à l'opposé du *Cardinal*.

M. Decotz s'excuse de recevoir Dallas en bras de chemise mais la clim est à moitié détraquée.

– Asseyez-vous, dit-il, refermant derrière elle la porte vitrée de son bureau.

Dallas s'installe du bout des fesses sur une chaise couverte d'un tissu rouge pelucheux. M. Decotz prend place face à elle :

– Vous permettez ? dit-il.

Dallas hoche la tête sans parvenir à dire oui, la gorge sèche. M. Decotz pianote sur le clavier de son ordinateur, il tape vite puis une feuille sort de l'imprimante plus vite encore.

– Bon, dit M. Decotz en la posant devant lui, je ne vais pas y aller par quatre chemins : nous avons un problème...

– Je sais, murmure Dallas en déglutissant.

M. Decotz remonte ses lunettes sur son nez :

– En fait, nous avons deux problèmes, assène-t-il d'un ton professoral. Un : vos crédits sur la maison et les biens d'équipement, deux : les chèques impayés...

Kevin babille comme si ce qu'il venait d'entendre l'amusait follement.

– Chut ! fait Dallas... Tais-toi, mon bébé. Sois sage, maman est là, écoute le monsieur parle...

M. Decotz reprend en soupirant :

– Commençons par le commencement : pour la maison, il vous reste à devoir environ quarante mille euros, c'est-à-dire dans les deux cent soixante mille francs... Bon : cela fait plusieurs mois que vous ne pouvez faire face aux remboursements.

Dallas risque :

– J'ai été licenciée et mon mari...

– Je sais, l'interrompt M. Decotz. Laissez-moi terminer. Ensuite, sur les crédits d'équipements, le solde est beaucoup moins important. Il vous reste à rembourser...

M. Decotz consulte sa note :

– Huit cent quarante-trois euros, grosso modo cinq mille francs...

Dallas approuve :

— Cinq mille francs, ça va.

M. Decotz n'est pas de cet avis :

— Non, madame Löwenviller, ça ne va pas : c'est une dette et sur cette dette des intérêts courent…

— Qu'est-ce que je peux faire ? s'effraye Dallas.

M. Decotz lève :

— Ça, nous verrons ce que vous pouvez faire ! En attendant, je me suis tourné vers vos parents qui sont caution pour votre prêt. Et c'est là que nous avons un problème : leur situation n'est pas meilleure que la vôtre…

— Ce sont des retraités…

M. Decotz ne peut pas prendre ça en considération :

— Une caution est une caution. Si la caution est défaillante, je vais être obligé de transmettre le dossier au contentieux…

Dallas ne comprend qu'un mot sur deux :

— Qu'est-ce que ça veut dire ? demande-t-elle.

Decotz se rassoit :

— Ça veut dire qu'on va forcer vos parents à payer ce que vous ne pouvez pas payer, s'il le faut en vendant leurs biens…

Dallas se recule sur sa chaise comme si elle basculait à la renverse, au risque de réveiller la petite Ève :

— Vous ne pouvez pas faire ça !

M. Decotz se penche vers elle. Il veut lui parler les yeux dans les yeux :

— Est-ce que vous avez constitué votre dossier pour la commission de surendettement comme je vous l'avais conseillé la dernière fois ?

— Non, dit Dallas prise en faute, je n'ai pas eu le temps.

— Qu'est-ce que vous attendez ?

— Je ne sais pas…

Dallas perd pied :

— Il faut que je le fasse, mais avec les enfants et tout ce qui se passe, je n'arrive pas…

Elle essuie une larme qui coule malgré elle :

— Excusez-moi…

Elle renifle, au fond pas mécontente de pleurer :

— Si je fais le dossier, on laissera mes parents tranquilles ?

— Vous voulez un Kleenex ?

— J'en ai, merci.

M. Decotz ôte ses lunettes pour les essuyer avec le mouchoir en papier qu'il proposait à Dallas et les remet d'un geste plein de préciosité :

— Dans votre situation — et vous n'êtes pas la seule, hélas, dans cette situation ! —, dans votre situation, répète-t-il, c'est la seule chose que vous devez faire. La commission de surendettement intervient en principe pour les biens de consommation mais je suis sûr — étant donné, dans la région, le nombre de cas semblables au vôtre — qu'ils vont devoir étendre leur compétence au foncier.

— Je ne comprends rien à ce que vous me dites, avoue Dallas.

M. Decotz détaille avec patience :

— Ça veut dire que si la commission de surendettement accepte votre dossier, d'une, il y aura un rééchelonnement de votre dette dans le temps, deux, l'État paiera ce que vous ne pouvez pas payer. Ça, vous le comprenez ?

— Oui, dit Dallas, incertaine. Ils font ça ?

M. Decotz conclut dans un soupir :

— Madame Löwenviller, je veux que dès demain vous fassiez les démarches pour constituer ce dossier et que vous veniez me le montrer avant de le déposer. Je vous donne quarante-huit heures, c'est tout ce que je peux faire pour vous. Si d'ici la fin de la semaine ce dossier n'est pas déposé, le service du recouvrement et celui du contentieux entreront dans la danse et ça m'échappera complètement. Ça sera traité ailleurs, à Paris, par des gens qui n'en auront rien à faire que vous soyez au chômage et que votre mari soit en grève. Je me fais bien comprendre ?

Dallas baisse les yeux, oui, elle a compris, elle récapitule pour montrer sa bonne foi : elle va faire le dossier, lui montrer, le déposer à la commission de surendettement…

— J'ai compris. J'ai bien compris…

— Vous avez pris votre chéquier ? demande M. Decotz.

Dallas fouille dans son panier :

— Oui, je l'ai…

— Donnez-le-moi.

Dallas passe son chéquier à M. Decotz.

— Et la carte bleue ?

— On n'en a plus.

— Votre mari non plus ?

— Non.

— Très bien, dit M. Decotz en glissant le chéquier de Dallas dans un tiroir, je garde votre chéquier. Je suis obligé de le faire. Cela vaut mieux d'ailleurs. Ça vous évitera de faire des bêtises…

Dallas se défend :

— Je ne fais pas de bêtises ! Je fais très attention. Je n'achète que le strict nécessaire…

M. Decotz grimace :

— Écoutez, dit-il, il y a quoi ? un mois ? cinq semaines ? j'avais déjà gardé sous le coude quatre chèques qui ont été refusés, aujourd'hui j'en ai presque le double. Selon la loi vous avez soixante jours pour vous acquitter de vos dettes avant d'être interdite de chéquier, d'être en rouge à la Banque de France, comme on dit…

— J'ai deux enfants, il faut bien que je vive !

— Pourquoi croyez-vous que j'ai fermé les yeux ? Pour ça, madame Löwenviller, pour rien d'autre. Ce qui vous arrive, et ce qui arrive à beaucoup d'autres ici, ne me laisse pas indifférent, croyez-le. Cependant, moi aussi je dois rendre des comptes à ma direction. Et si je ne rends pas ces comptes, il ne faudra pas longtemps pour que je me retrouve dans la même situation que vous…

– Ah ? dit Dallas, qui n'en revient pas. Ils peuvent vous virer…

– Qu'est-ce que vous croyez ?

– Je ne sais pas.

– Passons, ce n'est pas le problème.

M. Decotz fait craquer ses phalanges :

– Vos chèques impayés représentent exactement six cent soixante-quatre euros et vingt-neuf centimes. Si je n'ai pas cet argent vendredi, je serai contraint de mettre la procédure en marche…

– Où voulez-vous que je trouve cet argent ? demande Dallas, livide.

– Personne ne peut vous le prêter ?

– Qui ?

– Votre famille, des amis ?

– Des amis ?

– Il y a bien quelqu'un qui peut vous venir en aide ! s'emporte M. Decotz.

– Je vais demander, bredouille Dallas. C'est beaucoup…

– Vous ne pouvez pas vendre quelque chose ?

– Quoi ?

– Je ne sais pas. Il y a toujours dans les greniers des choses qui font le bonheur des antiquaires ou des brocanteurs…

M. Decotz tient à se montrer ferme :

– C'est une grande faveur que je vous ai faite en vous laissant continuer comme ça, madame Löwenviller. Une très grande faveur ! Je compte sur vous pour que cette faveur ne finisse pas par se retourner contre moi…

Agence immobilière

Dallas dépose Ève et Kevin chez sa mère. Denise est si contente de s'occuper du gros Toto et de la Pupuce qu'elle en oublie de questionner Dallas sur son rendez-vous à la banque…

Dallas ne s'attarde pas, soulagée de n'avoir rien à raconter.

Elle repart presque aussitôt avec Gisèle :

— On y va ! À plus tard !

Elles vont à la Kos, porter leurs repas froids à Rudi et à Franck, réquisitionnés pour passer la nuit là-bas. Dallas s'était juré de ne rien dire à personne de ses soucis mais, à peine tourné le coin de la rue, elle ne peut plus tenir sa langue :

— On est dans la merde ! jure-t-elle, entre la rage et le sanglot. Tu ne peux pas savoir à quel point on est dans la merde !

— Qu'est-ce qui se passe ? s'inquiète Gisèle.

Dallas déballe tout ce qu'elle a sur le cœur :

— Je n'ai plus le droit de faire des chèques, ils m'ont pris mon chéquier, si je ne rembourse pas six cents euros que je dois d'ici la fin de la semaine, ils me balancent au tribunal et pour la maison c'est pareil, je dois faire un dossier de surendettement, sinon ils me prendront tout, s'ils ne prennent pas avant la maison de mes parents…

— Tu exagères ! s'exclame Gisèle. Ça ne peut pas se passer comme ça ! Je sais, ma sœur fait du droit : les actions, les procédures, les recours, toutes ces choses-là prennent beaucoup de temps, parfois des années. D'ici là…

— N'empêche que je dois au moins rembourser les six cents euros et des poussières, continue Dallas sans écouter ce que Gisèle lui dit. T'imagines : c'était un mois de salaire quand je travaillais…

— Tes parents ne peuvent pas t'aider ?

— Mes parents sont comme moi : complètement à sec. Tu sais, ils n'ont que leur retraite.

Gisèle s'arrête brusquement :

— Et ils m'ont à charge ?

— Je ne disais pas ça pour ça ! proteste Dallas. Tu es de la famille…

— Ce n'est pas une raison pour qu'ils me nourrissent, qu'ils me logent…

Dallas lui prend le bras :

— Allez, viens, t'occupe pas de ça ! C'est pas ce que tu manges qui va les ruiner !

Elle s'efforce d'être gaie :

— D'ailleurs, c'est déjà fait…

Elles repartent.

— Tu sais ce que disait ma grand-mère ? demande Gisèle.

— Non.

— Elle disait : « Je n'aimerais pas être la plus riche du cimetière… »

— Qu'est-ce que ça veut dire ?

— Ça veut dire qu'il faut dépenser l'argent tant qu'on est vivant, que ça ne sert à rien de le garder dans un coffre.

— Si on en a ! soupire Dallas, un pli amer au coin des lèvres.

Elle ajoute :

— Moi, mon père, c'est pas ça qu'il répète tout le temps. Il dit : « C'est pas l'argent qui me gêne : j'en ai pas ! » Et ça le fait rire…

Gisèle a une idée :

— Et les parents de Rudi ?

— Ils ont déjà payé plein de trucs quand ils étaient là, mais eux aussi, ce sont des retraités, ils ne roulent pas sur l'or. Puis ce n'est pas à moi de leur demander, ce serait à Rudi de le faire. Et Rudi ne le fera jamais, il est trop fier.

— Et tes frères ?

— Oublie : c'est pas le genre de la maison.

Dallas et Gisèle font halte devant la vitrine de l'agence immobilière Houchon & fils :

— Regarde, dit Dallas, toutes ces baraques à vendre près de chez nous... Tout le monde fout le camp. Je me demande si on ne devrait pas en faire autant ?

Mais ce ne sont pas les pavillons du lotissement ou les petites bicoques bradées à bas prix qui intéressent Gisèle, c'est, au centre du panneau d'exposition, la photo de la maison de sa grand-mère, barrée d'un bandeau rouge : *Vendue par notre agence...*

— Ils l'ont vendue ! murmure-t-elle, le souffle court.

— Hein ?

— Là, dit-elle à Dallas en la pointant du doigt, c'est la maison de ma grand-mère, ils l'ont vendue...

Gisèle porte machinalement la main sur son ventre, son bébé s'agite à l'intérieur :

— Ils n'avaient pas le droit...

Mickie va pour entrer chez Jocelyne Coiffure quand elle aperçoit Dallas et Gisèle sur le trottoir en face. Sans hésiter, elle traverse pour les rejoindre :

— Alors, les filles, on veut investir dans l'immobilier ?

— Ses parents ont vendu la maison de sa grand-mère, explique Dallas, serrant Gisèle contre elle. Elle est toute tourneboulée...

Mickie jette un coup d'œil dans la vitrine. Le prix est énorme pour la région, près de cent quarante mille euros :

— Je me demande qui a bien pu l'acheter ?

— Je m'en fous, dit Gisèle, tête basse.

— Quand même, je serais curieuse de savoir...

Dallas fait un pas de côté :

— T'as vu, la maison de Lorquin aussi est à vendre...

— Oui, je sais, dit Mickie, songeuse. Solange est partie

chez son fils, elle ne veut plus jamais mettre les pieds
ici...

— Elle est où ?

— À Méneville...

Mickie remarque les sacs de provisions :

— Vous allez à la Kos ?

— On va porter le ravitaillement...

Mickie sourit :

— Moi, j'y suis passée ce matin... Comme ça, je peux
aller chez le coiffeur.

Elle redevient grave :

— J'ai une question à vous poser, dit-elle, interrogeant
Dallas et Gisèle du regard. Réfléchissez bien avant de
répondre : est-ce que je dois me faire une teinture ou est-
ce que je laisse voir mes cheveux blancs ?

Gisèle s'avance la première :

— Ne faites pas de teinture. Vous n'avez pas beaucoup
de cheveux blancs, ça ne se remarque pas. Et ceux qui se
voient, c'est très distingué, très élégant...

Dallas n'est pas d'accord :

— Ne l'écoute pas ! Fais-toi une teinture si t'as envie.
Pas une «tête mauve» mais une teinture dans ta couleur !
Les cheveux blancs, ça ne plaît à personne...

— Parle pour toi ! dit Gisèle, prête à en découdre. Ma
grand-mère avait la tête toute blanche et elle était très
belle, très élégante...

Dallas lui colle un baiser sur la joue :

— Toi, je t'aime, mais t'es encore un peu jeune pour
donner des conseils à une femme.

Coiffure

Saïda la tigresse, Saïda la râleuse, la jamais contente,
peste, rage, souffle comme un vieux chat en tournant les

pages de *Match* où les grands de ce monde, les vedettes
de la télé, les hommes politiques, posent l'un devant sa
piscine, l'autre à la montagne, le troisième sur le pont
d'un yacht, alors que ses enfants n'ont pour vacances que
des après-midi au centre aéré. Mickie la surprend à parler toute seule quand elle entre dans le salon de coiffure :

— C'est dégueulasse, c'est vraiment dégueulasse !

— Jocelyne n'est pas là ?

Saïda jette le magazine sur la petite table devant elle
avec un geste de dégoût :

— Je ne sais pas pourquoi je lis ça…

Elle se lève pour venir embrasser Mickie.

— Non, dit-elle, elle est à la mer avec ses filles… Elle
m'a confié la boutique pour une quinzaine.

Mickie ne sait trop quoi penser :

— C'est toi qui coiffes ?

— Tu vois quelqu'un d'autre ?

— Tu t'y connais ? demande Mickie prudemment.

Saïda part d'un grand rire :

— T'as peur que je te tonde façon caniche ?

— Ben…

— Avant d'entrer à la Kos, j'étais dans un salon. Je
sais tout faire…

— Même les teintures ?

— C'est ce que je fais de mieux. Assieds-toi.

Saïda tend un peignoir à Mickie et l'aide à le passer.

— Tu ne m'avais jamais raconté ça, dit Mickie, à moitié rassurée.

Saïda hausse les épaules, fataliste :

— Si je te racontais tout ce que j'ai fait…

Mickie s'installe dans le fauteuil face au grand miroir
cerné d'un cadre décoré de coquillages et d'étoiles de
mer. Elle veut savoir :

— Comment t'es arrivée à la Kos ?

— Je me suis engueulée avec la patronne pour qui je

travaillais. Une histoire de pourboires qu'elle voulait étouffer. Je l'ai envoyée sur les roses et j'ai tout plaqué…

— Tu n'as pas essayé de retrouver quelque chose dans le même domaine ?

Saïda ricane :

— Tu connais beaucoup de salons dans la région où c'est une Arabe qui coupe les cheveux ?

Mickie convient que c'est assez rare :

— C'est vrai, ça ne m'avait jamais frappée.

— T'es arabe, on veut bien de toi pour ramasser la merde, balayer, astiquer, mais pour le reste tu peux toujours attendre. La coiffure, c'est raciste et compagnie…

Saïda prend les cheveux de Mickie à pleines mains :

— Tu veux que je te fasse une teinture ?

— Qu'est-ce que t'en penses ?

— C'est vrai que tu commences à avoir un peu de cheveux blancs…

— Ça fait moche ?

Saïda se penche au-dessus de l'épaule de Mickie :

— T'as peur que ton mari se cherche une jeunette ?

Mickie répond sur le ton de la plaisanterie :

— J'ai surtout peur de ne plus plaire aux petits jeunes !

— Si c'est ça, dit Saïda en riant, laisse-moi faire…

Mickie patiente sous le casque, les cheveux encore humides. Saïda s'installe sur un fauteuil en face d'elle :

— Tu sais, c'est vraiment sympa de la part de Jocelyne de me laisser travailler dans son salon, d'habitude, en août, elle ferme. Mais là, quand je lui ai raconté que je ne trouvais rien, pas même des ménages ou des vieux à aider, elle me l'a tout de suite proposé. Je ne paye que les produits et l'électricité. Ce que je gagne, c'est pour moi…

— Et après ? demande Mickie.

— Après, c'est fini.

— Elle ne peut pas te garder ?

— Non ! À la fin du mois c'est fini et ni-ni… D'ailleurs,

je ne sais même pas si, toute seule, Jocelyne va pouvoir continuer. Avec ce qui se passe, il y a de moins en moins de clients…

— À ce point-là ?

— Tu ne peux pas savoir…

Mickie approuve :

— Si, je sais…

Elles se comprennent.

Saïda s'extrait de son fauteuil avec un grand han ! d'effort :

— Encore dix minutes et je te libère, dit-elle en soulevant le casque pour vérifier si Mickie n'est pas en train de cuire. Ça va être super…

Elles rient.

— J'ai pensé à une chose, dit Saïda en allant étendre des serviettes humides, c'est peut-être des conneries mais puisque tu es là, il faut que je t'en parle…

— C'est quoi ? demande Mickie.

— Ici, même si ça ne se bouscule pas, il y a toujours un peu de passage… Et ça parle, et ça blablate, et patati et patata. Pareil dans les blocs. Partout c'est le même refrain : comment on va faire pour s'en sortir ? On n'a plus rien, plus d'économies, que des dettes et la banque aux fesses toujours à te réclamer quelque chose…

Saïda reprend son souffle :

— Moi, je ne te dis pas : je n'ose même plus passer devant l'agence tellement j'ai peur qu'ils sortent pour m'attraper et m'enfermer dans leur cave !

Mickie sourit :

— T'exagères pas un peu ?

— Rien qu'un peu ! répond Saïda, les yeux rieurs, la main devant la bouche, comme pour s'empêcher de dire des bêtises.

Elle se reprend :

— Je sais bien qu'on ne peut pas tondre un œuf, mais quand même c'est de la bombe de forcer les gens à vivre

comme ça. Et le jour où ça va péter, ça va faire très mal.
Quand il n'y a plus d'espoir que des mensonges, il n'y a
plus de frein. Et quand il n'y a plus de frein j'en connais
au moins dix prêts à faire n'importe quelle connerie, rien
que pour prouver qu'ils existent…

Elle soupire :

– Moi la première…

Tribunal

Dallas et Gisèle sont encore avec Rudi et Franck quand
Rouvard sort du bâtiment administratif, agitant une feuille
de papier et jurant comme un charretier :

– Les salauds ! Les salauds !

Le fax vient de tomber : le tribunal de commerce a
rendu son arrêt, il prononce la liquidation définitive de
la Kos.

Spontanément, la centaine d'ouvriers présents dans la
cour se regroupent autour de lui :

– Ça veut dire quoi ? demande quelqu'un.

– Ça veut dire ce que ça veut dire ! s'emporte Rouvard.
Ça veut dire qu'à cet instant vous êtes tous chômeurs,
que l'entreprise n'existe plus, qu'un liquidateur va être
nommé pour vendre ce qu'il pourra vendre pour payer les
créanciers et vous foutre dehors !

Un cri s'échappe de la foule :

– Alors on a tout perdu ? !

Pignard, un peu en retrait, se hisse sur une pile en
béton :

– Écoutez-moi ! dit-il. Pas de panique. L'important
c'est de rester unis, de ne pas faire de conneries et de
réfléchir à la suite à donner à notre action !

Mais personne ne veut entendre ce genre de choses :

– Laisse tomber, Pignard, crie Luc Corbeau, c'est plus le temps de réfléchir, faut agir !

– Il n'y a qu'à faire tout sauter ! lance un jeune, un des copains d'Anthony. Si on n'a plus rien, il n'y a pas de raisons pour que quelqu'un ait quelque chose !

Le petit Jackie Saïd n'est pas en reste :

– Faut niquer ces bâtards ! Faut leur fourrer la tête dans le cul !

Mme Roumas surprend tout le monde en intervenant avec un mégaphone pour mieux se faire entendre :

– Ma sœur vient de me téléphoner : ils ont mis un cordon de CRS autour de la mairie et il y en a d'autres qui arrivent ici !

Au même moment, les sirènes des cars de police viennent confirmer ce qu'elle vient de dire.

Rudi prend le mégaphone des mains de Mme Roumas :

– Tout le monde aux entrées ! Vite, et prenez des chiffons pour vous mettre devant la bouche s'ils envoient des lacrymogènes pour essayer de passer en force !

La dispersion est immédiate. Pignard reste seul, désemparé, debout sur sa pile de béton…

En s'éloignant avec ceux de la maintenance, Bello ricane :

– Quel symbole !

Rudi pousse Dallas et Gisèle devant lui :

– Je ne veux pas que vous restiez là. Ça risque d'être chaud. Sortez avant que ce soit trop tard !

Et sans avoir eu le temps de rien dire, elles se retrouvent dehors, tandis que derrière elles la porte est coincée par deux poutrelles posées en croix.

Dallas et Gisèle, étourdies, s'interrogent du regard alors que les CRS achèvent de prendre position sous le commandement d'un brigadier-chef :

– Sur l'homme de base, alignement !

Dallas tourne la tête vers le portail de l'usine derrière lequel les ouvriers se regroupent en masse, puis vers les CRS et, blanche de colère, passe son cabas vide à Gisèle :

— Tiens-moi ça, dit-elle.

En quelques pas décidés, Dallas va se planter entre les forces de police déployées sur trois rangs et les grilles de la Kos où le calicot *USINE OCCUPÉE* claque au vent...

— Barrez-vous ! crie-t-elle aux CRS, vous ne savez pas lire ? Vous voyez : c'est une usine occupée ! C'est pas des bandits ou des gangsters qui sont là-dedans, ce sont des ouvriers. Des gens qui gagnent leur vie, comme vous. J'ai un frère dans l'armée, je sais de quoi je parle. C'est pas parce que vous êtes en uniforme que vous n'êtes pas des salariés. Vous êtes comme nous. Alors ne nous faites pas chier, dégagez ! La police n'a rien à faire ici. Allez plutôt attraper les patrons qui sont responsables de cette merde et qui se planquent bien au chaud ! Les voleurs, c'est pas nous ! Tirez-vous ! N'acceptez pas de faire le sale boulot qu'on veut vous faire faire !

Des cris de soutien fusent de la Kos :

— Elle a raison, foutez le camp !
— Rentrez chez vous ! À la niche !
— Patrons voleurs !
— La police avec nous !

Un chœur entonne soudain *L'Internationale* :

> *C'est la lutte finale :*
> *Groupons-nous et demain*
> *L'Internationale*
> *Sera le genre humain !*

Dallas lève le bras, serre le poing et, dominant toutes les autres voix, attaque le premier couplet :

> *Debout, les damnés de la terre !*
> *Debout, les forçats de la faim !*

Cinq CRS viennent se saisir d'elle et la faire taire, sous les injures et les cris :

– CRS, SS ! CRS, SS !

Réquisition

Le commandant Salon charge son adjoint le capitaine Pascal de prendre les mesures nécessaires pour le casernement des hommes. Pascal va directement à *L'Espérance* qui, d'après leurs renseignements, dispose de dix-sept chambres. L'accueil de Raymonde est plutôt froid :

– Vous voulez mettre vos hommes chez moi ?

– Vos chambres sont disponibles ?

– Oui, répond Raymonde avec un petit sourire. On peut dire que ça fait longtemps que je n'ai pas vu un client...

– Très bien : je rédige les papiers, vous serez réglée directement par...

– Attendez, dit Raymonde, j'ai pas dit oui !

Et, devant l'air stupéfait du capitaine :

– Loger des flics, ce n'est pas tellement le genre de la maison. Excusez-moi de vous dire ça.

– Sincèrement, madame, je ne vous demande pas de m'exprimer vos sentiments, je vous informe que je loue vos chambres, à moins que vous préfériez que je signe un ordre de réquisition ?

Raymonde n'a pas le choix :

– En français, ça veut dire que je ne peux pas faire autrement ?

– Il y a d'autres hôtels ici ?

– Le *Modern* au centre-ville.

– Je vais y passer aussi, dit le capitaine Pascal. En tout cas, je retiens toutes vos chambres.

Raymonde demande :

– Vous allez rester longtemps ?

– Ce n'est pas à moi qu'il faut demander ça…

– À qui ?

Le capitaine tourne la tête vers la Kos :

– À ceux qui font les zouaves là-bas.

Raymonde se penche vers lui :

– Juste une chose. Je veux bien vous loger parce que je ne peux pas faire autrement, mais je ne veux pas entendre ce genre de conneries chez moi. Personne ne « fait le zouave » à Raussel. Je vais vous dire, ceux de la Kos qui se battent pour leur travail, ce ne sont ni des charlots ni des casseurs, ce sont des ouvriers, et rien que pour ça, vous leur devez le respect.

Raymonde ne laisse pas le temps au capitaine de lui répondre :

– Je vous fais visiter ?

Épargne

C'est Anne-Marie qui vient ouvrir, pâle, le visage comme pris sous un tulle :

– Gisèle ? dit-elle, baissant aussitôt les yeux pour voir si le ventre de sa sœur a grossi.

Si ça se voit.

Mais ça ne se voit pas…

Gisèle entre chez ses parents pour la première fois depuis longtemps, depuis le soir où elle a fui pour se réfugier chez Franck. Ça lui fait tout drôle de se retrouver dans le vestibule gris nacré avec sa grande glace tarabiscotée au-dessus de la tablette en marbre où est posé le téléphone…

— Alors ça y est, tu reviens ? demande Anne-Marie.

— Maman est là ?

— Elle est dans sa chambre. Je monte la chercher…

Gisèle arrête sa sœur.

— Je ne reste pas, dit-elle en allant tout droit dans le salon.

Pierre, son frère aîné, est avachi devant la télé, en tenue de sport, une canette de bière à la main, négligé.

— Au secours, une revenante ! mugit-il sans bouger de son fauteuil.

Il semble un peu ivre.

Anne-Marie force Gisèle à s'arrêter :

— Qu'est-ce que tu viens faire si tu ne restes pas ?

— Je viens chercher quelque chose…

— Quoi ?

— Mon livret de Caisse d'épargne, dit Gisèle, les mâchoires serrées.

— T'as besoin d'argent ?

— Oui.

— Ton Franck te nourrit pas ?

Gisèle résiste à l'envie de frapper sa sœur, de lui arracher les cheveux, de la gifler des deux mains :

— Je t'emmerde, dit-elle avec froideur.

Anne-Marie ricane :

— Je vois que tu fais des progrès en français !

Gisèle l'écarte d'un geste du bras et va ouvrir le tiroir du grand vaisselier.

— Je t'interdis de toucher à ça ! dit Anne-Marie, le refermant

— Nos livrets ne sont plus rangés là ?

— Ça ne te regarde pas.

Gisèle fait volte-face :

— La maison de grand-mère est vendue ?

— Et alors ?

— Dis-toi que la prochaine fois que je viendrai ce sera pour chercher ma part et que si tu essayes de me faire ton cirque, je ne serai pas aussi patiente…

— J'aimerais voir ça !

— Qu'est-ce que tu aimerais ?

— Que tu viennes chercher ta part…

— Et pourquoi donc ?

— Tu es partie, tu as choisi : tu n'as plus droit à rien…

Gisèle sourit :

— La maison de grand-mère appartient à papa…

— T'as raison, dit Anne-Marie lui rendant son sourire, c'est à lui. C'est son argent, le contrat de mariage stipule : « communauté réduite aux acquêts ». Il peut faire ce qu'il veut de ce qui lui vient de sa mère. Et tu veux que je te dise ce qu'il va en faire ? Il va tout donner à maman…

Gisèle rétorque :

— Tu mens. Il a toujours dit que cet argent serait pour nous…

— Ça, triomphe Anne-Marie, c'était avant… Avant qu'il parte pour ne plus revenir. Maintenant, c'est différent. Il laisse tout à maman, y compris la maison de grand-mère…

Gisèle se tourne vers son frère :

— C'est vrai ?

Pierre hausse les épaules :

— C'est leurs histoires, dit-il en avalant une gorgée de bière. Comme il a filé avec une pute, il doit se sentir coupable. Alors il paye…

Gisèle s'insurge :

— Maman n'a pas le droit de tout garder pour elle !

— Elle ne le garde pas pour elle, dit Anne-Marie, elle le garde pour ses enfants : Pierre, Christophe, Martial, moi…

— Il n'y a pas que vous ! Je suis encore sa fille, aux dernières nouvelles…

Anne-Marie toise Gisèle :

– Non, elle a fait un trait sur toi. Elle a découpé toutes tes photos et les a fait brûler. Pour elle, tu n'existes plus. C'est comme si tu étais morte…

Gisèle, haletante, dévisage sa sœur puis elle se tourne vers son frère qui fait semblant de n'avoir rien entendu. À la télé, un couple s'embrasse et bascule à l'ombre d'un lit, la grande horloge bat dans le silence, les deux filles se font face :

– Je suis peut-être morte pour vous mais je ne me laisserai pas voler, dit Gisèle. Si grand-mère était encore là…

Anne-Marie trépigne :

– Va-t'en ! dit-elle. Va-t'en ! Va chez tes Thaler puisque tu y es si bien !

Gisèle ne veut pas mettre de l'huile sur le feu :

– Je prends ce que je suis venue chercher et je m'en vais, ne t'inquiète pas…

– Tu n'as pas le droit de prendre quoi que ce soit ici !

Gisèle baisse les yeux, maîtrise la colère qui la gagne et brusquement ouvre le tiroir du vaisselier. Son livret de Caisse d'épargne est là où il a toujours été rangé avec ceux des autres enfants de la famille, les passeports, les cartes d'identité, celles de réduction pour famille nombreuse et toute la paperasserie scolaire. Gisèle prend ce qui lui appartient sans hésiter, mais au moment où elle sort son livret, Anne-Marie plonge sur elle et lui mord le bras jusqu'au sang…

Organisation

La compagnie de CRS est toujours postée face à l'entrée principale de la Kos. Quatre cars, deux voitures de commandement, un engin de dépannage.

Pignard téléphone à Saint-Pré pour réclamer leur

départ, Saint-Pré téléphone au préfet pour transmettre et appuyer cette requête, le préfet refuse tout net et justifie sa décision par le « principe de précaution ».

Il dit au maire :

— Je l'ai fait une fois, je ne le ferai pas deux. Il faut arrêter de faire espérer ces gens. Il n'y a aucun repreneur pour la Kos et il n'y en aura pas. Les Hollandais, je ne sais pas ce qu'ils escomptaient, mais en tout cas ils n'étaient pas prêts à mettre un centime dans l'affaire. Le tribunal a tranché et c'est la sagesse même. Il faut leur faire comprendre que leur seul intérêt est d'être des partenaires intelligents et de sortir par le haut de ce bourbier. Premièrement : cette occupation doit cesser, elle a assez duré et ne mène à rien ; deuxièmement : le liquidateur doit entrer en action dès que possible pour régler la question des licenciements — et plus vite il agira, mieux il agira —, ensuite pour réaliser ce qui est réalisable et indemniser les créanciers. Il ne faut pas mentir aux grévistes ni nous mentir à nous-mêmes : la Kos, c'est terminé, et ni vous, ni moi, ni personne ne peut changer cet état de fait.

— Vous croyez qu'ils sont prêts à entendre ça ?

— Je ne sais pas. Mais s'ils n'y sont pas, je suis prêt moi à les forcer à le faire. L'ordre public doit être respecté...

Saint-Pré rappelle Pignard :

— Le préfet ne veut rien entendre. Tant que l'usine sera occupée, les CRS resteront sur place, jusqu'au moment où il donnera l'ordre de faire évacuer.

— Il bluffe, dit Pignard. Il ne fera jamais ça. Ce serait une folie.

— Je n'en sais rien, dit Saint-Pré. En tout cas, il faut faire quelque chose. Ça ne peut pas durer comme ça...

— Si les autres syndicats sont d'accord, je vais demander à Lopez de la fédé de Paris de descendre et d'agir comme médiateur. Il s'y connaît...

Saint-Pré est d'accord :

— Ça, c'est une bonne idée. Je rappelle le préfet…

— Attendez que j'aie eu Lopez…

Pignard réussit à attraper Lopez chez lui. Il allait sortir :

— Tu ne veux pas me rappeler plus tard ? J'ai une réu à la fédé et je suis déjà…

— Il faut que tu descendes. Ça peut péter d'un moment à l'autre. Tout le monde est à cran depuis qu'on sait que le tribunal a décidé de nous faire mettre la clef sous la porte. Tous les gars sont retranchés dans l'usine et le préfet n'a rien trouvé de mieux que d'envoyer des CRS pour les exciter un peu plus.

— Qu'est-ce que tu veux que je fasse ?

— J'ai parlé au maire qui a parlé au préfet, j'ai aussi parlé à l'intersyndicale : tout le monde est d'accord pour que tu sois notre médiateur…

— Il faut que je te réponde tout de suite ?

Pignard vient avertir Lamy et Mme Roumas :

— Lopez accepte d'être notre médiateur. Il sera là demain matin à la première heure. Maintenant, il faut décider de ce que nous voulons…

Lamy propose que chacun consulte rapidement ses troupes et qu'ils se retrouvent dans une heure pour faire la synthèse des revendications.

— Et ceux qui ne sont pas syndiqués ? demande Mme Roumas.

— Nous ferons une AG pour que tout le monde puisse s'exprimer, dit Pignard. Mais qu'ils puissent s'exprimer sur des points précis, pas sur tout et n'importe quoi.

Rudi et la plupart des autres de la maintenance se regroupent autour de Pignard. Il y a deux camps : les «anciens» de la CGT qui plaident pour négocier une prime de licenciement en mettant la barre le plus haut possible, et les « jeunes » qui ne veulent rien négocier du tout et tenir coûte que coûte jusqu'à ce qu'une véritable solution industrielle soit trouvée.

– Vous rêvez ! dit Pignard. Qu'est-ce que vous espérez ? Encore un repreneur miracle ? Mais qu'est-ce qu'il reprendrait ? Les machines pour les mettre à la ferraille ? Le site pour faire un parc d'attractions ? Tout a déjà été vendu, la licence, les brevets…

– On n'a plus le droit de faire du film plastique ? demande Totor Porquet.

– Bien sûr que non ! Et d'ailleurs, à qui tu le vendrais ton film plastique ? Qu'est-ce que t'en ferais ?

– Je ne sais pas, Eppelbaum disait…

– Il disait des conneries ! Fais-moi confiance, les commerciaux, il n'y a pas à se faire du mouron pour eux. Ils doivent déjà savoir comment sauter sur une autre branche.

Armand, le mari de Mickie, demande :

– À quoi il va servir ton médiateur, si tout est déjà plié ?

– Il va servir à essayer d'éviter le pire…

Rudi s'exclame :

– Tu charries ! Le « pire », pourquoi pas l'apocalypse !

Mais Pignard est sérieux :

– Non, je ne charrie pas. Un : nous ne savons pas au jour d'aujourd'hui qui est vraiment notre employeur, qui peut négocier, payer les salaires, les primes, etc. ; deux : l'État, à travers le préfet ou je ne sais qui, va être obligé de s'en mêler, il est d'ailleurs pas impossible que ça remonte jusqu'au ministère ; trois : j'ai pas besoin de te faire un dessin, tout le monde tire la langue et gratte les fonds de tiroir, on n'a tout simplement pas les moyens de tenir…

– Et les syndicats ?

Le visage de Pignard s'affaisse tristement :

– Ils ont les os brisés.

Rouvard et Serge arrivent en courant :

— Vite, les gars ! crie Rouvard, la maintenance avec nous ! Il y en a qui ont foutu le feu !

Toutes les têtes se tournent vers l'atelier de bobinage d'où sort une épaisse fumée noire.

Serge commande :

— Deux équipes : une avec Rudi, l'autre avec Armand !

Les hommes se séparent sans avoir besoin de se consulter : ils ont répété dix fois l'exercice d'incendie. Chacun sait ce qu'il doit faire. Rudi arrive le premier au point d'eau. Les lances d'arrosage sont vite fixées et mises en batterie. De l'autre côté de l'atelier, Armand et son groupe sont aussi rapides.

L'eau jaillit, aspergeant le toit et les murs.

Serge enfile une veste de cuir. Il s'entoure la tête d'un chiffon humide, attrape son casque de protection et, un extincteur à la main, pénètre dans l'atelier. Très vite, il repère un tas de pneus enflammés au milieu des machines. Beaucoup de fumée mais pas de danger réel. Il attaque le feu à la base, comme il a appris à le faire, de côté, se protégeant des flammes avec son dos.

Rouvard et Luc Corbeau s'amènent en renfort.

Le feu est rapidement maîtrisé mais l'alerte a été rude. Rouvard ne décolère pas tandis que les pneus carbonisés – ce qu'il en reste – sont sortis de l'atelier :

— Si je tenais les connards qui ont fait ça, ils verraient comment je m'appelle !

Il n'a pas fini sa phrase qu'un nouveau feu se déclenche au finissage…

Le calme est revenu.

Trois départs de feu, trois interventions rapides et pas de bobo. Luc Corbeau est d'humeur morose :

— Ceux qui jouent à ça voudraient donner une bonne raison aux flics pour entrer tout de suite qu'ils ne s'y prendraient pas autrement…

– Faut être dingue, dit Totor Porquet, avec les produits qu'il y a ici on peut tous y rester…

Armand fait la moue :

– Ça doit être des mecs des expéditions, ils n'en ont rien à foutre, c'est des jeunes…

– Pourquoi tu dis ça ? demande Luc Corbeau.

Rudi soupire :

– En tout cas, ça nous renseigne sur le moral des troupes…

– *Black is black*, commente Anthony.

Franck ramène sa science :

– Pour moi c'est des signaux, comme chez les Indiens. C'est pour dire : la hache de guerre est déterrée, les braves sont prêts à mourir…

Totor Porquet le fusille du regard :

– T'es prêt à mourir, toi ?

Franck, penaud, hausse les épaules :

– J'ai pas dit ça…

Il fait nuit. Aucune position commune n'a été arrêtée par les syndicats. Le feu a fait des ravages. Tout le monde regarde tout le monde avec méfiance, avec colère.

Barrière

Les sirènes de voitures de pompiers arrachent les grévistes au sommeil qui les gagne : cette fois-ci, c'est en ville que ça brûle. Très vite, les ouvriers sont aux grilles, jetant leurs questions aux CRS qui leur font face :

– Qu'est-ce qui se passe ?

– Il y a le feu ?

– C'est où ?

De loin, un CRS crie :

– C'est la sapinière !

Franck se décompose :

– Oh non !

– Qu'est-ce qu'il y a ? demande Rudi.

– La maison de la grand-mère de Gisèle est au milieu des arbres…

– Ah merde !

Franck se décide :

– J'y vais…

La maison de la grand-mère de Gisèle – la bonbonnière, le musée du souvenir, la chambre d'amour – est cernée par les flammes. Le feu a déjà gagné le toit, les tuiles éclatent, la cheminée tombe. Franck arrive en courant, mais une barrière de sécurité l'empêche d'approcher. Dans la petite foule des curieux qui se pressent, il reconnaît Varda en robe de chambre, le patron du *Cardinal*, Raymonde et d'autres de Raussel mais il ne trouve pas Gisèle :

– Tu ne l'as pas vue ? demande-t-il à Varda.

– Gisèle ? Non. Mais il y a son frère là-bas…

Franck jette un coup d'œil dans la direction indiquée. Pierre est en grande discussion avec un pompier. Il parle fort :

– C'est chez ma grand-mère !

– Elle est à l'intérieur ?

– Non.

– Elle est où ?

– Elle est décédée…

Il geint, d'une voix qui enfle :

– Je veux savoir ! Vous allez sauver la baraque ?

– Je ne peux rien vous dire. C'est pas gagné ! dit le pompier en s'éloignant rapidement. Retournez derrière les barrières, c'est dangereux !

Nouvelle cavalcade.

Franck court jusqu'à chez lui. Il trouve son père et sa mère sur le pas de la porte, observant de loin l'incendie :

— Où est Gisèle ? demande-t-il, essoufflé.

— Elle est couchée, répond Denise. Je ne sais pas si elle ne nous couve pas quelque chose...

— Elle sait que la maison de sa grand-mère...

— Oui, dit Henri, elle le sait. Je l'ai empêchée de monter là-haut. De toute façon, il n'y a rien à faire qu'à laisser les pompiers...

Gisèle n'est pas couchée, elle est en train d'écrire son journal quand Franck entre dans la chambre :

— T'es pas de piquet ?

— Je suis allé tout de suite à la sapinière quand j'ai su ce qui se passait...

— Ah ? dit Gisèle en refermant son cahier.

— Je croyais te voir là-bas, il y a ton frère...

Franck s'approche :

— Je crois que la maison est foutue, dit-il avec précaution. Les pompiers sont arrivés trop tard, et les arbres...

— Je m'en fiche, répond Gisèle, en se levant.

— Quoi ?

Elle hausse les épaules :

— De toute façon, ils l'ont vendue...

Franck ne comprend pas :

— Ça ne te fait rien que la maison de ta grand-mère...

Il ne finit pas sa phrase. Il prend le bras de Gisèle, remonte un peu la manche de la chemise d'homme qui lui sert de chemise de nuit et découvre la trace d'une morsure :

— Qu'est-ce que c'est que ça ?

— C'est ma sœur, répond Gisèle en retirant son bras.

— T'es allée chez tes parents ?

— J'ai pas le droit ?

Franck fronce les sourcils :

— Qu'est-ce qui te prend ? Tu peux aller chez tes parents autant que tu veux, je m'en fous ! Me parle pas comme ça !

— Pourquoi tu me poses toutes ces questions ?

— Je m'inquiète, si tu veux le savoir !

— Pourquoi tu t'inquiètes ?

— Pourquoi je m'inquiète ? répond Franck, stupéfait. Mais pour toi ! Maman pense que tu couves quelque chose…

— Je ne couve rien.

— T'es sûre ?

Franck tend la main pour qu'elle y appuie sa joue :

— T'es un peu chaude…

Gisèle se radoucit. Elle sourit : heureusement qu'elle a Franck, son Franck aux inquiétudes, son homme révolté, son mari de demain, le père de son bébé.

— Excuse-moi, dit-elle en lui offrant ses lèvres.

Franck ne l'embrasse pas :

— Je voudrais pouvoir te dire des choses…

— Des choses comment ?

— Des choses pour te plaire.

— Mais tu me plais !

— Je te plais mais je n'ai pas les mots…

— Qu'est-ce que ça peut faire ?

— Ça m'empêche d'entrer dans ton chagrin.

Gisèle dort profondément, apaisée d'un rêve qui la console et qui la berce. Son corps est lourd, plein, large, rassasié. Elle s'étale, elle se roule, s'ouvre de toutes parts, s'enivrant de sa propre odeur. C'est une musique grave qui la fait vibrer, un air de blues, un chœur de femmes noires qui chantent la liberté, la fin de l'esclavage.

Elles pèsent leur poids !

Ce poids qui ancre Gisèle dans le sommeil, le poids de l'enfant qu'elle porte, qui la justifie…

Il ne fait pas encore jour.

Franck bascule sur le côté du lit et se lève en prenant soin de ne pas la réveiller. Il traverse la chambre, attentif au silence et, sûr que rien ne craque, que rien ne sonne, il attrape le journal intime de Gisèle posé sur la table…

Sous l'ampoule nue qui pend dans les toilettes, Franck lit :

> *Il fallait que je le fasse. Ils n'avaient pas le droit de vendre la maison et encore moins le droit de me voler ce qui me revenait. Comme ça, ils n'auront rien, que des cendres. Des cendres pour se couvrir la tête de honte après ce qu'ils m'ont fait. Je crois que ma sœur est folle – elle m'a mordue ! –, quant à mon frère c'est un abruti plein de bière et de suffisance. Eux qui n'ont à la bouche que le feu de l'enfer savent désormais que ce feu brûle d'abord sur terre pour les méchants et les lâches.*

Quai

Lopez saute sur le quai sans attendre l'arrêt complet du train. Il interpelle Pignard venu lui souhaiter la bienvenue :

– Qu'est-ce que c'est que cette connerie ? fulmine-t-il, agitant un bouquet de journaux.

La presse est unanime : l'incendie criminel d'une maison appartenant au directeur de la Kos est dénoncé de tous côtés, à droite comme à gauche. Si la gauche voit dans ce geste un acte de désespoir, la droite dénonce l'irresponsabilité des grévistes, leur mépris pour les biens et les personnes.

Pignard est furieux :

– Cette connerie, c'est la connerie des journalistes ! C'est pas un gars de chez nous qui a fait ça !

Lopez lui fourre un article sous le nez :

– Et ça ? Il paraît que dans la soirée il y avait déjà eu trois départs de feu dans l'usine ?

– C'était que dalle ! Des pneus. De la provoc. Il y en a aussi qui ont cassé des trucs dans les bureaux, si tu veux tout savoir…

– Qu'est-ce qui te dit que ce n'est pas les mêmes qui ont fait brûler la baraque ?

– Personne n'est sorti de la Kos hier soir.

– T'es sûr ?

Pignard ne peut pas le jurer.

– Mais je ne vois pas pourquoi quelqu'un aurait fait ça. Tout le monde s'en fout de Format. Il s'est tiré on ne sait où. Il n'est plus dans le coup. C'est même pas chez lui que ça a brûlé. C'est la maison de sa mère…

Lopez prend la direction de la sortie :

– Emmène-moi là-bas, je veux me faire une opinion sur place.

Économies

Le bureau de la Caisse d'épargne ouvre à huit heures. Gisèle est la première aux guichets. Elle retire d'un coup toutes ses économies, soit six cent cinquante-six euros et quelques centimes.

– T'es sûre que tu veux tout retirer ? demande Mme Lalicq, qui la connaît depuis toujours.

– Faut que je passe le permis, ment Gisèle.

– Ta maman est d'accord ?

– Elle est d'accord pour que je passe le permis si c'est moi qui me l'offre !

– Elle a raison : il faut apprendre la valeur des choses...

– Je suis bien d'accord, ricane Gisèle en prenant ses billets et sa monnaie.

Gisèle sépare son argent en trois parties : deux enveloppes de trois cents euros et le reste qu'elle range dans son sac.

Elle va d'abord chez Dallas qu'elle trouve en peignoir, la petite au sein et Kevin encore en pyjama qui réclame à grands cris :

– Gâteau ! Gâteau !

– Tu tombes bien ! dit Dallas, la tête à l'envers. J'ai tellement mal dormi, je suis complètement en retard. Ça t'embête pas d'emmener les petits chez maman ?

– Au contraire, ça me fait plaisir, dit Gisèle. Faut que je m'entraîne avec la poussette...

Kevin tire Gisèle par le bas de sa jupe :

– Gâteau !

– Je lui en donne un ?

Dallas montre le paquet posé au-dessus du frigo :

– Un seul !

Elle se penche vers Ève qui s'endort en tétant :

– Bon, t'as fini, toi ?

Et, à Gisèle :

– Prends Kevin, on va monter les habiller !

Kevin ne veut pas être habillé. Il n'aime pas ça. Il se sauve aussitôt, la bouche pleine :

– Veux pas !

Et force Gisèle à le poursuivre en le menaçant de chatouilles :

– Tu vas voir si je t'attrape !

Gisèle réussit à lui couper la route du salon.

– Alors, on ne veut pas venir avec tata Gisèle ? dit-elle en le soulevant, en le faisant valser en l'air.

Dallas et Gisèle, côte à côte, changent les enfants allongés sur le grand lit.

– Passe-moi une couche, demande Gisèle, maintenant Kevin, le gigoteur en chef, sur le dos.

Dallas se penche pour en attraper une dans la boîte posée près d'elle et se redresse brusquement :

– Merde, j'en ai plus pour lui ! dit-elle, rejetant loin d'elle le carton vide.

– T'en as pas une autre boîte ?

– Non.

Elle est furieuse :

– Tu sais combien ça coûte, ces trucs-là ?

– T'énerve pas, dit Gisèle. Il y en a encore chez ta mère…

– J'en ai marre, gémit Dallas, honteuse de ne même pas avoir de couches pour son fils. À peine j'ai acheté quelque chose qu'il faut que je le rachète le lendemain…

– Je ne peux pas lui en mettre une de la petite ?

– Non, il est trop gros, ça ne tient pas.

Gisèle pince gentiment le ventre de Kevin :

– C'est vrai que t'es trop gros ?

Kevin gazouille.

– Gros Toto…

– Vivement qu'il aille sur le pot ! dit Dallas, retournant Ève pour boutonner sa grenouillère.

– T'as essayé ?

– M'en parle pas ! La cata…

Kevin profite d'un moment d'inattention de Gisèle pour essayer de se sauver. Elle le retient par un pied :

– Mais où tu vas, toi ?

– Nan ! dit Kevin. Nan ! Veux pas ! Pas beau !

– Tous les matins c'est le même cirque pour l'habiller ! Il me rendra chèvre…

Dallas fait les gros yeux à Kevin :

– Tu la veux, la fessée ?

Kevin répond d'un grand sourire aux menaces de sa mère :

— Fes-sée !

— Bon, qu'est-ce que je fais ? demande Gisèle.

— Mets-lui une culotte et emmène-le comme ça, qu'est-ce que tu veux faire ?

— T'as pas un torchon que je lui fasse une couche à l'ancienne ? Un lange…

Le mot arrache un petit rire à Dallas :

— Tu sais, si on doit laver, qu'on doive laver une culotte ou un torchon, il n'y a pas de différence…

Kevin dans la poussette et Ève dans le kangourou, Gisèle est prête pour l'expédition…

— Je passerai les reprendre ce soir, dit Dallas en lui ouvrant la porte. Aujourd'hui, je suis chez Kops pour le ménage…

Gisèle sort une enveloppe de son sac :

— Tiens, c'est pour toi…, dit-elle avant de partir.

— Qu'est-ce que c'est ?

— Un petit cadeau…

Dallas découvre les trois cents euros :

— Ah non ! Non. Je ne peux pas accepter…

Dallas veut les rendre tout de suite à Gisèle, comme s'ils la brûlaient. Gisèle refuse :

— Personne ne sait, dit-elle sans lâcher les poignées de la poussette. C'est juste entre toi et moi, comme entre deux sœurs.

Dallas veut répondre, mais l'émotion la fait pleurer. Les nerfs. Elle craque, la main plaquée sur sa bouche :

— C'est gentil. C'est tellement gentil…

Denise récupère les enfants avec son enthousiasme habituel :

— Bonjour, mon gros Toto ! Et la petite puce, qu'est-ce qu'elle raconte à Mamy ?

– Gâteau mamy ! dit Kevin.

Gisèle le soulève pour le passer à sa grand-mère :

– Faites attention, je crois qu'il a eu un petit accident…

– Dallas ne lui a pas mis de couche ? demande Denise, tâtant les fesses mouillées de son petit-fils.

Gisèle plaide coupable :

– C'est moi qui n'ai pas voulu lui en mettre ! À dix-huit mois, j'ai lu que…

Denise emporte Kevin dans sa chambre :

– Si tu crois que c'est dans les livres qu'on apprend à s'occuper des enfants…

Gisèle lui emboîte le pas, portant Ève :

– Je vous amène la petite ?

– Oui, viens. Elle a une couche, elle au moins ?

Elles croisent Henri dans le couloir :

– Tu t'es levée de bonne heure ce matin, dit-il à Gisèle.

– Fallait que je fasse un truc !

– Tu veux du café ?

– Je veux bien.

– J'en mets à chauffer !

Henri entre dans la cuisine et ouvre le poste pour écouter les infos à la radio. Les deux femmes passent dans la chambre.

– Tu sais que tu as de la chance, dit Denise, déshabillant Kevin qui répète en scie :

– Un gâteau, mamy !

– Pourquoi j'ai de la chance ?

– Eh bien moi, même quand on était jeunes mariés, jamais il m'a proposé de me faire un café ! C'est toujours moi qui le faisais…

Gisèle la félicite :

– Ça prouve qu'avec le temps vous avez réussi à l'éduquer…

– T'as de ces idées, toi ! dit Denise en riant.

Tandis que Denise lave Kevin, Gisèle sort sa seconde enveloppe de son sac :

— C'est pour vous, dit-elle à Denise en la posant sur la commode, contre la photo encadrée de Dallas.

— Le facteur est passé ?

— Non, dit Gisèle, ce n'est pas du courrier, c'est de l'argent que je veux vous donner…

— De l'argent ?

— Écoutez : on ne va pas se mentir ou faire semblant de ne pas savoir ce qui se passe. Je ne veux pas être nourrie, logée, blanchie sans rien faire sous prétexte qu'on va se marier avec Franck. Je tiens absolument à participer. Surtout en ce moment…

Denise dévisage Gisèle :

— C'est bien.

Sortir

Lopez prend la parole devant tous les grévistes réunis dans la cour. Il revient sur l'incendie de la nuit précédente. Maintenant, il est convaincu que les ouvriers de la Kos n'y sont pour rien :

— Je suis sûr qu'il s'agit ou d'un acte criminel sans rapport avec nous ou d'une provocation, ce qui ne serait pas étonnant…

Lopez propose de publier sans tarder un démenti formel et d'essayer de joindre un maximum de journalistes pour en faire le plus large écho possible. Il ne faut absolument pas que cette histoire colle au cul des grévistes :

— Dans la situation actuelle, dit-il, ce serait un désastre que, pour l'opinion publique, grévistes de la Kos = incendiaires.

Tout le monde est d'accord avec lui.

Aussi, après avoir écarté une fois pour toutes l'hypothèse d'un repreneur, passe-t-il rapidement à l'explication de ce qu'il compte faire en tant que «médiateur» accepté par l'ensemble des parties :

— Je ne veux pas vous raconter n'importe quoi : les possibilités offertes par la loi ne sont pas nombreuses. Nous pouvons obtenir du tribunal un délai – peut-être de trois mois – pour la poursuite de l'activité et c'est à peu près tout. Alors on peut se demander : trois mois pour quoi faire ? Le problème, c'est que votre patron a disparu dans la nature. Les camarades du Midi se sont renseignés sur l'Allemand qui a tout vendu, Hoffmann. Il avait une maison à Saint-Rémy-de-Provence : je dis «avait» parce que ça aussi il l'a vendu ! Et l'agence qui s'est occupée de la transaction est infoutue de dire où il loge aujourd'hui. Quant aux Américains de Seattle qui ont acheté son holding avec la Kos au fond du panier, leur société fait partie d'une nébuleuse d'autres sociétés établies aux îles Caïmans, dans un coin où rien ni personne ne peut intervenir sur le plan du droit. Donc, pour que tout le monde me comprenne bien : c'est pas un mur que vous avez devant vous, c'est du vide ! Un grand vide, un océan de vide.

— Je peux poser une question ? demande Totor Porquet.

— Laisse-moi finir, dit Lopez, après je répondrai à tout ce que vous voudrez.

Il y a des murmures puis le silence revient. Lopez reprend :

— Bon, maintenant, ce que je vais vous dire va vous faire grincer des dents mais je veux que vous m'écoutiez attentivement avant de me crier dessus. Comme je le disais, d'un côté il y a du vide, de l'autre il y a, si l'on veut, l'État ; c'est-à-dire un certain nombre de mécanismes sociaux et financiers qui vont devoir intervenir pour se substituer à l'absence de patron. Nous – vous voyez, je me compte déjà dans le lot –, nous allons devoir faire avec ça : avec un liquidateur judiciaire qui a été nommé pour régler au mieux et au plus vite la question des licenciements plus celle des fournisseurs, et avec la direction départementale du travail, la chambre de commerce, l'ANPE, les associations d'aide au reclassement, la mairie et tout ce qu'on pourra mettre en branle pour s'en sortir.

– C'est avec ça qu'on n'est pas d'accord ! crie Totor Porquet qui ne tient plus en place. Notre problème, c'est pas de sortir, c'est de rester !

Totor fait un succès : rires, applaudissements, approbation aux cris de « oui, il a raison ! », « si c'est pour nous faire sortir que t'es là, tu peux rentrer chez toi ! », « qu'ils commencent par faire dégager les flics, ils schlinguent ! ».

Lopez laisse passer l'orage. Ça ne l'impressionne pas :

– OK, dit-il, vous ne voulez pas sortir et je vous comprends. Je suis absolument d'accord avec vous. Je trouve ça aussi dégueulasse que vous, ça me révolte autant. Maintenant, la question est de savoir si on a le choix et le choix de quoi. Et là, je pense que nous ne sommes plus d'accord. Moi, je suis convaincu que l'affaire est déjà réglée : je vous le répète, la Kos ne reprendra pas et il n'y aura pas de réindustrialisation du site. Le croire, c'est croire au Père Noël. Le choix n'est donc pas entre fermeture et réouverture mais entre fermeture et fermeture. C'est-à-dire entre deux niveaux de départ : un bon et un mauvais. Le mauvais, c'est à coup sûr celui qui se ferait après avoir laissé pourrir la situation jusqu'à ce qu'elle pue tellement que des vidangeurs soient appelés pour tirer la chasse. Je n'ai pas besoin de vous faire un dessin… Au contraire, le bon départ c'est celui qu'on doit et qu'on peut négocier dès aujourd'hui avec les partenaires sociaux en se disant que le temps que l'on va consacrer à ces négociations n'est pas du temps perdu, du temps pourri, c'est du temps qui joue pour nous. Alors que si on laisse pourrir, le temps jouera contre nous…

Anthony intervient :

— Faudrait peut-être commencer par arrêter d'appeler les patrons ou ceux des ministères des «partenaires sociaux » ! Ce ne sont pas nos «partenaires», ce sont nos «adversaires sociaux », nos ennemis.

Rudi s'en mêle :

— La négociation que tu proposes, elle est à sens unique. Comme tu l'as dit : c'est déjà réglé. Et c'est réglé au-dessus de nos têtes, en dehors de nous. La négo, c'est pour y mettre les formes. C'est pour faire semblant de s'échanger des coups mais en prenant soin de ne pas se faire mal. C'est une sorte de combat rituel. C'est comme le catch à la télé. Chacun fait et dit ce qu'on attend qu'il fasse : les syndicats, le patronat, les pouvoirs publics. C'est pour la galerie.

— Oui, c'est pour la galerie ! appuie Luc Corbeau. Moi, je serai jamais chômeur ou RMIste ! J'aime mieux qu'on foute le feu à nos barricades et tout faire péter !

— C'est du flan ! lance un autre. Si tout le monde est viré tu verras ce qui va se passer : d'une, les suicides et les divorces vont grimper. Deux, d'autres se mettront à battre leurs gosses tellement ça les rendra dingues d'avoir plus rien alors qu'ils n'ont commis aucune faute et qu'ils ont tout donné pour cette putain de boîte !

— Négociations : piège à cons ! dit un troisième.

Pignard veut lui demander s'il se croit encore en 68, mais Lopez ne lui laisse pas la parole :

— Si c'est ça que vous pensez, dit-il, si c'est ça que tout le monde pense, je crois que je n'ai rien à faire ici. J'ai trois enfants, si votre idée c'est de tout faire sauter, j'aime autant être le plus loin possible. Je reviendrai pour les obsèques jeter des fleurs sur vos tombes…

Pignard ne veut pas que ça dégénère :

– Arrêtons de nous balancer des trucs à la tête ! Ça ne mène nulle part.

Lamy est d'accord :

– Si on veut un médiateur c'est justement pour éviter ce genre de conneries. La Kos doit parler d'une seule voix et moi je suis pour qu'on s'assoie le plus vite possible autour d'une table. Plus on tarde, plus on risque de se retrouver devant des caisses vides.

Mme Roumas, au nom de FO, se sent obligée de dire quelque chose :

– Je propose que les membres de l'intersyndicale et M. Lopez se réunissent pour faire l'inventaire de nos revendications et que, dans une heure ou deux, on vienne vous en rendre compte. Quand le liquidateur judiciaire sera là, ce sera trop tard pour accorder nos violons. C'est lui qui les accordera pour nous…

– Il n'est pas encore là ! crie Totor Porquet.

Mais Mme Roumas met aux voix sa proposition et son cri se perd dans les discussions qui s'élèvent aussitôt.

AGS

Lopez, Mme Roumas, Lamy et Pignard s'isolent au bobinage, dans une réserve, autour d'une grande table.

– Vous savez ce que c'est un liquidateur ? demande Lopez. Faut pas se laisser abuser par le titre. Quand une entreprise dégringole, le liquidateur c'est le type qui vient, qui fait le tour du propriétaire pour voir tout ce qu'il peut vendre pour payer les fournisseurs : les machines, les stocks, la matière première… Plus il en trouve, plus il en vend, plus il est content : il est payé au pourcentage. Les salaires, les primes, il n'en a rien à foutre, ce n'est pas son problème, il y a une caisse spéciale pour ça. Lui, il est là pour régler la paperasserie, ensuite ce n'est plus son problème. Il n'est pas là pour relancer l'activité ou en trouver une de remplacement. C'est un croque-mort. Je dis ça pour qu'on ne se trompe pas de cible.

— C'est qui la cible ? demande Lamy.

Lopez marque un temps :

— J'en vois deux, dit-il. Je pense que le préfet servira à fédérer tout ce qu'il y a d'officiels dans le dossier : la municipalité, le département, la région, la chambre de commerce, la direction du travail, etc. C'est lui qui parlera pour eux. Et l'autre, je ne sais pas sous quelle forme, ce sera le ministère. Ils enverront quelqu'un…

— Et alors ? demande Mme Roumas, qui s'impatiente.

— Alors ces deux blocs n'ont pas nécessairement les mêmes buts ni les mêmes intérêts : l'État va faire pression pour que tout soit réglé sur un plan local, avec les ressources locales et, au contraire, les locaux voudront que ce soit l'État qui s'engage et règle la question sociale et sa facture. Ça veut dire qu'il va falloir naviguer au plus serré entre les deux pour obtenir le maximum…

— Tout ça c'est théorique, dit Lamy. Je crois plutôt que le liquidateur, comme son nom l'indique, va liquider tout ce qu'il peut liquider, et quand il se sera payé, qu'il nous laissera nous partager les miettes qui resteront sur la table pour solde de tout compte.

— Tu déconnes, dit Pignard. Lopez t'a expliqué, le liquidateur s'occupe pas de nous, pour ça il y a la… Comment ça s'appelle déjà ?

— L'AGS, dit Lopez.

— C'est ça : l'Agence garantie des salaires… Ce sont eux qui vont nous payer, c'est un organisme public. Mais les salaires en retard c'est une chose, l'autre ce sont les « mesures d'accompagnement » comme ils disent.

Mme Roumas approuve :

— C'est sur ça que nous devons avoir une idée claire et nous y tenir une fois que tout le monde sera d'accord…

– Je vous remercie, dit Lopez. C'est exactement à ça que je voulais en venir.

Pignard abat ses cartes le premier :

– Au nom de la CGT, voilà ce que je propose après en avoir discuté avec les gars : un, reclassement de *tous* les employés de la Kos ; deux, maintien du niveau de salaire actuel dans les emplois de reclassement ; trois, prime exceptionnelle de vingt mille euros pour tous pour tenir le temps que les mesures soient mises en place…

– Tu rêves ! dit Lamy. C'est complètement irréaliste. Rien que sur un point c'est infaisable : on ne peut pas parler de *tous* les employés de la Kos. Il faut tenir compte des différences : âge, nombre d'années dans l'entreprise, fonction, etc.

– Oui, dit Mme Roumas, regardez, rien que les femmes comme moi, entre quarante et cinquante ans qui sont souvent depuis vingt ans ou plus ici, comment voulez-vous les reclasser ? Elles ne peuvent pas être traitées comme les apprentis en contrat formation, par exemple…

Pignard repousse ces arguments :

– Ça, c'est ce que vont nous dire les patrons, les fonctionnaires. Ils vont commencer par nous découper en rondelles, faire des catégories, des sous-catégories, des sous-sous-catégories qui nous transformeront en hachis Parmentier. Depuis Louis XIV on sait faire ça : diviser pour régner. Alors : ou on est capables de dire la Kos c'est tout un ou on n'est pas capables de le faire et c'est chacun pour soi…

La discussion tourne au vinaigre.

Entretien

Behren et Mikaël Poliveau, le journaliste de *La Voix* qui a remplacé Florence, sont attablés à la terrasse du *Cardinal* pour une interview.

— Vous allez vous présenter aux législatives ? demande le journaliste, un grand gars, un peu empâté et rose comme un poupon.

— Je n'ai pas pris de décision…

— Vous la prendrez quand ?

— Si je le savais…

Poliveau attaque sous un autre angle :

— Vous n'allez plus à la Kos ?

— Qu'est-ce que vous voulez que j'y fasse ? Des vandales ont saccagé les bureaux, d'autres (ou les mêmes) ont foutu le feu dans des ateliers. Vous avez vu les barricades à toutes les entrées ? Je ne vois pas pourquoi j'irais me fourrer dans ce guêpier…

— Qui dirige la Kos au jour d'aujourd'hui ?

— Qui la dirige ? ricane Behren. Après le dernier plan social, la direction de la Kos, c'étaient trois cadres : Format, Rouvard et moi… Format, comme vous le savez, a disparu à l'étranger, Rouvard poursuit la chimère d'un repreneur ou d'une société coopérative avec les ouvriers – c'est pour ça qu'il s'incruste à l'intérieur, pour préserver à tout prix l'outil de travail –, et moi qui suis resté seul aux commandes jusqu'au maximum de ce que je pouvais faire…

— Et vous ne pouvez plus rien faire ?

— Un liquidateur judiciaire a été nommé, je l'attends, je rentrerai à la Kos avec lui pour lui remettre tous les documents qui lui seront nécessaires et je le laisserai faire son boulot. Vous savez, je n'ai pas d'intérêts particuliers dans la Kos : je suis un cadre supérieur mais un employé comme les autres. Je vais être officiellement licencié. Je pourrai faire valoir mes droits, mais c'est tout...

— Et sur le plan politique ?

— Quoi, sur le plan politique ?

— Vous êtes aussi un élu. Dans une affaire comme celle-là, les politiques ne peuvent pas rester en dehors...

— Les politiques, comme vous dites, ne peuvent rien, monsieur Poliveau. Les politiques vont ramasser les pots cassés et les emballer dans un joli papier de soie pour éviter de dire trop clairement à leurs électeurs que ce sont eux qui vont payer pour une faillite industrielle. Dans un cas comme le nôtre, il faut comprendre une chose : le contribuable, sans être l'employeur, joue le rôle du financier.

— Vous connaissez la blague ? dit Poliveau. Le bon capitaliste empoche les bénéfices et mutualise ses pertes...

— Je ne sais pas d'où vous sortez ça mais il y a du vrai. Hoffmann est parti avec son magot et l'État va payer.

— Vous trouvez normal que l'État se substitue aux chefs d'entreprise ?

— En règle générale, bien sûr que non ! Mais là, il ne va pas pouvoir faire autrement, affirme Behren.

Poliveau s'étonne :

— Vous êtes sûr qu'il n'y a aucune chance de contraindre ceux qui l'ont bradée à le faire ?

— Les fantômes ne sont pas solvables...

Poliveau note la formule.

— Vous voyez comment l'évolution de la situation ?

Behren réfléchit un instant :

— Tout dépendra de la place qu'occuperont les « durs ».

— Les « durs » ?

— Oui, dit Behren, il y a une bande d'excités à la Kos qui ne veulent pas entendre parler de quoi que ce soit, qui sont prêts à tout, des desperados, des kamikazes...

— Vous les connaissez ?

— Bien sûr que je les connais !

— Vous pensez que c'est eux qui ont mis le feu à la maison de Format ?

Poliveau a un petit sourire :

— Je ne vous demande pas de noms. Je ne suis pas un flic. Juste votre sentiment…

Behren préfère se taire. Poliveau reprend :

— Vous croyez que ces gens-là peuvent peser sur la négociation ?

— Leur but n'est pas de peser sur la négociation, c'est d'empêcher toute négociation. Pour eux il n'y a pas d'alternative : ils veulent un emploi, rien d'autre. Ce qui me fait craindre le pire, c'est qu'à un moment donné, dans très peu de temps si vous voulez mon avis, ils vont réaliser que ce « rien d'autre » c'est une impasse, une voie sans issue qui sent la pisse et les poubelles. La Kos ? Elle n'existe plus, même si les murs sont encore debout. Un repreneur ? Il n'y en a pas et il n'en viendra pas. Des emplois ? Il n'y en a plus. Dans le département, il ne reste que quatre ou cinq usines dignes de ce nom, et deux sont d'ores et déjà menacées. Qu'est-ce qu'il y a à l'horizon pour les employés de la Kos ? Au mieux une prime de licenciement qui leur laissera un an devant eux pour voir venir…

— Vous êtes très pessimiste…

— Pas vous ?

Moutons

Pour les gars de la CGT, Pignard résume les points d'accord et de désaccord avec les autres syndicats afin de trouver comment rapprocher les positions.

Ça part de tous les côtés : pour les uns, c'est la prime

qui compte, pour les autres il n'y a que le reclassement qui les intéresse, pour les derniers c'est tout et n'importe quoi tant ils sont désemparés…

— Si on touche vingt mille euros, moi je m'achète une BM ! dit l'un.

— Putain, la frime ! dit un autre.

— Qu'est-ce que c'est que vingt mille euros pour eux ? Tu te laisses acheter pour ça ? Moi, je te dis, qu'ils aillent se faire enculer avec leurs vingt mille euros ! C'est de la merde, dit un troisième.

Anthony ne veut plus chicaner. Il en a marre. Il envoie tout le monde au diable et s'éloigne à grands pas :

— J'en peux plus d'entendre toutes vos conneries ! Moi, ça fait huit ans que je suis ici. Je suis entré à sept cent cinquante euros et maintenant j'en gagne mille deux cents, c'est-à-dire des cacahuètes. Et pour ça, j'ai tout sacrifié. J'ai renoncé à toute augmentation de salaire, j'ai abandonné mon treizième mois, toutes mes primes et maintenant vous croyez que je vais me barrer parce qu'un type claque des doigts et me dit : c'est fini, dégage ! Jamais de la vie !

Rudi lui court après :

— Attends, merde, t'emballe pas !

— T'es pas d'accord ?

— Non, je ne suis pas d'accord.

— Tu crois que ça va nous mener où ces discussions : prime pas prime, reclassement pas reclassement, formation pas formation, acheter une bagnole ou partir en voyage ?

Rudi prend Anthony par le bras et l'entraîne à l'écart :

— Je peux te raconter quelque chose ?

— Une connerie ?

— Un truc que Varda a dit à ma femme…

Anthony grogne :

— Sincèrement, Rudi, j'en ai rien à battre de ce que Varda raconte à ta femme…

– T'emballe pas, écoute-moi. Varda a raconté que sur le chantier, pour être tranquille, elle allait pisser derrière la réserve où sont enfermés les explosifs…

– C'est ça que tu voulais me raconter ?

– Oui.

– Je crois que tu dérailles grave, dit Anthony. Qu'est-ce que tu veux que ça me foute de savoir où Varda va pisser ? Qu'est-ce que tu veux que je fasse ? Que j'aille la tenir ?

Rudi soupire :

– Tu ne m'as pas écouté…

– Qu'est-ce que t'as dit que j'ai pas écouté ? demande Anthony, agressif.

– J'ai dit qu'elle allait derrière la réserve où sont enfermés les explosifs…

– T'as peur qu'elle fasse tout péter ? ricane Anthony. C'est vrai qu'avec le cul qu'elle a…

– Que t'es con ! dit Rudi.

– Quoi ?

– Je pense que le cul de Varda c'est un signe du ciel.

– Ah putain ! gémit Anthony, en se tenant le front.

Rudi le désespère. Mais quand Rudi a une idée en tête…

– Je pense, dit-il, qu'on devrait nous aussi faire une petite virée du côté de la cabane aux explosifs…

Anthony percute enfin :

– Tu veux aller en piquer ?

Rudi se passe la main dans les cheveux.

– Je suis comme toi : moi non plus je ne veux pas me laisser faire, moi non plus je ne veux pas me faire foutre dehors parce que c'est comme ça et pas autrement. Justement, je crois qu'il peut y avoir un « autrement ». Et cet « autrement », ça passe par le chantier…

– Vas-y, dit Anthony redevenu calme, raconte, tu commences à me plaire…

Rudi sourit :

– Pour que la fermeture se fasse en douceur, il va y avoir une négociation entre les syndicats, les pouvoirs publics et le médiateur qui servira à arrondir les angles. OK ? Comme le dit Lopez, ça, c'est réglé. C'est sur les rails. Mais pour qu'une négociation soit équitable – t'es d'accord ? – il faut qu'il y ait deux parties de forces égales, comme au bras de fer. Aujourd'hui c'est pas le cas. On ne tire pas dans la même catégorie. Nous, on n'a rien, eux, ils ont tout : le temps, le fric, la loi... Alors j'ai pensé à un moyen de rétablir l'équilibre.

– Boum boum ?

Pour Rudi, c'est l'évidence même :

– On va piquer ce qu'il faut cette nuit sur le chantier, on en place autour de toutes les machines et des produits chimiques et demain matin on dit : nous sommes prêts à discuter, mais sur la base de ce qu'on demande, nous, pas sur la base de ce que vous nous proposez. Vous ne voulez pas ? On fait sauter une machine. Vous ne voulez toujours pas ? On en fait sauter une autre...

– Les flics nous tomberont dessus avant.

– Les flics ne bougeront pas. Ce serait trop dangereux. L'usine est classée...

– C'est quand même vachement risqué...

– Réfléchis, dit Rudi, on a joué tout le répertoire qu'on connaît : grève, occupation, séquestration, manifestation, pétition et ron et ron petit patapon. Pour obtenir quoi ? Rien : la porte. Alors moi je dis qu'il faut sortir du répertoire. En sortir vite et fort...

– T'as raison, dit Anthony, soudain très convaincu. T'as foutrement raison ! Merde ! C'est ce qu'il faut faire ! C'est ce qu'on va faire. Ah putain, Rudi, on ne va pas se laisser saigner comme des moutons !

Le liquidateur

M. Mahiot, le liquidateur, se présente à l'entrée de la Kos accompagné de Behren et de Mikaël Poliveau qui veut suivre ça de près. M. Mahiot a aussi convoqué un huissier pour faire établir un constat au cas où il serait empêché de pénétrer dans l'entreprise. Il est très calme, très professionnel, ce n'est pas la première fois qu'il remplit sa mission dans des conditions difficiles :

– Une entreprise qui n'existe plus adossée à aucun groupe industriel : je suis tout à fait conscient que les employés de la Kos sont dans le pire cas de figure qui soit, déclare-t-il à Mikaël Poliveau, en lui demandant de ne pas reproduire ses propos.

Behren frappe du poing sur la petite porte en fer à droite des grilles de l'entrée principale :

– C'est M. Behren !

Le gendre de Pignard, posté en hauteur pour prévenir toute tentative des CRS, donne le feu vert :

– OK, c'est bon !

Franck, de garde, entrouvre :

– Qu'est-ce que vous voulez ?

– Je dois remettre à M. Mahiot un certain nombre de documents, dit Behren, présentant le liquidateur. Nous voulons entrer…

– Nous aurons aussi besoin d'inventorier le site, ajoute M. Mahiot.

– Attendez là, dit Franck. Je vais demander…

Il referme la porte.

Quelques instants plus tard il revient encadré par Lopez, Pignard et Mme Roumas.

L'huissier rebrousse chemin, le liquidateur entre à la Kos.

Jouets

Varda a quelque chose à dire à Dallas. Quelque chose qu'elle a sur le cœur et qu'elle ne peut pas cacher plus longtemps. Ça la mine, ça la bouffe. Elle cauchemarde. Elle se réveille au beau milieu de la nuit, en nage. Elle parle toute seule. Elle se répète les phrases qu'elle doit prononcer comme une récitation à débiter en y mettant le ton. Enfin, elle se décide, après avoir pris une douche.

— Allez zou, j'y vais, dit-elle à voix haute.

Devant le miroir de sa salle de bains, elle pense à ce que son grand-père lui disait toujours pour l'encourager à faire ce dont elle avait peur :

— Vas-y, qu'est-ce que tu risques ? Ça ne te fera pas un deuxième trou au cul...

Varda débarque chez Dallas, le casque de son scooter sous le bras, les cheveux encore humides. Elle apporte des cadeaux pour les petits, un mini-mouton en peluche pour Ève, un super camion jaune avec un feu clignotant pour Kevin.

— Qu'est-ce qui te prend, c'est pas Noël ? dit Dallas, avec aigreur.

Varda est cueillie à froid :

— Noël ou pas, je peux quand même offrir des jouets à mes filleuls !

— Tu crois que je ne peux pas en acheter moi-même ?

— J'ai pas dit ça.

— Je peux très bien acheter des jouets à mes enfants...

Varda fait un pas en arrière :

— Eh, t'es dingue ? Tu deviens complètement parano.

— Qu'est-ce que j'ai encore fait ?

— J'arrive avec le sourire, j'ai des jouets pour les gosses et tu m'engueules.

– Je t'engueule pas. Je te dis « merci pour eux », mais j'ai pas le temps de bavarder.

Dallas, habillée, maquillée, veut partir :

– Il faut que j'y aille.

Varda ne bouge pas d'un centimètre.

– Attends, dit-elle, j'ai quelque chose à te dire.

– Varda, sois gentille, je n'ai pas la tête à écouter une leçon de morale ou des conneries. Si tu savais ce que j'ai sur le dos…

– Deux minutes, réclame Varda.

Dallas soupire :

– OK : je n'ai pas été très sympa, je m'excuse, c'est très gentil de penser à Kevin et à Ève, je suis sûre que ça va leur faire vachement plaisir. Excuse-moi, mais j'ai trop de trucs…

Elle répète :

– Excuse-moi. Tu ne m'en veux pas ?

– Je pars, dit Varda.

– Moi aussi, dit Dallas. Allez, allons-y. Tu vas sur le chantier ?

– Je quitte Raussel.

– Hein ?

– Je quitte Raussel, redit Varda d'une voix ferme.

– Comment ça, tu quittes Raussel ?

Varda émet un petit sifflement tellement les mots se coincent dans sa gorge.

– Serge et moi, on s'en va, articule-t-elle enfin.

Puis, tête basse, souffle court, elle continue :

– Ça fait huit jours que je le sais, huit jours que je veux te le dire et que je n'y arrive pas : voilà, Serge est embauché pour devenir directeur technique de deux usines au Vietnam…

– Au Vietnam ? répète Dallas, incrédule.

– Oui, au Vietnam…

– Et vous partez là-bas ?

Varda hoche la tête :

– Tu sais où c'est le Vietnam ?

– En Chine ?

– Oui, c'est dans ce coin-là…

Varda grimace :

– Tu sais, la Kos, pour moi c'est fini depuis un bout de temps, et pour Serge ce sera fini demain ou après-demain… De toute façon, d'après lui, il n'y a plus aucune chance que ça reprenne. Tout va être liquidé…

C'est Dallas, maintenant, qui ne trouve plus ses mots :

– Tu vas partir longtemps ?

– Je ne sais pas, avoue Varda. Un an, cinq ans, toujours… Rien ne nous retient ici.

Voyant Dallas se décomposer, Varda se reprend :

– Je ne veux pas dire ça ! Bien sûr que toi, tu me retiens, que les petits me retiennent, vous êtes mes chéris, mes amours. Mais tu me comprends : avec Serge, si on ne se tire pas pour faire quelque chose ensemble, dans un an on est divorcés. Je ne veux pas que ça m'arrive. Je ne veux pas faire comme mes parents…

– Je comprends, dit Dallas, assommée.

– Qu'est-ce que je peux espérer ici ? Rien. Quand le chantier sera fini, si je ne me suis pas fait violer avant par les types qui bossent là-bas ou devenue la pute de service pour augmenter mon salaire, je serai à nouveau chômeuse. Je n'ai pas d'enfants…

Dallas ne la laisse pas aller plus loin, elle prend Varda dans ses bras :

– C'est génial ! dit-elle, s'enthousiasmant à grand bruit. C'est super ! T'as raison, partir, c'est ce que t'avais de mieux à faire ! C'est super génial !

– C'est vrai ?

– Je le disais encore à Gisèle, si je pouvais en faire autant, je n'hésiterais pas une seconde…

Varda sourit, libérée d'un grand poids :

– Tu peux pas savoir comme ça me fait plaisir ! J'avais tellement peur de te le dire !

– Peur de quoi ?

– Je ne sais pas. J'avais peur, c'est tout. J'avais peur
que tu me foutes à la porte. Que tu me dises : si tu veux
partir, pars, fous le camp et ne reviens jamais !

– Tu me connais mal. Je ne te dirai jamais un truc
pareil…

– Je sais, dit Varda. Je suis vraiment conne, hein ?

Elle embrasse Dallas, un baiser, deux baisers, dix baisers :

– Tu te souviens : « T'es la personne que j'aime le plus
au monde… » Quoi qu'il m'arrive, tu le seras toujours.
Toi et moi, c'est pas le Vietnam qui pourra nous séparer…

– Ça ne peut pas nous séparer, reprend Dallas en écho,
d'ailleurs on ne sait même pas où c'est. C'est nulle part le
Vietnam, c'est ailleurs !

Elles rient. Dallas demande :

– Tu m'écriras ?

– Bien sûr que je t'écrirai…

– Jure-le.

– Je t'écrirai, jure Varda en posant ses lèvres sur les
lèvres de Dallas, à la russe.

Varda et Dallas restent un moment serrées l'une contre
l'autre, joue contre joue, poitrine contre poitrine, puis
Dallas se détache doucement :

– Vas-y si tu dois y aller, dit-elle en ouvrant la porte.
Moi, faut que je passe là-haut, l'émotion, ça me tord toujours les boyaux…

Varda partie, porte close, Dallas monte quatre à quatre à
l'étage. Elle s'enferme dans les toilettes, tombe à genoux
et, la tête dans la cuvette, laisse échapper un long râle
de douleur, un cri venu du plus profond d'elle-même.

Pas de larmes, pas de nausée, un cri qui lui déchire la
tête.

Tableau

Dallas arrive chez le Dr Kops avec une demi-heure de retard, mais qui pourrait s'en apercevoir ? La femme du médecin est dans sa chambre, invisible, et Kops s'est endormi sur le canapé en lisant le journal. Il fait la sieste.

Dallas passe une blouse d'un bleu froid et commence par la cuisine…

Deux heures plus tard.

Dallas frappe discrètement et entre dans le cabinet du Dr Kops, installé à son bureau, en train d'écrire :

— Excusez-moi, dit-elle, je m'en vais…

— Très bien, Dallas, merci. Au revoir. Vous venez vendredi ?

— Oui.

Dallas prend son courage à deux mains :

— Je peux vous montrer quelque chose ?

— Un bobo ?

— Non, dit Dallas.

Kops lui fait signe d'entrer et se lève à sa rencontre :

— Qu'est-ce que vous voulez me montrer ?

— Ça, dit Dallas, en soulevant le tableau peint par son grand-père, l'homme et l'enfant dans les bois.

Après le départ de Varda, quand elle s'est calmée, ça lui a paru évident : elle a décroché le tableau pendu au-dessus de la cheminée, l'a fourré dans un grand sac plastique et l'a emporté avec elle, bien décidée à s'en débarrasser pour de l'argent…

Kops prend la toile et se tourne de manière à l'examiner à la lumière :

— C'est pas mal du tout, dit-il. C'est très étrange. Il y a quelque chose de Daumier ou de Picasso première

période, comment dire ? On sent que ce n'est pas anec-
dotique, que celui qui a peint ça a peint quelque chose
d'important pour lui, de très profond... Qui l'a peint ?

— Mon grand-père.

Kops laisse échapper un sifflement admiratif :

— Pas mal. Pas mal du tout...

— Vous voulez l'acheter ?

— Pardon ?

— Je veux le vendre, dit Dallas. Si ça vous plaît, je préférerais le vendre à vous que le laisser chez un brocanteur...

— Pourquoi le vendre ? demande Kops. Je vous assure,
c'est une belle toile. Vous devriez la garder, surtout si
c'est votre grand-père qui...

— Rudi ne l'aime pas, ment Dallas. Il dit qu'un jour il
ira la jeter dans la rivière. Moi non plus je ne l'aime pas
beaucoup. C'est vrai que c'est bien peint, mais j'aime
mieux le moderne...

Kops regarde à nouveau la toile et regarde Dallas. Il
ne croit pas un mot de ce qu'elle vient de lui dire :

— Vous avez besoin d'argent ?

Dallas ne répond pas, elle a honte. Elle rougit, se
détourne...

— Non, c'est pas ça, je...

— Je vous l'achète, coupe Kops, sentant que c'est ce
qu'il doit dire. Mais j'y mets une condition...

— Laquelle ?

— Si un jour vous voulez la reprendre, vous promettez
de me le dire et je vous promets de vous la rendre...

Finissage

Dallas file à la Kos, le cœur léger, un petit sourire aux
lèvres, comme si elle défilait dans Raussel à la tête des

majorettes, applaudie par tous ceux qu'elle croise. Avec les trois cents euros de Gisèle, les deux cents du tableau ajoutés aux deux cents autres obtenus en avance sur ses heures de ménage, Dallas a de quoi rembourser la banque et parer au plus pressé. Elle a fait face. Elle assure. Elle est contente d'elle.

— Laisse-moi entrer, dit-elle à un des jeunes de faction devant la seule entrée praticable, je viens voir Rudi.

— Faut que je demande.

— Tu déconnes ?

Le jeune lui claque la porte au nez.

— Espèce de petit con ! Connard ! crie Dallas en donnant des coups de pied dans la tôle. Mais t'es taré ou quoi ?

La porte se rouvre :

— Rudi est au local sécurité, dit le jeune, s'écartant pour laisser entrer Dallas.

Dallas le bouscule.

— Petite bite ! dit-elle, assez fort pour que ses copains l'entendent.

Ils se marrent.

Dallas file sans se retourner. Rudi sort du local sécurité le front soucieux :

— On est en pleine discussion.

— J'ai trois choses à te dire...

— Alors dépêche.

— Varda et Serge lâchent Raussel, ils partent au Vietnam. Serge a trouvé du boulot là-bas...

Rudi avoue qu'il le savait.

— Serge me l'avait dit mais Varda ne voulait pas que je t'en parle. Elle voulait te le dire en premier...

Dallas, vexée d'être la cinquième roue du carrosse, hausse les épaules.

— Eh bien, ça y est, elle me l'a dit...

— Ça te fait de la peine ?

— Oui, dit Dallas, avec amertume.

Puis elle change d'idée :

— Non, dit-elle. Je trouve qu'ils ont raison : pourquoi rester ici si ça devient un désert…

Rudi l'interrompt, ils l'attendent à l'intérieur :

— Et les deux autres ?

— Les deux autres quoi ?

— Les deux autres choses que tu avais à me dire…

Dallas fait claquer sa langue dans sa bouche :

— J'ai vendu le tableau de mon grand-père. Je n'en pouvais plus de le voir au-dessus de la cheminée. J'ai mis une photo des enfants à la place…

— Tu l'as vendu où ?

— Je l'ai vendu à Kops.

Rudi ne trouve rien à redire. Il approuve d'un hochement de tête :

— T'as bien fait… Il t'a donné combien ?

— Deux cents euros…

— Pas mal, dit Rudi. Il est honnête…

Ils se taisent, le tableau ne vaut pas ça. C'est évident que Kops a fait un geste…

— C'est tout ? demande Rudi, vaguement mal à l'aise, n'osant demander à Dallas les vraies raisons de la vente du tableau, gêné, redoutant d'entendre ce qu'il sait déjà : ils sont à sec, plus qu'à sec…

— Non, c'est pas tout, dit Dallas.

— Alors ?

— Je te dis la troisième ?

— Dallas, je n'ai pas que ça à faire !

Le visage de Dallas s'éclaire :

— Je te veux ! trompette-t-elle. J'ai envie que tu me baises.

Rudi s'étrangle, regardant à droite, à gauche, pour s'assurer que personne n'a entendu :

— Tu peux pas le crier plus fort ? dit-il d'une voix assourdie. Gueule-le tant que tu y es ! Vas-y, allez, crie !

— Te fâche pas, dit Dallas. Je n'en peux plus. On ne se voit plus, on ne dort plus ensemble, j'ai l'impression que je suis en train de partir en morceaux : un bras par-ci, une jambe par-là, la tête n'importe où…

Dallas entraîne Rudi au finissage, dans son ancien atelier. Depuis l'incendie de la veille, une odeur de pneus brûlés traîne dans l'air, le feu a noirci le plafond comme un ciel d'orage.

— Entre là…

Dallas pousse Rudi dans le réduit des contremaîtres, une pièce minuscule, sans fenêtre, cernée d'étagères croulant sous les dossiers, sans autres meubles qu'une chaise et un bureau métallique. Dallas ferme la porte derrière elle. Elle s'y adosse et, sans quitter Rudi du regard, se tortille pour faire glisser son slip au bas de ses jambes. Puis, d'un geste très déterminé, elle défait la ceinture de Rudi, le déboutonne et plonge sa main entre ses jambes :

— Viens, dit-elle quand il bande.

Dallas retrousse sa robe et s'allonge sur le bureau, cuisses ouvertes, sexe offert, rayonnante et impudique comme une enfant qui joue à se montrer.

— Je suis toute mouillée…

Rudi, pantalon aux chevilles, hésite entre une terrible envie de rire et l'incroyable désir qu'il éprouve soudain pour sa femme. Dallas s'illumine dès que Rudi la pénètre en jurant :

— Nom de Dieu, j'y crois pas ! T'es dingue, t'es complètement dingue !

Elle se lâche. Ses lèvres s'entrouvrent, se ferment, cherchent l'air qui lui manque. Sa tête ballotte sur le bureau. Chaque coup de reins la sonde, la récompense. Les larmes lui montent aux yeux, l'emportent au vent de la mémoire loin, loin dans son corps capable soudain de récapituler toutes les fois d'avant. De n'en faire qu'une, immense, profonde, définitive qui l'arrache au monde ! Mais quand elle sent que Rudi va jouir lui aussi elle le repousse :

— Non !

Rudi, interdit de se trouver hors d'elle, crie :

– Mais qu'est-ce qui te prend ?

– Pas maintenant, gémit Dallas en repliant les jambes. C'est pas le moment que je tombe enceinte…

Rudi tremble :

– Merde ! Tu fais chier ! Merde !

Il empoigne son sexe comme s'il voulait l'arracher et le secoue noir de rage, de douleur :

– Merde ! Merde ! Pourquoi tu me fais un coup comme ça ?

Le temps s'arrête : Dallas voit ce qui l'entoure se décomposer pièce par pièce. Les murs jaunes, la paperasserie, le fauteuil de Skaï, la lampe déglinguée, le calendrier-réclame et sa pin-up aux gros seins, Rudi ridicule et douloureux, habillé et nu, convulsé comme un dément, les yeux clos, la bouche crispée… Dallas bascule sur le bord du bureau.

Elle se laisse glisser et sans un mot, lente, calme, religieuse, s'agenouille devant lui, envahie par un sentiment de pitié qui la surprend…

Miroir

Mickie se regarde dans la glace au-dessus du buffet de la salle à manger : Saïda est vraiment douée, la coupe est réussie et personne ne pourrait soupçonner que ses cheveux n'ont pas leur couleur naturelle. Dallas avait raison : elle aurait eu tort de s'en priver. Ça la rajeunit de ne plus laisser voir le moindre cheveu blanc. De combien ? Cinq ans ? Sept ? Dix ? Mickie s'amuse à l'idée d'avoir dix ans de moins et, à la manière d'un commissaire-priseur, elle fait monter les enchères : vingt ans de moins ! vingt-cinq ! trente ! Redevenir une jeune fille, une adolescente, une fillette, un bébé, un désir dans la tête et dans le corps de ses parents... Mickie se penche pour scruter les marques du temps sur son visage, les petites rides au coin des yeux, les cernes, la bouche qui se durcit, le menton qui n'a plus sa finesse d'avant. Elle est décidée : s'il le faut elle fera de la chirurgie esthétique et tant pis pour les vacances, Armand n'aura rien à dire. Mickie s'en fout de vieillir, mais elle refuse d'en porter les stigmates, les paupières en capote de fiacre, le cou de dindon, les poches, les taches... Il paraît que la femme de Behren est passée sur le billard. Si c'est vrai, c'est insoupçonnable. Quatre enfants et elle est superbe... Mickie se redresse, soupèse sa poitrine avec satisfaction, elle n'est pas mal non plus ! Bien des jeunes aimeraient avoir la même ! Elle se tourne pour constater que ses fesses aussi sont toujours fermes, insolentes comme dirait Armand. Mais ce n'est pas pour son mari qu'elle se garde, qu'elle se fait belle, c'est pour Rudi. Mickie voudrait qu'il soit là. Il lui manque chaque jour un peu plus. Elle a besoin de ses mains sur son corps, de son sexe dans le sien, de sa bouche sur la sienne. Elle ne veut qu'une chose, se donner, être prise, tenue au secret d'un amour qui seul donne sens à sa vie. Sans Rudi, il y a longtemps qu'elle aurait largué les amarres.

Qu'elle aurait baissé les bras...

Une grand fatigue la saisit soudain.

La tête lui tourne, ses jambes flageolent, il faut qu'elle s'assoie. Mickie se laisse tomber sur une chaise, au bord de l'évanouissement. Elle n'a plus de forces, plus d'énergie. Elle sent comme un repli en elle, une vague qui se retire. Tout lui pèse d'un poids écrasant : son licenciement, la grève, l'occupation, le comité des anciennes de la Kos, la nécessité de faire bonne figure, de ne jamais montrer la moindre trace de faiblesse, d'abandon, d'être celle qui décide, qui invente, qui ordonne...

Elle n'en peut plus.

Son sang reflue, d'un coup le froid la glace, une douleur lui scie le ventre, lente, inexorable. Elle se plie en deux, les bras serrés contre elle, la tête pendante, cherchant à repousser l'image cruelle et ironique qui la tourmente : son mari et Rudi ensemble, à la Kos, jour et nuit, alors qu'elle s'éteint de solitude.

Mickie, en peignoir, a repris force et courage. Elle téléphone à Solange, la femme de Lorquin. C'est son fils qui décroche :

— Bonsoir, Maxime, c'est Mickie. Tu me passes ta mère ?

— Bonsoir, Mickie, je l'appelle…

Quel âge peut avoir Maxime maintenant ? se demande Mickie, l'entendant crier : « Maman ! » Il doit aller vers les trente ans ? Elle se souvient d'un gros bébé, pataud, jovial, toujours habillé d'un bloomer bleu piqueté d'étoiles que sa mère adorait.

— Mickie ?

Solange a une petite voix.

— Bonsoir, ma grande !

Mickie tend l'oreille, étonnée de n'avoir qu'un silence pour réponse :

— Qu'est-ce qu'il y a ? demande-t-elle. Tu pleures ?

— C'est rien, dit Solange, je suis tellement contente que tu m'appelles…

Elle renifle :

— Alors, raconte. Je m'assois…

— Qu'est-ce que tu veux que je te raconte ?

— Tout, comme d'habitude.

— Dis-moi d'abord comment tu vas…

Solange va bien. Aussi bien que possible dans sa situation.

— Maxime et ma belle-fille sont très gentils. Je suis bien ici. Je m'occupe des enfants…

— Des quatre ?

– T'imagines ! Je n'ai pas une minute à moi…

– T'as gardé le bloomer bleu que tu mettais tout le temps à Maxime quand il était petit ?

– Tu te souviens de ça ?

– Je le vois comme si c'était hier…

– Oui, je l'ai gardé, dit Solange, un brin rêveuse. Je l'ai même essayé à Samuel, le petit dernier. Ça a fait rire tout le monde !

– Comment ça se passe pour Maxime ?

Le fils de Solange est chef d'atelier chez SMF, il est aussi délégué du personnel, conseiller municipal et président du comité des fêtes de Méneville-les-Forges, à trente kilomètres de Raussel :

– Tu le connais, dit-elle, il n'arrête pas. Et comme Cricri, ma belle-fille, n'arrête pas non plus…

– Elle a repris ?

– Elle voulait arrêter après Samuel mais, bon, c'était pas le moment…

Mickie soupire :

– Eh bien, bon courage !

La belle-fille de Solange est assistante sociale.

– Et toi ? demande Solange. Tu tiens le coup ?

– J'ai une grande nouvelle, dit Mickie.

– Tu as retrouvé quelque chose ?

– Je me suis fait faire une teinture !

Mickie est contente d'entendre Solange rire :

– Tu vois qui c'est Saïda ?

– Ta collègue qui râlait tout le temps ?

– Oui, eh bien, elle râle encore mais c'est une véritable artiste. Tu verrais ça, j'ai dix ans de moins !

– Seulement dix ?

Mickie concède :

– Cinq si tu veux…

– Je devrais en faire autant, soupire Solange. Je suis en train de devenir toute grise…

– N'hésite pas : c'est fou ce que ça fait du bien…

Elles se taisent.

— Et Armand ? demande Solange.

— On se croise… Tu sais, c'est très dur. La Kos est comme une forteresse assiégée…

— Oui, ils l'ont montré aux infos.

— Ceux qui sont dedans ne sortent plus.

— Tu tiens le coup ?

— Je suis devenue cantinière. J'ai l'impression que je passe mes journées à préparer et à porter le ravitaillement…

— Je ne te parle pas de ça…

Mickie voit où Solange veut en venir :

— De ce côté-là, c'est le calme plat. Heureusement que j'ai de la lecture parce que…

Mickie s'interrompt :

— Ah non, ne pleure pas, ma grande. Ne pleure pas…

Solange ne peut pas s'en empêcher :

— Tu peux pas savoir comme François me manque. Pourquoi il a fait ça ? Sans un mot, sans rien…

— Tu sais, tout le monde se pose la question ici et personne n'a la réponse, dit Mickie.

Solange ne l'entend pas :

— On était si bien ensemble. On riait, on faisait l'amour comme si on avait encore vingt ans. François, fallait pas lui en promettre…

— Et toi, t'es une gourmande ! dit Mickie, espérant l'arracher à sa tristesse.

En vain.

— J'ai quarante-sept ans, commence Solange, et à mon âge…

Mickie ne veut pas entendre d'âneries pareilles :

— Arrête, je t'en prie ! Tu n'es pas morte. Tu as quarante-sept ans, la belle affaire ! Tu as encore une vie devant toi. Ça va peut-être te choquer ce que je vais te dire, mais il faut que tu sortes, que tu te fasses belle, que tu te montres, que tu regardes les hommes…

– Je ne peux pas faire ça, gémit Solange. Je n'ai jamais connu d'autre homme que François. Je n'ai jamais eu envie…

– Arrête, je te dis. Tu mériterais des baffes ! Tu sais ce qu'on va faire ?

– Non…

– Dès que je peux, je viens te voir et on sort toutes les deux. Et je te promets que ça ne sera pas pour exercice !

– Tu pourrais tromper Armand ?

Mickie répond sans hésiter :

– Armand, sa passion, c'est les échecs. La mienne, c'est les réussites !

Mickie, seule face à la fenêtre noire de la cuisine, défie la nuit, une main coincée à la fourche des jambes. C'est une reine ou une folle qui monte la garde dans son donjon, bien décidée à tenir jusqu'au matin ; jusqu'à ce que Rudi vienne ou qu'elle tombe en liquéfaction, ou qu'elle pourrisse sur pied…

Sortie

Rudi et Anthony se sont évadés de la Kos par les stockages, à l'arrière de l'usine. Ils ont filé tout droit chez Varda, sûrs que Serge n'y serait pas.

– T'es sûr qu'il risque pas de nous tomber dessus ? demande Anthony.

– Sûr et certain ! répond Rudi, sonnant sans hésiter.

Varda vient ouvrir :

– Il est arrivé quelque chose à Serge ? demande-t-elle, alarmée.

Rudi la rassure :

– T'inquiète, il garde la boutique.

— Il est là-bas ?

— Où veux-tu qu'il soit ?

— On veut te parler du chantier, dit Anthony, forçant Varda à les laisser entrer.

Varda sert à boire aux deux hommes installés sur le canapé. Il fait chaud. Elle porte une sorte de pyjama trop grand qui flotte autour d'elle. Elle vient de prendre une douche. Ses cheveux sont encore humides. Elle sent la noix de coco. Rudi et Anthony veulent tout savoir du percement du tunnel : où en sont les travaux ? qui fait quoi ? comment c'est organisé ? le jour, la nuit ? la surveillance ?

Varda est formelle :

— C'est gardé, je vous le dis : la nuit, il y a un vigile avec un chien. Ils sont pas fous. Il y a une cabane pleine d'explosifs… Pourquoi vous me demandez ça ?

— Ne pose pas de question, dit Rudi. Réponds-nous, c'est tout ce que je te demande…

— Pourquoi Serge n'est pas avec vous ?

— On n'a pas besoin de lui…

Rudi reprend Anthony :

— Il est plus utile à la Kos.

— Vous allez faire des conneries ?

— On va faire ce qu'on a à faire, dit Anthony, qui en a marre de tourner autour du pot.

Rudi revient à la charge :

— Tu sais comment il s'appelle le vigile ?

— Non.

— Et son chien ?

— Comment veux-tu que je le sache ?

— Avec ça on est bien avancés…

Varda réfléchit :

— Ce que je sais, c'est qu'il est pas dehors tout le temps. Il fait des rondes à heures fixes, c'est moi qui pointe ses relevés. Entre deux, il est dans l'Algeco où je travaille. Je le sais, parce que le matin je trouve toujours des trucs dans la corbeille…

Rudi se lève et serre Varda dans ses bras :

— Toi, si j'avais le temps, tu mériterais que je m'occupe de ton cas !

Chantier

Tous feux éteints, Anthony gare sa voiture suffisamment loin du chantier pour que personne ne puisse ni la voir ni l'entendre, et suffisamment près pour qu'ils aient le temps de se replier en quatrième vitesse au cas où… Rudi descend aussitôt et les deux hommes se dirigent vers une petite butte caillouteuse sans échanger le moindre mot.

La nuit est claire.

Ils savent où ils vont, ce qu'ils ont à faire. Rudi et Anthony emportent deux longues pinces coupantes et un pistolet à clous, pas d'autres outils. Ils rejoignent rapidement le point qu'ils visaient, une hauteur qui domine le chantier. De là, ils ont une vue plongeante sur tout le site, sur les stockages, sur l'ouverture du tunnel, sur les engins de terrassement, sur l'Algeco et, environ dix mètres sur sa droite, sur le cabanon ceinturé de barbelés où sont entreposés les explosifs.

Leur attente n'est pas longue.

Très vite, ils aperçoivent le faisceau d'une lampe torche qui balaye le sol et apparaît au coin de l'Algeco. C'est le vigile qui achève sa ronde à l'heure exacte indiquée par Varda ; son chien, tenu en laisse, marche à ses côtés.

— Le voilà, souffle Anthony.

— Allons-y, dit Rudi.

Le vigile fait entrer son chien dans l'Algeco, entre et referme derrière lui.

Rudi et Anthony se précipitent, dévalant la butte chacun d'un bord pour prendre la baraque en tenaille. Le chien se met à aboyer. Rudi plonge à couvert derrière un alignement de poutrelles métalliques. Anthony l'imite. Il s'allonge d'urgence sous un bull garé là. La porte de l'Algeco s'ouvre. Le chien aboie de plus belle. Rien ne bouge. Le vigile, une serviette de table coincée dans sa vareuse d'uniforme, fouille la nuit de sa lampe torche. Il ne voit rien. Regarde, regarde encore. Finalement, il renonce :

– Tais-toi, Bébé, tu vois bien qu'il n'y a personne !

Le chien grogne et finalement se tait. Le vigile retourne manger. Sans avoir à se consulter, Rudi et Anthony se redressent d'un même élan. Ils sont à moins de cinquante mètres de l'Algeco.

C'est jouable.

Ils sprintent, déclenchant une nouvelle série d'aboiements de Bébé. Rudi arrive le premier. Sans hésiter, il glisse la clef que lui a donnée Varda dans la serrure de l'Algeco et ferme à double tour. Anthony, un instant plus tard, cloue le pourtour de la porte avec de gros clous cavaliers qui sortent en rafale de son pistolet. À l'intérieur, le vigile s'affole et crie :

– Bande de salopards ! Vous allez voir, bande de salopards !

Il donne de grands coups de pied dans la porte, en vain. Il tire même un coup de revolver mais sans résultat. La porte tient. Rudi et Anthony ne demandent pas leur reste. Au passage, Anthony cloue aussi la fenêtre, minuscule – mais on ne sait jamais – et ils filent tout droit vers le cabanon où sont entreposés les explosifs.

En quelques coups de pinces coupantes, ils sont à l'intérieur. Anthony met ses bras en berceau et Rudi le charge de tout ce qu'il peut trouver, dynamite, pains de plastic, détonateurs. En moins de cinq minutes, ils sont à nouveau devant l'Algeco qui résonne des cris du vigile, des aboiements de son chien et du fracas d'une chaise ou d'un bureau jeté contre la porte.

Voiture

Anthony roule à tombeau ouvert :
— Putain ! on a réussi ! Putain ! comme on l'a eu ce con et son Bébé !
— Ralentis, dit Rudi. Faudrait pas qu'on se fasse arrêter…
— Tu l'entendais gueuler comme un putois ?
— Ralentis.
Anthony lève le pied.
Heureusement.
À peine entrés en ville, ils croisent un fourgon de police, sirène hurlante qui, à n'en pas douter, roule vers le chantier. Cette rencontre, c'est la cerise sur le gâteau pour Anthony :
— Ah les cons ! Ah les cons de flics !
Il rit de bon cœur :
— Ah, j'attends de voir demain dans le journal : « Malgré une intervention rapide des forces de police, le commando – au moins cinq hommes selon le principal témoin – s'est emparé de dix kilos de dynamite et de nombreuses charges de plastique. Le vigile qui gardait cette réserve hautement sécurisée n'a rien pu faire : "Ils étaient trop nombreux, cagoulés et armés", a-t-il déclaré aux inspecteurs venus l'interroger. Pour l'instant ce vol n'a pas été revendiqué mais, d'après les premiers éléments de l'enquête, il semblerait qu'il s'agisse d'une action de l'ETA, voire des nationalistes corses. » Tous pareils : les débiles

avec leurs chiens, les flics, les journalistes... Quelle bande de cons !

Rudi ne l'écoute pas cracher sur tout ce qui passe. Il pense à Maurice, à la Résistance, aux FTP, à la lutte armée, à cette nouvelle nuit du 4 août qu'il faudrait faire pour abolir les privilèges et qui ne vient toujours pas.

Sécurité

Les explosifs sont apportés discrètement dans le local sécurité. Seule la garde rapprochée de la maintenance est dans le secret : Totor Porquet, Luc Corbeau, Hachemi et Bello dont c'est le jour de gloire. Armurier dans la Marine, il va pouvoir démontrer que ce qu'il raconte depuis des années ce n'est pas du flan, qu'il s'y connaît en plastic et en dynamite. Il prend la tête des opérations :

– C'est impec ce que vous avez piqué. J'avais peur que vous oubliiez les détonateurs ou qu'il n'y en ait pas.

– On a pris tout ce qu'on a pu, dit Anthony, toujours excité comme une puce. Si vous nous aviez vus !

Totor Porquet est hésitant :

– Vous êtes sûrs que ça ne suffit pas de faire savoir qu'on a le matos ? C'est un peu dingue de vouloir piéger toutes les machines, non ?

– Non, non, dit Luc Corbeau. Il faut qu'ils sachent qu'on ne bluffe pas. On fait ce qu'on a dit. Il faut qu'ils comprennent...

– Oui, appuie Anthony, on n'a pas pris des risques juste pour des mots !

Hachemi regrette de ne pas avoir été de l'expédition :

– Putain, ça m'aurait plu !

Chacun y va d'un souvenir de film ou de reportage télé sur le même genre d'aventure héroïque. Pendant un instant, la pièce est pleine de Rambo, de James Bond, de Douze Salopards et de Sept Mercenaires.

Rudi coupe court :

— On ne va pas passer la nuit à bavarder, hein ? dit-il à Bello. On s'y prend comment ? C'est toi le chef maintenant...

— T'as raison. On n'a pas trop de temps devant nous...

Il réfléchit :

— On va se répartir les charges par atelier. Je vais vous dire où les placer et je viendrai faire les branchements. Ce que je dois gamberger, c'est comment avoir plusieurs systèmes de mise à feu, des fois qu'on aurait de la visite, si vous voyez ce que je veux dire...

Questions

Rudi achève son labeur avant l'aube.

À nouveau, il quitte la Kos sans se montrer, sans le dire. Et, par un chemin qu'il a fait cent fois, court chez Mickie, tout enveloppé d'ombres. L'occupation, les gardes, les tracts, les AG, l'attente... Il y a longtemps que le jour, la nuit n'ont plus de sens pour lui. Il pourrait y avoir deux nuits de suite sans qu'il s'en aperçoive, ou deux jours sans nuit, ce serait pareil. Les façades des maisons éteintes défilent, plates et monotones, comme un mur ininterrompu. Il court dans une ville morte, un tombeau que les premiers rayons du soleil réveilleront à peine... Il a faim, il a envie de dormir mais ni l'appel de son estomac ni la fatigue de ses yeux ne sont assez puissants pour l'empêcher d'aller où il va. C'est plus fort que lui. Il doit y aller. Il doit voir Mickie comme s'il attendait la révélation d'un secret qu'elle seule pouvait lui dévoiler. Comme si elle ne lui avait pas encore tout dit.

Rudi trouve Mickie évanouie sur le carrelage de sa cuisine.

— Je t'attendais…, dit-elle, en lui souriant, quand elle reprend ses esprits.

Elle s'est fait mal en tombant. Rien de grave. Rudi lui caresse le front du bout des doigts :

— Tu m'attendais dans la cuisine ?

— Oui…

— Tu ne pouvais pas savoir que j'allais venir !

— Non, mais je me disais : si je l'attends, il viendra. Il y aura quelque chose qui lui dira de venir…

— Je ne peux pas te croire.

— J'étais sûre que tu viendrais.

— Comment tu pouvais…

— Je t'aime, Rudi. Je suis folle amoureuse de toi. Plus ça va, plus je t'aime…

Mickie murmure presque pour elle-même :

— Et toi ?

Rudi l'aide à se relever.

— Ne me demande pas ce à quoi je ne peux pas répondre, dit-il d'un ton cassant.

— Tu veux toujours qu'on arrête ?

— Merde, Mickie, tu ne vas pas recommencer. Si je voulais qu'on arrête, tu crois que je serais là ?

— Alors réponds à ma question…

Rudi grogne :

— Bien sûr que je t'aime, t'as pas besoin de le demander.

— Si, j'ai besoin.

Rudi se décide à la brusquer :

— Tu devrais aller te coucher, dit-il.

D'un geste ferme, il prend Mickie par le bras et la conduit jusqu'à sa chambre sans allumer ni dans le couloir, ni dans l'escalier. C'est un fantôme qu'il guide en silence. Mickie ne résiste pas à cette force qui la pousse et la tire jusqu'à son lit. Elle ne proteste pas quand Rudi ouvre les draps :

— Couche-toi.

Mickie se couche comme une enfant punie. Mais quand il rabat sur elle la couverture et se penche pour lui donner un baiser :

— J'y retourne…

Elle se jette à son cou, s'accroche, s'agrippe :

— Ne me laisse pas !

— Faut que j'y aille, Mickie, je n'ai plus le temps…

— Pourquoi t'es venu, alors, si tu dois déjà partir ?

La voix de Rudi glisse sur ses lèvres :

— Pour toi, pour te voir…

— Me voir pourquoi ?

— Je ne sais pas, avoue Rudi. Il fallait que je te voie, je ne sais pas pourquoi, je n'arrivais pas à penser à autre chose…

— Tu pensais à moi ou tu pensais à toi ?

— Sois gentille, Mickie, je ne veux pas discuter, je m'en vais…

Mickie chasse les draps et la couverture, elle se redresse :

— Non, Rudi, non, je ne veux pas.

— À quoi tu joues ?

— Je n'en peux plus d'attendre, d'être celle sur qui les autres déversent tout ce qu'ils ne peuvent pas déverser ailleurs… Si tu savais les conneries que j'ai dites à Solange, au téléphone.

Rudi s'alarme :

— Sur nous ?

— Mais non, pas sur nous…

— Sur quoi tu lui as dit des conneries ?

— J'ai fait semblant d'être très forte. Mais je ne suis pas forte. Je ne suis forte que pour dire des conneries aux autres, pour faire semblant…

Mickie ferme les yeux :

– Rudi, j'ai tellement mal. Je veux que tu t'occupes de moi.

Mickie veut empêcher Rudi de partir. Elle s'accroche à ses jambes :

– Il faudra que tu m'assommes !

Rudi ne l'écoute pas. Il crie lui aussi :

– Tu mériterais que je le fasse ! Tu es folle !

Mickie se traîne à ses genoux dans la chambre. Elle geint, appelle à l'aide, tête basse, condamnée, livrée au supplice. Rudi, raide, froid, la repousse durement. Un golem. Un monstre de pierre qui saisit par les cheveux et tire en arrière cette femme à qui il doit tant et qui s'humilie à ses pieds.

– Tu devrais te faire soigner !

Rudi s'éloigne le plus vite possible de chez Mickie. Il se sent coupable. Il tombe nez à nez avec la femme de Kops qu'il bouscule presque. Il s'arrête, saisi de la trouver en train de nourrir des chats errants alors que le jour point à peine. Elle est aussi étonnée que lui. Ses grands yeux s'écarquillent, sa poitrine se soulève d'émotion ou de peur. Rudi ne sait pas si elle le reconnaît ou s'il n'est pour elle qu'un drôle de chat dressé sur ses pattes. Il veut parler mais elle le devance :

– Vous savez, je ne vaux rien, s'excuse-t-elle, en regardant droit dans les yeux. Rien du tout…

Rudi recule, frappé en pleine poitrine :

– Non… non, dit-il avec un geste de la main pour se défendre, comme si un torrent de crasse le submergeait soudain.

Et, la saisissant aux épaules pour s'y accrocher avant d'être emporté, il lui lâche :

– C'est pour moi que vous dites ça ? Hein, c'est pour moi ?

La femme de Kops le regarde sans le voir. Elle est là, debout, fragile, incapable de comprendre ce qu'il raconte, désemparée. De qui parle-t-il ? d'elle ? de lui ? Elle veut lui poser la question mais Rudi a déjà fait demi-tour pour repartir en courant.

Mickie n'a pas bougé, recroquevillée sur le lit. Un corps à l'abandon. Une victime de guerre comme on en voit sur les photos de presse.

– Je suis là, dit-il, reprenant son souffle. Je serai toujours là...

D'un geste doux, il la force à se retourner vers lui, à le regarder. Mickie se laisse faire. Elle lui offre un visage sans larmes, apaisé :

– Je suis là, répète-t-il, approchant ses lèvres.

Elle lui sourit :

– Je sais.

Le jour coule sur elle comme de l'eau.

Il ment, oui, elle le sait désormais...

Boum boum

L'absence de Rudi n'est pas passée inaperçue. Tout le monde le cherche. Quand il réapparaît, Anthony lui tombe dessus :

– Où t'étais, merde ! Ça fait une heure que je cours partout !

Rudi bâille ostensiblement :

– J'en écrasais dans un coin, aux expéditions...

– Je suis allé, tu y étais pas !

Rudi sourit :

– J'y étais mais tu ne m'as pas vu...

Ils n'ont pas le temps d'épiloguer :

– Bello a terminé ? demande Rudi.

– Tout le monde nous attend au local...

Rudi et Anthony rejoignent la maintenance réunie autour d'une tournée de café.

— Qu'est-ce que t'en penses ? demande Totor Porquet. On se disait qu'on allait rédiger un tract et le distribuer dedans et dehors.

Rudi est d'accord. C'est ce qu'il faut faire :

— Alors, qu'est-ce qu'on met ? dit-il, prenant une grande enveloppe de papier kraft qui traîne là pour servir de brouillon.

— On met que les flics doivent dégager et plus vite que ça, dit Luc Corbeau.

— Qu'on n'est pas des mendiants ! ajoute Hachemi.

Totor Porquet pense qu'il faut commencer par dire que la Kos est prête à sauter.

— Faut dire qu'on ne veut pas de primes ni de médailles ni de beaux discours mais du travail, un point, c'est tout, dit Anthony.

Rudi lève la main :

— Attendez, je n'arrive pas à tout écrire !

Luc Corbeau ne l'écoute pas :

— Vous avez vu le liquidateur avec Behren et les syndicats, il se promenait là comme un maquignon à la foire ! C'est tout juste s'il nous regardait pas les dents et nous tâtait pas le cul pour voir combien on valait !

Totor Porquet est sur la même longueur d'onde :

— On doit dire non à la liquidation !

— Ça c'est bien, dit Bello qui n'a encore rien dit.

Il encourage Rudi à noter :

— « Situation explosive : non à la liquidation ! » Ça fait bien comprendre que si on saute, ils sautent.

Ça tombe de tous les côtés :

— Faut arrêter de se foutre des ouvriers !

— Ce sont les technocrates qui nous font crever !

— Ceux qui nous ont mis dans la merde doivent payer !

Rudi note.

— Je crois que ça suffit, dit-il, en leur demandant de se

taire. Un tract ce doit être court. Maintenant faut essayer de mettre ça en français.

— On peut le mettre en arabe aussi ! dit Hachemi.

— Et pourquoi pas en italien ? demande Bello.

— Et en flamand ! surenchérit Totor Porquet.

— On devrait surtout l'écrire en allemand et le faire bouffer à Hoffmann, grogne Luc Corbeau. Et si ça suffit pas, le mettre en américain pour les autres, là-bas, je ne sais pas où…

Ils s'excitent.

C'est bon de rire cinq minutes.

Rudi recopie au propre son brouillon. Franck ira faire les photocopies et sera chargé de distribuer le tract en ville :

— Pas besoin d'en distribuer à tout le monde, dit Rudi, une dizaine dans les bistrots, à la poste et à l'arrêt du bus suffiront pour que ça fasse le tour de la ville…

Le calme revient.

Bello remplit les gobelets en plastique de ce qui reste de café et revisse sa Thermos vide qu'il remet dans son sac. Les autres ne bougent pas, comme s'ils tenaient la pose pour un portrait de groupe. Anthony, les mains enfoncées dans les poches, l'air farouche, Hachemi, le visage épanoui d'un drôle de sourire, les yeux grands ouverts, Totor Porquet, digne, droit, un ambassadeur en visite ou un condamné devant le mur, Luc Corbeau, appuyé des deux mains sur un établi, les cheveux en bataille, prêt a mordre, et Bello qui croise les bras sur sa poitrine, le ventre en avant, et se plante devant la porte du local en sentinelle impitoyable.

Rudi relève la tête :

— Ça y est, dit-il en prenant sa feuille. Je vous le lis ?

Chaîne

Antoine Worms, CRS de la deuxième section, vient ramasser le tract lancé par les grévistes, il le transmet à son chef, le brigadier Baudolin qui, à son tour, le transmet à son collègue Maeter, l'adjoint du capitaine Pascal. Le capitaine Pascal en prend connaissance et file aussitôt jusqu'à *L'Espérance* en avertir sans délai le commandant Salon qui dort là-bas.

— Le commandant, c'est quelle chambre? demande-t-il, à peine entré dans le bar.

Raymonde, derrière son comptoir, rince des tasses pour préparer les petits déjeuners :

— Qu'est-ce qui se passe?

Pascal s'impatiente :

— Quelle chambre?

— La quatre, au premier! dit-elle en jetant son éponge dans l'évier pour ne pas la lancer sur le CRS.

Le capitaine Pascal pousse la porte qui mène aux étages :

— Préparez-nous du café!

— Jamais vous ne répondez aux questions qu'on vous pose? demande Raymonde, les mains sur les hanches.

Pascal est amusé par sa ténacité :

— Ils ont mis de la dynamite partout, dit-il en s'élançant dans l'escalier. Vos copains menacent de faire sauter la baraque, puisque vous voulez tout savoir!

Le commandant Salon et le capitaine Pascal rejoignent le véhicule de commandement. Le préfet, tiré lui aussi de son lit, est en ligne.

— Je vous faxe le tract? demande Salon.

— Lisez-le-moi d'abord.

Salon prend soin de bien articuler :

– C'est manuscrit, précise-t-il, avant de commencer sa lecture.

Il se racle la gorge :

– En gros, c'est écrit « SITUATION EXPLOSIVE » et en dessous : « En prononçant la liquidation définitive, le tribunal de commerce a jeté une bombe sur les employés de la Kos et sur toute la population de Raussel. En réponse à cette agression, en état de légitime défense, nous avons décidé de jeter nous aussi une bombe sur ceux qui veulent notre mort. Nous voulons vous avertir que toutes les machines et les stocks de la Kos sont désormais piégés à la dynamite et qu'à la moindre action contre nous, nous ferons tout sauter. »

– Attendez, dit le préfet qui comprend mal, qu'est-ce ça veut dire cette histoire de dynamite, c'est une métaphore ?

Le commandant Salon soupire :

– Ça veut dire que ce n'est plus la peine de chercher où sont les explosifs qui ont été volés cette nuit sur le chantier du tunnel… Je fais prévenir la gendarmerie.

– Nom de Dieu, souffle le préfet, il fallait que ça m'arrive… Continuez.

Salon reprend sa lecture :

– « Nous exigeons : un, le départ immédiat des forces de police ; deux, le retrait de la décision du tribunal ; trois, des propositions concrètes de reprise de l'activité à la Kos dans les plus brefs délais. »

Il marque un temps avant de lire la dernière phrase :

– « Nous n'avons pas le choix, vous non plus. »

– C'est signé ? demande le préfet.

– Non, c'est anonyme.

– Vous avez une idée de qui ça peut venir ?

– Aucune. Mais l'écriture est bien lisible et il n'y a pas de fautes d'orthographe…

614 Les Vivants et les Morts

Lopez, le médiateur, réveille Christelle Lepage, une conseillère au cabinet du ministre des Affaires sociales dont il a le numéro personnel :

— Nous allons à la catastrophe !

— Que voulez-vous que je fasse ? Je ne peux pas inventer un repreneur !

— Attendez, les types ici ne plaisantent pas. Si ça coince, ils n'hésiteront pas une seconde à tout faire sauter.

— Vous êtes sûrs qu'ils ne bluffent pas ?

— Si vous voulez venir en juger vous-même, je vous laisse ma place.

— Cette histoire de dynamite, ça vient de qui ?

— Un petit groupe, les durs des durs. Des jeunes très radicaux.

— Syndiqués ?

— Certains. Mais ils n'ont plus confiance. C'est pour ça que je vous appelle à pas d'heure. Les circuits ordinaires sont grillés.

Christelle Lepage soupire :

— J'avertis le ministre, si le préfet ne l'a pas déjà fait…

— Mademoiselle Lepage, dit solennellement Lopez, il n'y a pas une seconde à perdre.

— J'entends bien, mais de vous à moi, je ne sais pas quoi vous répondre.

— Vous devez prendre des mesures d'urgence.

— Nous avons déjà fait beaucoup. Nous pouvons réactiver les cellules individuelles de reclassement…

— Nous n'en sommes plus là : tout va sauter.

Christelle Lepage hésite avant de répondre :

— Désolée, mais quand j'y réfléchis, je n'y crois pas.

— Vous avez tort. Ces gens sont à bout.

— Ce n'est pas la première fois que nous avons à gérer une situation très tendue. Je connais bien le problème de la Kos, j'étais déjà sur le dossier au moment de l'inondation. Je crois que nous devons savoir raison garder. Le préfet va prendre des dispositions pour neutraliser les excités et nous allons en prendre pour expliquer clairement aux autres ce qui est possible et ce qui ne l'est pas.

— Ça ne suffira pas, dit Lopez.

Christelle Lepage se montre très ferme :

— La Kos n'est pas un cas unique, monsieur Lopez. Le rôle de l'État n'est pas…

La communication est coupée. Le portable de Lopez n'a plus de batterie…

Rudi fait face à une assemblée générale houleuse réunie dans le réfectoire :

— C'est très simple, crie-t-il pour se faire entendre. Ceux qui veulent quitter la Kos, quittent la Kos. Mais ceux qui restent doivent savoir que nous ne céderons pas. Nous sommes décidés à aller jusqu'au bout. S'il faut faire péter les machines une par une, nous les ferons péter ! Il n'est pas question de les laisser partir, il n'est pas question de les laisser vendre, ni les stocks, ni la matière première ! Rien. Le liquidateur peut se brosser.

Lamy monte sur ses grands chevaux :

— De quel droit tu décides de ce qu'on doit faire ou pas faire ?

— Du droit de ne pas me laisser brader par des types comme toi ! rétorque Rudi.

— T'as toujours la bonne réplique, répond Lamy. Mais tout ça, c'est que des mots. Il n'y a rien derrière. C'est du vent. C'est comme toi, tout dans la gueule et rien dans le ventre !

— Je ne veux pas discuter, dit Rudi. Si tu veux te tirer, tire-toi ! Je ne te retiens pas. Tu seras sûrement plus à l'aise avec le liquidateur et ces messieurs de la police et de la préfecture…

Lamy se tourne vers l'assemblée :

— Où vous croyez que ça va nous mener ces conneries ? Ça va nous mener nulle part ! Vous croyez que les flics vont rester les bras croisés en attendant le feu d'artifice ? Vous croyez que le préfet va sortir de sa casquette un nouveau patron avec une corbeille de billets de banque ? Vous croyez que le ministère va mettre la main à la poche ?

— Ferme-la, dit Armand. Tout ça on le sait. Moi, je suis d'accord avec Rudi. Je ne sais pas s'ils ont eu raison de faire ce qu'ils ont fait, mais en tout cas, quoi qu'il arrive, grâce à eux, on sortira d'ici la tête haute. Faut que tu comprennes ça, Lamy, maintenant on va parler d'égal à égal avec ceux qui veulent parler avec nous. Et on va parler vite et fort. Ça ne changera peut-être rien mais ça nous aura rendu notre dignité. Je vais te dire un truc que j'ai appris à l'école et qui m'est toujours resté : il y a ce qui a un prix et ce qui a une dignité. Ce qui a un prix, on peut le remplacer par son équivalent. En revanche, ce qui n'a pas de prix, donc qui n'a pas d'équivalent, c'est ce qui a une dignité. Nous, on peut nous remplacer par du fric, des mesures d'accompagnement, des indemnités, tout ce que tu veux, mais il y a une chose qui n'a pas de prix, donc qu'on ne peut pas remplacer, c'est notre dignité.

Armand est applaudi.

Pignard veut intervenir mais Lopez l'en empêche :

— Pas maintenant.

Mme Roumas monte au créneau :

— Je suis complètement contre cette histoire de dynamite. Pensez à l'image que ça va donner de nous. À la télé, on dira que les gens de la Kos sont des terroristes. Pensez au risque que vous nous faites prendre, à nous et à nos enfants. Un emploi ne vaut pas une vie. Je préfère être une chômeuse qu'une morte !

Elle reprend son souffle :

— Maintenant que j'ai dit ça, je veux dire qu'il n'est pas question que FO quitte le navire. La situation est ce qu'elle est, nous allons faire avec. Je veux que vous sachiez que je reste solidaire de tous les employés de la Kos. Même si ce qu'ils font me déplaît, même si ça me fait peur.

– Je te remercie, dit Rudi, moi aussi ça me fait peur. Mais ça me fait moins peur que de me retrouver sur le carreau sans autre perspective que d'aller me jeter dans la rivière. Maintenant, la peur va changer de côté !

Pignard finit par se faire entendre. Il ne commente pas l'action de Rudi et des autres gars de la maintenance. Il prend acte. Pourtant, il en aurait à dire. Pour lui, c'est un crime de s'attaquer à l'outil de travail, une trahison. La fierté des ouvriers c'est, au contraire, de le protéger, de le garder en état de marche pour se remettre au boulot à l'instant même où la grève s'achève. Il a été éduqué comme ça. C'est la tradition, la leçon des anciens. Mais Lopez a raison, ce n'est pas la peine de mettre ça sur le tapis. Pignard prend sur lui et ravale son indignation. Il la ravale aussi à propos de Mme Roumas et de ses grandes déclarations de solidarité, de FO « qui ne veut pas quitter le navire ». Quant à Lamy, il aime mieux se coudre les lèvres que de dire ce qu'il pense de lui. Il a encore en travers de la gorge son lâchage au moment des trente-cinq heures et son enthousiasme à courir au cul des patrons sur les retraites. Mais Pignard n'est pas là pour régler ses comptes. C'est pas l'heure, c'est pas le jour, c'est pas le moment. Il fait comme si de rien n'était et propose de faire une action en ville pour expliquer la situation à la population de Raussel :

– Il ne faut surtout pas se couper des masses, dit-il, autant pour lui que pour les autres.

Il propose également de prendre les devants. De contacter la préfecture pour réclamer la réunion immédiate de toutes les parties. De ne pas perdre l'initiative.

Lopez intervient :

– Si vous permettez, je me charge de téléphoner. Il vaut mieux que ce soit quelqu'un d'extérieur à la Kos qui monte au créneau !

Pignard tient à avoir le dernier mot :

– Vous me connaissez, lance-t-il à tous, moi aussi je suis en rage !

Chacun l'entend comme il veut l'entendre.

Mairie

Il n'est pas encore sept heures du matin quand la cellule de crise se réunit dans la salle des mariages de la mairie, protégée par un double cordon de CRS. Autour du préfet, qui préside la réunion, il y a son directeur de cabinet, Xavier Salvy, Saint-Pré, le maire de Raussel, Angélique, réquisitionnée dès l'aube, Behren en tant qu'élu et dirigeant de la Kos, deux députés, Lallustre, un socialiste, et Chevanceau, de l'UMP, le commandant des sapeurs-pompiers, le commandant Salon des CRS, le capitaine Fitzenhagen de la gendarmerie, le directeur départemental du travail, Plainchot, et deux lieutenants des Renseignements généraux, Jean-Pierre Lavat et Claude Tareigne. Angélique sert du café à tout le monde...

Le préfet prend la parole :

– Messieurs, avant toute chose, nous devons nous inspirer des circonstances et agir sans délai. L'Intérieur est averti et j'attends incessamment d'avoir en ligne le ministre lui-même.

Il se tourne vers son directeur de cabinet :

– Monsieur Salvy, si vous voulez bien nous informer des dispositions en cours...

Salvy consulte ses notes :

– L'unité de déminage est en route et des renforts en

MO[1] arrivent. Notre dispositif de sécurité devrait donc être mis en place au plus tard en milieu de matinée... Le GIGN est en pré-alerte et nous n'excluons pas de faire, à toutes fins utiles, une reconnaissance par hélicoptère.

Le capitaine Fitzenhagen de la gendarmerie réclame la parole :

– J'ai ici les plans de la Kos et des tirages du cadastre. Je pense que M. Behren pourra nous donner les renseignements qui, éventuellement, nous manqueraient.

Behren acquiesce d'un petit signe de tête.

C'est au commandant des pompiers d'intervenir :

– Vous n'ordonnez pas une évacuation du quartier ?

– J'allais y venir, dit le préfet. Nous devons créer un périmètre de sécurité beaucoup plus large autour de l'usine et faire évacuer les habitants.

– Vous n'y arriverez jamais ! dit Saint-Pré. Les gens refuseront de partir !

– C'est pour cela que j'ai demandé des renforts en MO, réplique le préfet, froissé d'avoir été interrompu. Je veux que la Kos soit absolument isolée du reste de la ville. Principe de précaution et tactique élémentaire, n'est-ce pas, commandant ?

Le commandant Salon approuve :

– Oui, monsieur le préfet.

Satisfait de la réponse, le préfet reprend comme s'il s'adressait à une caméra :

– Nous avons deux objectifs extrêmement clairs : assurer la sécurité des personnes et des biens, faire évacuer l'usine pour...

– Non ! Non et non ! s'emporte Saint-Pré. Je ne suis pas d'accord ! Toute manifestation de force ou de déploiement policier ne peut que jeter de l'huile sur le feu. Nous devons calmer le jeu ! Un, nous devons savoir ce qui se passe exactement à l'intérieur de la Kos, je suis sûr que

1. Maintien de l'ordre.

tout le monde n'est pas d'accord avec ces conneries de dynamite, et deux, nous devons prendre contact avec les grévistes pour sortir de là en douceur !

— Monsieur le maire, je vous prierai de maîtriser vos nerfs et de garder vos réflexions stratégiques pour vous-même, dit le préfet, blanc de colère. J'assume des responsabilités qui ne sont pas les vôtres et j'entends les assumer entièrement.

Xavier Salvy se penche vers le préfet et lui tend son téléphone portable qui vibre sans bruit. Le préfet s'excuse :

— Excusez-moi, c'est le ministre…

Le préfet quitte la table et s'éloigne pour parler sans être entendu.

— Bonjour, monsieur le ministre…

Lallustre en profite pour prendre la parole :

— Je suis d'accord avec Saint-Pré. Cette situation ne se réglera pas par la force. Je suis bien placé pour savoir que les salariés de la Kos sont au désespoir – je vous rappelle que j'ai été séquestré – et que face à des désespérés, tout geste autoritaire ne peut que nous amener à des choses que nous regretterions tous.

Chevanceau ricane :

— Vous êtes incorrigibles, vous les socialistes : toujours la même naïveté ! Toujours le même laxisme ! Que n'avez-vous fait tout ce que vous dites aujourd'hui quand vous étiez au pouvoir !

— Eh bien, Chevanceau, puisque que maintenant c'est vous qui y êtes, que vous êtes si forts et si courageux et si entreprenants, qu'est-ce que vous attendez pour aller à la Kos leur expliquer les bienfaits du libéralisme qui va tous les mettre au chômage pour faire la fortune d'un seul…

— Je ne crains pas de tenir un discours de vérité, moi.

C'est à Lallustre de ricaner :

– Eh bien, commencez par tenir un discours de vérité sur vos accords avec le FN pour les régionales !

Le préfet revient à la table, coupant court à l'algarade :

– Messieurs, le ministre compte sur nous pour sortir de « ce merdier », c'est son expression.

Content de ce qu'il vient de dire, il poursuit :

– J'ai deux informations à vous communiquer : premièrement, un des conseillers des Affaires sociales arrive par le premier avion. L'Intérieur nous demande d'attendre qu'il soit là pour tenter une ultime médiation avant d'intervenir. La consigne vient directement de Matignon. Deuxièmement, le ministre approuve entièrement les dispositions que j'ai prises. Il me soutient et m'encourage à la plus grande fermeté et là, la consigne vient directement de lui. Je vous réitère donc mes ordres : je veux que le dispositif de sécurité soit en place au plus vite et que l'évacuation du quartier soit effectuée dans la foulée. Monsieur Salvy, vous coordonnerez l'ensemble des opérations et vous m'en rendrez compte tous les quarts d'heure. Je m'occuperai personnellement de la presse.

– Bien, monsieur le préfet…

Le préfet se lève, mettant fin à la réunion :

– Commandant, je peux vous parler ? dit-il au commandant des CRS.

Angélique vient chercher Saint-Pré :

– Monsieur le maire, il y a un appel pour vous dans votre bureau : le médiateur de la Kos.

– Lopez ?

– Oui, M. Lopez. Il veut vous parler. Il dit que…

Saint-Pré fait signe à Behren :

– Viens avec moi, j'ai Lopez au téléphone !

Les deux hommes se hâtent jusqu'au bureau du maire. Angélique reste plantée au milieu du grand salon.

Saint-Pré met le haut-parleur et prend la communication. Lopez ne perd pas de temps en salutations :

— Si vous ne faites pas très vite quelque chose, ça va péter.

— Un conseiller du ministère des Affaires sociales est en train de descendre…, dit Saint-Pré, en guise de réponse.

— Mlle Lepage ?

— Je ne sais pas.

— Ce doit être elle. Je l'ai réveillée à l'aube…

Saint-Pré n'en a rien à faire, que ce soit Mlle Lepage ou Truc ou Chose…

Il veut savoir :

— Comment ça se passe ?

— Ici ? C'est très tendu, dit Lopez. Tout le monde est à cran. Les nerfs sont à vif, les esprits s'échauffent. Bref, on est assis sur un volcan…

— Ah putain ! jure Saint-Pré, et ce connard de préfet qui se prend pour Napoléon !

Behren lui ordonne de se calmer.

— Passe-moi Lopez.

Saint-Pré lui tend le combiné :

— Bonjour, c'est Behren, dit-il pour se faire reconnaître. Qu'est-ce que vous proposez ?

Lopez a un petit rire :

— J'attendais que ce soit vous qui me proposiez quelque chose !

— Je vous écoute, dit Behren, énervé.

— Dès que Mlle Lepage est arrivée – si c'est elle –, nous devons entamer des négociations sur des bases sérieuses.

— Lesquelles ?

Lopez marque un temps d'hésitation :

— On ne va pas se mentir, dit-il, je ne crois pas plus que vous que la Kos puisse redémarrer. Ou si, pour je ne sais quelle raison, elle redémarrait, c'est évident que ce serait pour trois ou six mois, pas plus. Partant de là, je vois trois axes de réflexion, vous avez de quoi noter ?

— Oui, crie Saint-Pré. Allez-y ! J'ai un stylo.

Lopez énumère :

— Un, des stages de formation garantissant un niveau de salaire égal à celui en cours aujourd'hui avec un emploi assuré à la sortie du stage ; deux, des congés de conversion sur au moins dix-huit mois avec quatre-vingt-cinq pour cent du salaire brut ; trois, une prime de licenciement qui respecte la dignité des ouvriers, c'est-à-dire pas moins de vingt mille euros.

Il conclut d'une voix forte :

— Sincèrement, ce n'est pas demander la lune.

Saint-Pré reprend le téléphone :

— OK, dit-il, j'ai pris note. Je vais voir le préfet pour monter la réunion avec Mlle Machin du ministère. En attendant, je veux que vous me garantissiez que ce ne sera pas Hiroshima.

Il y a un silence qui dure :

— Ça, je ne peux pas vous le garantir, dit enfin Lopez.

— Pardon ?

— Ce n'est pas moi qui tiens les commandes de mise à feu.

Saint-Pré et Behren rejoignent le préfet en train de discuter avec le député Chevanceau et Plainchot, le directeur départemental du travail, qui tient à faire savoir que lui aussi a été séquestré :

— Il y en a un qui m'a dit : « Toi, on va te mettre au cimetière et à la prochaine inondation on verra ton cercueil flotter dans les rues ! » Alors j'ai répondu : « Très bien, mais avant de me mettre au cimetière, va falloir me dire comment vous allez me tuer ! » Vous auriez vu sa tête…

— Excusez-moi de vous interrompre, dit Saint-Pré, je viens d'avoir en ligne Lopez, le médiateur de la Kos. Il souhaite que tout le monde se réunisse dès que la personne du ministère des Affaires sociales sera arrivée…

– C'est tout ?

– Lopez est aussi emmerdé que nous par ce qui se passe. Je crois qu'on peut lui faire confiance. Tenez, dit-il, voilà la base de leurs revendications…

Le préfet prend la feuille que lui tend Saint-Pré. Il y jette un coup d'œil rapide :

– Eh bien, qu'ils commencent par évacuer, nous discuterons ensuite.

Chevanceau l'invite à temporiser :

– Tant qu'ils veulent discuter, il n'y a rien à craindre. Je vous suggère d'organiser cette réunion avec les gens de la Kos, le conseiller du ministère, enfin tout le monde, et d'en profiter pour renforcer votre dispositif pour agir vite et fort, en une fois, si c'était nécessaire. D'autant qu'on va avoir la presse sur le dos !

– Ça, j'en fais mon affaire. Pourquoi perdre du temps ? Où va nous mener cette discussion : à ce que nous savons déjà. Vous croyez qu'ils ne le savent pas aussi ?

– Bien sûr qu'ils le savent, mais ils ne peuvent pas l'accepter sans discuter.

– Très bien, dit le préfet avec une moue ironique, je vais suivre votre avis. Vous avez raison : discutons.

Et, cynique :

– Ça fait partie de la règle du jeu, non ?

Voiture

C'est Salvy, le directeur de cabinet du préfet, qui vient en personne accueillir Christelle Lepage à la descente de l'avion. Ils partent immédiatement pour la mairie de Raussel.

Dans la voiture, Christelle Lepage dit :

— Je connais Lopez, ce n'est pas un extrémiste.

— C'est tout de même la CGT !

— Je préfère avoir un interlocuteur comme lui, qui a les convictions qu'il a, mais qui est fin et qui sait de quoi il parle, plutôt qu'à un abruti sans expérience et sans éducation.

— Nous verrons, dit Salvy dubitatif.

— Tout le monde sera là ? demande Mlle Lepage.

— Je pense que oui.

— À quelle heure vient la délégation de la Kos ?

— J'imagine qu'ils sont en route…

— Très bien, dit-elle. J'espère que vous avez prévu de quoi tenir, parce que ça va être long…

L'idée

La délégation de la Kos compte cinq personnes : Lopez, Pignard, Mme Roumas, Lamy et Rouvard qui a insisté pour en être en tant que représentant autodésigné de l'encadrement. Rudi, Anthony et Totor Porquet les accompagnent jusqu'aux stockages :

— Ne lâchez rien ! lance Rudi en refermant derrière eux.

— On compte sur vous ! ajoute Totor Porquet qui lui prête la main.

— Sinon boum boum ! crie Anthony.

Tandis que la délégation quitte l'usine sans être vue par personne, les trois retournent vers l'atelier n° 1 où la majorité des employés de la Kos est regroupée pour continuer de discuter. Rudi avoue qu'il n'attend rien de ce qui va se passer à la mairie.

— C'est une manœuvre, dit-il. Ils veulent nous fatiguer,

gagner du temps. C'est comme nous inviter à jouer une partie de foot sur des sables mouvants…

— Le ministère a quand même envoyé quelqu'un en exprès, fait remarquer Totor Porquet.

— Pour quoi faire ? Pour annoncer quoi ?

— J'en sais rien.

— Tu vois. Même toi t'as pas idée de ce qu'il pourrait dire, alors…

Anthony demande :

— Qu'est-ce que t'as derrière la tête ?

Rudi sourit :

— Des cheveux, pourquoi ?

— Déconne pas, dis à quoi tu penses.

Rudi s'arrête :

— Voilà à quoi je pense… Je pense à deux choses : d'une, à une vieille idée de Lorquin qui disait qu'en cas de conflit, soudain, tout le monde vit dans le même temps et que celui qui impose le tempo à l'autre impose ses choix et deux, que si on reste coincé au plan local c'est comme être pris dans une nasse, on s'en sortira pas. Alors je crois qu'on a marqué un point avec notre tract explosif, c'est nous qui avons imposé le tempo. La dynamite a donné le *la*. Mais ça ne suffit pas. Il faut que nous ayons toujours une longueur d'avance. Sinon, s'ils reprennent la main, on est sûr de se retrouver en caleçon.

Rudi regarde Totor Porquet et Anthony bien en face :

— Ce que je crois, dit-il, c'est qu'il faut tout de suite en rajouter une louche…

Totor Porquet avoue qu'il est largué :

— Ça veut dire quoi, en rajouter une louche ?

— Ça veut dire faire sauter une bécane, laisse tomber Rudi.

— T'es dingue !

— Ah oui, là, je crois que tu pousses, dit Anthony que l'idée de Rudi amuse beaucoup.

Mais Rudi est très sérieux :

– Si on fait sauter une bécane, ça veut dire quoi ? Ça veut dire qu'on va voir débarquer toutes les télés, tous les journaux et pas seulement le gros gars de *La Voix*. Ça veut dire qu'on va parler directement avec le ministre et pas avec son conseiller ou le maire ou le préfet. Ça veut dire que ça va devenir une affaire nationale, que personne ne pourra s'en laver les mains…

De belles

Quand Dallas arrive chez ses parents pour déposer les petits, Gisèle l'attend dans le couloir :

– Je t'attendais, viens, on file à la Kos tout de suite. Ton père y est déjà !

– Qu'est-ce qui se passe ?

Gisèle tend le tract qui a été distribué dans toute la ville.

Dallas, plutôt fière de reconnaître l'écriture de son mari, s'exclame :

– C'est Rudi qu'a écrit ça !

– Ils ont piqué de la dynamite sur le chantier et il paraît qu'ils ont piégé toutes les machines.

Sans lever les yeux de sa lecture, Dallas demande :

– T'as eu Franck ?

– Oui, il m'a téléphoné. Mais pas longtemps. Il a peur que les flics écoutent les conversations.

Gisèle sourit :

– Il se fait du cinéma !

– Où est maman ?

Denise sort de la cuisine, s'essuyant les mains, blanches de farine :

– On peut dire que ton mari en fait de belles ! Non mais, a-t-on idée de vouloir faire sauter tout le monde ?

Denise embrasse la petite Ève et Kevin :

– Qui a fait de la bonne tarte pour ses petits poulets ?

– C'est mémé ! dit Kevin, enthousiaste.

Gisèle s'impatiente. Dallas passe la petite à sa mère :

– Je te les laisse, on file à la Kos. Ne les bourre pas de sucreries !

– Qu'est-ce que vous allez faire là-bas ?

– On va voir, dit Gisèle.

Denise soupire :

– Si c'est pas malheureux d'en arriver là !

Et sans attendre, elle entraîne Kevin dans la cuisine

– Qu'est-ce que mémé va te donner si tu es bien sage ?

– Un gâteau ?

Casseroles

Dallas et Gisèle ne peuvent approcher de la Kos. Le périmètre de sécurité a été reculé de plus d'une centaine de mètres. Tous les accès sont coupés par les CRS arrivés en renfort. Dallas s'approche d'un brigadier :

– Laissez-moi passer, mon mari est à l'intérieur, je veux aller le voir, dit-elle en essayant d'être aimable.

– Désolé, madame, c'est interdit.

– Je ne peux pas voir mon mari ?

– Tout le quartier va être évacué…

Dallas se recule instinctivement de la barrière :

– C'est vrai ?

Gisèle aperçoit Mickie et d'autres femmes un peu plus loin :

– Viens ! dit-elle à Dallas. Les autres sont là-bas.

Dallas se laisse entraîner par Gisèle qui lui prend la

main pour courir plus vite. Ce petit geste la retourne. Rien que ce petit geste. Il y a combien de temps qu'elle n'a pas couru ? Combien de temps que personne ne lui a pris la main ? Elle est devenue quelqu'un qui ne court plus, quelqu'un à qui on ne donne plus la main : une vieille, une bobonne, une mémère. Qu'est-ce qu'elle fait ? Qu'est-ce qu'elle pense ? Qu'est-ce qu'elle ressent ? Qu'est-ce qu'elle espère ? Tout le monde s'en fout. Elle se résume à ses deux gosses, pas la peine de chercher plus loin. C'est ce qu'elle est : une pondeuse, une torcheuse. Elle en pondra peut-être encore un ou deux pour toucher l'argent-braguette et passer dans la catégorie « mère de quatre enfants » à l'ancienneté. Et puis basta ! Elle n'est plus rien, elle n'est plus que ça, un ventre, un trou, des mamelles. Quand elles s'arrêtent devant les filles, Dallas a les yeux qui piquent de larmes amères.

— Ben, qu'est-ce t'as ? demande Saïda.

— Rien, dit Dallas, un point de côté. Ça porte au cœur…

Mickie répète ce qu'elle vient de dire pour Dallas et Gisèle :

— On va aller se poster devant la mairie puisqu'on ne peut pas approcher de la Kos et on y restera le temps qu'il faut pour montrer que les femmes soutiennent les grévistes, ceux qui sont dans l'usine et ceux qui négocient.

— J'espère que notre banderole est toujours plantée dans les massifs, dit Saïda. Elle était vachement bien.

Monique, la fille de Pignard, les yeux rieurs, annonce :

— On a mieux que ça !

Et elle ouvre le coffre de son van. Toutes les filles se penchent d'un même mouvement. Elles découvrent un assortiment de casseroles, de marmites, de poêles, grandes et petites, de crêpières, de passoires, toute une batterie de cuisine avec des cuillères en bois, des louches, des écumoires…

La fille de Pignard a retrouvé une place aux cuisines du lycée professionnel :

– Quand Mickie m'a téléphoné, explique-t-elle, je me suis souvenue d'un truc que j'avais vu à la télé. Des femmes qui manifestaient en tapant sur leurs casseroles. J'ai fait ni une ni deux, je suis passée au lycée faire une razzia et voilà le travail !

Elle se fait applaudir.

Seule Mickie est réservée :

– Ce que t'as vu à la télé, ce n'était pas vraiment une manif pour la bonne cause…

– On s'en fout, dit Dallas. Ce qui compte, c'est de faire du bruit ! Et on va en faire !

Saïda se sert la première :

– Putain, c'est géant cette idée ! Sûr qu'ils vont nous entendre !

Le cortège des femmes se dirige vers la mairie. Elles font un potin d'enfer. Gisèle récite en tapant sur une casserole :

Nous partîmes cinq cents et par un prompt renfort
Nous nous vîmes trois mille en arrivant au port…

Et c'est ce qui se passe.

Alertées par le tintamarre, très vite le nombre des manifestantes grandit. Il en sort de toutes les maisons, de tous les immeubles. Des jeunes, des vieilles, même des petites filles trop heureuses de tambouriner sur n'importe quoi et de reprendre les slogans :

La Kos vi-vra
Les femmes sont avec toi !

Raussel, la Kos
Même combat
Surtout ne l'oubliez pas !

> *Les femmes, les femmes*
> *Disent non*
> *Non ! Non ! Non !*
> *À la liquidation !*

Varda, armée d'un vieux fait-tout, rejoint Dallas et Gisèle :

— Vous auriez pu me téléphoner !

— On a préféré jouer du tam-tam ! dit Gisèle.

— Ça va ? demande Varda, voyant que Dallas fait une drôle de tête.

Dallas répond en frappant sur une poêle avec une cuillère en bois :

— J'en ai marre qu'on se foute de notre gueule, dit-elle. Qu'on nous prenne pour des connes, tout juste bonnes à faire des gosses. J'ai une vie à vivre. Je veux avoir un travail. Je veux courir, je veux m'amuser, je veux pouvoir acheter ce qui me fait envie, je veux pouvoir regarder les gens en face ! Tu comprends ?

Non, Varda ne comprend pas, mais elle est d'accord :

— T'as raison, dit-elle pour ne pas contredire Dallas, auréolée de sa colère.

Juste avant d'arriver à la mairie, sur un trottoir, Gisèle aperçoit sa mère et sa sœur. Elles se tiennent le bras, elles se ressemblent. Toutes grises, toutes mauves, deux zombies. Gisèle redouble ses coups. Elle crie :

> *Boum ! Boum ! Boum !*
> *Nous irons jusqu'au bout !*
> *Boum ! Boum ! Boum !*
> *Nous irons jusqu'au boum !*

Réunion

La réunion s'engage sur une passe d'armes entre Chevanceau (UMP) et Lallustre (PS). Après quelques mots du préfet sur les voies de la raison et le sens des responsabilités, Chevanceau se lève pour faire une déclaration solennelle :

— Je veux qu'il soit noté que je tiendrai les pouvoirs publics pour responsables de toute indulgence envers les voies illégales de protestation qui mettent en danger la vie de nos concitoyens. Nous ne devons pas tolérer que s'immisce dans les esprits l'idée d'une contre-violence légitime, fondée sur le raisonnement marxiste qui professe que la violence première est celle de l'économie de marché.

— Ce n'est pas ça, peut-être ? s'enflamme Lallustre, sincèrement indigné. Ce qui se passe aujourd'hui à la Kos n'est-il pas le résultat prévisible de la violence imposée par la liquidation et les licenciements ? Est-ce qu'il faut lire Marx pour le comprendre ou est-ce qu'il suffit de voir la réalité en face ? Mais c'est peut-être beaucoup vous demander.

Mlle Lepage s'en mêle :

— Très bien. Vous avez dit l'un et l'autre ce que vous deviez dire, maintenant je propose que nous parlions intelligemment.

Il y a quelques rires.

Lallustre veut avoir le dernier mot :

— Vous pouvez rire, n'empêche, si la droite n'avait pas remis en cause le volet licenciements de la loi de modernisation sociale, la Kos ne serait pas où elle en est !

Mlle Lepage ignore la remarque et adresse un petit signe de tête à Lopez, qui réclame aussitôt la parole :

– Si vous le permettez, j'aimerais rappeler les points dont nous avons à débattre.

Il se reprend :

– Les questions auxquelles nous devons apporter des réponses de toute urgence.

Au son des casseroles, des slogans et des chants, l'arrivée du cortège des femmes devant la mairie semble appuyer bruyamment ce qu'il vient de dire. Saint-Pré se lève pour aller voir, deux ou trois autres en font autant. Le cortège est stoppé par le cordon de CRS.

– Ce sont les femmes, ronchonne Saint-Pré en reprenant sa place, quel barouf ! En tout cas, ça nous montre deux choses : d'une part qu'il faut compter avec la pression de «l'extérieur» – tout le monde à Raussel a quelqu'un à la Kos et vous pouvez être sûrs que la solidarité jouera à fond avec les grévistes. D'autre part, pour adhérer à ce que vient de dire M. Lopez, plus vite nous pourrons communiquer des résolutions, plus vite on sortira de ce merdier. C'est ce que le gouvernement attend de nous, n'est-ce pas, monsieur le préfet ?

– Certainement, répond distraitement le préfet, qui ne digère toujours pas l'intervention de Chevanceau. S'est-il une seule fois montré laxiste ? A-t-il manifesté la moindre faiblesse vis-à-vis des grévistes ? N'a-t-il pas exprimé à maintes reprises sa conception de l'ordre républicain ?

– Je peux poursuivre ? demande Lopez.

– Allez-y, dit le préfet. Je répondrai ensuite à M. Chevanceau...

Chevanceau lève la tête :

– Plaît-il ?

Lopez reprend les cinq points soulevés par l'intersyndicale :

– La situation que nous vivons est exceptionnelle, extraordinaire au sens premier de ce mot, aussi nous devons impérativement apporter des réponses exception-

nelles tant sur le paiement intégral des salaires, au moins
pendant deux ans, que sur les congés de conversion prolongés, les spécificités liées au sexe ou à l'âge, notamment celles de femmes de plus de cinquante ans, et le
montant de la prime de licenciement accordée à chacun
et qui, en aucun cas, ne pourrait être inférieure à vingt
mille euros.

Rouvard réclame la parole au nom de l'encadrement
de la Kos :

— La Kos n'est peut-être pas aussi morte qu'on veut
bien le dire. Même si aucun repreneur ne s'est manifesté
et qu'il ne s'en manifestera sans doute aucun, je refuse
qu'elle soit enterrée avant que soit examinée dans le
détail la piste de la création d'une scop, d'une reprise de
la Kos soutenue par les cadres de l'entreprise. Les fonds
dégagés par la collectivité pour financer les licenciements ne seraient-ils pas mieux investis dans une politique industrielle qui permettrait de relancer l'activité ou
d'en créer une nouvelle permettant le maintien d'un certain nombre d'emplois ?

L'intervention de Rouvard tombe à plat. Personne ne
croit à cette solution, surtout pas Behren qui ne masque
pas sa désapprobation. Mlle Lepage remercie Rouvard de
ce qu'il vient de dire, mais conclut :

— Je crains, hélas, qu'il ne soit déjà trop tard pour
envisager une action de ce type. Cela d'ailleurs ne régle-
rait que partiellement le problème des licenciements et
tout aussi partiellement celui d'une reprise de l'activité,
sans parler des difficultés d'un tel montage dans une
période de crise…

Plainchot, le directeur départemental du travail, opine :

— Ce n'est pas réaliste !

Puis, passant du coq à l'âne, il propose d'emblée que la
prime de licenciement soit calculée au prorata du salaire :

— Ce serait plus équitable.

Pignard, Mme Roumas, même Lamy se récrient d'une seule voix qu'il n'en est pas question.

– Si vous voulez tout faire sauter tout de suite, allez donc leur proposer ça ! tonne Saint-Pré. Je crois que vous ne mesurez pas bien ce qui nous menace ! dit-il à l'intention du directeur départemental du travail. Vous entendez la rue ? Les types, là-bas, ne se contenteront pas de sucres d'orge et de belles paroles. On tourne en rond, on piétine. Ce n'est pas dur : M. Lopez a développé cinq points, prenons-les un par un, dans l'ordre et donnons-leur une réponse avant que je sois le maire d'une ville en ruine !

Angélique, chargée de prendre des notes, a du mal à suivre.

Salvy, le directeur de cabinet du préfet, tient à rassurer Saint-Pré :

– Ne craignez rien, monsieur le maire, pendant que nous discutons ici, nous ne restons pas inactifs par ailleurs !

– Qu'est-ce que ça veut dire ? demande Pignard.

– Ça veut dire que nous avons la situation bien en main et que l'ordre public sera respecté.

Mlle Lepage empêche Pignard de répliquer et propose de passer sans attendre à la discussion du premier point :

– La question est simple : qui finance le paiement intégral des salaires pendant deux ans ? Étant entendu que l'État ne peut pas tout faire…

– Nous sommes forcément dans le « dérogatoire », dit Lopez.

Angélique se penche vers Saint-Pré :

– Excusez-moi, je reviens…

– Vous allez où ?

– Aux toilettes, dit-elle en se levant, les joues rouges.

Angélique quitte la pièce alors que Lopez, répondant à Chevanceau sur le thème des « patrons-voyous », rappelle que pour Metaleurop-Nord l'État a signé un accompagnement du plan social de trente-huit millions d'euros,

que pour Daewoo il a, de la même manière, assuré le ver-
sement des indemnités et le reclassement des salariés,
sans parler de Mueller, Palace Parfums ou Flodor…

Portable

Franck, Armand, Christian et Serge se sont joints à
l'équipe de la maintenance. Ils font cercle autour d'Anthony qui débite dans son portable tout un chapelet de
« oui… oui… bon… oui… » sans qu'on puisse savoir ce
qu'Angélique lui raconte.

Il raccroche.

– Alors ?

– Elle a juste pu me balancer deux-trois trucs, dit-il.
Elle devait faire vite. Elle était soi-disant aux toilettes !
D'après elle, ça pédale sérieux dans la choucroute.

– Ils n'ont encore rien décidé ? demande Rudi.

– Ils discutent du paiement intégral des salaires pendant deux ans, mais ça vire sans arrêt à la discussion politique…

– Quoi d'autre ?

– Rien. Si, Lopez a l'air de bien connaître son affaire.

Le silence se fait.

Personne ne veut dire en premier ce à quoi tout le
monde pense à la maintenance. Rudi se décide :

– OK, soupire-t-il.

Il n'a pas besoin d'en dire plus :

– Ça paraît évident, dit Totor Porquet.

– C'est quand vous voulez, confirme Bello. Je suis
prêt…

Serge comprend :

– Vous n'allez pas faire sauter une machine ?

– Qu'est-ce que tu crois ? demande Hachemi. Tu crois

qu'on fait tout ça juste comme ça, pour dire qu'on le fait sans jamais le faire ?

— Mais vous êtes dingues ! Ça ne sert à rien ! Vous allez vous mettre tout le monde à dos et donner aux flics une occasion en or de nous virer !

Luc Corbeau lui pose ses deux grosses mains sur les épaules pour le regarder bien en face :

— Serge, dit-il, si nous on ne sert plus à rien, il n'y a pas de raison que les machines servent à quelqu'un. Et ne t'inquiète pas, avec ce qu'on a installé, c'est pas demain la veille que les flics pourront nous virer.

Rudi ne veut plus tergiverser :

— Il faut qu'ils sachent que s'ils veulent nous faire partir, on ne partira pas avec des cacahuètes et une poignée de main.

— Il n'y a pas besoin de faire sauter une machine pour ça !

— On ne fait pas sauter une machine, on lance un avertissement, dit Luc Corbeau.

Totor Porquet siffle d'admiration :

— Tu vois, quand tu veux, tu ne dis pas que des conneries.

Rudi rappelle le cas des mineurs au moment de la fermeture des puits :

— Près d'ici ils n'ont jamais cédé sur rien et ils s'en sont plutôt sortis avec les honneurs. Dans le Nord où ça a été moins ferme, ils sont dans la misère.

— Oui, mais ni dans le Nord ni ici ils n'ont fait sauter les galeries ! réplique Serge.

Armand sourit :

— Si, il y a longtemps, je ne sais plus où, dans le Centre, ils ont tout inondé, tout noyé. C'était comme nous, ils n'avaient plus le choix.

Serge ne veut pas céder :

— Vous ne pouvez pas faire ça sans que tout le monde

soit d'accord. Il faut le faire voter par l'assemblée générale. C'est une question de démocratie.

Rudi est très clair :

— Serge, de toute façon tu vas quitter la Kos, tu vas même quitter la France, alors si t'es pas d'accord, il vaut mieux que tu te tiennes à l'écart.

— Qu'est-ce que t'espères ?

Bonjour

Serge, après être sorti de la Kos par les stockages, après avoir contourné les barrages en passant par les cours et les jardins, rallie la place de la Mairie où les femmes et les CRS se font toujours face tandis que ça discute à l'intérieur. Il a vite fait de repérer Varda en jogging rose à côté de Dallas et Gisèle :

— Viens, dit-il en la prenant par le bras, on s'en va.

— Qu'est-ce que tu fais là ?

Serge ne répond pas :

— Viens, je te dis.

Dallas se penche pour lui faire la bise :

— Tu pourrais dire bonjour.

Serge l'embrasse rapidement et embrasse Gisèle qui ne se lasse pas de cogner sur une casserole au cri de :

> *Pas de liquidation !*
> *Pas de licenciements !*
> *La Kos vivra !*
> *Raussel est avec toi !*

Varda s'excuse :

— Je ne sais pas pourquoi, mais faut que j'y aille !

— Quand faut y aller, faut y aller, plaisante Dallas mais,

vu l'air buté de Serge, elle n'est pas sûre que ce soit pour faire la fête à sa copine qu'il est si pressé.

— Je reviens ! lance Varda tandis que Serge l'entraîne au milieu des manifestantes.

L'explosion les surprend avant même qu'ils aient quitté la place de la Mairie. Un bruit sourd, pesant, comme monté des profondeurs de la terre. Une énorme explosion.

Communication

Le commandant Salon, installé dans un véhicule radio posté près de l'entrée principale de la Kos, joint immédiatement le préfet :

— Ils ont fait sauter quelque chose. Quoi ? Je n'en sais rien, sans doute une machine…

— Il y a des blessés ? demande le préfet.

— *A priori*, non. Tout ça était très préparé. D'après ce qu'on voit d'ici, ils avaient même leur équipe de sécurité prête à intervenir en cas d'incendie.

— Il y a un incendie ?

— Non, rien, je vous rassure. Un peu de verre brisé, mais c'est tout…

— J'appelle l'Intérieur, je vous attends à la mairie…

Sortie

La délégation de la Kos quitte l'hôtel de ville par le grand escalier central. Pignard est le plus furieux des quatre :

— Ah les cons ! Quelle bande de cons !

Il en a aussi contre Rouvard :

— Et toi, tu avais besoin de ramener ta scop sur le tapis ?

— Moi, je n'ai pas baissé les bras ! se défend Rouvard.

— Je vais te dire, fulmine Pignard, ta scop c'est aussi con que leur dynamite. C'est de la fumée.

— Taisez-vous ! dit Mme Roumas. Ce n'est pas le moment de s'engueuler. Surtout pas dehors quand tout le monde nous voit, tout le monde nous entend !

La sortie de la délégation derrière le cordon de CRS soulève une clameur parmi les manifestantes :

> *Nous irons jusqu'au bout !*
> *Nous irons jusqu'au boum !*

Pignard a envie d'en coller une à Lamy quand il le voit lever le poing pour saluer les femmes.

Hélicos

L'assemblée générale du personnel est réunie devant l'atelier nº 1. Lopez, debout sur un empilement de palettes d'expédition, parle aux grévistes :

— Pour moi, il n'y a pas les durs de la Kos et les autres. Il n'y a que des ouvriers, des employés et des cadres, tous égaux devant ce qui nous arrive. Je n'ai qu'un but, qu'une ambition : rassembler tout le monde pour des actions qui restent dans le raisonnable.

Il martèle :

— Et je ne connais pas d'autre voie que celle de la raison et de la négociation. C'est-à-dire les valeurs sûres du mouvement syndical. Alors, en faisant parler la poudre, on a changé totalement les données du problème. Je vous le dis comme je le pense : ça a l'effet inverse de celui escompté. Ça nous enlève un moyen de pression considérable sur les négociations. Parce que après avoir fait sauter une machine, qu'est-ce qui reste à faire ? Faire sauter l'usine ? Faire sauter Raussel ?

Soudain, le bruit assourdissant de deux hélicoptères fait lever les têtes. Les hommes du GIGN, en tenue de combat, se montrent aux portes ouvertes en plein vent.

Menaces. Injures. Sifflets.

Une belle bronca.

Lopez, toujours perché sur ses palettes, appelle le préfet sur sa ligne directe. Il tombe sur Salvy, le directeur de cabinet :

— Faites partir ces putains d'hélicoptères ! crie-t-il pour se faire entendre. Qu'est-ce que vous voulez ? Que les paras sautent sur la Kos et qu'il y ait un massacre ?

— Nous faisons ce que nous avons à faire. C'est préventif…

— Faire de la provoc, c'est tout ce que vous avez trouvé comme prévention ?

Salvy veut raccrocher :

— Je ferai part de notre conversation au préfet. Je dois raccrocher. Nous attendons un appel de…

— Passez-le-moi, je veux lui parler moi-même !

— Je ne peux pas le déranger, désolé.

Lopez se retient de le traiter de tous les noms.

— Qu'est-ce qu'il faut pour le déranger ? Qu'il y ait des morts ?

Il y a un silence. Puis Salvy dit :

— Ne quittez pas.

Et il passe le préfet à Lopez alors que les hélicoptères s'éloignent et disparaissent à l'horizon.

Mlle Lepage joint Lopez sur son portable :

— J'ai eu le ministre. Ça bouge un peu de mon côté. Il

voit des pistes à explorer. Dans une heure à la mairie, ça vous va ?

— Le préfet est d'accord ?

— Il m'a dit que vous veniez de l'appeler pour lui proposer la même chose.

— Les grands esprits se rencontrent…, glisse Lopez.

Mlle Lepage n'est pas insensible au charme de sa voix grave et douce.

— Ne faites pas votre hidalgo avec moi, monsieur Lopez, ça ne marche pas !

— On peut toujours essayer…

— Pas pendant les heures de service.

Ils rient.

— Si vous êtes d'accord, dit Lopez retrouvant son sérieux, je voudrais que nous puissions élargir notre délégation.

— À qui ? Si on est trop, vous savez comme moi que ça ne sert à rien…

— Je voudrais qu'un des « durs » de la Kos soit avec nous…

— Ah oui ? Un dynamitero ?

— Il vaut mieux que les plus radicaux s'expriment autour d'une table qu'autrement, si vous voyez ce que je veux dire…

— Les syndicats ne vont pas apprécier.

— J'en fais mon affaire.

Interview

Les équipes de télévision, les journalistes de la presse écrite n'ont pas perdu de temps. Ils se pressent aux grilles de la Kos. Anthony – jeune, belle gueule, décidé – est désigné pour parler au nom de tous. Face aux questions en rafales il n'hésite pas :

— Il n'est pas question de se transformer en artificiers, dit-il à Mikaël Poliveau de *La Voix*, mais puisque personne ne voulait nous entendre il fallait bien que nous fassions quelque chose.

— N'avez-vous pas le sentiment d'avoir franchi la ligne jaune en faisant cela ? demande le correspondant de France Info.

Anthony réfléchit avant de répondre :

— Nous avons sauvé cette entreprise après la dernière inondation, nous nous sommes assis sur le paiement de nos heures supplémentaires, nous avons renoncé à notre treizième mois, à la prime de Noël, nous avons accepté qu'ils licencient cent personnes il y a six mois, et maintenant on nous fout tous dehors, on nous liquide. Vous la voyez où la ligne jaune ?

— Tout de même : utiliser des explosifs, c'est un acte de guerre, une forme de terrorisme...

— Nous sommes en guerre.

Anthony se tourne vers la cour :

— Regardez ces gens. Vous croyez qu'ils sont là par plaisir ? Ils sont là pour défendre leur vie, celle de leurs enfants, ils n'ont plus que ça à défendre, le droit d'exister. Ce sont eux qui sont terrorisés...

— Vous allez faire sauter d'autres machines ?

— Dieu et le gouvernement seuls le savent.

Mortin, de *L'Humanité*, s'inquiète :

— Qu'est-ce qui s'est passé à la mairie ?

— Rien. On nous balade de parlote en parlote en espérant nous endormir.

— Qu'est-ce que disent les syndicats ?

— Allez le leur demander.

Cécile Citeaux se présente :

— Cécile Citeaux, *Libération*, comment voyez-vous la suite de votre action ?

Anthony sourit :

— Ça dépendra de qui écrira le scénario : si c'est le ministère de l'Intérieur ou celui des Affaires sociales...

Le cameraman de France 2 joue des coudes. Le journaliste lui tend le micro :

— Les pouvoirs publics sont à même de débloquer la situation ?

À nouveau Anthony réfléchit :

— Les pouvoirs publics, le gouvernement, appelez-les comme vous voudrez, sont au départ de tout, quand ils autorisent le groupe de Paul Devies à reprendre la Kos au milieu d'un tas d'autres entreprises. Il y a eu un article dans *La Voix* qui expliquait ça très bien. Ce sont eux qui nous ont mis dans la merde, à eux de nous en sortir.

— Vous pensez que ça remonte si loin que ça ?

— Oui, je le pense, dit Anthony, même si ça en étonne plus d'un qu'un ouvrier puisse penser.

Normes

La dispute entre Serge et Varda commence sur la place de la Mairie, après l'explosion, continue dans la rue, dans l'escalier et ne s'arrête pas quand ils entrent chez eux. Serge claque la porte derrière lui :

— Non, c'est pas symbolique ! crie-t-il. C'est pas symbolique du tout de faire sauter une machine ! C'est gravissime !

— De quoi t'as peur ? demande Varda. Au moins comme ça, même les sourds ont entendu !

— Les sourds, je m'en fous, j'ai peur des aveugles !

— Tu crois que Rudi ne sait pas ce qu'il fait ?

— Non, il sait pas. Non. Il est dans le schwartz. C'est même pire : il est sourd et aveugle. Quand je lui ai demandé «Qu'est-ce que t'espères?», il n'a pas été foutu de me répondre.

— Au moins, lui, il fait quelque chose!

— Il fait des conneries monstrueuses! Tu comprends, en faisant sauter les machines, ils se tirent une balle dans le pied : ça rend toute reprise impossible!

— Quelle reprise? De quoi tu parles?

— Ça peut redémarrer, dit Serge en serrant le poing. Regarde Rouvard, il essaye de monter une scop avec...

— Si tu y crois tant à la reprise, pourquoi t'as voulu partir? T'avais qu'à rester avec ton chef.

— Ça n'a rien à voir!

— Serge, ça ne sert à rien de se mentir : toi comme moi on sait qu'ici c'est fini, terminé. Même Rouvard le sait!

— Si c'est terminé, c'est pas une raison pour tout faire sauter! À la sécurité, je suis bien placé pour savoir que c'est hyper dangereux. Tu veux que je te fasse la liste de ce qui peut vitrifier d'un coup non seulement la Kos mais aussi tout Raussel?

Varda pouffe.

— Me fais pas rire, dit-elle. C'est moins dangereux de faire partir un pétard à la dynamite que toutes les saloperies qu'on rejette dans l'air depuis des lustres! Raussel et les Rausseliens sont pourris jusqu'à l'os.

— Ce n'est pas vrai, l'usine est aux normes.

Varda le reprend :

— Elle devait être aux normes. Mais fais-moi voir où ils ont installé la station d'épuration et le machin pour évaluer les gaz... Et dis-moi pourquoi le taux de cancers est si élevé par ici?

— On ne pouvait pas tout faire tout de suite! proteste Serge comme s'il était personnellement responsable de la situation. C'était ça ou virer des gens.

Varda triomphe :

— Oui, résultat : on a viré tout le monde et on bat le

record de France de pollution. Pour une petite ville comme Raussel, on peut dire que c'est pas mal…

— Je ne veux pas discuter avec toi, dit Serge en allumant la télé pour essayer d'attraper des infos. Je ne suis pas d'accord avec ce genre de méthodes. Je ne suis pas d'accord pour qu'on bousille les machines. Je ne suis pas d'accord pour qu'on se serve d'explosifs. Je ne suis pas d'accord. Mais toi, si tu veux retourner sur la place de la Mairie taper sur des casseroles, vas-y, je ne te retiens pas.

— Oui, j'y retourne, dit Varda. Et plutôt deux fois qu'une. Parce que je vais te dire, si on n'est pas capables de se défendre ici, je ne vois pas comment on sera capables de le faire quand on sera au Vietnam.

Journal

Gisèle est allée s'asseoir à la terrasse du *Cardinal*, elle ne tenait plus debout. Elle note sur un petit carnet ce qu'elle recopiera plus tard dans son journal :

> *J'ai vu ma mère et ma sœur dans la rue. Elles m'ont fait peur Elle se sont fait couper les cheveux très court, l'une et l'autre. Maintenant, elles se ressemblent vraiment. Ce n'est plus simplement le fameux «air de famille» qui faisait dire à tout le monde qu'Anne-Marie était tout le portrait de maman. C'est autre chose. Chaussures plates, pas de maquillage, habillées dans les mêmes couleurs : du violet, du mauve, du gris, des couleurs de bonnes sœurs en civil, les couleurs de la repentance. C'est plus que de la décalcomanie, plus que de la photocopie, c'est du clonage ! C'est ça, ma mère est en*

train de cloner sa fille, de la faire à son image.
Comment peut-on être de la même famille ?

Leçon

Varda rejoint Dallas sur la place de la Mairie en tapant rageusement sur son vieux fait-tout.

— Dis donc, ricane Dallas en l'accueillant, ça a été un coup vite fait !

— Tu parles, on s'est engueulés d'ici à chez nous.

— Qu'est-ce qu'il avait ?

— Il me fait chier ! s'emporte Varda. Avec Serge, on ne peut pas discuter. Dès qu'on commence, j'ai droit à une leçon.

Elle l'imite :

— Dans l'histoire syndicale, c'est un principe, on ne s'attaque pas à l'outil de travail et patati et patata... Sur le plan politique, la seule question qui vaille, c'est celle de la démocratie et bla-bla-bla et bla-bla-bla... Regarde la situation économique de la région lon-lon lonlaine et lonlon...

— Vous auriez mieux fait de baiser, dit Dallas pour l'interrompre.

— Tu crois que j'en avais envie ?

— L'envie, ça se travaille.

Varda fait la grimace :

— Ben si c'est ça, je suis au chômage...

Ministre

Henri regarde les infos à la télé avec Kevin sur les genoux tandis que Denise berce la petite Ève qui somnole après son biberon.

Le déjeuner attendra.

Le présentateur rappelle « la tendance nationale à la délocalisation des industries employant une main-d'œuvre importante et peu qualifiée » et le reportage commence sur des images de la façade de la Kos : les jets de peinture rouge sur les murs gris et la banderole *USINE OCCUPÉE* qui flotte au vent. Suit un plan des CRS postés devant l'entrée principale pendant qu'en quelques mots le journaliste rappelle l'origine du conflit et l'action des grévistes, « qui n'ont pas hésité à dynamiter un de leurs ateliers, prenant le risque d'embraser l'usine tout entière… », puis l'on voit Anthony, derrière les grilles, mais sans entendre ses paroles : « Cette action serait le fait d'irréductibles, pas plus de dix pour cent du personnel mais parmi les plus jeunes, les plus exaspérés par la lenteur des négociations… » À ce moment-là, on voit un gros plan d'Anthony regardant droit dans l'objectif pour dire : « Nous sommes en guerre » et, juste après, une dame qui fait ses courses, interrogée devant l'étal d'un maraîcher : « Vous savez, la violence appelle la violence, dit-elle. Si on ne respecte plus rien, les victimes se transforment en assassins. » Ce plan enchaîne avec la sortie du Conseil des ministres, à Paris : « … à la suite duquel le ministre de l'Intérieur a tenu à faire cette déclaration… » Le ministre, avant de monter dans sa voiture, s'adresse à la caméra : « Quelles que soient les raisons du conflit, il est inacceptable que les employés d'une entreprise prennent en otage la population d'une ville entière. Nous ne pouvons pas accepter ce chantage. Chacun doit le comprendre. »

Une fois encore, Henri se met la rate au court-bouillon à cause de ce qu'il vient de voir :

– Quelle bande d'enfoirés ! Quelle bande de salauds ! T'as vu ça ?

Pour une fois, Denise partage son indignation :

– Il ne laisse même pas parler le petit Anthony, juste une phrase !

– Tu risquais pas de l'entendre plus que ça ! Mais l'autre connard, avec sa gueule enfarinée et sa grosse bagnole, lui, il pouvait parler autant que ça lui plaisait…

– De toute façon, à la télé, ils disent bien ce qui les arrange.

– Et le gommeux qui nous sert « la main-d'œuvre importante et peu qualifiée », qu'il vienne un peu ici pour voir ! Lui, comme larbin, il peut se vanter d'être « qualifié » ! D'être même une sorte de «produit de démonstration» dans le genre…

– Je réchauffe le petit salé ? demande Denise.

Prime

Lopez, à la tête de la délégation de la Kos augmentée de Totor Porquet, revient à l'hôtel de ville sous les acclamations des manifestantes toujours très mobilisées. Dès que tout le monde est installé autour de la table, Mlle Lepage prend en main la réunion :

– Je pense qu'il y a des points sur lesquels nous pouvons avancer très rapidement. En revanche, il y en a un qui me semble faire blocage autour de la prime exceptionnelle réclamée par les ouvriers de la Kos. La jurisprudence est constante, c'est au propriétaire du site ou à son actionnaire d'assurer le financement du plan social. Mais la Kos est en liquidation judiciaire. Elle n'appartient plus à personne. Alors, si je puis me permettre d'être directe : vers quel payeur se tourner ?

Le directeur départemental du travail lève la main :

— Avant même de savoir qui va payer, ne faudrait-il pas déterminer le montant de la prime ?

Lopez intervient :

— Vous avez entendu le ministre des Affaires sociales à la radio : « On ne peut pas laisser les gens dans le désespoir. »

— On a surtout vu l'autre de l'Intérieur à la télé ! dit Totor Porquet. C'était pas la même chanson.

Lopez lui demande de se taire. Il reprend la parole :

— Je pense que nous pouvons tous être d'accord sur ça.

Il détache un à un chacun des mots qu'il répète :

— « On ne peut pas laisser les gens dans le désespoir. » Ce n'est pas moi qui le dis, c'est le ministre. Alors on ne va pas recommencer à tourner autour du pot : l'État, d'une manière ou d'une autre, va devoir prendre ses responsabilités. Des responsabilités économiques, des responsabilités sociales qui seront vite des responsabilités politiques.

Mlle Lepage tient à faire une mise au point :

— Nous ne sommes pas ici pour mettre en procès qui que ce soit. Je crois que, dans ce dossier, personne n'a apparemment commis de faute ou manqué à ses devoirs. Peut-être peut-on souligner que certains ont fait preuve de légèreté ou d'indifférence, c'est tout. Tout cela pour dire que l'État ne se dérobera pas à ses responsabilités mais que chacun, ici, devra en faire autant.

C'est à Behren de parler :

— À supposer que le liquidateur puisse mener sa mission à son terme, ce dont je doute, la vente de tout ce qu'il y a sur le site ne couvrira jamais les dettes vis-à-vis des fournisseurs. Quant à la prise en charge des licenciements...

Le préfet l'interrompt. Il réclame qu'on établisse un

ordre du jour et qu'on s'y tienne pour ne pas retomber dans les errements précédents :

— Je tiens également à dire que j'approuve entièrement les propos de Mlle Lepage. Dans une région où le taux de chômage atteint vingt pour cent de la population active, l'économie ne repousse pas spontanément. Il faut du temps et une volonté convergente de tous les acteurs du territoire...

— Pourquoi croyez-vous que nous soyons là ? dit Lallustre.

Totor Porquet se lève :

— Écoutez, dit-il, je ne comprends rien à ce que vous dites ni à ce que je fais ici. Je n'ai qu'une chose à vous dire : on a fait sauter une machine et on n'hésitera pas à faire sauter une autre et une autre jusqu'à ce que vous nous fassiez des propositions correctes, avec des dates, des chiffres et des garanties signées. On s'est trop fait avoir, c'est fini.

Stratégie

À l'aide d'un manche à balai brisé, Rudi trace sur la terre de la cour un plan sommaire de la Kos et de ses accès :

— Voilà, dit-il, les flics sont là, là et là... trois rues.

Il montre le côté nord de l'usine :

— Et là, c'est la rivière avec la voie de chemin de fer...

— On est encerclés ! fait remarquer Hachemi. On est dans le fort, comme à la télé, et les Indiens sont tout autour !

Rudi sourit :

— Oui, c'est ça, on est encerclés.

Il se tourne vers Totor Porquet revenu au bercail :

– À ton avis, à la mairie, qu'est-ce qu'ils pensent qu'on va faire ?

Totor se gratte la tête :

– Ben, après ce que je leur ai dit, ils doivent penser qu'on va encore faire péter quelque chose. C'était bien ce qu'il fallait que je dise ?

– Et comment !

Rudi se réjouit qu'ils pensent tous ça :

– Il faut qu'ils continuent de le penser ! C'était une bonne idée d'aller directement là-bas remettre la pression.

Tous attendent la suite. Rudi prend son temps :

– Maintenant, dit-il en traçant un nouveau cercle éloigné du premier, ça c'est la mairie où ils discutent. Et entre la mairie et ici qu'est-ce qu'il y a ? Les flics. Ils nous encerclent, comme le dit Hachemi, ils nous isolent : les négociations se font d'un côté et nous on est de l'autre. Ça ne peut pas coller. Parce que ce qu'ils disent là-bas n'est pas ce qu'on entend ici. Et ce qu'on dit ici, ils ne l'entendent pas, sauf quand on fait sauter la baraque. C'est ça qu'il faut briser. Faut qu'il n'y ait personne entre nous et ceux qui négocient…

– Tu veux qu'on fasse une sortie ? demande Anthony qui, lui aussi, se voit dans un western.

– Non, dit Rudi. Je veux qu'on encercle ceux qui nous encerclent…

Il s'explique :

– Vous pouvez être certains d'un truc : les flics ne sont pas plus cons que nous. Ils sont en train de préparer leur intervention. Les hélicoptères, c'était pas seulement pour nous impressionner. C'était pour repérer…

– Tu crois qu'ils vont nous tomber sur le paletot ? demande Luc Corbeau.

– Oui, aucun doute là-dessus. Les discussions servent d'abord à leur donner du temps, parce que c'est plus facile à dire qu'à faire. Il faut qu'ils agissent à coup sûr à cause de la télé…

— S'ils tentent quelque chose…, dit Bello, laissant sa phrase en suspens.

Mais Rudi veut éviter la grande bagarre :

— D'une, je crois que ça ne servirait à rien. Deux, je ne sais pas où ça nous emmènerait…

Luc Corbeau le sait, lui :

— Ça nous emmènerait en taule ! Logés, nourris, blanchis par la République avec rien à foutre de la journée, c'est pas le pire qui puisse nous arriver !

— Et c'est peut-être ce qui nous arrivera, conclut Rudi. Mais le plus tard sera le mieux. En attendant, je pense qu'on doit être plus malins. Comme disait mon père : « être toujours où on ne nous attend pas »…

Rudi prolonge les traits de son croquis pour bien figurer les accès à la Kos :

— De ce côté-là, on rejoint la nationale, ici ça va à la mairie et là ça mène vers le chantier du tunnel en passant par les blocs…

Luc Corbeau fait remarquer que c'est le bordel sur cette route à cause des engins qui manœuvrent.

— C'est pas grave, dit Rudi. Je ne crois pas que ce soit un problème…

Il hoche la tête :

— Voilà ce qu'on va faire : Franck va sortir et rejoindre les femmes qui manifestent devant la mairie. Là, dit-il à son beau-frère, tu verras Mickie et les autres et tu leur diras d'essayer d'en rameuter le plus possible pour faire un grand cortège qui descendra par là.

Rudi tire un trait de la mairie à l'accès principal de la Kos. Puis il se tourne vers Hachemi :

— Toi aussi tu vas sortir. T'iras dans les blocs. Tu m'as dit l'autre jour que tout le monde nous suivrait ?

— Parole, ils sont tous chauds là-haut !

— OK, dit Rudi. Tu vas faire la même chose que Franck

avec les blocs : hommes, femmes, tout ce que tu peux. Il faut rameuter le plus de gens possible pour arriver par là.

Rudi trace une ligne de la route du tunnel jusqu'à la Kos.

— Troisièmement, dit-il, je sors moi aussi. Je fonce à Méneville voir Maxime, le fils de Lorquin, et même si je dois les faire venir à coups de pied au cul, je reviens avec les gars de la SMF et tous ceux qui voudront venir. Ça ne devrait pas être trop dur de leur faire comprendre qu'après la Kos, ce sera leur tour d'y passer.

Rudi dessine une flèche sur la nationale :

— Nous, on arrivera par là…

Il se redresse :

— Ce n'est pas une manif qu'on organise, mais trois. Trois cortèges qui prendront les flics à revers. Si tout se passe comme je le dis, ils se retrouveront en sandwich entre les cortèges et la Kos. Faudra qu'ils dégagent avant que ça dégénère et il n'y aura plus de distance entre ceux qui négocient et nous. Plus de distance entre la population de Raussel et nous. On aura brisé le cercle…

Top secret

Franck quitte la Kos en premier. Il emprunte le chemin que Serge avait emprunté avant lui et, sans se faire voir des flics en faction, rejoint rapidement la place de la Mairie.

Gisèle est la plus heureuse :

— Depuis le temps ! Je me voyais déjà fille mère, dit-elle en l'embrassant sous le regard attendri de Dallas.

— Faut que je parle à Mickie.

— Qu'est-ce que tu lui veux ? demande Dallas.

— Top secret.

– Je viens avec toi, dit Dallas en prenant le bras de son frère.

– Moi aussi, dit Gisèle en s'accrochant de l'autre côté. On est tes gardes du corps !

Ses yeux brillent :

Tes gardiennes du corps…

Champion

Hachemi repère Ibrahim qui sort du bâtiment C pour aller au Champion avec sa mère :

– Eh, Johnny ! Viens, faut que je te parle.

La mère d'Ibrahim proteste :

– Qu'est-ce que tu l'appelles « Johnny », c'est pas un chanteur, mon fils ?

– Excusez-moi, madame Zimet, on l'appelle tous comme ça ici.

– Vous êtes tous des diables !

Johnny pose la main sur le bras de sa mère :

– Laisse, maman, ça ne dérange personne…

Il demande à Hachemi :

– Qu'est-ce que tu veux ? On est pressés. On va au Champion…

– Justement, c'est de ça que je voulais te parler.

– Du Champion ?

– D'aller en ville. Mais pas d'y aller seulement avec ta mère. D'y aller avec tous les autres des blocs…

– Au Champion ?

– Pas au Champion, à la Kos.

Destruction massive

Rudi parcourt les trente kilomètres qui séparent Raussel de Méneville dans la voiture d'Anthony, pied au plancher. Maxime, le fils de Lorquin, l'attend à l'entrée de la SMF et le conduit jusqu'à la cantine où il pourra parler à tout le monde. Une petite sono est installée près de la table où sont servis les hors-d'œuvre. Maxime présente Rudi en quelques mots et lui passe le micro :

– La Kos est en train de mourir, attaque Rudi sans préambule. Une usine est en train de mourir. Une de plus. Demain, ou peut-être après-demain, fermeture après fermeture, il n'y en aura peut-être plus une seule en France : ce sera un désert ou un parc d'attractions. Ce que je vous dis, ce n'est pas de la science-fiction. Il n'y a plus un seul jour sans qu'on annonce un plan social à la télé ou dans les journaux, vous le savez comme moi. C'est comme les attentats au Proche-Orient. Il y en a tellement qu'on finit par être indifférent. Un de plus, un de moins, qu'est-ce que ça change ? Ça n'a plus aucune réalité. Huit cents chômeurs, quarante morts, cinquante, trois mille, oui, bon et alors ? Demain, il y en aura d'autres...

Sa voix s'élève :

– Alors je vous demande : qu'est-ce que c'est que ce système qui permet aux dirigeants d'entreprise de s'offrir des «parachutes dorés» alors qu'ils ruinent les boîtes dont ils ont la charge et n'ont jamais d'autres idées, pour s'en sortir, que de licencier en masse le personnel ?

Tout le monde se tait. Rudi interroge :

– Vous voulez des chiffres ? Je les ai copiés dans un journal...

Il sort de sa poche une petite fiche de papier quadrillé rose et la déplie :

– Non seulement ce n'est pas secret, mais ils s'en vantent ! Messier : 5,63 millions d'euros pour six mois de présidence ; le dirigeant de Licoys : 5,098 millions d'euros pour une présidence de huit mois, Lescure, quatre mois à la tête de Canal + : 4,12 millions d'euros, etc. Et j'en oublie, et j'en passe. Je ne les ai pas tous marqués. Tout ça sans parler des stock-options données aux P-DG et qui attendent patiemment dans le portefeuille de leurs bénéficiaires que les cours soient au plus haut pour être vendues. Juste un exemple : Jaffré, débarqué d'Elf Aquitaine avec dix millions d'euros nets de toute imposition et trente millions en titres ! Pour vous, tout ça, c'est du chinois. Vous vous dites, de quoi il nous parle ? Qu'est-ce qu'on en a à foutre de ce que gagnent les patrons ? Tant mieux pour eux s'ils s'en mettent plein les poches, tant que j'ai mon petit boulot peinard.

Un type l'interpelle, une grande gigue, dégarni, avec des lunettes rafistolées au sparadrap :

— Qu'est-ce que t'en sais ce qu'on pense ?

— Tu ne penses pas ça, peut-être ? demande Rudi. Sois franc.

— Non, je ne pense pas ça, je ne pense pas ça du tout ! Je pense même tout le contraire !

— Vas-y, je t'écoute. Tu veux le micro ?

— Pas la peine. C'est facile : le Medef a plein la bouche des « avantages acquis » et, à la télé, ils ne sont pas en reste pour dénoncer les travailleurs, ces « privilégiés » qui se permettent de déranger ces messieurs-dames en faisant la grève. Mais les privilèges des patrons, leurs fortunes, leurs passe-droits, les larbins de la télé, ils n'en parlent jamais parce que leurs patrons et ceux qui font crever la Kos, Metaleurop, GIAT Industries, Moulinex, Air Lib et demain, comme tu le dis, peut-être la SMF, c'est les mêmes !

Rudi est content. C'est exactement la réaction qu'il espérait :

– Ça fait plaisir d'entendre qu'on est au moins deux sur la même longueur d'onde !

Il se tourne vers Maxime :

– Et peut-être même trois. Parce que je suis sûr que Maxime pense comme nous ?

– Et comment ! dit Maxime. Les armes de destruction massive, ce n'est pas chez les Arabes qu'il faut les chercher. C'est à la Bourse de Paris, de Londres, de New York, de Francfort. C'est ceux-là qui nous tuent, ceux-là qui ont tué mon père !

Maxime ne peut s'empêcher d'essuyer une larme. Il y a un brouhaha dans la salle.

Rudi reprend la parole :

– Vous savez quel est le mot préféré des patrons ? Non ? Eh bien je vais vous le dire : c'est le mot « réforme ». Chez Molière, c'était le « poumon ».

Il fait le clown :

– « Le poumon ! Le poumon ! Le poumon ! » Au Medef c'est : « La réforme ! La réforme ! La réforme ! » Mais moi, je voudrais bien savoir de quoi parlent ceux qui le répètent en boucle. Parce que le mot « réforme », d'un côté, ça veut dire améliorer quelque chose, comme les protestants qui ont voulu améliorer le catholicisme. Et de l'autre, ça veut dire mettre hors service, au rencart, comme les réformés du service militaire ou les chevaux de réforme de nos grands-pères…

Rudi marque un temps :

– Je n'ai pas besoin de vous faire un dessin : le mot « réforme » n'a évidemment pas le même sens pour les patrons et pour nous. Pour le Medef, les libéraux et leurs supplétifs syndicaux, la réforme vise à améliorer une chose : leur compte en banque ! Pour nous, ça signifie être mis au placard, être hors service, déclarés hors d'usage !

Une voix interpelle Rudi :

– Tu parles bien, mais ça nous mène où, toutes ces paroles ?

– Ça nous mène peut-être à un mot que je préfère au mot « réforme », le mot « révolution »...

– Arrête tes conneries ! crie l'un.

– Ta révolution, c'est de faire sauter les machines ? demande l'autre.

– La violence, ça ne sert à rien ! ajoute un troisième.

– De quelle côté elle est la violence ? réplique Rudi. Elle est du nôtre ou de ceux qui nous envoient à la casse ? Aujourd'hui, à Raussel, la seule réponse qu'on a obtenue à toutes nos demandes, à toutes nos inquiétudes, à toutes nos angoisses, c'est deux compagnies de CRS !

Maxime intervient :

– Justement, Rudi est venu nous demander quelque chose de précis. Alors, vas-y, on t'écoute.

Rudi le remercie et enchaîne :

– Je suis venu vous demander de vous joindre à nous. De venir manifester à Raussel, montrer que, quelle que soit notre entreprise, nous sommes tous solidaires et prêts à nous battre. Parce qu'il ne faut pas se faire d'illusions. Ce qui vaut ici et maintenant pour la Kos, vaudra pour la SMF et toutes les autres boîtes demain. Les réformes qu'on nous promet, c'est le grand bond en arrière. C'est revenir au début du XXe siècle. À un système de servage comme celui qui existe aujourd'hui dans les pays que nous avons pillés, spoliés et qui nous rendent la monnaie de la pièce en nous faisant crever parce que chez eux la misère est si grande qu'on peut faire travailler n'importe qui pour un euro la journée de quinze heures !

– Je suis d'accord avec lui, dit la grande gigue aux lunettes scotchées. On veut faire de nous des journaliers. Des types qui n'ont pas le droit de penser au-delà d'une journée travaillée ; qui n'ont plus d'avenir au-delà de ça. Qui, d'ailleurs, n'ont plus de passé non plus. Des types qui doivent avoir tout oublié des luttes sociales, des grèves, des bagarres syndicales. C'est ça que veulent les patrons : des ouvriers sans mémoire et sans espoir. Je me fais bien comprendre ou faut que je continue ?

Rudi ne veut pas relâcher la pression :

– Tu te fais parfaitement comprendre ! T'as raison, ce qu'on entend aujourd'hui, c'est la vieille rengaine paternaliste : ce sont les employeurs qui *donnent* du travail aux ouvriers. C'est un acte de philanthropie, c'est de la charité. Les ouvriers n'ont le droit que d'exprimer leur reconnaissance, leur respect, leur soumission à ceux qui leur prodiguent tant de bontés. Mais ces chiens – c'est-à-dire vous, moi – ne sont ni reconnaissants ni soumis. Au contraire, à la première occasion, ils mordent la main qui les nourrit. Ça, c'est le baratin du Medef et de tous les gouvernements de droite qui rêvent d'un monde américain pour les patrons et des salaires des pays de l'Est pour les ouvriers. Vous savez qu'un patron d'une grande entreprise gagne environ trois cents fois plus qu'un ouvrier ? Hors du capitalisme, point de salut ! Ça a été tellement répété que même les gouvernements de gauche ont fini par croire que c'était une vérité révélée. Et nous, qui sommes-nous ? Des esclaves vendus pour les jeux de l'économie de marché. Ave Capital, ceux qui vont mourir te saluent ! Eh bien moi, je refuse de mourir pour leur profit, pour leur plaisir. Aujourd'hui, à Raussel, à Méneville et ailleurs, les esclaves se révoltent. Nous n'avons rien à perdre qu'un monde à gagner, comme disait Marx. Et même si nous sommes écrasés, un jour, d'autres se souviendront du combat que nous aurons mené, ils se diront « c'est possible ». Et cette fois-là, ça marchera !

Toilettes

Claude Tareigne, le jeune lieutenant des RG, coince Angélique quand elle sort des toilettes :

– Je peux vous parler deux minutes ?

– Faut que j'y retourne, dit Angélique. Excusez-moi…

– Attendez.

– Qu'est-ce qu'il y a ?

– Vous allez souvent aux toilettes.

– J'ai la colique.

Claude Tareigne dévisage Angélique :

– On ne va pas finasser, madame Belleroche, tout le monde a vu votre mari à la télévision dire : « Nous sommes en guerre » et déjà l'autre jour, ici, je vous ai entendue lui téléphoner…

Angélique rougit violemment :

– J'ai bien le droit de téléphoner à mon mari !

– Oui, dit le lieutenant, bien sûr que vous avez le droit. Mais pourquoi vous vous enfermez dans les toilettes pour lui parler ?

– Pour pas perdre de temps ! se défend Angélique, prise de court.

Tareigne sourit :

– Bien sûr… bien sûr… C'est pratique pour ça, les portables, ça permet de faire deux choses en même temps, surtout si on a la colique.

Angélique veut sortir mais le jeune lieutenant lui barre la porte :

– Comprenez-moi bien, madame Belleroche : si ça tourne mal là-bas, il y a toutes les chances pour que votre mari soit mis en examen pour mise en danger de la vie d'autrui, destruction de biens, usage d'explosifs et j'en passe. D'un autre côté, je ne sais pas si le maire appré-cierait d'apprendre que sa collaboratrice informe minute par minute les grévistes retranchés à la Kos de l'évolu-tion des négociations. On pourrait voir là comme une sorte de relation de cause à effet entre ce qui se dit à la mairie et ce qui explose à l'usine, vous ne croyez pas ?

Angélique se met à pleurer :

– Pourquoi vous me dites ça, je n'ai rien fait de mal !

– Ne pleurez pas, dit le lieutenant, ça n'en vaut pas la peine. Ce n'est pas si grave que ça et ça peut s'arranger…

– Qu'est-ce qui peut s'arranger ?

Tareigne prend une longue inspiration :

– Vous faites votre boulot et vous ne voudriez pas le perdre, surtout si votre mari se retrouve au chômage. Deux chômeurs dans la famille, c'est dur à vivre. Je vous comprends, vous savez, je suis comme vous, je dois faire mon boulot moi aussi. Et si je ne le fais pas, je pourrais me retrouver au chômage alors que je viens tout juste de commencer…

Angélique sent son cœur s'emballer :

– Où vous voulez en venir ?

– Nulle part, dit Tareigne, on y est déjà. C'est tout simple, c'est donnant-donnant. Vous me racontez ce que votre mari vous dit au téléphone et ça reste entre nous. Ni le maire ni personne ne saura jamais ce que vous faisiez dans les toilettes pendant les négociations…

– Mon mari ne me dit rien !

– Je suis sûr que si. Tiens, juste une question au hasard : est-ce qu'ils vont faire sauter une autre machine ou est-ce qu'ils mijotent autre chose ?

Angélique hausse les épaules :

– J'en sais rien ! Comment voulez-vous que je le sache ?

Le lieutenant Tareigne baisse la voix :

– Vous allez l'appeler, je suis sûr que vous vous y entendez pour lui tirer les vers du nez…

Route

Tout ce qui roule, tout ce qui peut transporter, tout ce qui peut véhiculer : cars, voitures, camions, motos, cyclos, se range à la suite de Maxime au volant de son pick-up blanc. Direction Raussel, objectif la Kos !

Maxime se penche par la portière :

— Vas-y, fais-leur signe ! crie-t-il.

Rudi, debout sur le plateau, fait tourner son blouson au-dessus de sa tête. Maxime imite une trompette sonnant la charge et le convoi se met en branle. Ils seront au moins trois cents de la SMF et de Méneville…

Rudi n'en revient pas de ce qu'il a dit. C'est sorti tout droit, d'un trait. Les choses étaient claires dans sa tête, les mots venaient tout seuls. Il parlait avec certitude.

La grande gigue du réfectoire le rejoint et se présente :

— Kosovski, dit-il, mais on dit « Ko »…

— Avec un nom comme ça, tu aurais mieux fait de travailler chez nous, remarque Rudi.

La grande gigue se marre :

— Sûr : Ko de la Kos, ça ferait noble !

Il montre du doigt les deux autres montés avec lui :

— Le petit c'est mon pote Saïd et l'autre, le jeune, il s'appelle Thomas, dit « Toto »…

Rudi serre les mains :

— Moi, c'est Rudi. J'étais un ami du père de Maxime…

— On te connaît. Qu'est-ce que tu crois ? Le Max nous avait chauffés à blanc avant que t'arrives.

— N'empêche qu'il a bien parlé, dit Saïd.

Il lève le pouce :

— C'était champion quand tu as dit que Medef voulait dire « Mouvement des entreprises de France » mais que, pour les patrons, le mouvement c'était de virer tout le monde histoire d'accélérer le mouvement des capitaux dans leur poche. Ça, tu vois, c'est des trucs qu'il faudrait dire à la télé…

— Ça va bastonner ? demande le jeune.

Rudi veut absolument l'éviter :

— Notre force doit être une force pacifique. Ce qui compte, c'est qu'il en vienne de partout, comme au Challenge du nombre. Que les flics soient noyés sous la masse…

Ko ricane :

— Sans ça on ira les noyer dans la rivière !

Saïd soupire :

— L'écoute pas, il ne peut jamais se taire !

Rudi connaît le modèle :

— Il y a le même dans mon équipe…

Ko réclame qu'on lui présente le phénomène qui lui ressemble :

— Il s'appelle comment ?

— Luc Corbeau.

— Ah putain ! Corbeau ! Mais c'est une blague un nom pareil !

— Et KO-Sovski, c'est pas une blague ? demande Saïd en rigolant.

— J'aime mieux OK-Sovski ! Moi, je suis toujours partant !

Le jeune revient à sa question :

— Mais si ça bastonne, qu'est-ce qu'on fait ?

— On fait face, répond Rudi. Mais, encore une fois, ce serait vraiment une sacrée merde d'en arriver là. Quand on débarquera à Raussel, je répéterai la consigne : pas de provocation, pas d'insultes, du silence, de la force et de la dignité. Il ne faut pas que les télés filment des excités. Tu sais, il suffit qu'il y en ait un pour tout foutre en l'air. Pour que tout ce qu'on aura fait se résume à un mec qui vocifère comme s'il était bourré. Et ça, pas question.

— Me dis pas qu'il n'y a rien à boire à Raussel ? dit Ko. Tu veux nous faire crever de soif ou quoi ?

Rudi le rassure :

— T'inquiète. Quand on aura réussi notre coup, on fêtera ça.

— Je veux, mon neveu !

Il se tourne vers le jeune :

– Qu'est-ce qu'il y a, Toto, t'en fais une tête ! T'as le mal de mer ou tu balises ?

– Le fais pas chier ! dit Saïd.

– Je ne balise pas, se défend le jeune, j'essaye seulement de me préparer au cas où ça aille pas comme on veut que ça aille. Je ne suis pas comme toi, moi, j'aime mieux y avoir pensé avant que d'y penser après, quand ce sera trop tard.

Saïd lui pose la main sur l'épaule :

– Je vais te raconter quelque chose de chez moi, dit-il. Nous, les Arabes, on dit que l'avenir, c'est ce qu'on a dans le dos. Ce qu'on ne voit pas et qui peut toujours te prendre en traître. Et le passé, c'est ce qu'on a devant soi : on le connaît, on peut le voir, on peut même le toucher…

Rudi hoche doucement la tête devant la longue file de véhicules qui suivent le pick-up de Maxime. Sa bouche est sèche, ses cheveux rabattus par le vent, dos à Raussel et à la Kos, ignorant ce qui l'attend, il sourit à son passé qui klaxonne et qui crie : « *El pueblo unido, jamás será vencido !* »

Les vivants et les morts

Hachemi a cru tourner maboul.

Faire descendre les blocs dans la rue est un exploit surhumain. Vingt fois, cent fois, il a dû répéter ses explications, jurer sur le Coran que ce n'était pas une combine pour laisser les racailles vider les appartements une fois que tout le monde serait dehors, promettre que ça ne durerait pas trop longtemps et que les femmes seraient à temps chez elles pour préparer le repas. Il a dû empêcher les jeunes de s'armer de battes de base-ball, de bouts de ferraille ou de chaînes de motos :

– C'est pas une baston où on va ! C'est une manifestation.

– Avec les keufs il y a toujours de la baston !

Heureusement les filles et les femmes sont plus raisonnables. Nadia s'est mise en avant :

– Moi, j'emmène mes deux enfants, a-t-elle lancé à la cantonade. Il n'y a pas besoin de prendre des armes. C'est ça notre arme, c'est nous. Rien d'autre. Parce que mon mari, il travaille à la Kos et que si ça ferme comme ils disent, on sera morts. Faut leur faire voir qu'on est vivants. Qu'on est des êtres humains. Si les flics veulent nous taper dessus, faut qu'ils sachent qu'ils tapent sur leur mère !

Place

Les femmes n'ont toujours pas bougé de la place de la Mairie où elles manifestent avec une ténacité qui commence à briser la patience des CRS. Pas un instant elles n'ont cessé de taper sur leurs casseroles, de lancer des slogans, de chanter pour être sûres que là-haut – où ça discute – personne ne puisse ignorer qu'elles sont là et bien là. Qu'elles tiennent le siège.

> *Non à la liquidation*
> *Non ! Non ! Non !*
> *Souvenez-vous d'l'inondation*
> *Oui ! Oui ! Oui !*

Le mot est passé de bouche en bouche : se tenir prêtes. Quand elles recevront le signal de Rudi sur le portable de

Dallas, elles devront se séparer en deux groupes pour forcer les flics à manœuvrer. Une partie, avec Dallas et Varda dont le jogging rose servira d'étendard, contournera la mairie par la gauche, et l'autre, derrière Mickie, passera par la droite. Rendez-vous devant le Kursaal avant de plonger sur la Kos en se faufilant par le petit passage que les CRS ne contrôlent pas. Le « passage des soupirs », comme on dit à Raussel, puisque c'est là que beaucoup ont échangé un premier baiser après une séance de cinéma...

— Tu devrais rentrer, dit Dallas à Gisèle.

— Pourquoi tu veux que je rentre ?

— Parce qu'on ne sait pas ce qui peut se passer et que tu as un bébé dans le ventre.

Gisèle hausse les épaules :

— Il ne va rien se passer !

— T'en sais rien, moi non plus. Mais t'as déjà vu à la télé comment les flics s'y prennent pour disperser une manif. Que ce soit des hommes ou des femmes, ils s'en foutent, s'ils ont ordre de cogner, ils cognent.

— Je pourrai toujours courir... Même avec un bébé dans le ventre, je cours plus vite que toi !

— Oui, je sais, soupire Dallas, tu pourras toujours courir, mais tu peux aussi trébucher et tomber ou te faire coincer contre des voitures ou te faire tabasser.

— Dallas a raison, dit Varda, vaut mieux que tu rentres. S'ils lancent des lacrymogènes ou d'autres saloperies, faudrait pas que tu respires ça. Tu ne veux pas faire une fausse couche ?

Gisèle arrête de taper sur sa casserole :

— Vous voulez me virer ?

Dallas la prend par le cou :

— Mon petit cœur, c'est pas pour te virer, c'est pour te protéger. Si Franck était là, il te dirait la même chose.

— Lui, il est toujours inquiet de tout !

— Il t'aime, c'est normal qu'il soit inquiet, dit Dallas.

Et moi aussi je suis inquiète. Maman me garde les petits mais je serai plus rassurée si t'es avec eux. Elle est tellement émotive, et on ne peut pas compter sur papa.

Varda renchérit :

— Sans compter que ça peut servir d'avoir quelqu'un qu'on puisse appeler, quelqu'un qui puisse faire quelque chose pendant qu'on sera dans la mêlée.

— Quoi, par exemple ?

— Je ne sais pas, moi. Quelque chose...

Gisèle se résout à partir :

— Bon, OK, d'accord, j'y vais, mais vous me promettez de tout me raconter ?

Dallas l'embrasse sur la joue :

— Tu sais ce que tu vas faire ? Chez les parents, tu montes au grenier. Et dans le grenier tu passes par le vasistas et tu grimpes sur le toit. Ça fait comme une petite terrasse près des cheminées. De là, tu verras tout mieux que personne !

Le visage de Gisèle s'illumine :

— C'est génial !

— Vas-y, dit Dallas, lui donnant une petite claque sur les fesses pour la presser de partir.

En s'en allant, Gisèle croise Mickie qui vient parler à Dallas :

— Elle s'en va ?

— J'aime mieux pas qu'elle reste.

— T'as raison, on ne sait jamais. Toujours rien ?

Dallas regarde l'écran de son portable :

— Non. J'attends.

Mickie fait une sorte de petite grimace :

— J'espère qu'il a réussi...

— On peut compter sur Rudi, dit Varda.

Mickie et Dallas approuvent d'une même voix :

— Oui, on peut compter sur lui.

Elles rient d'avoir prononcé en même temps la même phrase.

– Ça porte bonheur, dit Dallas.

– Oui, ça porte bonheur, répète Mickie, les yeux soudain pleins de mélancolie.

Suspension

À la demande de Lopez, le préfet annonce une suspension de séance d'un quart d'heure afin que chacun puisse boire un café et étudier les dernières propositions. Dehors, ça crie toujours, ça chante, ça tambourine :

> *Boum ! Boum ! Boum !*
> *Nous irons jusqu'au boum !*

Personne ne quitte la salle mais chacun s'isole comme il le peut dans un coin ou dans l'autre.

– Vous trouvez ça comment : bon ou mauvais ? demande Lopez.

– Plutôt bon, dit Lamy. Sauf pour la prime, on ne pourra pas tenir à vingt mille euros pour tout le monde…

– En tout cas, constate Pignard, on avance. Pour la prime, est-ce que vous êtes d'accord pour ne pas descendre en dessous de quinze mille.

Ils sont d'accord : pas en dessous de quinze mille.

Mme Roumas fait remarquer qu'un problème est sous-évalué.

– Excusez-moi si je prêche pour ma paroisse, dit-elle, mais il faut obtenir plus de garanties pour les femmes. À quarante ou cinquante ans, contrat de reconversion ou pas, les chances de retrouver un travail dans la région sont quasiment inexistantes, vous le savez comme moi. Et quand vous avez des gosses, pas question de partir ailleurs… Je suis bien placée pour le dire, mon dernier a onze ans.

Lopez propose d'établir une sorte de barème suivant les cas :

— Femmes seules, femmes seules avec un ou plusieurs enfants, Femmes mariées, etc.

— Si on se lance là-dedans, dit Pignard, on y est encore dans huit jours ! Il faut défendre un principe général applicable à tous.

Lamy, évidemment, n'est pas d'accord :

— Si on fait ça, on se donne bonne conscience et c'est tout. Ça peut paraître équitable aujourd'hui mais demain ce sera une cata, surtout pour les femmes et les vieux.

— Non, proteste Pignard qui se sent visé, il faut que tout le monde soit égal.

Lamy n'en démord pas :

— Il n'y a pas d'égalité qui tienne dans notre situation. Je le répète encore une fois : il faut faire des catégories. Tout le monde ne peut pas être traité de la même manière.

— Tu ne vas pas nous refaire le coup de la préférence régionale ?

— Si, justement.

Mlle Lepage, dans son coin, discute avec le directeur départemental du travail et les deux députés :

— Sur les congés de conversion, nous dérogerons, dit-elle, le ministre me laisse du champ. Nous dépasserons les dix mois s'il le faut, surtout pour les femmes qui sont à quarante-neuf ans et quelques mois et les ouvriers de plus de cinquante ans.

Lallustre fait remarquer :

— D'après ce que je sais, après le dernier plan social les ouvriers de plus de cinquante ans sont une archimino-rité…

— Eh bien, ça nous facilitera les choses !

– Et pour les salaires ? demande le directeur départemental du travail. Vous allez accepter ce qu'ils proposent ?

– Non, répond Mlle Lepage, mais je crois qu'on finira par se mettre d'accord autour de soixante-dix pour cent net.

– Parlons de la prime, dit Chevanceau, vingt mille euros par personne, c'est absolument impossible !

– Vous voulez dire que c'est trop ? lui demande Lallustre.

– Je n'ai pas dit ça ! Je dis que c'est impossible. L'économie a des règles qu'il faut respecter.

– Eh bien, que ceux qui édictent ces fameuses règles commencent par les respecter eux-mêmes.

– C'est pour moi que vous dites ça ?

Salvy avertit le préfet qu'il a des informations :

– Le commandant Salon est certain qu'il se prépare quelque chose.

– Ils vont encore faire sauter une machine ?

– Non, je ne crois pas. Ce serait plutôt du genre manifestation.

– J'imagine qu'il prend toutes les dispositions nécessaires ?

– Je suis en contact permanent avec lui.

– Très bien. Et le GIGN ?

Salvy sourit :

– Ça mijote, c'est comme le pot-au-feu, mais quand ce sera prêt, ils serviront chaud.

Behren, à l'écart, seul, les mains enfoncées dans les poches de son pantalon, regarde par la fenêtre les femmes qui n'en finissent pas de narguer les CRS, les va-et-vient des unes, des autres, l'excitation, les rires, les cris et, au milieu de toutes, le jogging rose fluo d'une grosse qui lui a toujours plu mais dont il ne se souvient plus du nom…

Porte-voix

Armand, le mari de Mickie, prend le porte-voix pour transmettre à tout le personnel de la Kos ce que Pignard vient de lui dire au téléphone :

– Ça avance à la mairie. En deux mots : pour la prime de vingt mille euros ça coince, mais ils vont s'en sortir.

– Faut qu'on leur donne un coup de main ? demande Luc Corbeau, mimant un artificier appuyant sur un détonateur.

– Attends la suite !

Armand veut continuer mais Totor Porquet lui coupe sèchement la parole :

– Moi, ça me gonfle cette histoire de prime. La prime ! La prime ! La prime ! La prime à quoi ? La prime à fermer sa gueule ? La prime à la gamelle ? La prime pour rentrer à la niche comme un toutou bien sage ?

Anthony ne l'écoute pas. Il n'écoute pas non plus ceux qui répondent à Totor Porquet. Il a la tête ailleurs. Il ne comprend pas le dernier appel d'Angélique. Il aurait juré qu'elle venait de pleurer. Sa voix tremblait. Il ne comprend pas pourquoi elle lui posait soudain toutes ces questions : et qu'est-ce que vous allez faire ? c'est pour quand ? qui s'occupe de quoi ? Ce n'est pas le genre d'Angélique de poser des questions. Ça ne lui ressemble pas. Quand il a voulu la rappeler pour en avoir le cœur net, son portable était sur répondeur. Anthony n'aime pas ça : mauvaises vibrations, pense-t-il. Il regrette de lui avoir dit que Rudi était sorti appeler ceux de la SMF à la rescousse. Depuis quand s'intéresse-t-elle à Rudi ? À ce qu'il fait, à ce qu'il pense ? Ça non plus ce n'est pas le genre d'Angélique de fourrer son nez dans les affaires des autres. À la mairie, elle a appris à se taire. Elle ne parle jamais de ce qu'elle voit, de ce qu'elle entend, sinon pour dire que Mme Rameau, de l'accueil, est grand-mère d'une petite Myriam ou qu'on va repeindre en jaune les couloirs du premier étage. Rien de personnel, rien de confidentiel, pas de cancans, pas de secrets. Des petits faits sans importance. Et là, soudain, ce n'était plus la même, comme si quelqu'un lui soufflait ses questions, la pressait d'en poser. Anthony n'a rien dit sur les femmes et sur les blocs, pourtant elle insistait, ça ne lui paraissait pas suffisant que Rudi soit en vadrouille, elle voulait en savoir plus sur ce que mijotaient les autres de la maintenance. « Qu'est-ce que tu nous prépares ? » lui avait-elle demandé. Elle avait dit « nous » comme si elle parlait au nom d'un groupe. « Nous » ? Qui ça « nous » ?

— Eh Anthony ! Je t'ai demandé ce que tu en pensais ! crie Armand dans le porte-voix.

— Quoi ? Qu'est-ce que tu m'as demandé ?

Armand insiste :

— Je t'ai demandé ce que t'en penses ?

Anthony ne sait absolument pas de quoi parle Armand. Luc Corbeau est trop content de répondre à sa place :

— Il pense au cul d'Hortense !

Les bêtises

La petite Ève dort. Gisèle trouve Denise dans la cuisine en train de jouer avec Kevin qui rit comme un perdu.

— T'as pas croisé papa ? demande Denise. Il est descendu voir ce qu'ils fichent sur la place de la Mairie. On les entend jusqu'ici…

Non, Gisèle n'a pas rencontré Henri :

— Ce n'est pas étonnant, vous verriez le monde…

— Pourquoi t'es pas restée ? T'es fatiguée ?

— C'est Dallas qui a voulu que je rentre. Il va y avoir

une manifestation et avec tous les CRS qui sont là-bas on ne sait jamais…

Denise sourit :

— Elle a quand même du plomb dans la tête !

— Pourquoi vous dites ça ?

— Je dis ça, soupire Denise, parce que Dallas, quand elle avait ton âge et même avant, s'il y avait une bêtise à faire, elle la faisait, et plutôt deux fois qu'une, sans jamais réfléchir aux conséquences…

— C'est pour ça qu'on s'entend si bien, dit Gisèle en mettant son ventre en avant. Moi aussi les bêtises, ça me connaît et je n'ai pas réfléchi non plus à ce que je faisais. Je l'ai fait, parce que ça me plaisait de le faire. Et de le faire avec Franck.

Denise lève les yeux au ciel :

— Ne me parle pas de Franck, il a de qui tenir, je te jure ! Je vais te dire : Dallas lui a tout appris. Tout ce qu'il ne faut pas faire. Ça, pour l'envoyer se baigner tout habillé ou lui faire faire pipi dans le bénitier à l'église, elle était toujours partante. Tu ne peux pas savoir ce qu'ils m'ont fait ces deux-là ! Ah non, je te jure.

Tout à trac, Gisèle demande soudain :

— Vous saviez que ma mère avait eu un petit frère ?

Denise prend Kevin dans ses bras et réclame un bisou à son petit poulet :

— Oh oui, je me souviens de l'accident, tout le monde en a parlé…

— Moi, personne ne me l'avait dit.

Kevin embrasse sa grand-mère en serrant ses bras très fort autour de son cou.

— Tu ne le savais pas ? demande Denise, rendant son bisou à l'enfant.

— Non, je l'ai appris par hasard.

Denise repose Kevin :

— Va chercher ta tototte.

Elle n'en revient pas que Gisèle ignore cette histoire.

– Ta mère ne t'a jamais raconté ce qui s'est passé ?

– Non, ni à moi ni à ma sœur ou à mes frères. Je suis sûre qu'ils ne le savent toujours pas.

– Elle doit vouloir l'oublier… C'est terrible ce qui lui est arrivé.

– Oui, dit tristement Gisèle, elle l'a si bien oublié que tout le monde a oublié aussi le petit frère. Aujourd'hui, plus personne ne se souvient de lui. Pas même de son nom…

– Ah si ! s'exclame Denise, moi je m'en souviens !

– Vous vous en souvenez ?

– Tu parles : s'il y a une chose que je ne peux pas oublier, c'est bien ça…

– Il s'appelait comment ?

Denise se tord la bouche :

– Il s'appelait Franck…

Je le savais

Gisèle prend son journal et de quoi écrire, elle prend aussi une paire de petites jumelles de théâtre, un cadeau qu'elle avait reçu pour son entrée en sixième. La seule chose qui lui reste désormais de sa grand-mère…

Elle monte au grenier par l'échelle droite qui y conduit et là, en grimpant sur un trois-marches métallique, elle atteint le vasistas.

Gisèle se hisse sans mal sur le toit.

Dans une autre vie elle sera acrobate…

Entre les deux cheminées, elle trouve l'espace goudronné et bien plat dont Dallas parlait. La vue sur Raussel est imprenable. C'est un promontoire d'où elle peut voir sur sa gauche la Kos installée le long de la Doucile, sur sa droite, plus au centre, la place de la Mairie et encore plus à droite les blocs, d'un côté de la forêt et de l'autre, le lotissement où habitent Dallas et Rudi.

Gisèle règle ses jumelles et balaye l'horizon.

À la Kos, rien ne bouge. Les ouvriers sont massés derrière les grilles de l'entrée principale. Face à eux les CRS forment un cordon noir sur trois rangs ; Gisèle sourit en repérant le jogging rose de Varda sur la place de la Mairie, la marche n'est pas commencée. Rien non plus du côté des blocs, sinon une bande de jeunes qui font pétarader leurs Mobylette…

— C'est le calme avant la tempête, pense-t-elle en s'asseyant le dos calé contre une cheminée.

Gisèle ouvre son journal sur ses genoux, page neuve. Elle écrit la date et très vite, d'une main ferme : « je le savais » puis elle s'arrête, le stylo en l'air, stoppée dans son élan. Que dire d'autre ? que dire de plus ? Gisèle hésite, le regard vague. Elle détache ses mots syllabe par syllabe : « je-le-sa-vais » pour relancer sa phrase. Elle va pour continuer mais une force invisible lui retient le bras. Gisèle ferme les yeux, elle se concentre, murmure « je le savais » mais rien ne vient. Le soleil l'éblouit un peu, il n'y a pas de vent, Gisèle lève la tête pour observer un vol d'étourneaux qui passe au-dessus d'elle. La chaleur a une odeur de goudron. Son cœur bat. Elle se revoit sur la plage avec Franck quand ils couraient tout nus se jeter dans les vagues.

— Franck…, gémit-elle en serrant les poings jusqu'à sentir ses ongles entrer dans sa paume.

Soudain, sous le premier « je le savais » elle en rajoute rageusement un autre, puis un autre, un autre encore jusqu'à couvrir la page entière : *je le savais, je le savais, je le savais, je le savais, je le savais, je le savais, je le savais, je le savais, je le savais, je le savais, je le savais, je le savais…*

Renforts

Serge ne décolère pas depuis que Varda est repartie manifester avec les autres femmes. Il tourne dans le salon, vire, donne des coups de pied dans le canapé, des coups de poing contre le bar. Son sang bat à ses tempes, ses muscles durcissent, se contractent. Il crache, il râle :

– Elle me fait chier ! Elle me fait chier ! Ils me font tous chier ! J'en ai marre de tous ces cons ! Vivement que je me barre ! Salut, merci, vous êtes pas prêts de me revoir ! Allez-y si vous voulez tout faire sauter, j'en ai rien à foutre. C'est pas moi qui vais rester là ! Ah les cons, ils ne se rendent même pas compte que c'est sur eux que tout ça va retomber ! Ils auront l'air malin quand elle leur aura pété dans la gueule, leur dynamite ! Et qu'il ne restera rien, rien ! C'est pas possible. C'est pas possible d'être aussi cons…

Son regard est soudain attiré par un éclat de lumière qui frappe ses fenêtres. Serge se penche et voit des CRS se regrouper en colonnes : casques, boucliers en Plexiglas, matraques à la main. Il n'y a pas d'ordres aboyés, pas de mots échangés, très peu de bruits dans leurs déplacements. Ces hommes ne sont pas comme les autres. Leur tenue est plus légère, visiblement renforcée aux épaules, aux coudes et aux genoux à la manière des footballeurs américains. C'est une section spéciale, un groupe d'assaut. Serge comprend aussitôt ce qui se prépare. Ceux-là vont passer à l'action, investir la Kos. Il attrape son portable, mais au moment d'appeler il réalise qu'il n'a aucun numéro, ni le numéro de Rudi, ni celui d'Anthony, ni de qui que ce soit qu'il pourrait prévenir. Si, il a le téléphone de Rouvard ! Serge appelle fébrilement son chef mais tombe sur le répondeur :

– Ah merde ! Merde !

Serge se décide à foncer à l'usine pour prendre les flics de vitesse. Il sort de chez lui en catastrophe sans même enfiler un blouson. Il dégringole les escaliers quatre à quatre en se tenant à la rampe et saute les huit dernières marches d'un seul bond. Dans ses rêves, Serge se voit souvent comme un athlète courant et bondissant, traversant l'espace avec la légèreté d'un chat sauvage. Il est bloqué à la sortie de l'immeuble par un gradé :

— S'il vous plaît, monsieur, veuillez rentrer chez vous. la rue est barrée.

— Qu'est-ce que c'est que cette connerie ?

— Ne vous inquiétez pas : c'est temporaire. Rentrez chez vous, merci.

— Je dois absolument aller à la pharmacie ! ment Serge.

— Pour l'instant, je ne peux pas vous y autoriser.

Serge le prend de haut :

— Vous ne pouvez pas m'empêcher d'aller à la pharmacie !

— Je ne vous empêche pas, dit le CRS très calme. Je ne peux simplement pas vous autoriser à y aller tout de suite. Le mieux est de rentrer chez vous. Ce ne sera pas long.

— Qu'est-ce que vous allez faire ?

Le CRS sourit :

— Notre métier…

Serge s'élance soudain au milieu de la rue et se met à courir. Il n'entend pas le gradé siffler un coup bref. Il n'a pas le temps de réaliser, quatre, peut-être cinq hommes sont sur lui. Ils le plaquent au sol, lui retournent les bras, le menottent malgré ses cris, ses injures :

— Lâchez-moi, bande de tarés, lâchez-moi !

L'action a duré moins d'une minute.

Serge est ramené vers le CRS.

— Lâchez-moi, merde ! Vous n'avez pas le droit !

— Ferme-la, lui conseille à voix basse un des hommes qui le tiennent par les bras.

Serge veut se faire entendre, ameuter du monde :

– Je t'emmerde ! T'as pas le droit de me tutoyer !
Lâchez-moi, espèces d'enculés !

L'homme répond d'un coup de coude au foie qui
plie Serge en deux. La douleur l'asphyxie, lui donne des
spasmes.

– Qu'est-ce qu'il a ? demande le gradé lorsque le petit
groupe fait halte devant lui.

– Un malaise, répond le CRS, regardant son chef droit
dans les yeux.

Le CRS sourit :

– Je comprends pourquoi il voulait aller à la pharmacie,
dit-il, complice, observant Serge qui peine à reprendre
son souffle.

Il adresse un petit signe de tête à ses hommes :

– Mettez-le au frais, on verra plus tard.

Images

Maxime dirige le convoi de la SMF à côté du Champion de Raussel, sur un grand espace aplani et bétonné où
devait se monter une usine qui ne s'est jamais construite.

Tout le monde descend.

Debout sur la plate-forme du pick-up, un mégaphone à
la main, Rudi rappelle les consignes avant de se mettre
en marche :

– Notre manifestation est une manifestation pacifique ! Notre force, c'est notre nombre, notre calme, notre
détermination. Alors surtout pas de provocation, pas d'injures aux flics, pas de bagarre. Rappelez-vous d'un truc :
Marx disait que les propriétaires des moyens de production étaient les patrons du monde. Aujourd'hui, ce sont
ceux qui possèdent les moyens de communication. Nos
premiers ennemis ce ne sont pas les flics, ce sont les

images ! Celles qu'on diffusera de nous, contre nous. Ne perdez jamais de vue que ce sont des armes plus redoutables que les balles et les fusils ! De la force ! Du calme ! De la dignité !

Rudi scande :

> *Raussel vivra*
> *Méneville est dans la rue !*
> *S-M-F, la Kos*
> *Même combat !*

Trois cents voix reprennent le slogan.

JTM

Dallas reçoit le signal du départ. Un «je t'aime» en trois lettres qui s'affiche sur l'écran de son portable. Un JTM qui vaut pour elle les plus longues déclarations d'amour.

— Ça y est, dit-elle à Varda. C'est parti, je vais prévenir Mickie.

Dallas se faufile entre les femmes qui, pour la centième, la millième fois, crient en tapant en cadence sur leurs instruments de cuisine :

> *Boum ! Boum ! Boum !*
> *Nous irons jusqu'au boum !*

Dallas fait signe à Mickie :

— Ça y est ! dit-elle, en lui montrant l'écran de son portable.

Mickie ne comprend pas immédiatement le sens des trois lettres affichées sous ses yeux.

– « Je t'aime », traduit Dallas, c'est le signal.

Mickie vacille :

– Qu'est-ce que tu dis ?

– « Je t'aime », insiste Dallas, haussant le ton pour se faire entendre au milieu des clameurs et des percussions. C'est le message de Rudi. Allez, en route !

Dallas retourne près de Varda qui a déjà fait passer le mot :

– C'est parti mon kiki !

Mickie sent la terre l'abandonner. Est-ce que Rudi l'a envoyé sciemment ou est-ce une de ces affreuses coïncidences de la vie ? Ou quelque chose d'autre encore ? De plus mystérieux. Des ondes qui portent les êtres et les choses et poussent la femme de l'homme que l'on désire à venir vous crier un « je t'aime » de la part de son mari…

Saïda la secoue par le bras :

– Eh, Mickie, merde ! Qu'est-ce que tu fous ? Faut y aller !

– Oui, dit Mickie, retrouvant ses esprits, faut y aller…

– Ça va ?

– J'ai mal au ventre, avoue Mickie, portant instinctivement la main à l'endroit où la douleur se noue.

Canne

Hachemi, au milieu de la petite foule qui l'entoure, reçoit un appel de Rudi :

– Vous êtes prêts ?

– Oui.

– Il y a du monde ?

– T'inquiète : Boualem, Aziz, Merzak, Karima, Malika, Soumya, Tahar, Nourredine, Leïla, tous les blocs sont là !

Hachemi crie : « Vous êtes là ? » et lève son portable pour que Rudi entende les youyous lancés à pleine voix.

Rudi raccroche.

Hachemi agite un grand drapeau blanc noué au bout d'une tringle à rideau qu'il brandit à bout de bras pour donner le signal du départ. Il y a plus d'une centaine de personnes derrière lui. Le cortège se forme naturellement avec les hommes devant, les femmes et les enfants derrière et, en queue, les jeunes qui prennent ça un peu à la rigolade, mais ne rateraient la descente sur la Kos pour rien au monde.

Hachemi marche en tête, encadré par les plus âgés.

— J'espère que tu sais ce que tu fais, mon fils, dit M. Djemaï, qui s'appuie sur une canne.

— Pas de problème, répond Hachemi. Faites-moi confiance.

— Je te fais confiance, mon fils. Je te fais confiance, mais j'étais à Paris en 61 et je sais ce que c'est.

— Ne vous inquiétez pas. C'est pas pareil…

— C'est toujours pareil avec les flics, mon fils. Tu peux rien y faire. Tu sais, nous, on ne voulait de mal à personne, on voulait ce que de Gaulle avait dit : l'Algérie « algérienne », mais la police s'en foutait, elle voulait d'abord casser du « bougnoule »…

— Je sais, monsieur Djemaï, vous me l'avez déjà raconté. Aujourd'hui, c'est différent : on n'est pas des « bougnoules », des « ratons » ou des « crouilles », on est des ouvriers de la Kos et leurs familles qui manifestent. On est des Français. Il ne faut pas s'inquiéter.

M. Djemaï ne s'inquiète pas :

— J'ai ma canne, dit-il en riant doucement.

Révolution

La négociation s'enlise sur la modalité de cofinancement de la cellule de reclassement, sur la part de l'Europe (FSE), celle des pouvoirs publics, celle du conseil général et celle du conseil régional...

Le directeur départemental du travail s'enthousiasme sur la plate-forme de reconversion professionnelle :

– Avec l'ANPE et l'AFPA en synergie ! Avec une ligne budgétaire pour financer une partie des coûts liés à d'éventuels changements de domicile. Avec un contrôle permanent assuré par...

Quand il jette un coup d'œil à l'extérieur, par les hautes fenêtres de la mairie, Lopez voit le ciel coupé en deux : d'un côté du bleu intense et sans traces, de l'autre un tapis de nuages, uniforme, doux et cotonneux. L'image le fait réfléchir : sont-ils en train d'être endormis, enveloppés dans la ouate, étouffés par la discussion elle-même, ou doit-il voir deux camps qui se font face, tête contre tête, blancs contre bleus comme au moment de la Révolution...

Le préfet lui donne la parole :

– Monsieur Lopez ? Vous aviez demandé la parole...

Lopez hésite, troublé :

– Pardon, excusez-moi, je réfléchissais.

– Eh bien, c'est le moment de nous faire part de vos réflexions. M. le directeur départemental du travail vient de faire des propositions très concrètes et très argumentées. Qu'attendons-nous pour les approuver ? Tout le monde s'impatiente. Les explosions, ça suffit.

Lopez passe l'ongle de son pouce sur ses lèvres avant de répondre, comme s'il n'avait pas écouté ce que vient de dire le préfet :

– Je réfléchissais à l'assassinat de Marat...

Le préfet est désarçonné. Il n'est pas le seul. Lopez parle comme s'il rêvait :

— Aujourd'hui c'est à la mode de dénigrer la Révolution, d'y voir la préfiguration de tous les totalitarismes. La Révolution ce ne serait que la Terreur. Mais vous savez ce qui a déclenché la Terreur ? Deux choses : la peur de voir les droits de l'homme disparaître dans l'eau du bain où Marat était mort et la peur de voir l'œuvre de la Révolution réduite à néant. La Terreur c'est la réponse à une peur immense. La peur, l'effroi du peuple...

Le préfet allonge le cou et ravale sa salive :

— Je vous remercie pour ces remarques fort érudites, mais si quelqu'un ici peut me dire ce qu'elles signifient dans notre situation, je lui suis d'avance reconnaissant...

Lopez change de ton :

— Cela veut dire que votre ministre peut s'impatienter et que vous pouvez vous impatienter et que tous ceux qui s'impatientent autour de cette table peuvent s'impatienter autant qu'ils le veulent, jamais nous ne signerons un protocole d'accord qui soit la négation de ce pourquoi le personnel de la Kos s'est engagé dans la lutte qu'il mène actuellement. Et que si votre impatience devait se traduire par une action des forces de l'ordre contre les grévistes, vous prendriez le risque de déclencher quelque chose de bien plus redoutable que cette explosion qui semble vous avoir tellement effrayé !

Mlle Lepage fait remarquer que les femmes ne tapent plus sur leurs casseroles, ne crient plus, ne chantent plus :

— Écoutez, quel silence...

Ils se taisent un instant. Seul leur parvient le ronron sournois de la climatisation. Saint-Pré se lève d'un bond :

— Elles s'en vont ! dit-il en allant ouvrir les fenêtres.

Tout le monde se lève pour voir au-dessus de son épaule :

— Elles s'en vont ! répète Saint-Pré qui n'en croit pas ses yeux.

Lopez interroge Pignard du regard : qu'est-ce que ça signifie ? Pignard répond d'un geste : il n'en sait rien. Il se tourne vers Mme Roumas et Lamy qui, eux non plus, ne comprennent pas pourquoi les manifestantes quittent la place de la Mairie, les unes par la droite, les autres par la gauche.

Rues

Mikaël Poliveau, de *La Voix*, réussit à se faufiler dans la foule des femmes et à rejoindre la tête du cortège.

— Vous allez où ? demande-t-il à Mickie, dont le visage ne lui est pas inconnu.

Il fréquente la bibliothèque.

— On va faire des courses ! répond Saïda qui a entendu la question.

— OK, dit Poliveau qui ne manque pas d'humour, je viens avec vous. Je vous aiderai à porter les sacs !

Mickie se tourne vers lui :

— Vous êtes la remplaçante de Florence ?

— Joli lapsus...

— Oh, excusez-moi, dit Mickie. Je suis désolée.

— Laissez tomber. Je peux vous poser quelques questions ?

— Allez plutôt à la mairie leur demander où ils en sont.

Poliveau sourit :

— Je préfère rester avec vous... Ça ne peut pas me faire de mal de faire un peu de marche à pied, dit-il en se tapant sur le ventre.

Il sort un petit carnet jaune :

— Alors, vos impressions ?

— Mes impressions ? s'exclame Mickie. Vous me demandez mes impressions ? Mais regardez autour de vous : il y a de la colère, il y a du désespoir et il y a du courage. Voilà mes impressions.

— Vous approuvez la destruction de machines ?

— Écoutez : depuis dix ans on nous mène en bateau. Il fallait un symbole fort pour que tout le monde comprenne que ce genre de promenade était terminé.

— C'est quand même une forme de terrorisme ?

— Le mot vous plaît, hein ?

— Pardon ?

— « Terrorisme », le mot « terrorisme » ! Les journalistes aiment beaucoup ce mot-là, ça fait vendre, ça accroche. Il est partout, dans les journaux, à la télé ! Ce qui se passe à la Kos, ce serait du « terrorisme » et ceux qui se battent pour sauver leurs emplois des « terroristes »...

— Je n'ai pas dit ça.

— Non, vous ne l'avez pas dit, mais vous le pensez si fort que tout le monde vous a entendu.

— Si ce n'est pas du terrorisme, se défend Poliveau, comment qualifieriez-vous l'usage de dynamite dans un conflit social ?

— C'est de la résistance, dit Mickie, très sûre d'elle. C'est exactement comme pendant l'Occupation où les collaborateurs dénonçaient toujours les résistants comme terroristes.

— Je ne suis pas d'accord, vous ne pouvez pas faire l'amalgame ! Votre comparaison ne tient pas une seconde.

— Expliquez-moi pourquoi. J'aimerais bien vous entendre...

Poliveau renonce à poursuivre sur ce terrain.

— Vous ne trouvez pas un peu étrange que ce ne soient que des femmes qui manifestent ? demande-t-il pour changer de sujet.

— Et vous, vous ne trouvez pas un peu étrange que ce ne soient que des femmes qui aient fait les frais du dernier plan social ?

— Il n'y a pas eu que des femmes...

— Il y en a eu plus que d'hommes. Les neuf dixièmes des licenciés...

Mickie se retourne vers le cortège :

— Regardez : toutes celles qui sont ici étaient à la Kos il y a six mois. Combien, croyez-vous, ont retrouvé du travail ? Pas même dix pour cent. On nous parle de reconversion, de reclassement, mais dans quoi ? Dans les travaux publics, dans la métallurgie, dans les transports. Vous croyez que ce sont des branches qui emploient beaucoup de femmes ?

Poliveau reconnaît qu'effectivement...

— Qui est à l'origine de cette manifestation ?

Saïda s'en mêle :

— Nous, seulement nous. On n'a besoin de personne pour savoir ce qu'on a à faire. Vous pouvez l'écrire : les anciennes de la Kos manifestent contre la liquidation. Des femmes, rien que des femmes !

— Les syndicats ne sont pas partie prenante ?

— Ni les syndicats, ni qui que ce soit. Mon mari ne sait même pas que je suis là !

— Quand même, vous êtes en contact avec ceux qui occupent la Kos ?

Mickie répond avant Saïda :

— Bien sûr que nous sommes en contact ! Mais ça ne signifie pas que nous sommes aux ordres.

Briefing

Le capitaine Pascal vient avertir le commandant Salon installé rue Berger dans la camionnette des transmissions que les manifestantes ont quitté la place de la Mairie.

— Elles se sont scindées en deux cortèges.

— Elles se dirigent vers nous ?

— Non, vers le cinéma.

Le commandant est étonné :

— Qu'est-ce qu'elles vont foutre là-bas ?

— Peut-être qu'elles veulent organiser une AG ou un meeting, dit Pascal. Quelque chose comme ça. Peut-être une conférence de presse...

— Le directeur de la salle est au courant ?

— Il jure qu'il ne sait rien mais je ne lui fais qu'à moitié confiance. D'après les RG, c'est un ancien mao... Il a publié une tribune dans *Libé*, il n'y a pas longtemps. Vous voulez que je la demande ?

— Une tribune sur quoi ?

— « Aujourd'hui le capitalisme, c'est la mafia et les sectes »...

— Laissez tomber.

Pascal précise :

— De toute façon, elles n'iront pas bien loin, nous bloquons les rues des deux côtés.

— Qui est là-bas ? demande Salon.

— La 2 et la 4. Pour l'instant, je garde Garronet près de la mairie. Crochetier reste devant l'usine avec la 3, il interviendra d'un bord ou de l'autre si nécessaire.

— Très bien, dit le commandant. Tout le monde est passé en code 21 ?

— Affirmatif.

Pascal s'inquiète des renforts, Salon le rassure :

— Huter est en route avec la 12 de Lille, les autres sont déjà là. Les gars du GIGN n'attendent que le feu vert du préfet. Vous avez vu le commandant des pompiers ?

— RAS. Tout est sous contrôle. *Idem* pour le SAMU.

Le commandant Salon est satisfait :

— Pas d'autres questions ?

— Non, pas pour l'instant. Nous attendons vos ordres.

— OK, j'appelle le préfet.

Vide

Hachemi veut se battre. Il n'en laisse rien paraître, mais il veut se battre. Il veut se venger de Carole en se battant contre n'importe qui. Il n'a qu'un souhait : que les flics chargent, qu'ils aillent au contact, à l'affrontement. Il ne craint pas les coups. Il en veut. Il veut sentir ses poings s'écraser sur des visages, il veut frapper, taper, cogner, tant pis s'il est battu lui aussi. Les chaussures cloutées, les matraques ne lui feront jamais aussi mal que ce qu'il a ressenti en découvrant la maison vide, en voyant le matelas nu en guise de mot d'adieu. C'était comme s'il ne valait pas mieux que le papier peint qui se décollait des murs, les placards désossés de la cuisine, la literie bonne à jeter à la déchetterie. Il se serait senti moins humilié de trouver Carole couchée avec Format. De la voir gémir sous lui. Peut-être y aurait-il eu des cris, des injures, du sang, mais il y aurait eu quelque chose.

Là, il n'y avait rien.

En découvrant la chambre vide, Hachemi s'était senti rabaissé plus bas que terre.

– Rien, moins que rien, marmonne-t-il, serrant de toutes ses forces le manche du drapeau blanc qu'il tient au-dessus de lui, comme s'il serrait le cou de son pire ennemi.

Route

Rudi et ceux de la SMF avancent sur la nationale au son des chants et des slogans qui animent la marche. Rudi et Maxime, côte à côte, donnent de la voix :

> *Sous la fracture sociale*
> *La facture libérale*
> *Oui à la grève totale*
> *Non au plan social !*

Maxime se tourne vers ceux qui les suivent pour lancer un nouveau slogan :

> *Ne vous laissez pas faire*
> *On est prioritaires*
> *Sur les milliardaires !*

Un autre crie au milieu du cortège :

> *Travail ! Salaires ! Emplois !*
> *La Kos doit vivre*
> *La Kos vivra !*

Ko n'est pas de reste :

> *Mondialisation : piège à cons !*
> *La crise, c'est les patrons*
> *Pas de liquidation !*

Chaque fois ils sont plus d'une centaine à répondre et à reprendre les slogans, une fois, deux fois, trois fois. Rudi demande à Maxime :

— Comment va ta mère ?

— Elle s'occupe des petits.

— Et à part ça ?

— Pas très fort…

— Elle ne se remet pas ?

— Pas vraiment, non. Par moments j'ai même peur qu'elle perde un peu la boule…

Rudi ne peut pas le croire :

— Je connais Solange, c'est une costaude.

– Elle a beaucoup maigri, dit Maxime. Elle jure qu'elle n'a pas faim, qu'elle n'a plus d'appétit.

– Elle sort un peu, au moins ?

– Pour les gosses, c'est tout. Elle ne voit plus personne. Ah si, dit Maxime, Mickie lui a téléphoné l'autre jour pour lui proposer d'aller faire une virée.

Le visage de Rudi s'éclaire d'un sourire :

– Une virée entre filles ?

Maxime sourit aussi :

– T'imagines le tableau, ma mère et Mickie faisant les bars et les boîtes de nuit !

– J'imagine assez bien, dit Rudi, laissant Maxime se demander si c'est du lard ou du cochon.

Ils reprennent ensemble :

> *Mo-bi-li-sa-tion générale*
> *Contre le plan social !*
> *À bas ! À bas !*
> *Les liquidateurs !*

Maxime confie à Rudi ce qui l'inquiète :

– Tu comprends, maman tourne en rond autour d'un truc qu'elle n'arrive pas à se sortir de la tête.

– Quoi ?

– Une histoire de rosier. Tu sais, ils avaient ce vieux rosier qui grimpait sur la façade de la maison. Il devait être centenaire. Tu t'en souviens ?

– Le rosier ? Bien sûr… Je l'ai toujours connu.

– Cet hiver, il a gelé et il est mort. Maman a essayé de le ranimer, engrais, boutures, mais rien à faire. Alors papa s'est décidé à le couper. Qu'est-ce que tu voulais qu'il fasse ? Il allait pas laisser le bois pourrir et attaquer les pierres ?

– C'est ça qui tracasse ta mère ?

– Oui, elle en parle tout le temps. Pour elle, quand papa a coupé le rosier, c'était comme s'il coupait tout ce qu'ils avaient vécu ensemble et qui était mort. C'était leur vie qui partait au feu en petit bois…

Mousse

La femme du Dr Kops ferme à clef la porte de sa chambre puis elle se déshabille. Elle se met entièrement nue. Elle a préparé une cuvette avec de l'eau tiède, une pochette de rasoirs jetables au cas où, la bombe de mousse à raser de son mari, des ciseaux pris dans sa trousse médicale.

Ses gestes sont sans hésitation.

Elle s'asperge le pubis de mousse à raser et le rase, poussant des petits cris plaintifs chaque fois que la lame lui tire les poils. Elle doit s'y reprendre à plusieurs fois. Elle use deux rasoirs. À la fin, sa peau est rouge, irritée, zébrée par endroits de fines coupures mais absolument lisse au toucher, enfantine. La femme du Dr Kops recommence l'opération sous ses aisselles. Même technique, même résultat. Elle s'observe un instant dans le miroir de sa coiffeuse, c'est ce qu'elle voulait : plus rien ne la cache. Elle se rase ensuite les sourcils, les jambes, les avant-bras. Deux autres rasoirs sont nécessaires. À nouveau elle se regarde dans la glace avec satisfaction.

Avec défi.

La femme du Dr Kops prend ensuite sa paire de ciseaux à usage médical, particulièrement bien affûtés. Avec la même détermination, le même calme, elle se coupe les cheveux le plus ras possible. Ce n'est pas très commode. Un instant, elle est troublée par le bruit qui vient du dehors. Il lui semble entendre des cris, un chœur de femmes qui chantent, mais elle résiste à la tentation d'aller se pencher à la fenêtre. Elle coupe, elle coupe jusqu'à sentir le métal froid sur la peau de son crâne. Quand il ne lui reste plus que de petites touffes ici et là, comme une herbe dans un jardin mal entretenu, elle se couvre la tête de mousse à raser et use ses deux derniers rasoirs pour finir ce qu'elle a commencé.

La femme du Dr Kops s'accroupit au-dessus de la cuvette et se rince le haut et le bas, heureuse de laisser l'eau couler sur elle, de chasser les derniers flocons de mousse à raser, les derniers cheveux, les derniers poils. Elle se sent comme l'enfant qui vient de naître. Elle peut sortir maintenant, montrer à tous ceux qui l'épient, qui parlent dans son dos, qui la jugent, qu'elle n'a rien à cacher.

Rien.

– C'est le jour de la Justification, dit-elle à voix haute.

En haut

Gisèle repère d'abord le cortège qui arrive de Méneville par la nationale. Ils ont l'air nombreux, au moins deux cents. Elle pourrait presque distinguer leurs cris et leurs chants dans les bruits sourds qui montent vers elle. C'est un roulement de pierres sur une grève, un éboulement en montagne. Il y a comme un martèlement régulier et rageur. Et comme une plainte qui viendrait du cœur de la terre. En revanche, la place de la Mairie est vide, les femmes ne sont plus là. Seuls restent une ligne de CRS et des curieux désœuvrés. Personne d'autre. Sinon deux ou trois consommateurs à la terrasse du *Cardinal* qui semblent tout ignorer de ce qui se passe à Raussel, ou qui veulent l'ignorer. Gisèle se tourne brusquement vers la forêt, juste à temps pour apercevoir le drapeau blanc d'Hachemi.

– C'est génial ! C'est génial ! répète-t-elle en trépignant, alors qu'il disparaît entre deux barres d'immeubles.

En bas

Le brigadier Baudolin, à la tête de la section 2, transmet l'information au capitaine Pascal :

– Les femmes entrent au cinéma, mon capitaine. Qu'est-ce qu'on fait ?

– Vous laissez une surveillance et vous rejoignez Laguet. J'ai besoin de vous, il y a un cortège qui arrive par la nationale !

– Reçu.

Les femmes traversent la salle vide du Kursaal sous l'œil goguenard d'Oreste Leffet, le directeur, trop heureux de jouer un tour aux CRS. Il y a des rires, de l'excitation, des encouragements à ne pas traîner.

– Qu'est-ce qui se joue ce soir ?

– Y a pas d'Esquimaux ?

– Regarde la photo de Redford, moi à chaque fois que je la vois...

Même Mikaël Poliveau se prend au jeu :

– Incroyable ! Incroyable ! répète-t-il à chaque pas.

Les femmes sortent à droite de l'écran par la porte des toilettes, une idée de Frédérique la Musaraigne. Dallas passe devant Varda, Varda devant Saïda, Saïda devant Mickie et ainsi de suite jusqu'à la dernière, Odette, qui marche mal mais qui serait prête à suivre en rampant. Au fond de la petite cour, sous l'escalier de la cabine de projection, il y a une porte de fer noir qui glisse sur un rail. Oreste donne un coup de main à la grande Sylvie et à Christine pour l'ouvrir.

– Vous les aurez ! crie-t-il, dressant le poing vers le ciel tandis que les femmes, en file indienne, se faufilent dans le passage des soupirs où plus d'une d'entre elles…

– Incroyable ! répète une fois encore Mikaël Poliveau en sortant le dernier sous le regard sceptique d'Oreste, qui se demande ce qu'il peut bien foutre là.

Hachemi et les siens longent le stade pour rejoindre la Kos par le côté ouest, celui des stockages et des expéditions. C'est imperceptible, mais la démarche d'Hachemi a changé. Il ne chaloupe plus en marchant, il va droit, les épaules redressées, la tête haute, presque la poitrine offerte comme on le voit faire à certains martyrs sur des fresques.

Un saint exalté.

Le cortège des blocs est repéré par un CRS en faction qui se hâte de rejoindre sa section postée devant l'entrée principale de l'usine. Les habitants des immeubles du boulevard Gambetta ouvrent leurs fenêtres. Ces curieux sont accueillis au cri de :

> *Français*
> *Ne vous laissez pas manipuler*
> *C'est le patronat qui licencie*
> *Pas les immigrés !*

Quand on l'informe que plus d'une centaine de personnes s'approchent de la Kos par l'arrière, le capitaine Pascal prend l'initiative d'envoyer d'urgence la section 1, celle de Garronet, en renfort devant l'usine, puis il en réfère au commandant Salon :

– Excusez-moi, commandant, mais nous sommes dans la merde. Il en sort de partout.

– Ah, les cons !

Le commandant lisse le plan de Raussel étalé sur ses genoux pour mieux estimer la situation.

– Il y en a qui arrivent par là ? dit-il en traçant un trait le long du boulevard Gambetta, du stade jusqu'à l'arrière de la Kos.

– Oui, confirme Pascal.

– Et d'autres de l'autre côté ?

– C'est ça.

Le commandant réfléchit un instant :

– OK, dit-il, dès qu'il arrive, je demande à Huter d'aller appuyer la 2 et la 4 de façon à ce que personne ne puisse s'approcher par là…

Il montre les stockages.

– Je ne veux pas me faire faire un enfant dans le dos !

– Je laisse Crochetier devant l'entrée principale ?

– Oui, qu'il fasse deux groupes : un ici…

Salon désigne l'angle d'une rue :

– L'autre là.

Il pointe la rue parallèle, celle de *L'Espérance*.

En haut

De son perchoir, si elle avait un plan sous les yeux comme le commandant Salon, Gisèle pourrait voir : les femmes sortir du Passage des soupirs et reformer leur cortège rue Aimé-Verraeghe-(ancien maire) ; Hachemi et les siens longer le stade Léo Lagrange en direction du carrefour avec la rue des Vinaigriers ; Rudi, Maxime et ceux de la SMF entrer dans Raussel par le rond-point du Bec et prendre la rue Pierre-et-Marie-Curie afin de rejoindre ceux descendus des blocs à l'arrière de la Kos.

En bas

— Section 3, j'appelle Autorité ! Section 3, j'appelle Autorité !

Le commandant Salon prend la communication :

— Autorité, j'écoute.

— Des bonnes femmes nous arrivent droit dessus, commandant ! crie Crochetier.

— Des bonnes femmes ? Mais par où elles sont passées ?

Mickie, Dallas, Varda, Saïda, la grande Sylvie, Adilia la Portugaise, Fatima et sa sœur Leïla, Christiane, Barbara, Véronique, Mme Lacout, Simone, Caroline, Odile aux yeux bleus, Frédérique la Musaraigne se donnent le bras pour former un cordon qui occupe toute la largeur de la rue Aimé-Verraeghe-(ancien maire) et les autres, derrière elles, en font autant avant de se diriger vers l'entrée principale de la Kos, place de l'Industrie.

Elles entonnent :

> *Le Medef si tu savais,*
> *Tes idées, tes idées...*
> *Le Medef si tu savais*
> *Tes idées où on s'les met !*
> *Au cul ! Au cul !*
> *Aucune hésitation*
> *Non ! Non ! Non !*
> *À la liquidation !*

Les sections 2 et 4, au pas de course, descendent la rue Victor-Schœlcher pour aller prendre position au carrefour avec la rue des Vinaigriers et stopper le cortège qui vient des blocs. Au croisement avec la rue Pierre-et-

Marie-Curie, Baudolin aperçoit soudain sur sa droite, au loin, Rudi et ceux de la SMF qui marchent vers eux :

> *Bout ! Bout ! Bout !*
> *Nous irons jusqu'au bout !*
> *Boum ! Boum ! Boum !*
> *Nous irons jusqu'au boum !*

Baudolin hurle son ordre :
— Halte !
Ses hommes s'arrêtent.
— Qu'est-ce qu'il y a, chef ? demande le CRS Worms.
— Regarde ce qui nous arrive !
Worms tourne la tête pour voir le cortège approcher.
— On se replie, crie le brigadier, on peut pas rester là. On va se faire coincer. Allez, magnez-vous ! Demi-tour !
Les section 2 et 4 se replient vers l'entrée principale de la Kos. Baudolin joint le capitaine Pascal sur son talkie :
— Qu'est-ce que branle Huter ? Où il est ? Je suis tout seul ! Il y en a qui arrivent sur ma droite ! C'est pas lui qui devait s'en occuper ?
— Quelle rue ?
— J'en sais rien !
— Dites-moi quelle rue !
— À droite !

L'équipe de France 3 se gare sur la place de la Mairie. Trois hommes : Michel Sipari (journaliste), Claude Lentz (cameraman), Patrick Whertsein (preneur de son). Ils sortent leur matériel à la hâte. Dès que la caméra est prête, Sipari demande à Lentz :
— Fais-moi un plan de la mairie et des flics ! Et on y va...
— On ne ferait pas mieux d'y aller tout de suite ?
— Vas-y, fais ça !
Lentz obéit : il filme la façade de la mairie de Raussel,

descend lentement pour zoomer sur les fenêtres derrière lesquelles il suppose que la négociation a lieu, et quand il achève son mouvement sur les CRS en faction, ceux-ci sortent du cadre précipitamment. Lentz lève la tête.

— Viens, on les suit ! crie Sipari, s'élançant derrière eux.

Dans la salle de la mairie, Lallustre a la parole :

— Je n'ose croire que nous soyons incapables d'apporter des réponses humaines au problème qui nous est posé alors que chaque jour la France officielle se réjouit de résultats économiques inédits depuis des décennies. Les bénéfices des entreprises...

Le préfet se lève et l'interrompt après avoir écouté Salvy lui parler à l'oreille :

— Monsieur le député, s'il vous plaît...

— Je n'ai pas fini.

— Excusez-moi, mais nous allons devoir suspendre cette réunion.

— Qu'est-ce qui se passe ? demande Lopez, bousculant sa chaise.

Salvy veut répondre mais le préfet le dissuade d'un geste de la main.

— Les forces de l'ordre ont à faire face à trois manifestations simultanées, annonce-t-il, très solennel. Il est de mon devoir de superviser l'ensemble des opérations. Nous reprendrons dès que cela sera réglé.

Le préfet et Salvy quittent la table de négociation et s'en vont. Lopez proteste pour les retenir :

— Il n'y a aucune raison de ne pas poursuivre ! Qu'est-ce que vous essayez de faire ? De gagner du temps ? Ce n'est pas parce que des gens manifestent que ça doit nous empêcher d'avancer !

— Mon urgence est de préserver la paix publique, répond le préfet, la main sur la poignée de la porte. Aujourd'hui, ils font venir des gens de Méneville, et pourquoi pas demain d'Henault, de Cithel, du Grand-Château-Bernard ? Si nous n'arrêtons pas ça dans l'heure, qui nous dit que nous n'aurons pas à faire face à une véritable armée ouvrière ?

Il se penche vers Salvy :

— Comment s'appelle le type qui est allé chercher ceux de la SMF ?

Salvy consulte ses notes.

— Löwenviller. Rudi Löwenviller, d'après les RG...

Behren réagit :

— Je le connais, c'est une forte tête. Un des durs de la Kos.

— Eh bien, conclut le préfet, raison de plus pour ne pas perdre une minute !

Franck se précipite vers ceux de la maintenance regroupés au coin de l'atelier n° 1 :

— Les flics sont rue Victor-Schœlcher ! Ils reviennent par ici !

Anthony tend le bras vers l'entrée principale :

— T'entends ça ? Les femmes arrivent de l'autre côté.

Franck entend chanter «Le Medef, si tu savais...», auquel les employés de la Kos massés derrière les grilles répondent : «Non ! Non ! Non ! à la liquidation ! »

Luc Corbeau fait de grands gestes en direction des stocks :

— Et Rudi et Hachemi rappliquent par là et par là !

— On est en train de les prendre en tenaille, explique Totor Porquet. Tu piges ?

Franck rosit de plaisir :

— Oh, la classe !

Armand vient les chercher :

— Venez, faut que tout le monde soit là quand on ouvrira les grilles pour faire la jonction avec les femmes et remonter vers la mairie !

C'est à Bello d'intervenir :

– Moi, je reste là. Je veux garder les mains sur les commandes.

– T'as peur de quoi ? demande Totor Porquet, la lippe moqueuse.

Bello grimace :

– J'ai peur de rien. Je reste là, c'est tout.

Les femmes s'arrêtent à cinq mètres environ du cordon policier. Elles se tiennent par le bras, les mains accrochées les unes aux autres. Dallas, serrant Mickie, confiante, le regard clair, le cœur battant, lui crie dans les oreilles :

– C'est le pied, non ?

Elle lance le slogan :

> *Bout ! Bout ! Bout !*
> *Nous irons jusqu'au bout !*

Dallas part d'un grand rire, heureuse, quand toutes, derrière elle, le reprennent. Elle donne un baiser sur la joue de Mickie pour l'encourager à scander :

> *Boum ! Boum ! Boum !*
> *Nous irons jusqu'au boum !*

Seule Mickie, oppressée, ne reprend pas. Elle peine à respirer. Sa tête tourne. Ce JTM expédié par Rudi l'a frappée de plein fouet, comme une balle perdue…

Les grilles de la Kos s'ouvrent soudain et les CRS se retrouvent pris en sandwich entre les femmes et les grévistes qui avancent sur eux au son de *L'Internationale*. Crochetier fait reculer ses hommes sous les cris de victoire des manifestants :

> *Tous ensemble !*
> *Tous ensemble !*

Les CRS se regroupent pour faire barrage en diagonale sur la place de l'Industrie, au carrefour des rue Berger et Victor-Schœlcher. Baudolin et la 2 les rejoignent en se protégeant derrière leurs boucliers. Le capitaine Pascal donne l'ordre de distribuer les lance-patates et les munitions. Le commandant Salon sort du véhicule de transmissions, le plan de Raussel à la main.

— Je fais dégager ? demande Pascal.

— Attendez, je n'ai pas encore l'ordre du préfet.

— On ne peut pas attendre ! Il y en a d'autres qui arrivent !

— Tenez-les à distance. Pour l'instant, on protège l'accès à la mairie, c'est tout.

— Ça va dégénérer.

— Faites ce que je vous dis, merde !

L'équipe de France 3 est aux premières loges, entre les CRS et les manifestants qui se massent devant eux. Saïda les interpelle :

— Filmez-nous plutôt que filmer les flics ! Ils sont moches et ils puent !

Saïda crie en direction des CRS :

— Vous puez ! Foutez le camp, tas de porcs !

En pianotant des uns aux autres, c'est Claude Lentz, le cameraman, qui voit apparaître dans sa visée le cortège des blocs tournant le coin de la rue des Vinaigriers.

— Putain ! J'y crois pas ! jure-t-il, en se déplaçant pour mieux les filmer.

Ceux de la SMF et de Méneville, avec Rudi et Maxime à leur tête, arrivent au carrefour avec la rue Victor-Schœlcher sur les talons de ceux des blocs.

Jonction. Fraternisation.

> *Raussel vivra !*
> *Méneville est dans la rue !*
> *SMF, la Kos*
> *Même combat !*

Rudi remonte en courant la file des manifestants :

— Laissez-moi passer ! Laissez-moi passer !

Il interpelle Nadia :

— Qu'est-ce que vous foutez avec des gosses ici ?

— Qu'est-ce que je fous ? T'es malin, toi. Qu'est-ce que tu veux ? Que je les laisse faire des conneries tout seuls à la maison ?

Nadia n'est pas la seule à être descendue avec ses enfants.

— Demande aux autres ! crie-t-elle dans le dos de Rudi.

Rudi, sans se retourner, lui fait signe de laisser tomber et rejoint Hachemi sous sa bannière blanche qui s'agite au rythme des slogans.

— Ça marche, Rudi, ça marche ! On va les niquer ! dit Hachemi, très excité, blême, les joues creuses.

— Attends, on n'y est pas encore.

Devant eux, un groupe de CRS se déploie dans la rue Victor-Schœlcher, armes à la main, prêts à tirer des grenades lacrymogènes pour empêcher les manifestants d'approcher.

En haut

Gisèle, appuyée au montant d'une cheminée, scrute à la jumelle la place de l'Industrie devant la Kos puis elle cherche plus loin et aperçoit le drapeau blanc d'Hachemi, la foule qui l'entoure et, sur sa gauche, les stocks de l'usine qui semblent déserts. Mais elle ne peut plus tenir, elle a trop envie. Depuis qu'elle est enceinte, ça la prend toute les cinq minutes.

Vite, ça presse !

Gisèle pose ses jumelles sur le sol de sa petite plate-forme et, s'accroupissant à l'abri d'un montant en brique, elle fait pipi sur les tuiles, riant d'imaginer ce qu'on penserait d'elle si on la surprenait comme ça. Pire, si on la prenait en photo, les fesses à l'air, perchée sur le toit de ses beaux-parents comme un drôle d'oiseau !

Le filet d'urine coule doucement jusqu'à la gouttière.

Là-bas, dans le lointain, les hommes du GIGN investissent la Kos en passant par le côté sud, par la rivière et la voie de chemin de fer. Leur mission est de neutraliser les ateliers et d'empêcher que d'autres explosions aient lieu.

Ils sont une vingtaine.

En bas

Ce sont trois jeunes des expéditions, des intérimaires profitant d'être tranquilles pour essayer de faucher quelque chose, qui préviennent Bello :

— Y a les keufs !

— Ils arrivent par la rivière ! On se croirait au cinéma !

— C'est un commando ! Ils se la pètent, sur le Coran de La Mecque, j'ai jamais vu ça !

Bello jure :

— Nom de Dieu de putain de bordel de merde !

Et cavale aussitôt jusqu'au local sécurité tandis que, derrière le mur d'enceinte, partent les premières salves de grenades lacrymogènes.

Deux sections de la 11 de Lille – arrivée en retard – prennent les manifestants de la rue Victor-Schœlcher à revers, leur coupant la retraite par la rue Pierre-et-Marie-Curie. Il y a un mouvement de panique. Les enfants pleurent, les femmes gémissent et se recommandent au ciel. Malgré les gaz qui le font tousser, Rudi, soutenu par Hachemi, répète en hurlant son mot d'ordre :

– À la mairie ! À la mairie !

Nouveaux tirs de lacrymogènes.

Anthony et ceux de la maintenance bousculent les femmes et se portent en première ligne. Ils avancent sur les forces de l'ordre alignées sur trois rangs :

> *CRS dehors !*
> *Ouvriers, policiers*
> *Nous sommes tous des salariés !*

Le commandant Salon hésite encore à faire dégager la place.

– Je veux que vous m'en donniez personnellement l'ordre, monsieur le préfet, assène-t-il dans son portable. Un ordre formel.

Dans le local sécurité, Bello hésite aussi, les mains sur le boîtier de commande des mises à feu. Mais quand il voit passer devant la fenêtre deux types du GIGN en tenue de combat, il n'hésite plus.

En haut

Gisèle vient à peine de remonter sa culotte et de reprendre ses jumelles quand elle entend les explosions. Trois « boum ! » qui la font trembler de peur :

— Maman ! gémit-elle en essayant de voir quelque chose.

Mais elle n'aperçoit qu'un grand mouvement de foule devant la Kos et de la fumée qui sort des ateliers.

Mairie

Les détonations font vibrer les hautes fenêtres de la mairie. Le visage flasque et affable de Saint-Pré se contracte soudain dans un rictus :

— Ils font tout sauter !

Lopez démarre au quart de tour.

— Faut y aller ! crie-t-il, se précipitant vers la sortie, suivi par Mme Roumas dont le menton s'agite nerveusement et Lamy qui lui emboîte le pas.

Pignard ne bouge pas, Lopez se retourne :

— Viens, faut aller là-bas ! répète-t-il, tendant le bras dans la direction de la Kos. On n'a plus rien à foutre ici !

Pignard, toujours assis à sa place, les mains bien à plat devant lui, se sent mal :

— Je ne peux pas, murmure-t-il.

Mlle Lepage vient à son secours :

— Ça ne va pas ? Vous voulez boire quelque chose ?

Sans attendre la réponse, elle ordonne à Angélique d'apporter un verre d'eau :

— Dépêchez-vous, merci.

Pignard ouvre la bouche sans parvenir à parler. Sa langue est sèche, collée à son palais. Son front perle d'une suée. Ses yeux tournent. Il laisse échapper un cri de gorge, un râle inarticulé tout en se cramponnant à la table.

Mlle Lepage a un mouvement de recul :

— Vite, dit-elle, il faut appeler le SAMU ! Il est très mal !

Chevanceau, le député UMP, sort son portable :

— Je suis médecin, allongez-le là-bas, dit-il en désignant une grande banquette entre deux fenêtres, je préviens les secours.

Lopez demande à Mme Roumas de rester près de Pignard.

— Vous ne voulez pas que je…

— Occupe-toi de Pignard ! Nous, on y va.

Saint-Pré les rejoint :

— Je viens avec vous !

Mme Roumas, Mlle Lepage, le directeur départemental du travail, Chevanceau et Lallustre aident Pignard à s'allonger.

— Le SAMU arrive, dit Chevanceau, desserrant la cravate de Pignard, déboutonnant son col pour l'aider à respirer. Ne vous en faites pas, mon vieux, ça va aller.

Mlle Lepage s'énerve contre Angélique :

— Alors, qu'est-ce que vous fichez ?

Angélique tressaille. Elle laisse échapper le verre qu'elle tenait à la main et fond en larmes, comme si, à la place du vieux militant CGT étendu sur un moelleux velours rouge, elle voyait Anthony baignant dans son sang.

Altercation

Il y a une brève altercation dans les couloirs de la mairie entre le préfet, accompagné de Salvy, du commandant de gendarmerie et de son adjoint, et Saint-Pré qui dévale le grand escalier pour aller à la Kos avec Lopez et Lamy.

Le préfet les informe que le GIGN est en train de faire évacuer l'usine et de la sécuriser. Saint-Pré l'accuse d'irresponsabilité, de mégalomanie, de mettre Raussel à feu et à sang.

— Je vous prie de mesurer vos paroles, monsieur le maire ! s'indigne le préfet.

— Si ça tourne mal, comptez sur moi pour désigner le responsable ! rétorque Saint-Pré.

— Et comptez sur moi pour désigner le chef des irresponsables ! lui renvoie le préfet.

Saint-Pré veut répondre mais Lopez l'entraîne :

— On n'a pas le temps de discuter, venez !

En bas

Une épaisse fumée noire se dégage des ateliers n° 2 et n° 3. Un hélicoptère survole le site. On entend les sirènes des pompiers empêchés d'approcher. Paysage de cendres et de feu. La Kos brûle, parcourue d'ombres furtives, de spectres cagoulés, de diables expulsés des enfers par l'explosion. Bâtiment par bâtiment, les membres du GIGN prennent possession de l'usine. Bello sort du local sécurité, les bras ballants, interdit : il a fait sauter les deux machines neuves, il vient de tirer un trait sur la Kos, plus aucun retour n'est possible. C'est lui qui a fait ça. Il se sent comme l'unique survivant d'un cataclysme. Comme le dernier homme sur la terre.

Qui a donné le premier coup ? Personne ne le saura jamais. Dès que les manifestants entrent au contact des CRS, la bataille s'engage sans qu'aucun ordre n'ait été lancé de part ou d'autre. Fracas des poings sur le Plexiglas des boucliers, matraques qui s'abattent sur les épaules, sur les bras, sur les têtes, terrible poids des corps pressés les uns contre les autres, serrés, écrasés dans les mâchoires d'un monstre à cent têtes. Injures lâchées face contre face, crachats, menaces.

L'équipe de télévision est emportée :

— Filme ! supplie le réalisateur à son cameraman en tentant de se dégager. Filme !

Mais ils sont vite séparés.

Le cameraman et le preneur de son d'un côté, Michel Sipari de l'autre, propulsé contre le premier rang des CRS :

— Je suis de France 3, laissez-moi ! Je suis de France 3 !

Le journaliste se fait matraquer.

Armand, resté à l'arrière, essaye de faire reculer tout le monde :

— Par la rue Verraeghe ! Tous à la mairie par la rue Verraeghe, reculez ! Merde, reculez ! Par la rue Verraeghe !

Enfin il parvient à se faire entendre et le mot passe :

— Demi-tour ! Demi-tour ! Tous par la rue Verraeghe !

Il y a du flottement entre ceux de devant qui sont aux prises avec les flics et ceux qui tentent de les retenir, d'inverser la vapeur :

— À la mairie ! À la mairie !

Le commandant Salon fait tirer deux grenades lacrymogènes au milieu de la place de l'Industrie pour tenter de disperser la foule. Les CRS prennent l'avantage, Totor Porquet a le visage en sang, Anthony a été touché au bras, Luc Corbeau parvient à arracher un bouclier et s'en sert comme d'une arme. Mais ils battent en retraite, inéluctablement malgré les femmes qui les poussent et les encouragent. Dallas est la plus acharnée, la plus combative. Elle joue des coudes à contre-courant de la foule qui reflue au milieu des fumées irritantes. Elle enjambe Mikaël Poliveau, tombé dans la bousculade, et vient au-devant, se jetant à coups de pied contre les CRS :

— Bande d'enculés ! Allez tous vous faire foutre !

Dans la rue perpendiculaire, la rue Victor-Schœlcher, Hachemi sent que son heure est venue. Il casse sur son genou sa tringle à rideau sur laquelle était fiché le drapeau blanc. Il s'en fait un gourdin et, avant que Rudi ait pu esquisser un geste, il s'élance pour attaquer les CRS sur leur flanc droit. Les jeunes des blocs, prenant sa charge pour un signal, se précipitent derrière lui, lançant les pierres et les boulons qu'ils gardaient dans leurs poches. Rudi tente en vain de les retenir :

— Non ! Ne faites pas ça ! Arrêtez !

Il est débordé.

Maxime, le visage brouillé d'un air étrange, arrive à sa hauteur :

— Qu'est-ce qu'on fait, Rudi ?

— Il faut arrêter ça ! Il faut arrêter !

Rudi agite les mains pour stopper le cortège :

— Arrêtez ! Tout le monde s'arrête ! Arrêtez !

Trop tard.

Quand il voit fondre sur leur rang Hachemi et les jeunes des blocs, un des CRS armé d'un lance-patates panique. Il tire sur les assaillants. Un tir tendu, sans sommation. La grenade part à l'horizontale. Elle frôle Hachemi et continue sa course au milieu du cortège. Nadia la reçoit en pleine tête, elle lui arrache le visage à l'instant où elle explose. Mme Zimet et son fils sont couverts de sang. Les deux enfants de Nadia hurlent de terreur :

— Maman ! Maman !

Le grand Ko, de la SMF, est le premier près d'elle. Le corps de Nadia est secoué de soubresauts.

— Ils l'ont tuée ! Ils l'ont tuée ! dit-il en ôtant son blouson pour la couvrir.

Rudi et Maxime se précipitent.

— Éloignez les enfants ! crie Rudi à Mme Zimet. Ne les laissez pas là, éloignez-les !

Maxime repousse les curieux qui s'agglutinent :

— Écartez-vous ! Ne restez pas là ! Poussez-vous !

Ko se redresse, livide, remontant ses lunettes d'un geste mécanique. Il place ses mains en porte-voix :

— Ils l'ont tuée ! Les flics ont tué une femme !

Et, serrant les deux poings :

— Avec moi la SMF, on va leur faire voir à ces enfoirés !

Rien ni personne n'est de force à l'empêcher.

Quinze types foncent en même temps que lui sur le barrage policier et, un instant après, encore quinze autres et quinze autres encore qui chargent les CRS à l'angle de la rue Berger et de la place de l'Industrie.

En haut

L'hélicoptère de la police passe au-dessus de Gisèle toujours sur son toit. Elle appelle dans le vide : « Franck ! Franck ! » comme s'il pouvait l'entendre.

Mais rien ne lui revient, pas même l'écho de sa voix, couverte par le rotor de l'hélico.

En bas

Franck est dans la mêlée aux côtés du petit Jackie Saïd. Ils sont contraints de reculer sous la pression policière. D'où il se trouve, Franck peut apercevoir sa sœur et d'autres femmes subir l'assaut des CRS et tenter de fuir vers la rue Aimé-Verraeghe-(ancien maire).

Saint-Pré, Lopez et Lamy arrivent au milieu de ceux et celles qui parviennent à s'échapper.

– Qu'est-ce qui se passe ? demande Saint-Pré, attrapant par la chemise le premier qu'il croise.

– Les flics sont en train de nous massacrer !

– Il paraît que le GIGN est à l'intérieur de la Kos ! dit un autre.

– N'allez pas par là, monsieur le maire, ça se bagarre ! Nous, on va tous à la mairie !

La phrase rebondit soudain dans toute la rue :

> *À la mairie !*
> *À la mairie !*

Un cortège se reforme tant bien que mal :

> *La Kos vi-vra !*
> *Non ! Non ! Non !*
> *À la liquidation !*

L'attaque des jeunes, soutenue par ceux de la SMF, change soudain la donne. Rue Victor-Schœlcher, c'est la débandade. Les CRS se replient en désordre vers le gros de la troupe en action place de l'Industrie. Des cocktails Molotov, sortis d'on ne sait où, volent dans l'air et explosent devant les forces de l'ordre. Le commandant Huter, de la 11e de Lille, reçoit carte blanche du préfet. Il donne l'ordre à ses deux sections restées derrière le cortège de venir en appui des hommes de Salon.

Le brigadier-chef Létourneau s'inquiète :

– Commandant, il y a beaucoup de monde devant nous. Il y a des femmes avec des enfants…

– Je m'en fous, foncez dans le tas ! Salon est en train de se faire mettre !

Létourneau transmet la consigne sans discuter :

– OK, les gars, on y va !

Les CRS, en formation serrée, chargent l'arrière de la manifestation pour traverser le cortège et remonter jusqu'à la place de l'Industrie où leurs collègues sont acculés. Ils rencontrent peu de résistance, des injures comme toujours, des velléités vite rentrées de s'interposer, des appels désespérés à la solidarité. Quand ils arrivent à la hauteur de Nadia, allongée sur le sol, Maxime court au-devant d'eux pour la protéger :

– Attention, il y a une blessée ! Écartez-vous !

Un coup de tonfa l'atteint en pleine tête, sur l'oreille. Maxime s'écroule, assommé. Johnny, le fils de Mme Zimet, pète les plombs. Un couteau jaillit dans sa main et il se jette sur le premier CRS qui se trouve devant lui :

– Putain de ta race, je vais te crever !

Létourneau ne parvient pas à parer le coup, il se fait entailler le bras. Une nouvelle bataille s'engage près du corps de Nadia. Mêlée confuse entre ceux qui veulent se saisir de Johnny et ceux qui viennent à sa rescousse.

Un CRS tente de frapper Rudi qui cherche à s'interposer.

Rudi esquive et, d'une bourrade, envoie le flic rouler aux pieds de Mme Zimet, la vieille femme qui se lamente en serrant contre elle les deux enfants de Nadia. Deux autres CRS accourent. Mais Rudi est plus vif, il leur échappe en remontant au sprint la rue Victor-Schœlcher.

Rudi court trop vite pour eux. Ils renoncent à le poursuivre. Rudi court les yeux brûlants. Il court avec les morts. Ceux dont Maurice, son père adoptif, a peuplé son adolescence. Il fallait qu'il sache, qu'il n'oublie jamais : ni les communards de la Semaine sanglante, ni les fusillés pour l'exemple de 17, les mutins de la mer Noire, les grévistes de 36, les volontaires de la guerre d'Espagne, les FTP-MOI, Manouchian et les autres qui réclament justice depuis l'origine du monde. Ils sont là, dans ses mains, dans ses jambes, dans le bruit de ses semelles sur le bitume, l'encourageant de leurs voix inaudibles : « *El pueblo unido, jamás será vencido !* »

Quand les manifestants qui dégagent de la place de l'Industrie vers la mairie rencontrent la femme du Dr Kops – nue, plus que nue –, c'est une apparition. Elle se montre à qui veut, assurant :

– Je n'ai rien à cacher, rien du tout…

Claude Lentz, le cameraman de France 3, remercie sa bonne étoile de lui offrir une telle image :

– Génial ! Ah oui, ça c'est top ! Le panard ! Le grand panard !

Mickie reconnaît la femme du Dr Kops :

– Oh mon Dieu !

Elle ôte sa veste et vient la couvrir, demandant l'aide d'anciennes de la Kos pour la dissimuler aux regards. Mais la femme du Dr Kops ne veut ni veste ni aide de qui que ce soit :

– Je n'ai rien à cacher ! proteste-t-elle. Laissez-moi ! Je ne vous ai rien demandé, laissez-moi !

Mickie tente de la raisonner :

– Mme Kops, vous devez rentrer chez vous.

– C'est fort de café ça ! Tout le monde est dehors et je devrais rentrer chez moi ! Mais je n'ai rien à cacher, moi ! Rien du tout !

– Je vous en prie, Mme Kops, pensez à vos enfants.

– À qui ?

Rudi souffle, le dos plaqué contre le mur de la Kos. Il balance : fuir ou revenir vers Nadia autour de laquelle on se bat encore ? Très vite, il n'a plus le choix. Plus bas, les deux sections de la CRS de Lille s'arrachent aux manifestants et remontent vers la place de l'Industrie.

Il doit filer.

Rudi s'élance quand son pied bute sur une cornière en fer, vestige rouillé d'un chantier de réfection. Il ramasse la ferraille, la soupèse, en jauge la longueur, la rigidité, la section tranchante et pointue comme une épée. Un instant il songe à la jeter, mais non, il la garde…

Rudi n'a pas voulu ça, mais désormais il est armé. Il voit ceux qui s'affrontent comme une nuit mouvante grêlée d'éclats et de jurons. Il avance seul au cœur de cette obscurité où les hommes se battent avec des han! de bûcherons. L'incendie des ateliers rabat sur la place des fumées étranges et inquiétantes. Les plus enragés de la Kos résistent encore pour laisser aux autres le temps de filer par la rue Aimé-Verraeghe. Rudi pourrait les nommer comme un instituteur qui fait l'appel : Totor Porquet, Luc Corbeau, Hachemi, le grand Ko de la SMF, le jeune Thomas, Anthony et ses deux copains, Richard et Gaby et des femmes aussi dures que les hommes. Mikaël Poliveau, la chemise maculée de sang et de boue, cherche du secours, geignant doucement :

– Une ambulance. Personne n'a vu une ambulance?
Rudi l'écarte sans l'écouter.
Une voix éraillée lui parvient, celle de Dallas :
– Rudi!
Cinq CRS foncent sur elle et sur Varda avec son foutu jogging rose fluo.
– Barre-toi! crie-t-il. Vite, barrez-vous!
Dallas et Varda s'enfuient, mais Varda n'est pas aussi véloce que Dallas, elle est vite rattrapée. Un premier coup sur la cuisse l'arrête en pleine course. Un deuxième l'atteint sur la clavicule, un troisième derrière la tête. Elle tombe. Les CRS s'acharnent sur elle, coups de pied, coups de matraque, ils se vengent des heures d'attente, des injures, des crachats, de la peur qui malgré eux les habite et leur fait honte.

Dallas, tétanisée, appelle :
– Rudi!
En un instant il est là, la main armée de sa ferraille. Les CRS n'ont pas le temps de réagir. Le premier coup

de Rudi brise net le bras de l'un des cinq et le second qui se retourne prend la cornière en pleine tête. L'homme au bras cassé s'effondre, hurlant de douleur, l'autre est assommé, les trois qui restent autour de Varda contre-attaquent, se protégeant derrière leurs boucliers. Mais que faire contre un homme qui n'est plus que colère? L'homme-colère qui frappe au nom de Nadia touchée d'une grenade en plein visage. Qui frappe au nom de Varda rouée de coups. Qui frappe au nom de Dallas sidérée. Qui cogne, qui pique, qui zèbre l'air de son fer tranchant au nom de tous les manifestants. Un autre CRS, touché à la jambe, tombe au sol, faisant trébucher un collègue dans sa chute. Le capitaine Pascal arrive avec des renforts :

— Arrêtez-moi cet enfoiré !

Il sort son arme de service :

— Halte ou je tire !

Il tire en l'air.

Il ne voit pas le grand Ko de la SMF plonger sur lui de biais et le plaquer à terre, malgré les hommes qui l'entourent. Hachemi et les deux copains d'Anthony se jettent aussi dans la bagarre. Le CRS Worms, le dernier adversaire de Rudi, détale, préférant fuir que risquer d'être tué par le dément qui lui fait face. Varda gît, inconsciente, la bouche en sang, les yeux tuméfiés, gémissant d'une voix sans souffle :

— Aaaaah… Aaaaah…

Dallas rampe jusqu'à elle alors que Rudi, hors de lui, repart au combat, jurant :

— Bande d'enculés !

C'est une mêlée confuse, ouvriers contre CRS. Choc des casques et des boucliers, heurt des matraques, des armes improvisées, Goldorak contre Rahan, mots du tumulte et de la mort promise. Rudi pare un coup de tonfa de son bras gauche et arme son bras droit pour riposter.

L'image se fixe en même temps qu'une détonation retentit.

Après

Raussel dans le silence, dans une ambiance de couvre-feu, se replie lentement sur elle-même. La Kos, entièrement évacuée, est désormais sous le contrôle des forces de police. Deux nouvelles compagnies de CRS, la 21 de Saint-Quentin et la 23 de Charleville, occupent la place de l'Industrie et les alentours de la mairie. Tous les rideaux de fer des commerçants sont baissés, même celui du *Cardinal*. Des interpellations ont eu lieu, contrôles d'identité prolongés mais sans incarcération pour éviter de raviver la colère populaire. Les manifestants et les policiers blessés ont été évacués sans distinction et soignés à l'hôpital. Les pompiers restent toujours en alerte, même si les incendies des ateliers sont maîtrisés. De façon sporadique on peut entendre leurs sirènes, celles de la police, celle du SAMU, aigre, irritante.

Maxime boit l'apéro chez les Thaler, chez Denise et Henri. Il a un énorme œuf de pigeon sur le front et une oreille en chou-fleur. Encore heureux que le coup qu'il a reçu ne l'ait pas éborgné.

– Je te ressers ? demande Henri, proposant de lui remettre un peu de pastis dans son verre.

– Non merci, dit Maxime, il va falloir que je rentre, Cricri m'attend…

– Je te raccompagne si tu veux, propose Franck.

– T'es gentil, mais j'ai mon pick-up là-haut, à côté du Champion.

Henri lui conseille d'attendre un peu.

— Il y a des flics partout. Ils sont sur les dents. Sans vouloir te vexer, avec la tête que tu as…

Maxime se penche pour se regarder dans la glace au-dessus de la cheminée. Son œil est à moitié fermé et très rouge.

— T'as raison : c'est pas joli joli…

— Téléphone à ta femme que tu restes dîner ici, dit Denise. J'ai de la quiche. Tu pourras y aller après…

— De toute façon il faut que tu attendes Rudi.

— Oui, soupire Maxime, faut que je l'attende.

Franck est certain qu'il ne s'est pas fait arrêter.

— Je l'ai vu cavaler rue Verraeghe et entrer dans un immeuble. Rudi connaît Raussel comme sa poche, il a dû se sauver par les jardins…

— Et Dallas ?

— Elle est à l'hosto avec Varda.

Gisèle, qui n'avait encore rien dit, demande :

— C'est grave ?

— Je ne sais pas, répond Franck avec réticence. Mais d'après ce qu'on m'a dit, elle était salement amochée…

Gisèle ne peut pas s'empêcher de pleurer. Des grosses larmes d'enfant qui coulent sur ses joues. Henri passe son bras autour de ses épaules et la serre contre lui :

— Ne t'inquiète pas, ma petite fille, elle est solide.

— J'ai tout vu du toit, dit Gisèle en levant les yeux vers Maxime, j'ai eu tellement peur, on aurait dit qu'il y avait la guerre…

Denise lui glisse un mouchoir en papier sous le nez.

— Souffle, dit-elle, comme à un enfant.

Gisèle se mouche et essuie ses larmes du revers de la main :

— Faut mettre la télé, dit-elle en reniflant, ça va être les infos régionales…

Franck allume le poste, Denise dit à son mari :

— Ne va pas encore t'énerver !

Et, à Maxime :

– On ne peut jamais écouter. Dès qu'il y en a un qui parle à la télé, il se met à l'engueuler...

Maxime sourit, solidaire.

– Je suis comme toi, dit-il à Henri, j'ai du mal à rester calme quand j'entends les conneries qu'ils racontent...

Henri se tourne vers sa femme :

– Tu vois...

Franck leur ordonne de se taire.

Le journal ouvre sur des images de Raussel, un plan large de la place de la Mairie protégée par les CRS que la présentatrice commente : « Scènes d'émeute – le mot n'est pas trop fort – cet après-midi à Raussel, où les ouvriers de la Kos, l'usine en cours de liquidation, se sont affrontés aux forces de l'ordre de manière très violente. »

La présentatrice apparaît à l'écran, le visage sombre, la voix plus grave qu'à l'ordinaire : « Mais surtout, si de nombreux blessés sont à déplorer, on compte ce soir trois morts, deux parmi les manifestants, un parmi les policiers... »

Maxime s'étouffe :

– Trois morts !

Hosto

Dallas, assise au coin du lit, tient la main de Varda, qui somnole à moitié. À côté d'elle, dans l'autre lit, un mari veille sur sa femme, blessée elle aussi : fracture du poignet, côtes enfoncées, léger traumatisme crânien...

Serge frappe doucement et entre dans la chambre.

– Chut ! fait Dallas. Elle dort.

Serge s'approche, la main sur la bouche, effrayé par ce qu'il découvre : Varda, un bras en écharpe, la tête pansée, une main plâtrée. Son visage a doublé de volume, jaune, bleu, noir, tuméfié, sans compter les écorchures.

— Elle a aussi une jambe dans le plâtre et un gros hématome au sein, dit Dallas. Ils l'ont massacrée…

Varda entrouvre les yeux. Serge se penche sur elle pour l'embrasser :

— Ma puce…, murmure-t-il d'une voix plaintive.

Varda essaye de sourire : elle a des dents cassées.

— Ne dis rien, dit Serge, repose-toi. Je reste avec toi…

Dallas se lève pour lui céder sa chaise.

— Je vais y aller. J'ai l'impression que je suis partie depuis six mois. Je me demande si mes gosses vont me reconnaître…

— Où est Rudi ?

— J'en sais rien. Et toi, où t'étais ?

— Je me suis fait embarquer dans un car de flics. Ils viennent juste de me relâcher.

Dallas hoche la tête.

— Tu sais ce qu'ils disent aux infos ?

— Non, je sais juste que les flics se marraient parce qu'il y avait une femme de la Kos qui se baladait à poil dans Raussel pendant la manif…

— Ils se sont foutus de ta gueule, dit Dallas. Une femme à poil ! Quelle bande de tarés !

Dehors

Il fait nuit.

Une nuit d'été légère et douce sous un grand ciel piqué d'étoiles. Dallas prend une profonde inspiration en sortant de l'hosto. Elle n'en peut plus. Elle n'a pas reçu de coups, mais tout son corps la fait souffrir : les bras, les jambes, la tête, les seins, le ventre. La douleur est partout sans être nulle part. Elle rêve d'une piscine ou de la mer ou d'une rivière, d'un coin loin du monde où elle pourrait plonger, nager, s'abandonner aux mains de l'eau qui la bercerait jusqu'à ce qu'elle s'endorme et la garderait longtemps dissimulée à tous les regards.

Elle croise Monique, la fille de Pignard, qui arrive avec une petite valise en tissu écossais :

– Papa a eu un malaise cardiaque.

– Les flics ?

– Non, à la mairie, pendant la négo.

– Ça va ?

– Il est en réanimation…

Dallas redescend vers le centre-ville les bras croisés sur la poitrine, comme si elle avait froid. Gamine, elle aimait marcher dans la rue les yeux fermés, faire l'aveugle. C'est ce qu'elle voudrait pouvoir faire maintenant : fermer les yeux, ne rien voir. Ne rien savoir de ce qui l'attend chez elle et après. Elle a dans la bouche le goût âcre des fumées des grenades lacrymogènes, le goût de la défaite. Cette fois-ci, c'est fini pour de bon. Fini et nini comme dirait sa mère. Ils ont perdu. Ils sont cuits. La Kos va être liquidée et eux aussi le seront, pense-t-elle en réprimant un sanglot. Elle ne veut pas pleurer, offrir ses larmes aux patrons, aux fonctionnaires, à elle ne sait pas qui là-bas, ceux qui décident. Tout, mais pas ça. Elle ne s'est pas battue comme elle s'est battue pour finir par pleurnicher comme une conne sur son propre sort.

Dallas s'échauffe.

« Liquidés ». Cette idée la révolte. C'est impossible que ce soit fini. Inacceptable. Rudi a raison : il ne faut pas se laisser faire. Jamais. Ce sera peut-être long, peut-être violent, peut-être douloureux, mais plus jamais elle ne se laissera faire. Plus jamais elle n'acceptera qu'on la prenne et qu'on la jette comme si elle comptait moins que le papier avec lequel on se torche. Plus jamais on ne pourra lui dire de se taire. Ses yeux brillent :

— Ce n'est pas fini, ça commence ! dit-elle à voix haute.

Et, pour elle seule, face à la nuit décourageante, elle entonne sa chanson préférée :

Parlez-moi d'amour
Redites-moi des choses tendres...

Jardin

Sur la façade, un peu de travers, il y a l'affichette rouge et blanc de l'agence immobilière, *À vendre*. Rudi a sauté au-dessus du mur, certain que personne n'irait le chercher là, dans le jardin de la maison de Lorquin. Les contrevents et les portes sont fermés, l'herbe haute, et le mobilier d'extérieur soigneusement remisé sous un auvent. Assis sur la pierre près de l'entrée de la cuisine, Rudi pique le tronc coupé du rosier centenaire de la pointe de sa ferraille qu'il tient encore à la main. Il observe la coupe au ras du sol, une coupe franche ou presque. Un bois mort. Une image l'obsède, le visage de cette femme arraché par l'explosion de la grenade. Une tête de sang. Vision de cauchemar d'un être qui n'a plus ni yeux, ni bouche, ni nez, qu'une chair liquide d'un rouge éclatant.

Rudi doit rentrer. Il se dit qu'il doit rentrer. Il se le dit et se le répète, respirant l'odeur fertile de la terre :

— Je dois rentrer...

Mais il ne bouge pas d'un centimètre. Toujours cette image. Toujours ce sang, et dans les oreilles les pleurs et les cris des enfants, les lamentations de la vieille femme près d'eux, les injures de Ko, les détonations, comme saisis dans la glace et figés pour toujours. Rudi tape sur le tronc coupé avec sa ferraille. Il la fait sonner, le visage

durci d'orgueil et de désespoir. Son plan était bon, il a
échoué. À un moment quelque chose lui a échappé. Où ?
Quand ? Quoi ? Il n'en sait rien. Quand peut-on dire
qu'une chose commence à foirer ? Est-ce qu'il y a un
point de départ ? Est-ce qu'on peut tracer une croix sur le
sol et dire : c'est là ? Ce serait trop beau. Rudi ne parvient
même pas à se souvenir exactement de ce qu'il a fait.
Il s'entend crier dans le porte-voix : c'est une manifestation pacifique, pas de provocation, pas d'injures, pas de
bagarre avec les flics, notre force c'est notre nombre,
notre dignité. S'il pouvait se souvenir de chaque instant il
finirait bien par comprendre ce qui a glissé, le travers qui
a tout ruiné. Mais rien. Rien. Rien entre la mort sanglante
qui explose dans sa tête et l'instant où il franchit le mur
de chez Lorquin pour se cacher. Rien que des fragments,
des éclats, des visions fugitives et brutales, la sensation
de coups donnés, de coups reçus, une course intermi-
nable dont il ne comprend pas le but. Il sait qu'il s'est
battu, la cornière qu'il serre dans son poing en témoigne.
Il sait qu'il n'était pas seul, mais qui était à ses côtés, il
ne s'en souvient pas. Il suffit qu'il passe ses doigts sur
son visage pour savoir qu'une fumée noire les cernait,
mêlée d'autres fumées qui les faisaient pleurer. Il ne voit
pas de visages, qu'une bataille de bras, de jambes, de
coudes, de genoux, de pieds, de poings dans un fracas
d'armures tombées d'un autre siècle. Pas de visage, sauf
celui de cette femme qui n'en avait plus. Rudi frappe à
nouveau sur le tronc comme s'il pouvait repousser l'horreur qui lui hérisse les poils. Chasser le sang, la peur.
Chasser la mort, car il est sûr que cette femme est morte.
Et si elle n'est pas morte, mieux vaudrait qu'elle le soit
qu'errer une vie entière à la quête de son visage perdu.

Rudi ferme les yeux.

C'est nous, pense-t-il, cette femme, c'est la Kos, déchi-
rée, saignante, aveugle. Une chair rouge sans autre identité que ses blessures.

Il faut qu'il rentre.

Il ne peut pas passer la nuit dans le jardin de Lorquin à guetter un fantôme qui ne viendra pas. Non, il faut qu'il rentre. Rudi a soudain envie d'embrasser Dallas, de l'étreindre. De sentir son corps plier sous le sien et effacer d'un oui le noir de ses idées. Voir Dallas, caresser ses joues, ses lèvres, ses paupières, glisser la main dans ses cheveux… Rudi sent une immense tendresse l'envahir, mais la femme défigurée revient aussitôt danser devant ses yeux. La Kos valait-elle une vie ? Fallait-il que quelqu'un meure pour que l'opinion publique sache qu'ils mouraient tous ?

Rudi secoue la tête :

— Non. Non, dit-il, se mentant à lui-même.

En vérité, il pense : « Oui, oui peut-être. Peut-être faudra-t-il d'autres mortes, dix, cent, mille… pour gagner la guerre qui a commencé aujourd'hui. Peut-être n'y a-t-il pas d'autre solution. Les patrons, la droite, les bourgeois, les nantis, les riches qui rêvent de nous faire disparaître ne nous laissent pas le choix. Aujourd'hui à Raussel ou à Méneville, demain ailleurs, ce sera ou la vie comme une lente agonie ou la mort comme unique porte de sortie. »

Rudi se lève, grommelant :

— Faut que je rentre.

Son visage a un air farouche de violence épuisée. Il passe un doigt dans le col de sa chemise raidi de sueur sèche, caresse sa barbe qui a poussé, renifle l'air chargé des parfums d'un chèvrefeuille remontant et, prenant sa ferraille à deux mains, la plante d'un coup sur le tronc du rosier mort.

Saoul

Saint-Pré se saoule dans le petit bar d'Ahmed, derrière la mairie. Il en veut au monde entier :

— Vous avez vu le résultat ? Et ce connard de préfet qui se prend pour Napoléon ! Ah, bien joué, bravo ! Beau tableau de chasse : trois morts, une mère de famille, un père de quatre enfants et un CRS ! C'est Iéna ! C'est Marengo ! C'est Austerlitz ! Rien n'est plus beau que le soleil qui se lève sur un champ de bataille… Ah putain de putain de merde !

Il prend sa tête dans ses mains. Ahmed s'approche prudemment :

— Je vais fermer, monsieur le maire…

Saint-Pré se redresse :

— T'as raison, tu peux fermer ! Moi aussi, je vais fermer ! D'ailleurs tout le monde va fermer à Raussel ! On va fermer Raussel !

Il crie :

— On ferme ! On ferme !

Saint-Pré attrape Ahmed par la chemise :

— Mais moi, moi, tu m'entends ? Moi, je ne vais pas la fermer ! Ah non, je ne vais pas la fermer. Je vais leur dire à tous ces connards de journalistes : le préfet est un con, un assassin en uniforme qui se verrait bien ministre et les autres sont tous des lâches. Ils s'en foutent tous de la Kos, de Raussel. C'est pas leur problème. Ils s'en foutent comme de leur première chaussette…

Ahmed approuve d'un hochement de tête :

— Eh oui…

— Tu peux me dire pourquoi ils ont envoyé des hélicoptères, le GIGN et tout le bazar qui nous a foutus dans la merde ? Je vais te le dire, moi : pour la frime, pour la télé, pour *Paris Match*… Tous ceux-là, le préfet, les députés,

la mademoiselle du ministère, le type de la CGT, ils ne
veulent qu'une chose : se montrer. Dire : « c'est moi »,
« c'est moi qui avais raison, qui avais tout vu, tout compris », « moi, moi, moi ! »… Ah, les télés peuvent être
contentes : c'est bon pour l'audience ça, de la bagarre,
des morts, du feu, du sang…

L'œil d'Ahmed s'allume :

– Ils vous ont interviewé ?

Saint-Pré s'insurge :

– J'ai pas voulu. J'ai dit : allez vous faire foutre ! J'ai
rien à dire. Qu'est-ce que vous voulez que je vous dise ?
Que la Kos est passée de vie à trépas, qu'il y a cent cinquante orphelins sans compter les enfants des morts pour
rien, que Raussel est rayée de la carte ? C'est ça que vous
voulez que je vous dise ? Eh bien, je ne vous le dirai pas.
J'ai trop mal, je vous emmerde ! J'emmerde tout le
monde ! J'emmerde la terre entière ! J'emmerde l'univers
et j'emmerde même Dieu qui n'existe pas ! Je l'emmerde ! Tu comprends ? Tu comprends, Ahmed ? Tu sais
ce que c'est que le chagrin ?

Pâtes

Totor Porquet (quatre points de suture sur le crâne),
Luc Corbeau et Bello se retrouvent dans les blocs, chez
Anthony, après avoir été arrêtés par les flics pour contrôle
d'identité et relâchés deux heures plus tard. Dans la
cuisine, Angélique fait bouillir l'eau d'une « spaghettis
party ».

– Tu sais qui c'est le type de la SMF qui est mort ?
demande Totor Porquet.

– Non, répond Anthony en massant son bras encore

endolori (pas de fracture, un hématome). Ils ont dit son nom aux infos, un nom polonais. Quelque chose en *ski*.

Luc Corbeau, lui, connaissait Nadia.

— Ma fille aînée a sa petite en classe. Je me souviens très bien d'elle à la fête de l'école. Une femme très bien. J'en suis malade…

— Pas de nouvelles d'Hachemi ?

— Il doit être avec les autres, chez Nadia, dit Anthony. On va y passer tout à l'heure avec Angélique…

— Et Rudi ?

— J'ai téléphoné chez ses beaux-parents : ils l'attendent. Le fils de Lorquin est chez eux.

— Maxime ?

— Oui, il s'est fait défoncer la tête…

Totor Porquet a entendu dire que le flic a reçu un coup de couteau :

— Il se serait fait planter…

— Va savoir, soupire Luc Corbeau. Ils peuvent bien dire ça ou autre chose, tant que ça les arrange pour nous le coller sur le dos.

Anthony est d'avis d'organiser une manifestation dès le lendemain.

— Pour les morts et pour nous, une marche silencieuse. Il faut marquer le coup. On ne peut pas rester sans rien faire.

Bello est d'ac :

— Oui, il faut qu'on retourne à la Kos Les flics ne pourront pas nous empêcher d'entrer. Il faut qu'on réoccupe l'usine. Tout le monde avec un brassard noir…

Totor Porquet et Luc Corbeau suggèrent de ne pas perdre de temps :

— Chacun de nous appelle dix copains et leur demande d'en appeler dix autres qui en appelleront dix, comme ça tout le monde sera vite au courant.

— Rendez-vous à la mairie et on descendra à la Kos.

— Faut appeler Armand en premier pour que sa femme

mobilise les autres femmes. Vous avez vu les filles dans la bagarre, incroyable, hein ?

— Vous ne croyez pas qu'on devrait d'abord appeler Pignard ?

— Et ce con de Lamy, qu'est-ce qu'on en fait ?

— On lui fourre sa pipe dans le cul ! s'exclame Luc Corbeau.

Angélique sort de la cuisine :

— Vous n'en avez pas marre ? Vous ne croyez pas que ça suffit ? Vous ne croyez pas qu'il y a assez de dégâts comme ça ? Faut que vous recommenciez ? Mais vous voulez quoi ? Qu'il y ait combien de morts ? Cent, mille ?

Anthony se lève :

— Qu'est-ce qui te prend, mon bébé ?

— Je ne veux plus qu'il y ait des manifestations ! Je ne veux plus entendre crier ! Je ne veux plus qu'on tue des femmes qui n'ont rien fait ! Je ne veux plus, tu comprends ? Je ne veux plus rester dans cette ville pourrie...

Elle sanglote. Anthony la serre dans ses bras :

— Calme-toi, mon bébé. T'es crevée, c'est les nerfs. Je vais m'occuper des pâtes, on mange et au lit ! D'accord, les gars ?

— T'inquiète, on ne va pas s'incruster ! dit Luc Corbeau.

— On sait ce que c'est les jeunes mariés ! ajoute Totor Porquet.

Bello se propose de s'occuper de la cuisine :

— La pasta, c'est tout un art !

Angélique gémit :

— Vous ne comprenez pas : c'est de ma faute ! Tout ça, c'est de ma faute ! Je ne veux pas que ça recommence !

Anthony la console, goguenard :

— Ça sera de ta faute si les pâtes sont trop cuites, mais puisque Bello s'en occupe... Et pour le reste, excuse-moi, mais je ne crois pas que tu y sois pour grand-chose...

— Si, s'obstine Angélique, c'est moi, c'est de ma faute.

Luc Corbeau s'en mêle :

– Qu'est-ce qu'est de ta faute, ma grande ?

– Vas-y, décoince, l'encourage Bello, ça ira mieux après. Parle fort, je vais dans la cuisine…

– Tu veux boire quelque chose ? demande Anthony.

Angélique secoue la tête, non elle ne veut rien boire :

– Non. Non…

Elle manque d'air. Sa poitrine se soulève, ses pupilles s'élargissent, ses narines blanchissent et, soudain, elle déballe son histoire d'un trait, sans regarder personne :

– J'ai tout dit à un flic des RG. Tout ce que vous alliez faire. Tout ce que vous prépariez. Les trucs à la Kos et dehors. Je lui ai tout dit. Il voulait me dénoncer au maire parce que je vous téléphonais pendant les négociations. Il m'a fait peur. Il m'a dit que je trahissais le devoir de réserve, que c'est un délit, qu'il allait me faire virer et qu'après un coup comme ça, pour retrouver du travail… Je ne veux pas être virée. Je ne peux pas être virée. On n'a plus que mon salaire maintenant ! Il m'a forcée à le faire. À tout dire, à tout raconter, à téléphoner à Anthony pour le faire parler. C'est de ma faute. Tout est de ma faute. Les flics savaient tout à l'avance. Ils savaient tout et vous, vous ne saviez rien…

Hôtel

– C'est immoral, c'est absolument immoral ! dit Christelle Lepage en se retournant sur le lit de l'hôtel *Modern* où elle vient de faire l'amour avec Lopez.

– Non, proteste-t-il en se penchant sur sa poitrine, c'est humain, absolument humain !

Elle lui offre sa bouche :

– Trois morts, des blessés, une ville ruinée, des centaines d'emplois foutus et vous trouvez ça humain que la représentante du ministère et le médiateur des salariés se retrouvent à faire des galipettes ?

— Vous auriez préféré que nous allions nous jeter dans la rivière ?

— Il y aurait de quoi.

— Oui, il y aurait de quoi.

Mlle Lepage s'étire :

— Vous savez qui est la femme qu'ils ont montrée aux infos ? Celle qui s'est tout rasé et qui se promenait complètement nue dans Raussel…

Sa main glisse entre les cuisses de Lopez.

— Non, dit-il. En tout cas, ça en dit long sur le désespoir des ouvrières.

Il grimace :

— Pour signifier qu'on n'a plus rien, c'est rude d'en arriver là.

— C'est affreux, dit Mlle Lepage.

Et, mi-figue mi-raisin :

— Et nous, on baise…

Ils se taisent le temps d'une caresse, d'un rire étouffé, de lèvres qui se frôlent.

— Je vais vous dire une chose qui va beaucoup vous choquer, dit Mlle Lepage, posant sa tête sur le ventre de Lopez.

Sa main va et vient :

— Ça me rappelle le soir où, pour la première fois, ils ont passé *Shoah* à la télé, le film de Lanzmann. J'étais avec quelqu'un. Un homme que j'aimais beaucoup. Il y avait une ambiance de fin du monde. Dehors, de l'orage, un ciel noir de suie, une chaleur écrasante. Pourtant, nous avions tout fermé : les fenêtres, les rideaux, les lumières. Il n'y avait que la télé qui était allumée. Nous ne voulions voir que ça : les camps, les survivants. Et on a baisé comme des fous, devant le poste, sans se concerter, sans prononcer un mot. Nous étions comme enragés. C'était à

la fois comme un cauchemar et comme un rêve extraordinaire. Ce que j'entendais, l'horreur des horreurs, me
faisait pleurer comme une fontaine et ce que je faisais me
faisait jouir...

Retour

Dallas, Franck, Maxime, Denise, tous se précipitent
dans le couloir lorsqu'ils entendent Rudi entrer :

– C'est moi !

Dallas se pend à son cou :

– Je me faisais un sang d'encre...

Rudi lui donne un baiser :

– Ça va ?

– Si t'es là, ça va, dit-elle dans un sourire.

– Et Varda ?

– Pas terrible.

– Qu'est-ce qu'elle a ?

– Ils l'ont cassée en mille morceaux...

Rudi découvre Maxime, la tête au carré :

– Ils ne t'ont pas raté non plus...

– J'en ai vu d'autres.

Il dit très vite, d'une voix lugubre :

– La femme est morte.

Rudi rage, il enrage, il le savait. Il ne le savait pas vraiment, mais il le savait :

– Tout ce sang...

Et, comme pour se défendre de ses propres sentiments :

– C'est peut-être mieux pour elle, elle n'avait plus de
visage...

– Ko est mort aussi.

– Qui ?

– Kosovski, le grand type à lunettes qui était avec toi sur le pick-up quand on est partis…

– J'y crois pas ! s'exclame Rudi. Place de l'Industrie, je l'ai vu plonger sur un flic…

– Il s'est pris une balle dans la bagarre. À la télé ils parlent de «bavure», comme toujours. Il y a un CRS aussi qui est resté sur le carreau…

– C'est lui qui l'a… ?

– Je ne sais pas. Ils ne l'ont pas dit…

Henri les attend dans la salle à manger.

– Anthony a téléphoné. Vous avez rendez-vous demain matin devant la mairie. Tout le monde doit venir avec un brassard noir…

– C'est bien, dit Rudi. Il ne faut pas lâcher. Pas maintenant, pas comme ça. Tu en seras ?

– Bien sûr que j'y serai, assure Maxime. On y sera tous, tous ceux de la SMF, tous ceux de Méneville. On ne va pas vous laisser tomber, surtout qu'il y en a un de chez nous qui…

L'émotion l'empêche de terminer sa phrase :

– Excusez-moi, Ko c'était vraiment quelqu'un…

Rudi prend Maxime dans ses bras et lui tape doucement dans le dos :

– Je sais. Il sera avec nous demain. Devant. En première ligne…

Denise invite Rudi à boire quelque chose en attendant.

– On va manger, mais ce n'est pas encore prêt.

– Merci, je ne veux rien. Faudrait que je téléphone.

Il se ravise :

– Si, je veux bien me laver.

Rudi tire sur sa chemise.

– Je suis dégueulasse, je pue, j'en ai marre d'avoir ça sur le dos…

– Va prendre un bain ! dit Henri. On dînera après, hein maman ?

Denise hausse les épaules.

– Je t'en foutrais des «maman»!

Elle dit à Rudi :

– Tu pourras téléphoner plus tard, ça ne presse pas.

– Je peux te passer des fringues propres si tu veux, propose Franck.

Rudi le remercie :

– Si ça t'emmerde pas, je veux bien.

Il se dirige vers la salle de bains.

– Je viens avec toi, dit Dallas, moi aussi ça me fera du bien…

– Les petits dorment?

– Comme des anges. Tu veux les voir?

Salle de bains

Dallas et Rudi se glissent dans la baignoire comme deux enfants qui jouent. Ils se retrouvent, se caressent, se flairent. Ils s'abandonnent à la chaleur de l'eau, à la mousse légère, brillante.

– Raconte, murmure Dallas, les yeux mi-clos, le dos collé contre le ventre de Rudi.

– Chut! Pas maintenant. Pas tout de suite. J'ai envie qu'on reste comme ça, en silence, tous les deux, comme si on flottait dans l'air…

– Dans l'air?

– Dans l'eau…

– Dans l'eau de l'air, dans l'air de l'eau…, chantonne Dallas.

Un instant, ils s'assoupissent.

Peut-être rêvent-ils d'une grosse décapotable, d'une route au soleil, de grands espaces, des cocotiers et, au bout des vagues géantes, d'un bleu sublime? Visions de soie, de tissus précieux, de fourrures, de dentelles, flacons de parfums, tourbillon des senteurs et des ors. Rêves de rien. Rêves d'une seconde, d'un clignement de paupière vite effacé par des coups frappés contre la porte.

— Je peux entrer ou je vais m'évanouir ? demande Franck.

— Entre, crie Rudi, réveillé en sursaut.

Franck pousse la porte, feignant de se cacher les yeux. Il dépose des vêtements propres pour Rudi sur le lavabo.

— Je t'ai même mis un slip et des chaussettes !

— C'est gentil, merci.

— Venez manger, c'est prêt.

— On arrive.

Franck s'éclipse pour les laisser sortir du bain. Il emporte les vêtements sales de Rudi :

— Je te mets tout à la machine ! Tu ne pourras pas dire que je ne suis pas une vraie mère pour toi...

Il s'en va, riant tout seul.

Rudi enveloppe Dallas d'une grande serviette et l'essuie en se serrant contre elle. Dallas se laisse faire.

— Tu sais, dit-elle, je n'ai pas eu peur.

— Pas du tout ?

— Non, jamais. Je voyais tout le monde autour de moi qui se battait, j'entendais des cris, les sirènes des flics, je pleurais, je crachais à cause des lacrymogènes et en même temps je pensais : je n'ai pas peur. Et je n'avais pas peur. D'ailleurs, je suis sûre que les femmes sont plus courageuses que les hommes.

— Ah oui, tu crois ça ?

— Oui, parce qu'il faut plus de courage pour vivre quand on est une femme.

Rudi veut forcer Dallas à s'expliquer quand le dingdong de la porte d'entrée retentit soudain.

— Qui c'est ? demande-t-il, en alerte.

Dallas plisse le front :

— Peut-être Anthony, ou Serge ?

Il y a deux gendarmes à la porte des Thaler. Un brigadier et un plus jeune. Ils saluent militairement.

– Monsieur Löwenviller ?

Franck regrette, ce n'est pas lui, ils se sont trompés
d'adresse :

– Vous êtes chez ses beaux-parents.

– Oui, nous le savons, dit le plus vieux des deux.
Nous sommes passés chez lui mais il n'y a personne. Il
ne serait pas ici, par hasard ?

Dallas, nouant à la hâte la ceinture d'un vieux peignoir
de sa mère, s'approche.

– Qu'est-ce que vous lui voulez à M. Löwenviller ? Je
suis sa femme.

– Nous voulons le voir.

– Je ne sais pas où il est, dit Dallas. Pourquoi ?

– Un CRS a été tué. Il avait un petit garçon de trois
ans. Votre mari faisait partie des personnes présentes sur
le lieu du drame.

– Pourquoi vous me dites qu'il avait un petit garçon
de trois ans ?

– Je ne sais pas, dit le gendarme.

Le plus jeune ajoute :

– Nous voudrions juste entendre votre mari comme
témoin. Le mieux serait qu'il vienne à la gendarmerie.
Comme ça, on prend sa déposition et c'est fini.

– Vous êtes certaine qu'il n'est pas ici ? insiste le brigadier.

Dallas propose :

– Si vous voulez entrer et vérifier…

– Ça ne vous embête pas ?

– Tant que vous ne réveillez pas mes enfants.

Les deux gendarmes remontent le couloir derrière
Dallas.

– Je peux vous poser une question ? demande-t-elle en
se retournant.

– Je vous en prie.

— La femme qui a été tuée par une grenade, elle avait deux enfants. Ça ne vous a pas marqués ?

— Si, c'est terrible aussi, avoue le brigadier.

— Vous avez arrêté le type qui a fait ça ?

— La police s'en occupe. La police des polices…

— Ah, si la police s'en occupe, on peut être sûr que ça va donner quelque chose, ironise Dallas.

Elle s'écarte pour laisser les gendarmes entrer dans la salle à manger où la famille est à table.

— Ils cherchent Rudi, dit-elle pour les présenter.

— Bonsoir, messieurs-dames.

— Aucun d'entre vous ne sait où est M. Löwenviller ?

Les uns après les autres font signe que non.

— On sait qu'il n'est pas blessé, constate Dallas, je suis allée à l'hôpital, il n'y était pas, et si vous ne savez pas où il est, c'est qu'il n'a pas été arrêté non plus…

Le plus jeune des gendarmes sourit, surprenant un bout de sein de Dallas dans l'ouverture de son peignoir.

— Ça paraît logique.

Elle lui plaît, dommage qu'il soit en service…

— Bon, dit le brigadier en fixant Maxime et ses blessures, on va vous laisser. Je répète ce que j'ai dit à madame : dès que vous le voyez, demandez-lui de passer à la gendarmerie, même tard…

Henri s'empresse d'acquiescer, narquois :

— Comptez sur nous pour lui faire la commission !

Dans le couloir, le plus âgé des deux gendarmes devient curieux :

— Qu'est-ce qu'il y a derrière cette porte ?

Dallas l'ouvre sans hésiter :

— Une chambre…

Les gendarmes se penchent et aperçoivent Kevin le pouce dans la bouche et la petite Ève, endormis.

— Et celle-là ?

– C'est la salle de bains, répond précipitamment Dallas. Je ne vous conseille pas : c'est le bazar.

– Je sais ce que c'est, dit le jeune gendarme. Chez moi c'est pareil, vous savez : un célibataire…

Il tourne la poignée.

Dallas change de couleur.

Les deux gendarmes la précèdent dans la salle de bains. Ils inspectent à droite, à gauche, mais Rudi n'est plus là. Les vêtements propres ne sont plus sur le lavabo, la fenêtre semble fermée, il n'y a que l'eau mousseuse qui s'écoule doucement dans la baignoire…

Trois mots

Après la mort de ses parents et jusqu'à ce qu'il arrive chez les Löwenviller, Rudi a connu neuf familles d'accueil et a fait presque autant de fugues. La première à six ans. Et, chaque fois qu'il avait fugué, c'étaient les gendarmes qui le ramenaient.

Rudi ne peut pas voir les képis en peinture, c'est physique.

Il ne veut plus jamais se retrouver entre deux uniformes à tête interchangeable. Il ne veut même pas devoir leur parler, répondre à leurs questions, écouter leurs conseils, leurs menaces. Sa décision a vite été prise. Quand il les a entendus dans le couloir, il a enfilé les vêtements propres, il a ouvert la fenêtre et il a filé.

Rudi est parti. Trois mots : il est parti.

Parti !

Il a suffi d'un rien, du déplacement dans l'espace de deux gendarmes pour que Rudi bascule à nouveau dans la nuit. À onze ans, au volant de la voiture du père de sa famille d'accueil, Rudi a forcé un barrage de gendarmerie lors d'une de ses fugues. Un mort, un blessé grave. Seul son âge l'a sauvé de la prison. Avant d'être placé à Raussel, il est resté un an dans un foyer pour jeunes délinquants, une sorte de maison de redressement qui ne disait pas son nom. Un an terrible de privations, de coups et de leçons de morale. Un an à se défendre des plus grands pour qui il était une proie facile. Rudi en avait balafré un avec une fourchette, il avait sauté sur le dos d'un autre dans un escalier, mais surtout il avait mordu au sang la bite d'un troisième qui voulait se faire sucer.

Dallas est la seule à savoir. Rudi lui a tout raconté la première fois où il l'a prise dans une chambre, à *L'Espérance*, chez Raymonde. Il lui a fait jurer de ne jamais le dire à personne. Et il a juré que, plus jamais, des flics ne mettraient la main sur lui :

— Plus jamais, tu comprends ce que ça veut dire « plus jamais » ?

Des nuages chahutent dans le ciel, le vent tombe, sans doute il va pleuvoir. Tant mieux. Il faut que ça craque, il faut que ça pète. Rudi étouffe. Ses semelles caoutchoutées claquent sur la chaussée, mais pas d'alarmes, pas de sirènes, de coups de sifflet, d'aboiements de chiens lancés sur sa trace. Rudi fuit en silence. Le seul vacarme est dans sa tête. Il porte le pantalon de Franck, la chemise de Franck, le slip, les chaussettes, même les baskets de Franck pêchées sur le rebord d'une fenêtre. Ce n'est pas lui qui se hâte par les rues sombres, c'est un autre, c'est Franck.

Quand les Löwenviller l'ont adopté officiellement, quand ils lui ont donné leur nom, Rudi a pensé « maintenant, je suis tranquille, personne ne me retrouvera », comme si depuis toujours une force obscure était à sa poursuite. Ce nom, c'était son refuge, sa protection, son masque. Il ne savait même pas si Rudi était son vrai prénom ou si c'était celui qui lui avait été donné à la DDASS. Au fond, il s'en fichait. Mieux, il s'en réjouis-

sait, « Rudi Löwenviller », ça présentait bien pour l'extérieur, et cette force qui le traquait, à laquelle sans cesse il
devait échapper, n'était pas prête de le débusquer sous
cet état civil.

Les deux gendarmes à la porte de ses beaux-parents
témoignent que c'est fini. Cette identité est grillée. Elle a
fait son temps. Ils savent qui il est, où le trouver et, une
fois encore, ils peuvent venir le chercher. Rudi les connaît
trop bien pour ignorer que, s'ils l'arrêtent, ils ne le lâcheront plus. Quoi qu'il arrive, il est désigné d'avance. C'est
le coupable par excellence. Le récidiviste. Le spécimen
même des classes dangereuses.

Spartakos

S'il connaît cent chemins différents dans Raussel, Rudi
ne connaît qu'un seul but : Mickie. Il va chez elle certain
de la trouver offerte, amoureuse, désirante. Il y va comme
à chaque fois que sa vie semble lui échapper et qu'elle
seule est capable de le comprendre, de le consoler, de l'arracher à la mélancolie où il se noie. Il n'est pas encore
pris. Il leur abandonne volontiers ce « M. Löwenviller »
comme la peau d'un serpent après sa mue. Ils peuvent
courir. C'est tout ce qu'ils auront de lui. Quelques vêtements tachés, de l'eau sale, une baignoire qui se vide, rien
d'autre. Dès cet instant, il devient Franck Thaler et passe à
la clandestinité.

Chez Mickie, il y a de la lumière dans la cuisine.
Rudi y voit un signe encourageant. Il traverse sans hésiter le jardin pour entrer par-derrière. Il est temps qu'il
arrive. Il est au bout de son endurance. Encore un peu et
il s'écroulerait dans le petit potager ou de l'autre côté dans

un massif de fleurs. Sa course lui a donné chaud. Il sue.
Sous ses vêtements propres et frais, il dégouline. Il
regrette de ne pas avoir eu le temps de se raser. Les gaz
lacrymogènes brûlent encore ses yeux et donnent à son
regard l'air un peu fou d'un homme outragé. Une tête à
faire peur.

Mickie finit de laver sa vaisselle. Elle sursaute quand
il ouvre la porte sans frapper.

— Oh ! C'est toi…

— Les flics me cherchent, dit-il d'une voix rauque,
comme s'il n'avait pas cessé de crier.

— Qu'est-ce que tu racontes ?

— Deux gendarmes sont venus chez mes beaux-
parents. Ils voulaient me voir, un CRS a été tué…

La voix d'Armand leur parvient de la salle à manger :

— Qu'est-ce que tu dis ?

Rudi se raidit. Il avait oublié Armand. Pas un instant
il n'a imaginé qu'il pouvait être là. Pour lui, Armand
n'existe pas dans cette maison. Ce n'est pas chez lui,
c'est chez Mickie. Seulement chez elle. Armand, surtout
là, maintenant, à cet instant, c'est un corps étranger. Un
intrus qui, soudain, se comporte en maître.

Le mari de Mickie est installé dans le salon devant
la télé.

— C'est Rudi, annonce-t-elle en le faisant entrer.

— Qu'est-ce qui t'amène ? demande Armand sans bouger. J'attends les infos…

— T'es au courant pour la manif de demain ?

— J'ai eu Luc Corbeau…

Mickie propose de leur faire du café.

— Je veux bien, dit Rudi.

— Tu veux manger quelque chose ?

— Non merci.

Armand invite Rudi à prendre place à côté de lui, sur
le canapé :

— Assieds-toi, dit-il.

Rudi ne peut pas refuser. Il s'assoit, gêné, mal à l'aise, les mains posées sur les cuisses, le dos bloqué. Rudi est incapable de s'intéresser aux images qui défilent sur l'écran, des femmes qui se maquillent, des enfants qui mangent du chocolat. Il a, comme jamais, le sentiment de ne pas être à sa place. Mickie retourne à la cuisine. Armand jette un coup d'œil derrière lui pour s'assurer qu'elle ne revient pas :

— Quelque chose me turlupine depuis longtemps, dit-il à voix basse, alors tu vas m'écouter, mais je ne veux pas que tu me répondes. Je veux que tu te taises, d'accord ?

— Oui, souffle Rudi, incrédule.

Armand monte le son de la télévision, il parle très vite :

— Je sais pour Mickie et toi, je le sais depuis toujours. Ça ne me dérange pas, ça ne me blesse pas. Je ne veux qu'une chose : que Mickie soit heureuse. Si elle a besoin de te voir pour être heureuse, ça me va. Je suis heureux aussi. Il n'y a qu'une chose que je ne veux pas : que tu la fasses souffrir...

Mickie revient avec un plateau et des tasses :

— Qu'est-ce que vous complotez tous les deux ? Je vous entends chuchoter...

— Top secret ! dit Armand avec un grand sourire.

Il explique :

— On faisait des compliments sur toi, sur ce que tu as organisé, sur ce que tu as fait avec les anciennes de la Kos. Ça t'aurait fait rougir d'entendre tout le bien qu'on pouvait en dire. Hein, Rudi ?

— Oui, confirme mécaniquement Rudi, sous le choc de ce qu'il vient d'entendre.

Mickie demande à son mari de baisser le son du poste :

— Faut vraiment que je t'achète un casque ! Tu deviens sourd...

Elle donne une tasse à Rudi et verse le café :

– Tu prends du sucre ?

– Deux.

– Moi aussi, dit Armand, dévisageant Rudi d'un regard où la pitié s'additionne à l'ironie.

Mickie s'installe entre eux :

– Taisez-vous, on écoute.

Le journaliste rappelle les événements de la journée à Raussel, on voit le ministre de l'Intérieur parler de « véritables actes de guerre », le préfet se féliciter d'« avoir rétabli l'ordre républicain » et appeler « à la plus extrême sévérité à l'encontre des fauteurs de troubles », puis défilent les photos des trois morts : le CRS Antoine Worms, Nadia Samir, André Kosovski, ensuite le député Chevanceau conclut, l'air satisfait : « La fin de la Kos n'est ni la fin de Raussel, ni celle de la région. Dans un monde en pleine évolution, c'est peut-être même une vraie chance pour l'avenir, la chance qu'il nous revient de bâtir avec les dirigeants et les employés de la Kos, avec eux, pas contre eux ni sans eux. »

Pas un mot n'est prononcé sur les grévistes, sur leurs revendications, sur les causes de leur action. Aucun d'entre eux n'a le droit à la parole, pas même un représentant syndical. Il n'est question ni de l'occupation de l'usine ni de sa liquidation. Seules sont mises en avant les initiatives du préfet, du gouvernement, du GIGN dont on salue l'action. L'information n'est pas verrouillée, elle est cadenassée à double tour. Le journaliste annonce en souriant comme un imbécile :

– Jetons maintenant un coup d'œil sur la une des quotidiens nationaux qui paraîtront demain matin…

Sans surprise, *L'Huma* annonce : « Trois morts pour l'emploi », *Le Figaro* : « Le retour des casseurs », *Le Parisien* : « Pourquoi ? », mais c'est la une de *Libération* qui les laisse sans voix. Sous le titre « SPARTAKOS », pleine page, on voit une photo de Rudi, sa cornière de fer à la main en train de se battre contre un CRS, bouclier levé, à genoux devant lui. Une très bonne photo, très nette, très piquée, où la posture des combattants n'est pas sans rappeler certaines mosaïques représentant les jeux du cirque dans la Rome antique. Seuls les yeux de Rudi et du CRS sont masqués d'un bandeau noir.

Mickie éteint la télé, comme si elle voulait effacer cette image, la faire disparaître d'urgence.

— «Spartakos»? s'interroge Rudi, sans comprendre ce que cela veut dire.

Armand se lève :

— C'est un jeu de mots foireux entre Spartacus, le chef de la révolte des gladiateurs et la Kos. Spartacus + la Kos = «Spartakos». T'as pas vu le film?

Rudi ne répond pas.

— Bon, dit Armand, je vais me coucher. Mickie t'expliquera. Je vous laisse, vous avez sûrement des choses à vous dire…

Armand embrasse sa femme sur le front et monte dans sa chambre, râlant tout seul contre les journalistes de la télé qui miaulent pour leur Ron-ron.

— Plus à droite, il y a le mur…

Rudi et Mickie sont face à face dans la cuisine, comme ankylosés après un long effort. La lampe qui pend du plafond leur fait des ombres sous les yeux. Ils ont l'air de sortir des catacombes, les cheveux couverts de toiles d'araignée, le visage blessé par la lumière. Les mots leur viennent avec effort.

— Je ne t'avais jamais vu avec ça, dit Mickie, remarquant les vêtements de Rudi.

— C'est à Franck. Je suis parti en quatrième vitesse.

— Qu'est-ce que tu vas faire?

— Je ne sais pas. Avec cette photo, je suis «fait aux pattes», comme aurait dit Lorquin. Ils vont tout me coller sur le dos…

– Il n'y a pas de raison.
– Tu ne sais pas tout de ma vie.
– Qu'est-ce que je ne sais pas ?
– Rien. Laisse tomber…

Rudi tend la main vers la joue de Mickie et la caresse :

– Tu crois qu'un jour, on refera l'amour ensemble ?
– Quelle question !
– Armand m'a dit qu'il savait pour nous.

Rudi aime le secret qui le lie à Mickie. L'idée d'être toujours le gentleman cambrioleur qui s'introduit chez elle pour la surprendre. Pour qui chaque fois est une première fois. Dans un livre qu'elle lui avait fait lire, l'auteur disait que l'amour est un complot. Le plus petit et le plus grand complot du monde. Cette idée lui a toujours plu. Peut-il y avoir encore de l'amour entre Mickie et lui si le complot est découvert ? Rudi se penche, le corps incertain. Sa fatigue donne à son visage un air sardonique. Cette sorte d'étrange gaieté qui naît parfois des grands malheurs. Mickie ne semble rien remarquer. Elle aussi se penche, comme attirée par Rudi mais incapable de le rejoindre, de l'embrasser.

– Je sais, dit-elle soudain en se redressant. Tu vas monter à Paris voir Florence. Elle t'aidera. Elle saura ce qu'il faut faire…

– Florence qui ?
– La journaliste, tu te souviens…
– Celle qui avait fait un portrait de Dallas ?
– Oui.
– Je croyais que personne ne savait où elle était.

Mickie rend à Rudi la monnaie de sa pièce :

– Toi non plus tu ne sais pas tout de ma vie.

La postale

Rudi n'a rien dans le ventre depuis le matin. La faim le
taraude. Son estomac se noue à lui faire mal, ses boyaux
gargouillent, en même temps cette sensation de manque
aiguise tous ses sens. Il a l'impression de mieux entendre,
de mieux voir, de mieux comprendre ce qui l'entoure. Il
respire profondément sans ralentir. C'est clair, il ne peut
pas rester à Raussel, plus clair encore qu'il ne peut pas
aller la bouche en fleur à la gendarmerie. C'est très clair,
il faut qu'il parte, qu'il disparaisse. Il faut qu'il se fasse
oublier. Il pense à la première fois qu'il est venu ici,
accompagné par un éducateur et une assistante sociale qui
l'ont conduit chez les Löwenviller. Il n'avait qu'une idée :
partir, partir encore, partir le plus vite possible.

Il y a près de vingt ans maintenant…

Vingt ans où il a fait semblant de croire au dessin naïf
et précis d'une vie tracée à la règle. Mais derrière l'ordre
apparent des choses et des êtres qu'il avait soigneusement
disposés autour de lui, l'idée ne l'avait jamais quitté : partir. Être prêt à partir. Ne jamais se laisser endormir par la
tiédeur d'un lit ni attacher par les mille petits riens qu'on
accumule et sous lesquels on meurt, un jour, étouffé. Rudi
se félicite de n'avoir jamais baissé la garde. D'avoir su
réagir vite et sans état d'âme. Il n'y a qu'une question qui
le travaille : est-ce qu'il a tué un homme ? Est-ce que la
mort s'est servie de lui une fois encore ?

Est-ce que j'ai tué ? se demande-t-il. Est-ce que c'est
moi ? Rudi regarde ses mains comme un miroir magique,
mais sans rien y voir que le visage en sang de la femme,
Varda jetée à terre et battue, Dallas qui appelle dans un
brouillard semblable à une eau croupie où éclate parfois
une bulle de gaz.

Rudi se dit à lui-même qu'il est temps de voir les choses en face. Son histoire avec Mickie s'achève cette nuit. Le baiser qu'ils ont échangé en se quittant est le dernier. Ils ne se reverront plus. C'est une évidence. Une idée qui s'impose à lui, forte, pénétrante mais étrangement indolore.

— Prends soin de toi ! lui a-t-elle lancé alors qu'il passait la grille du jardin.

Rudi part avec tout l'argent liquide qu'elle avait dans son sac, presque cent euros. Et, sur le dos, une vieille veste d'Armand en cuir souple qu'elle l'a forcé à prendre :

— Tu ne peux pas rester en chemise.

Il emporte aussi un litre de pastis pour offrir aux types de la Poste qu'il doit retrouver à la gare.

C'est une vieille combine.

Pour peu qu'on ne soit pas douillet et qu'on ne tombe pas sur une tête de con, il y a toujours moyen de voyager dans le wagon postal. Ça ne coûte qu'un peu de conversation et de quoi boire. La nuit est longue à trier le courrier devant des casiers, avec toujours la tablette qui vous tape dans le bas-ventre au rythme des secousses du train, comme si elle voulait vous couper en deux. Les types de la postale ne font pas de vieux os. La nuit les casse vite et ce ne sont ni les primes ni les heures sup qui peuvent leur rendre la santé. Ou ils lâchent à temps et retournent en brigade de jour, ou ils ne lâchent pas et finissent par en crever, de manque de sommeil, d'alcool, de boucan, de grincements, de cahots qui vous détruisent le corps.

Le train postal est en gare.

Rudi s'approche de deux types en train de charger des sacs. Il voudrait se souvenir des blagues de Lorquin ou des calembours de Luc Corbeau, mais ses lèvres sont cousues, sa langue plus sèche qu'un vieux carton oublié au soleil. Ça ne vient pas. Il sent pourtant que c'est ce qu'il faudrait pour être sûr de les décider : des trucs marrants à raconter, salaces, du cul qui fait rire.

– Salut, dit-il en baissant la tête, vous montez sur Paris ?

– Oui.

– Dans longtemps ?

– On part à 54.

Rudi tend le pastis au postier le plus près de lui.

– Je suis de la Kos, dit-il. J'aurais besoin de prendre le large quelques jours…

– Tu nous raconteras, dit le type en prenant la bouteille, t'as qu'à t'installer dans le fond. J'espère que t'en connais de bonnes !

Parler

Mickie, la tête vide, parcourt le chemin inverse de celui que Rudi a fait pour aller chez elle. Elle marche sans hâte ni fatigue. L'air pesant de l'orage qui vient ne pèse pas sur elle. Elle trotte, le pied léger, comme si elle allait au marché ou dans les magasins. Sans le savoir, elle passe exactement par où Rudi est passé, comme si elle voulait effacer sa trace. Elle tourne ici, coupe là, gravit la petite côte qui rejoint la rue Haudoin et permet de filer tout droit chez les Thaler en se glissant de passage en passage. Elle ne croise personne, pas même un flic en vadrouille. À se demander où ils sont planqués.

C'est Dallas qui vient ouvrir :

– Ah, c'est toi !

Sa déception est visible.

– Faut que je te parle.

Dallas s'affole :

– Il est arrivé quelque chose ?

– Non, mais faut que je te parle.

– Entre.

— Tu ne préfères pas qu'on reste dehors ?

— Si tu veux…

Elles s'assoient sur les marches.

— Rudi est venu chez moi, dit Mickie.

— Chez toi ? Pourquoi il est venu chez toi ?

Mickie répond d'évidence :

— Parce qu'il pensait que personne n'aurait l'idée de le chercher là…

— Il est où ? demande Dallas, que l'explication convainc à moitié.

— Il est parti à Paris, chez Florence, tu sais, la journaliste qui t'avait interviewée.

Dallas perd pied :

— Chez qui ?

— T'as pas vu les infos ?

— Si.

— T'as vu sa photo à la une de *Libération* ?

Dallas n'a rien vu, elle ne comprend rien, elle ne sait pas de quoi lui parle Mickie, ses oreilles bourdonnent, une petite veine palpite sur sa tempe, la fièvre la gagne :

— Vous couchez ensemble ? demande-t-elle brutalement.

Le cri de Mickie claque dans la nuit :

— Ça ne va pas la tête ? Qu'est-ce que c'est que cette connerie ? Tu m'as bien regardée ? J'ai près de vingt ans de plus que Rudi et je suis mariée depuis des lustres.

— Pourquoi il est allé chez toi ? s'obstine Dallas.

— Je te le répète : il était persuadé que les flics étaient après lui, il ne voulait pas qu'on le trouve.

— Mais il n'a rien fait !

— Je sais. C'est ce qu'on lui a dit avec Armand, mais tu connais ton mari : il ne voulait rien entendre…

Dallas regarde Mickie droit dans les yeux :

— Si vous couchez ensemble, je préfère le savoir. Je n'ai pas peur…

– Arrête, Dallas, arrête, je t'en prie. Ça ne m'amuse pas.

Mais Dallas n'arrête pas :

– T'es une belle femme, Mickie. Depuis que tu t'es fait teindre les cheveux, t'as l'air d'avoir dix ans de moins. Tu aimes les livres…

– Et alors ?

– Rudi aussi aime les livres, il aime discuter, se bagarrer pour des idées. Quand il parle de toi, c'est toujours pour dire qu'il te trouve élégante, intelligente…

– Est-ce qu'il t'a dit qu'il couchait avec moi ?

– Non.

– Est-ce que je te dis que je couche avec lui ?

– Non.

– Est-ce que quelqu'un t'a dit qu'on couchait ensemble ?

– Non.

– Est-ce que tu nous a vus coucher ensemble ?

– Non, dit Dallas d'une voix à peine audible.

Mickie lui prend la main :

– Écoute-moi bien : quand on se faisait des idées à propos de ci ou de ça, mon père avait une expression très drôle, il disait : « Arrête, tu te montes le bourrichon ! » Je n'étais pas venue pour ça, mais je te le dis, Dallas : tu te montes le bourrichon. Rudi est venu chez moi, mais c'est Armand qu'il voulait voir. C'est à lui qu'il a emprunté une veste, de l'argent, à boire pour donner aux types de la postale. Moi, je ne suis que la petite commissionnaire. Ton mari ne voulait pas qu'on téléphone, il ne voulait pas non plus que ce soit un homme qui vienne te parler et qui se fasse repérer par les flics. Je ne sais pas pourquoi, mais il ne voulait pas…

Il y a de la lassitude dans sa voix :

– Non, je ne sais pas pourquoi.

Arrestation

Rudi est arrêté dans le wagon postal, quelques minutes avant le départ du train. Les postiers n'y sont pour rien. C'est une visite de routine des gendarmes.

— Descendez, s'il vous plaît, demande le brigadier, repérant Rudi assis sur des sacs postaux.

Rudi obéit à contrecœur.

— Vous avez vos papiers ?

— Je ne les ai pas sur moi.

— Vous vous appelez comment ?

— Franck Thaler, dit-il avec une légère hésitation.

— Vous habitez où ?

— Ici.

— À Raussel ?

— Oui.

— Je vais vous demander de nous accompagner jusqu'à chez vous. Vous nous montrerez vos papiers…

— Vous allez me faire rater mon train.

Le gendarme est désolé :

— Vous en prendrez un autre.

Rudi tente de l'amadouer.

— Écoutez : je me suis disputé avec ma femme, je ne tiens pas à repasser chez moi. Regardez : j'ai des vêtements propres, je n'ai pas l'air d'un voyou, laissez-moi y aller. Vous avez mon nom, ce n'est pas difficile de vérifier que j'habite bien à Raussel…

— Je dois voir vos papiers.

— Vous êtes marié ?

— Ce n'est pas la question.

— Je monte à Paris voir quelqu'un. Je n'ai pas besoin de vous faire un dessin ?

Le gendarme ne veut pas discuter :

– Je regrette, mais si vous ne voulez pas aller chez vous, vous allez devoir nous suivre à la gendarmerie.

– Vous m'arrêtez ? demande Rudi, mesurant les chances de s'échapper.

Le gendarme secoue la tête.

– Pourquoi ? Non, simple contrôle d'identité. Si vous êtes en règle, pas de problème…

– Je fais un saut à Paris et je reviens, dit Rudi, s'apprêtant à remonter dans le wagon.

Le gendarme le retient par un bras :

– Vous faites un saut nulle part.

Il est 54 à la pendule. Le train démarre lentement.

Le type de la Poste va pour fermer la porte du wagon.

– Qu'est-ce qu'on fait de la bouteille ? demande-t-il en montrant le litre de pastis.

Gendarmerie

Le lieutenant Harnes qui interroge Rudi se penche vers lui :

– Vous comprenez, monsieur Löwenviller : nous vous trouvons à la gare prêt à quitter Raussel, vous donnez un faux nom, vous essayez de vous enfuir et vous ne voulez pas répondre à nos questions une fois qu'on vous a rattrapé… Tout cela finit par être un peu bizarre, non ?

– OK, dit Rudi, j'ai déconné mais je vous ai expliqué pourquoi. Si je ne réponds pas à vos questions, c'est parce que je n'ai rien à dire…

– Vous avez vu la photo, c'est bien vous ?

– On dirait.

– On dirait, ou c'est vous ?

Rudi ne répond pas.

— Le CRS, dit le lieutenant, c'est Antoine Worms, celui qui est mort.

— Si vous le dites, concède Rudi. Parce que, sincèrement, sous le casque, on ne peut reconnaître personne.

— Ses collègues sont formels.

— Ils peuvent se tromper.

Harnes a un geste de découragement.

— Je vais être obligé de vous placer en garde à vue

— Pourquoi ?

— Le temps de faire une enquête. Notamment le temps d'avoir les résultats de l'autopsie…

— Mais pourquoi je serais en garde à vue ? Je ne le connais pas, moi, votre CRS. Vous savez combien on était, cet après-midi dans Raussel ?

— Je sais, dit le lieutenant, mais vous êtes le seul qui soit en photo avec lui.

Chambre

Dallas couche chez ses parents, dans la même chambre que ses enfants, mais elle ne peut pas dormir. Elle s'assoit sur le bord du lit, s'allonge, se relève. Elle ne comprend pas pourquoi Rudi s'est tourné vers Mickie. Pourquoi a-t-il couru là, et chez personne d'autre ? Qu'est-ce qu'il y a entre eux ? Quel secret, quel accord ? Et qu'est-ce que Rudi va faire à Paris chez cette femme ? Encore une femme, encore une autre femme, comme si toutes s'étaient donné le mot pour s'occuper de son mari. Pour le tenir à bout de bras, pour le cacher, pour l'emporter loin d'elle. Dallas chavire. Elle voit Rudi au milieu d'une foule de femmes les mains tendues pour l'attraper, la bouche offerte, les yeux humides. Elles le prennent, elles l'agrippent, elles le font disparaître sous leurs jupes...

— Non ! dit Dallas.

Elle reprend son souffle, retrouve un peu de calme. Rudi l'aime, elle en est sûre. Elle est sa femme, la mère de ses enfants, la seule qui sache ce qu'aucune autre ne sait. Rudi n'a rien avoué à Mickie de ce qui le poursuit. Après tout, pense-t-elle, peut-être que je me fais des idées, que je me monte le bourrichon, comme elle dit. Où est Rudi maintenant ? Où est-il ? Elle essaye de l'imaginer dans le wagon de la Poste : qu'est-ce qu'il fait ? Qu'est-ce qu'il dit ? À qui il parle ? Dallas n'en sait rien. Elle se mord les lèvres pour ne pas hurler son nom. Elle se tire les cheveux pour arracher de sa tête les questions qui la taraudent. Elle se pince, elle se griffe, elle voudrait déchirer cette chemise de nuit qui ne lui appartient pas et pèse sur ses épaules comme une robe de condamnée.

Dallas ne tient plus, elle doit parler à quelqu'un. Elle monte jusqu'à la chambre au-dessus du garage. Son corps lui donne l'impression de flotter dans l'obscurité. Elle se sent légère tout à coup. Elle doit parler à Gisèle, lui ouvrir son cœur comme à une sœur. Il faut qu'elle touche une peau, qu'un regard rencontre son regard, que des bras s'ouvrent, la protègent des peurs qui la déchirent. Dallas pose le pied sur le palier, presque en équilibre, comme une danseuse. Elle s'approche et va pour frapper, quand un gémissement derrière la porte l'arrête. Elle tend l'oreille : Franck et Gisèle font l'amour. Elle entend le lent mouvement des corps, les halètements, les chuchotements, la voix de Gisèle qui dit « viens ! » et celle de Franck qui dit « jouis ! ». Dallas se laisse fondre lentement le long du mur jusqu'à s'asseoir les jambes ouvertes. Sa main fouille entre ses cuisses, ses doigts s'enfoncent, reviens Rudi, reviens mon amour, reviens, Rudi ne me laisse pas, reviens, reviens, reviens...

La sonnerie du téléphone la transperce.

D'un bond, Dallas est sur pied. Elle dévale l'escalier :

— Rudi !

Dallas décroche le téléphone dans l'entrée.

— Madame Löwenviller ?

— Oui.

— Ici la gendarmerie de Raussel. Je viens vous avertir que votre mari a été mis en garde à vue.

— Qu'est-ce qu'il a fait ?

— Je ne peux pas vous le dire.

— Il est où ?

— Il est ici, mais vous ne pouvez pas le voir.

— Je peux lui parler ?

— Non, c'est interdit. Il a le droit de désigner un avocat et d'appeler un médecin.

— Il est blessé ?

— Non, il va très bien, je vous rassure. Je vous dis ses droits, c'est tout.

Dallas balbutie :

— Un avocat ? Mais il ne connaît pas d'avocat…

— Regardez dans l'annuaire, ils y sont tous.

— Ah ? dit Dallas, le souffle court.

Le gendarme raccroche.

— Bonsoir, madame.

Franck, les hanches entortillées dans une serviette-éponge, rejoint sa sœur dans l'entrée.

— Qu'est-ce qui se passe ? T'étais là-haut ?

— Je voulais parler à Gisèle. Rudi a été arrêté. Il est à la gendarmerie.

— Arrêté pourquoi ?

— J'en sais rien, ils n'ont pas voulu me le dire.

— Tu y vas ?

— Il paraît que j'ai pas le droit. Le flic m'a dit qu'il fallait un avocat.

— Un avocat ? répète Franck, hébété.

Il a une idée.

– Attends, dit-il à Dallas, je vais chercher Gisèle. Sa sœur fait du droit, peut-être qu'elle en connaît un?

Dallas, Franck et Gisèle, un simple tee-shirt sur le dos, consultent les Pages jaunes de l'annuaire :

– Regardez, c'est vite fait, ils ne sont que cinq. Quatre hommes et une femme, dit Gisèle en pointant la liste des avocats.

– Tu les connais? demande Dallas.

– Non, pas moi. Peut-être ma sœur, mais je ne me vois pas aller lui demander un conseil…

– Qu'est-ce qu'on peut faire?

– On peut appeler Pignard, propose Franck. Au syndicat, ils doivent savoir à qui s'adresser.

– Pignard est à l'hosto, dit Dallas. Crise cardiaque…

Franck s'exclame :

– Putain, c'est la série!

Gisèle propose :

– Tu pourrais peut-être demander au médecin chez qui tu travailles?

– Le Dr Kops?

– T'as confiance en lui?

– C'est quelqu'un de très bien.

– Appelle-le.

– Pas à cette heure-là…

Dallas se tourne vers son frère :

– Je préfère qu'on prévienne tous les gars de la maintenance. Faut qu'on aille tous ensemble à la gendarmerie pour faire sortir Rudi. Faut que tout le monde soit là. Si tout le monde est là, ils ne pourront pas le garder.

– Tu veux que je téléphone maintenant?

– Franck, il faut faire quelque chose. Il faut le faire tout de suite. Il ne faut pas attendre.

– Je vais tous les réveiller.

– Franck, fais-le, je t'en prie.

Franck hoche la tête. Il cède :

– Toi, tu pourras te vanter de m'avoir…

Il tend le bras vers l'escalier :

– Allez vous coucher, je m'en occupe. Vous n'allez pas rester plantées là à me regarder téléphoner !

Dallas demande à Gisèle :

– Tu ne resterais pas en bas, avec moi ? Toute seule, j'arriverai pas à dormir.

– Si tu veux, dit Gisèle.

Franck s'exclame :

– Ah ben ça, c'est le pompon ! Et moi alors ?

– Toi, tu dors en haut, répond Gisèle sans hésiter. Et demain matin tu fonces à la gare pour avoir les journaux dès qu'ils les déballent.

Toto

Rudi est enfermé dans une des quatre cellules de la gendarmerie. Une cage grillagée. Dans la cage voisine il retrouve Thomas, Toto, le jeune avec qui il a fait le voyage de Méneville à Raussel.

– Qu'est-ce que tu fous là ?

– Ils m'ont serré quand on se bagarrait. Et toi ?

– Je viens de me faire choper.

– Pourquoi ?

– Je suis en photo dans un journal avec le flic qui est mort.

– Super ! dit le jeune sans réfléchir. C'est sympa d'être en photo…

Rudi préfère ne pas répondre :

– Ils t'ont donné à manger ? J'ai faim.

– J'ai demandé. On n'aura rien avant demain matin.

Toto s'inquiète.

– Tu crois qu'ils vont nous garder longtemps ?

– J'en sais rien. Ils ne t'ont rien dit ?

– Non.

Il se ravise :

– Si, ils m'ont dit qu'il fallait que je trouve un avocat.

– Moi aussi ils m'ont dit ça. T'en connais, toi ?

– Non.

– Moi non plus.

Toto grimace :

– J'imagine la tête de mes vieux quand les flics ont appelé…

Il va s'asseoir sur son lit :

– Tu sais que Ko s'est pris une balle ?

– Oui, une femme aussi a été tuée.

– Par les flics ?

– Une grenade.

Toto en reste bouche bée :

– Une grenade ?

Un gendarme vient les prévenir :

– Extinction des feux !

– On ne pourrait pas avoir quelque chose à manger ? réclame Rudi.

– Demain matin !

– Il ne vous reste pas même un bout de pain ?

– Rien, désolé.

Le gendarme s'en va. Tout baigne soudain dans l'étrange lumière bleue qui tombe des veilleuses. Rudi s'allonge sur son banc en ciment et le jeune en fait autant de son côté. Ni l'un ni l'autre n'a sommeil :

– À quoi tu penses ? demande Toto.

– À un truc que me racontait mon père, répond Rudi.

– Raconte, c'est quoi ?

Rudi, réticent, dit :

– Oh, un truc…

– Un truc comment ?

– Rien.

– Sois sympa, vas-y, raconte, ça m'endormira.

Rudi se lance :

— Ça ne date pas d'aujourd'hui… C'est ce qui s'est passé le jour du mariage de Louis XVI et de Marie-Antoinette. Ils avaient quinze ou seize ans tous les deux. Ils se sont mariés à Versailles et sont rentrés à Paris après. Il faisait un temps de chien. De la pluie, encore de la pluie, toujours de la pluie.

— Mariage pluvieux, mariage heureux, glisse Toto, rêveur.

Rudi reprend :

— Donc, il flotte. À Paris., devant le collège Saint-Jacques, tous les élèves sont au garde-à-vous, attendant de saluer le roi et sa jeune femme. Imagine dans quel état ils sont après deux ou trois heures d'attente par un temps pareil… Enfin, le carrosse royal arrive et s'arrête devant le collège. Aussitôt, le directeur fait sortir du rang le meilleur d'entre eux et lui ordonne de s'agenouiller dans la bouillasse pour lire le compliment destiné aux jeunes mariés.

Rudi marque un temps avant de poser sa question :

— Tu sais qui était le meilleur élève qui pataugeait dans la merde aux pieds de Louis XVI, bien à l'abri dans son carrosse ?

— Non, dit le jeune. C'était qui ?

— C'était Maximilien Robespierre, assène Rudi, se demandant pourquoi il est allé raconter ça.

La réponse laisse Toto perplexe.

— Ouais, et alors ? demande-t-il. C'est quoi la blague ?

— Il n'y a pas de blague. C'est ça, c'est seulement ça.

Rudi cherche à se justifier :

— Ça m'a toujours fasciné que deux choses qui ne doivent pas se rencontrer se rencontrent en ignorant que cette rencontre décide de leur vie.

— Tu peux me redire ça lentement ? J'ai rien compris !

— Dors, dit Rudi, oublie ! Moi non plus je n'y comprends rien !

Porte

Franck ouvre la porte de la chambre sans la faire grincer sur ses gonds. Il s'attendrit : Dallas et Gisèle dorment dans les bras l'une de l'autre, si serrées qu'on pourrait croire qu'il n'y a qu'un seul corps dans le lit. Un corps fait de celui de sa sœur, de sa femme et de l'enfant qu'elle porte…

Au milieu de la nuit, Gisèle réveille Dallas. Elle a fait un cauchemar, elle tremble.

– Ça va ? demande Dallas, la prenant dans ses bras.

Gisèle raconte, la bouche sèche :

– J'étais à la campagne… Il y avait une grande maison au milieu des champs. Je voyais un homme s'agiter, courir à droite, à gauche, agiter les bras.

– Quelqu'un que tu connais ?

– Je ne sais pas. Il était loin, je ne voyais pas son visage. C'était un homme qui appelait tout le monde à manifester et j'avais peur qu'il n'y ait personne à la manifestation…

– Calme-toi, dit Dallas, déposant un baiser sur le front de Gisèle.

Mais Gisèle continue :

– J'avais très peur. Ça m'angoissait qu'il puisse n'y avoir personne. Soudain, je rencontre ma sœur Anne-Marie. Elle, elle y va. Elle m'exhorte à l'accompagner, me répète : « C'est important, tu sais bien que c'est important ! »

Dallas persifle.

– J'imagine pas ta sœur à une manif…

– Moi non plus, dit Gisèle. Pourtant, elle part devant, elle crie « Il faut y aller ! »

– Et alors ?

– Alors je la suis, mais pas tout de suite. Juste un peu

après. Et là, j'ai beau courir, je ne la retrouve pas et je ne vois pas non plus de manifestation. Un paysan tend le bras vers l'horizon : « Ils viennent de passer ! Ils étaient nombreux… » Je m'élance dans la direction qu'il m'indique. Je cours, je cours…

La poitrine de Gisèle se soulève :

– Je cours sans jamais rencontrer personne. Il n'y a que des flics autour de moi. Ils sont cachés derrière les arbres, dans les fourrés, postés à la croisée des chemins, aux quatre coins des prés…

Gisèle se tait, le souffle court.

– C'est tout ? demande Dallas.

– Oui, dit Gisèle, comme prise en faute.

Et, penaude :

– Qu'est-ce que tu crois que ça veut dire ?

– J'en sais rien, s'excuse Dallas. Je n'y connais rien en rêves…

Gisèle lui prend la main :

– Touche, dit-elle en la guidant jusqu'à son sein, je tremble encore. J'ai peur…

– De quoi ?

– Si je le savais…, murmure Gisèle, au bord des larmes.

Berges

Accroupi sur la berge, Hachemi regarde la Doucile rouler doucement sous lui. Le jour se lève à peine. La grande masse sombre du restaurant *La Péniche* ressemble à un vaisseau naufragé ou à un monstre marin échoué dans la brume. Hachemi frissonne. Il est trempé de rosée. Il joue avec son couteau, le faisant passer d'une main à l'autre. Le sang a coulé mais il ne se sent pas vengé pour autant. Au contraire. Personne ne sait que c'est lui qui a frappé le CRS. C'est la photo de Rudi qui s'étale dans le journal et c'est Rudi qui est arrêté. C'est injuste. Ce n'est pas injuste parce qu'un autre est enfermé à sa place, pense-t-il, c'est injuste parce qu'un autre prend sa place, comme Format l'a prise près de Carole. Hachemi a froid, ses pieds sont glacés et humides. Il veut que tout le monde sache que c'est lui qui a tué le CRS. Cette mort lui revient, quel qu'en soit le prix. Elle est à lui. Elle est la vie donnée en rançon de celle qu'on lui a prise. Nul, pas même Rudi, n'a le droit de l'en déposséder. M. Djemaï a raison, quoi qu'il fasse, il reste l'Arabe, le rebeu qui compte pour que chiche, celui à qui on préférera toujours un autre. Qu'il soit né en France, qu'il travaille en France, qu'il habite en France, qu'il soit français ne change rien. Son seul droit, c'est de lécher sa honte. Même un couteau ne suffit pas à lui tailler une place. Il se sent banni, sans cesse rejeté hors du monde. L'eau de la rivière est pour lui comme un vieux parchemin aux lettres effacées. Un livre qu'il serait seul à savoir lire. Sa décision est prise. Il va récupérer son bien. Il va le dire, il va faire savoir haut et fort ce qu'il a fait pour être quitte avec lui-même. Cette idée l'apaise. Il cesse de s'apitoyer sur son sort. Il se sent calme, reposé, comme s'il avait dormi douze heures de rang. Hachemi se redresse mais ses jambes sont ankylosées. Il reste un instant sur la berge, titubant comme un homme ivre, incapable de faire un pas. Des mouches de couleur dansent devant lui, l'étourdissent. Il grelotte, glacé, fiévreux, à deux doigts de se laisser tomber là et de ne plus bouger ou de se laisser emporter par le courant. Mais son sang se remet à circuler, ses membres à retrouver leur souplesse. Hachemi ferme et rouvre les yeux en se tenant la tête. La brume l'entoure complètement maintenant, lumineuse, transparente, presque féerique. Des oiseaux piaillent, des canards se posent tout près de lui et s'ébrouent, l'eau clapote. Il est dans une nuée. Il est au ciel avec les pieds sur la terre.

L'éclairage public brille encore. Hachemi traverse Raussel désert en marchant au milieu de la chaussée. La ville est à lui, plate, opaque, inhospitalière, mais elle est à lui. Pour peu il saluerait de la main les volets clos, les vitrines aveugles, la façade rose du Kursaal.

Hachemi se présente à la gendarmerie.

— C'est pourquoi? demande le planton, somnolant sur des mots fléchés.

— C'est moi qui ai tué le CRS, dit Hachemi en posant son couteau sur le comptoir.

— Hein?

Hachemi répète d'une voix lente :

— C'est moi.

Et, s'agrippant des deux mains, il hurle à la face du gendarme :

— C'est moi !

Pour que tout le monde l'entende.

Préfecture

Mlle Lepage, tirée à quatre épingles, arrive à la préfecture très tôt le matin, murmurant « l'aurore aux doigts de rose… » en descendant du taxi. Salvy l'attend dans le hall :

— Bien dormi?

— Non, et vous?

Salvy, déstabilisé, bredouille :

— Oui, je vous remercie.

Le préfet la reçoit immédiatement :

— Vous prenez du café?

– Du thé, s'il vous plaît.

Le préfet demande à Salvy :

– Vous pourriez demander à Chantal de nous porter un café et un thé ? Merci.

Salvy les laisse en tête à tête. Mlle Lepage a parlé à son ministre, tard dans la nuit.

– J'ai toute liberté pour aboutir au plus vite. Le gouvernement ne veut pas laisser traîner cette histoire. Nous devons parvenir à un accord. Dès aujourd'hui si possible. Il voudrait pouvoir l'annoncer au vingt heures.

– Je sais, dit le préfet, j'ai aussi mes instructions. C'est pour ça que je voulais vous voir sans délai. Nous reprenons les négociations à dix heures. Mais pas à la mairie de Raussel : ici, et en petit comité.

– Pardon ?

– Je ne veux pas recommencer le cirque d'hier avec le ban et l'arrière-ban de tous ceux qui se croient ou qui se veulent concernés. Nous traiterons directement avec les syndicats sous le contrôle du directeur départemental du travail, personne d'autre.

– Attendez, dit Mlle Lepage, je ne comprends pas…

– Je suis sûr que vous comprenez très bien. Il n'y aura que les syndicats représentés au CE de la Kos, précise le préfet, personne d'autre.

– Et le médiateur, qu'est-ce que vous…

Le préfet l'interrompt :

– Il est disqualifié.

– Par qui ?

– J'ai eu M. Lamy, de la CFDT, il est prêt à négocier seul si les autres ne veulent pas le suivre. Mais lui, et ceux qu'il représente, partagent notre volonté d'en finir.

Mlle Lepage est sceptique :

– Je crains que ce genre de manœuvre ne mène tout droit à la catastrophe…

– Vous vous trompez. Les employés de la Kos savent

qu'ils sont dans une impasse. Si on leur montre la sortie, ils s'y précipiteront. Y compris ceux de la CGT.

— Vous avez averti M. Lopez ? demande froidement Mlle Lepage.

Le préfet savoure sa réponse :

— Je vous laisse le faire.

Modern

Lopez et Lamy s'expliquent dans le hall de l'hôtel *Modern*. Lopez envoie promener la patronne qui lui demande de parler plus bas :

— C'est pas le moment !

Ce qu'il a contre Lamy, tout le monde doit l'entendre :

— Vous êtes un enculé, c'est tout ce que j'ai à dire et ce n'est pas mon genre de dire des choses pareilles !

— Vous pouvez toujours gueuler, réplique Lamy, je m'en fous. Il n'y a plus d'intersyndicale, donc il n'y a plus de médiateur. Et ce n'est pas moi qui vous regretterai.

— Vous allez vendre la Kos pour combien ?

— Je n'ai pas de comptes à vous rendre, je vous emmerde.

— FO est dans la combine ?

— Je vous emmerde. Vous comprenez le français ?

— C'est tout ce que vous avez à la bouche : de la merde. Vous ne parlez pas, vous chiez de la merde.

— J'ai vraiment été trop con de passer vous avertir !

— Et Pignard, vous l'avez averti ?

— La CGT ne veut pas me parler.

— Ça vous étonne ?

— J'en ai rien à foutre des cocos !

— Ils sont d'accord avec vous au niveau national ?

– À votre avis ?

– Vous voulez refaire le coup de l'accord unilatéral ? C'est ça ? On s'arrange en douce, en secret, c'est la politique de la maison ?

– Ne parlez pas de ce que vous ne connaissez pas.

– Je connais le dossier par cœur : après l'inondation, quand ça a recommencé à battre de l'aile, vous avez déjà été les seuls à ratifier des accords qui faisaient sauter le treizième mois, une partie de la prime de vacances, et qui gelait les salaires. En plus, le budget du CE a été coupé de moitié. C'est pas vrai ?

– J'aurais voulu vous y voir, gros malin !

– J'aurais pas fait pire. Résultat ? Plus de cent licenciements quelques mois plus tard. Bravo, chapeau ! Merci la CFDT ! La direction pouvait vous baiser les mains.

– Je ne vois pas pourquoi je discute avec vous. Vous n'existez plus !

Lamy tourne les talons :

– Allez au diable !

Lamy quitte l'hôtel sans refermer la porte. Lopez reste au milieu du hall, les poings serrés.

– J'aime mieux aller au diable qu'aller à la soupe ! crie-t-il.

Mais Lamy est déjà loin.

Lopez, tremblant de rage, téléphone à Mlle Lepage sur son portable :

– Vous êtes où ?

– À la préfecture.

– J'imagine que vous êtes au courant ?

– Je vous ai laissé un message, vous ne l'avez pas eu ?

– Je n'ai pas écouté. Qu'est-ce que tout ça signifie ?

– Je préfère ne pas en parler comme ça.

– À quelle heure est la réunion ?

– Dans une demi-heure.

– Ceux de FO en seront ?

— La dame est déjà là.

— Personne de la CGT ?

— Pas pour l'instant. À part le délégué qui a eu un malaise, je ne connais pas les…

Lopez lui coupe la parole :

— Vous savez qu'une manifestation se prépare devant la mairie ?

— Le préfet s'en fout. Pour lui, ce n'est plus là que ça se passe.

— Ah oui ?

— Oui, maintenant ça se passe à la préfecture. Sur son territoire.

— Et le type qui a été arrêté ?

— Il n'y en a pas qu'un, il y en a plusieurs.

— Ah ?

— Mais ça aussi il s'en fout. Mieux, vous savez ce qu'il m'a dit ? Il m'a dit : « Ça, c'est la cerise sur le gâteau. »

Matin

Anthony arrive le premier chez les Thaler. Il n'a pas dormi, Angélique a été hospitalisée au milieu de la nuit :

— Je ne sais pas combien de temps ils vont la garder.

— Qu'est-ce qu'elle a ?

— Les nerfs, dit-il sombrement, elle a craqué. Ils disent qu'ils vont peut-être lui faire faire une cure de sommeil…

Luc Corbeau, Totor Porquet et Bello arrivent ensuite, pas très frais eux non plus. Il n'y a que Hachemi qui manque à l'appel :

— Personne n'arrive à le joindre, dit Anthony. Je ne sais pas où il est passé. Hier soir, je l'ai eu chez les parents de Nadia, mais depuis…

Dallas et Gisèle servent le café tandis que Denise s'occupe des petits, le gros Toto et la petite puce qu'il faut lever, changer, nourrir. Henri a écouté les premières infos à la radio :

— Ils n'ont rien dit. Tu parles, il n'y a que le sport qui les intéresse...

Franck revient de la gare avec les journaux. La photo de Rudi à la une de *Libération* fait sensation.

— Qui l'a prise ? demande Gisèle.

Personne ne sait. Ils regardent de près sans trouver un nom de photographe collé au cliché, que la mention DR, droits réservés.

— Ce doit être une photo de flic, dit Dallas.

Anthony approuve :

— C'est un truc des RG.

— Pourquoi ils auraient balancé ça à la presse ? s'interroge Bello.

— C'te blague, répond Luc Corbeau, pour mouiller Rudi. Enfin, pour mouiller quelqu'un de la Kos. Pour nous foutre dans la merde.

— Et Rudi qui dit toujours qu'il faut se méfier des images ! remarque Franck, en se servant un bol de café noir. Du coup, pour être dans la merde, on est dans la merde.

Dallas raconte sa conversation de la veille avec le gendarme :

— Maintenant, il faut lui trouver un avocat. Vous connaissez quelqu'un ?

Luc Corbeau connaît maître Palméro, avec qui il joue de temps en temps au billard.

— Mais il a l'âge de mon père. D'ailleurs, je ne sais même pas s'il n'est pas à la retraite.

— Personne d'autre ?

— Moi, je connais quelqu'un, dit Bello. Une jeune qui vient de s'installer, un nom juif...

Il réfléchit :

— Morgenstein.

– Tu la connais comment ?

Bello avoue :

– Elle travaillait dans le cabinet qui s'est occupé de mon divorce.

Il ajoute :

– Quand elle a quitté pour se mettre à son compte, on a refait les peintures chez elle avec mon fils. Vous avez déjà dû la voir dans Raussel, une espèce de grande asperge brune avec des lunettes...

Gisèle avait entouré son nom, S. Morgenstein.

– C'est la seule femme.

Dallas hésite :

– Vous croyez que c'est bien de demander à une femme ?

– Je crois que c'est ce qu'il y a de mieux, affirme Gisèle, très sûre d'elle. Si elle est jeune, si elle débute, si elle n'est pas d'ici ou pas vraiment, elle voudra se battre.

Anthony l'approuve :

– Oui, c'est pas con ce qu'elle dit. Une fille qui vient s'installer comme avocate à Raussel, faut qu'elle soit inconsciente ou désespérée. En tout cas, c'est quelqu'un de spécial.

Cage

Le capitaine Fitzenhagen mène personnellement l'interrogatoire d'Hachemi. C'est long, pesant, méthodique. Chaque mot est dit et répété trois fois. Les réponses d'Hachemi ne varient pas :

– Je vous l'ai déjà dit : je me suis trouvé dans une bagarre devant l'usine, je me suis défendu...

– Comment ?

– Avec mon couteau.

— Vous aviez un couteau?

— J'en ai toujours un, pour le casse-croûte, pour le boulot…

— Et vous avez poignardé le CRS?

— Il m'est tombé dessus, c'est parti tout seul.

— Vous êtes sûr?

— Qu'est-ce que je ferais là si j'étais pas sûr?

Le capitaine Fitzenhagen fait signer sa déposition à Hachemi et ordonne qu'il soit placé en détention :

— J'avertis le juge d'instruction…

Hachemi est conduit en cellule. Rudi l'accueille d'un juron :

— Merde, Hachemi, tu t'es fait gauler?

— J'ai saigné un CRS.

— T'as saigné qui? demande Rudi, comme s'il n'avait pas entendu.

— Le CRS, c'est moi ; pas toi.

Le gendarme ouvre la cage voisine de celle de Rudi :

— Entre.

Hachemi n'obtempère pas :

— Je veux que vous fassiez sortir ceux-là, dit-il, désignant Rudi et Thomas. Ils n'y sont pour rien.

— Occupe-toi de tes fesses, répond le gendarme en le poussant dans la cellule.

Hachemi fait volte-face :

— C'est moi qui ai tué votre CRS ! Personne d'autre, faites les pas chier ! Foutez-les dehors !

Le gendarme s'énerve :

— Tu vas la fermer? Où tu te crois?

— Ferme-la, approuve Rudi. Tu décartonnes.

Hachemi hausse le ton :

— Ça t'emmerde que ça soit moi? Regarde-moi et dis-le-moi en face que ça t'emmerde.

Rudi ne veut pas discuter :

— T'es louf? Qu'est-ce qui te prend?

— T'oses pas me le dire, hein ?

— Personne ne sait comment il est mort, le CRS. Pas plus les flics que toi ou moi. Faut attendre l'autopsie. Alors je te le dis en face : mets-la en veilleuse. C'est déjà assez la merde comme ça, pas besoin d'en remettre une couche.

— C'est moi qui l'ai tué !

— T'es con ou quoi ? T'entends ce que je l'explique ? Si ça se trouve, le CRS est mort d'une crise cardiaque ou d'une embolie au cerveau. On n'en sait rien !

Hachemi se précipite contre le grillage qui le sépare de Rudi :

— T'as rien à foutre là, crie-t-il. Rien du tout. C'est pas ta place. C'est pas parce que t'es en photo que ça te donne tous les droits !

— Les droits de quoi ?

— Silence ! hurle le gendarme. Taisez-vous ! Si vous avez des trucs à dire, gardez-les pour le juge d'instruction. Lui, il est payé pour écouter vos conneries, pas moi !

Hachemi donne un coup de pied dans la porte :

— Je ne suis pas venu me dénoncer pour que ce con la ramène ! Virez-le, je vous dis, je ne veux pas le voir !

— C'est de moi que tu parles ? demande Rudi.

— Oui, c'est de toi ! Rudi. Rudi Löwenviller. J'en ai marre, tu comprends ? Marre, complètement marre ! Toi — toi et les autres —, vous ne pouvez pas tout me prendre. Vous ne pouvez pas me prendre Carole, vous ne pouvez pas me prendre mon boulot, vous ne pouvez pas me prendre ce que j'ai fait. Vous ne pouvez pas ! C'est à moi ! C'est à moi !

Hachemi parle soudain une langue inconnue. C'est un râle plus qu'un cri. Son buste se redresse ; ses poings se crispent, ses bras se raidissent jusqu'à la rigidité du bois. Ses yeux sont deux trous qui contemplent un vide outrageant. Sa bouche exsangue s'auréole de blanc. Il bave, le corps sous tension, incapable d'échapper au courant qui le secoue.

— Hachemi ! crie Rudi. Hachemi !

Mais Hachemi n'entend pas. Sa voix s'éteint brusquement derrière ses yeux désespérés. Il tombe d'un bloc, sans même tenter de protéger son visage.

Gendarmerie

Maître Morgenstein, accompagnée de Dallas et de Gisèle, arrive à la gendarmerie.

— Bonjour, dit l'avocate au planton, je suis maître Morgenstein, je représente M. Löwenviller, je souhaiterais voir mon client.

Elle tend sa carte professionnelle.

Le planton la dévisage et la compare avec sa photo d'identité : maître Morgenstein n'a pas la tête d'une avocate. C'est une grande jeune femme osseuse à la tignasse impressionnante, aux yeux enfoncés derrière des lunettes cernées de noir, au nez fort, au sourire agressif.

— Je vais voir, dit-il.

Le planton s'éclipse derrière une porte et revient quelques instants plus tard :

— Il vous a désignée ?

— Pas encore, mais soyez gentil, allez lui poser la question. Dites-lui que je suis ici avec sa femme qui souhaite que je me charge de son affaire.

— Faut que je demande, dit le planton.

Et, à nouveau, il disparaît derrière la porte et réapparaît en compagnie du capitaine Fitzenhagen, en bras de chemise :

— Bonjour, maître, dit l'officier. Vous voulez voir M. Löwenviller ?

— Si ça ne vous embête pas…

— Je vais faire semblant de croire qu'il vous a désignée.

— Vous êtes très aimable.

Le capitaine ordonne au planton de conduire maître Morgenstein auprès de Rudi.

— On peut venir ? demande Dallas, prenant le bras de Gisèle.

— Non pas vous, seulement son avocat.

— Son *avocate*…, relève maître Morgenstein.

Le capitaine sourit :

— Dans ce cas-là, dois-je dire « maîtresse » ?

Mlle Morgenstein part d'un grand rire :

— OK, un point pour vous ! dit-elle au capitaine.

Elle se penche vers Dallas :

— Attendez-moi là, ce ne sera pas long. C'est juste une prise de contact.

— Je ne peux pas lui écrire quelque chose ? demande timidement Dallas.

— Vous n'y voyez pas d'objection, capitaine ?

Fitzenhagen tourne les talons.

— Faites ce que vous voulez, de toute façon, avec vous, je n'ai jamais le dernier mot !

— Nous jouons au bridge dans le même club, explique maître Morgenstein. Comme quoi, les cartes ont parfois du bon…

Le planton tend un bloc de papier quadrillé et un stylo-bille transparent à Dallas :

— Ça ira ?

— Oui, merci.

Dallas n'a pas l'habitude d'écrire. Elle hésite et griffonne en espérant ne pas faire de fautes d'orthographe :

Mon amour, nous allons te faire sortir. Tu me manques trop. Ils vont voir de quoi je suis capable. Je t'aime maintenant et pour toujours.

C'est signé «Dallas», avec le D en forme de cœur.

Droits

Maître Morgenstein est introduite dans la cage grillagée où Rudi a passé la nuit.

— Je suis votre avocate, dit-elle en lui serrant la main. Votre femme et votre belle-sœur sont venues avec moi, mais elles n'ont pas été autorisées à vous voir.

— C'est elles qui sont allées vous chercher ?

— Oui, elles m'ont demandé d'assurer votre défense.

— Merci, dit Rudi, mais je n'ai pas besoin de me défendre

— Peut-être, mais vous avez besoin d'une avocate pour le faire savoir.

Rudi ne peut s'empêcher de sourire :

— Ah ! les filles…

Maître Morgenstein donne à Rudi le petit mot de Dallas :

— De la part de votre femme.

Rudi lit rapidement les quelques lignes, plie le papier et le glisse dans sa poche.

— C'est quoi votre nom ?

— Morgenstein. Sarah Morgenstein… Je vous donnerai ma carte.

— Ma mère s'appelle Sarah, dit Rudi, dans un soupir.

— Vous êtes juif ?

— Non, et vous ?

Maître Morgenstein ne peut s'empêcher de sourire. Elle s'assoit en face de lui :

– Je vous explique la situation. Vous avez été placé en garde à vue et vraisemblablement, vous allez être mis en examen.

– Mais je n'ai rien fait ! s'insurge Rudi.

Il tend le bras vers la cage où est enfermé le jeune Thomas :

– Lui non plus n'a rien fait et on est là comme deux cons !

Et, se tournant de l'autre côté, il montre Hachemi, prostré sur sa banquette en béton :

– Et lui, vous croyez qu'il a fait quelque chose ? Non. Cette andouille a pété les plombs. Il est venu s'accuser de tout et n'importe quoi. Résultat : enfermé.

Maître Morgenstein découvre Hachemi, la pommette droite sérieusement entaillée, l'œil très gonflé, presque fermé, le visage écorché.

– Qui lui a fait ça ?

– Il se l'est fait tout seul, dit Rudi. Il nous a injuriés puis il est tombé dans les pommes d'un coup.

Rudi mime la chute d'un mouvement de bras :

– Comme ça…

– Il a vu un médecin ?

– Un gendarme a fait ce qu'il fallait ; arnica, alcool à 90°, etc. Une vraie mère poule.

Maître Morgenstein se détourne.

– Bon, soupire-t-elle. Pour l'instant vous devez juste connaître vos droits.

– Mes droits ?

– Oui, dit maître Morgenstein, et le premier d'entre eux est celui de ne rien dire si on vous interroge. De ne pas faire comme votre collègue. Vous êtes en garde à vue depuis vingt-deux heures hier soir, donc votre garde à vue dure jusqu'à vingt-deux heures ce soir. Cette garde à vue pourra alors être prolongée de vingt-quatre heures, mais je ne vois pas pourquoi ils feraient ça. À partir de ce moment-là, vous serez remis en liberté ou présenté devant un juge.

— C'est complètement dingue ! s'exclame Rudi.

— C'est la procédure, insiste maître Morgenstein, observant Hachemi qui n'a pas bronché, tête basse, bras croisés.

Rudi se recule contre le mur :

— Et on va m'accuser de quoi ?

— Coups et blessures volontaires ayant entraîné la mort sans intention de la donner, dit maître Morgenstein. C'est un crime.

Rudi ricane :

— Vous vous foutez de moi ? Un crime, et quoi encore ?

— Ne vous emballez pas, dit l'avocate. À partir du moment où vous serez mis en examen, je pourrai intervenir et je demanderai votre remise en liberté immédiate.

Elle tourne la tête vers Hachemi :

— Surtout si monsieur s'accuse du meurtre…

— Et vous y croyez ?

— Oui. Parce que en réalité, à part cette photo, je ne crois pas qu'ils aient grand-chose contre vous. Et une photo ne prouve rien.

— J'ai l'impression que vous ne les connaissez pas.

— Qui ?

— Les flics. Celui qui m'a interrogé m'a parlé de « circonstances aggravantes ». Ce qui veut dire qu'ils vont chercher tout et n'importe quoi pour remplir leur dossier vide…

— Quoi, par exemple ?

— J'étais armé pendant la manif, enfin, j'avais une ferraille à la main, après j'ai essayé de m'échapper quand ils m'ont contrôlé à la gare, je leur ai donné un faux nom…

Maître Morgenstein rajuste ses lunettes :

— Pourquoi vous avez fait ça ?

— C'est mon histoire.

Place

Maxime est venu avec sa mère et sa femme, en noir
toutes les deux. C'est la première fois depuis l'enterrement de Lorquin que Solange remet les pieds à Raussel.
Il y a une sono installée devant la mairie. Très peu de
CRS se montrent. Un service d'ordre minimal. Le maire
de Méneville est là aussi et tout le conseil municipal. Saint-Pré, ceint de son écharpe tricolore, échange
quelques paroles avec lui et s'approche du micro installé
sur un pied.

— Mes amis, dit-il en s'y reprenant à deux fois. Mes
amis, chers concitoyens, chères concitoyennes, le deuil
qui nous frappe aujourd'hui nous frappe tous, d'où que
nous soyons, car rien ne peut justifier que des hommes et
des femmes meurent pour avoir voulu exprimer leur
désarroi, leur colère face à l'injustice. Car la liquidation
de la Kos est une injustice et personne ne me fera dire le
contraire. C'est un acte de barbarie sociale qui ne peut
pas, qui ne doit pas rester impuni.

Il prend un temps :

— Nous allons maintenant nous diriger vers l'endroit
où Nadia Samir et André Kosovski ont perdu la vie pour
déposer des fleurs et nous y recueillir. Je vous demande
de conserver le silence pendant tout le trajet et une fois
sur place, merci.

Lopez demande à prendre la parole.

— Ce n'est pas le moment, dit Saint-Pré.

— Vous savez ce qui se passe ?

— Plus tard, nous devons y aller…

Lopez prend le bras de Saint-Pré :

— En ce moment, à la préfecture, certains syndicats
sont en train de conclure un accord avec les autorités de
l'État.

– Vous plaisantez ?
– Oui, bien sûr, je plaisante.

Salim, le mari de Nadia, et ses deux enfants marchent en tête, à côté de la femme de Kosovski et des siens, quatre garçons, tous avec des lunettes, tenant à la main de petits bouquets multicolores. Juste derrière eux, les photos agrandies des deux victimes, plantées sur de hautes perches, sont portées par des membres de leurs familles. Les élus de Raussel et de Méneville viennent ensuite, sur un seul rang. Lallustre, le député, est là, à côté du père Charles. Il n'y a aucune banderole, pas de drapeaux, pas de sigles syndicaux non plus. Tout le monde est en noir ou porte du noir, même les enfants dans leurs poussettes. Les commerçants ont baissé leur rideau en signe de solidarité. C'est une procession lente à travers Raussel que filment et photographient les quelques journalistes qui ont fait le déplacement. Dans le silence que chacun s'impose, le martèlement des pas sur la chaussée est impressionnant.

Mickie laisse Armand discuter à voix basse avec Lopez – très agité – et remonte le cortège. Elle retrouve Solange Lorquin entre son fils et sa belle-fille. Les deux femmes s'embrassent sans un mot et se donnent la main. Plus bas, Dallas est en compagnie des gars de la maintenance. Franck, Gisèle et Henri sont trois pas derrière. Seule Denise est restée à la maison avec les petits. Dans la foule, Dallas aperçoit Raymonde, la patronne de *L'Espérance* et, ici ou là, des anciennes de la Kos avec leurs maris ou leurs copains. Elle cherche Serge, en vain. Sans doute est-il à l'hôpital avec Varda…

Les manifestants ne croisent pas un seul CRS sur le parcours.

Les forces de l'ordre sont déployées devant la Kos, barrant l'entrée.

Il y a un moment de flottement parmi les marcheurs,

des murmures, une rage qui sourd, mais chacun prend sur soi et pas un cri hostile n'est proféré, pas une injure. Le cortège évite de s'approcher du barrage policier et s'engage dans la rue Victor-Schœlcher, vers le carrefour avec la rue Pierre-et-Marie-Curie.

Le cortège fait halte devant les traces de sang encore visibles sur le bitume, à l'endroit où Nadia Samir a reçu la grenade en plein visage. Saint-Pré quitte sa place pour venir parler face à la foule. Il a les yeux humides, le visage gris et chacun pense que c'est l'émotion qui fait trembler sa voix. Personne ne soupçonne que son état est dû à l'effet conjugué de sa cuite de la veille et de la colère qui lui ronge le foie depuis que Lopez l'a informé de ce qui se trame à la préfecture.

— Mesdames, messieurs, dit-il en soufflant entre chaque mot, je vous demande de bien vouloir respecter une minute de silence à la mémoire de Nadia Samir et d'André Kosovski…

Beaucoup pleurent, les hommes comme les femmes.

Puis, en premier, le petit Farid, quatre ans, le fils de Nadia, vient déposer un bouquet de fleurs fraîches sur la tache brunâtre aux pieds de Saint-Pré. Il sourit, fier de ce qu'il vient d'accomplir, sans réaliser vraiment ce que cela signifie. En entendant l'enfant demander : « Elle est où maman ? », une femme pousse un grand cri et s'évanouit, rattrapée de justesse par Saïda et la grande Sylvie. D'autres se lamentent. La femme de Kosovski, soutenue par ses fils, s'approche pour déposer une gerbe, mais elle se sent mal et il faut l'évacuer.

À son tour, Dallas s'avance, une poignée de roses rouges à la main.

— Écoutez-moi ! crie-t-elle, les dressant dans le ciel. Vous me connaissez. Vous savez qui je suis. Je suis la femme de Rudi. De Rudi Löwenviller, de la maintenance. Si Rudi n'est pas là aujourd'hui, c'est parce qu'il est enfermé à la gendarmerie avec un jeune de Méneville et Hachemi, que vous connaissez aussi. Il y a trois morts, deux au moins ont été tués par les flics et il n'y a pas un seul flic en prison. Vous trouvez que c'est normal ? Vous trouvez que c'est juste ? Ils ont pris mon mari parce qu'il a été photographié en train de se battre. Mais on s'est tous battus. Vous vous êtes battus, je me suis battue et je me battrai encore tant que Rudi ne sera pas dehors. Personne ne sait qui a tué le CRS ! Les flics pas plus que nous. Mais nous, on sait qui a tué Mme Samir et M. Kosovski. La différence, c'est que les flics en tiennent trois des nôtres et qu'ils ne vont pas chercher plus loin pour savoir qui a fait quoi. Alors, je vous demande, est-ce que vous êtes d'accord avec ça ?

Un grondement unanime monte des rangs :

– Non !

Dallas dépose ses roses sur les autres. Elle reprend son souffle.

– On est là pour rendre hommage aux victimes, et il faut le faire, dit-elle. Et il faudra le faire encore souvent pour que personne n'oublie ce qui s'est passé ici. Et comment est morte Nadia, et comment est mort M. Kosovski. Mais il ne faut pas ajouter d'autres victimes à ces deux-là. Il faut que les trois qui sont enfermés là-bas soient libérés tout de suite. Il faut qu'ils soient libres. Parce que tant qu'ils sont prisonniers, c'est comme si nous étions tous prisonniers ! Comme si nous étions tous coupables. Faut pas se tromper, c'est ça qu'ils diront à la télé : la liquidation de la Kos c'est notre faute, c'est notre punition. Parce que pour eux, parce que pour le préfet, pour les flics, pour les gens des bureaux, des banques, nous sommes tous coupables. Coupables de quoi ? De ne pas accepter, de dire non ! Non à la liquidation de la Kos ! Non à ceux qui tuent ! Non à l'emprisonnement des nôtres ! Non, trois fois non !

— Allons tous à la gendarmerie ! dit Luc Corbeau. On va les faire libérer.

— D'abord, le CRS, c'est moi qui l'ai tué ! fanfaronne Totor Porquet.

— Arrête tes conneries, c'est moi ! revendique Anthony.

Puis un autre, puis un quatrième, un cinquième jusqu'à ce que tout le monde scande :

> *Tous coupables !*
> *Tous coupables !*
> *Libérez nos camarades !*

Préfecture

Ils sont allés très vite.

Le préfet donne lecture du protocole d'accord prêt à être signé par la CFDT et FO. Un texte qui entérine la liquidation de la Kos et les conditions du plan social mis en œuvre : la prime de départ est finalement ramenée de vingt mille à dix mille euros, auxquels il faut ajouter les indemnités conventionnelles ; les congés de conversion sont portés de six à douze mois sur la base non pas de quatre-vingts mais seulement de soixante-dix pour cent du salaire net, les contrats à durée déterminée sont pris en compte, les temps partiels intégrés dans le plan comme des temps pleins…

— Je tiens à remercier les organisations syndicales qui, dans les circonstances dramatiques que nous vivons, ont su faire preuve d'un réalisme qui les honore, dit le préfet. Je regrette profondément que certains syndicats aient refusé de siéger autour de cette table, mais je suis certain que la suite des événements nous rendra justice, à vous comme à nous. Aux architectes de cet accord qui rend l'avenir possible…

Salvy propose de procéder à la signature du document puisque toutes les parties sont d'accord. Le directeur départemental du travail le réclame :

— Passez-le-moi. Je signe des deux mains !

Mme Roumas demande la parole :

— Excusez-moi, monsieur le préfet, mais nous devons faire approuver cet accord par les salariés avant de le signer.

— Bien entendu, dit le préfet.

Il se rengorge :

— Je ne doute pas que vous saurez leur exposer la logique qui nous y a conduits et qu'ils l'approuveront. Peut-être pouvons-nous gagner un peu de temps ?

— On peut le signer tout de suite ! conclut Lamy en se levant. Et ils pourront nous dire merci…

Mlle Lepage se lève aussi, la tête ailleurs. Elle s'allume une cigarette, elle entend le préfet annoncer qu'il va diffuser un communiqué à la presse. Mme Roumas lui recommande de ne pas trop se précipiter quand même. Le directeur départemental du travail dit aussi quelque chose qu'elle ne comprend pas. Lamy répond de sa voix aigre — mais tout cela ne la concerne plus. Voix lointaines, voix perdues. C'est fini, terminé, tout le monde est content, le ministre pourra la féliciter, rappeler sa devise, « efficacité et célérité », concertation et ron et ron petit patapon. Merci, bravo et adieu la Kos. Elle devrait se réjouir, elle n'y arrive pas. Pourtant son camp l'emporte, ses idées s'imposent, mais tout cela est amer. Une idée cynique lui arrache soudain un sourire. Elle pense : Je n'aurai pas été la seule à me faire baiser à Raussel…

Transports

Rudi, Thomas et Hachemi sont sortis de cellule et menottés avant d'être emmenés pour comparaître devant un juge d'instruction.

— Vous êtes obligé de faire ça ? demande Rudi, présentant ses poignets.

Le gendarme s'excuse :

— C'est le règlement.

Hachemi, le regard fixe, le teint verdâtre, transpire abondamment. Thomas n'a pas l'air de comprendre la gravité des faits qui leur sont reprochés. Il sifflote, un petit sourire au coin des lèvres.

Les trois hommes et leur escorte sortent par l'arrière du bâtiment où un fourgon cellulaire les attend.

Jardin

Dallas en tête, c'est une manifestation qui revient dans Raussel après la cérémonie au carrefour de la rue Pierre-et-Marie-Curie. Des hommes et des femmes pleins d'une fureur latente, glaciale, qui se hâtent jusqu'à la gendarmerie. En route, Solange dit à l'oreille de Mickie :

— J'ai envie de passer chez moi.

— Maintenant ?

— C'est à deux pas…

— Tu veux qu'on se sauve ?

— On les rejoindra à la gendarmerie.

Les deux femmes quittent le cortège comme deux gamines qui font l'école buissonnière.

Solange demande à Mickie de l'aider à ouvrir les fenêtres du bas :

– Tu ne trouves pas que ça sent un peu le renfermé ?

– Un peu, dit Mickie. Il ne doit pas y avoir souvent de visites…

– Je ne sais pas. Je n'ai pas de nouvelles de l'agence.

– Qu'est-ce que tu vas faire quand tu auras vendu ?

– Je ferai quatre parts : une pour chacun des garçons, une pour moi, et voilà…

– Et tout ce qu'il y a ici ?

– Maxime s'en occupera. Je garderai juste le nécessaire pour m'installer dans un petit appartement près de chez lui.

– T'as quelque chose en vue ?

– Il y a une résidence place de l'Église à Méneville, des grands studios avec une cuisine à l'américaine, ça me suffira…

– Le jardin ne va pas te manquer ?

– Je m'occuperai de celui de Maxime…

Solange ouvre la porte qui donne sur l'arrière.

– François ne passait jamais par là pour rentrer. Si j'avais le malheur de laisser ouvert, il sautait toujours par la fenêtre, soupire-t-elle. Et quand je l'engueulais, il se foutait de moi : « Passer par la fenêtre, c'est l'histoire de ma vie »…

Les deux femmes descendent dans le jardin. Elles entendent les cloches de l'église sonner au loin.

– Mon Dieu ! gémit Solange, découvrant la cornière métallique enfoncée dans la souche du rosier mort. Qu'est-ce que c'est que ça ?

Mickie ne répond pas. Elle vacille. Le pieu métallique dressé devant elle l'attire. Il suffirait d'un rien pour qu'elle se jette dessus et s'y empale. L'image de Rudi s'impose à son esprit. Elle revoit leurs grandes heures. Son corps se souvient d'une chaleur, d'un débordement, d'une furie que la fin des temps n'aurait pu interrompre.

La douleur qui la travaille depuis quelque temps se ravive, comme si, soudain, c'était dans son ventre que la ferraille était fichée. Son cœur bat, elle sent sa respiration s'altérer, ses membres s'engourdir. Elle veut porter sa main vers son mal mais son geste s'arrête dans un tremblement. Son cerveau refuse d'obéir. Elle cligne des yeux, la lumière la blesse. La terre se dérobe sous ses pieds.

— C'est un signe…, dit-elle, mais si bas que Solange n'entend rien.

Mise à sac

Sous le ciel d'un bleu imperturbable, ils sont près d'une centaine devant la gendarmerie à scander :

> *Libérez nos camarades !*
> *Libérez nos camarades !*

Une foule étrange de révoltés en habits noirs. Hommes, femmes, membres d'une même confrérie inconnue jusqu'alors. Tous un peu gênés, un peu raides dans des vêtements qu'ils ne portent visiblement pas tous les jours. Saint-Pré est à l'intérieur. Il s'est proposé d'intercéder auprès du commandant pour qu'une délégation puisse rencontrer Rudi, Hachemi et le jeune Thomas dont les parents ne sont pas là.

Dallas s'impatiente :

— Qu'est-ce qu'il fout, il rachète le fonds de commerce ?

Anthony demande :

— Qu'est-ce qu'on fait si les flics refusent ?

— On va les voir quand même, répond Dallas.

Luc Corbeau s'enthousiasme :

— Toi, au moins, t'as pas froid aux yeux !

— Ta femme ne ferait pas ça si t'étais enfermé là ?

— Tu rigoles ! Ma femme, elle irait mettre des cierges pour qu'ils me gardent !

— Je suis sûre que ce n'est pas vrai, dit Dallas.

— Non, c'est pas vrai, reconnaît Luc Corbeau en prenant Dallas par le cou. Ma femme, elle est comme toi, c'est une lionne !

Une fois encore ils reprennent :

> *Libérez nos camarades !*
> *Libérez nos camarades !*

Saint-Pré sort enfin de la gendarmerie en se grattant la tête, la cravate desserrée :

— Il y a un problème, dit-il au groupe qui s'avance vers lui. Ils ne sont plus là, ils ont été transférés au tribunal.

Dallas n'en croit pas un mot :

— Ils vous ont raconté n'importe quoi !

— Non, c'est vrai. Ils sont partis en fourgon il y a une heure. J'ai vu l'ordre de mouvement.

— Je ne vous crois pas.

— Appelez votre avocat, il doit être au courant.

— Je m'en fous de mon avocat, je vais voir moi-même !

Dallas bouscule Saint-Pré et s'élance vers l'entrée de la gendarmerie, gardée seulement par deux gendarmes. Luc Corbeau et les autres lui emboîtent le pas :

— Allez, on y va tous !

Les deux hommes en faction hésitent un instant mais, devant la foule qui marche vers eux, ils se replient d'urgence à l'intérieur et ferment au verrou. Dallas tambourine des deux poings :

— Ouvrez ! Ouvrez !

— Laisse faire, dit Luc Corbeau.

Dallas s'écarte, dix hommes, en même temps, d'un même élan, se jettent contre la porte qui cède sous le poids.

La gendarmerie est envahie.

Les deux gendarmes, le planton, le standardiste, le capitaine Fitzenhagen ne peuvent rien faire : les manifestants sont trop nombreux.

— Il n'y a pas de malaise ! leur lance Luc Corbeau. Faites pas les cons…

— C'est par là ! crie Anthony, qui a déjà passé une nuit en cellule.

Dallas joue des coudes. Elle tient à être la première que Rudi verra ! Anthony s'efface pour la laisser entrer dans le couloir des cellules :

— À toi l'honneur…

Cabinet

Maître Morgenstein, assise à côté de Dallas sur son canapé, lui tient la main.

— Ça ne sert à rien de vous mettre dans des états pareils. Ça ne fait pas avancer les choses. Vous avez vraiment tout cassé à la gendarmerie ?

— Pas tout.

— Espérons que ça se tasse. S'il le faut, je parlerai à Fitzenhagen…

Dallas hausse les épaules, renifle.

— De toute façon, maintenant, je m'en fiche de ce qui peut m'arriver, Rudi est en prison.

— Il n'est pas vraiment en prison, la rassure maître Morgenstein. Il est dans ce qu'on appelle la « souricière » du palais de justice. Il va être présenté à un juge d'instruction…

– Ça changera quoi ?

– Eh bien, dit l'avocate, s'il est mis en examen, j'aurai accès au dossier, comme ça je verrai les charges exactes qui pèsent contre lui. Mais il peut aussi être relâché…

– C'est vrai ?

– On ne sait jamais.

– S'il est mis en examen, vous verrez de quoi on l'accuse ?

– Oui, c'est ça et je pourrai aussitôt faire une demande de remise en liberté.

Dallas reprend courage :

– Faut qu'il sorte, madame. Il ne peut pas rester enfermé. Ça va le rendre fou. Il ne peut pas supporter ça. Il a déjà trop souffert…

– Racontez-moi.

Dallas ne comprend pas :

– Qu'est-ce que vous voulez que je vous raconte ?

– Quand je l'ai vu, votre mari n'a pas voulu répondre à mes questions. Il m'a juste dit : « C'est mon histoire. » Si vous voulez qu'il sorte, si je dois plaider sa cause devant le juge des libertés, je dois savoir de quelle histoire il s'agit…

Cardinal

La réunion du personnel de la Kos a lieu dans la grande salle du *Cardinal*, prêtée pour la circonstance. Sur l'estrade, derrière une petite table, il n'y a que Lamy et Mme Roumas pour défendre le protocole d'accord. L'ambiance est très tendue. Les membres de la CGT, regroupés autour de Luc Corbeau et Totor Porquet, forment un bloc compact d'hostilité. Mme Roumas prend le micro et réclame le silence :

– Je vais vous lire le texte du protocole d'accord…

– Tu sais où tu peux te le mettre, ton protocole ? lance Luc Corbeau, déterminé à en découdre.

Mme Roumas ne relève pas :

– Ce protocole, poursuit-elle, présente des avancées sérieuses, même si nous n'avons pas eu gain de cause sur tous les points. Mais je crois qu'on ne peut jamais avoir raison sur tous les points et que, dans les circonstances présentes, ce que nous avons obtenu est plutôt inespéré.

– Vas-y, accouche ! crie une voix.

– Un peu de respect, s'il vous plaît, intervient Lamy.

– Toi, on t'a pas sonné ! répond le même.

Mme Roumas donne lecture des différents articles dans un silence de plus en plus pesant. Elle arrive au dernier comme au bout d'un chemin de croix :

– « Une prime sera octroyée à tous les salariés ayant accepté ou trouvé un emploi de reclassement. Cette prime sera versée aussitôt et correspondra à la moitié du temps de conversion restant à couvrir. »

Tous se taisent.

Totor Porquet ouvre le bal des questions :

– C'était pas vingt mille euros qu'on devait avoir comme prime pour fermer notre gueule ?

– À partir du moment où on voulait respecter l'égalité entre tous, vingt mille, ce n'était pas possible.

– Là, c'est carrément la moitié si je sais encore compter.

– C'était ça ou rien, tranche Lamy. Je te rappelle, primo : que cette idée d'égalité c'est une idée de Pignard et que j'étais contre, deuzio : qu'il n'y a plus personne en face de nous, ni Hoffmann ni les Américains : personne, pas de patron, pas de propriétaire. Que l'État et l'État ne peut pas tout.

– L'État ne peut pas tout, mais nous, on doit tout accepter de l'État ?

– Tu connais la formule : mieux vaut cinquante pour

cent d'une bonne affaire que cent pour cent d'une mauvaise !

Armand demande la parole :

– Il n'y a pas que la prime : pour les congés de conversion, c'est finalement soixante-dix pour cent du salaire antérieur...

– C'est vrai, admet Lamy, ça c'est une concession. Il y avait un vrai blocage du côté du ministère, il fallait en sortir. En pourcentage c'est un peu moins et c'est plus en durée puisqu'on a douze mois.

– Si je comprends bien, dit Anthony à l'autre bout de la salle, pour vous en sortir vous avez cédé sur la prime, vous avez cédé sur les pourcentages, vous avez cédé sur ci, vous avez cédé sur ça, vous avez cédé sur tout ?

Lamy veut répondre, mais Anthony n'a pas fini :

– Attends ! Explique-moi comment je vais faire : je me retrouve sur le carreau, ma femme est hospitalisée, je ne sais pas quand elle pourra retravailler... Tu crois que je vais tenir combien de temps avec vos dix mille euros de merde ? Un mois ? Six mois ? Qui peut croire que le Medef va tout faire pour me retrouver un emploi ? Et le gouvernement ? Et la chambre de commerce ? Et tous ceux à qui vous avez baisé les pieds. Tout ça c'est du vent. Ce serait plus honnête de dire que si on signe ça – et vous le savez aussi bien que moi –, on signe nous-mêmes notre avis de décès !

Une salve d'applaudissements salue la déclaration d'Anthony.

C'est au tour de Saïda d'intervenir :

– C'est quoi la « cellule de retour à l'emploi » ? C'est un gadget ? Parce que je te rappelle qu'il y en a déjà eu une ici, quand toutes les filles ont été licenciées, et que ça n'a jamais rien donné que du bla-bla et des stages qui ne servent à rien.

– Le protocole est très clair, dit Mme Roumas. Là, c'est une vraie cellule de reclassement. La meilleure preuve, c'est que tout le monde est partie prenante de son financement : l'Europe, l'État, le conseil régional, le conseil général. En plus, deux représentants des salariés de la Kos, désignés par les organisations syndicales, en feront partie…

– Ah, je comprends tout ! s'exclame Luc Corbeau. Lamy et toi, vous vous êtes déjà trouvé un joli placard doré ! C'est bien payé ?

Lamy se dresse sur sa chaise :

– T'es mal placé pour nous faire la leçon, réplique-t-il à Luc Corbeau. On en est là parce que avec vos conneries de faire sauter les machines il n'y avait plus trente-six solutions. On était pieds et poings liés. Alors, plutôt que de faire le guignol, tu devrais nous remercier d'avoir obtenu ce qu'on a obtenu. Parce que ceux qui se sont foutu les mains dans la merde pour vous sortir de là, c'est Mme Roumas et moi, personne d'autre. Et fais-moi confiance, c'était dégueulasse et ça puait !

Mme Roumas, rouge d'indignation, se lève elle aussi.

– Si vous aviez écouté ce que j'ai dit au lieu de vouloir vous foutre de moi, vous auriez compris que ce protocole, même s'il n'est pas la réponse idéale à toutes vos questions, est le meilleur accord possible. On a tout prévu dans le détail. Rien n'a été laissé de côté : il y aura des formations payées et même, pour ceux qui déménageront, des aides au déménagement !

Dallas fait son entrée dans la salle au moment où Mme Roumas se rassoit.

– Il y a une chose qui a été laissée de côté, crie-t-elle en s'approchant de l'estrade, c'est Rudi et les deux autres !

Lamy l'envoie aux pelotes :

– On n'est pas ici pour parler de ça ! Va t'asseoir et si t'as une question à poser, attends ton tour !

Dallas s'empare du micro posé sur la table :

– J'ai une question à vous poser et je ne vais pas attendre mon tour, parce qu'il y a plus urgent qu'écouter

des conneries. Vous croyez que vous pourriez tous être
là, bien assis sur vos chaises, à discuter de la pluie et du
beau temps, de la prime et des congés de conversion, si
Rudi ne s'était pas battu comme il s'est battu ? Vous ne
croyez pas que si quelqu'un a à dire quelque chose sur le
protocole, c'est bien lui ? Vous ne croyez pas que la première ligne de ce protocole devrait dire : nous exigeons
la libération immédiate de nos camarades injustement
emprisonnés ? Vous ne croyez pas que c'est la première
chose à obtenir avant de signer quoi que ce soit et que la
deuxième est de refuser de signer tant que ce n'est pas
obtenu ? Vous croyez que vous pouvez faire semblant
qu'il ne s'est rien passé ? Vous croyez que vous pouvez
tirer un trait sur Rudi, sur Hachemi, sur le jeune de Méneville et rentrer chez vous regarder la télé pour ne plus
penser à rien ? Vous croyez que c'est possible ?

Lamy reprend le micro à Dallas :

— Bon, maintenant ça suffit, on t'a assez entendue. De
toute façon, tu ne fais plus partie de la Kos, tu n'es pas
concernée par ce qui se discute ici.

— Répète ça si tu l'oses, dit Dallas les poings serrés. Je
suis une femme mais je te préviens, je n'hésiterai pas à
t'en coller une.

— Oui, c'est ça, crâne Lamy, mais il n'en mène pas
large.

Dallas n'a pas besoin de micro pour se faire entendre :

— Je vous demande de ne pas accepter ce protocole, de
ne rien accepter tant que Rudi et les deux autres sont en
prison. La lutte n'est pas terminée. Ce n'est pas parce
qu'on vous dit « il faut signer ça ou vous n'aurez rien »
qu'il faut les croire. Il ne faut pas avoir peur. Si nous
sommes tous unis, si nous sommes capables de dire non
tous ensemble, personne ne peut rien contre nous. Vous
n'avez pas le droit de laisser tomber !

Anthony vient prêter main-forte à Dallas :

— Dallas a raison. Notre réponse doit être simple : OK,

on veut bien discuter du protocole et peut-être même le signer, mais pas avant que les nôtres soient sortis de taule. Ce n'est même pas une question syndicale, c'est une question de morale.

Lamy revient à la charge :

— C'est le genre de raisonnement qui nous mène droit dans le mur. Il ne faut pas tout mélanger. Il y a une question qui regarde la police et la justice et une autre qui nous regarde. Ce n'est pas la même chose. Si nous les confondons, nous ne gagnerons rien, ni d'un côté ni de l'autre.

— Ah putain ! s'exclame Luc Corbeau, ce qui arrive à Rudi et à Hachemi, ça ne nous regarderait pas ? Ça regarderait la justice et la police ? Ben merde, vaut mieux entendre ça que d'être sourd !

Totor Porquet s'en mêle :

— Ça veut dire quoi, « CFDT » ? Confédération des faux derches tranquilles ?

— Et « CGT », rétorque Lamy, Compagnie des gogols tarlouzes ?

— Assez ! crie Mme Roumas, assez !

Elle tape du poing sur la table :

— On n'a plus le choix, ça ne sert à rien de s'engueuler : la Kos n'existe plus et ce protocole c'est notre dernière chance de sortir la tête haute. Nous devons penser à nos enfants, nous devons penser à leur avenir, même si le nôtre ne vaut plus grand-chose. C'est à ça que nous devons penser. Au futur.

Dallas l'interpelle :

— C'est quoi le futur de Rudi ? C'est quoi le mien et celui de nos enfants ?

Serge

Dallas marche droit devant elle, le dos raide, les yeux fixes, la tête penchée. Elle charge une armée invisible, ivre de colère, de douleur rentrées. Serge l'aperçoit au milieu de la Grand-Place :

– Hé, Dallas, où tu cavales comme ça ?

Dallas s'arrête net :

– Tu reviens de l'hosto ? lui demande-t-elle avant même qu'il l'ait rejointe.

– Oui.

– Comment ça va ?

– Ce sera long.

– Vous partez quand ?

– Moi, dans un mois, Varda me rejoindra quand elle sera sortie de rééduc…

Serge pose sa main sur le bras de Dallas :

– Qu'est-ce qu'il y a, t'es toute pâle ?

– Il y a…, halète Dallas en se tournant vers *Le Cardinal*, il y a qu'ils viennent de voter le protocole d'accord présenté par Lamy et la mère Roumas sans exiger que Rudi et les autres soient libérés.

Elle ne veut pas pleurer.

– Ils s'en foutent de Rudi, dit-elle les dents serrées, il peut rester en prison. Ils s'en foutent tant qu'ils passent à la caisse et qu'on leur certifie qu'ils peuvent en être fiers.

– Tout le monde était d'accord ?

– Non, pas la CGT, ni les anciennes de la Kos. Mais nous, on n'a pas le droit au chapitre. Et les autres, ils ont tous levé la main quand Lamy a demandé qui était pour. Et tu sais ce qu'ils ont fait ?

– Non.

– Ils ont proposé de rédiger une motion de soutien à Rudi, à Hachemi et au jeune qui a été pris avec eux.

Dallas prend un profonde inspiration :

– Une motion ! Un bout de papier qui ne vaut rien ! je te jure, Serge, si un jour je peux leur faire payer ça, je le ferai. Parce que leur motion, c'est pire que la lâcheté.

La Voix

Dallas perd la mémoire. Son esprit vagabonde : c'était quand ? Hier, avant-hier ? Quand Rudi l'a-t-il tenue dans ses bras pour la dernière fois ? Quand lui a-t-il murmuré à l'oreille « mon petit chat », « mon bébé », « ma beauté » ? Quand sa main a-t-elle caressé ses seins, son ventre avant de glisser sur sa fente ? Quand l'a-t-elle senti contre elle, en elle ? Quand ? Il y a deux jours que Rudi n'est plus là et c'est comme un siècle. Comme une vie perdue, volée.

Dallas, la tête lourde, se présente à l'accueil de *La Voix* :

– Je voudrais voir M. Poliveau, demande-t-elle en essayant de faire bonne figure.

– Je vais voir s'il est encore là, dit la standardiste. C'est de la part ?

– Dallas.

Elle se reprend :

– Mme Löwenviller, c'est personnel.

– Ah ?

La standardiste dévisage Dallas tout en composant le numéro :

– Monsieur Poliveau, quelqu'un pour vous à l'accueil… Une femme.

Elle raccroche :

– Il descend. Si vous voulez l'attendre là-bas…

Dallas va s'asseoir sous le regard de la standardiste qui

se demande ce que le gros Poliveau peut fricoter avec une fille comme ça.

Heureusement, Mikaël Poliveau ne tarde pas :

— On se connaît ? demande-t-il à Dallas en lui tendant la main.

— Je suis une ancienne de la Kos. On s'est vus quand on est passés par le cinéma…

— Ah, vous y étiez aussi.

Dallas désigne le pansement qui barre le front du journaliste :

— C'est les flics qui vous ont fait ça ?

— Oui, sept points de suture…, soupire-t-il. Je m'en souviendrai, de la manif des femmes.

Et, très professionnel :

— Qu'est-ce que je peux pour vous ?

— Sur la photo parue dans *Libération*, c'est mon mari. Il a été arrêté avec deux autres.

— Oui, je sais, je suis au courant. C'est pour le CRS…

Dallas l'approuve d'un petit signe :

— Je voudrais que vous écriviez un article sur eux, dit-elle très vite. Vous étiez dans la manifestation, vous avez vu ce qui s'est passé. Vous avez vu que ce sont les flics qui ont tiré les premiers. C'était une manifestation pacifique. S'ils n'avaient pas été là, il ne se serait rien passé. Les flics ont fait de la provocation. Et ceux qui ont tué la femme et le type de la SMF sont libres, il ne leur arrivera rien. Peut-être même qu'ils auront de l'avancement. C'est injuste qu'il y ait deux poids, deux mesures. Si on ne fait rien, mon mari et les deux autres vont porter le chapeau pour tout le monde. Après, on dira « c'est bien triste, mais c'est comme ça » et ce sera trop tard, le mal sera fait.

Dallas fixe Poliveau bien en face :

— Rudi n'a tué personne…

Mikaël Poliveau compatit :

— Je comprends, dit-il, je comprends.

Il s'interroge :

— Je comprends mais je suis bien embêté : je ne vois pas ce que je peux écrire.

— Quand on a fait la grève, il y a six mois, votre collègue avait fait un portrait de moi, faites un portrait d'eux.

Poliveau reconnaît Dallas :

— Ah, c'était vous « Belle et rebelle » !

— Oui, dit Dallas, un peu gênée. Vous voyez, cet article ça a marqué. Si vous faites la même chose aujourd'hui, tout le monde s'en souviendra.

Le journaliste fait la moue :

— Hmm, hmm, je peux toujours le faire, mais ça ne passera pas.

— Pourquoi ?

— Ma direction veut que je mette l'accent sur l'accord qui a été signé. C'est important que tout se tasse, que le calme revienne avant les élections.

Dallas ne comprend pas :

— Quel accord ?

— L'accord avec les syndicats.

— L'accord n'a pas été signé. Ils viennent juste de le voter au *Cardinal*…

— Ah ça, dit Poliveau, c'est une réunion pour la forme. On a le communiqué officiel de la préfecture depuis midi. Mon article est déjà parti, j'ai même interviewé M. Lamy de la CFDT, ça paraîtra demain. Vous le connaissez, M. Lamy ? Il m'a dit de drôles de trucs…

Florence

Dallas, butée, enragée, sonne chez Mickie, laissant son doigt longtemps sur la sonnette. Mickie vient ouvrir. Elle est en peignoir :

— Dallas… Dallas ! dit-elle en s'écartant pour la laisser entrer.

Dallas ne bouge pas, Mickie n'a pas l'air dans son assiette :

— On ne t'a pas vue au *Cardinal*…

— On ne m'a pas vue, parce que je n'y étais pas. C'était bien ?

— Armand te racontera. La CFDT et FO nous ont vendus pour pas cher, dit Dallas, cherchant à retrouver son calme. Ils ont signé un protocole d'accord qui nous enterre tous. Sans fleurs ni couronnes. Et tu ne sais pas le plus beau ?

— Comment veux-tu que je le sache ?

— La réunion du *Cardinal*, c'était du bidon. Tout était déjà réglé depuis midi. Lamy et la mère Roumas ont tout manigancé sans rien dire à personne. C'était plié d'avance.

— Lamy est un con, dit Mickie, tout le monde le sait : une carpette doublée d'un nul et Mme Roumas devrait porter des couches-culottes tellement elle chie de trouille devant les patrons.

Jamais Dallas n'a entendu Mickie parler comme ça.

— T'as picolé ? demande-t-elle prudemment, les yeux rieurs.

— T'aimes la vodka ?

— Je peux te demander quelque chose ?

— Dis-moi d'abord si t'aimes la vodka.

— Oui, j'aime ça, répond Dallas qui s'énerve. Moins que Rudi, mais j'aime ça.

Mickie secoue la tête :

— Rudi aime la vodka ! Ça, c'est une bonne nouvelle. Rudi aime la vodka !

Elle ricane :

— Mais il n'y a plus de vodka…

Le peignoir de Mickie s'ouvre dangereusement :

– Si tu veux tout savoir : je l'ai finie. La bouteille est vide : finie, terminée. Et quand la bouteille est vide : el-le-est-vi-de. C'est pas dur à comprendre. Mais c'est dur à admettre, si tu vois ce que je veux dire ?

– Oui, reconnaît Dallas à tout hasard, mais les paroles de Mickie lui passent au-dessus de la tête. T'as raison, la bouteille est vide. Rudi peut moisir en prison. Il n'y a plus personne pour penser à lui et aux deux autres.

– Si, proteste Mickie en se redressant. Moi je pense à lui ! Je vais te dire, c'est même comme un pieu qui me transperce le cœur !

Dallas souffle en agitant une main :

– Dis-donc, la vodka...

– C'est pas la vodka, Dallas... Dallas, si tu savais. On pourrait en faire une chanson.

Elle fredonne :

– *Dallas, si tu savais...*

– Si je savais quoi ?

– J'ai mal au ventre, déclare Mickie, s'arrachant un sourire. Dallas, ça me déchire, ça me lance comme si on me versait de la poix brûlante à l'intérieur. Je suis obligée de noyer ça pour éteindre l'incendie.

Elle s'appuie au chambranle :

– Tu ne veux pas entrer ?

– Tu devrais aller t'allonger, dit Dallas. Ça te ferait du bien.

Mickie ferme les yeux, elle récite :

– « Mourir... dormir, rien de plus ; et dire que par ce sommeil nous mettons fin aux maux du cœur »...

Dallas la secoue par le bras pour la forcer à l'écouter :

– Je m'en vais, dit-elle. Je voulais juste savoir pourquoi Rudi devait monter à Paris voir Florence ? Pourquoi Florence ?

Mickie bredouille :

– Florence ? C'est le premier nom qui m'est passé

dans la tête. Je pensais qu'elle pourrait l'aider, oui, l'aider… Quel dommage qu'elle soit partie.

— T'as son téléphone?

Téléphone

Toutes les portes se ferment. Toutes les voix se taisent. Tous les corps s'absentent. Rudi est en prison, Varda à l'hôpital, ses bébés sont trop petits, ses parents trop vieux, son frère trop pris par son histoire d'amour, Mickie se noie dans l'alcool, les anciennes de la Kos sont dispersées, retranchées en elles-mêmes, incapables de rien. Dallas marche jusqu'à chez elle taraudée par l'idée qu'elle est seule désormais, absolument seule. Le soir a une odeur de lait frais, de pins et d'encens. Elle passe devant les deux maisons à vendre du lotissement en s'interdisant de tourner la tête vers les pancartes de l'agence immobilière. Ça porte malheur, jamais deux sans trois, etc. Dallas est superstitieuse. Elle a toute une collection de grigris dans un tiroir : des queues de lézard, une patte de lapin, des trèfles à quatre feuilles, un dollar troué, des bouts de laine, des coquillages «grains de café», une minuscule étoile de mer…

La maison lui paraît terriblement vide, étrangère. On pourrait croire que personne, jamais, n'a habité ici. Tout est rangé, propre. Rien ne dépasse, rien ne traîne. On n'entend ni cris d'enfants, ni musique, ni voix à la télé. C'est le silence, le grand froid, l'anonymat d'un appartement témoin, inodore, incolore, insonore.

Dallas s'assoit sur le canapé, le jour décline derrière la baie vitrée et disparaît lentement. Elle reste longtemps, immobile, patiente, les mains croisées sur ses genoux comme une malade dans une salle d'attente. La photo de

Kevin et d'Ève au-dessus de la cheminée lui fait soudain un drôle d'effet. Elle se lève pour l'observer de plus près. C'est curieux, pense-t-elle, c'est comme si ce n'étaient pas les miens. Ce sont deux bébés photographiés qui sourient à l'objectif. Deux parmi des millions d'autres. Ils ne lui manquent pas, leur vue ne l'émeut pas, elle ne les sent plus dans chacun de ses gestes. Elle voudrait se souvenir de ces petits incidents qui font le délice des mères, les histoires de gosses à raconter aux autres, le mien a fait ci ou ça, et la mienne si vous saviez ce qu'elle peut inventer ! Pas plus tard qu'hier, vous n'allez pas me croire… Rien ne remonte à la surface de sa mémoire. C'est vide, aussi vide que la maison. Quelqu'un ou quelque chose a fait le ménage, tout effacé. Dallas s'effraye de cette indifférence, de ce froid qui la glace en plein été et en même temps la durcit.

Dallas s'en veut de ne pas être allée à l'hôpital. Varda doit l'attendre, se demander pourquoi elle n'est pas là, à côté d'elle, à lui tenir la main. Elle sort la bouteille de vodka du frigo, enlève le bouchon pour faire comme Mickie, se torchonner, s'abrutir d'alcool. Mais, au moment de boire au goulot, elle renonce. Sans Varda ce n'est pas drôle de se dévisser la tête. Comme les enfants, sans Rudi, ça n'a pas de réalité.

— Je perds la boule, dit-elle à voix haute, remettant la vodka dans le congélo.

Une idée la frappe : Rudi est enfermé, mais c'est elle qui est en prison. Elle est seule entre quatre murs.

— Je suis en prison, ricane-t-elle.

On lui a tout pris : son mari, ses enfants, son travail, sa vie. Il suffirait qu'elle enlève sa montre et les lacets de ses chaussures pour que ce soit complet.

Dallas se décide d'un coup :

— Vous vous souvenez de moi ? demande-t-elle à Florence quand elle l'a en ligne.

— Bien sûr ! Comment va la petite Ève ?

– Très bien, merci.

– C'est votre mari à la une de *Libé* ?

– C'est pour ça que je vous appelle.

– Je ne sais plus si on se tutoyait ou si on se vou-voyait...

– On s'en fout. Rudi est en prison..., commence Dallas.

Florence la coupe :

– Vous avez un bon avocat ?

– Une femme, maître Morgenstein.

– Une grande, à lunettes ?

– Oui.

– Je la connais. Elle joue au bridge. J'ai joué contre elle à Raussel. Elle est très forte.

– Tant mieux, dit Dallas, parce que tout le monde laisse tomber Rudi, sauf ses copains de la maintenance, mais ça ne fait pas grand monde.

Elle ajoute :

– Plus Mickie et moi.

– C'est Mickie qui vous a donné mon numéro ?

– Elle n'aurait pas dû ?

Florence élude la question :

– Qu'est-ce que je peux faire ? demande-t-elle.

– J'en sais rien. Peut-être écrire quelque chose dans un grand journal, ici ils ne veulent pas.

– « Pas de vagues », c'est ça ?

– Oui, c'est la consigne, m'a dit le type que j'ai vu. Il faut écrire que tout va bien, que tout est bien, que tout le monde a raison, sinon ça ne passe pas.

– J'ai bien fait de partir !

– Il ne faut pas laisser dire n'importe quoi, dit Dallas avant de raccrocher. Faites qu'on ne les oublie pas, ni Rudi ni les deux autres.

Florence promet de rappeler.

Ensuite, Dallas passe un coup de fil à sa mère pour la prévenir qu'elle ne couchera pas là-bas :

– Je veux rester un peu chez moi pour montrer que c'est habité. Sinon j'ai peur que quelqu'un vienne et fauche tout… Même s'il n'y a pas grand-chose à faucher. Je te laisse t'occuper des petits…

Denise ne demande pas mieux, s'occuper des petits, c'est sa joie, son bonheur :

– Tu veux que je te passe ton frère ? Il vient de revenir avec les autres…

– Pas maintenant.

Dallas dort sur le canapé, serrant contre elle une chemise sale de Rudi trouvée sur une chaise, dans la chambre. Le téléphone sonne :

– Je vous réveille ? demande Florence.

– Non, ment Dallas, je réfléchissais.

– Moi aussi, j'ai réfléchi. Je crois qu'il faut faire plusieurs choses : d'une part *Libé* est d'accord pour passer un entretien avec vous. Ils sont un peu mal à l'aise d'avoir été les seuls à publier la photo. Ils ont l'impression de s'être fait manipuler. Et, d'autre part, il faut absolument transformer le cas de votre mari et des deux autres en une affaire nationale. Il ne faut surtout pas que ça reste cantonné à Raussel et dans la région.

– Ça veut dire quoi ? dit Dallas.

– Ça veut dire qu'il va falloir que vous remuiez ciel et terre. Que vous alliez voir au ministère de la Justice – je connais quelqu'un –, que vous alliez voir les rédactions des journaux, les parlementaires, les syndicalistes, les intellectuels, tous ceux qui peuvent soutenir la cause de votre mari, lui faire le plus de publicité possible. Par exemple, que vous lanciez une pétition nationale, que vous demandiez à des artistes d'organiser une soirée de soutien. Mais pour les mobiliser, il faut qu'ils vous voient, qu'ils vous entendent, que vous deveniez l'image du combat que vous menez.

– Comment je peux faire ça ? Je ne connais personne, moi...

– Je vous aiderai. Est-ce que vous pouvez monter à Paris ? demande Florence.

– Je veux bien mais je n'y suis jamais allée, dit Dallas. Vous ne pouvez pas venir, vous ?

– Ça ne servirait à rien. Il faut que ce soit vous qui veniez.

– Quand ?

Florence glousse un peu bêtement :

– Vous devriez déjà être là !

Quai

Dallas prend le premier train pour Paris. Malgré l'heure matinale, maître Morgenstein a tenu à l'accompagner sur le quai de la gare :

– Tout ce que vous pouvez faire, faites-le. Votre amie a raison : il faut que ça devienne une affaire nationale. Et, surtout, téléphonez-moi aussi souvent que possible. Vous rentrez quand ?

– Je ne sais pas. Vous allez voir Rudi ?

– En fin de journée.

Dallas se met à pleurer. Maître Morgenstein la serre dans ses bras :

– Pas de ça, Lisette ! Pas de larmes !

L'avocate force Dallas à la regarder :

– Si vous voulez faire sortir votre mari, il faut que vous soyez une tueuse, que rien ne vous arrête. Mon beau-père avait une expression qui me plaisait beaucoup. Il disait : « Il n'y a que les yeux qu'ont peur »...

– Qu'est-ce que ça veut dire ?

– J'en sais rien, mais il avait raison ! Les beaux-pères ont toujours raison ! Toujours !

Maître Morgenstein part d'un grand rire et pousse Dallas à monter dans le train :

– Ça va ?

Dallas lui rend un triste sourire.

– Vous lui direz que je l'aime ?

Train

Dallas est recroquevillée près de la fenêtre. Le paysage défile, elle s'endort, cachée sous son blouson, le pouce dans la bouche. Elle est avec son père à la campagne. Ils marchent côte à côte, sa main dans la sienne. Elle est toute petite encore, vêtue d'une simple robe qui pourrait être une chemise de nuit. Ils se dirigent vers la forêt qu'ils aperçoivent au loin.

– Où on va ? demande-t-elle.

– Là-bas, répond son père, tendant le bras vers les arbres.

– Qu'est-ce qu'on va faire ?

– Chut ! Ne pose pas de questions.

Elle renâcle. Elle tire sur le bras de son père. Elle freine la marche. Elle ne veut pas aller où il l'emmène :

– J'ai peur, dit-elle.

Son père se penche vers elle :

– Il n'y a que les yeux qu'ont peur.

Ils entrent dans la forêt, passent de la lumière des prés à l'ombre des chênes, des frênes et des châtaigniers :

– C'est ici, dit son père en lui lâchant la main.

Et l'instant d'après il n'est plus là.

Elle l'appelle :

– Papa ? Papa ?

Mais seuls le vent et les oiseaux lui répondent. Ils rient d'elle, se moquent et chantent pour l'étourdir. Elle veut fuir. Elle se retourne : le chemin a disparu, elle ne voit plus l'orée du bois. Elle a peur à en mouiller sa culotte et pourtant s'élance droit dans l'obscurité brumeuse sans craindre les ronces qui griffent ses mollets, les fougères qui la fouettent, les branches basses qui la giflent. Elle court sans se retourner, saute les troncs morts qui lui font obstacle, contourne les buissons d'épineux, dévale les ravines à l'odeur luxuriante. Elle court de plus en plus vite. Une note tenue à la perfection qui enfle, se déploie, si juste que les étoiles s'éteignent une à une, touchées au cœur. Et, à mesure que sa vitesse augmente, tout derrière elle s'embrase de mille feux.

Dix-neuvième

Dallas n'a jamais été aussi loin de chez elle.

Florence habite dans un grand immeuble moderne du XIXe arrondissement. Dallas découvre un appartement comme elle en a vu seulement à la télé, avec des tableaux aux murs, des miroirs, des tapis, des fauteuils aux coussins douillets, des tissus sur les lampes, des fleurs en quantité, des bibliothèques pleines de livres et de bibelots du monde entier...

— Je vous fais du café ou du thé ?

— Je veux bien du café.

— Installez-vous, j'arrive. C'est prêt.

Dallas pose son sac, ôte son blouson et se laisse tomber dans un grand canapé où elle s'enfonce. Florence, en pyjama chinois rose soyeux, chaussettes blanches en guise de pantoufles, va jusqu'à la cuisine et revient avec un plateau pour le petit déjeuner :

— Toasts, marmelade, miel…

— Ça y est, vous êtes enceinte, remarque Dallas, comme si elle n'avait rien d'autre à dire.

Florence renverse sa tasse et la rattrape de justesse :

— Pourquoi vous me dites ça ?

— Je ne sais pas. Je le vois…

Florence ne la croit pas :

— Pas à moi ce genre de truc !

— Vous n'êtes pas enceinte ?

— Non, persiste Florence. Non, je ne suis pas enceinte.

Dallas s'excuse :

— Pourtant, on aurait dit…

Florence sert le café :

— Vous prenez du sucre ?

— Oui, deux, merci.

— Qu'est-ce qui vous a fait penser que je suis enceinte ? demande Florence, croisant les deux mains sur son ventre.

— Je crois que, quand on est une femme, on sent ces choses-là. Ça ne s'explique pas. C'est comme ça, l'allure, la démarche, quelque chose qui dit que le bébé est là, même s'il est gros comme une tête d'épingle. Par exemple, ma future belle-sœur je l'ai remarqué comme pour vous parce qu'elle…

— Vous trouvez que j'ai grossi ?

Non, Dallas ne veut pas dire ça :

— Vous n'avez pas grossi. Vous êtes toujours très jolie.

— Merci. J'aime mieux ça.

Florence sent le regard de Dallas glisser avec douceur sur sa poitrine, ses hanches, ses cuisses jusqu'à ses pieds. Puis Dallas la dévisage avec une calme assurance :

— Pourtant, d'habitude, j'ai l'œil…

Florence laisse ses cheveux tomber sur ses yeux. Elle

reste un moment penchée, dissimulée derrière le rideau blond :

— Pourquoi mentir ? C'est idiot, dit-elle en se rendant d'un coup. Oui, c'est vrai, je suis enceinte. Mais à part mon gynéco, personne ne le sait ! Même moi, je n'arrive pas à m'y faire.

Elle siffle d'admiration :

— On peut dire que vous êtes vraiment forte...

— Qui est le père ? demande Dallas, sans pouvoir retenir sa question.

— Aucune importance.

— C'est mon mari ?

Florence éclate de rire :

— Votre mari ! Pourquoi ce serait votre mari ? Je le connais à peine...

— Une idée, comme ça. Parce que Mickie a tout de suite pensé à vous quand ça a bardé...

Florence secoue la tête :

— C'est pas pour ça que Mickie a pensé à moi.

— Pourquoi ?

— Parce que...

Florence s'arrête au milieu de sa phrase.

— Ça ne vous regarde pas. Mais rassurez-vous, ce n'est pas votre mari...

— C'est quelqu'un que je connais ?

— C'est un secret.

— Quelqu'un de Raussel ?

— Je ne peux pas le dire.

— Vous vous souvenez que je vous avais conseillé de bien choisir le père le jour où vous voudriez avoir un enfant. Vous vous en souvenez ?

— Oui, je m'en souviens.

— Dites-moi qui c'est. Je ne le répéterai pas, je vous le jure. D'ailleurs, je ne sais pas à qui je le répéterais. À Raussel, il n'y a plus personne pour m'écouter.

Florence comprend que Dallas ne la lâchera pas tant qu'elle n'aura pas la réponse qu'elle attend :

— Après tout, dit-elle, cela n'a plus d'importance : c'est Lorquin.

Dallas se redresse dans le canapé :

— Alors, c'était vrai ce qu'on disait : vous couchiez ensemble ?

— Non, nous n'avons jamais couché ensemble, qu'une seule fois…

— Une seule ?

— Oui, et encore…

C'est soudain évident pour Dallas :

— Avant qu'il se tue ?

— Oui, murmure Florence.

— C'est pour ça qu'il s'est tué ?

— Soyez gentille, supplie Florence, je ne veux pas parler de ça…

Elle se revoit au milieu de la nuit, nue devant Lorquin, offerte, Lorquin rouge de colère qui lui jette son peignoir au visage puis qui se jette sur elle, qui la frappe en lui criant qu'il l'aime et la force sur la moquette du salon avant de s'enfuir en répétant : « Qu'est-ce que j'ai fait ? Qu'est-ce que j'ai fait ? »

Dallas baisse les yeux :

— Je comprends…

— Personne ne peut comprendre, dit Florence en posant sa main sur celle de Dallas.

Florence propose à Dallas de se rafraîchir un peu avant d'entamer leur journée marathon :

— Je ne vous dis pas le nombre de rendez-vous qui nous attendent ! Il ne faut pas traîner.

Elle lui indique le fond du couloir :

— La salle de bains donne dans ma chambre.

Dallas la remercie :

— Je peux prendre une douche ? Après le train, je me sens toute collante.

– Faites comme chez vous, dit Florence, remportant le plateau dans la cuisine. Mais faites vite !

Dallas enlève son tee-shirt *Belle & rebelle* quand elle reconnaît sa photo posée sur une bibliothèque dans la chambre de Florence. La photo publiée en illustration de l'article qui lui était consacré dans *La Voix*.

– Vous l'avez gardée ? dit-elle quand Florence la rejoint pour se changer.

– J'ai honte : j'avais promis à votre mère de la rendre…

Florence remarque le tee-shirt posé sur le lit :

– C'est joli, dit-elle en le prenant. C'est brodé main ?

– C'est un cadeau de mon mari. C'est une dame de Raussel qui l'a fait pour moi.

– C'est votre drapeau noir, votre armure, dit Florence avec un soupçon d'ironie. Vous êtes une pirate, une anarchiste !

Dallas repose la photo sur l'étagère :

– Pourquoi vous l'avez fait encadrer ?

Florence hésite à répondre. Elle enlève ses chaussettes blanches, redresse la mèche qui lui tombe dans les yeux et se décide avec une petite grimace :

– Parce que, avoue-t-elle en plissant le nez, si à Raussel il y avait quelqu'un qui me plaisait, ce n'était pas votre mari…

Florence scrute le visage de Dallas :

– J'ai peur de vous choquer.

Dallas ricane :

– J'en ai entendu d'autres. C'était qui ?

– Vous ne devinez pas ?

– Non.

– C'était vous…

Florence sourit, un peu émue :

– Je vais vous dire comme au Québec : je suis tombée en amour dès que je vous ai vue dans la cour de l'usine. Et quand je vous ai interviewée dans la voiture, j'ai failli

vous embrasser. Après ça, il fallait que je vous aie sous
les yeux, faute de vous avoir dans mes bras. J'espère que
ça ne vous choque pas ?

— Pourquoi ça me choquerait ?

— Je ne sais pas, dans les petites villes…

Dallas l'interrompt :

— Vous savez, avec ma copine Varda, on a déjà couché ensemble sans en faire un fromage. Qu'on soit dans
une petite ville ou ailleurs, comme elle dit : « Y a pas
d'mal à s'faire du bien » !

Les Trois de Raussel

Il fait nuit.

Dallas veut reprendre le dernier train pour Raussel.
Florence la conduit jusqu'à la gare, mais elle ne peut pas
attendre l'heure du départ :

— Faut que je vous laisse si on veut que l'article sorte
demain…

Elles s'embrassent. Trois fois sur les joues et la dernière sur les lèvres :

— Vous pouvez garder ma photo ! dit Dallas. Je vous
l'offre.

Florence, encore troublée par ce baiser, lui adresse un
petit signe de la main avant de disparaître dans le métro :

— T'es sûre que tu ne veux pas rester ?

Dallas n'a pas envie d'appeler maître Morgenstein tout
de suite. Elle veut profiter de sa journée à Paris jusqu'au
dernier moment. Elle veut se promener sans but. Voir les
boulevards, les boutiques, s'étourdir avant de rentrer chez
ses parents où trop de questions l'attendent. Dallas lève la

tête. Les hauts immeubles sont comme une forêt enchantée, des arbres de lumière qui défient le ciel. Tous ces gens qui se hâtent, qui courent à droite, à gauche, s'interpellent d'un trottoir à l'autre, ne l'effrayent pas, au contraire. Tout ce tumulte lui plaît comparé au silence mortel de Raussel. Intriguée par une enseigne au néon *Dessus dessous,* Dallas s'engage dans une rue plus étroite. Là aussi, il y a du monde, des livreurs qui bloquent la circulation, des cris, des injures, des coups de Klaxon, mais Dallas les entend comme fanfare, orphéon, musique de fête. La vitrine du magasin expose de la lingerie féminine au luxe un peu vulgaire, des culottes de libellules, pense Dallas, s'imaginant dans la soie, les dentelles, les mousselines transparentes fendues au bon endroit. Un peu plus loin, dans une rue perpendiculaire, elle s'arrête devant un miroitier, *Reflets de France*. Dallas se voit en dix exemplaires, dans de petites glaces rondes, dans de grands miroirs rectangulaires et dans d'autres brisés artistiquement. Elle prend des poses, s'observe de profil, de face. Elle sourit, elle fait la moue, grimace, se tire la langue. Dallas se trouve belle, lavée de ses malheurs par une sorte d'exaltation qui enflamme son regard.

– Je t'aime, dit-elle à voix basse, soufflant pour Rudi un baiser dans les nuages.

Plus loin encore, elle descend des escaliers, en monte d'autres, sans craindre de se perdre. Paris est à elle. Des noms dansent dans sa tête : place Vendôme, Montreuil Robespierre, République, Montparnasse, Jacques Bonsergent, Filles du Calvaire... Elle déambule le long d'un quai, laissant sa main courir sur la pierre froide. En une seule journée, elle a rencontré l'amie de Florence au ministère de la Justice, un secrétaire général de la CGT, Cécile Citeaux de *Libération* (déjà venue à Raussel), des journalistes au *Parisien* et à *L'Huma*, deux écrivains dans un atelier d'artiste, un brun moustachu, un frisé à lunettes. L'écrivain moustachu l'a comparée à Louise

Michel, Rosa Luxemburg, Berthie Albrecht et d'autres femmes dont elle n'avait jamais entendu le nom mais qui toutes s'étaient battues contre l'injustice. Celui à lunettes lui a parlé de la lutte des classes :

— Comme disait Brecht : « Ceux qui ne participent pas à la bataille participent à la défaite. »

Ça lui a plus, elle s'en souviendra.

Dans l'après-midi, Dallas a vu aussi un groupe de femmes militantes dans une librairie, Stéphane Lemolleton, un documentariste rouquin, qui justement pensait venir à Raussel voir s'il n'y aurait pas un film à faire. En attendant, il se charge de lancer une pétition auprès des cinéastes et des artistes. Le député Lallustre, qui l'attendait dans un café près de l'Assemblée nationale, lui a demandé :

— Vous avez quel âge ?

— Vingt-deux ans.

— Vingt-deux ans ! Et vous avez deux enfants ?

— Oui.

— Et vous n'étiez jamais montée à Paris ?

— Non.

— Et vous voulez vous battre contre la terre entière ?

— Pas vous ?

Lallustre a pris ses mains dans les siennes et les a pressées contre sa poitrine :

— Il en suffirait de dix comme vous pour que tout change.

Tous ont loué sa détermination, son courage. Tous ont promis de s'occuper des « Trois de Raussel », comme les appelle Florence.

Tiendront-ils ce qu'ils ont dit ?

En tout cas, tous l'ont écoutée, ils lui ont donné leur téléphone, leur e-mail, lui ont fait jurer de rappeler, d'écrire, de les tenir au courant. Ils lui ont dit et répété : votre combat, c'est le nôtre. Dallas les a remerciés, elle a serré des mains, embrassé des joues, affirmant autant de fois que nécessaire qu'elle n'avait pas l'intention de se laisser manger par le capitalisme, de se faire jeter hors de sa propre vie, d'accepter d'être séparée de ceux qu'elle aime et qui l'aiment.

Les mots lui venaient du ventre, du plus profond, comme s'ils avaient toujours été là, attendant leur heure.

Dallas s'immobilise sur un pont métallique. En dessous d'elle, un convoi manœuvre sur une voie quand un cheminot se précipite pour le stopper, agitant un drapeau rouge. Cette image la fait sourire : C'est tout moi, se dit-elle.

Dallas n'est pas dupe. Malgré les belles paroles, les promesses, les encouragements, elle sait que Rudi ne peut compter que sur elle pour arrêter le train, pour le faire sortir de prison. Les autres ne viendront que si elle y va la première. Que si elle s'expose, seule, sans autre arme qu'elle-même, un bout de chiffon face au poids de la justice, à son silence. Elle doit s'affirmer, se préparer à recevoir tous les coups sans faiblir, sans broncher. À résister à la solitude, à la douleur, à l'envie de tout envoyer promener et de disparaître.

Elle qui prétend souvent ne rien savoir, elle sait ça.

— Oui, je le sais, murmure-t-elle, étonnée de sa propre lucidité.

Le vent se lève, des petites risées bienvenues dans la tiédeur de l'air. Dallas se remet en marche mais ce n'est plus la même. Elle n'est plus la cervelle de moineau, la majorette à la poitrine guerrière, la sirène d'or des concours de plage. Elle n'est plus la chômeuse à vingt ans, la torcheuse d'enfants, la femme de ménage des familles bourgeoises ni la serveuse en extra du *Cardinal*. Elle n'est plus la pisseuse, la suceuse, la baiseuse et tous les noms pourris qu'on lui a jetés au visage. Elle n'est plus la fille d'Henri, ni la sœur de Franck, ni la femme de Rudi. Elle n'est plus la bonne à rien faire, celle qui compte pour pas grand-chose, la cinquième roue du carrosse. Elle est Dallas. Elle est quelqu'un.

Quinze mois ont passé.

Le préfet a été révoqué. Placé hors cadre. Trois morts, trop de vagues…

La Kos n'existe plus. Les ruines des machines, les équipements, la grande grille d'entrée, les portes en fer, tout ce qui pouvait être démonté, découpé, ramassé a été vendu au poids de la ferraille, du cuivre et du plomb. Les stocks et les matières premières ont été bradés par le liquidateur pour régler les créanciers. Tous les accès ont été murés par une entreprise extérieure à Raussel dont les ouvriers ont travaillé sous la protection de la police. Désormais, c'est un espace désert et sale, envahi par les mauvaises herbes qui, lentement, le recouvrent.

Raussel est devenue une ville fantôme.

Plusieurs commerces ont baissé le rideau de fer : deux boulangeries, la quincaillerie de la rue Aimé-Verraeghe- (ancien maire), le salon de coiffure de Jocelyne, le cinéma le Kursaal, une vieille mercerie et d'autres encore… *L'Espérance* n'a pas fermé mais c'est tout comme. Il ne vient plus qu'un ou deux clients par jour, trois parfois. Que des habitués pour qui Raymonde fait partie de la famille. Ils boivent un café au comptoir, tournant ostensiblement le dos à l'entrée de la Kos, un mur de parpaings sur lequel on peut lire, en grandes lettres noires : USINE MORTE.

La plupart du temps les rues sont vides. Dans la journée, ceux qui, par hasard, se croisent à l'heure des courses ne s'attardent pas pour discuter ou offrir l'apéro au *Cardinal*. Ils se hâtent de repartir chez eux, comme des éclaireurs de retour d'une mission dangereuse, heureux de rentrer au fort.

Dans les blocs, où le taux de chômage atteint quatre-vingts pour cent, Johnny est devenu un caïd. À l'entrée de la cité, il a écrit lui-même à la bombe : *Ici s'arrête la loi.*

Des élections ont eu lieu.

Lamy a été exclu de la CFDT pour s'être présenté sous les couleurs du FN. Le socialiste Lallustre a été réélu dans sa circonscription, et dans l'autre Chevanceau (UMP) a été battu à cause de la candidature dissidente de Behren, sans étiquette, classé « divers droite ». À la surprise générale, c'est l'éternel candidat communiste qui a emporté le siège. Le département est désormais à gauche, mais cela ne change en rien la situation dans la région où la désindustrialisation continue. La SMF est en grève illimitée après l'annonce d'un plan social visant à supprimer une centaine d'emplois.

En décembre, avec un peu d'avance sur la date prévue, et contrairement à ce qu'elle attendait, Gisèle a accouché d'une petite fille, prénommée Garance (comme une actrice dans un film qu'elle avait beaucoup aimé), Isabelle (comme sa poupée chérie), et, après une longue discussion à l'état civil, Dallas (comme sa marraine). Personne de sa famille n'est venu à la maternité et c'est sans avoir revu ni sa mère, ni sa sœur, ni ses frères qu'elle est partie à Rochefort avec Franck où ils se sont installés dans un deux-pièces de fonction. Franck, après avoir réussi l'examen, a été engagé dans le corps des pompiers de Charente-Maritime. Gisèle poursuit ses études par correspondance afin d'obtenir une licence d'anglais pour enseigner. Elle s'occupe de la petite mais surtout elle écrit tous les jours, et quand les collègues de Franck la questionnent, pour savoir de quoi il s'agit, elle répond en riant :

– Je recopie *Les Misérables* !

En mars, c'est Florence qui a eu un petit garçon, François (3,4 kilos à la naissance), mais à Raussel, à part Dallas et Mickie, personne ne l'a su. Dallas est devenue une amie qu'elle voit régulièrement à Paris. C'est elle qui a eu l'idée de faire envoyer à Gisèle toutes les notes que Florence avait prises avec Lorquin pour faire un livre qu'elle ne fera jamais et que, peut-être, Gisèle fera.

Mickie est soignée pour un cancer de l'utérus. Malgré la maladie, les opérations, la chimiothérapie, elle continue d'assurer sa permanence à la bibliothèque et ne laisse personne soupçonner qu'elle sait que ses jours sont comptés depuis que son mal s'est étendu. Pour tout le monde, même pour Solange Lorquin, c'est toujours la même Mickie, élégante, piquante, rieuse et cultivée qu'on croise ici ou là, toujours révoltée contre le sort des ouvriers de la Kos et, plus particulièrement, celui des femmes.

Pignard, le vieux délégué CGT, est mort. Son enterrement a été la dernière occasion où tous ceux de la Kos se sont retrouvés face à face, les durs comme ceux qui ont accepté le protocole de liquidation de l'usine mal négocié par Lamy et Mme Roumas.

Anthony et Angélique ont quitté la région pour la banlieue parisienne. Anthony travaille dans un garage, Angélique dans une maternelle comme Atsem, assistante maternelle, c'est-à-dire femme de service. Elle est encore sous traitement médicamenteux.

Luc Corbeau, Totor Porquet, Bello sont restés à Raussel. Ils ne manquent pas une seule réunion de la cellule de reclassement dont s'occupent Rouvard et Armand, le mari de Mickie. Seules les discussions avancent...

La rumeur publique attribue une liaison à Saint-Pré et Bernadette Format, dont le mari n'a jamais réapparu, mais personne ne les a jamais surpris ensemble. Peut-être vient-il la voir la nuit, maintenant que les deux petits Format sont placés en pension et que les deux grands étudient à l'étranger.

Varda et Serge sont au Vietnam. Ils se sont séparés après que Varda a fait une fausse couche.

Varda vit maintenant avec un Vietnamo-Américain qui tient un hôtel à Haiphong, près de la baie d'Along, Serge à l'autre bout du pays, à Saigon (Hô Chi Minh-Ville) où il est en ménage avec une ouvrière vietnamienne de l'usine dont il vient d'être nommé sous-directeur. Varda écrit à Dallas :

> *Je suis heureuse, tu ne peux pas savoir comme je suis heureuse. Bob est là toute la journée avec moi et si j'ai envie de faire l'amour, à n'importe quelle heure du jour ou de la nuit, il y a toujours une chambre disponible pour nous !*

Dallas n'a jamais baissé les bras. Pas un jour ne s'est passé sans qu'elle écrive, sans qu'elle téléphone, sans qu'elle aille à un rendez-vous pour plaider la cause de Rudi, pour tenter de le faire sortir de prison au plus vite. À Raussel, la plupart l'évitent, craignant de se voir jeter au visage leur lâcheté, leur indifférence, leur égoïsme. À cause de cela, le patron du *Cardinal* ne fait plus appel à elle en extra pour les soirées dansantes. Sa mère s'occupe de ses enfants comme si c'étaient les siens et, plus d'une fois, Dallas a entendu Kevin dire « maman » quand il aurait dû dire « mamy ». Elle laisse faire, elle ne veut pas gaspiller son énergie en disputes avec Denise. Son père, lui, ne dit rien, un peu plus muet chaque jour, comme s'il se laissait glisser lentement dans le silence jusqu'à la tombe.

Dallas n'aurait jamais tenu sans le soutien du Dr Kops. Depuis qu'elle est revenue de l'hôpital où elle a été internée, la femme du Dr Kops quitte rarement sa chambre. Un jour, Dallas la voit entrer dans la cuisine :

— Votre mari doit vous manquer ?

— Oui, c'est dur.

— Vous faites quoi ?

— Je finis la vaisselle et…

— Je ne parle pas de ça. Vous vous masturbez ?

Dallas vire rouge pivoine :

— Ça ne va pas, non, de dire des choses pareilles !

La femme du Dr Kops sourit :

— Moi, ça m'arrive de me masturber. Je me suis même enfoncé des choses…

— Grand bien vous fasse ! Maintenant, laissez-moi, j'ai du travail. Remontez dans votre chambre !

— Vous savez, je ne serais pas fâchée si vous couchiez avec mon mari. Il y a longtemps que nous n'avons plus de rapports. Il doit en souffrir.

— Vous êtes dingue !

La femme du Dr Kops ne s'offusque pas :

— Si vous le dites.

Puis, très sérieusement :

— Je vous donnerai de l'argent. Ce que vous voudrez. J'ai ce qu'il faut.

— Vous me prenez pour une pute ?

— Je vous considère comme une amie. C'est pour cela

que je vous le demande. Une amie à qui j'apporterais mon aide et qui m'apporterait la sienne.

C'est comme ça que Dallas est devenue la maîtresse de *Kops*. Pour de l'argent. Mais ça, il ne l'a jamais su. Au fond, se justifie Dallas, c'est un travail comme un autre. Mieux qu'un autre parce que Kops s'occupe d'elle comme personne ne s'est occupé d'elle avant : il la force à lire autre chose que les programmes de la télé, à réfléchir, il guide sa main pour tous les courriers qu'elle adresse aux journaux, aux politiques, aux syndicalistes, à tous ceux qui font que la cause de Rudi demeure au premier plan de l'actualité. Que les « Trois de Raussel » sont connus partout en France. Kops la laisse téléphoner autant qu'elle veut de son cabinet, utiliser le fax, l'e-mail, sa confiance ne se dément jamais, quoi qu'elle dise, quoi qu'elle fasse. Il lutte à ses côtés pour faire sortir Rudi de prison bien qu'il sache que leur relation cessera le jour même où il sortira. Dallas ne lui a pas menti sur ce point et il l'a approuvé sans réserve :

— Le contraire m'aurait déçu.

Depuis que Gisèle et Franck sont à Rochefort, Dallas vit à nouveau chez ses parents, dans la chambre au-dessus du garage. Dallas a préféré lâcher la maison que laisser la banque saisir celle de ses parents. Elle est en vente, comme trois autres de la résidence. À la Clepsydre, il n'en reste plus que quatre qui soient habitées, et sans doute pour peu de temps.

Rudi est incarcéré à cent cinquante kilomètres de Raussel. Ce qu'elle gagne, Dallas l'utilise pour aller le voir aussi souvent que possible et lui envoyer de quoi cantiner. Surtout, chaque jour, elle guette le facteur. Rudi lui expédie de longues lettres qu'elle conserve dans une boîte marquée *Amour* que Kops lui a offerte pour son anniversaire, en juin, comme il lui a offert à peu près tout ce qu'elle porte sur le dos :

— Vous devez apprendre à vous habiller comme une femme.

Kops l'a aussi encouragée à laisser pousser ses cheveux, à apprendre à se maquiller, à prendre soin d'elle, de ses mains, de sa peau, de sa coiffure :

— Si vous allez à un rendez-vous en jean, avec votre coupe à la garçonne et votre tee-shirt *Belle & rebelle*, c'est foutu d'avance. Personne ne vous prendra au sérieux, ou pire, vous ferez pitié. Vous devez toujours les prendre à contre-pied. Nous sommes en France dans une société conservatrice, bourgeoise, petite-bourgeoise, réactionnaire, il ne faut jamais perdre ça de vue. Vous devez ruser.

Dallas appelle ça ses «peintures de guerre», mais quand elle monte à Paris pour parler à un journaliste ou à un parlementaire, elle suit les conseils de Kops à la lettre et cela lui réussit.

Maurice, le père adoptif de Rudi, est mort en septembre. Le jour de son enterrement – pour combattre son chagrin de n'avoir pas été autorisé à y assister – Rudi a expédié une lettre à Dallas qui commençait par : «J'écris contre la mort.» Il poursuivait en décrivant, une fois encore, ses conditions de détention :

> *Si tu voyais ceux qui m'entourent, tu comprendrais comment la prison est devenue la méthode pour traiter deux problèmes que notre société est incapable de traiter : le chômage et la folie. La plupart de ceux qui sont ici sont des paumés, des petits délinquants, voleurs ou dealers, qui n'ont trouvé que cette solution pour survivre, ou des idiots, des demeurés, des malheureux pour qui il n'y a aucune place dehors. Mais les responsables de cette pauvreté, de cette misère, de ces exclusions, tu peux*

*être sûre qu'ils ne seront jamais en prison alors
qu'ils volent, qu'ils trichent, qu'ils mentent en un
jour plus que tous ceux-là en une vie.*

Et pour répondre à Dallas qui ne voyait autour d'elle
que ruines et désolation depuis la fermeture de la Kos, il
disait :

*Si Maurice était encore là, il t'expliquerait qu'il
ne peut pas y avoir de défaite quand on se bat pour
quelque chose auquel on croit. Ce que nous avons
fait à la Kos, ce que j'ai fait, ce que tu as fait, n'est
pas perdu et je sortirai de prison plus déterminé
que jamais à lutter contre ceux qui aujourd'hui
crient victoire et s'endorment le ventre plein et la
conscience tranquille. Je me considère comme un
prisonnier politique. Le patronat, les libéraux, la
droite au sens large, prétendent que l'histoire est
finie, que le capitalisme l'a définitivement emporté
sur tout autre système. Mais quand je vois comment
les pauvres deviennent de plus en plus pauvres et les
riches de plus en plus riches, je crois à la nécessité,
à l'urgence d'une révolution. À son possible, comme
aurait dit Lorquin. Nous devons penser le monde que
nous voulons si nous ne voulons pas que d'autres le
confisquent à leur profit, confisquent jusqu'à nos
rêves et nous ramènent à l'état d'esclaves, de marchandises. Ce n'est pas parce que les usines ferment
les unes après les autres, parce qu'on n'appelle
plus « ouvriers » ceux qui travaillent ni « patrons »
ceux qui les exploitent, que la lutte des classes a disparu. Elle n'a pas disparu, elle a pris – elle prend –
d'autres formes. En faisant sauter les machines de
la Kos, nous avons inauguré au canon une nouvelle
page de l'Histoire. D'autres écriront la suite et,
avec un peu de chance, nous l'écrirons avec eux.*

Le procès des « Trois de Raussel » arrive devant les assises à la mi-novembre. Il dure trois jours. Behren témoigne contre Rudi, rappelant à la cour l'incident de la photocopieuse réquisitionnée pour tirer des tracts et désigne Rudi comme le meneur des durs de la Kos. À l'inverse, Saint-Pré prend sa défense et met en cause la conception imbécile du maintien de l'ordre public développée par le préfet. Le préfet qui, plus tard, le poursuivra pour diffamation. Solange Lorquin, Maxime, son fils, Mickie et Florence sont dans la salle, côte à côte. Sarah est là, elle aussi, tout en noir avec Raymonde, la patronne de *L'Espérance*. Dallas, interviewée à la télé après le premier jour d'audience, déclare : « Mon mari et le CRS qui a été tué sont les deux victimes d'un système qui est le véritable et le seul meurtrier de cette histoire. » Maître Morgenstein fait une plaidoirie aussi brillante que vigoureuse dont de larges passages sont repris dans les journaux : « La presse s'est plu à comparer Rudi Löwenviller à Spartacus. J'accepte la comparaison si l'on veut bien se souvenir que le gladiateur s'est dressé contre la puissance impériale au nom de la liberté, contre l'esclavage. Personne n'a tué le CRS Worms, aucun de ces trois hommes, c'est le désespoir qui a frappé, et si vous devez condamner quelqu'un, c'est cette société qui, au nom du seul profit, permet de priver les hommes de tout, d'un jour à l'autre, ne leur laissant, au fond, comme au temps de Spartacus, que le choix de leur mort. » Grâce à la campagne de presse orchestrée par Dallas et au bénéfice du doute, les « Trois de Raussel » sont acquittés au pénal mais condamnés au civil à payer solidairement des dommages et intérêts à la veuve du CRS Worms. Coup de pied de l'âne de la justice…

Il fait froid, il pleut. Une pluie tenace, entêtante. Une pluie à faire déborder la Doucile.

Dallas attend devant la prison la libération de Rudi. Il est trop tôt pour que la presse régionale se soit déplacée, d'autant que le jour même on attend un secrétaire d'État pour inaugurer le tunnel censé désenclaver Raussel. Quant à la presse nationale, le procès terminé, elle considère que son rôle est terminé.

Enfin la porte s'ouvre.

Rudi sort, une valise marronnasse à la main, un carton sous son bras. Il a un peu maigri, mais c'est le même. Même tête, même corps, mêmes habits. Même fièvre dans le regard. Il sort comme il est entré. Non réconcilié. Rudi cligne des yeux, regarde à droite, à gauche, semble désorienté de se trouver dehors.

Le vent tombe un instant, la pluie faiblit mais Rudi n'ose toujours pas faire un pas en avant. Il voit Dallas mais il ne parvient pas à la reconnaître. Elle s'est fait belle : tailleur en tweed gris clair, chemisier blanc à col relevé comme ceux que Mickie affectionne, chaussures noires à demi-talons et dessous de libellule qu'elle met pour la première fois.

Rudi croit qu'il s'est trompé. Ce n'est pas Dallas. Une image s'éclaire dans ses yeux et s'éteint. C'est elle, ce n'est pas elle, il ne sait plus.

Dallas s'élance. Elle traverse la route et se jette à son cou sous l'œil goguenard d'un gardien qui referme.

— C'est moi, dit Dallas. Tu ne me vois pas ?

Ses lèvres tremblent. Elle se serre contre Rudi mais il regarde par-dessus sa tête.

— Si, je vois.

Rudi ne veut pas rester près de la prison une seconde de plus :

— Partons, dit-il, sans pouvoir s'empêcher de tourner la tête vers les hauts murs gris, les fenêtres grillagées.

Dallas prend sa valise :

— La voiture est sur le parking.

— La voiture ?

– Celle du Dr Kops. Il me l'a prêtée. Le matin, il consulte à son cabinet.

– T'as le permis ?

– Je l'ai eu du premier coup ! dit Dallas. Je voulais te faire la surprise…

Rudi n'en revient pas. Ils marchent sous le crachin jusqu'au parking où il n'y a pas d'autre véhicule que le leur. Dallas veut parler, Rudi aussi, mais leurs mots s'entrechoquent et, finalement, ils se taisent.

Ils restent là, sans un mot, comme au sortir d'un cimetière. Le chagrin, les morts, le temps, les souvenirs ont coupé quelque chose entre eux. Ils n'arrivent pas à se toucher ; pas même à se regarder. Rudi s'incline, grave, absent, comme s'il entendait mal ou ne voulait rien entendre ; Dallas offre un visage presque joyeux, mais figé, comme en ont parfois les égarées. N'ont-ils plus rien à se dire ? Plus rien à faire ensemble ? Un grondement lointain sonne comme un mauvais présage. Le ciel se couvre un peu plus. Les rafales de vent se font plus agressives.

Dallas se décide à ouvrir le coffre. Ce simple geste lui demande un effort.

– Ça y est, c'est fini, nous sommes ensemble. Toi et moi, nous deux.

Rudi pose le carton à côté de la valise. Il n'écoute pas ce que Dallas lui souffle à l'oreille. Il entend seulement le crépitement des gouttes sur le toit de la voiture de Kops. Il sent le parfum de Dallas mêlé à celui du bitume mouillé, peut-être à celui des arbres qu'il aperçoit au loin. L'odeur de l'irréalité, pense-t-il.

– De quoi t'as envie ? demande Dallas.

Rudi avoue :

– Je ne sais pas.

Il rumine tout ce qu'il a souffert, tout ce qu'il a subi, cet espoir du dehors qui le soutenait et l'enfonçait tout autant. Ce sentiment de désolation qui le cernait. Et dans le désert de glace, Dallas, Dallas, encore Dallas, toujours Dallas comme une promesse, un talisman, un totem. Rudi se tourne vers elle, en quête d'une tendresse où, enfin, il pourrait s'abandonner. C'est alors qu'il remarque les vêtements de sa femme. Jusqu'à cet instant il avait vu que ce n'étaient pas ses vêtements ordinaires, mais sans que cela s'impose à lui. Il ne voit plus que ça. Il ne peut plus voir que ça : des vêtements neufs, bien coupés, chics.

— C'est nouveau ? demande-t-il en tâtant le tissu.

— C'est Kops qui me l'a offert.

— En quel honneur ?

— Il trouvait que je présentais mal. Que ça te desservait.

Rudi soupire :

— C'est lui aussi qui t'a dit de te peigner comme ça ?

— Oui. Et de me maquiller aussi.

— Quoi encore ?

Il y a comme une altération dans l'air. Une fracture qui s'élargit dans le silence. Rudi demande comme s'il se réveillait :

— C'est tout ? Dis-moi : c'est tout ?

Dallas hausse les épaules. Elle réservait pour plus tard l'aveu qui lui brûle la langue. Elle ne pensait pas devoir le faire là, sur un parking, sous la bourrasque.

— Il m'a rendu le tableau de mon grand-père.

— Ah oui, pourquoi ?

— J'ai couché avec lui.

— Tu déconnes ?

— J'ai couché avec lui, répète Dallas sans se détourner.

— Arrête, je ne te crois pas.

— Comment tu veux que je te le dise ?

— Vous avez baisé ?

— Oui.

Le coup part, une gifle, puis une autre, un déluge qui envoie Dallas rouler à terre, la faisant saigner du nez :

— Salope ! Putain ! En plus, tu t'en vantes !

Rudi lui arrache sa veste de tailleur, la traînant sur le bitume trempé :

— Vire-moi cette merde ! Salope !

— Je t'aime, Rudi ! crie Dallas en se protégeant, le bras levé.

Rudi l'empoigne par le chemisier :

— Si c'était pour me dire ça, ce n'était pas la peine de venir ! Tu peux foutre le camp, je n'ai pas besoin de toi !

— C'est parce que je t'aime que je te le dis ! Tu préférerais que je te mente ? Tu te souviens, notre première fois, quand tu m'as dit comment tu avais tué le gendarme, toi non plus tu n'as pas menti...

Les mains de Rudi battent l'air à l'aveugle :

— Comment tu as pu me faire ça ?

— Comment j'ai pu te faire quoi ?

— Te faire sauter pour des fringues, des coiffures, une bagnole ! Mais quelle honte ! Quelle honte !

À nouveau Rudi veut frapper Dallas, mais elle pare le coup et contre-attaque, toutes griffes dehors :

— Comment tu crois que tu as pu cantiner ? Comment tu crois que tu as pu te payer des timbres ? Que je suis venue te voir toutes les semaines ? Comment tu crois qu'on a bouffé à la maison ? Que j'ai habillé les petits ? Comment tu crois que j'ai payé ton avocat ? Que j'ai cavalé partout pour que, pas un instant, ton cas ne soit enterré ? Comment tu crois que j'ai sauvé ce que j'ai pu sauver même si j'ai dû larguer la maison ? Comment tu crois que j'ai pu envoyer une couronne à l'enterrement de ton père ? Avec quoi ? Avec mon allocation chômage ? Avec mon congé maternité ? L'argent de la Kos, je l'attends encore ! Il est sous séquestre, tu sais ce que ça veut dire « sous séquestre » ? Comment t'aurais fait à ma place avec deux gosses, personne pour m'aider, la banque au cul, pas de travail sinon comme bonniche puisqu'on ne

veut même plus de moi comme serveuse ? Explique-moi
comment tu t'y serais pris ?

— Pas en faisant la pute !

— Ça te plaît de m'insulter ?

— Je ne t'insulte pas. Il n'y a pas d'autre mot ! Tu es
une pute, c'est tout.

— La pute de qui ? La pute de quoi ? Kops m'a jamais
forcée ! Je l'ai fait parce que je voulais bien. Kops est un
homme bon, généreux. Il comprend la vie et me l'a fait
comprendre mieux que personne avant lui.

— Mieux que moi ?

— Oui, mieux que toi. Lui, il ne m'a jamais humiliée.
Il ne m'a jamais tapée. Il ne m'a jamais traitée de pute
comme tu le fais, jamais ! Nous avons fait l'amour parce
qu'il en avait envie et que j'en avais autant envie que lui.
Parce que j'étais trop seule, parce que j'avais trop mal !

Dallas se glisse dans ses bras :

— Regarde-moi, dit-elle, essuyant d'un geste le sang
qui coule sur sa lèvre. D'avoir baisé avec Kops ne m'a
jamais fait perdre une seconde l'amour que j'ai pour toi.

Rudi laisse échapper une longue plainte :

— Pas ça ! Non, pas ça !

— Je suis ta femme, dit Dallas. Je t'aime. Je m'étais juré
de te faire libérer, de te faire acquitter, de faire reconnaître
tout ce qu'on te doit. Maintenant, tu es libre. Tu peux faire
ce que tu veux. Si tu ne veux plus de moi, si tu veux partir,
pars. C'est ton droit. Moi, j'ai fait ce que je devais faire…

Le corps de Rudi s'affaisse. Il n'en peut plus, ses os
même lui font mal sous sa peau. Il est rompu, écartelé,
sentant les fers le taillader aux poignets, aux chevilles
comme si c'était lui et non elle qui avait reçu des coups.

— Mon amour…, gémit-il quand il parvient enfin à parler, mon amour…

Rudi entoure Dallas de ses bras, plein d'une tendresse
subite, de gratitude, il pose ses lèvres sur les siennes,
sur ses joues, sur ses yeux, il pleure comme un gosse, à

grosses larmes, son nez dégouline, ses lèvres s'agitent sans qu'il puisse prononcer d'autres mots que :

— Pardon, pardonne-moi, pardon…

Dallas le secourt d'un baiser. Elle le fait taire. C'est dur de pardonner. Très dur. Ce serait plus simple de crier : « Je te hais ! » et de s'en remettre au Diable. Mais le cœur de Dallas ignore ces chimères. Elle aime Rudi et son amour les sauve.

— Je t'aime, dit-elle. Je t'aime tellement…

La pluie redouble, les sauce, le vent les gèle, ils sont seuls au cul du monde mais plus rien ne compte que leurs deux corps réunis.

Dans cette nuit en plein jour,
dans le givre de l'air,
dans le silence vertigineux qui les cerne,
à cet instant et pour toujours,
ils endurent.

Du même auteur :

Vive la sociale !, Mazarine, 1981.

Vive la sociale ! revu et corrigé, Seuil, « Point virgule », 1987.

À quoi pense Walter, Calmann-Lévy, 1987 ; Seuil, « Point virgule », 1988.

Les Cinq Parties du monde, Mazarine, 1984.

Célébrités poldèves, Mazarine, 1984.

L'Attraction universelle, Calmann-Lévy, 1990 ; Livre de Poche, 1993.

Zartmo, Calmann-Lévy, 1984 (éd. hors commerce) ; Calmann-Lévy, 2004.

Béthanie, Calmann-Lévy, 1996 ; Livre de Poche, 1998.

Corpus Christi, enquête sur les Évangiles (en collaboration avec Jérôme Prieur), Mille et une nuits/Arte éditions, 1997.

Le Retour du permissionnaire, La pionnière, 1999.

La Grande Jument noire – Les cheminots dans l'aventure du siècle, La Martinière, 2000.

Jésus illustre et inconnu (en collaboration avec Jérôme Prieur), Desclée de Brouwer, 2000.

Jésus contre Jésus (en collaboration avec Jérôme Prieur), Seuil, 1999.

Vichy-Menthe, Éden, 2001.

L'Ombre portée (dessins de Patrice Giorda), La main parle, 2002.

Madame Gore (dessins de Bob Meyer), Éden, 2002 ; Grand Prix de l'humour noir.

Rue des Rigoles, Calmann-Lévy, 2002 ; Livre de Poche, 2004.

Les Rudiments du monde (photographies de Georges Azenstarck), Éden, 2003.

Yorick, Éden, 2003.

Comment calmer M. Bracke, Calmann-Lévy, 2003.

C'est mon tour, Éden, 2003.

Jésus après Jésus, essai sur l'origine du christianisme (en collaboration avec Jérôme Prieur), Seuil, 2004.

Composition réalisée par INTERLIGNE

Achevé d'imprimer en septembre 2007, en France sur Presse Offset par
Maury-Imprimeur - 45330 Malesherbes
N° d'imprimeur : 133501 - N° d'éditeur : 90168
Dépôt légal 1re publication : février 2006
Édition 04 - septembre 2007
LIBRAIRIE GÉNÉRALE FRANÇAISE - 31, rue de Fleurus -75278 Paris Cedex 06

31/1447/7